*Kristin Cashore*

# DIE WAHRHAFTIGE

*Aus dem Englischen von Katharina Diestelmeier*

CARLSEN

*Für Kevin*

Die BEKANNTE WELT
NANDER
ESTILL
DIE DELLS
MIDDLUNS
BITTERBLUE CITY
WESTER
MONSEA
SUNDER
OZEAN
LIENID

MANTIPER
KAMASSAR
BORZA
TORLA'S NECK
TEVARE
WINTER-
BURG
LEDRA
FROSTIGES
MEER
WINTERMEER
TORLA
&
der KÖNIGS-
KONTINENT
Ian Schoenherr

## HINWEIS AN DIE LESERINNEN UND LESER

Es ist nicht sehr wahrscheinlich, dass die Zeitrechnung in den Welten meiner Fantasyromane dem gregorianischen Kalender oder unserer Sieben-Tage-Woche entspricht. Und ziemlich sicher würden Monsea und Winterburg – zwei Länder auf unterschiedlichen Kontinenten, die sich unabhängig voneinander entwickelt haben – nicht denselben Kalender nutzen. Wenn ich in meiner Erzählung der Erlebnisse dieser Figuren den gregorianischen Kalender und unsere üblichen Wochentage verwende, ist das als freundliche Übersetzung aus ihrer Welt in unsere gemeint. Ihr sollt euch unbeschwert auf das Leben der Figuren einlassen können – und nicht von Überlegungen darüber, welcher Tag oder Monat gerade ist, verwirrt werden.

Ich möchte außerdem noch auf das Personenverzeichnis am Ende des Buches aufmerksam machen.

# TEIL EINS

# DIE BÜRGIN

Der Mann mit der weißen Strähne im schwarzen Haar kam ihr beim Tauchen schon wieder zu nahe. Für einen Menschen war er ein ausdauernder Schwimmer. Mit starken Armen zog er sich immer weiter durchs Wasser und trieb sich mit kräftigen Beinschlägen an.

Die Meereskreatur versuchte ihre zitternden Glieder zu beruhigen, damit der Mensch, falls er tief genug tauchte, um sie sehen zu können, sie einfach nur für einen moosbewachsenen Fels auf dem Grund des Ozeans hielt. Dann würde er umkehren und ihr nicht länger Angst einjagen.

Der Mensch schoss zurück an die Wasseroberfläche. Die Kreatur entspannte sich, erleichtert, dass Menschen Luft zum Atmen brauchten. Vor allem bei diesem Mann war sie darüber froh, denn er war anders als die anderen. Die meisten Menschen sprangen aus einem Boot, planschten im Wasser herum – wobei sie aussahen wie Vögel, die versuchten, nicht vom Himmel zu fallen – und zogen sich anschließend zufrieden ins Boot zurück. Die Meereskreatur sah sie nie wieder.

Aber dieser Mensch kehrte andauernd zurück und tauchte so zielstrebig, dass es der Kreatur Angst machte, denn sie hortete Schätze hier auf dem Grund des Ozeans, sammelte sie, schützte sie, und dieser Mensch wusste von einem davon. Von ihr wusste er nichts. Niemand wusste von ihr. Aber er hatte es auf den Gegenstand abgesehen, der ihr Lieblingsschatz war. Sie spürte, wie er darüber nachdachte, und schlang ihre langen Tentakel darum, versuchte, den Schatz vor dem Menschen zu verbergen. Es war ein Schiff.

Dieses Schiff, ein Zweimaster mit flatternden Segeln, war vor nicht allzu langer Zeit mit dem Bug voraus von der Wasseroberfläche herabgesunken und neben ihr gelandet. Alle Schätze der Kreatur – Netze, Harpunen, Anker – fielen auf diese Weise aus dem hellen Wasser über ihr herab. Aber Schiffe waren seltene Schätze und dieses Schiff war ganz besonders außergewöhnlich, denn als sie eins ihrer Augen an ein Bullauge drückte, entdeckte sie in seinem Inneren eine geheime Welt. Einen rosafarbenen Raum mit winzigen Sofas und Sesseln, die am Boden befestigt waren, Gemälde an den Wänden, Lampen. Ein verbarrikadiertes Oberlicht und eine Tür mit glänzendem Knauf und Scharnieren. Außerdem zwei rosahäutige Menschenkörper, die inzwischen weich und aufgedunsen aussahen. Sie nannte es ihre Geschichtenwelt.

Das Außergewöhnlichste und Eigenartigste an ihrer Geschichtenwelt aber war, dass ein Schloss an der Tür hing und die beiden Körper einsperrte. Wenn ein Schiff sank, sprangen die Leute normalerweise ins Wasser oder in die Rettungsboote und versuchten zu überleben. Sie sperrten sich nicht mit einem Schloss in einem Raum ein.

Der Mann mit der weißen Strähne im schwarzen Haar, der braune Haut hatte, tauchte erneut tief hinab und suchte nach dem Schiff. Er dachte beim Tauchen manchmal an eine Frau – eine Menschenfrau mit dunklen Zöpfen und grauen Augen, die funkelnde Ringe an hellbraunen Fingern trug. Die Meereskreatur verstand, dass er das Schiff suchte, um es der Frau bringen zu können. Sie mochte diese Frau nicht, überhaupt nicht.

Das Boot des Tauchers war ein kleines Oval hoch über ihr. Sie überlegte, es am Anker zu packen und herabzuziehen. So etwas tat sie sonst nicht. Wenn sie sein Boot herunterzog, würde er sie wahrscheinlich sehen, und sie erregte nie Aufmerksamkeit. Aber vielleicht würde er ertrinken und so nicht länger nach ihrem Lieblingsschatz suchen. Eigentlich würde er selbst einen schönen Schatz abgeben. Zusätzlich zu der hübschen Art, wie seine Haare im Wasser um sein Gesicht trieben, zu seinen winzigen perfekten Muskeln und seinen winzigen perfekten Händen und Füßen funkelte noch ein roter Edelstein an einem Ring, den er am Daumen trug. Gerne würde die Kreatur diesen Ring von seinem Finger streifen und ihn an der Spitze eines ihrer dreizehn Tentakel tragen. Die glitzernden Dinge, die die Menschen trugen, gefielen ihr. Und dann würde der Mann sich aufblähen, aufbrechen, verwesen und schließlich zu einem glatten, glänzenden Skelett in zerlumpten Kleidern werden, und das gefiel ihr auch an den Menschen. Sie könnte ihn ihrer Knochensammlung hinzufügen. Ihn mit ihren Tentakeln umfassen, ihn beschützen.

Eine Herde Silberkühe näherte sich, daher beschloss sie, das kleine ovale Boot des Menschen in Ruhe zu lassen. Silberkühe ließen Menschen nie ertrinken, wenn sie es verhindern konnten. Sie waren ungefähr so groß wie eins der Augen der Meereskreatur. Auf ihren Rücken hoben sie ertrinkende Menschen an die Wasseroberfläche, wobei sie sie mit aufmunternden Gedanken bedachten. Außerdem war die Gefahr, entdeckt zu werden, jetzt zu groß. Silberkühe konnten unter Wasser besser sehen als Menschen.

Der Mensch beendete erneut seinen Tauchgang und stieg zur Wasseroberfläche auf. Anschließend schien er mit den Silberkühen zu spielen, er schwamm und drehte sich mit ihnen, lachte und schrie vor Glück. Das passierte ziemlich oft bei diesem Menschen. Die Silberkühe besuchten ihn gern und er lachte immer viel.

Dann geschah ganz plötzlich etwas Unerwartetes. Zwei weitere Menschen stürzten an langen Seilen von oben ins Wasser. Sie packten den lachenden Mann und kämpften mit ihm. Er wehrte sich, boxte, trat, wand sich. Er war großartig; die Meereskreatur rechnete damit, dass er sich losreißen würde. Aber dann schien ihm die Luft auszugehen, denn er rührte sich nicht mehr. Die anderen beiden Menschen schossen an ihren Seilen aus dem Wasser und nahmen seinen Körper mit.

Die Kreatur war so überrascht, dass sie sich ein Stück vom Grund des Ozeans erhob, auf ihren dreizehn Tentakeln balancierte und sich mit ihren dreiundzwanzig Stielaugen umsah. Durch das gekräuselte Wasser über sich konnte sie den Umriss eines Luftschiffs erkennen, das durch den Himmel Richtung Norden entschwand.

Dann fielen ihr die Silberkühe wieder ein, und weil sie nicht entdeckt werden wollte, sank sie zurück in die Finsternis am Grund des Ozeans. Die Silberkühe bemerkten sie nicht; sie hatten die lilablauen Gesichter über die Wasseroberfläche gestreckt und beobachteten mit ihren großen dunklen Augen, wie das Luftschiff den schlaffen Mann davontrug. Ihre Gedankenstimmen schwollen zu einem Klagelied an. Sie kommunizierten mit Bildern und Gefühlen, nicht mit Worten, aber die Kreatur verstand ihre Bedeutung. *Wir sehen dich, guter Freund*, riefen sie. *Wir wissen Bescheid. Wir werden davon berichten.*

Immer wenn die Kreatur auf Schatzsuche ging, begab sie sich an dunkle Orte, damit die Silberkühe sie nicht sahen. Die Silberkühe waren Tiere der Oberfläche, Lichtkreaturen; sie dagegen war eine Kreatur der Tiefe, eine Kriecherin, Schleicherin, Sucherin. Auch an den Orten, wo die Kreatur gerne hinging, gab es Tiere, die sahen, wie sie sich mit ihren langen Tentakeln vorwärtsbewegte, aber die Aufmerksamkeit dieser Tiere war unwichtig.

Heute überquerte sie das Feld der rosa und weißen Blumen und glitt in den Wald aus Fasern und Schilf, in dem die Seepferdchen aus ihren wogenden Höhlen linsten. Sobald Seepferdchen etwas nicht mehr sahen, hatten sie es bereits vergessen. Wenn sie die Kreatur erblickten, entrollten sie manchmal ihre Schwänze und zogen sich schnell in die Dunkelheit zurück, dann vergaßen sie sie und kamen wieder hervor.

Die Kreatur dachte an den Menschen mit der weißen Strähne im Haar, an die Menschen, die ihn gepackt hatten, und an die Silberkühe, die ihm zugerufen hatten: *Wir sehen dich. Wir wissen Bescheid. Wir werden davon berichten.*

Was hatten sie gesehen? Worüber wussten sie Bescheid? Wem wollten sie berichten? Die Kreatur wollte die Antworten auf diese Fragen gar nicht wissen. Sie war froh, in der Tiefe zu leben – weit weg vom Licht, wo Tiere Kontakt miteinander hatten und sich gegenseitig störten.

Sie erreichte eine Stelle, wo Moosbüschel am Fuß der Korallenriffe wuchsen. Die Schwämme, die hier lebten, hatten einen winzigen, hellen, klaren Verstand voll alberner Wörter. *Bürgin! Freundin! Heldin! Bürgin! Musik! Gelächter! Tanz! Bürgin! Bürgin!*

Jeden Tag sangen sie im Chor um sie herum, während sie sich mit ihren Tentakeln Moos ins Maul steckte. Sie war so an das Lied gewöhnt, dass sie gar nicht mehr darauf achtete. Schwämme waren nicht besonders schlau. Als sie einmal in einer plötzlichen Anwandlung von Neugier einen fressen wollte und versuchte, ihn von seinem Untergrund abzuziehen, hatte er vor Lachen gekreischt, als hätte sie ihn gekitzelt. *Bürgin!*, hatte er gerufen. *Spiele! Witze! Spaß!* Da hatte sie aufgegeben, ihn losgelassen und war wieder dazu übergegangen, die Schwämme zu ignorieren.

Nach dem Fressen ging sie normalerweise in den düsteren Gruben unter den Korallenriffen auf Schatzsuche. Heute musste sie jedoch nicht lange suchen, denn dieselbe Strömung, die ihr Fressen brachte, hatte ihr auch einen Schatz gebracht. Es war etwas Kleines, eine Metallkugel, die auf und ab wippte und gegen die Korallen stieß. Menschengemacht, aber kein Gegenstand, den die Kreatur erkannte. Eiförmig, mit einem kleinen Metallring an der einen Seite, der an einer Art Stift befestigt war. Der Ring und der Stift glänzten, was hübsch aussah – wenn auch lange nicht so hübsch wie der funkelnde rote Edelstein am Daumen des tauchenden Mannes.

Die Kreatur hob das Ding auf und hielt es sich vor die Augen. Sie streichelte den Metallring und überlegte, ob etwas passieren würde, wenn man daran zog, denn manchmal taten menschengemachte Gegenstände etwas, wenn man sie an der richtigen Stelle berührte. Einer ihrer Schätze war eine Kiste, die auf- und zuging. Ein anderer hatte eine Kette, die um einen Zylinder geschlungen war, und einen Griff, der das Ganze zum Drehen brachte; am Ende der Kette hing ein Anker, der über den Meeresboden holperte und hüpfte, wenn sie damit spielte.

Das Ziehen des Metallrings würde sie sich als Belohnung für später aufheben. Sie brachte das Ding nach Hause und legte es zu ihren Schätzen.

In der Nacht erwachte die Kreatur, weil sie etwas Ungewöhnliches vernahm. An der mondbeschienenen Wasseroberfläche hoch über ihr riefen die Silberkühe etwas im Schlaf.

Verwirrt reckte sie den Hals und ließ ihre Augen kreisen. Über ihr blitzten Lichter, erklangen Schläge, und plötzlich wurden ihre Gedanken von Silberkuhschreien durchschnitten. Die gellenden, elektrisierenden Schreie rüttelten sie wach, denn die Silberkühe heulten vor Leid und Verzweiflung wie nie zuvor. Die Kreatur war so überwältigt vom Schmerz der Silberkühe, dass sie etwas tat, was sie noch nie getan hatte. Sie stieg zur Wasseroberfläche auf und hob ihre Augen darüber hinweg.

Unter einer Sternendecke durchbohrten Menschen in kleinen Booten die Silberkühe mit Speeren.

Die Kreatur duckte sich wieder unter die Wasseroberfläche. Was war das? Niemand tötete je Silberkühe! *Versteck dich*, sagte sie sich in Gedanken. *Versteck dich! Mach, dass es weggeht.*

Aber als sie versuchte, wieder zu ihren Schätzen hinabzutauchen, schossen vier fliehende Silberkühe an ihr vorbei und sahen sie, wie sie da im mondbeschienenen Wasser trieb. Staunend starrten sie sie an.

*Tut so, als wäre ich gar nicht da*, bat sie sie mit zitternden Gliedern. *Tut so, als würdet ihr mich nicht sehen.*

*Bist du die Bürgin?*, riefen die Silberkühe. Sie überwältigten sie mit ihrem Schmerz, überschwemmten sie mit ihrer Angst. *Du musst die Bürgin sein! Du bist unsere Heldin! Rette unsere Freunde!*

Die Kreatur wusste nicht, was die Silberkühe meinten. Drei von ihnen bluteten. Einer strömte das Blut aus einer Wunde an der Schulter. *Ich bin nicht die Bürgin*, sagte sie. *Ich habe keinen Namen. Ihr verwechselt mich mit jemandem.*

*Hilf uns!*, riefen die Silberkühe. *Was ist los mit dir? Du bist die Heldin von Winterburg! Du solltest für unsere Sicherheit bürgen!*

Die Kreatur beschloss, so zu tun, als hörte sie sie nicht, und sank hinab in die Finsternis des Meeresgrunds.

# 1

Als Giddon den ersten Hinweis darauf bekam, dass irgendetwas in Winterburg nicht stimmte, trug er gerade ein schlafendes Mädchen durch einen Felsentunnel.

Das Mädchen hieß Selie, sie war acht Jahre alt und nicht gerade klein. Giddon begann sich zu fragen, ob sie sogar wuchs, während er sie trug. Sie war jetzt eindeutig schwerer als noch vor zwei Stunden, als sie die Arme zu ihm ausgestreckt hatte, eine Geste, die ihn nicht überraschte, denn die Kinder wollten immer von Giddon durch die Tunnel getragen werden. Er war größer, interessanter und weniger ängstlich als ihre Eltern, oder zumindest nahmen die Kinder das an. Eigentlich war Giddon bei diesen Einsätzen für den Rat – auf den Schmuggeltouren durch die Tunnel von Estill nach Monsea – ziemlich ängstlich, aber er begrub seine Sorgen irgendwo tief in sich, wo sie seine Augen und seine Stimme nicht erreichten. Es war hilfreicher, gefasst und beruhigend zu wirken.

Also trug er Selie ruhig mit erschöpften Schultern und tauben Armen, watete durch Wasserläufe, versuchte die Müdigkeit in den abgespannten bleichen Gesichtern ihrer Familie einzuschätzen und trat vorsichtig von Fels zu Spalte und Stein auf dem unebenen Weg, den Selies ältere Schwester mit ihrer Laterne beleuchtete. Die neunzehnjährige Ranie warf Giddon die ganze Zeit über schüchterne, flirtende Seitenblicke zu. Auch das kannte er schon von anderen Einsätzen. Er hatte sich angewöhnt, im Gespräch seine geliebte Freundin zu erwähnen. Giddon hatte keine Freundin. Noch etwas, das er vorgab, um die Dinge zu vereinfachen.

Er hob eine Hand, um Selies herunterhängenden Kopf zu stützen. *Kinder sind eigenartig gelenkig,* dachte Giddon. Manchmal sah es aus, als würde sich ihr Kopf gleich vom Körper lösen und auf den felsigen Boden plumpsen. Und Selie war der Grund für diese Reise durch die Tunnel nach Monsea, denn sie war eine Beschenkte mit der Gabe des Gedankenlesens. In Estill gehörten die Beschenkten der neuen Regierung, die ihre besonderen Fähigkeiten nach Belieben ausnutzte. Es gab alle möglichen Gaben – von so banalen Talenten, wie Vogellaute nachahmen zu können, bis hin zu nützlicheren Eigenschaften wie Schnelligkeit, das Wetter vorhersagen können, Kämpfen, mentale Manipulation oder Gedankenlesen. In Monsea, wo Königin Bitterblue die Regeln machte, waren Beschenkte frei.

Der Rat – der keinen offiziellen Namen hatte, er hieß einfach bloß der Rat – war ein geheimer, internationaler Zusammenschluss von Spionen, Retterinnen, Kämpferinnen, Verschwörern und Beratern, der von Giddon und seinen Freunden Raffin, Bann, Katsa und Bo angeführt wurde und allen in den Sieben Staaten zu Hilfe kam, die zu Unrecht unter den Gesetzen litten. Der Rat hatte vor etwa vierzehn oder fünfzehn Jahren klein angefangen – Katsa hatte ihn ins Leben gerufen –, aber inzwischen reichte sein Einfluss weit.

Es waren Giddon und seine Freunde gewesen, die das Volk von Estill beim Sturz ihres korrupten Königs unterstützt hatten. Aber dann hatte sich die provisorische Republik, die in Estill anstelle der Monarchie getreten war, als unterdrückerischer erwiesen, als die Ratsmitglieder vorhergesehen hatten. Außerdem hielt der Rat grundsätzlich nichts von Regierungen, die Beschenkte als ihren Besitz betrachteten.

Deshalb schmuggelte Giddon jetzt heimlich Beschenkte aus Estill heraus, um sie vor der Regierung in Sicherheit zu bringen, der er selbst an die Macht verholfen hatte. Und versuchte dabei, den Soldaten von Estill aus dem Weg zu gehen, die seit einiger Zeit mit

Schwertern und Bögen bewaffnet in den Wäldern an der Grenze patrouillierten und jeden, dem sie begegneten, nach seinen Papieren fragten.

Giddons Schwert hing schwer an seiner Seite. Er brachte noch mehr Kraft auf, um Selie fester zu halten, falls ihr kalt war. Es war Anfang Mai und eisig unter der Erde. Seit zwanzig Minuten wurden sie von einem steten Tröpfeln, das von einem versteckten Felsvorsprung über ihnen kam, gepiesackt, und Giddon hatte die Mütze und den Schal des Mädchens kaum trocken halten können. In ungefähr zwei Stunden würde sich der Pfad wandeln und zu einem gleichmäßigen Abhang werden, der sie sanft in die Wälder vor Bitterblue City führen würde. Giddon würde die Familie bei den Verbündeten des Rats abliefern, die sie in Monsea erwarteten, und selbst an Bitterblues Hof zurückkehren. Ins Bett fallen, ein Jahr lang schlafen. Und dann nach Bitterblue sehen.

»Hat mein Vater Ihnen schon die Nachricht übermittelt?«, fragte Ranie Giddon so leise, dass er näher an sie heranrücken und sich vorbeugen musste.

»Welche Nachricht?«, fragte er. Es gefiel ihm unweigerlich, wie die Stimmen hier im Tunnel grollten und zu Geflüster wurden wie das tröpfelnde Wasser.

»Papa?« Ranie drehte sich zu dem kahl werdenden Mann um, der entschlossen hinter ihnen herstapfte, ein schlafendes Baby vor die Brust geschnallt. Neben ihm ging seine Frau mit einem Gesichtsausdruck, als würde sie ewig weiterlaufen, wenn es nötig wäre. Es war ein erschöpfter, aber entschlossener Ausdruck, den Giddon kannte. Vermutlich waren ihre Füße voller Blasen. Eltern taten heldenhafte Dinge für ihre Kinder.

»Papa, hattest du nicht eine Nachricht für Giddon?«, fragte Ranie.

»Ach, ja.« Der Mann blinzelte, als erwachte er gerade. Die Lautstärke seiner eigenen Stimme schien ihn zu erschrecken. Diesen Effekt hatten die Tunnel, konnten einem den Eindruck vermitteln, man sei ganz in sich selbst versunken. Ein Gespräch erschien einem dann wie Gewalt.

»Es ist eine Nachricht über diese beiden Abgesandten aus Monsea, deren Schiff in Winterburg gesunken ist«, sagte der Mann. »Wissen Sie von diesem Schiff, der *Seashell*?«

Giddon sah plötzlich Königin Bitterblue vor sich, wie sie an der Tür zu seinen Räumen stand, einen Brief umklammernd, das tränenüberströmte Gesicht ihm zugewandt. Bitterblues Gesandter in Winterburg, Mikka, und einer ihrer Ratgeber, Brek, waren in diesem Schiffswrack am anderen Ende der Welt ums Leben gekommen. Und es war ein Unfall gewesen – wie Giddon ihr immer wieder versicherte, während er sie auf seiner Schwelle im Arm hielt –, aber trotzdem machte sie sich Vorwürfe, weil sie diejenige war, die die Männer nach Winterburg geschickt und damit zu einem Tod so weit entfernt von zu Hause verurteilt hatte.

»Ja«, sagte Giddon grimmig. »Ich weiß von den ertrunkenen Männern aus Monsea.«

»Ich soll Ihnen sagen, dass die beiden Neuigkeiten über etwas namens Zilfium gehabt hätten.«

»Neuigkeiten über Zilfium?«, fragte Giddon, der diese Nachricht ziemlich unverständlich fand. Soweit er sich erinnerte, war Zilfium eine Art Treibstoff, der wichtig war für Winterburg, aber er wusste nicht mehr, warum. »Was für Neuigkeiten?«

»Ich weiß es nicht«, sagte der Mann. »Ich weiß nur, dass sie Königin Bitterblue Neuigkeiten über Zilfium mitteilen wollten, dann aber an jenem Tag segeln waren und ertrunken sind. Daher solle die Königin so viel wie möglich über Zilfium in Erfahrung bringen.«

»Wer hat Ihnen diese Nachricht für mich anvertraut?«, fragte Giddon.

»Der Mann, der uns zum Anfang des Tunnels gebracht hat, wo Sie uns abgeholt haben. Bann, der Gefährte von Prinz Raffin von den Middluns. Er sagte, er habe es von Prinz Raffin, der es wiederum aus einem Brief hatte, den einer der Männer ihm geschrieben hat, bevor er ertrank.«

So wurden Ratsnachrichten häufig weitergegeben, von Mund zu Mund. »Hat Bann Ihnen irgendetwas Schriftliches für mich mitgegeben?«

»Nein, nichts. Nur das, was ich gesagt habe: Dass die Männer Königin Bitterblue Neuigkeiten über Zilfium mitteilen wollten, bevor ihr Schiff gesunken ist, und dass sich Königin Bitterblue daher mit Zilfium beschäftigen solle.«

Diese Nachricht war hochgradig ärgerlich, und das lag vermutlich nicht nur daran, dass Giddon nass und erschöpft war und ein bleischweres Kind trug. Erstens verstand er sie nicht. Zweitens hatte er den Verdacht, dass sie unvollständig war. Und drittens würde die Erinnerung an ihre toten Männer Bitterblue wahrscheinlich zum Weinen bringen.

Ranie ging wieder näher neben ihm und sprach so leise, dass er sich zu ihr rüberbeugen musste. Er fragte sich, ob sie das wohl mit Absicht tat.

»Was ist Zilfium, Giddon?«, fragte sie.

Ein Rinnsal eisigen Wassers traf ihn im Nacken. »Ich weiß nicht genau«, sagte er verärgert.

»Sie macht es wirklich mit Absicht«, flüsterte Selie ihm schläfrig ins Ohr, wovon er zusammenzuckte. Er war sicher gewesen, dass das Mädchen schlief.

»Was?« Das war nun wirklich das Allerärgerlichste: Gedankenleser!

»Ranie spricht absichtlich so leise. Damit du ganz nah an sie heranrücken musst«, wisperte Selie, damit es sonst niemand hören konnte. »Außerdem weiß ich, dass du gar keine Freundin hast.«

»Ach ja? Und weißt du auch, dass du schwer bist wie ein Pferd?«

Selie kicherte. »Keine Sorge«, flüsterte sie. »Ich sags nicht weiter.«

Als die Gruppe Stunden später in Monsea ankam und aus dem Tunnel in das rosafarbene Morgenlicht des Waldes hinaustrat, liefen Selies Mutter Tränen übers Gesicht. Sie kauerte sich auf einen Teppich aus welkem Laub, setzte sich, und sagte: »Ich muss nur kurz meine Füße ausruhen, Kinder.«

»Lassen Sie mich mal sehen.« Giddon setzte Selie steif auf dem Boden ab. Selie protestierte und klammerte sich an ihn. »Du musst jetzt selbst gehen, Selie«, sagte er. »Siehst du den Wald? Das ist Monsea. Was hältst du davon?«

Der Wald hier sah fast genauso aus wie der Wald in Estill, in dem sie das Tunnelsystem betreten hatten: hohe, dicke Bäume mit blassgrünen Frühsommerknospen, dürre Kiefern. Wind, Vogelgezwitscher, Wassertröpfeln, Eichhörnchen.

Aber Selie fing an zu weinen. »Er ist hässlich.« Giddon verstand sie. So war das mit der Flucht. Wenn die Gedanken sich ausschließlich um die Notwendigkeit zu fliehen drehten, war kein Platz für die Erkenntnis, wie weit entfernt das Zuhause einem erscheinen würde, sobald man einmal angekommen war.

»Komm, Selie.« Ihre Mutter streckte einen Arm nach dem Mädchen aus. »Komm zu mir, während Giddon an meinen Füßen rumstochert.«

»Ihr Vertrauen in meine Fähigkeiten ist ja geradezu rührend«, sagte Giddon. »Ich gehe nur eben noch ein paar spitze Stöcke sammeln, um damit darauf einstechen zu können.«

Selie, die immer noch weinte, aber jetzt gleichzeitig kicherte, schmiegte sich an ihre Mutter und nahm schniefend deren Küsse entgegen, während Giddon der Mutter die Schuhe auszog. Als er feststellte, dass ihre Füße so blutig waren, dass es schwierig werden würde, ihr die Socken auszuziehen, ohne die Haut mit abzureißen, schalt er sich, dass er nicht früher nachgesehen hatte. Dann schätzte er die vor ihnen liegende Strecke ab. Die Kontaktperson, zu der Giddon sie brachte, würde sauberes frisches Wasser haben, Arzneien und ein Bett, auf das sich diese Frau legen könnte. Es war nicht mehr weit und die anderen schienen noch laufen zu können.

Das Baby fing an zu weinen. Die Frau streckte den freien Arm nach dem Säugling aus und legte ihn sich an die Brust. Der Vater und Ranie standen in der Nähe herum, als wollten sie sich nützlich machen.

Es wäre wirklich besser, die Socken jetzt nicht auszuziehen. *Zum Glück bin ich groß*, dachte Giddon.

Als die Frau das Baby fertig gestillt hatte, reichte sie es wieder ihrem Mann. Dann gab Giddon ihr eine Tablette gegen die Schmerzen, hob sie hoch und trug sie den Rest des Weges.

# 2

Es war später Vormittag, als Giddon, schließlich allein, die Brücken über den Fluss nach Bitterblue City erblickte. Das bedeutete, dass er schon fast in seinem Bett lag. Er ritt auf einem Pferd, das die Kontaktperson des Rats ihm geliehen hatte, und sein Gehirn arbeitete nur träge; momentan versuchte er das Denken zu unterlassen und hatte vor, es erst nach dem Schlafen wieder aufzunehmen. Alle Gedanken konnte er jedoch nicht abstellen, zum Beispiel den, wie schön es war, von diesem wunderbaren Pferd getragen zu werden, nachdem er selbst stundenlang andere getragen hatte. Auch die Gedanken an Bitterblue konnte er nicht vermeiden, als er das Pferd auf den weiß-blauen Marmorboden der Winged Bridge lenkte.

Auf dieser Brücke hatte Bitterblue einen ihrer Ratgeber verloren. Sie hatte versucht ihn aufzuhalten, ganz allein in einem Schneesturm, aber der Mann hatte sich von der Brücke gestürzt. Damals war sie gerade mal achtzehn Jahre alt gewesen. Dieser Selbstmord war Teil des Vermächtnisses von Bitterblues Vater, König Leck, der ein Schreckensherrscher und Psychopath gewesen war. Jetzt, fünf Jahre später, hatten sich die Dinge für Bitterblue gebessert, aber sie trug immer noch das Gewicht all des Leids, das ihr Vater Monsea angetan hatte, auf den Schultern. Niemand hatte Bitterblue hindurchgetragen. Sie hatte sich selbst getragen und jetzt trug sie ihr Königreich.

Giddon dachte außerdem an Winterburg, einen torlanischen Staat am anderen Ende der Welt. Es war erst wenige Jahre her, dass in Pikkia ein torlanisches Fischerboot von der Strömung des Wintermeers angespült worden war und sich so ihr Wissen über die Welt vergrößert hatte.

Giddons Kontinent bestand aus neun Ländern – den Sieben Staaten, den Dells und Pikkia. Torla bestand offenbar aus fünf: Winterburg, Kamassar, Borza, Tevare und Mantiper. Winterburg war der Staat in Torla, der Monsea am nächsten lag. Deshalb war Winterburg naheliegenderweise der erste Anlaufpunkt für Bitterblues Gesandte, Händler und Spione gewesen.

In den Sieben Staaten gab es Beschenkte. In den Dells und Pikkia gab es faszinierende Monster in leuchtenden Farben, die einem den Verstand benebeln konnten, um einen dann anzugreifen. Aber Winterburg war den Berichten zufolge ein Land der Wunder. Die Winterburger unterhielten sich mit Meerestieren, die telepathische Fähigkeiten hatten, und hielten Füchse mit telepathischen Fähigkeiten als Haustiere. Sie flogen in Schiffen, die an Ballons hingen, durch die Lüfte. Ihre Regierungsform war eine demokratische Republik, die aus Menschen bestand, die sich gegenseitig mochten. Es gab eine Akademie für junge Leute, die von denselben Gelehrten geführt wurde, die die Regierung bildeten, und in ganz Torla berühmt war. Es gab fortschrittliche Medizin und kraftvolle Treibstoffe. Die Winterburger wollten die Königin von Monsea kennenlernen. Würde sie kommen?

Seit etwa drei Jahren erhielt Bitterblue jetzt bereits Einladungen. Ihre Freunde und sie hatten angefangen, die Sprache Winterburgs zu lernen – eine Weile lang war das regelrecht Mode gewesen – und Winterburger Waren zu importieren. Winterburger Seidenstoffe hatten kräftige Farben und waren wunderschön gewebt, und das Öl von dort schenkte helles, warmes Licht. In Winterburg gab es außerdem eine große Auswahl an Tees, die eine medizinische oder entspannende Wirkung hatten oder einfach nur köstlich schmeckten. Die Staaten Torlas lagen nah genug, um Handel treiben zu können, hatten aber offenbar keine kriegerischen Absichten. Die Winterburger waren dunkelhaarig wie die Lienid, hatten dunkle Augen und dunklere Haut als irgendjemand von Giddons Kontinent. Auf dem torlanischen Kontinent wurden mindestens fünf verschiedene Sprachen gesprochen und die Winterburger waren erpicht darauf, sich mit ihren neuen Nachbarn aus Übersee zu verständigen. Die Sprache, die in Monsea sowie in allen Sieben Staaten gesprochen wurde, hieß Beschenktisch. Auf Bitten der Winterburger Premierministerin hatte Bitterblue Lehrer an die Winterburger Akademie geschickt, um dort Beschenktisch zu unterrichten.

Alles war aufregend und hoffnungsvoll gewesen. Bis Bitterblues Gesandter und einer ihrer Ratgeber einen Segeltörn im Frostigen Meer unternommen hatten und mit ihrem Schiff untergegangen waren. Und das offensichtlich, bevor sie Gelegenheit gehabt hatten, Bitterblue irgendwelche Neuigkeiten über Zilfium mitzuteilen.

Als Giddon Bitterblues Hof erreichte, glitt er vom Pferd. Ein Stallbursche tauchte neben ihm auf und nahm ihm so routiniert die Verantwortung für das Pferd ab, dass Giddon vor Erleichterung hätte weinen können. Er schleppte sich durch das Schloss – Flure entlang, Treppen hinauf –, ohne mit jemandem zu reden oder jemanden anzusehen. Als er seine Räume erreichte, stürzte er hinein und beachtete weder den Berg Briefe auf dem Tisch noch den Kater im Sessel, der ihm einen gekränkten Blick zuwarf. Noch bevor er auf dem Bett landete, war er eingeschlafen.

Als Giddon am frühen Abend erwachte, fühlte er sich wie neugeboren. Er blickte sich nach dem Kater um. Lovejoy, das älteste, schäbigste und griesgrämigste Tier der Welt, gehörte dem königlichen Bibliothekar und betrat und verließ Giddons Räume immer durch sein Badezimmerfenster. Das Fenster lag fünf Stockwerke hoch und der Kater vollführte jedes Mal ein beängstigendes Rutschmanöver über ein nahe gelegenes, schräges Dach, um dorthin zu gelangen. Als Giddon den dummen Kater zum ersten Mal mit angezogenen

Beinen über das Dach sausen sah, als hätte er einen Skiunfall, hatte Giddon ihn angeschrien. Dann war er runtergegangen und hatte den Bibliothekar angeschrien und anschließend entschieden, das Fenster in Zukunft geschlossen zu halten. Aber beim nächsten Mal war Lovejoy gegen das geschlossene Fenster geknallt und hatte Giddon, eng an die Scheibe gepresst, wütend von draußen angestarrt. Giddon, der gerade im Bad gewesen war, hatte nachgegeben. Jetzt ließ er das Fenster immer offen und versuchte sich nicht zu Tode zu erschrecken, wenn der Kater wie eine Rohrpost hereingeschossen kam.

Lovejoy lag mitten in dem Haufen Briefe auf dem Tisch und blinzelte Giddon an.

»Hab ich dir gefehlt?«, fragte Giddon.

Lovejoy hob ein Bein und biss sich selbst ins Hinterteil.

»Du mir auch«, sagte Giddon. Dann stand er auf und ging ins Bad.

Kurz darauf, mit sauber geschrubbter Haut, das dunkle Haar gekämmt, den Bart gestutzt, machte sich Giddon auf die Suche nach der Königin.

Er fand sie in den unteren Schreibzimmern, wo sie neben dem Schreibtisch ihres Ratgebers Froggatt stand, dem sie über die Schulter blickte, und gemeinsam mit ihm Papiere studierte. Klein, grauäugig, ernsthaft, ihr Haar zu den üblichen dunklen Zöpfen geflochten. Etwas in Giddon entspannte und etwas verkrampfte sich.

Sie blickte auf und ihr ganzes Wesen strahlte. »Du bist wieder da! Wie war die Reise?«

»Es lief gut«, sagte er. Dann bemerkte er am anderen Ende des Raums einen Mann, der sich mit zwei königlichen Ratgebern unterhielt. Er war spindeldürr, hatte dünnes Haar, das an den Schläfen langsam grau wurde, und ein Lächeln, das einem humorlosen Zähneblecken glich. Er hieß Lord Joff und kam aus dem Süden von Estill, aus der Nähe des Tunnelsystems; und er war einer der niederen Adligen Estills, die den Rat heimlich um Hilfe beim Sturz ihres Königs gebeten hatten. Und jetzt war er einer der vielen, die ihr privates Vermögen in den Ausbau der Armee von Estill, die immer weiter wuchs und an Stärke zunahm, investierten. Seit Kurzem machte sich Giddon Gedanken darüber, ob die Befreiung Estills von seinem König der erste wirklich große Fehler des Rats gewesen war. Was, wenn Estill Vergeltung an Bitterblue und Monsea übte, weil sie bei der Flucht der Beschenkten halfen?

Warum war Lord Joff hier?

»Das ist gut.« Bitterblue bemerkte Giddons Fixierung auf Lord Joff, ging aber nicht darauf ein. Dann sah Joff auf. Als er Giddon erblickte, kniff er die Augen zusammen, blassblaue Eissplitter. Giddon erwiderte seinen Blick unerbittlich.

»Giddon?«, sagte Bitterblue.

»Hast du einen Moment Zeit?«, fragte er sie.

Die Königin nickte Froggatt zu, der Giddon missbilligend beäugte. Die Ratgeber wussten zwar vermutlich nicht alles, worin Giddon verwickelt war, und sie wussten ganz sicher nicht, dass er Beschenkte aus Estill über die Grenze nach Monsea schmuggelte, aber sie kannten genug der Gerüchte über den Rat, um ihn für einen unpassenden Freund für die Königin zu halten. »Entschuldigen Sie uns, Froggatt«, sagte Bitterblue. »Giddon, komm mit nach oben.«

Sie führte ihn die Wendeltreppe hinauf in den höchsten Turm des Schlosses, wo sie ihr privates Schreibzimmer hatte. In diesem Raum, dessen Fenster in alle Richtungen wiesen, hatte man immer wunderschönes Licht. Heute Abend war der Himmel im Westen von lila- und orangefarbenen Streifen durchzogen.

»Wie geht es dir wirklich, Giddon?«, fragte Bitterblue. »Wie war es im Tunnel? Du siehst müde aus.«

»Mir geht es wirklich gut, aber was macht dieser Lord aus Estill in deinem Schreibzimmer?«

»Ich habe schon bemerkt, wie du versucht hast, ihn mit der Macht deines Blickes zu töten«, sagte Bitterblue. »Meine Ratgeber bilden sich ein, er könnte mir den Kopf verdrehen.«

»Was?« Giddon war ernsthaft entsetzt. »Du sollst einen bekannten Aufständischen aus Estill heiraten?«

»Ich soll einen Adligen aus Estill heiraten, der Einfluss in der neuen Regierung von Estill hat, was Estill zu unserem militärischen Bündnispartner machen würde.«

»Will er dich heiraten?«

»Er behauptet, das sei der Grund für seinen Besuch.«

»Aber warum sollte er dich heiraten wollen?«

Bitterblue kicherte. »Keine Sorge, ich bin nicht beleidigt.«

Giddon grinste. »Du weißt schon, was ich meine.«

»Ja. Ich bin sicher, er hat es auf irgendeinen Vorteil für sich oder Estill abgesehen, aber ich weiß nicht, welchen, und leider werden wir es auch nie erfahren, da ich nicht die Absicht habe, ihn zu ermutigen. Wolltest du mit mir über Joff reden? Ich hatte den Eindruck, es hätte etwas mit deiner Reise zu tun.«

»Oh, ja«, sagte er. »Was genau ist Zilfium?«

»Zilfium?«, wiederholte sie und rieb sich die Zöpfe, wie sie es immer tat, wenn sie Nackenschmerzen hatte. »Es ist ein Gestein, das einen kraftvollen torlanischen Treibstoff darstellt. Es wird auf dem gesamten torlanischen Kontinent genutzt, außer in Winterburg, wo es verboten ist.«

»Warum ist es in Winterburg verboten?«

»Ich glaube, es hat damit zu tun, dass Zilfium die Luft verschmutzt.« Bitterblue ging zum großen Schreibtisch in der Mitte des Zimmers hinüber. Sie blätterte in Papieren; die goldenen Ringe an ihren Fingern reflektierten das Licht. »Und vielleicht auch das Wasser. Winterburg baut Zilfium ab und exportiert es, aber sie selbst nutzen es nicht. Irgendwo hier habe ich weitere Informationen dazu. Wir können Froggatt rufen …«

»Moment noch«, sagte Giddon. »Wir haben eine Nachricht von

Raffin bekommen. Er sagt, einer deiner Männer, die in Winterburg gestorben sind, hatte ihm einen Brief geschrieben. Welcher der beiden auch immer …«

»Das wird Mikka gewesen sein, mein Gesandter.« Bitterblues Stimme wurde plötzlich leiser. »Er hat einen Briefwechsel mit Raffin und Bann über Arzneien geführt. Er war ein Naturmensch, der immer wieder tagelang herumwanderte und ihnen dann Päckchen mit Samen und Blättern schickte.«

»Ah«, sagte Giddon. »Na ja, Mikka hat Raffin geschrieben, dass er Neuigkeiten über Zilfium für dich hätte. Hast du irgendwelche Neuigkeiten darüber erhalten?«

»Nein. Was für Neuigkeiten?«

»Ich habe keine Ahnung. Aber Raffin sagt, du sollst dich mit Zilfium beschäftigen.«

»Mich damit beschäftigen?« Bitterblue blätterte weiter in den Papieren. »Inwiefern?«

»Auch da habe ich keine Ahnung.«

»Was für eine alberne Nachricht. Warum kann ich auf diesem Schreibtisch eigentlich nichts finden? Oh, Wieselkacke!«, schimpfte Bitterblue, dann stapfte sie zur Treppe hinüber und brüllte »Froggatt«.

Kurz darauf erschien Froggatt in der Tür. »Ja, Königin?« Er sah sie über seinen schlaff herabhängenden Schnurrbart hinweg an.

»Wo sind meine Informationen über Zilfium?«

Froggatt drehte sich um und rannte wieder die Treppe hinunter.

»Katu redet dauernd von Zilfium«, murmelte Bitterblue und wandte sich einem neuen Stapel zu. »Nicht, dass er es für nötig gehalten hätte, mir in letzter Zeit mal zu schreiben.«

Giddon setzte eine unbewegte und freundliche Miene auf. Katu Cavenda war ein Mann aus Winterburg, ein wohlhabender Abenteurer, der vor einiger Zeit nach Monsea gekommen war und hier sofort eine Beziehung mit Bitterblue angefangen hatte. Er war unerträglich jung und unerträglich gut aussehend mit seiner Winterburger Erscheinung, seinem sanften Winterburger Akzent und der weißen Strähne in seinem schwarzen Haar, die alle Blicke auf sich zog. Er war außerdem ein furchtbar netter Mensch. Eigentlich sogar Giddons Freund; er hatte Giddon hier im Fluss das Segeln beigebracht.

»Was sagt er darüber?«, fragte Giddon freundlich.

»Dass im Winterburger Parlament alle über Zilfium streiten.« Bitterblue legte den Kopf schräg, als erinnerte sie sich. »Viele Leute in Winterburg wollen die Nutzung von Zilfium legalisieren.«

Froggatt kam schnaufend und rotgesichtig zurück ins Zimmer gestürmt und trug einen Packen Papier, den er Bitterblue überreichte.

»Danke, Froggatt. Bitte sagen Sie doch allen, sie sollen Feierabend machen und etwas essen.«

»Natürlich, Königin.«

»Das gilt auch für Sie.«

»Und Sie, Königin?«

Froggatt war nicht besonders groß, aber wie alle anderen größer als Bitterblue. Er war auch nicht alt, doch sein Tonfall der Königin gegenüber hatte immer etwas Väterliches an sich. Mit gefalteten Händen, das Kinn gegen die Brust gepresst, blickte er geduldig wartend auf sie hinab.

»Ich habe ziemlichen Hunger«, sagte Giddon, obwohl das eigentlich nicht stimmte.

»Ja, schon gut, ich habe verstanden, was ihr mir sagen wollt.« Bitterblue tat verärgert. »Ab mit Ihnen, Froggatt.«

»Ich wünsche Ihnen einen wunderschönen Abend, Königin.« Froggatt warf Giddon einen letzten durchdringenden und missbilligenden Blick zu.

»Hast du diesen Blick gesehen?«, fragte Giddon, nachdem Froggatt gegangen war. »Dabei habe ich mich wegen des Essens auf seine Seite geschlagen!«

»Sie sind dermaßen mürrisch, seit ich mich geweigert habe, mehr Zeit mit so einem schrecklichen Grafen aus Sunder zu verbringen.«

»Du sollst einen Aufständischen aus Estill *und* einen Grafen aus Sunder heiraten?«

»Er ist mir dauernd ins Wort gefallen«, sagte Bitterblue. »Und als ich ihm schließlich erklärt habe, er solle mich nicht dauernd unterbrechen, erwiderte er: ›Ich mag temperamentvolle Frauen‹, und zwar auf eine so unangenehme Art, die ganz deutlich machte, dass er über Sex sprach.« Beim Reden blätterte sie die Papiere durch, die Froggatt ihr gegeben hatte, und überflog sie. »Hier ist es.« Sie hielt auf einer Seite an und las: »›Zilfiumbestände kommen auf natürliche Art auf dem ganzen torlanischen Kontinent vor. Winterburgs Umweltgesetze verbieten die Nutzung von Zilfium in Winterburg, aber es wird dort abgebaut und nach Kamassar und in die anderen torlanischen Staaten exportiert, wo es für den Antrieb von Zügen, Schiffen, Pflügen und Maschinen in Fabriken genutzt wird.‹«

»In Winterburg gibt es Luftschiffe«, sagte Giddon. »Werden die nicht mit Zilfium betrieben?«

»Nein«, antwortete Bitterblue. »Die Luftschiffe werden vom Wind angetrieben und von einem Gas oben gehalten, das die Luft nicht verschmutzt. Luftschiffe gibt es ausschließlich in Winterburg, es ist eine zilfiumfreie Technologie.«

Sie ließ die Papiere auf den Schreibtisch fallen, dann hob sie ihren festen ruhigen Blick und sah ihn an. »So, ich habe mich mit Zilfium beschäftigt. Glaubst du, das war es, was Mikka wollte?« Dann lächelte sie, ihr erschöpftes Gesicht nahm einen humorvollen Ausdruck an und Giddon machte sich nicht länger Sorgen, sondern war plötzlich glücklich und hungrig.

»Höchstwahrscheinlich«, sagte er.

»Vermutlich sollten wir Raffin schreiben und ihn bitten, etwas weniger geheimnisvoll zu sein.« Bitterblue nahm Giddon am Arm. »Lass uns etwas essen.«

Bitterblues beschenkte Spionin und Halbschwester Hava war auch beim Abendessen. Genau wie Bitterblues Cousin Skye, der Giddon so fest umarmte, als hätten sie nicht erst vor einer Woche in genau diesem Raum zusammen gegessen. Wie viele Lienid war Skye sehr offen. Das hatte Giddon immer gefallen; es gab ihm das Gefühl, als hätte er einen Bruder.

Als Bitterblue sich gerade ein zweites Stück süßen Essigkuchen abschnitt, fiel ihr ein Brief aus der Tasche.

Skye bückte sich und hob ihn auf. »Das ist ja Safs Handschrift!«

»Ach ja«, sagte Bitterblue. »Den hatte ich ganz vergessen.«

»Hast du ihn schon gelesen?«

»Nein.«

»Warum schreibt Saf dir?«

»Woher soll ich das wissen, wenn ich ihn noch nicht gelesen habe?«

»Und wann hast du vor, ihn zu lesen?«

»Ich lese ihn jetzt«, sagte Bitterblue mit einem vielsagenden Blick auf Skye, »wenn du dann aufhörst, dich wie ein quengeliger Welpe zu benehmen.« Sie brach das Siegel mit ihrem Messer auf, dann holte sie ein einzelnes Blatt Papier mit dem unleserlichsten Gekrakel, das Giddon je gesehen hatte, hervor. Niemand hatte eine so fürchterliche Handschrift wie Saf, der Bitterblues … *Freund* war? Giddon war nicht ganz sicher, welchen Status Saf gerade hatte, abgesehen davon, dass Bitterblue und er früher ein Paar gewesen waren und er ein leichtsinniger Esel mit violetten Augen war, der vor einigen Monaten aus heiterem Himmel beschlossen hatte, auf einem Schiff anzuheuern, das nach Winterburg segelte. Von dort schrieb er jetzt vermutlich. Saf und Skye waren gute Freunde und hatten in den letzten Jahren zusammen im Rahmen von Kartografie-Expeditionen im Auftrag Pikkias das nördliche Wintermeer bereist. Giddon nahm an, dass Skye Saf vermisste.

»Und?«, fragte Skye.

»Einen Moment. Er ist verschlüsselt.« Bitterblues Blick huschte über die Seite. Sie hatte einen Sinn für Chiffren; Bitterblue war der einzige Mensch, den Giddon kannte, der einen Brief so schnell im Kopf entschlüsseln konnte. Und das Schlüsselwort, mit dem sie Safs Brief dechiffrierte, war bestimmt »Sparks«, Safs Spitzname für Bitterblue aus der Zeit, als sie sich geliebt hatten. Also liebten sie sich vielleicht immer noch. Was in Ordnung war.

»Er ist in Ledra«, sagte Bitterblue. Ledra war die Hauptstadt von Winterburg. »Er will dort noch eine Weile bleiben, während er überlegt, was er weiter tun soll. Im ersten Absatz geht es um Zilfium. Ist das nicht ein komischer Zufall, Giddon?«

»Was ist Zilfium?«, fragte Skye.

»Treibstoff«, erklärte Hava gelangweilt vom Sofa aus, wo sie auf dem Rücken lag, an die Decke starrte und so tat, als hörte sie nicht zu.

»Er schreibt, das Parlament von Winterburg stimmt darüber ab, ob sie die Nutzung von Zilfium in Winterburg legalisieren sollen, und sie wollen wissen, wie der Königskontinent dazu steht.«

Königskontinent, so wurde Giddons Kontinent in Torla genannt. Dort fand man es sonderbar, dass die meisten Staaten hier Monarchien waren. In Giddons Ohren klang der Name leicht herablassend, genau wie der offizielle Name für Giddons Sprache, Beschenktisch, der ihr ebenfalls von Außenstehenden verliehen worden war. Aber das war jetzt unwichtig. Wichtig war, dass Bitterblue beim Entschlüsseln des zweiten Absatzes große Augen bekam.

»Giddon! Er sagt, er habe sich mit Katu angefreundet, und Katu glaubt, dass an dem Schiff, das mit meinen Männern gesunken ist, etwas verdächtig sei!«

»Verdächtig!« Giddon richtete sich auf. »Wie kommt er darauf?«

»Das weiß Saf nicht. Und – Moment – er schreibt, Katu sei verschwunden!«

»Verschwunden!«, sagte Giddon. »Was heißt das?«

»Überall in Ledra heißt es, Katu sei auf Reisen.« Bitterblues Blick huschte weiter über die Seite. »Und er sei Richtung Norden gesegelt. Aber Saf hatte eine Verabredung mit Katu zum Segeln und Katu hat diese Verabredung nie abgesagt oder sich verabschiedet. Katu hat offenbar nach der *Seashell* gesucht, Mikkas und Breks gesunkenem Schiff. Sie wollten gemeinsam rausfahren. Katu wollte Saf zeigen, wo er danach suchte, da Saf ebenfalls ein kräftiger Taucher ist. Aber jetzt ist Katu weg und Saf hat ein komisches Gefühl. Er sagt, er wird sich das näher ansehen.«

»Was?«, rief Skye und griff nach dem Brief. »Wie will er sich das näher ansehen?«

»Davon steht hier nichts.« Bitterblue gab ihm den Brief, was ihm nichts nutzte, da der ja verschlüsselt war. »Aber er sagt, er hätte dir auch geschrieben, Skye.«

Skye betrachtete den Brief mit einem Ausdruck wachsenden Ärgers. »Und wo ist dann *mein* Brief?«

»Giddon?«, fragte Bitterblue. »Was meinst du? Ergibt das irgendeinen Sinn? Saf könnte jemand sein, der Schwierigkeiten sucht, wo es keine gibt – aber Katu?«

Immer wenn Bitterblue sich ihm zuwandte, wollte Giddon sich über seine niederen Instinkte erheben, aus Angst, sie zu verletzen oder zu enttäuschen. Er wusste nie, ob es an der Sorgenfalte zwischen ihren Augenbrauen lag, dem bittenden Ausdruck in ihren Augen oder der Art, wie sich ihr Tonfall veränderte, als wäre sie bereit zu glauben, was immer er sagen würde. Er wollte sich des Vertrauens, das sie – offensichtlich willkürlich – in ihn setzte, würdig erweisen.

Also dachte er sorgfältig über das Verschwinden eines der Geliebten Bitterblues nach, von dem ein anderer Geliebter Bitterblues berichtete.

»Ich glaube nicht, dass Katu sich Sachen ausdenkt oder Verabredungen nicht einhält«, sagte er. »Und ich glaube, Saf würde Katus Verdacht nicht erwähnen, wenn er Katu nicht vertrauen würde.«

»Das denke ich auch«, erwiderte Bitterblue.

»Wenn das Sinken dieses Schiffes irgendwie verdächtig ist«, erklärte Giddon, »bin ich neugieriger denn je, was Mikka dir über Zilfium erzählen wollte.«

»Ja«, sagte Bitterblue. »Und ich mache mir Sorgen um Katu. Er hat schon seit einer Ewigkeit nicht mehr geschrieben.«

»Katu hier, Katu da«, sagte Skye verächtlich. »Aber was ist mit Saf? Was soll das heißen, er will sich das *näher ansehen*?«

»Skye.« Bitterblue berührte sanft das dunkle Haar ihres Cousins, berührte sein besorgtes Gesicht. Die Lienid trugen Gold in den Ohren und an den Fingern. Skye war ein gut aussehender Mann mit grauen Augen und sonnengebräunter Haut. Bitterblue, die eine halbe Lienid war, hatte dieselbe Hautfarbe und trug Lienid-Ringe. Beide zusammen glänzten.

»Es gibt keinen Grund, sich Sorgen zu machen«, erklärte sie. »Du kennst doch Saf.«

»Genau deswegen mache ich mir ja Sorgen!«, sagte Skye. »Was tut er da? Taucht irgendwo im Frostigen Meer herum, um zu ertrinken?«

»Ich glaube, Saf kann gar nicht ertrinken.« Bitterblue wandte sich wieder ihrem Kuchen zu.

»Und wo ist mein Brief?«, fragte Skye. »Und warum bringt er sich in Gefahr, um einen deiner Freunde zu suchen?«

»Skye.« Bitterblues Gabel schwebte zwischen ihrem Teller und ihrem Mund. »Worüber reden wir hier?«

»Er hat es mir versprochen.« Skye stand so unvermittelt auf, dass sein Stuhl umkippte. »Er hat mir geschworen, nichts Gefährliches zu machen, wenn er alleine nach Winterburg reist!«

»Skye!« Bitterblue starrte ihren Cousin entgeistert an. »Bist du etwa in Saf verliebt?«

Giddon erhob sich abrupt. »Hava«, sagte er, den Mund voller Kuchen. »Komm, wir gehen spazieren.«

»Ich will nicht spazieren gehen«, erklärte Hava. Dann fügte sie angesichts seines strengen Blicks hinzu: »Also gut. Aber nimm Kuchen mit.«

Nachdem er sich noch mehr Kuchen auf den Teller geladen hatte, ging Giddon zur großen Tür hinüber und wartete. Mit einem tiefen, ungeduldigen Seufzer nahm sich Hava eine Gabel vom Tisch und folgte ihm. Giddon wäre gern geblieben, um zu erfahren, wie Bitterblue es fand, dass ihr Cousin in Saf verliebt war. Aber er würde den beiden ihre Privatsphäre lassen. Wie jemand mit edleren Instinkten als seinen es tun würde.

# 3

»Das habe ich kommen sehen«, sagte Hava, als sie die Räume der Königin verließen.

»Wirklich?«, fragte Giddon ehrlich überrascht. »Wie denn? Hast du Skye nachspioniert?«

»Natürlich nicht«, erwiderte sie verächtlich. »Wie sähe das denn aus?«

»Du könntest es aussehen lassen, wie du willst«, sagte Giddon, denn Hava war eine Beschenkte mit der Gabe, sich zu verbergen, indem sie veränderte, was die Leute zu sehen glaubten, wenn sie sie anschauten. Wenn sie wollte, konnte Hava mit Saf und Skye in einem Zimmer stehen und so tun, als wäre sie ein Vorhang am Fenster, während die beiden alles Mögliche sagten und taten, ohne zu wissen, dass Hava da war. Jede Gabe war anders und jede unterschiedlich nützlich. Saf hatte die Gabe, anderen Menschen herrliche Träume zu schenken, was Giddon unerträglich romantisch fand. Havas Gabe dagegen machte sie zu einer ausgezeichneten Spionin.

Aber natürlich würde sie niemals Skye und Saf hinterherspionieren.

»Ich nutze meine Gabe nicht ohne die Erlaubnis meiner Schwester«, sagte Hava bissig. »Kannst du dir vorstellen, dass sie mich bittet, ihren eigenen Cousin auszuspionieren? Insbesondere sein Liebesleben?«

»Nein, natürlich nicht.«

Als Giddon in Schweigen verfiel, warf Hava ihm ein paar Seitenblicke zu und schien sich in einen sympathischeren Menschen zu verwandeln. Sie übernahm die Führung und ging um Ecken und mehrere Treppen hinauf und hinunter. Schließlich führte sie ihn in die Kunstgalerie. Giddon wusste, dass das ihr Lieblingsplatz im Schloss war. Havas Mutter war Bildhauerin gewesen, ihr Vater Bitterblues Vater, König Leck, obwohl das ein Geheimnis war. Giddon war einer der wenigen, die es wussten. Havas Mutter war tot, König Leck hatte sie vor vielen Jahren ermordet. Auch Bitterblues Mutter hatte er ermordet. Dann war er selbst ermordet worden und Prinzessin Bitterblue plötzlich mit zehn Jahren Königin.

In einem Raum, der mit den Statuen ihrer Mutter vollgestellt war, setzte sich Hava auf ein Podest und klopfte auf den Platz neben sich.

Giddon setzte sich benommen und hielt ihr den Teller hin. Eine Weile beschränkten sie sich darauf, Kuchen zu essen.

»Wie auch immer, Bitterblue macht das mit Skye und Saf nichts aus«, nahm Hava das unterbrochene Gespräch wieder auf.

»Bist du sicher? Hast du eben nicht ihren Gesichtsausdruck bemerkt?«

»Weil sie überrascht war, du Trottel. Nicht, weil sie immer noch etwas für Saf übrighat. Das ist über vier Jahre her!«

»Wirklich?« Giddon kratzte sich verwirrt am Kopf.

»Du bist unverbesserlich.« Hava hielt ihm eine Gabel voll Kuchen hin, obwohl er seine eigene Gabel hatte. Er machte den Mund auf und beschloss, den Kuchen als schmachvolles Zeichen seiner Unverbesserlichkeit, die Hava auf ihre übliche Art bloßgestellt hatte, anzunehmen.

Bitterblues Halbschwester sah Bitterblue nicht ähnlich. Sie war groß, blass und strohblond. Außerdem hatte Hava ein kupferfarbenes und ein blutrotes Auge, denn Beschenkte hatten verschiedenfarbige Augen. Sie war erst zwanzig, wirkte aber oft älter und schlauer als Giddon mit seinen einunddreißig. Außer, wenn sie so frech war wie jetzt, was oft genug vorkam. Obwohl er sich sogar angesichts ihrer Frechheit manchmal fühlte wie sechs.

»Also gut«, sagte er. »Erzähl mir, was du weißt.«

»Saf und Skye sind seit etwa zwei Jahren zusammen«, berichtete Hava. »Etwas länger. Saf macht immer wieder mit ihm Schluss und kommt dann zurück. Er ist deutlich jünger als Skye, weißt du. Und er hasst es irgendwie, dass Skye ein Prinz ist.«

»Er könnte ja einfach damit aufhören, sich in Leute königlicher Abstammung zu verlieben.«

»O Mann, werd erwachsen, Giddon«, sagte Hava, woraufhin Giddon losprustete. »Na ja, auf jeden Fall ist das so ziemlich alles, was ich weiß, abgesehen von dem, was Skye gerade gesagt hat. Sie haben vereinbart, dass Saf ohne Skye nach Winterburg reist, höchstens ein halbes Jahr, weil Saf etwas Zeit brauchte.«

»Zeit wofür?«, fragte Giddon. »Um mit jedem zu schlafen, dem er begegnet?«

»Was kümmerts dich, wenn es so wäre? Benutz mal dein Gehirn, du Idiot.«

»Woher weißt du das alles?«

»Hm, keine Ahnung, vielleicht, weil ich nicht im Nebel meiner eigenen Vorstellungen gefangen bin?«

Giddon prustete erneut.

»Hast du dich nicht gefragt, warum Skye überhaupt noch hier ist?«, fragte Hava. »Normalerweise bleibt er nie so lange. Aber ein Brief aus Winterburg trifft fünf oder sechs Wochen früher in Bitterblue City ein als in Lienid, klar?«

So langsam begriff Giddon.

»Warum bist *du* eigentlich hier am Hof?«, fügte Hava vielsagend hinzu.

»Du weißt, dass ich nicht nach Hause zurück kann«, sagte Giddon. Er war früher Lord gewesen mit einem Anwesen im Königreich der Middluns. Einem schönen Anwesen mit Wäldern, Bauernhöfen und Pferden sowie Hunderten von Leuten in seinen Diensten. König Randa hatte ihn verbannt, ihm seinen Titel aberkannt und seinen

Landsitz niedergebrannt, um ihn für seine Arbeit für den Rat zu bestrafen. Die Menschen, die unter seinem Schutz gestanden hatten, mussten Randa als Gutsherrn anerkennen oder sich ein neues Zuhause und neue Arbeit suchen. »Und ich muss in der Nähe von Estill bleiben. Du weißt, dass wir uns Sorgen wegen der neuen Regierung dort machen. Ich halte die Augen offen.«

»Hättest du nicht einen besseren Blick auf Estill, wenn du in Estill wärst?«, fragte Hava. »Anstatt meiner Schwester jeden Abend beim Essen gegenüberzusitzen?«

»Frechdachs«, sagte Giddon.

»Rüpel«, sagte Hava. »Mir reichts jetzt mit unserem Spaziergang. Ich gehe zurück, um zu sehen, was passiert ist.«

Nachdem sie gegangen war, saß Giddon noch ein wenig allein da und suchte nach seinem besseren Ich, bevor er sich gestattete, zur Königin zurückzukehren.

Normalerweise fand Giddon leichter Zugang zu seinem besseren Ich.

Oder etwa nicht?

Schließlich verbrachte er einen Großteil seiner Zeit damit, die Probleme anderer Leute zu lösen, ohne noch größere Probleme zu schaffen. Manchmal waren es kleine Probleme, wie das, aus welchen Sorten Teig die drei Lagen der Torte zum dreiundzwanzigsten Geburtstag der Königin bestehen sollten. Das war natürlich keine Ratsangelegenheit gewesen. Was aber nicht hieß, dass er nicht der Richtige dafür war.

Eines Morgens, in der Woche, nachdem Bitterblue Safs Brief erhalten hatte, hörte Giddon zufällig, wie Helda, die ältere Frau, die sich um Bitterblues Haushalt kümmerte, einem der Bediensteten im Flur entrüstet etwas zuraunte.

»Sie will keine Feier«, sagte Helda. »Sie will auch kein Festessen. Sie will ihr übliches ruhiges Abendessen mit ihren Freunden, und wir sollen so tun, als wäre sie nicht die wichtigste Frau der Welt. Na ja, ich weiß, dass sie Süßigkeiten mag. Aber sie sagt nie, was ihr am besten schmeckt, weil sie will, dass sich all ihre Köche gleichermaßen geschätzt fühlen. Sie kümmert sich dauernd um alle! Wie soll ich dafür sorgen, dass sie an ihrem Geburtstag mal das Gefühl hat, jemand kümmert sich um sie?«

»Ähm, entschuldigen Sie, Helda«, sagte Giddon und blickte sich verschwörerisch um, damit er nicht heimlich belauscht wurde. »Alle drei Lagen der Torte sollten aus Schokolade bestehen und das Ganze mit Buttercreme überzogen sein. Und mit Miniwindbeuteln verziert.«

Helda betrachtete Giddon aus zusammengekniffenen Augen, in denen ein gewisses Interesse aufblitzte. Sie richtete sich auf. »Und woher wissen Sie das, Giddon?«

»Wenn es das zum Abendessen gibt, wird sie immer ganz still und konzentriert«, sagte Giddon. »Und sie kratzt ihren Teller leer. Ist Ihnen das noch nicht aufgefallen?«

Der nächste Blick, den Helda ihm zuwarf, ließ ihn erröten und zu dem Schluss kommen, dass er ganz dringend irgendwo anders gebraucht wurde. Aber am Abend ihres Geburtstags nahm Bitterblue angesichts der Schokoladentorte mit den Windbeuteln Helda in den Arm und gab ihr einen Kuss auf die Wange. Giddon konnte an diesem Abend nicht bleiben, weil er weitere Leute aus Estill begleiten musste. Aber er konnte in dem Wissen abreisen, dass Bitterblues langer Tag seinetwegen von einer kleinen Freude gekrönt wurde.

Giddon war darauf bedacht, sich nicht zu genau damit zu beschäftigen, wie sich diese Augenblicke anfühlten. Er wusste, wie zwecklos das war. Bitterblue war Königin, weshalb von ihr erwartet wurde, klug zu heiraten. Ihre Ratgeber schoben ihr dauernd irgendwelche Männer zu und ihm war aufgefallen, dass keiner von ihnen ein enterbter, verbannter Lord war. Er wusste, sie gab ihr Bestes, um einen von ihnen zu mögen. Er wusste sogar – weil sie es nicht vor ihm verheimlichte –, wenn sie sich mit dem einen oder anderen von ihnen einließ.

Manchmal fragte sie ihn um Rat. Er war fast neun Jahre älter und sie wollte von seiner Erfahrung profitieren. Davon kam er sich alt vor.

»Warst du schon mal richtig verliebt in jemanden«, hatte sie ihn vor ein paar Jahren gefragt, als sie sich mit einem Lord von der Südküste traf, »und hast dann festgestellt, dass die Person nicht so nett oder erwachsen ist, wie du dachtest? Und du eigentlich eher in die Vorstellung, die du dir von der Person gemacht hast, verliebt warst als in ihr wahres Ich? Und jetzt musst du es ihr sagen, willst sie aber nicht verletzen?«

Und ja, er war schon in einer solchen Lage gewesen. Eigentlich war er sich ziemlich sicher, schon einmal auf beiden Seiten gestanden zu haben. Aber es fiel ihm schwer, in diesem Moment auf seine edlen Instinkte zu vertrauen, um ihr etwas zu raten, denn ihm wurde schmerzlich bewusst, wie sehr er sich wünschte, sie würde den Mann – von wem auch immer sie da sprach – einfach fallen lassen.

Aber er dachte ernsthaft über ihre Frage nach, weil Bitterblue unglücklich wirkte und weil sie ihm vertraute.

»Ich weiß, es ist schwer, das Gefühl zu haben, unerbittlich zu sein«, sagte er, »wenn die Wahrheit, die man überbringen muss, schmerzhaft sein wird. Das lässt sich nicht vermeiden. Aber wenn ich mich zurückerinnere, war ich eigentlich den Leuten dankbar, die direkt zu mir waren, weißt du?« Sogar ein wenig gnadenlos, wenn er ehrlich war, aber das sprach er nicht laut aus. Er traute seinen eigenen Beweggründen nicht, aus denen er Bitterblue am liebsten geraten hätte, einen Mann, den sie aus ihrem Bett verstieß, gnadenlos zu behandeln. »Es ist gut, eindeutig zu sein«, erklärte er. »Das macht es allen leichter, nach vorne zu schauen.«

Und dann wartete er, in verschiedenen Stadien der Aufregung und erzwungenen Geduld, bis über den betreffenden Mann nicht mehr gesprochen wurde, er vom Hof verschwand und nicht vermisst zu werden schien. Aber irgendwann kam der nächste und Giddon spürte wieder sein Alter, das geringe Einkommen, das der Rat ihm gewährte, seine Unwürdigkeit. Wahrscheinlich würde Bitterblue Katu Cavenda heiraten, sobald sie herausgefunden hatte, wo er steckte. Oder irgendeinen Grafen – auf jeden Fall irgendeinen Mann mit Vermögen und einer makellosen Vergangenheit, der sie verdiente, sofern überhaupt irgendjemand sie verdiente. Einen guten Mann.

Auf seinen Reisen für den Rat hatte Giddon festgestellt, dass er viele verschiedene Männer sein konnte, je nachdem, mit wem er zusammen war und was derjenige brauchte. Er mochte nicht alle Giddons, die er sein konnte. Manche waren manipulativ oder energisch. Manche waren sogar gewalttätig, was ihn immer unangenehm an seine Vergangenheit erinnerte. Denn in seinem Leben vor dem Rat war Giddon ein Schläger in König Randas Diensten gewesen. Sehr, sehr lange, bevor der Rat ihm geholfen hatte, einige Dinge über sich selbst, über Könige, Macht und brutale Schläger zu verstehen, war er ein kleingeistiger Mann gewesen, der kleine Dinge getan hatte. Das wusste Bitterblue. Er hatte nicht viele Geheimnisse, von denen Bitterblue nichts wusste. Er hatte Glück, dass sie ihn als Freund betrachtete.

*Das genügt,* dachte er. *Ein Leben, in dem ich Menschen helfe, korrupte Könige überliste, sogar Monarchien stürze, genügt. Wieso sollte eine Königin denn überhaupt einen Gesetzesbrecher heiraten?* Und dann sagte er sich, er müsse unbedingt Raffin und Bann, Katsa und Bo schreiben, um ihnen vorzuschlagen, woanders einen neuen Einsatzort für ihn zu finden.

Aber irgendwie kam er nie dazu, diese Briefe zu verfassen.

An einem späten Vormittag im August, drei Monate nachdem Safs Brief eingetroffen war, kam Bitterblue an Giddons Tür.

Erst wenige Minuten zuvor war er wieder aus einem der Tunnel zurückgekehrt; er hatte sich gerade das Hemd ausgezogen und sich aufs Bett fallen lassen, als sie klopfte. Er stank nach Pferd und Schlamm. Während er durchs Zimmer tappte, um die Tür zu öffnen, entdeckte er sogar einen Schlammfleck auf seiner Brust, was überhaupt keinen Sinn ergab. Schließlich führte er die Flüchtlinge aus Estill nicht mit nacktem Oberkörper durch das Tunnelsystem.

Dann öffnete er die Tür, erblickte Bitterblue und wachte auf.

Sie sah ihn blinzelnd an. »Oh, gut. Ich habe Gerüchte gehört, dass du wieder da bist.«

»Komm rein, ich hole mir ein Hemd«, sagte er.

»Meinetwegen ist das nicht nötig«, entgegnete sie, was so ungefähr die einzige neckische Bemerkung war, die sie während ihrer gesamten Bekanntschaft je gemacht hatte, und ihn deshalb derart verwirrte, dass er beschloss, unter dem Vorwand, sich zu waschen, ins Badezimmer zu verschwinden. Zum Glück war er dreckig, sodass es ein glaubwürdiger Rückzug war. Während er sich Wasser ins Gesicht spritzte, kam natürlich Lovejoy durch das offene Fenster geschossen, wovon Giddon beinahe einen Herzinfarkt bekam.

Als er kurz darauf das Bad verließ, angekleidet und mit einem, wie er hoffte, gelassenen Gesichtsausdruck, saß Bitterblue zusammengerollt in seinem großen Sessel und Lovejoy schnurrte auf ihrem Schoß. Bei dem Anblick schmerzte Giddon das Herz.

Sie winkte mit einem Brief. »Skye ist jetzt in Winterburg, weißt du? Ich habe einen Brief von ihm bekommen, den ich noch nicht geöffnet habe. Ich wollte ihn mit dir zusammen lesen. Falls er schlechte Nachrichten enthält.«

Giddon betrachtete sie einen Moment. »Du machst dir Sorgen um Katu«, sagte er. »Es ist dir ernst mit Katu, nicht wahr?«

»Es ist mir ernst damit, sicherzugehen, dass es ihm gut geht.«

Zwischen ihren Augenbrauen erschien diese Sorgenfalte. »Und ich habe Angst davor herauszufinden, dass meine Männer vorsätzlich ertränkt wurden. Wenn das so sein sollte, werde ich mir das nie verzeihen können.«

»Bitterblue.« Giddon setzte sich in den Sessel neben sie. »Wenn so etwas passiert sein sollte, wäre niemand anders dafür verantwortlich als die Person, die sie ertränkt hat.«

»Ich weiß.« Sie hob den Blick. »Aber du weißt doch, wie das ist.«

Natürlich wusste er das. Die Königin fühlte sich für alle verantwortlich. »Ja, ich weiß.«

Sie machte den Umschlag auf und hielt ihm mit goldblitzenden Fingern den Brief hin. »Der Schlüssel ist ›nerviger kleiner Bruder‹«, sagte sie, was hinreißend war, weil es sich auf Skyes Bruder Bo bezog, der ein erwachsener Mann war und alles andere als nervig. Außerdem war es eine überflüssige Information, weil Bitterblue in der Zeit, die Giddon für die erste Zeile brauchte, den gesamten Brief entschlüsselt haben würde.

»Saf ist zu dem Schluss gekommen, dass Katu wirklich ohne Abschied aus Winterburg abgereist ist«, las sie grimmig vor. »Katu hat keine Adresse hinterlassen und sein Schiff ist weg. Seine Familie und Freunde sagen, er sei wie immer auf Abenteuersuche. Saf hat mit Katus Bankier gesprochen. Anscheinend hat Katu bei Banken in Kamassar und Borza mit seinen eigenen Schecks Geld abgehoben.«

»Das ist doch beruhigend«, sagte Giddon.

»Aber wie konnte er einfach abreisen, ohne seine Verabredung mit Saf abzusagen?«, rief Bitterblue. »Und ohne mir zu schreiben?«

»Vielleicht hat er dir geschrieben und der Brief ist verloren gegangen.«

»Ja, vielleicht.« Sie entschlüsselte weiter. »Das hoffe ich. Skye schreibt hier, dass Saf mit Silberkühen geschwommen ist.«

»Diesen Seehunden mit telepathischen Fähigkeiten oder was immer die sind?«

»Sie sind größer als Seehunde und lila, aber ja. Er sagt, die Silberkühe zeigen Saf immer wieder ein Haus mit vielen Fenstern auf einer Klippe und einen Schatten am Himmel, der aussieht wie ein Luftschiff. Dann eine Störung im Wasser in der Nähe. Eine ernsthafte Störung. Durch die sich alles verändert.«

»Was soll das heißen? Sich wie verändert?«

»Er sagt, dass das Meer in dem Bild erst normal ist, dann plötzlich sieht man ein blendendes Licht und kein Wasser mehr, und die Silberkühe haben Schmerzen.«

»Okay.« Giddon konnte nichts damit anfangen. »Jetzt fehlt nur noch ein unbestimmter Hinweis auf Zilfium, dann ist der Brief vollkommen unverständlich.«

»Er sagt, jetzt, da das Geheimnis um Katu gelöst ist, reisen Saf und er zusammen nach Mantiper. Die Mantiperaner suchen einen Seeweg Richtung Osten nach Lienid. Saf und Skye wollen dabei helfen.«

Mantiper war der torlanische Staat, der am weitesten von Winterburg entfernt lag, so weit östlich, dass Saf und Skye sicher lange Zeit unterwegs sein und durch unerschlossene Gewässer segeln würden. »Das klingt gefährlich.«

»Ja. Aber es klingt, als wären sie glücklich«, sagte Bitterblue mit einem kleinen, reizenden Lächeln. »Ah«, fügte sie hinzu. »Hier steht was über Zilfium. Er schreibt, dass niemand in der Regierung von Winterburg gern darüber spricht, aber dass das Zilfium in Torla knapp wird. Einige Minen in Winterburg und Kamassar müssen schon schließen.« Dann hielt sie inne und starrte das Blatt an. Etwas in ihrer Miene veränderte sich. »Giddon.«

»Ja?«

»Saf sagt, Zilfium findet sich meistens in der Nähe natürlicher Silbervorkommen.«

»Was bedeutet das?«

»Zilfiumerz und Silber entstehen durch dieselben geologischen

Prozesse. Wo es Silbervorkommen gibt, gibt es höchstwahrscheinlich auch Zilfium.«

»Okay«, sagte Giddon, der immer noch nicht verstand, warum Bitterblues Miene eigenartig wütend wurde. Dann fiel ihm ein, dass sich die größten und bedeutendsten Silbervorkommen auf dem Königskontinent in Monsea befanden.

»Glaubst du, dass es in den Bergen von Monsea Zilfium gibt?«, fragte er vorsichtig.

»Würdest du mich einen Augenblick entschuldigen?« Bitterblue erhob sich steif, sodass der Kater auf dem Boden landete.

»Natürlich«, sagte er, aber sie war schon an der Tür, während der Kater ihr miauend um die Beine strich. Kurz darauf knallte die Tür hinter beiden zu.

Unvermittelt allein gelassen, wusste Giddon nichts mit sich anzufangen. Er war so erschöpft, dass er beim Überlegen, was er jetzt tun sollte, bereits im Sessel einzuschlafen begann. Er hatte es gerade durchs Zimmer geschafft und war aufs Bett gefallen, als Bitterblue erneut klopfte und dann, ohne seine Antwort abzuwarten, hereingestürmt kam. Mitten im Zimmer blieb sie stehen, mit glühenden Augen und geballten Fäusten, und Giddon war erstaunt, wie immer, wenn sie wütend war, wie viel Kraft, Zorn und Stärke ihre Gestalt ausstrahlen konnte.

»Wusstest du«, sagte sie, »dass verschiedene Winterburger Importeure seit drei Jahren für einen lächerlichen Betrag den Gesteinsschutt aus meinen Silberminen kaufen?«

»Was?« Giddon war müde und benommen, aber dann verstand er.

Bitterblue zog ein Blatt Papier aus der Tasche und wedelte damit. »Ich fand es eigenartig«, erklärte sie mit lauter werdender Stimme, »aber ich war zu beschäftigt, um mich näher damit zu befassen. Ich habe angenommen, dass sie es für irgendwelche Bauvorhaben verwenden. Winterburg verfügt nicht über unsere Berge und unser Gestein.«

»Natürlich«, sagte Giddon. »Kein Wunder, dass du dich nicht näher damit befasst hast.«

»Sie haben unser Zilfium gestohlen!«, brüllte sie beinahe, ihr Körper vor Wut bebend. »Sie haben unsere Unwissenheit über diesen Rohstoff, der deutlich wertvoller ist als Silber, ausgenutzt! Mich, unsere Bergwerke, unsere Wissenschaftler getäuscht. Du solltest die Namen auf dieser Liste sehen! Fast alle einflussreichen Familien Ledras sind daran beteiligt! Balava Import. Tima Import. Sogar eine Firma namens Cavenda steht auf der Liste, wahrscheinlich irgendwelche schrecklichen Verwandten von Katu! Was für Leute tun so etwas? Was für ein *Land* tut so etwas? Mein Königreich kann nichts für seine Rückständigkeit«, rief sie. »Wir waren fünfunddreißig Jahre lang unter der Herrschaft eines Psychopathen gefangen, der sich selbst Denkmäler errichtete, die Wissenschaft unterdrückte, Bücher verbrannte und jeden umbrachte, der sich daraus zu befreien versuchte! Winterburg hat Luftschiffe, hervorragende Schulen, eine hervorragende Industrie – und ich kann meinen Untertanen noch nicht mal das Lesen beibringen! Und das haben sie erkannt. Sie haben meine Silberminen entdeckt und beschlossen, mir meinen Wohlstand abzuluchsen, den ich selbst hätte nutzen können. Um eine Schule zu gründen, die so hervorragend wäre wie die Winterburger Akademie!«

Giddon wusste, dass die Tränen, die ihr über die Wangen liefen, Tränen der Wut waren. Wut auf die Winterburger, auf ihren Vater König Leck, auf ihr Leben. Wut wegen des Lebens aller Bewohner von Monsea, die gelitten hatten. Er ging zu ihr und nahm sie in den Arm.

»Sag mir, wen ich umbringen soll.«

Davon musste sie lachen, und ihr Gelächter ging in diese andere Art des Weinens über. Die, mit der Giddon nicht so gut umgehen konnte, denn da ging es um ihren Kummer, und den konnte er nicht lindern.

»Du tust alles Menschenmögliche für Monsea«, sagte er. »Sogar noch mehr. Du bist großartig.«

»Giddon.« Sie durchnässte sein Hemd mit ihren Tränen. »Was, wenn Mikka und Brek sterben mussten, weil sie mir sagen wollten, dass es hier riesige Zilfiumvorkommen gibt?«

»Dann ist jemand in Winterburg ein Mörder und wird dafür bezahlen«, sagte er.

»Aber ich habe sie dorthin geschickt.«

»Es ist nicht deine Schuld.«

»Aber ...«

»Es ist nicht deine Schuld«, wiederholte er mit fester Stimme. »Es ist deine Bürde. Aber es ist nicht deine Schuld. Das ist ein Unterschied.«

Sie schniefte eine Weile, während sie darüber nachdachte. »Ja, ich verstehe, was du meinst.« Dann, kurz darauf, fügte sie hinzu: »Giddon, habe ich dich geweckt? Gleich zweimal?«

»Das macht nichts.«

»Ich habe dich noch nicht mal gefragt, wie es diesmal in den Tunneln war. Entschuldige.«

»Es war gut«, sagte er, obwohl das nicht ganz stimmte, denn es war schwieriger gewesen denn je, die Soldaten in den Wäldern von Estill zu umgehen, und ihre wachsende Anzahl hatte Gerüchten zufolge mit Befehlen von Lord Joff zu tun, der von seinem Besuch bei der Königin von Monsea zurückgekehrt war. Warum? Außerdem hatten die Soldaten neben ihren Schwertern und Bögen eine Flagge getragen, die Giddon nicht kannte. Einer der Flüchtlinge hatte ihm gesagt, es sei die Flagge der neuen Regierung von Estill. Es war bloß eine Flagge – das sagte sich Giddon immer wieder –, aber sie sah der von Monsea verblüffend ähnlich. Bitterblues Flagge zeigte einen Berggipfel, der sich über einer Wasserfläche erhob und von einem einzelnen goldenen Stern an einem dunklen Himmel gekrönt wurde. Die neue Flagge von Estill zeigte einen ähnlichen Berggipfel, der sich über Hügeln erhob, mit einem ähnlichen Stern darüber, nur dass dieser Stern geformt war wie ein Schwert mit Parierstange. Und der Himmel war blutrot.

»Ich erzähle dir die Einzelheiten später«, sagte er.

»Ich freue mich, dass du wieder zu Hause bist«, entgegnete Bitterblue, was Giddon erneut verwirrte, denn er hatte kein Zuhause mehr; er verbrachte sein Leben auf der Straße, in Begleitung Fremder. Dieser Hof war einfach nur sein Stützpunkt, bis der Rat ihn in anderer Funktion an einem anderen Ort brauchte.

»Ich reise nach Winterburg«, fügte sie hinzu, löste sich von ihm und wischte sich mit dem Ärmel übers Gesicht.

»Was?«, fragte er erschrocken.

»Ich bekomme jetzt schon seit einiger Zeit Einladungen des Winterburger Parlaments. Ich glaube, es ist Zeit, selbst dorthin zu reisen und ein paar Dinge klarzustellen. Die Importeure von dieser Liste zu treffen, die mich betrogen haben, und mehr über das gesunkene Schiff zu erfahren. Sicherzugehen, dass mit Katu wirklich alles in Ordnung ist.«

»Bitterblue«, sagte Giddon beunruhigt. »Kannst du dafür nicht jemand anderen entsenden?«

»Meine letzten beiden Gesandten sind ertrunken.«

»Na ja, könnte es dann nicht gefährlich sein? Schick jemand anderen.«

»Die Königin von Monsea werden sie nicht umbringen«, erklärte sie verächtlich.

»Also gut.« Er änderte die Taktik. »Aber wirst du nicht hier gebraucht? Seit wann hast du Zeit für eine solche Reise?«

»Lohnt es sich etwa nicht, die Zeit einer Königin darauf zu verwenden, die Werke fortschrittlicherer Staaten kennenzulernen?«

»Aber du wirst doch seekrank!«

Bitterblue fing an zu lachen. »Hör dir bloß zu«, sagte sie. »Ich fahre auf jeden Fall, Giddon.«

*Aber ich mag mich am liebsten, wenn ich in deiner Nähe bin,* sagte er nicht. *Ich strenge mich am meisten an, wenn ich bei dir bin. Geh nicht.*

»Giddon?« Sie wandte ihm ihre ruhigen, vertrauensvollen grauen Augen zu. »Hat der Rat vielleicht irgendein Interesse daran, Winterburg zu besuchen?«

# 4

Lovisa Cavenda schlich den Flur entlang und blieb vor dem Raum stehen, in dem ihr Handelspolitikseminar stattfand. Sie drückte sich an die Wand.

Ein Professor ging vorbei, ohne sie auch nur eines Blickes zu würdigen. Lovisa konnte sich so reglos und uninteressant geben wie ein Teil der Wand. Das war einer der Vorteile davon, klein zu sein.

Sie war wie üblich zu früh dran. Im Raum fand noch das vorige Seminar statt. Hinter der geschlossenen Tür hörte sie den gleichmäßigen Klang der Stimme ihrer Mutter mit ihrem schwachen nordischen Akzent, fest und selbstsicher; und das vereinzelte Gelächter des Kurses, der sich am Unterricht beteiligte. Jedes Seminar, das Lovisas Mutter Ferla Cavenda abhielt, hatte eine Warteliste, die so lang war wie dieser Flur. Die Studentinnen und Studenten stürzten sich auf ihre strengen Maßstäbe und konkurrierten um ihre Anerkennung. Sie wollten von ihr gefordert werden.

*Oder von ihr schikaniert?*, dachte Lovisa, die unter Ferla aufgewachsen war und wusste, dass die Grenze fließend war.

Zwei jüngere Studentinnen, die kichernd die Köpfe zusammengesteckt hatten, kamen den Flur entlang, ohne Lovisa zu bemerken, bis sie fast mit ihr zusammenstießen. Sie prägte sich ihre Gesichter, ihre Kleider, ihr albernes Gespräch über jemanden, in den sie beide verschossen waren, ein; dann bedachte sie sie mit einem ausdruckslosen Blick, als sie sie schließlich entdeckten.

Erstarrt in erschrockenem Schweigen eilten die beiden Studentinnen vorbei. Lovisa sah ihnen nach und unterdrückte ein Frösteln. Im

Kamin um die Ecke knisterte ein Feuer, aber der September in Ledra war kühl.

Dann kam jemand anders den Flur entlang und Lovisa richtete sich auf. Es war ihr Vater.

»Papa! Was machst du denn hier?«

»Lovisa.« Mit offenen Armen kam er auf sie zu und drückte sie an sich. Er war groß, wie üblich elegant gekleidet mit einem langen dunklen Pelzmantel und goldenen Schals um den Hals, das schwarze Haar kurz geschnitten. Er roch wie immer, nach den warmen, würzigen Tees, die er trank. Sein braunes Gesicht mit den ausgeprägten, fein geschnittenen Zügen unterschied sich in seiner bemerkenswerten Schönheit deutlich von ihrem.

»Wie geht es dir?«, fragte er.

»Gut«, sagte Lovisa und wiederholte dann: »Was machst du hier?« Ihr Vater war Politiker und Geschäftsmann. Unter der Woche sah sie ihn kaum. »Ist irgendwas passiert?«

»Natürlich nicht. Ich dachte einfach, ich führe meine Frau zum Mittagessen aus. Möchtest du mitkommen?«

»Ich habe Seminar.«

»Dann solltest du heute Abend zum Essen nach Hause kommen, Liebes.«

Die Stimme ihrer Mutter hinter der geschlossenen Tür wurde lauter, dann ging die Tür auf und Ferlas an sie gebundener blauer Fuchs schoss aus dem Raum den Gang entlang. *Auf Nimmerwiedersehen*, dachte Lovisa, während sie ihm nachsah, denn sie hatte nichts für den Fuchs ihrer Mutter übrig. Die Winterburger blauen Füchse, die eigentlich eher grau als blau waren, hatten die Fähigkeit, eine telepathische Bindung zu Menschen aufzubauen. Diese Bindung entstand auf Initiative des Fuchses und war exklusiv. Sie ermöglichte es dem Fuchs und dem Menschen, für den Rest ihres Lebens Gedanken und Gefühle miteinander zu teilen. Und Ferlas Fuchs war Ferlas treu ergebener stinkender Spion, der überall herumschnüffelte und Lovisa und ihre kleinen Brüder verpetzte, wenn sie sich danebenbenahmen.

Ferla warf einen Blick auf den Flur. Als sie ihre Tochter erblickte, veränderte sich ihre Miene nicht. Dann sah sie ihren Mann und Überraschung erschien auf ihrem kleinen Gesicht. Die beiden verständigten sich wortlos.

»Ich bin sofort bei euch«, sagte sie leise, dann wandte sie sich wieder ihrem Seminar zu, um die Teilnehmer zu verabschieden. »Bis zum nächsten Mal«, rief sie, »erwarte ich eine profunde Erörterung der Thematik des zweiten Kapitels.« Die Klasse packte ihre Sachen zusammen und setzte sich in Bewegung. Plaudernd strömten die Schüler in kleinen Grüppchen hinaus auf den Flur. Als Lovisa und Benni den Raum betraten, hatte auch Ferla ihre Habseligkeiten gepackt und kam auf die Tür zu.

»Guten Morgen, Lovisa«, sagte sie und richtete die Wucht ihrer Aufmerksamkeit auf ihre Tochter. Sie hob eine Hand, mit der sie die Brust ihres Mannes berührte, als der sie auf eine ihrer braunen Wangen küsste. Die Studenten, die sich noch im Raum befanden, verlangsamten ihre Bewegungen und beobachteten sie heimlich. Alle sahen Ferla und Benni Cavenda nach, wenn sie zusammen waren, denn sie waren beide politisch aktiv, vertraten aber Parteien, die erbitterte Gegner waren. Ferla war Gelehrte, Benni Industrieller. Ferla war außerdem im Moment die Staatspräsidentin Winterburgs, obwohl das mit wenigen Ausnahmen ein rein repräsentatives Amt war. Benni war Parlamentsabgeordneter. Ferla und Benni stimmten politisch so gut wie nie überein und machten das während der Parlamentssitzungen auch mehr als deutlich. Es erwies sich, dass man berühmt werden konnte – sogar erfolgreich und mächtig –, wenn man den Feind heiratete und seine Kriege in der Öffentlichkeit austrug. Zu Hause gab es jedoch keine politischen Auseinandersetzungen. So war es schon immer gewesen: Zu Hause hatten ihre Eltern keine Differenzen.

»Guten Morgen, Mutter«, sagte Lovisa.

»Wie kommst du mit deinem Referat für Handelspolitik voran?«, fragte Ferla. Sie war eine kleine Frau, die nie klein wirkte – noch nicht mal neben ihrem großen Mann –, denn sie hatte das Kinn gereckt und ihr Gesichtsausdruck war stets stolz und selbstsicher. Ihr dunkles Haar trug sie streng aus der Stirn gekämmt und an der Schläfe hatte sie eine weiße Strähne, genau wie Lovisa. Alle vier Kinder Ferlas hatten ihre geringe Körpergröße geerbt, aber nur Lovisa auch die weiße Strähne.

»Gut«, sagte Lovisa.

»Schön«, entgegnete Ferla. »Ich habe Gorga gebeten, es mir zu zeigen.«

Lovisa schnürte sich die Kehle zu. Ihr Professor Gorga Balava benotete recht großzügig, während Ferla ein Talent dafür hatte, beim Lesen von Lovisas Arbeiten genau zu bemerken, an welchen Stellen sie sich keine große Mühe gegeben hatte. Heute Vormittag hatte Lovisa einen Teil des Referats verfasst, aber vielleicht hatte sie es sich dabei zu leicht gemacht. Sie würde es sich noch mal genauer ansehen müssen.

»Grüßt die Jungs von mir«, sagte Lovisa, als ihre Eltern auf die Tür zugingen.

»Komm doch zum Abendessen und grüß sie selbst«, entgegnete Ferla in dem freundlich herausfordernden Tonfall, mit dem sie sich an ihre Studenten und Kolleginnen wandte und in der Öffentlichkeit auch an ihre Tochter. Deshalb kam Lovisa immer früher zum Seminar. Wegen des Gefühls der Zugehörigkeit, das ihre öffentliche Mutter ihr gewährte.

Ferla und Benni verließen gemeinsam den Raum. Dann trat Gorga Balava durch die Tür, ein kleiner Mann mit einem ergrauenden Haarkranz, auch er mit einem an ihn gebundenen Fuchs auf den Fersen. Lovisa mochte keinen von ihnen, weil sie alle herumschnüffelten und heimlich taten und Lovisa es schrecklich fand, nie zu wissen, ob direkt vor ihr ein Gespräch geführt wurde, das sie nicht hören konnte. Aber Gorgas Füchsin war nicht ganz so unangenehm wie die anderen, weil ihre Beziehung weniger auf geheimer Kommunikation basierte als auf Gorgas Gefallen an Luxus. Heute Morgen hüpfte seine Füchsin zum Beispiel in kleinen juwelenbesetzten Fellstiefelchen herum. Lächerlich.

»Schön dich zu sehen, Lovisa«, sagte Gorga.

»Ebenfalls, Professor Balava.«

»War das ein Bündnis aus Rivalen, das ich da gerade habe gehen sehen?«

»Ich fürchte schon.«

»Du hast nicht zufällig etwas von ihrem Gespräch mitbekommen?«

»Nein, Professor Balava.«

»Vermutlich würdest du es mir auch nicht sagen, richtig?«, fragte Gorga mit einem warmen, leicht neckischen Lächeln. Fast alle Lehrkräfte am Institut für Politik und Regierungsführung waren in irgendeiner Form – mehr oder weniger ausgeprägt – auch in der Winterburger Politik aktiv, und Gorga war da keine Ausnahme. Er war Parlamentsabgeordneter wie Benni. Industrieller, ebenfalls wie Benni. Und alle Politiker, egal, welcher Partei sie angehörten, waren neugierig.

»Ich habe gesehen, wie sie sich bedeutungsvoll angesehen haben«, sagte Lovisa scherzhaft, aber dann fiel ihr der Blick ein, den ihre Eltern sich zugeworfen hatten. Die Miene ihrer Mutter hatte eine Frage beinhaltet und die ihres Vaters eine Antwort, bei deren Anblick Ferlas Augen neugierig aufgeleuchtet hatten. Lovisa hatte ein Talent dafür, lautlose Gespräche zu verstehen. Vielleicht reagierte sie deshalb so empfindlich auf Füchse. Deren Gespräche mit ihren Menschen waren unmöglich zu deuten.

»Bist du bereit, über die bevorstehende Zilfiumabstimmung zu diskutieren?«, fragte Gorga.

Lovisa seufzte. »Ich wusste doch, dass ich mir die Lektüre aus einem bestimmten Grund gespart habe.«

»Ich kann mir nicht vorstellen, dass du dir die Lektüre gespart hast, Lovisa.«

Und er hatte recht. Lovisa las immer alles, weil das der Weg zu guten Noten war. Aber sie interessierte sich nicht im Geringsten für die im Dezember bevorstehende Abstimmung darüber, ob die Nutzung von Zilfium in Winterburg legalisiert werden sollte. Es hatte ohnehin keinen Zweck. Das Ergebnis stand bereits nahezu fest. Die Industriellen – die Partei, die sich für Zilfium aussprach – hatten nicht genug Stimmen, um zu gewinnen. Das war schade, denn Lovisa hatte den Eindruck, die Zilfiumzüge, die es in den anderen torlanischen Staaten gab, würden ihr gefallen. Ihr Onkel Katu, der jüngere Bruder ihrer Mutter und ein Weltreisender, hatte ihr alles darüber erzählt. Er war mal mit einem Zug durch Kamassar und Borza bis nach Mantiper gefahren. Soweit Lovisa wusste, saß Katu auch jetzt gerade irgendwo in einem Zug, denn vor ein paar Monaten war er wieder mal auf Abenteuerreise gegangen. Vielleicht würde er bald schreiben und ihr sagen, wo er war. Das hoffte Lovisa. Katu war deutlich jünger als seine Schwester – Mitte zwanzig, also eigentlich näher an Lovisas sechzehn als an Ferlas uralter Erwachsenheit – und so anders als Ferla, dass er sich immer mehr wie ein Cousin angefühlt hatte und nicht wie ein Onkel.

»Zilfiumzüge riechen verbrannt und nach Aufregung«, hatte Katu ihr einmal erzählt, als sie an Bord seines Bootes kletterten. Wenn Katu zu Hause war, nahm er Lovisa und ihre drei kleinen Brüder oft mit zum Segeln.

Lovisa hatte geschnaubt, ihn träge auf die Schulter gehauen und gefragt, wie genau denn Aufregung roch.

»Wie Sonne auf Metall«, sagte er, »und Salzwasserwind.«

»Das sagst du bloß, weil du so für Boote schwärmst.«

Ein Lächeln brachte Katus Gesicht zum Strahlen. Lovisas fünfjähriger Bruder Viri wiederholte: »Für Boote schwärmst!« Dann hatte sich Viri steif hingestellt wie ein Soldat, klein, braun und voller Sommersprossen, im Rhythmus des unter ihm schwankenden Bootes mit den Armen gewedelt und immer wieder in den Himmel hinauf gesungen: »Für Boote schwärmst! Für Boote schwärmst!« Die anderen Jungen, Erita und Vikti, sieben und neun, waren in den Sprechgesang eingefallen. Wenn sie mit Katu zusammen waren, wurden die Jungen überdreht und albern. In seiner Gegenwart wirkten sie immer leicht berauscht. Und Katu, der das Leben bei ihnen zu Hause für düsterer hielt als nötig, brachte sie nicht davon ab.

»Ich schwärme für meine Nichte und meine Neffen«, antwortete Katu, während er sich daranmachte, die Winden zu überprüfen; dann verdrehte er gut gelaunt die Augen und fügte hinzu: »Oder vielleicht sorgen sie auch bloß dafür, dass mir der Kopf schwirrt.« Und Lovisa wünschte sich, dass er sie, wo er doch so für sie schwärmte, alle vier das nächste Mal, wenn er verschwand, mitnahm. Oder zumindest sie. In einem großen langen Metallvehikel, das klang wie quietschender Stahl und nach Aufregung roch, wollte sie die Berge von Kamassar erklimmen und die Küsten von Borza bereisen.

»Mir der Kopf schwirrt!«, riefen die Jungen, während Katu sich lachend um sie herum zu schaffen machte. Er hob Erita auf seine Schulter, damit er an die Festmacherleine kam, und Erita quiekte erfreut. Katu war kompakt und stark und sah aus wie Lovisas Mutter, vor allem wegen der weißen Strähne im Haar, aber er war ungezwungen und nett, nicht so ernst. Der Rubin an seinem Daumen funkelte, als er die Leine losmachte. Er hatte den Ring Ferla gegenüber mal als »das einzig Nette, was ich je von unserem Vater bekommen habe« bezeichnet, was lächerlich war, denn er hatte zusammen mit seiner Schwester eine Zilfium- und Silbermine von ihrem Vater bekommen, abgesehen von dem Haus, das sich darüber befand. Aber Katu sprach manchmal so über den Vater, den Ferla vergötterte – nannte ihn einen Tyrannen, einen Schläger und Langweiler –, und beeindruckte Lovisa damit, ein Mensch zu sein, der sagte, was er wollte, tat, was er wollte, und keine Angst vor Ferlas Launen hatte.

Inzwischen kamen die anderen Studentinnen und Studenten des Handelspolitikseminars nach und nach herein, warfen Lovisa einen Blick zu, begrüßten den Professor, setzten sich. Lovisa holte tief Luft. Dann beschloss sie, herauszufinden, was der wahre Grund war, warum ihr Vater ihre Mutter besucht hatte, und bat, zur Toilette gehen zu dürfen.

In einer bestimmten Toilette im zweiten Stock streckte Lovisa die Hand aus und tastete die Oberkante der marmornen Trennwand einer der Kabinen ab. Nachdem sie den kleinen Holzkeil gefunden hatte, den sie dort aufbewahrte, klemmte sie ihn fest unter die Tür, damit niemand, weder Mensch noch Fuchs, hereinkommen konnte. Dann kauerte sie sich unter das lang gestreckte Waschbecken und drückte das Ohr an das Heizungsgitter auf dem Fußboden. Lovisa hatte ein Gespür dafür, was sich jenseits von Decken, Fußböden und Wänden befand. Vor zwei Jahren, an einem ihrer ersten Tage in der Akademie, hatte sie herausgefunden, dass diese Toilette direkt über dem Büro ihrer Mutter lag.

Augenblicklich vernahm sie die Stimmen ihrer Eltern unter sich, deren Klang von den Heizungsschächten blechern verzerrt wurde. Lovisa bekam heiße Luft ins Gesicht, wovon ihr die Augen tränten. Aber die Stimme ihrer Mutter war deutlich zu verstehen.

»Ich gebe zu, der Plan ist nicht übel, Benni«, sagte sie. »Aber er enthält eine Menge Unwägbarkeiten. Du neigst dazu, mit Dingen zu rechnen, derer du noch nicht sicher sein kannst. Du bist zu voreilig.«

Ihr Vater brummte etwas, das Lovisa nicht verstehen konnte.

»Das ist deine Sache«, sagte Ferla. »Ich kann deine Lagerprobleme nicht für dich lösen. Jetzt komm schon her. Hör auf, hier so nervös hin- und herzugehen.«

Bennis Stimme klang jetzt deutlicher durch das Gitter. »Könnte ich es auf dem Dachboden lagern? In einer Bankkiste würde es keinem auffallen.«

Eine Bankkiste war ein kleiner Tresor mit einem Zahlenschloss; Benni hatte zwei davon, in denen er ausgesprochen langweilige Dinge verstaute. Normalerweise Bargeld.

»Die Idee gefällt mir nicht«, sagte Ferla. »Wenn es so weit ist, kannst du es in deiner Bibliothek aufbewahren. Oder noch besser, in meinem Arbeitszimmer.«

»Es wäre ja nicht für lange. Wir haben hier im Haus keinen geeigneten Platz für diese Art Objekte. Ich halte den Dachboden für das Beste.«

»Wir sprechen später darüber«, sagte Ferla. »Schließlich ist es unwahrscheinlich, dass die Sache schon so bald konkret wird. Warum bist du hier, Benni? Ich nehme nicht an, dass dich deine künftigen Lagerprobleme von Flag Hill hierhergeführt haben.«

»Du hast recht. Ich finde, wir sollten eine Einladung für heute Abend von Quona Varana annehmen.«

»Quona Varana!« Ferlas Stimme klang gleichzeitig ungläubig und verächtlich. Die Varanas waren eine einflussreiche Familie in Ledra – Sara Varana, eine Gelehrte, war die aktuelle Premierministerin, was bedeutete, dass sie dem Parlament vorstand und die meisten Maßnahmen der Exekutive bestimmte. Minta Varana, Quonas und Saras Schwester, war Winterburgs führende Luftschiffingenieurin. Varan, das Gas, das für den Auftrieb der Luftschiffe sorgte, war nach ihrer Familie benannt.

Aber Quona war etwas völlig anderes. In einer Familie aus Gelehrten und Erfinderinnen war sie zunächst Tierärztin geworden und hatte dann beschlossen, ganz allein mit ungefähr einem Dutzend

Katzen in einem Haus auf einer Klippe über dem Meer zu leben. Sie interessierte sich nicht für Politik. Sie war Professorin am Institut für Tiermedizin der Akademie und schwebte in fellbesetzten Röcken über den Campus.

»Wieso lädt uns diese Frau dauernd zum Essen ein?«, fragte Ferla.

»Wer lädt uns nicht zum Essen ein, meine Liebe?«

»Warum willst *du* zum Essen zu ihr gehen?«

»Weil sie außerdem den Gesandten aus Estill eingeladen hat«, sagte Benni.

Ferla schwieg einen Moment. »Was interessiert es mich, dass sie den Gesandten aus Estill eingeladen hat?«

»Es könnte wichtig sein«, sagte Benni.

»Für wen?«, fragte Ferla. »Vielleicht sind sie einfach bloß befreundet. Vielleicht ist er verrückt nach Katzen. Wir reden hier von Quona. Außerdem habe ich gerade für heute Abend unsere Tochter zum Essen nach Hause eingeladen, Benni.«

»Lovisa wirds überleben.«

»Verrätst du mir endlich den wahren Grund, warum du die Stadt durchquert hast?« Ferlas Stimme wurde schärfer. »Du willst mir doch nicht weismachen, es gehe nur darum, mit Quona Varana zu Abend zu essen.«

»Du hast wie immer recht.« Bennis Stimme wurde sowohl wärmer als auch leiser. Lovisa verdrehte sich schmerzhaft und versuchte das Ohr noch fester an das Gitter zu pressen, denn irgendetwas sagte ihr, dass das, was ihr Vater jetzt sagen würde, das Puzzleteil wäre, das alles miteinander verband.

»Ich habe einen Brief erhalten«, sagte Benni. »Die Königin von Monsea kommt zu einem Besuch nach Winterburg.«

Diesmal hielt Ferlas Schweigen länger an. Lovisa wünschte, sie könnte das Gesicht ihrer Mutter sehen. Ob es aufgeleuchtet hatte wie ihr eigenes?

»Das sind ja Neuigkeiten«, erklärte Ferla überrascht. »Und wann?«

»Bald. Sie dürfte schon auf See sein und rechnet damit, in drei oder vier Wochen hier einzutreffen.«

»Na, so was.« Jetzt klang Ferla so erfreut, wie Lovisa sich fühlte. »Glaubst du, das Parlament wird zustimmen, dass wir sie beherbergen?«

»Das ist unerlässlich«, sagte Benni. »Du musst deinen Einfluss auf Sara Varana geltend machen, wir müssen sie unbedingt bei uns zu Hause haben. Diese Gelegenheit, diplomatische Beziehungen zu knüpfen, müssen wir auf jeden Fall nutzen.«

»Ja.« Ferlas Stimme klang tiefer. Und dann hörte Lovisa gedämpfte Geräusche, Gemurmel, schließlich ein Keuchen. Sie sprang so schnell von dem Heizungsgitter weg, dass sie mit dem Kopf gegen die Unterseite des Marmorwaschbeckens stieß und einen Schmerzensschrei unterdrücken musste. Uh. Ihre Eltern. Es war widerlich, wie oft ihre Gespräche sich unvermittelt zu etwas entwickelten, das Lovisa *nicht* hören wollte.

Sie stemmte sich hoch und schob die Finger unter ihre fest geflochtenen Zöpfe, um die angestoßene Stelle zu reiben. Im Spiegel sah sie eine jüngere Version von Ferla, was sie bedrückte. Sie sah außerdem ein Zickzack-Kreis-Muster von dem Gitter auf ihrer Wange und seufzte. Jetzt saß sie hier fest, bis der Abdruck verschwunden sein würde.

Aber diese Neuigkeit war es wert. Die Königin von Monsea kam nach Winterburg und würde vielleicht sogar bei ihnen wohnen! Wichtige Delegierte stiegen ausnahmslos bei den Cavendas ab. Das lag daran, dass Lovisas Eltern rivalisierende Parteien vertraten. Jemanden wie die Königin von Monsea bei den Cavendas unterzubringen, gab weder den Gelehrten noch den Industriellen das Gefühl, benachteiligt zu werden.

Die Cavendas hatten auch Prinz Skye – den Cousin der Königin von Monsea – während eines Teils seines Besuchs beherbergt. Lovisa hatte festgestellt, dass sie zu der Zeit oft zum Abendessen nach

Hause gegangen war und dem Mann mit dem beschenktischen Akzent und dem Gold an Ohren und Fingern gern gegenübergesessen hatte. Er hatte erzählt, dass sein Vater, ein König, in einem Palast lebte, der oben auf einer Felsspitze stand, und dass einer seiner Brüder ein Beschenkter mit der Gabe des Kämpfens war. Er selbst hatte einen beschenkten Freund, einen Mann namens Saf – der erste Beschenkte, dem Lovisa je begegnet war. Saf hatte so blondes Haar, wie Lovisa es noch nie gesehen hatte, eine Haut, die noch blasser war als seine Haare, Augen in zwei verschiedenen Schattierungen Violett und die Gabe, Träume zu schenken. Er hatte sie einmal beim Abendessen gefragt, ob sie einen Traum wolle, und sie hatte nicht gewusst, um was für einen Traum sie bitten sollte. Während sie noch zögerte und überlegte, hatten ihre kleinen Brüder ihn um Träume von der Bürgin gebeten, der Unterwasserheldin aus den Märchen, die die Silberkühe erzählten. Schon drehte sich das Gespräch um die Legenden von der Bürgin, die sie den Gästen erklärten, und Lovisa hatte keinen Traum bekommen. Die Jungen allerdings schon. Wenn sie wollten, träumten sie jetzt jede Nacht von der Bürgin.

Ein Besuch von einer Königin vom Königskontinent wäre ein echtes Abenteuer. Nicht wahr? Das waren die Art Dinge, die in einem Leben wie Katus geschahen. Katu kannte die Königin von Monsea sogar persönlich. Vor nicht allzu langer Zeit war er selbst auf dem Königskontinent gewesen; er hatte Lovisa von den Beschenkten erzählt. Von der kleinen Königin, die in einem Schloss lebte und ihre Tage in einem hohen Turm verbrachte, der sich über den Brücken der Stadt erhob. Von der Magie des Königskontinents.

Lovisa hatte aus dem belauschten Gespräch zwischen ihren Eltern nicht das Puzzleteil erhalten, das alles erklärte. Sie verstand immer noch nicht, was es mit Bennis Plan, der Bankkiste oder Quona Varanas Freundschaft mit dem Gesandten aus Estill auf sich hatte. Aber sie würde diese Details abspeichern, falls sie später einmal nützlich werden sollten. Man konnte nie wissen, welche Einzelheit möglicherweise perfekt in ein zukünftiges Puzzle passen würde.

Ihr wurde bewusst, dass ihr Vater Lovisa genau wie ihre Mutter zum Abendessen nach Hause eingeladen hatte, obwohl er gar nicht vorgehabt hatte, dort zu sein. Das versetzte ihr einen Stich.

Aber Lovisa würde ihm alles verzeihen, wenn die Königin von Monsea bei ihnen abstieg.

# 5

Bitterblue hatte ganz vergessen, wie seekrank sie wurde. War das schon immer so schlimm gewesen? Sie war sicher, dass ihr Schwindelgefühl, als sie noch ein Kind gewesen war, nach ein paar Tagen nachgelassen hatte. Jetzt verschwand ihre Seekrankheit, dann kehrte sie zurück, verschwand wieder, kam aber immer zurück.

Nachdem die ersten zehn Tage der Reise nach Winterburg auf diese Weise verstrichen waren, hatte sie plötzlich Angst bekommen, schwanger zu sein – eine Befürchtung, die ihre Übelkeit nicht gerade minderte. Ihr Baby wäre dann das eines jungen Lords namens Pella aus dem Zentrum von Monsea, der intelligent war, witzig und attraktiv, und dessen Kind sie auf gar keinen Fall haben wollte.

Sobald die Angst vergangen war, wurde ihr klar, dass sie sich keine Sorgen hätte machen müssen. Bitterblue nahm stets gewissenhaft die Arzneien ein. Trotzdem hatte es ihr einen Schreck eingejagt und sie daran erinnert, wie wütend Pella geworden war, als sie sich von ihm getrennt hatte.

»Du bist eiskalt«, hatte er mit einer unerwartet rauen Stimme zu ihr gesagt, was sie überrascht hatte, denn sie war sicher, dass zwischen ihnen nichts als Wärme geherrscht hatte. Pella hatte einen warmen, lachenden Mund, wunderschöne Schultern und Arme und die allerwärmsten Hände. Sie wusste, dass er gewusst hatte – denn dafür hatte sie gesorgt –, dass ihre Beziehung nichts Dauerhaftes sein würde. Er hatte ihr gesagt, dass ihm das auch lieber war.

»Was soll das heißen?«, fragte sie. »Du weißt, dass ich nicht kalt bin.«

Er stand auf und verzog verächtlich die Lippen. Das hatte sie noch nie bei ihm gesehen und es war verblüffend. Sie waren allein in Bitterblues Wohnzimmer. Es war spät; die Lampen warfen ihre Spiegelbilder an die Fenster. Bitterblue erhob sich verwirrt und sah am anderen Ende des Zimmers, wie ihr Spiegelbild aufstand.

»Du gibst vor, dein Herz zu verschenken«, sagte er.

»Ich gebe nie etwas vor.« Sie war jetzt ernsthaft gekränkt, denn sie war immer ehrlich zu ihren Liebhabern; es war eine Lektion, die sie sich schon vor langer Zeit zu Herzen genommen hatte. »Ich glaube, du bist derjenige, der etwas vorgegeben hat!«

»Nun, jetzt kennst du mein wahres Ich.« Damit hatte er recht. »Du benutzt Menschen«, fuhr er fort. »Du schenkst nie etwas.«

»Das ist ungerecht!«, rief Bitterblue, die es geliebt hatte, seinen Körper zu erforschen, herauszufinden, was ihn zum Klingen brachte. »Ich bin eine großzügige Liebhaberin!«

»Du schenkst nie dein *Herz*«, sagte er und stürmte sichtbar aufgebracht zu den großen Türen hinaus, womit er den Wachen vor Bitterblues Räumen reichlich Stoff für Klatsch und Tratsch lieferte.

Allein gelassen saß Bitterblue mit einer Decke über den Schultern da und dachte über seine Worte nach. Sie war sicher, dass er ungerecht war. Er hatte mehr gewollt, als sie ihm anbieten konnte. Als sie ihm das nicht gegeben hatte, hatte er sie attackiert, als wäre es etwas, das ihm zustand. Unter anderem deshalb hatte Bitterblue Katu Cavenda so gerngehabt. Er hatte die Verantwortung für seine Gefühle übernommen. Als Katu nach Hause reisen musste und sie sich ohne Versprechen voneinander trennten, hatte er sie an sich gezogen. »Ich kann es nicht erwarten, dich irgendwann wiederzusehen«, hatte er ihr sanft ins Ohr gehaucht, »und zu sehen, was passiert.« So hätte Pella auch gehen können. Stattdessen war er so ungerecht gewesen.

Wenige Minuten später war Helda in Morgenmantel und Pantoffeln den Flur von ihren eigenen Räumen her entlanggetapst gekommen. Sie strich Bitterblue übers Haar und seufzte leicht, ihr eigenes weißes Haar unordentlich hochgesteckt, das blasse Gesicht vom Schlaf gezeichnet.

»Kann ich Ihnen etwas holen, meine Gute?«, fragte sie und Bitterblue fing an zu weinen.

»Ich wollte ihn nicht verletzen.« Sie blickte zu Helda auf. »Oder dich wecken, liebe Helda.«

»Ich bringe Ihnen etwas Warmes zu trinken«, sagte Helda, tätschelte ihr die Schulter und schlurfte davon. Das warme Getränk, das sie ihr in die Hand drückte, tröstete Bitterblue. Trotzdem hatte sie noch lange nachdenklich dagesessen. Sie hatte sich gefragt, ob Pellas Anschuldigung – nicht die ersten, aber die letzte – möglicherweise zutraf.

Auf dem Schiff, nach der Angst wegen der Schwangerschaft, als das alles wieder hochkam, tat sie, was sie immer tat: Sie fragte Giddon nach seiner Meinung.

»Glaubst du, dass ich unfähig bin, jemandem mein Herz zu schenken?«

Erst erschienen eine ganze Reihe unbeschreiblicher Gesichtsausdrücke in Giddons Miene. Dann sagte er etwas so Treffendes, dass sie verstummte, seine Worte in sich verschloss und sie immer wieder hervorholte und darüber nachdachte, wenn sie seekrank in ihrer Koje lag.

»Vielleicht hast du zu viele Erfahrungen mit den schlechten Dingen, die passieren können, wenn man jemanden liebt, gemacht und zu wenige Erfahrungen mit den guten«, sagte er. »Vielleicht ist das nur Selbstschutz.«

Bitterblue dachte, das sei eine höfliche Art auszudrücken: »Dein Vater hat deine Mutter ermordet.« Sie fragte sich plötzlich, ob ihre Mutter, Ashen, entsetzt gewesen war, als sie feststellte, mit Bitterblue schwanger zu sein. Oder hatte ihr Vater mit seiner Gabe, glaubhafte

Lügen zu erzählen, Ashen gesagt, sie sei glücklich? Vielleicht hatte Ashen gar nicht die Möglichkeit gehabt, entsetzt zu sein. Oder vielleicht *war* Ashen glücklich gewesen, wirklich glücklich, weil sie das Kind in sich trotz des Vaters so sehr liebte?

In diesem Fall war Bitterblue vielleicht ein Ungeheuer, weil sie kein Kind von Pella oder sonst jemandem wollte. Und vielleicht war sie ein Feigling, weil sie ihr Herz nicht öffnete.

»Wenn man jemanden liebt, verliert man ihn«, sagte sie leise zu Giddon. Und dann war sie fast erleichtert über die Welle der Übelkeit, die sie ergriff, denn so konnte sie sich auf den körperlichen Vorgang konzentrieren, wie sie sich in die Schüssel, die Giddon ihr hinhielt, erbrach, anstatt auf die entsetzlichen Erinnerungen an den Tag, als sie ihre Mutter verloren hatte.

Es war alles zu viel, um es auf einmal zu verarbeiten. Es war immer schon zu viel zu verarbeiten gewesen.

Am letzten Tag ihrer Reise nach Winterburg wachte Bitterblue früh auf und es ging ihr noch immer nicht besser.

In der anderen Koje, so nah neben ihr, dass Bitterblue sie berühren konnte, schlief Hava. Bitterblue hatte sie in der vergangenen Nacht nicht hereinkommen hören. Hava war gern an Deck und beobachtete alles, was dort vor sich ging. Zu Hause verließ sie oft das Schloss und manchmal sogar die Stadt, ohne es jemandem zu sagen, und blieb tagelang weg. Das war ihre Aufgabe als Spionin. Sie kehrte immer mit hilfreichen Informationen zurück, aber trotzdem war es nervenaufreibend, keinen blassen Schimmer zu haben, wo Hava sich befand und ob sie in Sicherheit war. Hava war einfach zu gut darin zu verschwinden. Auf dem Schiff gab es offenbar genug, das sie interessierte, und Bitterblue wusste immer, dass sie irgendwo in der Nähe war.

Bitterblue wollte etwas frische Luft schnappen. Nur ein wenig frische Luft, damit es später, wenn sie im Hafen von Ledra anlegten, weniger wahrscheinlich war, dass sie sich auf die Schuhe von jemandem übergab.

Sie berührte kurz Havas Schulter. Hava reagierte mit einem leisen zufriedenen Geräusch, wachte jedoch nicht auf. Bitterblue griff nach ihren Stiefeln und dann nach den Messerhalftern, die sie immer unter den Ärmeln trug.

Sich an Wänden und Türen abstützend ging sie den langen Gang entlang und stieg dann die Treppe zum Deck hinauf. Augenblicklich durchschnitt die Kälte ihre Kleidung und der Wind zerrte die Haare aus einem ihrer Zöpfe. So kalter Wind war schrecklich, vor allem, da erst der erste Oktober war.

Irgendwo in der Nähe erklang Giddons Gelächter. Bitterblue sah sich nach seiner großen kräftigen Gestalt um, wollte sich an seinen Körper lehnen, um sich zu wärmen und vor dem Wind zu schützen. Giddon würde die ganze Reise über bei ihr sein, sie zum Lachen bringen, ihr helfen, sich um Hava zu kümmern, ihr seine ehrliche Meinung sagen, wenn sie ihn darum bat. Sie hatte nicht damit gerechnet, dass der Rat Giddon gehen lassen würde, und freundliche Dankesschreiben an Raffin, Bann, Bo und Katsa geschickt. Bitterblue fühlte sich habgierig, als hätte sie ihn gestohlen.

Giddon stand am Bug, wo er sich mit dem Kapitän und einem von Bitterblues Wachleuten unterhielt, während ihm die Schiffskatze um die Beine strich. Ein rosafarbener Glanz am östlichen Horizont ließ sein Gesicht erstrahlen. Bitterblue hörte Gesprächsfetzen in seiner Stimme, die der Wind ihr zutrug.

Sie wollte ihn nicht unterbrechen. Also klammerte sie sich an alles, was sie zu fassen bekam, wenn der Boden unter ihr sich neigte, schob sich langsam zum Achterdeck hinüber und blickte über das Wasser hinter ihnen. Genau dieses Wasser berührte das Wasser, das wiederum das Wasser berührte, das an die Docks, die Klippen und die Berge ihres eigenen Landes, ihrer Heimat, klatschte. Irgendwo in der Welt, dort, wo sie herkamen, gab es einen Ort, an dem der

Boden unter ihren Füßen fest war, an dem sie wusste, was sie tat. Mehr als das: Monsea brauchte sie. Sie bürgte für die Sicherheit ihres Volkes, egal, wo es sich aufhielt. Sie würde herausfinden, was aus Mikka und Brek, ihren beiden Männern, geworden war.

Da sah sie eine Welle auf das Schiff zurollen, die größer war als die anderen. *Viel größer*, wurde ihr überraschend bewusst, kurz bevor das Schiff darin eintauchte. Das Deck hob sich, es senkte sich, und die Seeleute am Bug schrien und lachten, alle unversehrt, alles an seinem Platz wie immer; nur Bitterblue war weg.

Hinter dem Heck rief und schrie Bitterblue im Wasser. Aber der Wind trug das Schiff und ihre Worte davon und niemand hörte sie.

Das war doch nicht möglich. »Giddon«, rief sie, während sie um sich schlug und trat und nicht glauben konnte, dass niemand ihr Fehlen bemerkte. »Giddon!«

Sie schwamm hinter ihnen her. *Sie werden feststellen, dass ich verschwunden bin*, dachte sie. *Sie werden kehrtmachen.* Aber die Wellen hoben sie beim Schwimmen immer wieder an und erlaubten ihr einen Blick auf das sich entfernende Schiff, und nichts veränderte sich, außer dass die Kälte zunahm und sie immer fassungsloser wurde.

»Was soll ich nur tun?«, rief sie. »Giddon!«

Immer noch ungläubig schwamm sie weiter.

Bitterblue zitterte vor Kälte. Sie schwamm immer noch, mehr oder weniger. Versuchte sich über Wasser zu halten, auf einer geraden Linie zu bleiben. Sie hatte das Gefühl, schon den halben Ozean geschluckt zu haben, und eisiger Schmerz pochte ihr in den Ohren. Hatten sie schon bemerkt, dass sie weg war? Schaute eigentlich *irgendjemand* gelegentlich nach der Königin? Wie konnten sie nur so nachlässig sein?

*Ich schwimme bis nach Ledra*, dachte sie und gestattete sich keinen anderen Gedanken, kein anderes Ende dieser Geschichte. *Und dann werde ich alle feuern, weil sie mich zurückgelassen haben.* Es fiel ihr immer schwerer, die Schultern zu bewegen, das Wasser mit Armen und Beinen zu bearbeiten, die sie kaum noch spüren konnte.

*Sie werden alle gefeuert,* dachte sie. *Sobald ich dort bin.*

Sie träumte eine Art Traum über die Zeit, als ihre Freundin Katsa sie vor ihrem Vater gerettet hatte, nachdem ihr Vater ihre Mutter ermordet hatte. Katsa war eine Beschenkte und hatte sie auf Schneeschuhen über einen unpassierbaren eisigen Berg in Sicherheit gebracht, sie dabei die ganze Zeit über angeschrien, sie warm und am Leben gehalten.

*Gib bloß nicht auf,* hörte sie Katsa schreien. *Schwimm weiter. Schwimm weiter!* Es war eigenartig, dass Katsa so etwas schrie, obwohl sie einen Berg überquerten, aber Bitterblue war aus ihrem Training an Katsas Lehrerinnenstimme gewöhnt, also tat sie, was sie ihr befahl. Sie schwamm weiter. Und weiter. Sie schwamm und weinte. Ihre Arme ließen sich nicht mehr bewegen. Sie konnte nicht mehr. Sie atmete Wasser ein. Sie sank.

Etwas stieß fest gegen sie. Bitterblue schreckte würgend und um sich schlagend auf. Katsa?

Etwas stieß erneut gegen sie, von unten. *Schwimm weiter,* hörte sie. Dann bildete sich unter ihr ein lilafarbener Berg, weich, glitschig und warm, und hob sie an die Wasseroberfläche. Er hatte einen Kopf und Flossen und schwamm mit kräftigen Zügen vorwärts. Bitterblue verstand nicht, was vor sich ging.

*Zu kalt,* sagte jemand. *Wir müssen uns beeilen.*

Im Wasser um sich herum sah Bitterblue die Gesichter von Kreaturen, die aussahen wie Seehunde, nur größer und dunkellila, perlmuttartig, beinahe blau. Sie sahen sie mit großen, sanften Augen an, während sie neben ihr herschwammen. *Gib nicht auf,* sagte eine von ihnen.

Etwas an der Art, wie sie sprachen, gab Bitterblue das Gefühl, als platzte ihr der Kopf. »Ich gebe niemals auf«, sagte sie. »Sie sind alle gefeuert.«

*Bleib in Bewegung*, sagte eine andere. *Du musst warm bleiben.* Aber Bitterblue konnte sich nicht bewegen, sie konnte einfach nur ausgestreckt auf dem lilafarbenen Wesen unter ihr liegen, die Arme und Beine durchs Wasser gleiten lassen und die Augen schließen.

*Mach die Augen auf!*, rief jemand und sie schlug die Augen auf.

Eine der Kreaturen, die neben ihr schwamm, sah sie durchdringend an, ihre Barthaare lang und schlaff herabhängend. Die Barthaare erinnerten Bitterblue an ihren Ratgeber Froggatt, der vermutlich noch in seiner Koje auf dem Schiff schlief – und gefeuert war.

*Nicht einschlafen*, sagte das langbärtige Wesen zu ihr. *Du darfst nicht einschlafen.*

»Aber ich bin so müde«, entgegnete sie.

*Wenn du jetzt einschläfst*, sagte das Wesen, *wachst du nie wieder auf.*

»Aber mir ist so kalt.« Bitterblue bemerkte Schneeflocken, die der Kreatur auf den Kopf fielen und auf ihrem Fell schmolzen. Sie streckte eine Hand nach dem Kopf aus, dann schrie sie mit erstickter, gebrochener Stimme auf, als einer ihrer Ringe, ihr wichtigster Ring und kostbarster Schatz, von ihrem Finger glitt, auf dem lilafarbenen Berg, auf dem sie lag, abprallte und ins Wasser fiel.

»Mama!«, rief Bitterblue, denn es war der Ring ihrer toten Mutter, aus Gold mit eingelassenen grauen Edelsteinen, die die gleiche Farbe hatten wie Bitterblues Augen. Es war das einzige Erinnerungsstück an ihre Mutter, das sie mit auf diese Reise genommen hatte. »Mama!«, stöhnte sie, als sie versuchte, von ihrem Berg zu gleiten und dem Ring hinterherzutauchen, aber von der langbärtigen Kreatur, die neben ihr erschien, aufgehalten wurde.

Wie betäubt legte Bitterblue die Wange ab und sah zu, wie der Schnee einen kleinen Haufen auf dem Kopf ihrer langbärtigen

Freundin bildete. Vermutlich bildete der Schnee auch auf ihrem Körper sanfte Haufen. Ihren Körper konnte sie nicht spüren. Sie hörte Wasser klatschen, während sich die Wesen um sie herum bewegten, und spürte die liebevolle Fürsorge der Kreatur, die sie auf ihrem Rücken trug. *Bleib wach*, sagte Langbart regelmäßig, immer und immer wieder, wie der leise Rhythmus, der einem Lied zugrunde liegt. Träge wurde ihr bewusst, dass sie all diese Stimmen im Inneren ihres Kopfes hörte und nicht wirklich in Worten, sondern in Bildern, Bildern von ihr selbst, wie sie schwamm, stark, warm, wach. Dann fiel ihr ein, dass sie von diesen Kreaturen schon gehört hatte: Winterburger Silberkühe, die telepathische Fähigkeiten hatten. Nach ihrem Tod gab ihr Öl ein wundervolles goldenes Licht. Bitterblue hatte etwas davon für ihren Hof importiert. Auch Saf war mit ihnen geschwommen.

*Vielleicht passiert nichts davon wirklich*, dachte sie, gerade als ein riesiger Wal über ihr am Himmel auftauchte, mit zwei Menschen, die darunter in einer Art Boot hingen. *Ich habe schon Halluzinationen*, dachte Bitterblue, weil ihr einfiel, was Katsa ihr über Unterkühlung beigebracht hatte.

Die beiden fliegenden Menschen riefen sich etwas zu und machten etwas mit Seilen. Eine Frau, groß, athletisch, dunkelhäutig wie Katu, ließ sich an einer Strickleiter zu Bitterblue herab und versuchte sie dann in eine Art Seilgurt zu schnüren.

»Ich habe schon Halluzinationen«, versuchte Bitterblue zu der Halluzination der Frau zu sagen, falls es nützlich für sie wäre, das zu wissen. »Das hier geschieht nicht wirklich.« Sie nahm an, dass sie inzwischen zu ausgekühlt war, um zu überleben. Sie würde ihre Leute gar nicht mehr feuern können, weil sie sterben würde. Sie würde Winterburg nicht mehr sehen können oder Katu noch mal küssen oder diese Importeure zur Rede stellen oder herausfinden, was mit Mikka und Brek an Bord der *Seashell* passiert war. Bitterblue dachte an die beiden ertrunkenen Männer und daran, dass deren Tod ihre

Bürde war. Die Bürde ihres Königreichs würde sie nie wieder tragen können.

Sie fing an zu weinen, weil ihr jetzt, wo es geschah, bewusst wurde, wie sehr ihre Freunde um sie trauern würden. Gab es etwas Schlimmeres, als jemanden zu verlieren, ohne zu verstehen, warum? Hava würde untröstlich sein. Hava würde weglaufen; würde sie je zurückkommen? »Giddon«, rief Bitterblue. Sie hatte lange befürchtet, dass der Rat ihr ihn bald nehmen, ihn an irgendeinen anderen Hof schicken würde. Sie wollte nicht, dass er sie verließ. Jetzt war sie diejenige, die ihn verließ. »Aber ich will nicht gehen!«, rief sie.

Plötzlich befand sie sich in der Luft, hing über dem Wasser und ließ die ihr nachschauenden Silberkühe zurück. Sie blickte der langbärtigen, die versucht hatte, sie wach zu halten, in die Augen. Die Kreatur erwiderte vollkommen ruhig ihren Blick. Dann wurde alles schwarz.

# 6

Heute war etwas Eigenartiges im Gange. Lovisa Cavenda hatte ein Gespür für solche Dinge, wie eine Schlange mit hochgerecktem Kopf, deren Zunge die Luft schmeckte.

Beim Abendessen im Speisesaal ihres Wohnheims stieß eine ihrer Freundinnen eine Tasse Tee um. Als niemand vom Küchenpersonal kam, um die Pfütze aufzuwischen, stand Lovisa auf. »Ich gehe jemanden holen«, sagte sie, ging zur Küchentür hinüber und trat leise ein.

An einer Arbeitsplatte standen zwei Frauen. »Sie haben ihr Fehlen nicht mal bemerkt, bis Land in Sicht kam«, sagte eine der beiden. »Irgendjemand ging unter Deck, um alle zu wecken, und sie war fort. Dann haben sie eine ganze Weile lang das Schiff abgesucht, weil sie natürlich angenommen haben, sie sei irgendwo an Bord.«

Die andere Frau, eigentlich eher ein Mädchen, machte ein leises erschüttertes Geräusch. »Aber das war sie nicht?«

»Nein, die Arme! Ein paar von ihnen sind sogar ins Meer gesprungen, um sie zu suchen. Meine Schwester war am Hafen, als das Schiff angelegt hat. Sie hat gesagt, sie waren alle vollkommen aufgelöst.«

»Das ist ja todtraurig«, sagte das Mädchen. »Wie alt war sie?«

»Jung! Dreiundzwanzig oder vierundzwanzig?«

Das Mädchen warf ihren Zopf über die Schulter und bemerkte dabei Lovisa, die neben der Tür stand. »Oh«, sagte sie nervös. »Tut mir leid. Können wir etwas für Sie tun?«

Sie hatte ein unscheinbares Gesicht wie Lovisa, aber ihre Fassungslosigkeit ließ sie hübsch und liebenswürdig wirken, außerdem wollte sie sich offenbar zuvorkommend geben. Sie wirkte aufrichtig erschüttert angesichts der eben gehörten Geschichte.

Auch Lovisa war beunruhigt, obwohl sie sich noch nicht sicher war, was das alles zu bedeuten hatte. Die Königin von Monsea war dreiundzwanzig. Aber viele andere Leute auch.

»Wir haben etwas verschüttet«, sagte sie. »Könnte jemand das aufwischen kommen?«

Mit zerstreutem Gemurmel eilte das Mädchen auf der Suche nach einem Lappen davon. Lovisa kehrte an ihren Tisch zurück, wo niemand von den anderen etwas von irgendeinem Schiffsunglück, das irgendeiner Königin zugestoßen war, zu wissen schien.

Später setzte sich Lovisa im zweiten Stock des Wohnheims in einen Sessel direkt neben dem Fenster und dem Kamin im Entree, den Schoß voller Hausaufgaben. Sie trug einen Morgenmantel mit Pelzkragen, den sie sich fest um den Hals wickelte, um sich vor der Kälte, die durch das Glas hereindrang, zu schützen. Fast jeden Abend arbeitete sie hier gerne eine Stunde oder so. Von hier aus hatte sie alles Kommen und Gehen im Blick. Heute wartete sie auf die Rückkehr von Ta Varana, die zum Abendessen nach Hause gegangen war. Tas Mutter war Minta Varana, die angesehene Luftschiffingenieurin. Und noch wichtiger, ihre Tante war Sara Varana, die Premierministerin. Wenn es Neuigkeiten über die Königin von Monsea gab, würde Ta sie wahrscheinlich kennen.

Gegen acht Uhr ging die Tür unten auf und fiel dann krachend ins Schloss. Ta knallte immer mit den Türen, als wäre sie der Meinung, sie seien nur dazu gebaut worden, um ihr im Weg zu sein. Lovisa setzte einen passenden Gesichtsausdruck auf, als Ta mit lauten, protestierenden Schnaufern die Treppe heraufgetrampelt kam.

»Oh, hallo«, sagte sie zu Lovisa, als sie das Entree erreichte, und bei der Aussicht auf eine Gesprächspartnerin leuchteten ihre Augen auf. Tas braune Wangen waren rosa angehaucht und ihre Lippen glänzten himbeerfarben geschminkt. Ihr Haar, das sie in langen lockigen Wellen trug, schaute unter der Kapuze eines flauschigen weißen Pelzmantels hervor, der wahrscheinlich mehr gekostet hatte als alle von Lovisas Mänteln zusammen, und dabei hatte Lovisa sehr schöne Mäntel. Ta Varana war wie alle Varanas eine eindrucksvolle Erscheinung und ausgesprochen, unübersehbar hübsch.

»Wie war das Essen?«, fragte Lovisa, sorgfältig darauf bedacht, nicht zu neugierig zu klingen.

»Weniger öde als sonst«, sagte Ta. »Habe ich hier was verpasst?«

»Leckeren Kuchen.«

»Meine Tante war auch da.« Damit bezog sich Ta sicher auf die Premierministerin. Was bedeutete, dass dieses Gespräch sogar noch informativer werden würde, als Lovisa gehofft hatte. »Daher war *unser* Kuchen vorzüglich«, fuhr sie fort, »und unser Haus hat geleuchtet wie die Sonne. Ganz Flag Hill ist beleuchtet; alle geben mit ihren Luftschiffen an. Hast du gewusst, dass die Delegation aus Monsea heute eingetroffen ist?«

»Nein.« Lovisa klang gelangweilt.

»Wirklich nicht? Wohnen die nicht bei euch?«

»Tun sie das? Ich weiß es nicht mehr«, sagte Lovisa, was eine faustdicke Lüge war. »Irgendeine Delegation sollte bei uns wohnen. Vielleicht war es die aus Monsea.« Dann wartete sie ab, da sie vermutete, dass Ta ungefragt alles Weitere beisteuern würde.

»Die Königin von Monsea ist tot«, sagte Ta.

Von Enttäuschung gepackt, versuchte Lovisa, sich nichts anmerken zu lassen, denn Ta erwartete natürlich eine überraschte Reaktion. »Was? Was soll das heißen?«

»Sie ist gestorben«, erklärte Ta mit dem zufriedenen Lächeln einer Klatschbase, die weiß, dass sie einen Treffer gelandet hat. »Vermutlich ist sie über Bord gegangen, aber man weiß nicht genau, was passiert ist. Als das Schiff in der Nähe des Hafens war, haben sie festgestellt, dass die Königin nicht mehr da war. Sie nehmen an, dass sie an Deck gegangen und ins Wasser gefallen ist. Aber ich glaube, der Magistrat sollte auch andere Möglichkeiten in Betracht ziehen.«

Der Magistrat war die Polizei von Winterburg. »Was denn, zum Beispiel?«, fragte Lovisa.

»Mord, vielleicht. Königinnen werden ermordet. Oder Selbstmord. Ihr Vater war doch dieser Psychopath König Leck. Ein paar Leute aus der Delegation waren beim Abendessen und ich fand, sie haben sich verdächtig benommen.«

»Inwiefern?« Lovisa wollte unbedingt Tas Meinung darüber hören, wie sich Leute ihrer Meinung nach benehmen sollten.

»Einer von ihnen – der Arzt der Königin, glaube ich – war viel zu höflich und liebenswürdig für jemanden, der gerade erst seine Königin verloren hat. Weißt du? Würdest du nicht erwarten, dass so jemand Gefühle zeigt?«

»Auf jeden Fall.«

»Ein anderer, ein großer breiter Kerl namens Gidlon oder Gildon oder so, war ganz blass, hatte glasige Augen und hat kaum ein Wort gesagt. Ich meine, er war sogar noch bleicher als die meisten Leute aus Monsea, als wäre er beinahe transparent. Und er hat auch dauernd gezittert.«

»Wie jemand, der einen Schock erlitten hat?«, schlug Lovisa vor.

»Oder wie jemand, der nicht glauben kann, dass er gerade seine eigene Königin über Bord geschubst hat«, sagte Ta. »Meinst du nicht?«

»Auf jeden Fall.«

»Ein paar der Gesandten des Königskontinents waren auch da. Der aus Estill und der dellianische. Der Gesandte aus Lienid hat die ganze Zeit geweint. Die Königin von Monsea ist selbst eine halbe Lienid, weißt du.«

»Mm-hm.« Lovisa erinnerte sich, dass sich ihre Eltern über den Gesandten aus Estill unterhalten hatten. »War deine Tante Quona auch da?«

»Ja.«

»Hatte sie irgendwas dazu zu sagen?«

»Uh, sie ist Tierärztin«, sagte Ta. »Was sollte sie schon dazu zu sagen haben? In der Delegation gibt es auch eine Beschenkte, aber sie war nicht beim Essen.«

Lovisa wurde langsam ziemlich neidisch auf dieses Diner. »Was für eine Beschenkte?«

»Ich weiß es nicht. Aber der große Kerl hat sich nach deinem Onkel erkundigt.«

»Nach Katu?«

»Ja«, sagte Ta. »Offenbar kennen sie ihn. Sie wollten wissen, ob er schon von seiner Reise zurückgekehrt ist.«

»Nein, ist er nicht«, Lovisa wünschte sich sehnlichst, sie wüsste, wohin sie Katu schreiben könnte. Er würde das von Königin Bitterblue bestimmt wissen wollen. Und er würde verstehen, wie sich Lovisa jetzt fühlte. So, als wäre eine Tür, die sich gerade erst einen Spaltbreit geöffnet hatte, zugeschlagen worden.

»Ist mit deiner Mutter eigentlich alles in Ordnung?«, fragte Ta mit leuchtenden Augen. »Sie hat heute Morgen während des Seminars eine Nachricht erhalten und früher Schluss gemacht. Und dann kam sie zu spät zum Diner. Also, viel zu spät. Wir waren schon mit der Suppe fertig.«

Lovisa war am Morgen wie üblich etwas früher zu ihrem Handelspolitikseminar gegangen und hatte sich gewundert, dass der Raum leer war. Das war einer der ersten Hinweise darauf gewesen, dass heute irgendetwas anders war. Und es war wirklich ungewöhnlich für Ferla, zu spät zu kommen, erst recht zu einem Festessen mit mächtigen Leuten. »Soweit ich weiß, gehts ihr gut«, sagte Lovisa und wartete ab.

»Vermutlich hatte sie zu Hause irgendwas zu erledigen«, erklärte Ta. »Dein Vater war gar nicht da.«

»Huch, na so was«, sagte Lovisa. »Einer meiner kleinen Brüder ist krank. Ich hoffe, es geht ihm gut.«

Ta ging selbstzufrieden davon und ließ Lovisa mit ihren Grübeleien über die Verspätung ihrer Mutter und die Abwesenheit ihres Vaters beim Diner allein. Einer von Lovisas Brüdern war wirklich krank. Aber Lovisa bezweifelte, dass Viktis Erkältung ihre Eltern davon abhalten würde, an einem Festessen mit der Premierministerin und Abgesandten des Königskontinents teilzunehmen.

Sie dachte weiter darüber nach und sah immer wieder aus dem Fenster, während sie in ihrem Lehrbuch über das Gesetz zum Umgang mit fühlenden Tieren blätterte. Da erschien draußen auf dem Pfad zum Eingang noch eine Schülerin, die beim Abendessen gefehlt hatte. Nev. Endlich. Lovisa hatte Nevs Abwesenheit bemerkt und eine kleine Uhr in ihrem Hinterkopf hatte auf das Verstreichen der Zeit geachtet. Die Schließzeit des Wohnheims war bereits vorbei. Für eine Schülerin wie Nev, die nicht die Nichte der Premierministerin war, spielte das eine Rolle. Nev konnte Schwierigkeiten bekommen, wenn sie so spät zurückkehrte.

Lovisa sah, wie Nev näher kam. Selbst durch den dichter werdenden Schneefall war ihre große Gestalt mit den gestrafften Schultern unverkennbar; das Mädchen mit nur einem Namen wirkte immer so, als könnten ihr die Eiseskälte, ihr fehlender Hut, die späte Stunde oder sonst irgendwelche unangenehmen Umstände nichts anhaben. Sie war eine Stipendiatin aus dem Norden, aus Torla's Neck, einer Winterburger Provinz an der Grenze zu Kamassar. Lovisa war ein paarmal in Torla's Neck gewesen, weil sich dort das Haus und die Mine befanden, die ihrer Mutter und ihrem Onkel gehörten. Ferla und Katu waren dort aufgewachsen. Die Provinz war rau und wild. Ein Ort mit wenigen wohlhabenden Familien, wenigen Restaurants; ein Ort mit Gletschern und Felsen, Wäldern und Minen. Kein Ort, der Nevs stolze Schultern rechtfertigte.

Nev blieb in einem Lichtkreis stehen, den eine der Straßenlaternen warf, und sah zu einem Fenster irgendwo über Lovisa hinauf. Mari Devrets wahrscheinlich. Lovisa hatte Nev schon öfter durch

Maris Fenster klettern sehen, als Nev und Mari zusammen gewesen waren und Nev getan hatte, was auch immer Nev tat, weshalb sie so oft zu spät kam. Ohne die Erlaubnis eines Dozenten nach der Schließzeit zurückzukommen gab eine Verwarnung, und die war mit einer Geldstrafe verbunden, die sich Nev bestimmt nicht leisten konnte. Zu viele Verwarnungen führten zu einem Schulverweis.

Aber Lovisa bezweifelte, dass Nev sich jetzt an Mari Devret wenden würde, damit er ihr half. Es war keine freundschaftliche Trennung gewesen. Da er einer ihrer ältesten Freunde war, wusste Lovisa, dass Mari dafür viel zu überrascht und verletzt gewesen war. Es war schon Monate her und trotzdem versank er immer noch in Selbstmitleid wie ein schmollendes Kind. Es gab auch noch andere Gerüchte, gemeine Dinge, die Lovisa sammelte und abspeicherte, aber nicht unbedingt glaubte.

*Sie ist ... hübsch?*, dachte Lovisa, während sie Nevs braunes Gesicht musterte. Nein. Nev war nicht wirklich hübsch, aber sie hatte etwas an sich, mit ihrem schwarzen, kurz geschnittenen Haar und ihren faszinierenden Gesichtszügen, dem kräftigen Mund und dem hochgereckten Kinn. Sie sah gut aus. Die Schatten auf der schneebedeckten Straße verstärkten diesen Eindruck noch. Ihr grober Mantel, der aus unregelmäßigen Pelzstücken von Tieren bestand, die sie wahrscheinlich selbst erlegt hatte, ließ sie eher stark wirken als arm.

Dann plötzlich blickte Nev Lovisa direkt an. Sie machte keine Anstalten zu grüßen, starrte bloß.

*Ich könnte dieses Fenster für sie aufmachen*, dachte Lovisa. *Ich könnte Maris Leiter holen oder irgendeine andere.*

Stattdessen starrte sie bloß zurück, neugierig, was Nev tun würde.

Zu ihrer Überraschung wandte sich Nev direkt der Tür des Wohnheims zu. Lovisa hörte, wie die Tür auf- und zuging, hörte Nevs gemurmeltes Gespräch mit der Aufsichtsschülerin, konnte es aber nicht verstehen. Sie tat so, als wäre sie voll konzentriert auf ihr Lehrbuch. Als Nev die Stufen heraufkam und den Treppenabsatz erreicht hatte, beachtete Lovisa sie nicht.

Dann, als Nev an ihr vorbeistürmte, roch Lovisa eine eigenartige Mischung verschiedener Gerüche an ihren Kleidern. Blut, die Kälte und das Meer. Nev studierte am Institut für Tiermedizin und manchmal fand Lovisa das gleichermaßen abstoßend und faszinierend.

»Was ist denn diesmal passiert?«, fragte sie. »Du riechst sogar noch übler als sonst.«

Nev blieb stehen. Sie bedachte Lovisa mit einem Blick, der nichts, rein gar nichts darüber verriet, was in ihrem Kopf vorging. Dann warf sie einen Blick auf das Lehrbuch auf Lovisas Schoß. »Ich bezweifle, dass es dich interessieren würde«, sagte sie mit stärkerem nordischen Akzent als Ferlas oder Katus. Die meisten Nordländer versuchten in Ledra stärker wie Ledraner zu klingen. Nev nicht.

Lovisa bemerkte einen Verband um Nevs linkes Handgelenk. »Es interessiert mich, wie es menschenmöglich ist, so zu stinken.«

»Gar nicht«, entgegnete Nev. »Ich bin kein Mensch. Jetzt kennst du mein Geheimnis.«

Normalerweise war Nev nicht so schlagfertig. Sie sah müde aus, ihre ausdruckslose Miene bewusster aufgesetzt als sonst. Das war interessant. »Ist es gut gegangen«, fragte Lovisa, »was immer es war?«

Nev zögerte. »Ja und nein.«

»Oh.« Lovisa bemerkte ein wenig Sand an einer undefinierbaren klebrigen Substanz auf Nevs Hose. »Wie schade. Warst du am Strand?«

»Ein bisschen.«

»Hast du irgendwas von dem Tumult um die Königin von Monsea mitbekommen?«

»Nein.«

»Offenbar ist sie heute von einem Schiff gefallen und ertrunken.«

»Wie traurig«, sagte Nev.

Lovisa spürte, wie sich aus Freude über eine Gesprächspartnerin, die so gut wie sie selbst darin war, unbeteiligt zu scheinen, ein kleines widerwilliges Lächeln in ihr Gesicht schlicht. »Woher hattest du denn eine Erlaubnis?«

»Von einer Professorin.«

»*Welcher* Professorin?«

»Quona Varana.«

Natürlich. »Ist Quona Varana diejenige, wegen der du immer so spät zurückkehrst?«, fragte Lovisa, die ihre Neugier nicht zügeln konnte.

Dann setzte sie wieder eine ausdruckslose Miene auf, als Schritte auf der Treppe von oben zu hören waren. Zwei Jungen mit Papieren und Büchern im Arm kamen ins Entree gepoltert und schenkten Nev ein kleines, spezielles Lächeln. Es waren Freunde von Mari Devret, reiche, beliebte Jungen, die wahrscheinlich gerade aus Maris Zimmer kamen, wo sie zusammen gelernt hatten. Es war kein freundliches Lächeln.

»Hallo, Lovisa«, sagte einer von ihnen, ein schmieriger Kerl namens Pari Parnin. Nev grüßte keiner von beiden.

»Hau ab, Pari«, entgegnete Lovisa unbeeindruckt.

Die Jungen verzogen sich in einen Flur. Nev nutzte den Augenblick, um ebenfalls weiterzugehen, und wandte sich der Treppe zu, ohne sich von Lovisa zu verabschieden. Lovisa sah ihr nach und fragte sich, ob Nev wohl ihre Schultern entspannte, sobald sie ihr Zimmer betreten und die Welt ausgesperrt hatte. Außerdem fragte sie sich, ob sie irgendetwas gegessen hatte, nachdem sie das Abendessen verpasst hatte. Hortete Nev irgendwo einen Lebensmittelvorrat? Lovisa hatte immer etwas zu essen in der Tasche. Das gab ihr das Gefühl, stets bereit zu sein.

Zwei weitere Jungen kamen die Treppe herunter, grüßten Lovisa und gingen weiter, diesmal ohne unfreundlich zu lächeln. Seit Nev mit Mari Schluss gemacht hatte, waren Gerüchte über Nevs Fähigkeiten im Bett im Umlauf. Besser gesagt, über ihren Mangel an Fähigkeiten. Lovisa bezweifelte stark, dass Mari die in die Welt gesetzt hatte, denn er war nicht der Typ, der gemeine Gerüchte in Umlauf brachte. Lovisa hatte Pari Parnin in Verdacht.

Auf jeden Fall hatte das Lächeln der Jungen vorher, als sie Nev gesehen hatten, damit zu tun gehabt. Es war die Art Lächeln, die ausdrückte: *Ich habe gehört, du bringst es nicht.*

Lovisa blickte ins Leere und ihre Gedanken wandten sich wieder interessanteren Angelegenheiten zu. War ihr Haus in Flag Hill jetzt voller trauernder Delegierter aus Monsea? Wie nutzte ihre Mutter, die Gelehrte, das zu ihren Gunsten? Wie trat ihr Vater, der Industrielle, ihrer Mutter entgegen? Wenn ausländische Gesandte bei ihnen abstiegen, war es immer interessant, nach den geheimen, egoistischen Unterströmungen im äußerlich freundlichen Verhalten ihrer Eltern Ausschau zu halten.

Und warum hatte ihr Vater das Diner verpasst und ihre Mutter das Seminar frühzeitig verlassen? Warum war ihre Mutter zu spät gekommen? Machte sich inzwischen doch Ferlas Doppelbelastung als Professorin und Präsidentin bemerkbar? Ein Riss in der Rüstung, tief genug, dass auch Leute außerhalb der Familie ihn bemerkten? Wenn ja, wäre es der erste Riss, den Lovisa je gesehen hatte.

Wohnte gerade eine Beschenkte bei ihr zu Hause? Und wenn ja, welche Farbe hatten ihre Augen? Was war ihre Gabe? Es kamen so selten Beschenkte nach Winterburg. In letzter Zeit hatte sie gelegentlich von einer Beschenkten in Ledra gehört, die die Gabe hatte, verschwundene Dinge zu finden, aber Lovisa hatte sie noch nicht kennengelernt.

Sie hatte keine Lust auf einen eisigen, windigen Spaziergang und auch nicht auf die Gesellschaft ihrer Mutter, vor allem nicht, wenn die gestresst war. Und worauf sie am allerwenigsten Lust hatte, waren die spionierenden goldfarbenen Augen des Fuchses ihrer Mutter. Blaue Füchse konnten leben, wie sie wollten, gebunden oder ungebunden; das Gesetz zum Umgang mit fühlenden Tieren schützte ihre freie Wahl. Die meisten Füchse banden sich an niemanden, blieben lieber unabhängig und lebten in der Wildnis oder in Fuchsheimen, in denen sich Menschen um sie kümmerten. Aber anderen Füchsen gefiel die Gesellschaft, die eine solche Bindung bot, das Gefühl nützlich zu sein oder die Geschenke. Im Tausch gegen ein bequemes Leben in einem Privathaushalt war der Fuchs treu, und falls sein Mensch besondere Wünsche hatte, gehorsam.

Natürlich hatte Ferla Cavenda einen gehorsamen Fuchs gewollt, der herumschnüffeln und mit ihr allein sprechen konnte. Monatelang hatte sie Fuchsheime besucht, bis schließlich einer Interesse an ihrer Gesellschaft gezeigt hatte. Dann hatte dieser Fuchs fast ein Jahr bei den Cavendas gelebt, während Ferla sich ihm mit einer Liebenswürdigkeit widmete, die die neunjährige Lovisa beunruhigt hatte, denn ihren Kindern gegenüber legte Ferla diese zuckersüße Liebenswürdigkeit nie an den Tag. Es fühlte sich falsch an. Aber es hatte funktioniert. Der Fuchs hatte schließlich beschlossen, sich an Ferla zu binden. Von diesem Tag an hatte Lovisa das Gefühl, ständig beobachtet zu werden.

Trotz der Aussicht auf diese Beobachtung war Lovisa heute Abend neugierig. Und wenn sie neugierig war, konnte sie nicht anders.

Sie erhob sich aus dem Sessel und ging in ihr Zimmer, um warme Kleider, einen Mantel und ihre Tasche zu holen, dann setzte sie eine heimwehkranke Miene auf. Sie würde heute Nacht zu Hause schlafen.

# 7

Lovisas Nacht verlief nicht wie geplant.

Die meisten Anwesen in Flag Hill waren von Steinmauern umgeben, deren Tore tagsüber offen standen und nachts verschlossen wurden. Man ging davon aus, dass eine unangekündigte Besucherin wie Lovisa am Tor der Cavendas klingeln und dann darauf warten würde, dass ein Wachmann sie einließ. Und natürlich hatte sie das auch vor. Aber erst ging sie zum unbeleuchteten Stück der Mauer mit den Knaststeinen und kletterte hinüber.

*Knaststeine*, dachte sie, als sie Halt an einem der Steine fand, dann am nächsten, und sich auf die Mauer schwang. So hatten sie und Mari Devret diese Steine genannt, als sie in ihrer Kindheit daran hinaufgeklettert waren. Damals waren ihre Füße natürlich kleiner gewesen, beweglicher, aber Lovisas Füße waren noch immer ziemlich klein. Und ihr Rock war in Wirklichkeit eine Hose mit breiten Beinen, ihre Lederhandschuhe gut geeignet, um sich festzuhalten und den Schnee wegzuwischen, ihre Schuhe bequem und biegsam.

Sobald sie auf dem Grundstück stand, ging sie sorgfältig dem Lichtschein der Wandlampen und dem aus den Fenstern aus dem Weg. Wenn einer der Wachleute sie erwischte, wäre das zwar keine Katastrophe, aber es würde ihre Mutter möglicherweise dazu bringen, genauer in Augenschein zu nehmen, was Lovisa so trieb. Der dichte Schneefall half ihr, sich zu verbergen. Sie hoffte, er würde ihre Fußspuren verdecken.

Sie ging um das Haus herum. Die Bibliothek ihres Vaters im Erdgeschoss war sanft beleuchtet, wie, wenn er in Gedanken versunken bei einer Tasse Tee dasaß. Das Arbeitszimmer ihrer Mutter im ersten Stock erstrahlte in einem Licht, wie es nur Silberkuhlampen erzeugten. Es war von einer satten, goldenen Wärme. Lovisa wurde nur selten ins Arbeitszimmer ihrer Mutter gebeten, aber was ihr dort immer als Erstes auffiel, war der Geruch der Silberkuhlampen, intensiv und erdig, wie Sommerboden. Silberkuhöl war durch das Gesetz zum Umgang mit fühlenden Tieren streng reguliert und außerordentlich teuer, aber Ferla war nicht der Typ Mensch, der sich selbst etwas versagte.

Ganz oben an der Rückseite des Hauses schien ein gedämpftes Licht aus einem Fenster unterm Dach. Lovisa verspürte einen ängstlichen Stich, als sie sich fragte, welcher ihrer Brüder heute Nacht da oben in Ferlas Dachkammer saß und warum. Eine solche Dachkammer war nicht unüblich in den Häusern in Flag Hill, weit weg von der Haustür, unerreichbar für Eindringlinge. Die meisten Leute nutzten sie zum Aufbewahren von Wertsachen, aber Lovisas Mutter nutzte sie zur Disziplinierung. Die Dachkammer war an sich kein schreckliches Zimmer. Es gab ein Bett und einen Schreibtisch, einen Teppich, ein oder zwei Bücher und eine Lampe. Als Lovisa klein war, schloss Ferla sie manchmal kurz mit ihren Hausaufgaben, ein paar Malstiften, einem heißen Getränk und, falls es kalt war, ein paar Decken dort ein. »Du brauchst ein wenig Zeit für dich«, sagte Ferla dann überdeutlich und streng, »um über das, was du getan hast, nachzudenken.« Es war einsam, aber in Ordnung.

Aber Ferla war launisch. Ihre Laune konnte stundenlang schwach glühen. Sogar tagelang, dann schlich sich eine Hitze in ihre Stimme und ein Funkeln in ihre Augen, die langsam anwuchsen. Schließlich entstand daraus ein Großbrand, der im ganzen Haus zu spüren war. Es war ausnahmslos eins ihrer Kinder, das ihn entfachte, indem es lärmte, zu viele Fragen stellte, jammerte oder weinte, oder sie unterbrach, wenn sie mit Benni zusammen war. An solchen Tagen war die Bestrafung anders. Dann schloss Ferla sie mit einem Feuerstein, einer Kerze und ohne Essen ein, nahm die Bücher und die Lampe mit und verriegelte die Tür. »Für mich ist das viel schwerer als für dich«, sagte sie dann. »Das ist noch angenehm verglichen mit dem, was andere Eltern tun. Als dein Onkel und ich klein waren, hat unser Vater uns in einer Höhle eingesperrt. Die war kalt und hart. Unsere einzigen Besucher waren Vögel und unser einziger Anblick die Sonne, die abends über dem Ozean unterging. Verstehst du, Lovisa? Verstehst du, dass du ein angenehmes Leben hast?« Dann schloss sie die Tür, drehte den Schlüssel um und kam nicht zurück. Sobald ihre Wut verraucht war, schickte sie eine Wache, um das Kind rauszulassen. Lovisa musste raten, wie sie sich die Kerze einteilen sollte. Sie verabscheute die Dunkelheit, wusste jedoch nie, wie lange ihre Bestrafung andauern würde. Manchmal reichte sie bis tief in die Nacht. Sie hatte gelernt, ihre Blase zu kontrollieren und immer Essen in ihren Taschen zu verstecken. Sie hatte eine ganze Menge gelernt.

Lovisa ging weiter um das Haus herum. Überrascht stellte sie fest, dass in den Gästezimmern im zweiten Stock kein Licht brannte. Schliefen die Gäste aus Monsea schon? Ihr wurde bewusst, dass deren Anwesenheit im Haus Gutes für denjenigen ihrer Brüder bedeutete, der sich schlecht benommen hatte. Vor ausländischen Delegationen verlor Ferla nicht die Beherrschung.

Am Dach des Hauses war das Luftschiff der Cavendas festgemacht, ein unförmiges Ungetüm, das sich dunkel vor dem fallenden Schnee abzeichnete. Lovisa bezweifelte, dass sie es hätte sehen können, wenn sie nicht gewusst hätte, dass es da war. Tagsüber war die Verzierung seines Ballons sichtbar: eine lila-blau-goldene Szene aus Silberkühen, die neben der Bürgin herschwammen, wie auf der Winterburger Flagge. Die Luftschiffe waren Winterburgs ganzer Stolz. Die Technologie war patentiert, kein anderer Staat in Torla verfügte darüber, und Ta hatte recht gehabt, als sie gesagt hatte, dass Flag Hill heute Abend damit prahlte. Das Luftschiff ihrer Eltern lag zwar in Dunkelheit, aber auf den Dächern vieler Häuser, an denen

Lovisa vorbeigekommen war, leuchteten Lampen und strahlten den teuersten Besitz an, den ein Bewohner Winterburgs haben konnte.

Im hinteren Teil des Gartens, wo die Steine es ihr leichter machten, kletterte Lovisa wieder über die Mauer. Dann ging sie nach vorn zum Tor, klingelte und wartete.

Der blaue Fuchs, der an Ferla Cavenda gebunden war, hatte es am zweitliebsten, wenn Lovisa nach Hause kam. Lovisa war eine der interessanteren Cavendas, eine geborene Lügnerin wie Ferla, nur noch besser darin, weil sie es nicht darauf anlegte, dass die Leute sie bewunderten.

Am allerliebsten hatte er natürlich das Luftschiff, mit dem er nie fahren durfte. Manchmal schlich er sich aufs Dach und setzte sich hinein, stellte sich vor, wie der Wind ihm das Fell zerzauste, während er auf Abenteuer zuflog.

Der Fuchs döste vor dem Kamin in Ferlas Arbeitszimmer, als er spürte, wie Lovisa draußen auf dem Grundstück herumspionierte. Das tat Lovisa gelegentlich, kletterte über die Mauer und umkreiste das Haus, bevor sie sich am Tor bemerkbar machte. Sie spionierte auch im Institut für Politik und Regierungsführung herum; der Fuchs wusste immer Bescheid, wenn sie an den Heizungsgittern lauschte. Den Menschen war nicht bewusst, wie viel Füchse wahrnehmen konnten. Das kam den Füchsen gelegen, denn Menschen würden deutlich seltener herumschnüffeln und wären deutlich weniger interessant, wenn sie es wüssten. Es war eins der Geheimnisse der Fuchsheit.

Es überraschte ihn nicht, dass Lovisa heute nach Hause kam. Lovisa hatte einen Instinkt dafür, wann sich Dramen zusammenbrauten, und heute war das garantiert der Fall. Ferla war ein wütender Wirbelsturm, der sich immer weiter auftürmte, je weiter der Abend voranschritt. Benni Cavenda, ihr Mann, kam dann und wann hereingerauscht, um irgendetwas Langweiliges über das dumme Zilfium zu verkünden. Dann starrte Ferla ihn jedes Mal an und schoss böse Blicke auf ihn ab, bis er wieder ging. Ferla war wütend auf alles und jeden. Dem Fuchs gefiel es nicht immer, an Ferla Cavenda gebunden zu sein, aber diese Momente mochte er, denn Ferla war ein Mensch, der aus heftigen Intentionen, Leidenschaften und Ambitionen bestand, immer interessant wie ein Haufen durcheinandergewürfelter Nadeln. Er verstand vielleicht nicht jedes Mal, was ihre Gedanken bedeuteten oder worauf sie sich bezogen, aber er verstand immer, welche Gefühle sie in ihr auslösten. Und sie hatte ein warmes, gemütliches Haus, ein Luftschiff, einen schönen Pelzmantel mit einer Kapuze, in die er sich schmiegen konnte, und eine Familie mit einem Hang zum Drama.

Beiläufig hob er den Kopf von den Pfoten und berührte Ferlas Verstand mit einer Frage. *Soll ich mal eine Runde durchs Haus drehen, um zu sehen, ob alles in Ordnung ist?*

*Nichts ist in Ordnung,* tobte sie. *Es ist mir egal, was du tust, Fuchs. Aber wenn ich dich brauchen sollte, bist du besser erreichbar.*

*Ich komme natürlich immer wieder nachsehen,* versicherte ihr der Fuchs schnell und wünschte wie immer, sie würde ihn nach seinem gewählten Namen fragen. Alle anderen gebundenen Füchse, die er kannte, seine sieben Geschwister eingeschlossen, hatten Menschen, die sie mit ihrem gewählten Namen ansprachen, aber Ferla nannte ihn immer bloß »Fuchs«. *Nur eine Runde durchs Haus, nichts weiter,* sagte er, *um zu überprüfen, ob sich alle so benehmen, wie du es wünschst.*

Ferla grunzte stirnrunzelnd, dann beachtete sie ihn nicht weiter. Mit einem leisen Seufzer des Bedauerns, dass er seinen warmen Platz am Kamin aufgeben musste, stand er auf und huschte zur Tür. Er schob sich durch die Fuchsklappe in den Flur, wo er sich gegen die kalte Luft wappnete, die einen Fuchs im Winter fast überall in diesem Haus plagte. Denn Wärme stieg nach oben und Kälte sank nach unten, und ein Fuchs war tief unten. Sobald er sich in die Heizungsschächte geschlichen hatte, würde es wärmer werden, aber auch zugiger. Es war eine Ironie des Fuchsschicksals, dass die verfügbaren Annehmlichkeiten der verfügbaren Interessantheit oft diametral entgegengesetzt waren. Dem würden vermutlich sogar seine sieben Geschwister zustimmen, und das waren die verwöhntesten Füchse in Winterburg.

Der blaue Fuchs betrat die Heizungsschächte durch das mit einem geheimen Scharnier versehene Gitter in der unteren Wand der Toilette im ersten Stock. Es war sein zuletzt umgebautes Gitter und er war stolz darauf. Ein Gitter mit einem Scharnier zu versehen, hielt einen Fuchs tagelang beschäftigt und war weder angenehm noch interessant. Erst musste er seinen Mund verletzen und das Risiko eingehen, sich die Zähne abzubrechen, um die Nägel herauszuziehen, dann musste er Garn durch das Gitter fädeln, wieder mit dem Mund, und es festzurren. Niemand im Haus der Cavendas wusste, dass er irgendetwas davon konnte. Noch nicht mal Ferla; erst recht nicht Ferla. Es war äußerst befriedigend.

Sobald er einmal im Heizungsschacht war, konnte er alle Zimmer im Haus erreichen. Er konnte nach all seinen geheimen Gerätschaften sehen, die er in verschiedenen Nischen und Ritzen aufbewahrte. Er konnte auch einem bestimmten Menschen durchs Haus folgen, ohne dass der es mitbekam.

Niemand machte die Heizungsschächte lohnenswerter als Lovisa Cavenda. Sie hatte ein Feuer in sich, das genauso heiß loderte wie das Feuer in Ferla, aber ihrs war eine kleine, gleichmäßige Flamme, immer kontrolliert, immer hungrig. Immer kurz davor, etwas auszulösen. Er liebte ihre Besuche.

Der Fuchs machte sich auf den Weg zu Bennis Bibliothek im Erdgeschoss, weil er annahm, dass Lovisa dort als Erstes hingehen würde.

Als Lovisa die Bibliothek ihres Vaters betrat, war ihr Vater nicht da.

Mitten auf dem Schreibtisch lag ein Stapel Papiere, die mit seiner großen, schwungvollen Handschrift bedeckt waren. Zweifellos verfasste ihr Vater eine weitere Stellungnahme, warum die Nutzung von Zilfium legalisiert werden sollte: Sie sah, dass das Wort *Zilfium* mehrfach vorkam. Er tat ihr ein wenig leid, genau wie seine absurde Position. Aus Zufall oder Schicksal saßen im Parlament, das aus fünfzig Abgeordneten bestand, zurzeit genau fünfundzwanzig Gelehrte und fünfundzwanzig Industrielle. Im Falle eines Patts durfte die Präsidentin die entscheidende Stimme abgeben. Und die Präsidentin war ausgerechnet Bennis eigene Frau, eine Gelehrte, die gegen ihn stimmen würde.

Die Tür ging auf und ihr Vater kam herein. »Lovisa! Wir haben nicht mit dir gerechnet. Ist alles in Ordnung?«

»Ich wollte heute nur in meinem eigenen Bett schlafen«, sagte sie.

»Es ist schon spät.« Er beugte sich runter und umarmte sie. »Bist du den Weg vom Campus hierher ganz allein gekommen?«

»Ja.« Sie stellte sich auf die Zehenspitzen, um ihn auch zu umarmen, wobei sie ihr Gesicht an seine Schals drückte. »Und wie du sehen kannst, ist mir nichts passiert. Keine Räuber unterwegs.«

»Das solltest du nicht tun«, sagte er, sie immer noch im Arm haltend. Er roch wie üblich nach seinen Tees, aber seine Stimme war etwas zu herzlich und sein Atem ging etwas zu schnell.

»Was ist los, Papa?«, fragte sie.

Er lachte kurz auf, gab ihr einen Kuss auf die Stirn und ließ sie los. »Mein scharfsinniges Mädchen. Hast du das von der Königin von Monsea gehört?«

»Ta Varana hat es mir erzählt.«

»Ja«, sagte er. »Tja. Alle sind ziemlich außer sich, sogar deine Mutter. Es ist natürlich eine Tragödie, aber wir hatten auch persönlich große Hoffnungen, sie näher kennenzulernen, eine gute Beziehung zu ihr aufzubauen. Auf dem Königskontinent gibt es viele Kriege und

Instabilität, aber Königin Bitterblue war lange eine der verlässlicheren Herrscherinnen dort. Es ist einfach sehr unglücklich.«

»Musste Mutter deshalb heute Morgen früher aus ihrem Seminar weg?«, fragte Lovisa. »Das hat Ta mir auch erzählt.«

»Das war wegen Vikti«, sagte Benni. »Sein Zustand hatte sich verschlechtert. Aber jetzt geht es ihm schon wieder besser. Kein Grund zur Sorge, Liebes. Möchtest du nach ihm sehen?«

»Ich will ihn nicht wecken. Haben sie sich alle gut benommen?«

»Viri hat deiner Mutter vorhin das Leben schwer gemacht, glaube ich, aber jetzt ist alles gut.«

Dann musste das da oben in der Dachkammer Viri sein. Viri war der Jüngste, er war erst fünf. Wenn er da oben war, würde er jetzt zittern, die Arme um die Knie geschlungen, tränenüberströmt. Lovisa würde einen Weg finden müssen, nach ihm zu sehen.

Aber sie tat so, als kümmerte sie das nicht. Denn Viri konnte noch mehr Ärger bekommen, wenn sie dabei erwischt wurde, wie sie ihm half. »Und was ist mit den anderen Delegierten aus Monsea?«, fragte sie. »Sind sie hier?«

»Ich fürchte, nicht. Die Pläne haben sich geändert.«

»Warum? Weil sie dir und Mutter ohne die Königin nicht mehr von Nutzen sind?« Lovisa, die keine Angst vor ihrem Vater hatte, sah grinsend zu ihm auf.

»Mein freches Mädchen.« Benni berührte die weiße Strähne in ihrem Haar.

»Wo wohnt die Gesandtschaft denn jetzt?«

»Bei Quona Varana.«

»Quona Varana!«

»Ja«, sagte Benni trübsinnig. »Wir sind alle ein wenig besorgt.«

»Aber wie kam es denn dazu? Sie werden sich zu Tode niesen!«

»Na ja, jetzt, da die Königin weg ist, hat sich alles verändert. Es gibt offenbar ein Mitglied ihrer Gruppe – eine junge Beschenkte –, die ganz verzweifelt ist und Zeit für sich braucht.«

»In einem Verschlag voller Katzenfell?«

»So schlimm ist Quonas Haus nun auch wieder nicht, Lovisa«, sagte Benni. »Quona hat so viele Zimmer, dass jede Katze ein eigenes haben könnte. Denk doch mal nach: Ein allein stehendes Haus auf einer Klippe über dem Meer ist wahrscheinlich im Moment für sie genau das Richtige. Wenn ich es richtig verstanden habe, hat der Gesandte aus Estill das heute beim Abendessen vorgeschlagen und Sara und Minta haben die Idee gleich aufgegriffen. Du weißt, die Varana-Schwestern können eine Naturgewalt sein.«

Die Fensterläden vor Lovisas Leben schlossen sich weiter. Sie hatte damit gerechnet, wenigstens die Beschenkte zu treffen. Und den Gästen aus Monsea beim Essen gegenüberzusitzen und Geschichten über einen Kontinent zu hören, auf dem es noch Könige und Königinnen gab, Kriege, aber auch Magie. Und Katu etwas Aufregendes erzählen zu können, sobald er zurückkam. Sie fragte sich, ob nun etwa Nev, die eine von Quonas Studentinnen war, größere Chancen hatte, die Beschenkte zu treffen, als sie.

*Typisch*, dachte sie bitter. »Warum kam Mutter zu spät zum Diner? Ta hat mich danach gefragt.«

Benni berührte erneut sanft ihr Haar. »Ich bin sicher, sie hat einfach bloß die Zeit vergessen. Es war ein schrecklicher Tag. Ich selbst bin zu Hause geblieben. Deine Mutter ist in ihrem Arbeitszimmer, Lovisa, falls du ihr Gute Nacht sagen willst.«

Eine Treppe hinter einem von Bennis Bücherregalen, das aufschwang wie eine Tür, führte direkt in Ferlas Arbeitszimmer hinauf und verband so ihre Privaträume miteinander. Das gab Lovisa immer das Gefühl, Ferla könne ihre Gespräche belauschen. Und manchmal fühlten sich die Worte ihres Vaters an wie eine Warnung. Deine Mutter ist wütend; deine Mutter könnte dich hören; treib es nicht zu weit. Benni war lange Lovisas sicherer Hafen während Ferlas Stürmen gewesen. Als Kind flüchtete sie sich immer in seine Bibliothek. Dann setzte er sie in seinen rot-goldenen Lieblingssessel, gab ihr etwas von seinem Tee ab und ein Buch zu lesen. Wenn ihre Mutter nach ihr suchen kam, hielt er sie an der Tür auf und erklärte, er würde sich darum kümmern. Schloss die Tür, gab Lovisa einen Kuss auf die Stirn und sagte zu ihr: »Deine Mutter hat dich lieb.«

»Ich glaube, ich mache mich gleich bettfertig«, sagte sie.

»Hast du jemanden gebeten, das Feuer in deinem Zimmer zu entzünden?«

»Das mache ich gleich.«

»Deine Mutter und die Jungs werden sich freuen, dich beim Frühstück zu sehen.«

»Ich auch, Papa.«

Wie viel sie heute Nacht wohl herumschnüffeln konnte, ohne irgendwelchen Wachleuten oder Ferlas räudigem Fuchs zu begegnen? Sie musste zu Viri. Lovisa könnte durch die Tür hindurch mit ihm reden, ihm seine Lieblingsmärchen erzählen. Viri lachte immer über Lovisas Versionen der Geschichten über die Bürgin, weil sie besonders respektlos waren. Die Unterwasserkreatur, die den Silberkühen zufolge angeblich die Hüterin des Planeten war, war so groß wie ein Berg. Sie beschützte die Silberkühe und dafür kümmerten sich die Silberkühe um das Meer und brachten ihre Freunde, die Menschen, dazu, sich um die Erde zu kümmern. So kümmerte sich jeder um jeden. Was gut war, denn wenn nicht, würde die Bürgin sich erheben, alle Tiere und Menschen töten und alles vernichten.

Das war der Teil der Märchen, der Lovisa zu Respektlosigkeit animierte, dieser unterschwellige Hinweis, dass die Bürgin die Welt zerstören würde, wenn man sie nicht beschwichtigte. Jeder erwähnte diesen Teil nur kurz und wandte sich dann den lustigeren Stellen zu, zum Beispiel wie die Bürgin die Unterseite der Menschenschiffe kitzelte oder betörende Lieder sang, die die Feinde von Erde und Meer besänftigten. Aber die Bürgin war nicht mächtig, weil sie gerecht war. Ihre Macht rührte von ihrer Größe her. Jeder, der so groß war, konnte Gefolgsleute um sich sammeln und sich Heldin nennen.

Lovisa fragte sich, ob ein Held eigentlich etwas anderes war als ein Tyrann. Also machte sie die Bürgin in ihren Geschichten zu einer tumben Rabaukin, die nur deshalb die Welt nicht zerstörte, weil sie über ihre eigenen Füße stolperte, und so weiter. Und ihre Brüder protestierten, lachten und quiekten.

Lovisas Zimmer lag im ersten Stock in der Nähe des Elternschlafzimmers. Sie stieg die weniger gut bewachte Hintertreppe zu den Kinderzimmern im zweiten Stock hinauf, um sich dort etwas umzusehen. Hinter dem Schulzimmer schob sie vorsichtig Viktis Zimmertür auf. Der neunjährige Vikti schnarchte laut in seinem Bett wie ein Junge mit einer sehr verstopften Nase. Eine kleine Sorge, die Lovisa mit sich herumgetragen hatte, löste sich beim Anblick der offenbar banalen Erkältung auf.

Als Nächstes öffnete sie Viris Zimmertür. Eigentlich war Viri der, der dauernd krank war, weil er immer seine Bücher und seine Spielsteine – genau wie seine Kleider und seine Finger – in den Mund steckte, als hätte er Hunger oder bräuchte den Trost von etwas, worauf er rumkauen konnte. Er schämte sich dafür, weil er dafür ausgeschimpft wurde, aber er tat es trotzdem.

Er lag nicht in seinem Bett, was Lovisas Vermutung bestätigte.

Nachdem sie wieder aus seinem Zimmer geschlichen war, blieb sie im Flur stehen, als sie meinte, ein huschendes Geräusch gehört zu haben. Sie drehte sich im Kreis und schaute unter einen Tisch in der Nähe, aber es war kein Fuchs zu sehen.

Lovisa beschloss, nicht das Risiko einzugehen, den siebenjährigen Erita zu wecken, und kehrte um. Sie brauchte einen Grund, um auf den Dachboden zu gehen, damit Viri keinen Ärger bekam, wenn sie entdeckt wurde. Gerade als sie die Hintertreppe wieder hinunterschlich, tauchte eine Ausrede auf den Stufen unter ihr auf: der jüngste Hauswachmann, der mit der breiten Brust, dem kurz geschnittenen Haar, dem nordischen Akzent und dem bartlosen Gesicht. Lovisa konnte sich nicht an seinen Namen erinnern, wusste nur, dass seine Schwester auch zur Wache der Cavendas gehörte und dass er Lovisa manchmal anlächelte, mit einem Glanz in den Augen, den sie zu erkennen glaubte. Einem Glanz, der ihren Eltern, sollten sie ihn bemerken, nicht gefallen würde.

Eine ausgeklügelte Idee machte sich in Lovisas Kopf breit.

»Hallo«, sagte sie leichthin.

»Guten Abend«, entgegnete er und auf seinen Lippen erschien ein sanftes Lächeln.

Sie blieb eine Stufe über ihm stehen, damit sie sich ungefähr auf Augenhöhe befanden. Seine braunen Augen hatten bernsteinfarbene Flecken und er roch nach Holzfeuer. »Verrat mich nicht«, sagte sie und wies mit dem Kopf die Treppe hinauf. »Bitte.«

»Sie weswegen verraten?«

»Ich habe nach dir gesucht.«

»Wirklich?«, sagte er nach einem kaum wahrnehmbaren überraschten Zögern. »Kann ich irgendetwas für Sie tun?«

Jetzt zögerte sie. »Ich weiß nicht. Vielleicht gefällt es dir nicht.«

Sein Blick strich über ihr Gesicht. »Das bezweifle ich«, sagte er leise.

Er verstand, was sie ihm zu verstehen geben wollte, und Lovisa erschrak ein wenig über sich selbst. Sie hatte das schon mal gemacht, mit Jungen und Mädchen an der Akademie, in der Regel aus Neugier, um zu wissen, wovon ihre Freunde sprachen, wenn sie über Sex redeten. Aber das hier war kalkulierter und deshalb etwas anderes.

»Würdest du dich um eins mit mir auf dem Dachboden treffen?«, fragte sie. »Dann zeige ich es dir.«

»Aber natürlich.«

Und sie ging weiter die Treppe hinunter. Lovisa hatte vor, früher auf den Dachboden zu gehen, um Viri zu besuchen. Dann würde der Wachmann kommen, und wenn ihre Mutter oder der Fuchs ebenfalls auftauchten, könnte sie so tun, als wäre sie nur dort, um ihn zu treffen. Das würde Ferla nicht gefallen, aber wenigstens würde Viri nicht dafür bestraft werden.

Um Viertel vor eins schlich Lovisa sich mit einer Lampe aus ihrem Zimmer.

Sie nahm die Hintertreppe und ging erneut an den Kinderzimmern vorbei und dann durch den Dienstbotentrakt, wobei sie unter jeden Tisch und Stuhl, in jede Ecke leuchtete, um nach dem Fuchs zu suchen. Ohne ihn zu finden. Sie ließ die Tür zur Dachbodentreppe offen und stieg zur Dachbodentür darüber hinauf. Sie wappnete sich gegen die Bedrohlichkeit des Dachbodens, der mit seinen hohen Decken und den frei liegenden Balken nachts immer unheimlich war. Auch diese Tür ließ sie für den Wachmann offen stehen. Als sie den Dachboden betrat, schwenkte sie ihre Lampe, noch immer auf der Suche nach dem Fuchs.

»Viri?«, sagte sie, während sie den Dachboden durchquerte und sich vor die Tür zum Bestrafungszimmer hockte. Um sicherzugehen, rüttelte sie kurz an dem Riegel, aber natürlich war er verschlossen. Sie klopfte leise und wartete, überrascht, dass kein Geraschel zur Antwort kam. Keine hohe Stimme, die ihren Namen nannte, keine Tränen. Sie presste ihr Ohr an das Holz. »Viri?«

Da hörte sie ein eigenartiges Geräusch: ein gedämpftes metallisches Quietschen, gefolgt von einem dumpfen Schlag. »Viri?«, wiederholte sie verwirrt.

Dann, beim Geräusch huschender Pfoten, sprang sie auf und es passierten zwei Dinge gleichzeitig. Erstens hörte sie Stiefel auf der Treppe. Zweitens tauchte der Fuchs ihrer Mutter wie aus dem Nichts auf, stand direkt vor ihr, das Licht ihrer Lampe spiegelte sich in seinen schimmernden Augen. Sie hatte das eigenartige Gefühl, er sei vom Himmel gefallen.

Das war es dann also. Jetzt würde Lovisa ihre Beziehung zu dem Wachmann vortäuschen müssen und hoffen, dass der Fuchs ihren

Versuch, in dieses Zimmer zu kommen, nicht bemerkt hatte. Sie ging zur Treppe hinüber und löschte ihre Lampe. »Widerling«, flüsterte sie dem kleinen Tier brüsk zu, was allerdings ein sinnloser Angriff war, weil Füchse die Menschensprache nicht verstanden und nur die Gedanken der Person lesen konnten, an die sie gebunden waren. Aber das Folgende würde er gut sehen können, selbst im Dunkeln.

»Was haben Sie gesagt?«, flüsterte der Wachmann, als er den Dachboden betrat.

Sie presste sich an ihn. Beide hatten sie unangezündete Lampen in der Hand, die klappernd aneinanderstießen; ungelenk stellten sie sie ab, küssten und berührten sich. Lovisas Hauptziel war, dem Fuchs das passende Spektakel zu bieten, genau die Art von Fehlverhalten, die ihre Mutter davon überzeugen würde, dass sie nur zu diesem Zweck auf den Dachboden gekommen war. Wahrscheinlich mussten sie eine Weile dort bleiben und sich küssen, aber viel mehr wäre nicht nötig. Der Wachmann bedrängte sie nicht; er war viel weniger übergriffig, als Lovisa es gewohnt war. Aber sie spürte, wie er hart wurde, und hörte die leisen, begehrlichen Geräusche, die er von sich gab. Seine Hände waren sanft. Begierig, aber vorsichtig. Es war ganz anders als bei allen anderen, die sie geküsst hatte. Seine Zurückhaltung bot ihr Raum für Empfindung. Als sie das Gefühl hatte, sie hätten sich genug geküsst, fiel es ihr richtig schwer aufzuhören.

»Das genügt jetzt«, sagte sie.

»Jawohl«, sagte er atemlos. »Selbstverständlich.«

Sie hob ihre Lampe auf und reichte ihm seine, machte ihm ein Zeichen, die Treppe hinabzusteigen. Dann, nachdem er gegangen war, zündete sie kurz noch mal ihre Lampe an, um sich zu vergewissern, dass der Fuchs noch da war. Sobald sie ihn unter dem Tisch entdeckt hatte, von wo aus seine Augen zu ihr aufblitzten, trat sie auf die Treppe hinaus und machte die Tür fest hinter sich zu. Am Fuß der Treppe schloss sie auch die Tür dort.

Dann huschte sie hinter dem sich entfernenden Wachmann her,

nahm seine Hand und zog ihn, ohne genau zu wissen, was sie da tat, hinter sich her durch den Flur, vorbei am Dienstbotentrakt bis zum Schulzimmer, das eine abschließbare Tür und einen dicken, weichen Teppich hatte.

Sie kniete sich hin und zog ihn neben sich zu Boden. Er war überrascht. »Sind Sie sicher?«

Sie nahm seine Hand, schob sie unter ihren Morgenmantel an ihre Brust, eine Technik, die bisher noch bei allen funktioniert hatte. Auch diesmal funktionierte es. Aber diesmal war es anders, weil seine Hand zitterte und er den Atem anhielt. Etwas an der Art, wie er klang oder roch oder einfach *war*, berührte und erregte sie. Sie verstand jetzt, was einige ihrer Freundinnen meinten, wenn sie über Sex wie etwas heiß Ersehntes sprachen. Lovisa hatte sich schon gefragt, ob sie logen, um alle anderen neidisch zu machen. Sie hatte immer noch den Verdacht, dass einige von ihnen logen, aber jetzt konnte sie das Sehnen verstehen.

Anschließend flüsterten sie sich zu, dass sie das bald wieder tun wollten, und Lovisa meinte es auch so. Sie kehrte in ihr Zimmer zurück, müde, aber dann doch unfähig zu schlafen, geplagt von einem unruhigen Gefühl, das sie zu ignorieren versuchte. Sie wälzte sich ruhelos herum. Dann setzte sie sich auf, weil ihr einfiel, dass sie den Tee trinken musste, der eine Schwangerschaft verhütete.

Sie schlich wieder aus dem Zimmer und ging mit einem Teebeutel aus ihrer Schultasche runter in die Küche. Mitten in der Nacht wirkte die Küche immer dreimal größer als tagsüber und gehörte allein ihr. Sie könnte die Vorratskammer plündern, ein Feuer im massiven Ofen machen und sich so nah davor setzen, wie sie wollte, um allein nachzudenken und Pläne zu schmieden. Hier war sie Königin.

*Königin*, dachte sie, als ihr der Tod der Königin von Monsea wieder einfiel, genau wie all die Fragen, die sie gehabt hatte, bevor sie nach Hause gekommen war, abgelenkt wurde und Sex mit einem der Wachleute ihrer Eltern gehabt hatte. Sie kannte noch nicht mal seinen Namen. War das normal? War es ihm gegenüber fair? Was stimmte nicht mit ihr? *Konzentrier dich.*

Lovisa setzte leise Wasser auf, brühte ihren Teebeutel auf und nippte dann an dem komischen, bitteren Tee, wobei sie sich fragte, warum das ihre Sorgen wegen des Wachmanns nicht vertrieb. Unwillkürlich durchlief sie in Gedanken immer wieder, was sie getan hatten. Seine kleinen Gefälligkeiten, seine Erregung. Die Fragen, die er ihr dauernd stellte. Lag sie bequem? War ihr kalt? Fühlte sich das gut an? Waren seine Hände zu grob? Nein. Sie waren nicht zu grob gewesen, aber sein Mund wurde grob, eine Mischung aus zart und grob, die sie vor Begehren schwindeln ließ.

In einer fernen Ecke rührte sich etwas. Lovisa erschrak beinahe zu Tode, bevor ihr aufging, dass das wieder der Fuchs sein musste. Nur, dass sie den Fuchs auf dem Dachboden eingesperrt hatte.

*Ich bin so müde, ich habe schon Halluzinationen und jage mir selbst Angst ein. Ich muss ins Bett.*

Auf dem Weg zurück in ihr Zimmer fuhr sie erneut zusammen, als sie auf der dunklen Treppe einer der Wachen begegnete. Erst keuchte sie vor Schreck auf, aber dann lachte sie, denn er war es, es war *ihr* Wachmann. Erleichtert und überrascht küsste sie ihn noch mal. Sein Mund war wieder sanft und drängend, genau wie seine Hände. Zu ihrer Verblüffung landeten sie erneut auf dem Boden des Schulzimmers. Lovisa konnte ihrem eigenen Körper nicht glauben.

Nachdem er zum zweiten Mal gegangen war, stand sie vor den Zimmern ihrer Brüder und versuchte das Geschehene zu begreifen. Auf der Suche nach einem Anker warf sie noch einen Blick zu Vikti hinein, der weiterhin gleichmäßig schnarchte. Es half ihr, ihn dort so vertraut und mit verstopfter Nase liegen zu sehen. Dann warf sie einen Blick in Eritas Zimmer.

In Eritas Bett lagen Erita und Viri. Viri eng zusammengerollt und Erita um ihn herumgekuschelt, als wäre Viri sein Schatz. Lovisa war so überrascht, das sie kurz ihre Lampe anzündete, um sicherzugehen.

Ja. Das waren Erita und Viri. Wenn jemand sie fand, würden sie Ärger bekommen, weil sie so zusammen schliefen. Und vom Anblick ihrer Kleinheit dort im Bett, der Enge, in der sie eingerollt lagen, fühlte sich Lovisa auch ganz klein. Unweigerlich berührte sie ihr Haar, das wie üblich lockig ihr Gesicht umschloss und sie jung und harmlos wirken ließ. Ihre Haare hatten ihre nächtlichen Aktivitäten gut überstanden.

Was machte sie hier eigentlich? Stand da, starrte ihre Brüder an und dachte an ihre Haare, nach allem, was sie heute Nacht getan hatte. Sie hatte nicht damit gerechnet, dass ihr der Wachmann so sympathisch sein würde. Ein unangenehmes Gefühl in ihr, ein Unbehagen darüber, ihn benutzt zu haben, verwandelte sich in ein Elend, über das sie nicht näher nachgrübeln wollte. Sie würde aus dem, was passiert war, Lehren ziehen, aber sie würde nicht grübeln. Und nächstes Mal, wenn sie ein Alibi bräuchte, würde sie jemanden wählen, den sie nicht so gern mochte, wie sie den Wachmann zu mögen begann.

Aber wenn Viri nicht in der Dachkammer war ... was war das dann für ein Licht gewesen? Und dieses Klappern? Jetzt ging ihr auf, dass sie versucht hatte, das falsche Rätsel zu lösen. Hier ging es um die Fetzen des Gesprächs zwischen ihren Eltern, die sie an jenem Tag vor ein paar Wochen aufgeschnappt hatte, als ihr Vater auf der Suche nach ihrer Mutter zum Campus gekommen war. Irgendein Lagerproblem, das Benni hatte. »Könnte ich es auf dem Dachboden lagern?«, hatte er Ferla gefragt. »In einer Bankkiste würde es keinem auffallen. Wir haben hier im Haus keinen geeigneten Platz für diese Art Objekte.«

»Die Idee gefällt mir nicht«, hatte Ferla erwidert. »Wir sprechen später darüber.«

Jetzt streckte die Schlange in Lovisa leicht neugierig ihre Zunge in die Luft. Benni verschiffte Treibstoff, Metalle – aber auch Gold und Silber und manchmal sogar Edelsteine. Besaß er etwas, das andere stehlen wollten? Etwas Interessantes? Das Geheimnisvolle daran ließ Lovisa keine Ruhe.

Konnte es schaden zu erfahren, was ihr Vater in der Dachkammer aufbewahrte?

Lovisa, die jetzt klarer über das nachdachte, was der Fuchs sie hatte tun sehen, hatte das Gefühl, dass die Rache ihrer Mutter am nächsten Morgen schonungslos sein würde. Nun denn. Wenn sie sowieso schon in Schwierigkeiten steckte, warum dann nicht noch mehr riskieren?

Lovisa konnte selbst kaum glauben, was sie vorhatte, als sie die Tür zu Eritas Zimmer schloss und den Riegel überprüfte, um sicherzugehen, dass der Fuchs nicht hineinkonnte. Dann ging sie zurück in ihr eigenes Zimmer, um ein paar Hilfsmittel zu holen.

# 8

Lovisa hatte zwei Ziele.

Zuerst schlich sie durch den Flur mit den Gästezimmern, in denen die Delegation aus Monsea gewohnt hätte, wenn die Königin nicht gestorben wäre. In einem der Zimmer gab es ein Fenster mit einem Riegel, den Mari und sie als Kinder absichtlich aufgebrochen hatten, da davor ein Spalier und ein Baum standen. Sie waren nie wirklich daran hinauf- und zum Fenster hineingeklettert, aber Lovisa wollte wissen, ob irgendjemand inzwischen den Riegel repariert hatte. Sie ging zum Fenster hinüber, vergewisserte sich, dass der Riegel verschlossen war, und versuchte dann das Fenster aufzuschieben, was problemlos gelang. Gut.

Anschließend ging sie direkt zum Schlafzimmer ihrer Eltern im ersten Stock. Im Flur nahm sie sich kurz die Zeit, eine Kerze anzuzünden. Ihre Eltern tranken beide Tee, um besser schlafen zu können. Lovisa hoffte, dass der Tee heute Nacht wirkte, zog die Tür auf und schlüpfte hinein.

Im flackernden Schein der Kerze sah Lovisa die schlafenden Gesichter ihrer Eltern in ihrem riesigen Bett. Das Gesicht ihrer Mutter, klein, angespannt und ihrem eigenen so ähnlich, wirkte wütend. Das ihres Vaters wirkte schlaff und blöde, was Lovisa unerklärlicherweise traurig stimmte.

Sie ging zur Truhe am Fuß des Bettes, auf der ihre Mutter immer ihre Kleider ablegte. Es war eine seltsame Marotte, dass sie als derart wohlhabende Frau in einer derart verantwortungsvollen Position darauf bestand, sich selbst um ihre Garderobe zu kümmern. Aber eine Sache, die Ferla nie etwas auszumachen schien, war noch mehr Arbeit.

Lovisa setzte sich auf den Boden und durchsuchte leise und systematisch die Taschen ihrer Mutter. Sie stieß auf ein paar Münzen, die ihr als Ausrede dienen würden, falls sie erwischt wurde. Dann würde sie sagen, sie sei hier, um Geld zu stehlen. Geldgier als Motiv würde Ferla nie infrage stellen, nachdem das auch eine ihrer eigenen Antriebskräfte war.

Die übrigen Gegenstände in Ferlas Taschen umfassten ihre Ausweispapiere, eine Lederbörse, die mit einer Kordel verschlossen war, und eine Schreibfeder, an der Lovisa sich kratzte. Die Lederbörse hatte sie noch nie gesehen. Schnell löste sie die Kordel. Die Börse klappte auf, denn sie war bis obenhin gefüllt mit Bonbons, ausgerechnet – harten schwarzen Bonbons aus dem Norden. Sie hießen Samklavi, schmeckten nach Ammoniak und Verbranntem und kein Mensch mochte sie, außer unerklärlicherweise ihre Mutter und Katu. Lovisa verabscheute Samklavi so sehr, dass sie die Börse so schnell sie konnte wieder verschnürte und angeekelt zurücksteckte.

Dann griff sie in die nächste Tasche. Endlich schlossen sich ihre Finger um den langen, scharfkantigen Schlüssel, der, wie sie aus einer Kindheit voller Strafen wusste, die Tür zur Dachkammer öffnete.

Aus ihrer eigenen Tasche holte sie ein kleines Kästchen, klappte es auf und stellte erleichtert fest, dass es gerade groß genug für ihren Plan war. Beide Hälften des Kästchens waren mit Wachs gefüllt, um Schlüsselabdrücke anzufertigen. Mari hatte es ihr geschenkt, als sie Kinder waren, und ihr heldenhaft angeboten, sie falls nötig aus der Dachkammer zu befreien, wenn sie ihm nur einen Schlüssel nachmachte. Sie hatten eine Methode entwickelt, sich mit aufblitzendem Lichtschein einer vor das Fenster der Dachkammer gehaltenen Kerze zu verständigen. Zwei Blitze bedeuteten

»Halt dich bereit«, drei Blitze »Rette mich um Mitternacht« und vier »Ich bin kurz vorm Verhungern«. Deshalb hatten sie auch den Fensterriegel aufgebrochen, damit Mari an dem Baum und dem Spalier hochklettern, sich reinschleichen und sie befreien konnte. Aber es war nur ein Spiel gewesen, eine Fantasie. Bis jetzt hatte Lovisa nie wirklich versucht, den Schlüssel ihrer Mutter nachzumachen.

Nachdem sie Wachsabdrücke von beiden Seiten des Schlüssels angefertigt hatte, untersuchte sie ihn auf Wachsreste und steckte ihn anschließend zurück in die Tasche ihrer Mutter. Auch das Geld, das ihr als Ausrede gedient hätte, wenn sie erwischt worden wäre, steckte sie zurück. Dann schlich sie hinaus. Auf dem Weg zurück in ihr Zimmer traf sie weder Fuchs noch Wachen.

Sobald sie einen Nachschlüssel hätte, konnte Lovisa abwarten, bis niemand zu Hause war, insbesondere der Fuchs nicht, und dann ihre Neugier darüber befriedigen, was ihr Vater in einer Bankkiste in der Dachkammer aufbewahrte. Lovisa kannte die Kombinationen der Bankkisten ihres Vaters; sie hatte sie schon vor langer Zeit ausspioniert. Vielleicht konnte sie dann auch das nächste Mal, wenn einer ihrer Brüder ernsthafte Schwierigkeiten hatte, zu ihm gehen, ihm etwas zu essen bringen, die Geschichten über die Bürgin mit ihm nachspielen. Sie konnte ihm auch Papier und Stifte bringen, denn sie zeichneten alle drei gern. Die Bürgin wurde in den Geschichten, die die Silberkühe erzählten, nie genau beschrieben, abgesehen davon, dass sie groß war, aber Viri zeichnete sie normalerweise mit vierundzwanzig spinnenartigen Beinen an einem knolligen einäugigen Körper. »Icositetrapus cyclops«, sagte Lovisa immer, ein Name für eine vierundzwanzigbeinige, einäugige Kreatur, den sie sich nach einiger Recherche in der Bibliothek der Akademie ausgedacht hatte, und dann lachte er sich kaputt, als wäre das das Witzigste auf der Welt.

Mit ihrer ganz persönlichen Möglichkeit, ein und aus zu gehen, konnte Lovisa selbst spionieren, statt ausspioniert zu werden. Die Befreierin sein statt der Gefangenen. Sie konnte tun, was sie wollte.

Als sie wieder im Bett lag, ließen ihr das Gesicht, die Stimme und der Körper ihres süßen Wachmanns keine Ruhe. Was würde mit ihm passieren, wenn der Fuchs Ferla von ihren Küssen berichtete?

Doch Lovisa war so erschöpft, dass selbst ihre Schuldgefühle sie nicht vom Schlafen abhalten konnten.

Der blaue Fuchs war im Luftschiff auf dem Dach. Er stand im Dunkeln am Bug wie ein kühner Kapitän, der die Nacht erforschte, und dachte über die letzten paar Stunden nach.

Heute Nacht hatte er eine Reihe schwieriger, unvermittelter Entscheidungen treffen müssen. Lovisa Cavenda hatte ihn buchstäblich auf Trab gehalten. Einmal musste er durch einen Heizungsschacht flitzen und auf dem Dachboden von der Decke springen, damit sie ihn sah und glaubte, er spioniere ihr im Auftrag ihrer Mutter hinterher.

Er wollte sie wegen der Küsse mit dem Wachmann nicht verraten und sie so dem Zorn ihrer Mutter aussetzen. Aber er musste etwas unternehmen, das Lovisa in Zukunft davon abhielt, so neugierig zu sein, und nichts würde Lovisas Bewegungen nachhaltiger einschränken, als wenn er sie an ihre Mutter verriet.

Also würde er Lovisas Spiel mitspielen, denn ja, natürlich wusste er, dass es ein Spiel war. Er wusste, dass Lovisa auf den Dachboden gekommen war, weil sie angenommen hatte, dass einer der kleinen Jungen dort war und Trost brauchte. Er wusste, dass der Wachmann bloß ihre Tarnung gewesen war, denn Füchse – alle Füchse – konnten die Gedanken aller Menschen lesen, nicht nur der Menschen, an die sie gebunden waren. Diese Fähigkeit war eins der Geheimnisse der Fuchsheit und dieses Geheimnis zu bewahren, stellte eine ernsthafte Verantwortung für jeden Fuchs dar. Natürlich hing seine Fähigkeit, die Gedanken der Menschen zu lesen, davon ab, wie offen der Verstand der betreffenden Person war, und auch davon, wie kompliziert die Gedanken waren. Selbst Ferla, sein eigener Mensch, war manchmal schwer zu lesen, wenn sie ihm die Dinge nicht genau erklärte. Aber der Fuchs konnte grundlegende Absichten verstehen, die im Haus verfolgt wurden.

Also würde er mitspielen, weil das Lovisa möglicherweise vor größeren Schwierigkeiten bewahren würde. Im Übrigen *musste* er jetzt, wo sie ihn gesehen hatte, mitspielen. Lovisa würde damit rechnen, dass er sie verriet. Wenn er das nicht tat, würde seine gesamte Loyalität der Person gegenüber, an die er gebunden war, infrage gestellt werden, eine undenkbare Konsequenz mit dem Potenzial, dem Wohlergehen der gesamten Fuchsheit zu schaden.

Sich nach den Küssen beinahe in der Küche blicken zu lassen, als er angeblich auf dem Dachboden eingesperrt war, war ein Versehen gewesen. Er war in dieser Nacht so abgelenkt gewesen. Vermutlich war dies das unvermeidlich komplizierte Dasein eines Fuchses, der beschlossen hatte, sich an jemanden wie Ferla Cavenda zu binden. Die meisten seiner Fuchsfreunde und -verwandten führten ein einfacheres Leben. Sie mussten nicht alle Leute ausspionieren und sich einmischen. Sie mochten ihre Menschen und waren nur selten ungehorsam, vielleicht um extra Leckereien oder einen wärmeren Platz vor dem Kamin zu ergattern. Nicht weil sie versuchten, schreckliche Dinge zu verhindern!

Aber es hatte keinen Zweck, etwas infrage zu stellen, was er längst nicht mehr ändern konnte. Damals hatte der Fuchs sich an Ferla gebunden, weil er das Gefühl hatte, keine andere Wahl zu haben. An dem Tag, als es geschah, war er durch einen Flur geflitzt und hatte überlegt, ob er sich gleich oder erst später ins Luftschiff schleichen sollte, als er über etwas Interessantes gestolpert war: die kleine Lovisa, die ihr Ohr an die Tür zum Elternschlafzimmer gepresst hatte. Wie eigenartig stolz er in diesem Augenblick auf sie gewesen war. Sie war noch so klein und doch wusste sie bereits, dass ihre Eltern interessante Geheimnisse hatten. Und sie wusste, wie man vorgab, es nicht zu wissen. Füchse wurden mit dieser Art Wissen geboren, aber wie hatte *sie* das herausgefunden? Wurden auch Menschenkinder so geboren?

Er streckte einen Gedankenfaden nach ihr aus, um zu erfahren, was sie dachte. Aber bevor er irgendwelche Einzelheiten aufschnappen konnte, geschahen in schneller Folge drei Dinge. Erstens rutschte Lovisa ein Keks aus den Fingern und knallte auf den Marmorboden. Zweitens löste sich Lovisa von der Tür und floh schneller, als ein Fuchs je einen Menschen hatte rennen sehen. Ihre bestrumpften Füße machten beim Rennen nur ganz leise klopfende Geräusche.

Drittens flog die Schlafzimmertür auf, Ferla steckte den Kopf heraus und sah schnell den Flur auf und ab, so konzentriert und bedrohlich, dass sie den blauen Fuchs an einen rachsüchtigen Raubvogel erinnerte. Ferlas zusammengekniffene Augen fielen auf den Fuchs, dann auf den trockenen zerkrümelten Keks.

Augenblicklich begriff der Fuchs, dass es übel für Lovisa ausgehen könnte, wenn ihre Mutter sie im Verdacht hätte, gelauscht zu haben. Ohne darüber nachzudenken, hüpfte und sprang er herum, wobei er mit seinen kleinen Pfoten so fest er konnte auf dem Boden landete und versuchte, das Geräusch nachzumachen, das der Keks vorhin verursacht hatte. Dann fiel ihm ein, dass man von einem Fuchs wahrscheinlich erwartete, dass er einen Keks fressen würde, daher biss er hinein, was sich als wahres Opfer erwies, da der Keks muffig und scheußlich schmeckte.

Ferlas Lippen verzogen sich zu einem breiten falschen Lächeln. »Gibt es etwas, das du möchtest, mein hübscher Schatz?«, sagte sie mit dieser süßlichen Stimme, die sie damals, als sie wollte, dass er sich an sie band, immer benutzte.

*Nein*, antwortete er ihr zum allerersten Mal in Gedanken. *Ich war nur zufällig hier draußen und habe mit einem Feierkeks getanzt.*

*Habe ich dich gestört? Tut mir leid. Ich tanze vor Glück, weil ich beschlossen habe, mich an dich zu binden.*

Die Wucht von Ferlas Freude – oder Gier? (das war in Ferlas Innerem immer kompliziert) – schleuderte ihn beinahe an die gegenüberliegende Wand. Sie winkte ihn ins Schlafzimmer und zeigte vor ihrem Mann triumphierend auf seinen kleinen Körper.

»Es hat geklappt. Ich habe dir doch gesagt, dass ich dafür sorgen würde, dass es klappt.«

Benni fing an zu lachen. »Ich gebe auf«, sagte er. »Du hast gewonnen.«

Dann war sie zu Benni gegangen und hatte ihn geküsst, und der Fuchs hatte zugesehen, wie die beiden sich in berauschender Freude vereinten, die sich interessanter anfühlte, als es normalerweise zwischen ihnen der Fall war, wie eine Begegnung aus Vertrauen, Misstrauen, Konkurrenzkampf und Kapitulation.

Und hier war er jetzt. Morgen erwartete ihn ein langer, anstrengender Tag. Es war Zeit für ihn, nach allen Geheimnissen des Hauses zu sehen und dann schlafen zu gehen. Er sprang aus dem Luftschiff, fand die lose Dachschindel, zwängte sich hindurch und trat seinen Rundgang an.

Ein paar Minuten später flitzte der Fuchs zurück zum Schlafzimmer. Er nahm die normale Route durch die Flure. Dann betrat er das Zimmer durch die Klappe in der Tür und kroch in sein kleines Bett neben dem Kamin, wo er sich in der Wärme rekelte.

Schnüffelnd hob er die Schnauze. Das Zimmer roch nach einem Besuch von Lovisa.

Was hatte sie jetzt schon wieder gemacht?

Seufzend ließ der Fuchs seinen müden Verstand durchs Haus wandern. Aber als er Lovisa entdeckte, lag sie in ihrem Bett und schlief.

Manchmal wünschte er, sie würde ihm nichts bedeuten. Seine Fuchsfreunde, vor allem seine Geschwister, redeten ihm immer ins

Gewissen, sie *dürfe* ihm nichts bedeuten, ausgerechnet eine Person, an die er nicht gebunden war; das würde ihn nur in die Bredouille bringen. Aber Lovisa und der Fuchs waren zusammen aufgewachsen. Der Fuchs hatte gesehen, was es bedeutete, in diesem Haus Kind zu sein. Er hatte beobachtet, wie sie gelernt hatte zu lügen, sich zu verstecken und herumzuschnüffeln, genau wie ein Fuchs. Dann hatte er beobachtet, wie sie sich in jeden einzelnen ihrer Brüder verliebt und ihretwegen gelogen, sich versteckt und herumgeschnüffelt hatte.

Ließ es sich da vermeiden, dass daraus eine Beziehung entstanden war, eine andere Art Bindung?

Plötzlich fiel dem Fuchs etwas ein. Lovisa ging davon aus, ihn auf dem Dachboden eingesperrt zu haben. Also musste er am nächsten Morgen auf dem Dachboden eingesperrt gefunden werden.

Wie lästig. Der Fuchs rappelte sich auf, denn er wusste, er sollte besser gleich dorthin gehen, falls jemand aufwachte und ihn irgendwo entdeckte, wo er eigentlich nicht sein durfte.

*Abenteuerfuchs,* dachte er müde, während er sich wieder einen Weg durch die Heizungsschächte bahnte. Das war sein gewählter Name. Nicht Fuchs, sondern *Abenteuerfuchs.* Kurz *Abenteuer.*

Auch wenn es ihm nichts ausmachen würde, wenn der nächste Tag etwas weniger Abenteuer zu bieten hätte.

Am nächsten Morgen ging Lovisa zum Frühstück hinunter, ohne zu wissen, was sie erwarten würde. Zu ihrer Erleichterung waren im Esszimmer nur Viri und Erita.

Bei Lovisas Anblick bekamen die beiden große Augen. »Du bist es!«, sagten sie, beide klein und überschäumend in ihrem Glück, während ihre sommersprossigen Gesichter vor Hoffnung, dass sie eine Weile bleiben würde, strahlten. Die meisten Winterburger hatten braune Sommersprossen in braunen Gesichtern, aber Viris und Eritas waren dunkler als üblich, fielen stärker auf. Das war niedlich.

»Ich bin es.« Lächelnd setzte sie sich und wartete darauf, dass ihr jemand Tee einschenkte. »War einer von euch gestern in der Dachkammer?«

»Nein!«, sagte Erita. »Wir sind ja nicht blöd. Mutter ist wütend, also waren wir brav. Meistens! Vikti ist erkältet.«

»Armer Vikti. Wo ist Mutter?«

»Sie schreit rum«, erklärte Viri.

»Ach ja? Und wen schreit sie an?«

»Einen Wachmann. Sie hat ihn gefeuert.«

Das war eigentlich nicht überraschend, Lovisa hatte sich bewusst entschieden, ihn zu opfern. Trotzdem ballte sich die Übelkeit in ihrer Magengrube. »Warum?«, fragte sie und versuchte gleichgültig zu klingen.

»Ich weiß nicht«, sagte Viri. »Sie hat flüsternd geschrien. Bleibst du den ganzen Tag da? Heute ist Mittwoch. Mittwochs gehen wir raus und könnten eine Schneeburg bauen.«

»*Ich* weiß es aber«, mischte sich Erita wichtigtuerisch ein. »Er ist eine Schlampe ohne Selbstbeherrschung.«

»*Was?*« Lovisa verschluckte sich an ihrem Tee.

»Er hat seine dreckigen Finger auf etwas gehabt, das er nicht verdient«, sagte Erita.

»Das hast du sie sagen hören?« Viri staunte.

»Ja. Da warst du gerade im Bad.«

»Wo hat er seine Finger gehabt?«

»Auf etwas, das er nicht verdient«, wiederholte Erita und dehnte jede Silbe betont aus. »Das habe ich doch schon gesagt.«

»Aber was soll das heißen?«, fragte Viri. »Was verdient er nicht? Hat er etwas gestohlen?«

»Ich habe gedacht, vielleicht hat er ihren Fuchs angefasst. Mutter ist ganz komisch, wenn es um ihren Fuchs geht.«

»Aber vielleicht musste er ihn anfassen«, sagte Viri, als eine Gestalt in der Tür hinter ihm auftauchte. Es war ihre Mutter. Lovisa wurde es eiskalt. Viri, der Ferla nicht sah, sagte: »Manchmal muss man den Fuchs doch anfassen, wenn er zum Beispiel im Weg ist oder einem einen Brief von Mutter bringt. Bleibst du den ganzen Tag, Lovisa?«, wiederholte er. »Und was ist eine Schlampe?«

»Ja, bitte«, sagte Ferla mit ihrer ruhigen und präzisen Stimme. »Erklär uns, was eine Schlampe ist, Lovisa.«

Die Jungen drehten sich erschrocken zu Ferla um. Ihre Miene war verschlossen, beinahe hochmütig, und sie hatte sich das Haar wie üblich streng aus der Stirn gekämmt. Sie trug einen schwingenden Mantel aus braunem und silbernem Pelz, als wäre sie bereits auf dem Weg nach draußen, und in ihrer Kapuze saß der blaue Fuchs und blickte ihr über die Schulter. Der Fuchs musterte Lovisa mit festem Blick.

Lovisa schluckte. »Ich bin sicher, dass ich das gar nicht weiß.«

»Und ich bin sicher, dass du es weißt«, entgegnete Ferla. »Antworte deinem Bruder. Er will wissen, was eine Schlampe ist.«

»Nein«, sagte Viri mit schwacher Stimme. »Schon gut, Mutter. Ich will es gar nicht wissen.«

»Ich habe deutlich gehört, wie du gefragt hast. Bist du zu feige, die Antwort zu hören? Frag deine Schwester noch mal.«

Jetzt weinte Viri. »Was ist eine Schlampe?«, sagte er zu seinem Teller und wischte sich die Tränen aus dem Gesicht.

»Stell die Frage, als wärst du neugierig, Viri. Als du vorhin gefragt hast, klangst du neugierig. Und frag deine Schwester, nicht deinen Teller, denn ich bin überzeugt, dass sie es weiß.«

Viri weinte jetzt stärker, seine Atmung klang piepsig und verzweifelt. Seine Finger waren zu seinem Mund gewandert. Lovisa saß ganz still da, denn sie wusste, wenn sie irgendetwas tat oder sagte, das vom Regiebuch ihrer Mutter abwich, würde es das für Viri nur schlimmer machen.

Ferla durchquerte das Zimmer und gab Viri eine Ohrfeige. Sein Weinen wurde zu einem Schreien. »Bring ihn weg«, sagte sie empört zu einer verängstigt wirkenden Bediensteten, die Viri aufhalf und ihn aus dem Zimmer scheuchte. Lovisa vermutete, dass er den Rest des Tages zwischen Anfällen von Übelkeit und Panik verbringen würde.

»Setz dich, Erita«, fuhr Ferla fort, als der ältere Junge versuchte, von seinem Stuhl aufzustehen. Erita gelang es besser, nicht in Tränen auszubrechen, aber seine Miene war verkrampft, die Augen hatte er weit aufgerissen. »Ich will, dass du dir Lovisas Erklärung, was eine Schlampe ist, anhörst, damit du später deinen Brüdern davon berichten kannst. Lovisa? Wir warten.«

Lovisa zwang sich zu einer ruhigen Stimme. »Eine Schlampe ist gar nichts. So etwas gibt es nicht. Es ist bloß ein böses Wort, mit dem manche Leute andere Leute, die nur glücklich sein wollen, niedermachen.«

Ihre Mutter kam um den Tisch herumgerauscht und streckte die Hand nach Lovisa aus, bevor Lovisa überhaupt verstand, was geschah. Ferla packte Lovisas Locken und zog sie so schnell und fest hoch, dass Lovisa unwillkürlich vor Schmerz aufschrie. Sie zerrte Lovisa an den Haaren durch das Zimmer, während der Fuchs auf ihrem Rücken komisch auf und ab hüpfte wie in einem Karussell.

»Du miese kleine Schlampe«, stieß Ferla zischend zwischen den Zähnen hervor, so heftig, dass sie dabei spuckte. »Du kannst so viele Studenten küssen, wie du willst, du kannst mit ihnen schlafen und sogar schwanger werden und Kinder von ihnen kriegen, das ist mir egal, aber wenn du noch einmal deine dreckigen Lippen auf einen Angestellten drückst, werde ich dir persönlich den Mund auswaschen, ist das klar?«

»Ja, Mutter.« Lovisa keuchte.

»Geh zu deinem Vater.« Ferla schubste sie durch die Tür auf den Flur. »Er will mit dir reden.«

»Ja, Mutter.«

Ferla wirbelte herum und ging zurück ins Esszimmer. Lovisa hörte sie mit ihrer knappen Stimme sagen: »Jetzt frühstücke, Erita, und hör auf zu flennen.«

Einen Augenblick blieb Lovisa zitternd im Flur stehen. Sie berührte ihr Haar, wie um zu überprüfen, ob es noch an Ort und Stelle war. Sie hätte es gern abgenommen und ihre Kopfhaut massiert, hätte gern in ihrem Wohnheimzimmer im Bett gelegen, wo so etwas nicht passierte.

Aber dann wurde sie langsam ruhiger und ging hinüber zur Bibliothek ihres Vaters. Jetzt war es vorbei; vor ihrem Vater hatte Lovisa keine Angst.

»Papa?«, fragte sie und stieß die Tür auf.

»Lovisa.« Benni sah von seinem Schreibtisch auf. »Komm rein.«

Er verschränkte die Hände über seinen Papieren und betrachtete sie mit ernstem Gesichtsausdruck. Aufmerksam, väterlich, beunruhigt. Lovisa schämte sich plötzlich für die Rolle, die sie gleich spielen würde, die Lügen ihrem Vater gegenüber, aber wenigstens war die Scham hilfreich, und Lovisa ließ zu, dass sie sich in ihrer Miene zeigte.

»Lovisa«, sagte ihr Vater. »Deine Mutter und ich sind ausgesprochen enttäuscht von dir.«

»Papa, ich habe ihn nur geküsst.«

»Es gibt kein ›nur‹, wenn ein junger Mann, dem wir die Sicherheit dieser Familie anvertraut haben, unser Kind anfasst.«

»Bist du sicher, dass du wütend auf *mich* bist? Es klingt, als wärst du wütend auf ihn.«

»Er ist ein Angestellter«, sagte Benni. »Um ihn haben wir uns gekümmert. Er wird dieses Haus oder das irgendeiner achtbaren Familie nie wieder von innen sehen. Seine Schwester gehört auch zu unseren Wachleuten, wusstest du das? Wir waren gezwungen, ihr eine Verwarnung auszusprechen.« Er hielt inne und beobachtete Lovisas Reaktion. »Was hältst du davon?«

»Das ist ungerecht, Papa, beiden gegenüber. Es war nicht seine Schuld und ihre sowieso nicht. Und wir können nichts für unsere Gefühle.«

»Ach so. Du bildest dir ein, dich verliebt zu haben.« Er klang zufrieden.

»Papa«, sagte Lovisa vorwurfsvoll. »Wie fändest du es, wenn ich dir sagen würde, du würdest dir einbilden, dich in Mutter verliebt zu haben? Du kannst mir nicht vorschreiben, wen ich lieben soll.«

»Das stimmt.« Er bildete ein Dreieck mit den Händen und ließ sein Kinn darauf ruhen. »Du magst mich für herzlos halten, Lovisa, aber eine Tochter der Cavendas darf sich nicht in einen Wachmann verlieben. Kannst du dir vorstellen, dass deine Mutter und ich für euren Lebensunterhalt sorgen würden?«

»Wieso solltet ihr? Glaubst du, ich wäre nicht in der Lage, ein einträgliches Geschäft zu finden?«

»In der Tat glaube ich, dass sich viele Türen in Ledra vor dir verschließen würden, wenn du einfach so mit deinem Wachmann zusammenleben würdest. Du tust dich in deinem Studium der Politik und Regierungsführung hervor, Lovisa. Du weißt, dass wir erwarten, dass du in unsere Fußstapfen trittst, sei es als Gelehrte oder als Industrielle. So oder so erfordert das klügere Entscheidungen deinerseits.«

»Die Türen werden sich immer für mich öffnen, Papa!«, sagte Lovisa. »Schließlich bin ich eine Cavenda. Selbst wenn ich einen Wachmann heiraten würde, wäre ich noch immer eine Cavenda.« In Winterburg wurde bei der Heirat der Nachname des wohlhabenderen Ehepartners zum Familiennamen. Der Name Cavenda stammte von Lovisas Mutter.

»Eltern können einem Kind den Namen entziehen«, erinnerte ihr Vater sie leise.

Lovisa sah auf ihre Hände hinab und versuchte ihre Überraschung zu verbergen. Eltern entzogen einem Kind den Namen nur, wenn sie dieses Kind offiziell enterbten. Das geschah so gut wie nie, außer vielleicht in Fällen der sozialen Schande, wenn man einen Verbrecher großgezogen hatte. Und nicht etwa einen Kleinkriminellen, sondern jemanden, der mordete oder vergewaltigte, wahrhaft unentschuldbare Dinge tat.

Bevor Lovisa eine passende Antwort einfiel, schwang die Tür auf und Ferla kam hereingerauscht. Ohne Lovisa zu beachten, ging sie zu Bennis Schreibtisch hinüber und funkelte ihren Mann an. Ihre Kapuze hing ihr schwer auf den Rücken, was bedeutete, dass der Fuchs noch immer darin saß.

Benni erhob sich, um auf seine Frau zuzugehen, und als sie die Hand ausstreckte, nahm er schweigend und leicht nervös den Gegenstand entgegen, den sie ihm hinhielt. Ferla war sichtbar wütend auf Benni, was ungewöhnlich war. Selbst in ihren übelsten Momenten war sie selten direkt zornig *auf* Benni. Hatte er sie mit irgendetwas aufgebracht?

Dann fuhr Ferla herum und ging wortlos zur Tür. Kurz darauf hörten sie die Haustür zufallen. Das war ebenfalls ungewöhnlich. Ihre Eltern gaben sich morgens immer einen Abschiedskuss.

In der Hand hielt Benni die Lederbörse, die, wie Lovisa wusste, mit Samklavi-Bonbons gefüllt war. Er steckte sie in die Tasche, dann lächelte er Lovisa an.

Ein Lächeln, nachdem er gerade damit gedroht hatte, ihr den Namen zu entziehen?

Es war manchmal furchtbar anstrengend, vorgeben zu müssen, bestimmte Dinge nicht zu durchschauen. »Ich glaube nicht, dass ihr mir meinen Namen entziehen würdet, nur weil ich jemanden liebe«, sagte sie. »Ich bin doch keine Verbrecherin.«

Benni sah sie so durchdringend an, dass Lovisa befürchtete, aus Versehen etwas Kluges gesagt zu haben. Sie schenkte ihm ihren ausdruckslosesten Blick.

»Wusstest du, dass ich während meiner Zeit an der Akademie zu

Hause gewohnt habe, Lovisa?«, fragte er. »Meine Eltern wollten das so, um mich ins Schiffsgewerbe einführen zu können.«

Es fiel Lovisa schwer, ihre Miene angesichts des Vorschlags, zu Hause zu wohnen, unbewegt zu halten. Benni stammte aus einer Familie von Schiffsbauern, Reedern und Importeuren. Er besaß Dutzende Schiffe und war nie zufrieden, wollte immer noch neuere, größere, profitablere Schifffahrtsmöglichkeiten erschließen. Ferlas Mine – die ihr zusammen mit Katu gehörte – lieferte zuverlässig Silber. Zur Zeit von Ferlas Vater war sie auch reich an Zilfium gewesen, aber das Zilfium war inzwischen fast vollkommen abgebaut. Der Wertverlust der Mine war einer der vielen Gründe, warum Ferla so unermüdlich arbeitete und die Leute um sie herum bedrängte. Sie war ständig darauf bedacht, den Erfolg ihres Vaters zu wiederholen.

Lovisa hatte an keinem der Unternehmen ihrer Eltern Interesse. Allerdings hatte sie auch kein Interesse an ihrem eigenen Studiengang; sie hatte sich eher aus gelangweiltem Pflichtgefühl für das Institut für Politik und Regierungsführung entschieden. Vielleicht auch, weil es einfach war. »Ich glaube, meinem Studium bekommt es besser, wenn ich auf dem Campus wohne, Papa«, sagte sie. »Und jetzt gehe ich, sonst verpasse ich die erste Stunde.«

Auf dem Weg zurück ins Wohnheim hatte Lovisa das Gefühl, ein anderer Mensch zu sein als das Mädchen, das den Campus am Vorabend verlassen hatte.

Sie hatte zweimal mit einem Wachmann geschlafen, dessen Karriere jetzt ruiniert war; sie hatte ihre Eltern im Schlaf bestohlen; und sie hatte einen geheimen Weg ins Haus vorbereitet mit dem Plan, sich bald ins Gefängnis ihrer Mutter zu schleichen.

Worüber stritten ihre Eltern? Was bewahrte ihr Vater in der Dachkammer auf? Und warum hatte ihre Mutter ihrem Vater Bonbons in einer Börse überreicht, als wären sie ein Staatsgeheimnis?

In einer ihrer Taschen stieß das Kästchen mit dem Schlüsselabdruck gegen ihr Bein. Sie griff hinein, um es zu berühren. Dann grub sie aus einer anderen Tasche ein paar Kekse aus, die sie in Ermangelung ihres Frühstücks aß.

# 9

Als Bitterblue erwachte, nahm sie gedämpftes graues Licht wahr, den Geruch nach Lavendel und ein brennendes Gefühl in Händen und Füßen.

»Ich will nicht sterben«, rief sie verwirrt, dann hörte sie ihre eigene Stimme und begriff, dass sie wohl noch lebte. Sie spürte weiche, seidige Decken und Kissen um sich herum und ihr wurde bewusst, dass sie nicht am Ertrinken war.

Sie befand sich in einem kleinen Zimmer, dessen Wände von schwachem Licht beleuchtet wurden, das durch ein hoch gelegenes Fenster hereindrang. Der Lavendelduft kam vom Bettzeug, aber darunter lag noch ein anderer Geruch. Ein durchdringender Geruch, als sollte der Lavendel etwas weniger Angenehmes überdecken. Etwas Animalisches.

»Winterburg.« Bitterblue erinnerte sich. »Ist das hier Winterburg?«

Weitere Erinnerungen stiegen in ihr auf. Das Schiff. Die Welle. Der unglaubliche Moment, in dem sie durch die Luft flog wie eine mit Bohnen ausgestopfte Puppe und dann ins Meer platschte. Von diesen lilafarbenen Wesen umgeben, genau in dem Augenblick, als sie aufgeben wollte. *Silberkühe*, dachte Bitterblue, der jetzt noch mehr über Winterburg einfiel. *Sie haben mich gerettet und mich zu Menschen in einem Luftschiff gebracht. Sie haben mir Bilder in meinem Kopf gezeigt. Sie haben mir das Leben gerettet!*

Bitterblue schlug die Decken zurück und schwang die Beine aus dem Bett. Sie wollte die anderen suchen gehen und ihnen sagen, dass sie wach war. Aber als sie aufzustehen versuchte, wurden ihre Füße von Schmerzen durchzuckt und sie fiel zurück aufs Bett.

»Aua!«, rief sie. »Hallo? Giddon?«

Als niemand kam, machte sie eine Bestandsaufnahme. Sie trug einen fremden Schlafanzug und ihre Zehen waren verbunden. Erfrierungen? Frostbeulen? Auch ihre Finger schmerzten, genau wie Nase und Ohren, aber sie waren nicht verbunden. Als sie ihre Arme berührte, bemerkte sie, dass die Messer fehlten. Dann stellte sie fest, dass auch ihre goldenen Ringe weg waren, woraufhin ihr sofort der Ring ihrer Mutter wieder einfiel.

*O nein.* Sie stellte sich vor, wie der Ring in die Dunkelheit gefallen und auf dem Grund des Frostigen Meeres aufgekommen sein musste. *Es tut mir leid, Mama,* dachte sie mit dem verzweifelten Gefühl, dass sie auch ihre Mutter selbst an einem kalten, einsamen Ort zurückgelassen hatte. *Ich hoffe, da unten gibt es was Interessantes zu sehen.*

»Giddon?«, sagte sie laut. »Wo sind denn alle?«

Bitterblue knurrte etwas darüber, dass man immer alles selber machen musste, dann stellte sie die Füße wieder auf den Boden und versuchte vorsichtig aufzustehen. Es tat weh, aber es ging. Sie schleppte sich einen oder zwei Schritte vorwärts, bis es zu sehr schmerzte. Dann ging sie auf die Knie und versuchte zu krabbeln, was genauso schmerzhaft war, weil ihre Hände wehtaten. Langsam kroch sie zur Tür und streckte die Hand nach dem Knauf aus.

Die Tür war abgeschlossen.

Das war eigenartig.

*Giddon? Warum ist denn die Tür abgeschlossen?*

Sie klopfte mit dem Ellbogen gegen die Tür und rief noch mal, aber nichts geschah.

Mit einer veränderten Einschätzung ihrer Lage sah Bitterblue sich in dem Zimmer um. Das Bett war das einzige Möbelstück. Es gab keine Lampen. Möglicherweise war der dicke Teppich die Quelle des unangenehmen Geruchs. Sie sah einen Nachttopf unter dem Bett hervorschauen. Das Fenster lag hoch oben in der Wand, so hoch, dass Bitterblue nicht herankam.

*Und die Tür ist abgeschlossen*, erklärte sie Giddon in Gedanken. *Und du bist nicht da. Und man hat mir weder Essen und Wasser noch Lampen dagelassen, und jemand hat mir meine Ringe weggenommen.*

Etwas in Bitterblue wurde befangen und still. Sie kroch zurück ins Bett, wo ihr die eindeutig winterburgische Weichheit der Seide ihrer Laken auffiel, der leuchtend winterburgische dunkelrote Farbton. Sie zog sich die Decken über den zitternden Körper, legte sich hin und dachte nach. Über ihre ertrunkenen Männer, über Zilfium und die Leute, die es aus Bitterblues Bergen importierten. Darüber, warum jemand in Winterburg wohl die Königin von Monsea in ein Zimmer sperren würde.

Bitterblue fuhr hoch, von einem kaum wahrnehmbaren Geräusch, einem Kratzen oder Knarren geweckt. Das Zimmer war unverändert, aber das Licht jetzt diffuser. Sie konnte einen blassblauen Himmel durch ihr Fenster sehen.

Dann sah sie etwas leuchtend Weißes auf dem Teppich. Jemand hatte ein Stück Papier unter der Tür hindurchgeschoben.

*Na, wenigstens etwas.*

Sie wappnete sich gegen den Schmerz, ließ sich erneut auf den Teppich herab und kroch zur Tür. *Bo hat mir mal gesagt, dass Kriechen nichts Beschämendes an sich hat, wenn man nicht gehen kann*, sagte sie zu Giddon, als sie das Papier aufhob.

Es war ein Bild von Bitterblue City, ein Druck, den sie schon mal gesehen hatte. Sie hatte Mikka und Brek auf ihrer Reise nach Winterburg je einen mitgegeben. Dieses Bild hier war jedoch verändert worden. An ihrem Schloss und den Brücken wehten überall mit Bleistift eingezeichnete Fahnen, die es im Original nicht gab.

Auf einigen der Fahnen war eine Szene mit Silberkühen im Meer, unter denen eine riesige Unterwasserkreatur schwamm, zu sehen: die Winterburger Flagge. Andere Fahnen zeigten Hügel, die sich zu einem Berggipfel auftürmten, über dem ein einzelner Stern in Form eines Schwerts mit gekreuzter Parierstange stand. Giddon hatte ihr diese Flagge aufgemalt. Es war die neue Flagge von Estill.

Bitterblue umklammerte das Blatt Papier fest, denn es war unmissverständlich. Dies war eine Kriegserklärung.

# TEIL ZWEI

# DIE BÜRGIN

Die Kreatur, die auf dem Grund des Meeres lebte, bestaunte das kleine Metallei mit dem glänzenden Ring und Stift und betastete es mit der Spitze eines ihrer Tentakel.

Noch hatte sie den Stift nicht herausgezogen, um zu sehen, was passieren würde. Sie wartete auf den richtigen Augenblick, in dem sie die Aufheiterung wirklich nötig hatte. Vermutlich würde er bald kommen, denn ihre neue gestörte Welt gefiel ihr nicht.

Zum einen waren da die vier Silberkühe, die dem Massaker entgangen waren, sie gesehen und gescholten hatten, weil sie nicht eingeschritten war. Sie hatten allen anderen Silberkühen von ihr erzählt und dabei diesen Namen benutzt, den sie dauernd verwendeten, Bürgin. Dann waren Silberkühe in Scharen herbeigekommen, um sie anzustarren und »Bürgin« zu nennen. Manche hatten sie berührt. Manche hatten sogar versucht mit ihr zu reden, was ganz besonders furchterregend gewesen war. Es brachte sie zum Zittern und Weinen und machte sie so schwindelig, dass sie Sterne sah. Aber sie bedrängten sie immer weiter und forderten sie auf, Dinge zu tun, »Bürginnen«-Dinge, die sie nicht verstand, zum Beispiel mit Walen zu spielen oder zu singen. Es war schrecklich. Nichts fühlte sich einsamer an, als von Silberkühen umringt zu sein, die sie für eine andere hielten als für die, die sie wirklich war, eine, die sie hätten sehen können, wenn sie wirklich hingeschaut hätten, eine große, aber gewöhnliche Kreatur mit einem runden Körper, dreizehn Tentakeln und dreiundzwanzig Augen, die ihre Schätze liebte und in Ruhe gelassen werden wollte.

Eines Tages, während sie alle bedrängten, entfuhr der Kreatur ein Lied des Kummers. Es war das erste Lied, das sie je gesungen hatte, schön und wortlos, darüber, wer sie war. Es hob als Kreischen und Dröhnen an, dann folgte ein Grollen und anschließend eine Gefühlsexplosion in Stakkato, die sich großartig anfühlte, wahrhaftig und mutig. Die Silberkühe wichen erschrocken zurück. Dann flitzten alle außer den ursprünglichen vier davon. Die Kreatur sang weiter. Es fühlte sich richtig an.

Als sie aufhörte, starrten die vier Silberkühe sie aus riesigen Augen an, wachsam und angespannt, als wappneten sie sich für ihr nächstes Lied. *Ich bin fertig*, sagte die Kreatur und daraufhin schienen sie sich zu entspannen. Dann unterhielten die vier sich darüber, dass sie doch nicht die Bürgin sein könne. Silberkühe sprachen nicht in Wörtern, eher in Bildern und Gefühlen, aber die Kreatur entnahm ihrem Gespräch, dass die Bürgin berühmt dafür war, eine bezaubernde Singstimme zu haben. Ihre Singstimme dagegen gab ihnen das Gefühl, dass sich ihr Innerstes nach außen kehrte und sie jeden Moment platzen würden.

Die Kreatur war überaus erleichtert. Wenn sie das gewusst hätte, hätte sie schon früher ein Lied gesungen. Von da an kamen weniger Silberkühe, um sie anzustarren. Es waren hauptsächlich nur die vier. Und das war besser so. Aber es waren immer noch zu viele. Eine von ihnen, ein Bulle, hatte eine dicke, lange Narbe an der Schulter und eine steife, schmerzende Flosse von dem Massaker. Die zweite hatte tiefe Schnitte in der Seite und der dritten fehlte ein Stück der Schwanzflosse. Die vierte, ebenfalls ein Bulle, wirkte körperlich unversehrt, aber er hatte einen komischen Ausdruck in den Augen und sprach nie. Diesen Silberkuhbullen mochte die Kreatur am liebsten, weil er nie sprach. Er brachte ihr sogar einen Ring, der einer ertrinkenden Menschenfrau, die sie gerettet hatten, vom Finger geglitten war. Es war ein Goldring mit eingelassenen grauen Edelsteinen. Die Kreatur trug ihn an der Spitze eines ihrer Tentakel. Wenn sie allein war, streckte sie oft den Tentakel aus und betrachtete den Ring, der im wechselnden Licht inmitten des sich bewegenden Wassers funkelte. Das machte sie überglücklich.

Aber sie war selten allein, da diese vier sie dauernd besuchten.

Es gab jetzt manchmal auch eigenartige Geräusche im Ozean. Sie waren gedämpft und weit weg, wie ein fernes Flüstern, sodass die Kreatur schon glaubte, es sich nur einzubilden, aber dann bebte der Boden unter ihr mit einem kaum wahrnehmbaren Grollen, und daher wusste sie Bescheid: Irgendwo im Ozean geschah etwas Lautes. Etwas Neues.

Einmal fragte sie die Silberkühe nach den Geräuschen. Aber sie wurden so still und ernst und sagten *Ja* und *Wir wissen davon* und *Wir erzählen es dir.* Dann fingen sie an, ihr Bilder zu zeigen, die sie auf keinen Fall sehen wollte, Bilder von Korallen, Seepferdchen und Silberkühen, die plötzlich in Stücke gerissen wurden, und sie rief: *Schon gut.*

*Aber du solltest es wissen*, sagten sie.

*Nein. Ich will nicht. Das interessiert mich nicht. Das kümmert mich nicht.* Als sie weiter versuchten, ihr davon zu erzählen, fing sie an zu singen. Ihr Gesang ließ die Silberkühe zurückweichen. Als die Kreatur ihr Lied beendet hatte und sie sich ihr langsam wieder näherten, versuchten sie nicht mehr, ihr diese schrecklichen Bilder zu zeigen.

*Du bist ganz bestimmt nicht die Bürgin*, sagten sie und das gefiel ihr.

*Das habe ich euch doch gesagt*, erklärte sie.

Aber nur, weil die Silberkühe eingeräumt hatten, dass sie nicht die Bürgin war, hieß das nicht, dass sie verstanden, wer sie wirklich war. Eigentlich schienen sie viel Zeit damit zu verbringen, unter sich auszumachen, wer sie war. Die Kreatur hatte Angst vor dem Ergebnis. Sie wünschte, sie wüsste, wie sie die Silberkühe dazu bringen könnte, zu verschwinden und nie mehr zurückzukehren.

Eines Tages baten die Silberkühe sie um Erlaubnis, sich ihre Schätze genauer ansehen zu dürfen.

*Ihr dürft sie euch ansehen*, sagte sie leicht nervös. *Aber ihr dürft sie nicht haben.*

Eine Weile stöberten sie zwischen ihren Ankern, Netzen und zerfetzten Segeln herum. Sie waren sehr interessiert an ihrer Geschichtenwelt, insbesondere an den zwei verwesenden Leichen in der Kabine. Sie wiesen darauf hin, dass irgendjemand, sicherlich Menschen, Löcher in den blassgrauen Schiffsrumpf geschlagen hatte. Sie berührten einige Zeichen an der Seite des Schiffes und sagten, das sei ein Name, aber dass sie ihn nicht lesen könnten. Sie schienen neugierig zu sein, wer diese Leichen waren und warum sie eingeschlossen waren. Sie wollten außerdem wissen, welches Interesse *sie* an ihnen hatte. Wusste *sie* etwa, wer das war?

Die Kreatur verneinte. Ihr gefiel einfach bloß das Schiff, das ein Fenster in eine andere Welt darstellte. Es war langsam aus jener Welt herabgesunken, als suchte es nach ihr. Es war, als hätte die Welt da oben sie gesegnet.

Die Silberkühe fragten sie, ob sie möglicherweise doch eine Art Bürgin wäre, wenn auch nicht die Bürgin, für die sie sie gehalten hatten. War sie vielleicht die Bürgin der menschlichen Geheimnisse? Ihrer Traurigkeit und ihres Scheiterns?

Die Kreatur verstand das alles überhaupt nicht. Sie hatte noch nie über die Menschen nachgedacht, abgesehen davon, dass ihr deren glänzenden, perfekten kleinen Dinge gefielen, dass es ihr gefiel, mit der Welt da oben verbunden zu sein, und dass es ihr gefiel, wie das Fleisch der Menschen in Knochen überging. Außerdem waren ihre Schätze fröhlich, nicht traurig. *Ich bin die Bürgin ihrer Dinge*, sagte sie. *Ich liebe ihre Dinge.*

Die Silberkühe fragten sie, ob ihr bewusst sei, dass ihre Schätze aus einer anderen Welt fielen, weil dort Unheil geschah; dass menschliche Dinge auf den Meeresgrund sanken, weil etwas in der

Menschenwelt falsch lief. *Wir sprechen manchmal mit Menschen, die uns davon berichten.*

*Ihr sprecht offenbar mit jedem,* entgegnete die Kreatur ziemlich vorwurfsvoll.

*Wir sprechen nicht mit allen Menschen,* erklärten sie. *Nur mit den Menschen, die gut zuhören können. Aber möglicherweise könnten uns Menschen sagen, warum es Leichen in deiner Geschichtenwelt gibt.*

Der Kreatur begann dieses Gespräch erneut zu missfallen und sie fragte sich, warum die Silberkühe immer so düster gestimmt waren. *Ich würde lieber darüber sprechen, wie hübsch mein Ring funkelt.* Sie streckte ihren Tentakel aus und überlegte, ob sie wohl schon wieder singen musste.

Aber dann geschah etwas, das alles veränderte. Eine der Silberkühe, der Bulle, der nicht sprach, fand das kleine Metallei mit dem glänzenden Ring und Stift. Zitternd machte er einen Satz zurück. Als auch die anderen es erblickten, schrien sie auf und wichen ebenfalls zurück.

*Was denn?,* fragte die Meereskreatur. *Was ist das?*

*Es spuckt Feuer,* riefen sie. *Es lässt den Ozean verschwinden.*

*Dieses kleine Ding?,* fragte sie ungläubig.

*Darin ist etwas Großes versteckt,* erklärten sie ihr. *Gift, Entsetzen und Schmerz. Und es kommt raus, wenn man an dem Ring zieht. Es brennt!* Und dann zeigten sie ihr wieder die Bilder, die sie nicht sehen wollte, und sie fing an zu singen, aber die Silberkühe schwammen nicht fort, sondern drängten ihrem Verstand weiter die Bilder auf. Der Ozean wurde von einem schrecklichen Licht zerrissen. Der Lärm und das Beben, die schreienden Silberkühe – und dann war alles weg. *Hört auf,* rief sie, *bitte.*

*Es ist gefährlich, dieses Ding als Schatz bei dir zu behalten,* sagten sie.

*Gefährlich? Soll ich es woanders hinbringen?,* fragte sie und bemerkte, dass die Silberkühe sich ganz langsam zurückzogen.

*Wenn du das tust, ist es dort, wo du es hinbringst, gefährlich.*

*Soll ich es an Land werfen?*

*Nein! Dann würde es Menschen töten!*

*Soll ich es vergraben?*

*Vielleicht*, sagten sie zweifelnd. *Aber was, wenn das Wasser es wieder freilegt und jemand an dem Ring zieht?*

*Aber was kann ich denn dann tun?*, rief die Kreatur. *Ich muss es bei mir behalten und bewachen! Ich muss es hüten!*

Die Silberkühe, die immer weiter zurückwichen, sagten ihr, es könne nie gehütet werden. Sie sagten, dass sie jetzt gehen müssten, weil sie nicht in seiner Nähe bleiben konnten.

Dann wandten sie sich zur Überraschung der Kreatur um und flohen.

Endlich hatte die Kreatur, was sie wollte. Einsamkeit.

Der Meeresboden erstreckte sich ruhig und dunkel um sie herum und das Leben war wieder wie früher.

Nur dass die Kreatur jetzt, wenn sie sich ihre Geschichtenwelt vor ein Auge hielt und hineinsah, daran denken musste, dass die Silberkühe darüber sprechen wollten, wer die beiden Leichen waren. Warum sie dort waren. Die Kreatur wollte diese Dinge noch immer nicht wissen. Aber es hatte ihre Geschichtenwelt verändert, dass ihr unbekannte Geschichten damit verknüpft waren.

Und wenn sie ihren beringten Tentakel in das hellere Wasser über sich hob und sein Funkeln bewunderte, vermisste sie die Silberkühe, die versuchten ihr die Geschichte der traurigen Frau aufzudrängen, die den Ring verloren hatte. Wenn jemand versuchte, einem eine Geschichte aufzudrängen, musste man in der Lage sein, sich zu weigern. Aber es war auch gut zu wissen, dass die Geschichte dort war und auf einen wartete, wenn man irgendwann seine Meinung änderte. Wenn man bereit war.

Die Kreatur war zum ersten Mal einsam.

Sie fing an, Spiele in ihrem Kopf zu spielen, fantasierte, wie sie den unheimlichen Eischatz zum Verschwinden bringen konnte, damit die Silberkühe zurückkamen. Nicht oft, aber manchmal, um sie zu besuchen.

Schließlich wurden ihre Fantasien zu Ideen, die sie studierte und überdachte, bis eines Tages aus ihren Ideen ein Plan wurde.

An jenem Tag schob die Kreatur einen ihrer Tentakel – nicht den mit dem Ring – in den Sand unter ihrem Körper. Mit aller Kraft schob sie und bohrte einen tiefen engen Schacht in den Meeresgrund. Sie trieb ihren Tentakel so weit in den Boden wie möglich, überrascht, wie fest und kalt die Erde war. Am Grund des Tunnels, ihren Tentakel ganz ausgestreckt, grub sie eine kleine Mulde.

Ganz vorsichtig zog sie anschließend den Tentakel wieder heraus. Sie nahm den gefährlichen Eischatz, schob ihn in den Schacht und legte ihn in die Mulde. Ihr Tentakel blockierte den Tunnel.

Dann zog sie den Ring.

Die Schmerzen waren entsetzlich.

Die Schmerzen waren so entsetzlich, dass sie den Silberkühen, die mit großen erschrockenen Augen auf sie zugerast kamen, sagte, sie würde vermutlich sterben.

*Was hast du getan?*, fragten sie. *Wir haben den lauten Knall gehört. Wir haben gespürt, wie der Ozean bebte. Du siehst nicht aus, als würdest du sterben. Was hast du getan?*

*Ich habe den Schatz im Boden vergraben und den Ring gezogen.*

Das verschlug den Silberkühen die Sprache. Sie sahen sie blinzelnd an, dann sahen sie sich gegenseitig an und unterhielten sich miteinander. Sie sagten ihr, sie sei eine Heldin.

*Bin ich nicht.* Sie schrie auf vor Schmerz an der Stelle, wo ein schreckliches giftiges Feuer ihren Tentakel verbrannt hatte. Sie war sich ziemlich sicher, dass sie sterben würde. Sie wollte nicht weiterleben.

*Vielleicht bist du ja doch die Bürgin*, sagten die Silberkühe.

*Nein!*, rief sie, weil sie das nicht ertragen konnte. *Fangt nicht schon wieder damit an! Ich war bloß einsam!* Und dann fing sie an zu weinen. Ihr Weinen wurde zu einem Lied der Einsamkeit, der Traurigkeit und des Verlusts, weil sie ihren Tentakel verloren hatte. Sie hatte sich verletzt, um ihr Zuhause für die Silberkühe sicher zu machen, und jetzt verstanden sie sie schon wieder falsch. Sie sang immer lauter. Ihr Gesang wurde zu einem Geheul.

Die Silberkühe schwammen nicht fort. Sie blieben bei ihr, während sie sang und heulte, betrachteten sie ruhig und warteten. Manchmal zuckten sie bei den Geräuschen, die sie machte, zusammen, aber sie schwammen nicht fort.

Als die Kreatur fertig war, untersuchten sie vorsichtig mit ihren weichen Schnauzen ihren Tentakel. Den Silberkühen zufolge war es eigentlich kein richtiger Tentakel mehr. Es war ein schwarzer, verbrannter Stummel.

*Wird er je aufhören zu brennen?*, fragte die Kreatur.

*Das wissen wir nicht.*

*Ich bin jetzt ungleichmäßig. Mein Körper ist ungleichmäßig.*

*Ja*, sagten sie und berührten sie sanft, berührten ihren Stummel mit ihren Schnauzen. *Wir sind auch ungleichmäßig.*

*Tun eure Wunden noch weh?*

*Viel weniger.*

*Werde ich sterben?*

*Wir glauben, dass du leben wirst.*

Die Kreatur stellte fest, dass sie erleichtert war, das zu hören. Sie dachte, dass sie gerne zumindest noch so lange am Leben bleiben wollte, bis sie wusste, ob ihre Wunde irgendwann weniger wehtun würde.

*Hört mal*, sagte sie, weil sie noch etwas anderes schmerzte. *Erzählt ihr mir …* Sie hielt inne. Sang ein paar kurze Töne, um sich Mut zu machen. *Erzählt ihr mir, warum die Menschen so etwas tun?*

# 10

Ein durchdringender Lichtstrahl weckte ihn. Giddon wurde geblendet und kam ungewollt und unbarmherzig zu Bewusstsein.

Alles tat ihm weh, insbesondere sein Nacken, insbesondere seine Hände und Füße. Sie hatten ihn gestern aus dem eisigen Meer ziehen müssen wie einen ertrinkenden Hund; sie hatten ihn nur mit großer Mühe wieder warm bekommen, denn er hatte sich selbst krank gemacht, indem er versucht hatte, sie zu finden, auch wenn es ihn umbringen würde. Havas Gesicht war angespannt und krank vor Sorge um ihn gewesen, als sie ihn wieder an Bord gezogen hatten. Er sollte sich um Hava kümmern und stattdessen hatte er ihr nur noch mehr Grund gegeben, sich zu fürchten.

»Bitterblue«, sagte er. »Bitterblue.« Dann weinte er, wozu er gestern nicht in der Lage gewesen war, verzweifelt wie ein Mann am Ersticken, und drückte das Gesicht ins Kissen, damit seine Nachbarn ihn nicht hörten.

Als Giddon erschrocken zu begreifen begann, dass sein Tränenvorrat unerschöpflich war, zwang er sich dazu, sich aufzusetzen und zu beruhigen. Das war noch nie passiert, dass es ihm nicht gelang, sich auszuweinen. Eine neue Entdeckung über sich selbst, mit der er umzugehen lernen musste.

*Bitterblue*, sagte er. *Ich habe es bereits vermasselt, ohne dich. Du wärst nicht stolz auf mich.*

Allerdings wusste er, dass sie immer stolz auf ihn sein würde, egal, ob er es verdient hatte oder nicht.

Die Tränen begannen erneut zu fließen. Er räusperte sich, wischte sich das Gesicht ab und atmete tief durch.

*Also gut. Sag mir, was zu tun ist.*

Die Antwort ertönte in ihrer klaren Stimme. *Vergewissere dich, dass es Katu gut geht. Kümmere dich um meine Schwester. Schreib meinem Onkel und unseren Freunden, um ihnen zu berichten, was mit mir passiert ist. Behalte meine Ratgeber im Auge. Und erforsche die Sache mit Mikka und Brek: Fühl diesen Importeuren auf den Zahn.*

Auf der Liste der Importeure standen die Namen Cavenda, Tima, Balava. Leute mit diesen Familiennamen waren gestern bei dem Diner gewesen.

Giddon würde die Importeure umbringen.

Er griff nach seinen Kleidern.

Als Giddon sein Zimmer verließ, hatte er sein Gesicht unter Kontrolle gebracht.

Er war im ersten Stock in Quona Varanas hohem Haus mit den vielen Fenstern über dem Meer. Von der riesigen Treppe am anderen Ende, deren Wände aus Glas bestanden, drang Licht in den Flur. Das Licht war ein Angriff.

Ein weiß gekleideter, bärtiger Mann mit aufrechter Haltung stand im Flur und nickte Giddon zur Begrüßung zu, als er sich näherte. Seine Haut war braun, aber sein Haar und seine Augen sowie sein Bart waren von derselben dunklen Farbe wie Giddons.

»Das Frühstück wird unten im Esszimmer serviert, mein Herr«, sagte er auf Winterburgisch.

»Danke«, entgegnete Giddon ebenfalls auf Winterburgisch und blieb vor Havas Tür stehen, um anzuklopfen. Sie hatte gestern Abend nicht an dem nicht enden wollenden Diner teilgenommen. Hatte sich geweigert, das Schiff zu verlassen, und sich dann jedes Mal, wenn jemand versuchte mit ihr zu reden, in eine Statue verwandelt.

Also hatten sie sie erst mal bei den Seeleuten gelassen, und Giddon war sie nach dem Essen holen gegangen. Sobald er ihr erklärt hatte, dass sie in einem ruhigen, abgelegenen Haus unterkommen würden, und sie dann inständig gebeten, sie geradezu angefleht hatte, mitzukommen, hatte sie eingewilligt, schweigend und kalt, und war direkt nach ihrer Ankunft zu Bett gegangen.

»Hava ist schon zum Frühstück runtergegangen«, sagte der Mann.

»Ja?« Giddon wurde von nagender Sorge gepackt. »Trug sie einen Mantel?«

»Nein, mein Herr.«

Dann war sie vielleicht wirklich zum Frühstück gegangen. Obwohl Hava, wenn sie wollte, natürlich auch dafür sorgen konnte, dass man eine junge Frau ohne Mantel sah.

Giddon ging schnell auf die Treppe zu. Auf dem Treppenabsatz saß reglos eine Katze, das Hinterteil auf dem Boden, die Nase in die Luft gereckt. Mit ihrem weißen Fell, ihrer Pose und der Ernsthaftigkeit glich sie bis aufs Haar dem Mann in Weiß, auf beinahe komische Art, als glaubte sie, sie selbst würde auch Gästen den Weg zum Frühstück weisen. Dann entdeckte sie Giddon, schoss vor ihm die Treppe hinunter und die Illusion war zerstört. Giddon fühlte sich durch ihr vertrautes katzenartiges Verhalten eigenartig getröstet.

Beim gestrigen Festessen waren ein paar blaue Füchse anwesend gewesen – obwohl ihr Fell dunkelgrau gewesen war, nicht wirklich blau –, und das Gefühl ihrer intelligenten goldenen Augen auf ihm, der Eindruck, sie könnten mit irgendeiner Person der Tischgesellschaft, an die sie »gebunden« waren, ein geheimes Gespräch führen, gefiel ihm nicht. Natürlich war alles an dem gestrigen Diner schwierig gewesen. Giddon hatte das Gefühl, als verbände ihn nur noch ein dünner Faden mit den Regeln der Höflichkeit; am liebsten wäre er unter den Tisch gekrochen und hätte sich dort zusammengerollt.

Durch das Fenster Richtung Süden konnte er den Bauernhof auf der Klippe sehen, der, wie Quona erklärt hatte, zur Akademie von Winterburg gehörte und vom Institut für Tiermedizin genutzt wurde. Die hellblau gestrichenen Ställe thronten über dem Meer auf einem mit goldenem Gras bewachsenen Kliff, auf dem fette Kühe träge grasten. Giddon hatte noch nie Ställe mit riesigen Glasfenstern gesehen. Plötzlich hasste er den Bauernhof, weil er Teil einer Bildungseinrichtung war, die erfolgreicher war und über eine bessere Ausstattung verfügte, als Bitterblue es sich für Monsea je hätte erträumen können.

Er atmete erleichtert auf, als er Hava im Esszimmer vorfand, wo sie Speck mit den Zähnen traktierte, als wollte sie ihn bestrafen. Sie hatte die Schultern hochgezogen, ihr blasses Gesicht war eine grimmige Grimasse. Giddon setzte sich ihr gegenüber und drängte sie nicht zu sprechen, als sie ihn ignorierte.

*Leite mich*, sagte er.

*Du machst das gut*, entgegnete Bitterblue. *Lass sie einfach in Ruhe.*

Beim Frühstück wimmelte es von Katzen.

Das Esszimmer war ein schöner Raum mit hohen Fenstern, die den Tisch mit Sonnenstreifen überzogen. Das Frühstück war gut. Der Tee war köstlich. Und Giddon war in einem Schloss mit Hunden aufgewachsen; er hatte nichts gegen viele Katzen; er erschrak nicht, wenn unter dem Tisch etwas Pelziges um seine Beine strich oder wenn ihn kleine Augen von einem Fensterbrett aus beobachteten. Aber hier gab es einfach unglaublich viele. Als er das Esszimmer betreten hatte, befanden sich dort zwei Katzen – eine gelbbraune und eine schwarz gefleckte, die miteinander kämpften, deren übereinstimmende Feindseligkeit dann aber ganz plötzlich in vollkommene Gleichgültigkeit umschlug –, und es wurden immer mehr. Als Quona Varana hereinkam, befanden sich mindestens sieben Katzen im Raum, und Giddon konnte noch weitere in den Nebenzimmern umherhuschen hören. Eine war auf seinem Fuß eingeschlafen. Das störte ihn nicht.

Quona gab allen Besuchern mit kurzem, festem Griff die Hand –

zunächst Bitterblues Ratgebern Froggatt und Barra; dann Coran, der sowohl Ratgeber als auch Arzt der Königin gewesen war; dann Giddon, dann Hava. Giddon, der wusste, dass Händeschütteln in Torla nicht üblich war, war so gerührt von dieser Geste, dass er beinahe wieder zu weinen angefangen hätte.

»Wie geht es Ihnen allen?«, fragte Quona in steifem, aber resolutem Beschenktisch, während sie sich setzte und mit einem Löffel auf ein hart gekochtes Ei losging. »Haben Sie geschlafen? Fühlen Sie sich wohl hier? Ich hoffe, die Katzen stören Sie nicht.« Sie war etwa vierzig Jahre alt, mit dunklem Haar, das sie ordentlich zurückgekämmt hatte, und schwarzen Augen in einem braunen Gesicht. Ihre Stimme war tief und kräftig, ihre Aufmerksamkeit fast schon erschreckend fokussiert. Sie stellte ihre Fragen, als hätte sie einen Plan und würde Punkte auf einer Liste abhaken.

»Ich fühle mich recht wohl, danke«, sagte Giddon, »und ich mag Katzen.«

»Gut.« Ein paar Minuten aß sie schweigend. Gelegentlich sprang ihr eine Katze auf den Schoß, woraufhin sie sie mit einem kurzen Tadel auf Winterburgisch zurück auf den Boden scheuchte. »Böse Katze!« oder »Benimm dich!«

»Haben Sie auch Füchse?«, fragte Giddon, der wissen wollte, ob er sich wappnen musste, auch wenn er nicht genau wusste, wogegen. Konnten Füchse die Gedanken aller Menschen lesen?

»Nein«, sagte Quona. »Und wenn, hätte ich nur einen. Es gibt viele Gesetze die Beziehung zwischen Menschen und Füchsen betreffend und eins davon besagt, dass kein Mensch sich an mehr als einen Fuchs binden darf. Wissen Sie über die Füchse Bescheid?«

»Über die … Gesetze?«, fragte Giddon verwirrt.

»Darüber, wie ihre telepathischen Fähigkeiten funktionieren. Sie werden während ihres Aufenthalts hier Füchsen begegnen, deshalb ist es wichtig, Bescheid zu wissen. Sie müssen keinen Eingriff in Ihre Gedanken befürchten, denn ein Fuchs kann Ihre Gedanken oder Worte nicht verstehen, außer er ist an Sie gebunden. Ein Fuchs könnte beschließen, sich während Ihres Besuchs hier an Sie zu binden – das ist unwahrscheinlich, aber nicht unmöglich –, aber wenn das der Fall sein sollte, wird der Fuchs es Ihnen sagen. Und dann ist es wie ein menschliches Gespräch. Er wird wissen, was Sie ihm sagen, und Sie werden wissen, was er Ihnen sagt. Sie werden sich nicht gegenseitig in die Seele blicken können oder so einen Unsinn. Aber wenn Sie einen Brief überbringen müssen oder wissen wollen, ob Ihre Dienstboten trödeln, kann ein Fuchs nützlich sein. Es ist eine offene, direkte Angelegenheit. Zumindest entspricht das dem gängigen Wissen über Füchse. Es hat sich bisher nie einer an mich gebunden, von daher kann ich nicht sagen, wie es sich anfühlt … Möchten Sie, dass sich einer an Sie bindet?«, fragte sie unvermittelt.

»Nicht unbedingt«, sagte Giddon.

»Glückwunsch«, entgegnete Quona. »Dann sind Sie der einzige Mensch in Winterburg, der das nicht möchte, außer mir möglicherweise. Ich ziehe meine Katzen vor. Aber wenn Ihnen die Bedeutung der blauen Füchse hier klarer wird, ändern Sie vielleicht noch Ihre Meinung. Ich habe gehört, sie seien treu, gehorsam und unbestechlich. Falls Sie Ihre Meinung ändern, verwöhnen Sie die Tiere. Sie lieben Luxus.«

Hava schien aufzuwachen. »Sind Sie nicht Tierärztin?«, fragte sie Quona und beugte sich mit dem Kinn in der Hand vor. Das tat sie manchmal – selten –, wenn sie jemanden mit ihren eigenartigen verschiedenfarbigen Augen verunsichern wollte. Sie blinzelte Quona in Kupfer und Rot an.

Quona begegnete ihrem Blick. »Ja. Ich habe einen höheren Abschluss in Tiermedizin«, sagte sie. »Das ist auch mein Lehrfach. Ich unterrichte Winterburgs hervorragendste zukünftige Tierärztinnen und Tierärzte.«

»Und ist Ihre Schwester nicht die Premierministerin von Winterburg? Widmet sich Ihre Familie normalerweise nicht der Politik?«

Quona schenkte ihr ein breites Lächeln. »Ganz genau. Der Politik oder Luftschiffen.«

»Warum haben Sie sich nicht für Politik oder Luftschiffe entschieden? Mögen Sie Ihre Familie nicht?«

»Hava!«, rief Froggatt empört, sein erster Beitrag zu diesem Gespräch. Armer Froggatt. Giddon nahm an, dass er heute Morgen ebenfalls geweint hatte; seine Augen waren ganz geschwollen.

»Kommen Sie mir nicht mit ›Hava‹«, fuhr Hava ihn an.

»Hava«, sagte Giddon müde, bevor er sich zurückhalten konnte.

»Oh, Hava hat eine berechtigte Frage gestellt«, sagte Quona. »Ich kann meiner Familie zweifellos nicht das bieten, was sie sich von mir erhofft hat. Ich bin ungefähr so befähigt, Politikerin oder Luftschiffreederin zu sein, wie Sie, Hava, es vermutlich wären, Königin von Monsea zu sein.«

Quona hatte keine Ahnung, dass Hava wie Bitterblue die Tochter von König Leck war, aber es waren genau solche beiläufigen Bemerkungen, die Hava zum Weglaufen bringen konnten. Giddon warf Hava einen nervösen Blick zu.

»Aber verstehen Sie mich nicht falsch: Ich bin sehr stolz auf meine Familie«, fuhr Quona fort. »Wie eine wahre Gelehrte ist Sara ganz dem Umweltschutz verpflichtet. Sie ist weder die erste Varana auf dem Posten der Premierministerin noch wird sie die letzte sein. Und unsere Familie hat das Luftschiff erfunden, eine zilfiumfreie Technologie und das schnellste Transportmittel der Welt. Die Gasmischung, die den Luftschiffen Auftrieb gibt, Varan, ist nach uns benannt. Im Unterschied zu Zilfium ist Varan nicht umweltschädlich. Und«, wechselte sie das Thema, »was haben Sie heute vor? Wie kann ich Ihnen helfen? Es wird Sie niemand belästigen. Die Winterburger Gesellschaft weiß, dass sie nicht uneingeladen bei mir auftauchen kann.«

»Wir müssen Briefe an unsere Kollegen zu Hause schreiben«, sagte Froggatt, »und Treffen hier vorbereiten. Die Königin würde bestimmt wollen, dass wir ihre diplomatischen Bemühungen weiter verfolgen.«

»Gute Männer.« Quona nickte Froggatt, Barra und Coran grimmig zu. »Und Sie?«, fragte sie an Giddon und Hava gewandt. Es war interessant, wie sie richtigerweise angenommen hatte, dass die Ratgeber eine Gruppe bildeten und Giddon und Hava eine andere. Froggatt, Barra und Coran wussten wenig über den Zilfiumbetrug, dem Bitterblue zum Opfer gefallen war, und nichts über ihren Verdacht hinsichtlich der gesunkenen *Seashell.* Auch nichts über Katu. Die Ratgeber waren hier, um sich wie Diplomaten zu verhalten. Giddon und Hava dagegen würden diese Zilfiumimporteure aufspüren und erwürgen.

Und doch musste auch Giddon Briefe schreiben, an seine Freunde, die Menschen, die Bitterblue außer ihm am meisten geliebt hatten.

Er konnte diese Briefe noch nicht schreiben.

»Wir haben vor, heute Periwinkle, den Gesandten von Lienid, zu besuchen«, sagte er. »Er hat gestern beim Essen vorgeschlagen, wir könnten ihm einen Besuch abstatten.« Periwinkle, der den ganzen Abend über in Tränen aufgelöst gewesen war, würde die Nachnamen auf Bitterblues Liste der Importeure erkennen, und vielleicht kannte er auch die dazugehörigen Vornamen.

»Ausgezeichnet«, sagte Quona. »Das Büro des Gesandten von Lienid befindet sich in der Burg. Möchten Sie mit meinem Luftschiff hinfliegen? Um die Passagen zu umgehen?«

Giddon wusste nicht, was die Passagen waren, und es interessierte ihn auch nicht besonders. Gestern Abend waren sie in Quonas Luftschiff zu ihrem Haus geflogen. Es war unwirklich gewesen, in einem hölzernen Schiff, das an einem Ballon befestigt war, durch den Himmel zu schweben, während die Segel sich blähten und flatterten wie auf See. Windig und kalt, mit plötzlichen Anstiegen und Gefällen, als bestünde die Luft aus unsichtbaren Hügeln. Als es Zeit gewesen war zu landen, hatte einer von Quonas Piloten eine Art winzigen Anker, an dem ein Seil befestigt war, in ein Netz auf Quonas Dach geschossen. Ein Wachmann auf dem Dach hatte den Anker aus dem

Netz befreit und dann eine Festmacherleine darumgewickelt. Die Piloten hatten die Leine zum Luftschiff hochgezogen und dann daran gezogen, um das Luftschiff zum Anleger zu befördern. So etwas hatte Giddon noch nie erlebt. *Du hättest es gehasst*, dachte Giddon an Bitterblue gerichtet, plötzlich wütend, dass sie das Wunder des Fliegens verpasst hatte. Sie hätte auch darüber gestaunt. Sie hätte eine Million Fragen gestellt, während sie sich kreischend an Giddon und Hava geklammert hätte. Sie hätte all diese Gefühle haben sollen.

Giddon spürte, dass seine Miene zu Marmor erstarrt war. »Ist es weit bis zur Burg?«, fragte er und bemühte sich, die Wut aus seiner Stimme zu halten.

»Eine Stunde Fußweg vielleicht.«

»Dann laufen wir«, sagte Hava mit knapper, unfreundlicher Stimme.

»Soll ich Ihnen einen Plan zeichnen?«, fragte Quona.

»Wir haben einen Plan«, entgegnete Hava.

»Wenn ich einen Fuchs hätte, der an mich gebunden wäre, könnte ich ihn bitten, Sie dorthin zu führen«, sagte Quona.

»Wir haben einen Plan«, wiederholte Hava scharf.

»Verstehe«, erwiderte Quona, eine harmlose Bemerkung, die Hava dennoch dazu brachte, aufzustehen und aus dem Zimmer zu marschieren. Die Katze, die auf Giddons Fuß gelegen hatte, rührte sich und ging davon, woraufhin er sich bindungslos fühlte.

»Entschuldigen Sie«, sagte Giddon schwach. »Das Ganze hat sie sehr mitgenommen.«

»Natürlich«, entgegnete Quona. »Aggression ist eine normale Reaktion in ihrer Situation, wenn auch untauglich. Und wie geht es Ihnen heute Morgen? Ich habe gehört, dass Sie gestern sehr lange im Wasser waren.«

»Mir geht es gut.« Giddon wollte sich nicht daran erinnern.

»Gehören Sie zu diesen Menschen, die sich stärker geben, als sie sind?«, fragte Quona. »Das ist natürlich auch eine verständliche Reaktion. Man muss sich für eine Taktik entscheiden und dann dabei bleiben.«

Getroffen konzentrierte Giddon sich einen Moment darauf, sorgfältig seine Serviette zusammenzufalten. Er blinzelte, verblüfft über diese neue Unfähigkeit, die Tränen zurückzuhalten.

*Du gibst dich nicht nur so,* erklärte Bitterblue. *Du bist wirklich stark.*

*Du kannst nicht in mich hineinsehen. Du siehst meine kleinen gemeinen Gedanken nicht.*

*Ich bin in dir drin, Dummkopf.*

»Ich hasse diesen Ort«, sagte Hava auf dem Weg zur Burg. »Und ich hasse Quona.«

Der Fußweg zur Stadt führte zunächst am Bauernhof auf der Klippe entlang, der trotz seiner schönen verglasten Ställe erdig und sauer roch, genau wie die Bauernhöfe zu Hause. Giddon atmete langsam tief durch und schwor sich, den ganzen Tag über höchstens dreimal vorwurfsvoll »Hava!« zu sagen, das eine Mal beim Frühstück schon mitgerechnet.

Er sagte: »Sie ist ein wenig …«

»Angeberisch?«, unterbrach Hava ihn. »Katzenbesessen? Neugierig? Ich werde nicht Königin.«

Darauf hatte Giddon gewartet. »Hava, ich verspreche dir, dass es dazu nicht kommen wird.«

»Das mache ich nicht«, sagte sie eindringlich. Eine Träne kullerte ihr über die Wange und verschwand dann. Giddon erkannte die Anzeichen, weil er wusste, worauf er achten musste: das seltsame Flackern in der Luft, sein plötzliches Desinteresse, sie genauer anzusehen. Sie setzte ihre Gabe ein, wahrscheinlich, um weitere Tränen zu verbergen.

Er bezwang die Übelkeit, die es manchmal erregte, wenn einem bewusst wurde, was sie tat. Dann drehte er sich um, um Quonas

Haus zu bewundern, als interessierte es ihn, nicht als versuchte er ihr einen Augenblick Zeit zu geben, sich wieder zu sammeln. Das Haus thronte auf der Klippe und sah aus wie ein Teil der Landschaft. Die Fenster glänzten. Auf dem Dach, über einem einzelnen kleinen Fenster, schwebte Quonas Luftschiff. Der Ballon war länglich und grau, mit vielen Tentakeln verziert, eine Abbildung dieser Kreatur, die eine bestimmte Bedeutung in Winterburg hatte. Irgendein legendäres Seeungeheuer? Giddon wusste es nicht mehr.

Als er Hava wieder ansah, war ihr wahres Gesicht weiterhin verborgen. »Ich weiß, dass du nicht Königin wirst«, sagte er. »Niemand weiß, wer dein Vater war, Hava. Und selbst, wenn sie es wüssten, würden sie nicht von dir erwarten, Königin zu werden. Bitterblue hat Vorkehrungen für den Fall ihres Todes getroffen und die betreffen nicht dich. Das weißt du doch.«

»Dann würde ich weggehen.« Ihre Stimme war brüchig.

»Ich weiß.« Dann bot Giddon seine ganze Kraft auf, um nicht mehr zu sagen. Sie nicht anzuflehen zu bleiben, ihr nicht zu verbieten abzuhauen, ihr keinen Willen aufzuzwingen, der nicht ihr eigener war. Denn dann konnte man sicher sein, dass man Hava verlieren würde. Aber sie musste bleiben. Er brauchte sie so dringend, dass er die Fäuste um den Stadtplan in seiner Hand ballte, damit er nicht den Arm ausstreckte und sie festhielt.

»Es war eine unglückliche Bemerkung von Quona«, fuhr er fort. »Aber sie hat es ohne Hintergedanken gesagt. Außerdem war es herzlos«, fügte er hinzu. »Uns allen gegenüber unter diesen Umständen.«

»Ich hasse sie«, wiederholte Hava.

»Ich bin auch nicht besonders angetan von ihr. Aber ich denke, sie meint es gut.«

»Ich nicht. Ich habe ihr kein Wort geglaubt. Jedes Wort war unaufrichtig.«

»Na ja«, sagte Giddon. »Ich glaube, Katzen mag sie wirklich.«

Hava schnaubte. Jetzt zeigte sie ihm ihr wahres Gesicht, mit Tränen. Sie hob einen Ärmel und wischte sie weg. »Das ist schrecklich. Ich hasse das.«

Giddon atmete noch mal tief durch. »Ja. Ich auch.« *Was soll ich tun?*

*Du könntest versuchen, ihr eine Aufgabe zu geben,* sagte Bitterblue.

Er reichte Hava den inzwischen leicht zerknitterten Stadtplan. »Welches ist wohl der beste Weg zur Burg?«

Der erste Teil des Weges, über den Pfad, der an der Klippe oberhalb des Meeres entlangführte, war eindeutig. Vor und unter ihnen erstreckte sich Ledra mit seinen Türmen und Kuppeln, Parks und Gärten und nahm immer deutlicher Gestalt an, je heller der Tag wurde. Gelegentlich wurde der Pfad zu kurzen Holzbrücken, die über tosendes Wasser führten. Einige der Brücken bewegten sich, wenn man sie betrat. *Die würdest du hassen,* dachte Giddon. *Aber den Ausblick würdest du lieben.*

»Hast du bemerkt, dass uns ein Fuchs folgt?«, fragte Hava.

»Wirklich?«, sagte Giddon. »Wessen Fuchs?«

»Woher soll ich das wissen?«

Giddon zuckte die Achseln. »Na ja, zum Beispiel mithilfe der Zauberkraft, mit der du auch den Fuchs bemerkt hast.«

»Du meinst Augenlicht?«

»Folgt er uns wirklich oder geht er nur in dieselbe Richtung wie wir?«

»Er hat kein Schild dabei, mit dem er seine Absichten verkündet«, sagte Hava mit unterdrücktem Ärger.

Giddon blickte sich um, sah aber nichts weiter als die beeindruckende Landschaft. »Alles klar, halt mich auf dem Laufenden.«

Sobald sie die Stadt erreicht hatten, mussten sie öfter auf den Plan schauen. An einer Stelle bogen sie inmitten des Labyrinths von Ledras Straßen falsch ab. Als sie dann umkehren wollten, fragten zwei Uniformierte am Fuß einer Treppe sie nach ihrem Passierschein.

»Passierschein? Was meinen Sie?«, fragte Giddon in seinem höflichsten Winterburgisch. »Wir sind diese Treppe gerade erst heruntergekommen.«

»Sie sind jetzt in der Passage«, sagte einer der Wachleute. »Die müssen Sie in derselben Richtung wie alle anderen durchqueren, wenn Sie keinen Passierschein haben.«

»Ich fürchte, ich verstehe Sie nicht«, sagte Giddon. »Was ist eine Passage?«

»Königskontinent!« Einer der Wachleute nickte wissend. »Sie kennen unsere Geschäftsviertel nicht. Man geht an einem Ende rein und am anderen wieder raus.«

»Eine Passage ist ein Geschäftsviertel?«, fragte Giddon. »Wo ist denn das andere Ende? Am Ende dieser Straße?«

»Nein, weiter hinten. Folgen Sie einfach dem Fußgängerstrom.«

Von da aus, wo Giddon stand, schienen sich die Fußgänger nicht in eine bestimmte Richtung zu bewegen. Auf dieser Straße gab es mehr Leute als auf den anderen Straßen, durch die sie gegangen waren, alle möglichen Leute, von denen einige Sprachen sprachen, die er nicht verstand, aber die meisten schoben sich, wie er jetzt erkannte, an Geschäften für Kleidung, Stoffe, Blumen und Lebensmittel vorbei. Fast alle Geschäfte hatten Verkaufsfenster zur Straße, außerdem eine Tür, durch die die Kunden eintreten konnten, wenn sie sehen wollten, was das Geschäft noch anzubieten hatte. Gelegentlich flog ein Luftschiff über sie hinweg. Er wäre gerne eingestiegen und woandershin geflogen.

»Kommt man von dieser Passage aus zur Burg?«, fragte Hava.

»Nein«, sagte der Wachmann, »natürlich nicht. Das hier ist die Passage von Flag Hill. Die Burg liegt östlich von hier, in der Nähe der Akademie.«

»Aber …«, sagte Giddon.

»Danke.« Hava packte Giddon am Handgelenk und zog ihn die Straße entlang.

»Hey! Lass los!«

Hava verdrehte die Augen und zog ihn weiter. »Die Winterburger Seeleute auf dem Schiff haben von den Passagen erzählt. Das ist wie ein Labyrinth. Solange wir hier drin sind, kommen wir nirgendwohin.«

»Also gut.« Er war plötzlich hoffnungslos und müde, denn offenbar war er in einer Stadt voller unsichtbarer Fallen. Er wollte nach Hause. Aber wo war sein Zuhause? Früher war dies eine schwierige Frage gewesen; jetzt war sie unerträglich.

Hava ließ sein Handgelenk los und musterte ihn durchdringend.

»Mir gehts gut«, sagte er.

»Natürlich. Los, komm, ich glaube, der Strom bewegt sich in diese Richtung.«

Giddon folgte ihr und ärgerte sich über die Schönheit der Passage von Flag Hill. Die gewundenen Gassen und engen Treppen verliehen der Stadt einen Charakter, der sie in Kombination mit den Glasscheiben, den glänzenden Messinglampen, den ordentlich bemalten Ladenschildern über exklusiven Geschäften wohlhabend und teuer wirken ließ, was auf Bitterblue City nicht zutraf. Die Getränke in einem Teeladen rochen kräftig, durchdringend, ungewöhnlich. Bitterblue probierte gerne neue Gerichte und Getränke. Wenn sie hier wäre, würden sie jetzt stehen bleiben. In einem Spielwarenladen lagen ihm unbekannte Brettspiele in einem Fenster zur Straße aus, juwelenbesetzte Spielsteine standen aufgereiht wie fröhliche kleine Soldaten. Unter anderen Umständen hätte Giddon vielleicht eins der Spiele gekauft, um es später auszuprobieren.

Oder vielleicht auch nicht, denn an jeder Kreuzung hielten Wachen sie davon ab, die Passage zu verlassen, und fragten nach ihrem Passierschein, und das ärgerte ihn. Er bemerkte, dass die Leute an diesen Stellen die Passage selbstverständlich *betreten* durften. Man kam rein, aber man kam nicht wieder raus.

Er wollte wissen, ob Leute in diesen Straßen wohnten, Leute, die sich jedes Mal, wenn sie ihr Haus verließen, durch ein Labyrinth schlängeln mussten, vielleicht sogar in die entgegengesetzte Richtung von der, in die sie eigentlich wollten. Die Passage führte um eine willkürliche Biegung nach der anderen, von Geschäften gesäumte Gassen entlang und manchmal lange Treppen hinauf, die zu beiden Seiten von Schaufenstern eingefasst waren.

»Wie kann jemand hier wohnen, der nicht gut zu Fuß ist?«, fragte Giddon, der vom vielen Treppensteigen langsam erschöpft war. »Was, wenn man alt wird oder sich das Bein bricht?«

»Ich weiß es nicht.« Hava ging mit konzentriertem Blick neben ihm her.

»Müssen die Leute, die über diesen Geschäften wohnen, den ganzen Weg durch die Passage laufen?«

»Ich nehme an, dass Anwohner und Geschäftsleute einen Passierschein haben«, sagte Hava. »Noa hat auf dem Schiff etwas darüber gesagt. Sie ist in einer der Passagen aufgewachsen.«

»Und was passiert in einem medizinischen Notfall? Was, wenn man ein Kind bekommt?«

Hava klopfte ihm auf die Schulter. »Ich verspreche dir, dich nicht allein zu lassen, wenn du ein Kind bekommst.«

»Frechdachs.«

»Rüpel.«

Der vertraute Spott schmerzte. Er war Teil eines Glücks, das jetzt vergangen war. Giddon drängte weiter.

Nachdem sie eine weitere Treppe hinaufgestiegen, eine Gasse entlanggegangen und um eine Ecke gebogen waren, kamen sie an einen Torbogen, der von zwei Uniformierten bewacht wurde. Dahinter war ein Platz zu sehen.

»Glaubst du, wir haben es geschafft?«, fragte Giddon.

»Das hoffe ich zumindest.«

»Kaufbeleg«, sagte einer der Wachleute, als sie näher kamen.

»Kaufbeleg?«, fragte Giddon.

»Sie müssen etwas kaufen, bevor sie die Passage verlassen können«, erklärte der Wachmann.

»Ist das Ihr Ernst?«, fragte Giddon erschrocken. »Wenn man ein Geschäftsviertel betritt, muss man etwas kaufen? Steht das im Gesetz?«

»Allerdings«, sagte der Wachmann. »Aus welchem Teil des Königskontinents kommen Sie, mein Herr?«

»Aber was, wenn ich kein Geld habe? Was, wenn ich arm bin.«

»Mit Verlaub, mein Herr, Sie sehen nicht arm aus.«

»Ich habe etwas gekauft«, unterbrach Hava den Wachmann und reichte ihm einen Gegenstand – offenbar eine kleine silberne Fuchsfigur mit gelben Diamantenaugen. Giddon bemerkte, dass Hava ihr Gesicht verändert hatte. Ihre Augen waren grau und unbeschenkt.

»Das sieht aus wie der Spielstein eines *Stadt*-Spiels«, sagte der Wachmann, der den Fuchs betastete. »Eines wertvollen *Stadt*-Spiels. Ist der aus Bazils Spielwarenladen?«

»Ja.«

»Und Sie haben nur einen Stein gekauft?«

»Ja.«

»Wie eigenartig, oder?«

Hava zuckte die Achseln. »Ich brauchte nur einen Stein.«

»Hm«, sagte der Wachmann zweifelnd. »Möglicherweise haben Sie diesen Spielstein ja schon mit in die Passage gebracht. Ich muss nicht Ihren Kauf sehen, sondern den Kauf*beleg.*«

»Ist er das?«, fragte Hava und hob die Hand.

Beim Anblick des grellweißen Blatt Papiers mit einem bunten Geschäftssignet in Havas Hand sah Giddon weg, da ihm davon übel wurde.

Der Mann gab ihr den Fuchs zurück, jetzt plötzlich uninteressiert. »Sehr gut«, sagte er. »Sie können weitergehen.«

Giddon wartete, bis sie den Platz überquert hatten. Dann gestattete er sich sein zweites anklagendes »Hava!« des Tages.

»Ja?« Sie steckte den glänzenden kleinen Fuchs zurück in die Tasche.

»Was, wenn er versucht hätte, dir diesen Kaufbeleg abzunehmen?«

»Hat er aber nicht.«

»Woher wusstest du überhaupt, wie so etwas aussehen muss?«

»Hast du dich in der Passage nicht umgeschaut? Ich habe ein Dutzend Ladenbesitzer ein Dutzend Kaufbelege ausgeben sehen.«

Die Hauptsache, die Giddon in der Passage bemerkt hatte, war, dass jede kleine dunkelhaarige Frau in seinen Augen aussah wie Bitterblue, bis sie sich umdrehte und das falsche Gesicht hatte, mit der falschen Stimme sprach oder sich auf die falsche Art bewegte. »Du hast doch Geld«, sagte er. »Warum bestiehlst du Winterburger Kunsthandwerker?«

»Weil ich die Figur haben wollte und weil ich diesen Ort hasse. Er hat meine Schwester getötet.«

Havas Antwort brachte Giddon aus der Fassung, und er hatte keine Gabe, um die Tränen zu verbergen, die ihm in die Augen traten. Er trocknete sie schnell mit dem Ärmel. *Bitterblue? Ich glaube, alles, was ich jetzt sage, wäre für sie ein Grund, wegzulaufen.*

*Ich glaube, du musst akzeptieren, dass sie weglaufen könnte, Giddon. Es steht nicht in deiner Macht, sie aufzuhalten.*

Giddon trocknete sich noch eine Träne.

»Hava?«

»Ja?«, sagte sie misstrauisch und hob den Blick nicht von dem Stadtplan.

»Du kannst mit mir reden.«

Sie kniff den Mund zusammen. »Rüpel!« Dann verkroch sie sich in sich selbst, so wie sie es immer tat, wenn sie so tun wollte, als wäre sie nicht da. Es war nichts, wofür sie ihre Gabe einsetzte; sie tat es einfach. Sie wandte sich ab und ging los.

»Warte.« Giddon packte sie am Ärmel.

»Hey! Lass mich los!« Sie entriss ihm ihren Arm.

»Warte!«, wiederholte er zwischen zusammengebissenen Zähnen hindurch, denn er hielt sie nicht wegen ihres Gesprächs auf. Er hielt sie auf, weil er auf dem Platz gerade jemanden entdeckt hatte, eine Person, die er beinahe nicht erkannt hatte, so seltsam war es, sie hier in Ledra zu treffen.

»Was ist?«, fragte Hava, die verstanden hatte, leise.

»Da geht eine blasse blonde Frau auf eine Treppe zu«, sagte er und wandte sich zu einem Brunnen in der Nähe der Frau um, den er zu bewundern vorgab, »mit einem großen braunen Mann in einem langen Pelzmantel, siehst du? Die Frau trägt einen hellgelben Mantel.«

»Ich habe sie gesehen.« Hava bewunderte wie er den Brunnen. »Und?«

Je länger Giddon darüber nachdachte, desto seltsamer war es. »Das ist eine Beschenkte aus Estill«, sagte er. »Sie heißt Trina und war eine der Ersten, die ich durch die Tunnel nach Monsea gebracht habe. Soweit ich weiß, hat sie anschließend eine Stelle in einem Hotel im Osten von Monsea, in der Nähe der Silberminen, gefunden. Also, was macht sie jetzt hier?«

»Was ist ihre Gabe?«

»Sie kann verborgene Dinge finden.«

Hava überlegte und schüttelte leicht verärgert den Kopf. »Erklär das genauer.«

Giddon erinnerte sich an die Reise durch den Tunnel mit Trina, die still gewesen war, beinahe reserviert. Sie hatte keine Familie. An den anderen Flüchtlingen der Gruppe hatte sie auch kein großes Interesse gezeigt, bis einer von ihrer Gabe als Partytrick gesprochen hatte. Da hatten sich ihre ungleichen Augen geweitet.

»Mal angenommen, du hast etwas verloren«, sagte er, »ein Schmuckstück, zum Beispiel, oder ein Andenken. Oder es gibt etwas, das du gerne hättest, aber du weißt nicht, wo es das gibt oder ob es überhaupt existiert, wie ein Seestern am Strand oder« – er verwendete das Beispiel aus dem Tunnel – »eine Goldader in einer Tunnelwand. Sofern sie die Essenz dieses Gegenstands versteht, kann sie ihn finden.«

»Könnte sie auch Bitterblues Leiche finden?«, fragte Hava unvermittelt und Giddon verlor wieder die Fassung.

»Ich weiß es nicht. Vielleicht? Möglicherweise ist der Ozean zu tief.«

»Sollen wir sie fragen?«

»Jetzt mach mal langsam.« Giddon wollte auf gar keinen Fall darüber nachdenken. »Könnten wir erst mal in Erfahrung bringen, warum sie hier ist?«

Mit beiläufigem Desinteresse beobachteten sie, wie die Frau und der Mann auf ein dunkelblaues, goldverziertes Haus in der Mitte der Treppe zugingen. Genauso plötzlich, wie er Trina wiedererkannt hatte, wurde Giddon jetzt bewusst, dass er auch den Mann erkannte. »Der da war gestern Abend bei dem Festessen«, sagte er. »Er heißt Arni Devret. Seine Frau Mara Devret ist Politikerin. Sie war eine der aufmerksameren Leute am Tisch.« Tatsächlich hatte Mara das Gespräch immer dann von Giddon abgelenkt, wenn er es am nötigsten gehabt hatte, in Ruhe gelassen zu werden.

Vor dem blauen Gebäude verabschiedeten sich Arni Devret und Trina voneinander. Dann betrat er das Haus und sie ging alleine weiter die Treppe hinauf zur darüberliegenden Straße.

»Ich nehme an, Trina könnte vor Bitterblues Silberminen stehen und erkennen, ob sie Zilfium enthalten?«, sagte Hava.

# 11

Die Neugier trieb Giddon und Hava die Treppe zum Haus hinauf, das groß und schmal war und zwischen andere Geschäftsgebäude gezwängt. Auf einem kleinen Schild an der Wand stand in eleganten vergoldeten Buchstaben »Flag-Hill-Bank«.

»Sollen wir mal schauen, was wir über Trina herausfinden können?«, fragte Giddon.

»Unter welchem Vorwand?«

»Wir wollen zur Burg, ohne noch mal in eine Passage zu geraten«, sagte Giddon. »Arni Devret kann uns den Weg zeigen.«

»Nicht sehr überzeugend, aber annehmbar, wenn dir nichts Besseres einfällt.« Hava drückte gegen die Tür. »Verschlossen.«

»Gibt es einen Türklopfer?«

»Hier ist ein Klingelzug.« Hava zog kräftig an einer dicken Goldkette, die neben der Tür hing. »Oh, Mist«, fluchte sie, als sie plötzlich die Kette in der Hand hielt. Über ihnen zischten Funken, dann entflammte lodernd eine Reihe Lampen.

»Hava!«, sagte Giddon zum, wie er wusste, dritten und damit letzten Mal.

»Woher soll ich das denn wissen?«

»Du kannst nicht einfach in einer fremden Stadt an Sachen ziehen!«

Als Hava ihm einen Blick zuwarf, der deutlich machte, dass das der dämlichste Spruch war, den sie je gehört hatte, ging die Tür auf. Arni Devret trat heraus, groß und breit, mit sanften Augen wie die Bitterblues. Musste ihn denn alles in dieser Stadt an Bitterblue erinnern?

Arni erkannte Giddon sofort wieder. »Giddon!«

»Hallo«, sagte Giddon auf Winterburgisch. »Wie geht es Ihnen? Ich fürchte, wir haben Ihre Lampen entzündet.«

»Ach ja?« Arni sah nach oben. »Oh, in der Tat.«

»Ich fürchte außerdem, wir haben Ihre Lampen auch kaputt gemacht.« Giddon stieß Hava an, die Arni die goldene Kette hinhielt.

»Entschuldigung«, sagte sie auf Winterburgisch. »Ich dachte, es sei ein Klingelzug.«

»Klingelzug?«, wiederholte Arni leicht verwirrt, während seine dunklen Augen die Kette musterten und dann auf Havas Gesicht ruhten.

»Eine Kette, an der man zieht, damit die Klingel im Haus läutet«, erklärte sie.

»Oh! Eine Türklingel. Machen Sie sich keine Gedanken. Ein naheliegendes Missverständnis. Sie waren gestern Abend nicht beim Diner, aber Sie müssen Hava sein.«

»Ja.«

»Ich bin Arni Devret. Wie geht es Ihnen heute, Giddon? Haben Sie sich von Ihrem Tauchgang erholt?«

»Mir geht es gut, danke«, sagte Giddon ausdruckslos. Wussten eigentlich alle in Ledra, dass er beinahe ertrunken wäre? *Ich werde den Rat bitten, mich irgendwo anders hinzuschicken*, erklärte er Bitterblue. *In irgendeine Ecke der Welt, wo noch nie jemand von uns gehört hat. Oder vielleicht kehre ich nach Hause zurück. In mein richtiges Zuhause, meine ich. König Randa hat mich des Hochverrats bezichtigt. Wenn er mich auf meinen Ländereien antrifft, lässt er mich hinrichten. Soll ich nach Hause fahren?*

Dann schämte er sich dafür, sie das gefragt zu haben.

»Sie sehen beide aus, als wäre Ihnen kalt«, sagte Arni.

Giddon nahm an, dass ihm kalt war. Er achtete nicht groß auf seinen Körper. Als Arni sie hereinbat, folgte er ihm benommen.

Arni Devret war offensichtlich der Besitzer der Bank. Nachdem er einen kleinen Mann mit einer Brille gebeten hatte, ihnen Tee zu bringen, führte er sie eine Treppe hinauf zu einem Raum, der anscheinend sein privates Büro war.

»Ihre Frau war gestern Abend sehr freundlich zu mir«, sagte Giddon.

»Es war rücksichtslos von Minta Varana und allen Varanas, von Ihnen zu erwarten, an einem solchen Tag ein formelles Festessen durchzustehen«, erklärte Arni ernst, während er sie an einem bettgroßen Schreibtisch vorbei zu einer Sitzgruppe vor dem Kamin lotste. »Einige von uns waren ausschließlich zu dem Zweck dort, ihre Gespräche unter Kontrolle zu halten.«

»Oh«, sagte Giddon, »das war mir nicht bewusst.«

»Die Gelehrten sind Opportunisten«, fuhr Arni fort. »Nehmen Sie doch bitte Platz. Die Devrets waren schon immer Anhänger der Industriellen. Meine Frau ist selbst eine Parlamentsabgeordnete der Industriellen; das ist die Partei der Machbarkeit und des Fortschritts. Nun, was kann ich für Sie tun?«

»Wir wollten uns mit dem Gesandten aus Lienid in der Burg treffen«, sagte Giddon, »aber wir sind bereits in eine Ihrer Passagen geraten. Wir hatten gehofft, Sie könnten uns dabei helfen, die anderen zu umgehen.«

»Oje.« Arni stand auf und ging zu seinem Schreibtisch. Nachdem er in den Schreibtischschubladen gewühlt hatte, kam er mit einem kleinen Stapel Karten zurück.

»Tragen Sie immer eine von denen bei sich.« Er reichte die eine Hälfte des Stapels Giddon und die andere Hava. »Geben Sie auch jedem Mitglied Ihrer Delegation eine davon. Und wenn Sie an eine Kreuzung kommen, an der Sie nicht weiterdürfen, zeigen Sie sie der Wache.«

Giddon musterte die Karten in seiner Hand und las die Überschrift »Passierschein«. Darunter verkündete der Aufdruck: »Der Inhaber dieses Passierscheins ist im offiziellen Auftrag der Flag-Hill-Bank, einem eingetragenen Unternehmen, in dieser Passage unterwegs.«

Giddon strich mit den Fingern über den hochwertig gedruckten Rahmen der Karte, das Ablaufdatum und das erhabene Siegel mit der Aufschrift »Magistrat der Stadt Ledra. Missbrauch ist strafbar«.

»Wäre das nicht eigentlich Missbrauch?«, fragte er. »Wir haben ja gar nicht geschäftlich mit Ihrer Bank zu tun.«

»Das Fälschen eines Passierscheins ist strafbar, nicht die Nutzung. Die Wachen werden niemals Ihre geschäftlichen Angelegenheiten infrage stellen. Die meisten Ledraner besitzen einen Passierschein, den sie irgendwo ergattert haben.«

»Meinen Sie die meisten wohlhabenden Ledraner?«, fragte Hava.

Arnis Mund verzog sich zu einem Lächeln. »Die Menschen, die hier wohnen, wissen, wo die Passagen liegen. Diejenigen, die keine Passierscheine haben, wissen, wie sie sie umgehen können. Jetzt genießen Sie Ihren Tee, und sobald Sie sich aufgewärmt haben, begleite ich Sie zur Burg. Mein Sohn Mari studiert an der Akademie. Das bietet mir die Gelegenheit, ihn zu besuchen.«

Während sie den Tee tranken, stellte Hava Arni so viele Fragen, dass Giddon sich in einen halb benommenen Zustand zurückziehen konnte. Tasse zum Mund führen, Flüssigkeit hineinkippen. Nichts denken, nichts fühlen. Teile des Gesprächs machten ihm plötzlich bewusst, dass Bitterblue nie mehr erfahren würde, was Hava gerade erfuhr. Was der Unterschied zwischen Gelehrten und Industriellen war. Welche der beiden Parteien in der Regel mehr Macht besaß, mehr Wahlen gewann und mehr Einfluss auf die Politik hatte: die Gelehrten, obwohl das Parlament im Moment paritätisch besetzt war, was Arni hoffnungsfroh stimmte. Ob es den Industriellen gegenüber ungerecht war, dass die Burg direkt neben der Akademie lag, die das Gebiet der Gelehrten war: Ja.

»Aber Winterburg hatte früher – vor Hunderten von Jahren – auch einen Monarchen, genau wie Sie«, erklärte Arni. »Unsere

Könige und Königinnen gründeten die Akademie und lebten dort, in der Burg. Der Adel des ganzen Landes wurde in der Akademie ausgebildet. Unsere Wissenschaftler dienten den Monarchen als Berater. Winterburg hat eine lange Tradition von Regierungen, die von Wissenschaftlern geführt wurden, woraus sich schließlich die Gelehrtenpartei entwickelte. Die Industriepartei musste von Beginn an um ihre Stellung im Zweiparteiensystem kämpfen. Ich persönlich finde unseren Fortschritt beachtlich.«

»Quona Varana hat uns gesagt, die Gelehrten wären die Umweltpartei«, sagte Hava. »Und deshalb würden sie gegen die Nutzung von Zilfium stimmen.«

Arni lächelte strahlend. Wenn er sprach, tat er das auf eine Art, die Giddon jetzt wiedererkannte: mit dem geduldigen, bewusst vernünftigen Tonfall, den er selbst verwandte, wenn er etwas erklärte, das er für Unsinn hielt.

»Natürlich sagt sie das, das ist ihre Aufgabe; für diese Botschaft wird ihre Familie gewählt. Die Varanas finden Wähler, weil sie einen Teil des Volksglaubens ansprechen. Quona behauptet, unpolitisch zu sein, aber sie ist sich überaus bewusst, wofür sie steht. Sie spricht mit Tieren, wissen Sie? Von ihrem Haus auf der Klippe über dem Meer aus geht sie Beziehungen zu Silberkühen ein, sagt sie zumindest. Soweit ich weiß, sind Silberkühe eigen, wenn sie entscheiden, mit wem sie reden, aber wir müssen uns auf Quonas Wort verlassen. Sie hat ihr Haus außerdem zu einem Zufluchtsort für streunende Katzen gemacht. Also sehen die Menschen in ihr eine Beschützerin, wie eine Heldin aus einem Märchen. Sie symbolisiert ein Ideal, das viele Menschen anspricht, aber dessen Untauglichkeit sie nicht erkennen. Die Wahrheit ist, dass Winterburg im Staub hinter den Zilfiummotoren der anderen torlanischen Staaten zurückbleiben wird, wenn wir die Gesetze nicht ändern. Und die andere Wahrheit, die sie versuchen wird hinter ihrem sorgfältig gepflegten Ruf zu verbergen, ist: Quona ist eine Varana. Die Varanas sind Luftschiffreeder. Das einzige Transportmittel, das wir außer Pferdekraft in Winterburg haben, sind Luftschiffe. Wir haben keine Züge wie das übrige Torla. Die Varanas besitzen das Monopol auf die Produktion, die Vermietung und den Privatverkauf von Luftschiffen in Winterburg; als solche kontrollieren sie weitgehend alle Bewegungen der Post und des Magistrats; und sie hüten die Geheimnisse der Luftschifftechnologie wie ihren Augapfel. Natürlich wollen sie nicht, dass die Zilfiumgesetze geändert werden. Das wäre das Ende ihres Transportmonopols. Quona will die Umwelt schützen, weil sie damit auch ihr Vermögen schützt.«

Es war bemerkenswert, dachte Giddon, wie gemütlich es war, hier am Feuer zu sitzen und Arnis warmer, rauer Stimme dabei zuzuhören, wie sie Ernüchterung und Zynismus verbreitete. Er klang vollkommen aufrichtig. Giddon hörte keine Falschheit heraus und fragte sich, wem er glauben sollte. Niemandem? Allen? Er warf einen Blick durch das Zimmer zu Arnis großem mächtigen Schreibtisch hinüber und gelangte zu der Überzeugung, dass Arni wahrscheinlich alle Bankbesucher zu diesen Sesseln neben dem prasselnden Kamin führte, sogar Leute, die einen Kredit aufnehmen wollten. Sogar Leute, die ihren Kredit nicht zurückzahlen konnten. Etwas an Arnis sanftem sicheren und höflichen Auftreten brachte Giddon zu der Annahme, dass er den Leuten heiße Getränke und einen bequemen Sessel anbot, bevor er ihnen eröffnete, sie seien bankrott und die Bank werde ihren gesamten Besitz beschlagnahmen.

»Wie geht es Ihnen?«, fragte Arni. »Ist Ihnen jetzt wärmer? Soll ich Ihnen den Weg zur Burg zeigen?«

Arni führte sie durch die Stadt und legte dabei eine onkelhafte Besorgnis um ihre müden Füße, ihren Wärmegrad, ihren Mangel an Orientierung an den Tag.

»Sehen Sie?«, sagte er einmal und zeigte auf einen einfachen anmutigen Eisenbogen, der mit kleinen Lampen verziert war, über dem

Eingang zu einer Straße. »Dies ist das Zeichen für einen Passageneingang.«

Aber der nächste Passageneingang, an dem sie vorbeikamen, war anders, ein efeubewachsener Steinbogen, und die meisten Bögen, die sie passierten, waren überhaupt keine Eingänge zu Geschäftsvierteln. Deshalb verließ Giddon sich nicht auf diese angeblichen Zeichen.

»Mm-hm«, murmelte Hava, die seinen Gesichtsausdruck bemerkte. »Man muss es einfach wissen.«

Der letzte Teil der Strecke führte sie über den Campus der Akademie, der eine eigene kleine Stadt war: weiße Steinhäuser hinter hohen Steinmauern, ausgedehnte, gepflegte Gärten und hübsche Wege, Blumenbeete, auf denen sich selbst jetzt, bei dieser Kälte, rosa Blütenblätter durch die Schneedecke reckten. Giddons Herz schmerzte angesichts der Weitläufigkeit und Schönheit der Winterburger Akademie. Er erkannte genau, dass Bitterblue von der Gründung einer solchen Institution in Monsea nur hätte träumen können, auch wenn sie durch die Verkäufe an die Zilfiumimporteure kein Geld verloren hätte. Studentinnen und Studenten gingen lachend und rufend über die Wege, ohne sich auch nur umzusehen, als bedeutete ihnen ihre Umgebung gar nichts. Giddon hasste sie, dann schämte er sich dafür, reiche egozentrische Kinder zu hassen. Er war selbst so ein Kind gewesen.

Der Campus lag auf sanft ansteigendem Gelände, das zu einer langen Treppe führte, die steil den Kamm eines Hügels erklomm. Auf diesem Hügel stand ein großes weißes Gebäude mit breiten Säulen und einer Kuppel: die Burg, die früher der Sitz der Winterburger Monarchen gewesen war. Zu beiden Seiten des Eingangs wehten Flaggen, ein dunkelblaues Meer vor einem goldenen Himmel. Am Grund des Meeres schlummerte eine große lilafarbene, eher formlose Gestalt. An der Wasseroberfläche schwammen lilafarbene Silberkühe.

Sie blieben am Fuß der Treppe stehen. »Fast hätte ich's vergessen«, sagte Giddon, der es mitnichten vergessen hatte, aber den Anschein erwecken wollte, als wäre es ihm gerade eben erst eingefallen. »Wir haben Sie mit jemandem gesehen, den ich kenne, einer Frau von zu Hause, sie heißt Trina.«

Arnis Augen leuchteten wissend auf. »Ah ja, Trina. Sie ist hier allgemein bekannt, allerdings sind wir in ihrer Gegenwart alle ein wenig befangen, fürchte ich. Sie ist vielen von Nutzen, aber nur wenige laden sie zu sich nach Hause ein. Oder in ihre Banken«, fügte er mit einem kurzen reuevollen Lächeln hinzu. »Ich habe Bankschließfächer, wissen Sie. Und private Geldschränke sowie einen Tresorraum. Ich bin nicht nur beauftragt, die Besitztümer meiner Kunden sicher aufzubewahren, sondern in manchen Fällen auch, ihre Existenz geheim zu halten.«

»Mich haben Sie jedoch in Ihre Bank gelassen, ohne zu wissen, welche Gabe ich habe«, sagte Hava.

Ihre Direktheit schien Arni zu überraschen und er sah Hava fast unfreiwillig an. Giddon fragte sich, ob er nach ihren Beschenktenaugen Ausschau hielt.

»Ich habe Ihren Arzt Coran gestern Abend nach Ihrer Gabe gefragt«, räumte er ein.

»Damit könnte ich Ihre Bank ausrauben«, sagte Hava, was bei Arni einen weiteren überraschten Blick und ein Kichern hervorrief.

»Vermutlich, ja, aber das wäre doch eine ungewöhnliche Beschäftigung für ein Mitglied der Delegation aus Monsea.«

»Aber für Trina nicht?«

»Ich würde niemals ernsthaft so etwas unterstellen«, sagte er. »Und ich kenne sie nicht gut genug, um beurteilen zu können, was sie tun würde. Aber es heißt, sie bietet ihre Funddienste gegen Geld an, ohne große Skrupel zu haben.«

»Skrupel?«, fragte Giddon, der das Winterburger Wort nicht kannte.

»Ethische Bedenken. Und ich fürchte, immer wenn etwas abhandenkommt, wird sofort sie verdächtigt. Sie halten uns wahrscheinlich für schrecklich unhöflich, vielleicht sogar rückwärtsgewandt. Aber wir sind einfach nicht an Beschenkte gewöhnt.«

»Beschenkte sind an rückwärtsgewandte Ansichten gewöhnt.« Das sagte Hava ohne eindeutig kränkenden Unterton, aber auch nicht gerade freundlich, und Arni wusste nicht, was er darauf erwidern sollte. Giddon fand es interessant, sein Unbehagen angesichts seiner eigenen Unhöflichkeit zu beobachten. Hava dagegen zeigte keinerlei Unbehagen.

»Verschwinden viele Dinge in Ledra?«, fragte Giddon.

Arni schien dankbar zu sein für die Ablenkung durch die Frage. »Aus meiner Bank nicht, das kann ich Ihnen versichern. Aber einige Freunde haben kürzlich wichtige Gegenstände in ihren Häusern verlegt.«

»Wenn Sie uns sagen, worum es sich handelt, können wir die Augen danach offen halten«, sagte Hava.

»Es sind keine Gegenstände, über die man einfach so stolpert«, erklärte er vollkommen unbewegt. »So, wissen Sie, wo in der Burg Sie hinmüssen?«

»Ja, danke«, sagte Giddon, der nichts über die Burg wusste, abgesehen davon, was er vom Fuß der Treppe aus sehen konnte.

»Dann lasse ich Sie jetzt alleine weitergehen. Ich hoffe, Sie wenden sich an mich, falls Sie für Ihre Angelegenheiten in Monsea oder mit diesem Rat, den Sie da haben, eine ausländische Bank benötigen.« Er lächelte Giddons bewusst ausdrucksloses Gesicht an. »Wir haben hier Geheimhaltungsrichtlinien, die Ausländer oft überraschen und erfreuen, vor allem jene mit Geheimnissen. Aber jetzt will ich zu meinem Sohn. Ich wünsche Ihnen noch einen schönen Tag.«

Damit wandte er sich ab und schritt über einen Weg, der auf den Campus der Akademie führte.

»Er hat uns gerade angeboten, uns bei der Finanzierung irgendwelcher illegalen Aktivitäten, in die wir verwickelt sind, zu helfen«, sagte Giddon erleichtert, wieder ins Beschenktische wechseln zu können. Winterburgisch zu sprechen war anstrengend. »Das hast du doch auch so verstanden, oder?«

»Und wennschon«, entgegnete Hava. »Wie viele Füchse, die uns beobachten, siehst du?«

»Keinen.« Giddons Gedanken kreisten noch immer um Arnis unerhörtes Angebot. »Was glaubst du, wie viel er über den Rat weiß? Es überrascht mich nicht, dass er davon gehört hat, aber hattest du nicht auch den Eindruck, er deutete weiter gehende Kenntnisse an? Blufft er nur?«

»Es gibt bestimmt Winterburger Spione auf dem Königskontinent. Siehst du diese winzigen Türen in den großen Türen der Burg? Glaubst du, Füchse können gehen, wohin sie wollen?«

»Was, wenn Trina diejenige ist, die den Winterburger Importeuren überhaupt erst vom Zilfium in Monsea erzählt hat?«, fragte Giddon. »Und sie ist mithilfe des Rats nach Monsea gekommen – was, wenn sie den Winterburgern auch vom Rat erzählt hat? Solche Geheimnisse machen Monsea verwundbar. Und es klingt, als wäre sie käuflich.«

Hava stieg die ersten Stufen hinauf.

»Hava!« Der Name entfuhr Giddon jetzt schon zum vierten Mal an diesem Tag.

»Ach, wen interessierts!« Sie fuhr zu ihm herum. »Wen interessiert es denn noch, ob Estill Monsea den Krieg erklärt?«

»Bitterblue würde es interessieren, und zwar außerordentlich!«

»Bitterblue ist tot!«

»Sie würde wollen, dass ihr Volk uns interessiert!«

»Tja, das interessiert mich aber nicht. *Sie* interessiert mich.«

»Ich glaube nicht, dass dich das nicht interessiert«, sagte Giddon stur.

»Na, dann, wie schön für dich, so groß und edel und scheinheilig zu sein.« Wie Dolche feuerte sie die Worte auf ihn ab. Dann wandte sie sich wieder um und rannte die Treppe hinauf.

*Scheinheilig?*, dachte Giddon und folgte ihr.

# 12

Bitterblue wachte von einem Kreischen auf, das sie erschreckte, sich dann aber als Wind entpuppte.

Außerdem hatte sie beim Aufwachen einen eigenartigen Gedanken: Es wäre besser, niemandem von dem Fuchs zu erzählen.

»Was?« Müde kämpfte sie gegen ihre Verwirrung an und versuchte herauszufinden, warum so viel passierte. Es war noch immer Tag; das kleine blaue Rechteck im Fenster war heller geworden. Unter ihr knisterte Papier – das Blatt mit der Zeichnung von Bitterblue City mit den Flaggen von Estill und Winterburg, das sie mit ins Bett genommen hatte.

*Jemand erklärt Monsea den Krieg und du schläfst ein?*, schalt sie sich. *Großartig.*

An der gegenüberliegenden Wand, neben der Fußleiste, leuchteten goldene Augen auf. Bitterblue zuckte zusammen. Dann nahm ein kleiner dunkler Fuchs Gestalt an, der sich in eine Ecke drückte.

*Stimmt*, fiel Bitterblue ein. *In Winterburg gibt es Füchse mit telepathischen Fähigkeiten.* Sie versuchte sich an die Einzelheiten zu erinnern, die sie in Mikkas Berichten gelesen hatte. *Sie heißen blaue Füchse, obwohl nur die Welpen blau sind. Der Fuchs könnte an jemanden gebunden sein, mit dem er sich per Telepathie unterhalten kann. Möglicherweise spricht er gerade jetzt mit der betreffenden Person.*

»Bist du mein Wachmann?«, fragte sie den Fuchs und sah ihn streng an. »Mein Gefängniswärter?«

Es kam natürlich keine Antwort.

»Ich kann meine Gedanken verschließen, weißt du«, fügte sie energisch hinzu. »Darin bin ich geübter, als du es dir vermutlich vorstellen kannst.«

Da wurde ihr bewusst, dass sie mit diesem kleinen zitternden Tier so sprach, als wäre es ihr Vater, der Monsterkönig, der mit der Kraft seiner Gedanken ein ganzes Königreich zerstört hatte. Sie entspannte sich ein wenig. Soweit sie sich erinnerte, lasen blaue Füchse nur fremde Gedanken, wenn sie an jemanden gebunden waren, und sobald sie gebunden waren, waren sie freundlich und gehorsam. Dieser Fuchs bewachte sie möglicherweise im Auftrag einer mächtigen und grausamen Person, aber der Fuchs selbst war wahrscheinlich kein Bösewicht.

Trotzdem wusste sie, wie sie ihre Gedanken verschließen konnte – angesichts der Beschenkten hatte sie viel Übung darin –, und tat das jetzt. Es war die Macht der Gewohnheit.

Ohne den Fuchs weiter zu beachten – genauso wenig wie die Schmerzen in ihren Händen und Füßen und den neuen, beängstigenderen Schmerz des Hungers in ihrem Magen, die geschwollene Trockenheit von Mund und Zunge –, fing Bitterblue an, über Krieg nachzudenken.

Es war etwas, woran sie in letzter Zeit immer öfter gedacht hatte. Monsea besaß den natürlichen Schutz tückischer Berge im Norden, Osten und Westen und ein Meer als Grenze im Süden. Trotzdem hatte Bitterblue in Hinblick auf ihre kriegerischen Nachbarn in den letzten Jahren ihre Armee vergrößert. Unter Anleitung und Beratung ihres Onkels, König Ror von Lienid, dessen Marine die beste der Welt war, hatte sie ihre kleine, unorganisierte Schiffsflotte in eine zwar weiterhin kleine, aber fähige und zielstrebige Marine verwandelt. Sie hatte darüber hinaus die Beziehung zu den Dells gepflegt, ihren Nachbarn im Osten, die die größte und mächtigste Armee der Welt hatten. Alle Staaten wussten, dass Monsea zwar durch seine jüngste Geschichte geschwächt war, aber nicht notwendigerweise allein. Monsea hatte Soldaten mit Schwertern und Bögen, Monsea hatte Schiffe und Monsea hatte Freunde.

Aber offenbar hatte auch Estill Freunde. Warum sollte Winterburg sich ausgerechnet mit Estill zu einem Krieg verbünden? Im Unterschied zum Königskontinent bestand Torla nicht aus kriegerischen Staaten. Die geografischen Beschaffenheiten mit Landengen, Gebirgen und Eis, die die Staaten voneinander trennten, sowie die gefährlichen Meere machten Kriege teuer und unergiebig. Winterburg hatte gar keine richtige Armee und auch keine richtige Marine, um eine Armee über das Frostige Meer zu bringen. Luftschiffe konnten keinen ganzen Ozean überqueren. Und selbst wenn, lagen zwischen Monsea und Winterburg noch die Dells. Kein Winterburger Soldat konnte Monsea erreichen, ohne die Dells zu durchqueren. Und Bitterblue bezweifelte stark, dass der alte König Nash von den Dells sich zurücklehnen und eine ganze Winterburger Armee durchlassen würde.

Besaß Winterburg irgendwelche Fähigkeiten, von denen Bitterblue nichts wusste?

Aber worauf hatten sie es abgesehen? Monseas Zilfium? Hatte Mikka ihr *das* sagen wollen? War er deshalb gestorben?

Und noch unmittelbarer – jetzt, da die Winterburger sie hatten, was hatten sie mit ihr vor? Lösegeld erpressen? Sie als politische Gefangene an Estill ausliefern? Sie umbringen? Sie versteckt halten, um alle glauben zu machen, sie wäre tot, und dann darauf warten, dass Monsea zerfiele?

Monsea würde nicht zerfallen. Bevor Bitterblue nach Winterburg aufgebrochen war, hatte sie kleine Gruppen gebildet, die sich während ihrer Abwesenheit um je eine Aufgabe kümmern sollten. Sie hatte deutlich gemacht, dass zwar jede Gruppe einen Leiter hatte, jedoch niemand über mehr Macht vefügte als alle anderen. Niemand würde an ihrer Stelle Königin werden. Und wenn sie aus irgendeinem Grund nicht zurückkehren würde, sollten diese Gruppen die vorübergehenden Machtstrukturen, die sie geschaffen hatte, beibehalten und den Rat einbeziehen. Der Rat sollte der Regierung von Monsea helfen, einen möglichst sanften Übergang in eine unabhängige Republik zu schaffen.

Als ihre entsetzten Ratgeber sie angefleht hatten, diesen Plan geheim zu halten, hatte sie nachgegeben, weil sie wusste, dass eine solche Absicht die politische Instabilität in Monsea noch verstärken würde. Aber sie hatte ihn aufgeschrieben und Abschriften davon an ihren Onkel, den König von Lienid, und an ihre Freunde im Rat geschickt. Bitterblue fand es überflüssig, so zu tun, als wäre die Monarchie von Monsea in ihrer aktuellen Situation nicht in der Krise. Die Familie von Bitterblues Mutter entstammte dem Königshaus von Lienid, war also nicht aus Monsea. Ihr Vater hatte keine bekannte Familie, und eine seiner ersten Amtshandlungen, nachdem er den Thron an sich gerissen hatte, war es gewesen, alle, die möglicherweise Anspruch auf diesen Thron haben könnten, auszulöschen. »Die Welt verändert sich«, hatte sie mit so festem und sicherem Blick zu ihren Ratgebern gesagt, dass diese schließlich nachgaben oder zumindest so taten, als ob. Vermutlich hätten sie das nicht getan, wenn sie gewusst hätten, was passieren würde.

Jetzt würden Bitterblues Absichten bald öffentlich werden. Wie verzweifelt Raffin, Bann, Katsa, Bo, ihr Onkel und ihre Tante, ihre Cousins, ihre Ratgeber sein würden und wie überwältigt. Wie leid es ihr tat, an Deck gegangen zu sein, um Luft zu schnappen.

Aber trotzdem … *Irgendetwas stimmt nicht mit dem Plan meiner Entführer*, dachte sie. *Selbst wenn ich sterbe – selbst, wenn sie Lösegeld für mich verlangen –, mir ist nicht klar, was Winterburg Estill in einem Krieg mit Monsea zu bieten hätte. Genauso wenig ist mir klar, wie Estill diesen Krieg gewinnen will, egal, wer seine Verbündeten sind.*

Mit dem beunruhigenden Gefühl, dass sie irgendetwas übersehen musste, schlief Bitterblue wieder ein.

# 13

Die Eingangshalle der Burg war mit keinem Gebäude vergleichbar, das Giddon je gesehen hatte.

Hava und er traten durch riesige Türen auf einen weitläufigen Marmorboden inmitten eines so hellen und hohen Raums, dass ihre Blicke automatisch nach oben wanderten. Etwa vier oder fünf Stockwerke über ihnen bildete eine Glaskuppel die Decke des Raums.

Die Wände um sie herum bestanden aus Treppen und Balkonen voller braunhäutiger, schwarzhaariger Menschen in Bewegung. Stimmen hallten. Der Boden hatte ein verwirrendes Muster aus dunklen Streifen auf weißem Grund.

»Hier ist es furchtbar«, sagte Hava.

Eine Frau an einer langen Theke neben dem Eingang sah sie mit hochgezogenen Augenbrauen und gelangweiltem Blick an. »Hallo«, sagte Giddon auf Winterburgisch, als er auf sie zuging. »Könnten Sie uns sagen, wo wir Periwinkle, den Gesandten aus Lienid, finden?«

Ein paar Minuten später standen sie auf einem Balkon vier Stockwerke über der Eingangshalle der Burg. Hinter ihnen befand sich ein Torbogen, durch den man in einen langen Flur gelangte. Auf einer kleinen Bronzeplakette an der Wand stand auf Winterburgisch »Ausländische Gesandte«.

Hava beugte sich über die Balustrade und blickte hinab. »Siehst du das Ungeheuer auf dem Boden?«, fragte sie.

Giddon warf einen Blick in die Tiefe und dachte daran, wie entsetzlich Bitterblue es gefunden hätte, dass sie so nah am Geländer standen. Aus dieser Entfernung erkannte er, dass die dunklen Marmorstreifen auf dem Boden Tentakel bildeten, die zu einer weiteren Darstellung des Meeresungeheuers aus den Winterburger Märchen gehörten.

»Ich glaube, es wird der Bürge genannt.« Giddon verwendete das winterburgische Wort.

»*Die* Bürgin.« Hava runzelte die Stirn. »Es ist eine Sie.«

»Okay, also die Bürgin. Und das hier ist die Burg und das Land heißt Winterburg.«

»Beachtlich, Giddon«, sagte Hava. »Du bist wohl ein erfahrener Experte in Sachen Etymologie.«

»Längst nicht so erfahren wie du in Sachen Sarkasmus«, gab er zurück, wobei er versuchte, weniger gekränkt zu klingen, als er eigentlich war.

»Sind Sie das, Giddon?«, ertönte eine Stimme hinter ihnen.

Giddon fuhr herum und erblickte den dunkelhaarigen, grauäugigen Gesandten aus Lienid, der blassbraune Haut hatte wie Bitterblue und Augen wie Bitterblue. Überall an ihm funkelte das Gold aus Lienid. »Periwinkle«, sagte Giddon.

»Nennen Sie mich Perry.« Der Mann zeigte auf den Torbogen. »Kommen Sie doch bitte mit.«

Er führte sie den Flur entlang bis zu einem kleinen, von einer Lampe beleuchteten Büro, wo er sie vor einen Kamin setzte und ihnen heiße Getränke in die Hand drückte. Giddon begann sich zu fragen, ob das bei allen Treffen in Winterburg so üblich war. Er holte ein zusammengefaltetes Stück Papier aus der Innentasche seines Mantels. Während er es auffaltete, wappnete er sich gegen Bitterblues kleine, geliebte Handschrift.

»Perry«, sagte Giddon, »wir hatten gehofft, Sie könnten uns dabei helfen, die Personen hinter den Firmennamen auf dieser Liste zu identifizieren.«

Er reichte Perry das Papier und der warf einen kurzen Blick darauf. »Was ist das für eine Liste?«

»Das sind die Winterburger Importeure, die praktisch für umsonst Gesteinsschutt aus Bitterblues Silberminen gekauft und sie damit um ihr Zilfium betrogen haben«, sagte Giddon ausdruckslos.

»Ah.« Perrys Miene hellte sich auf. »Verstehe.«

»Ja?«, fragte Giddon. »Sie wussten davon?«

»Sie müssten hier in Ledra schon unter einem Stein leben, um nichts davon zu wissen.« Er betrachtete das Blatt Papier aus zusammengekniffenen Augen. »Obwohl ich jetzt zum ersten Mal eine Liste sehe. Eine interessante Ansammlung von Leuten. Balava Import: Das ist Ada Balava. Ja, das überrascht mich nicht, denn sie ist gewissenlos. Tima Import ist Mirni Tima, ja. Die Reederei Cavenda ist Benni Cavenda, und es ist kein Wunder, dass er auch auf der Liste steht. Soweit ich weiß, hat Benni seine Reederei zu schnell vergrößert, sie sogar an den Rand des Ruins geführt, und die Zilfiumvorräte in der Mine der Cavendas sind erschöpft. Seine finanziellen Sorgen wurden sicher dadurch gelindert, dass er Königin Bitterblue um einen Teil ihres Zilfiums betrogen hat. Oha, das hier ist interessant.« Perry sah Giddon über das Blatt Papier hinweg an. »Winterburg Import ist eine Firma der Varanas, die Minta Varana gehört. Sie importiert Edelmetalle, die für die Luftschiffproduktion benötigt werden, aber ich wusste nicht, dass sie jetzt auch in Zilfium macht.«

»Minta Varana!«, sagte Giddon. »Unsere Gastgeberin beim gestrigen Festessen!«

»Und die Schwester der Katzenfrau, bei der wir wohnen«, ergänzte Hava mit eisiger Miene. »Entzückend.«

»Ich habe ihr Essen gegessen«, stieß Giddon geradezu hervor. »Ich habe ihr für ihre Gastfreundschaft gedankt.«

»Ja.« Perry klang bedauernd. »Ich fürchte, das haben Sie. Was haben Sie jetzt mit diesen Namen vor? Glauben Sie, Sie können sie wegen unehrenhafter Geschäftsmethoden verklagen? Das könnten Sie tun, aber es wird möglicherweise schwierig. Sie müssten beweisen, dass die Importeure wussten, dass der Gesteinsschutt Zilfium enthält, und außerdem, dass sie wussten, dass Königin Bitterblue es *nicht* wusste.«

Giddon betrachtete Hava, die seinen Blick mit unsicherer Miene erwiderte. Wie sehr konnten sie diesem Mann trauen? »Es hat uns überrascht«, sagte er vorsichtig, »dass unsere Männer im Frostigen Meer ertrunken sind. Mikka und Brek. Vielleicht kannten Sie sie?«

Perrys plötzlich aufleuchtende Augen zeigten deutlich, dass das der Fall war. »Wir waren befreundet«, sagte er. »Wir Ausländer lernen uns hier unweigerlich kennen. In der Tat haben wir uns häufig getroffen. Mikka war ein Abenteurergeist; er überredete mich und Brek zu Mehrtageswanderungen, die ich leidlich überstanden habe. Dann überzeugte ich ihn, etwas Zivilisiertes zu unternehmen, zum Beispiel ein neues Restaurant auszuprobieren.«

»Das tut mir leid«, sagte Giddon.

»Es war ein katastrophales Jahr, was Schiffsreisen angeht.« Perry wischte sich mit dem Ärmel über die Augen. »Aber was meinen Sie damit? Inwiefern hat es Sie überrascht?«

»Gab es irgendwelche Auffälligkeiten an dem Wrack?«

»Auffälligkeiten?«, fragte Perry. »Das Meer hier ist nicht wie das Meer bei uns. Soweit ich weiß, geraten Schiffe häufig in Seenot. Aber« – er rutschte auf seinem Sessel hin und her und seine Verwirrung wurde augenfällig – »meinen Sie Manipulation?«

Giddon schwieg einen Augenblick. Besorgt und unglücklich wischte sich Perry erneut mit dem Ärmel über die Augen. Er trug goldene Ringe an allen Fingern wie jeder Lienid, dem Giddon bisher begegnet war. Plötzlich tauchte ein Bild von Bitterblues goldglänzenden Händen auf dem Grund des Frostigen Meeres vor Giddons innerem Auge auf.

»Wie kommen Sie darauf?«, fragte Perry.

»Katu Cavenda hat eine entsprechende Andeutung gemacht«, sagte Giddon. »Kennen Sie Katu?«

»Ja. Aber Katu ist auf Reisen«, erklärte Perry beinahe protestierend, als würde Katus Abwesenheit alles andere Lügen strafen.

»Wissen Sie, wo er ist?«, fragte Giddon.

»Nur gerüchteweise. Kamassar, Borza.«

»Wir machen uns auch Sorgen um ihn.«

»Aus welchem Grund?«, fragte Perry mit wachsender Beunruhigung in der Stimme. »Giddon, was sagen Sie da? Was ist los?«

Als Giddon Hava erneut einen Blick zuwarf, zuckte sie mit den Schultern. »Wir können es ihm genauso gut sagen. Er wird sowieso eins und eins zusammenzählen, selbst, wenn wir es nicht tun.« Sie wandte sich an Perry. »Wir glauben, jemand hat dafür gesorgt, dass Mikka und Brek ertrunken sind. Weil sie herausgefunden haben, dass Monsea über Zilfiumvorkommen verfügt und die Winterburger Bitterblue betrogen haben. Wir glauben, sie sollten zum Schweigen gebracht werden, damit die Königin nicht davon erfährt.«

»Aber nein«, erklärte Perry mit Bestimmtheit und richtete sich in seinem Sessel auf. »Dafür wären sie niemals umgebracht worden.«

»Wir haben erfahren, dass sie Bitterblue vor ihrem Tod etwas über Zilfium berichten wollten«, sagte Hava.

»Und möglicherweise war es das, was sie ihr sagen wollten«, erklärte Perry, »aber ich versichere Ihnen, dass sie niemals für diese Information hätten sterben müssen. Alle hier wussten, dass bestimmte Familien die Unwissenheit der Königin ausnutzten und Zilfium zu unfassbaren Preisen aus Monsea importierten. Mikka und Brek wären nicht getötet worden, um sie davon abzuhalten, es ihr zu sagen. Es war kein Geheimnis. Alle wussten, dass die Königin es irgendwann herausfinden würde.«

Giddon bekam vor lauter Entrüstung kaum Luft. »Und warum hat sonst keiner ihr geschrieben? Fanden alle hier ihre Unwissenheit so amüsant? Warum haben *Sie* ihr nicht geschrieben?«

»Ich habe es Mikka gesagt. Hören Sie, ich verstehe, wie Sie sich fühlen«, sagte Perry leise. »Mir geht es genauso. Aber ich glaube, dass die Leute die Täuschung nicht unbedingt aktiv aufrechterhalten haben, sondern eher beschäftigt waren, es vergessen und sich nicht weiter darum gekümmert haben. Hier herrscht die Einstellung vor, dass in Geschäftsbeziehungen alles erlaubt ist.«

»Das ist ja abscheulich«, sagte Hava ausdruckslos.

»Ich bin ganz Ihrer Meinung. Aber ich versichere Ihnen, das geht nicht so weit, dass man Leute umbringt, um sie davon abzuhalten, Informationen weiterzugeben, über die alle Bescheid wissen.«

*Aber warum wurden sie dann ermordet?*, dachte Giddon, der plötzlich unglaublich enttäuscht war. *Oder wurden sie das gar nicht? Hat Katu sich geirrt?* Nein. Katu war nicht dumm; wenn er glaubte, dass am Untergang der *Seashell* etwas verdächtig war – so sehr daran glaubte, dass er begonnen hatte, nach dem Wrack zu tauchen –, hatte er vermutlich recht. Und sein anschließendes Verschwinden bestärkte diese Vermutung.

Aber wenn Mikkas und Breks Tod nichts mit Zilfium oder den Zilfiumimporteuren zu tun hatte, was bedeutete das dann für Giddon und Hava? Sie standen wieder ganz am Anfang, denn die Importeure waren ihre beste Spur gewesen. Ihre einzige, um genau zu sein.

Giddon fürchtete plötzlich, in Perrys Büro in Tränen auszubrechen.

»Perry«, fragte Hava, »woher wussten alle in Winterburg, dass Monsea über Zilfiumvorkommen verfügt?«

»Von einer Frau aus Monsea«, antwortete Perry. »Einer Beschenkten namens Trina. Soweit ich weiß, ist sie eine Ihrer Flüchtlinge aus Estill?«

Jetzt hatte Giddon eine andere Person, die er umbringen konnte. *Wir haben ihr geholfen.* »Sie hat den Winterburgern gesagt, wie sie die Königin von Monsea betrügen können«, sagte er leise, »*und* sie hat offen darüber gesprochen, dass sie aus Estill nach Monsea geflohen ist?«

»Sie ist käuflich«, erklärte Perry, »und hat einen gewissen Ruf. Eigentlich hat ihr Ruf ihr Geschäft hier weitgehend zum Erliegen gebracht, wenn man den Gerüchten Glauben schenken darf. Die Leute wollen ihre Hilfe, wollen aber nicht mit ihr zusammenarbeiten.«

»Weil sie unmoralisch ist«, fragte Hava, »oder einfach weil sie eine Beschenkte ist?«

Perry wirkte erschrocken, dann unglücklich und unsicher. »Vermutlich beides. War der Königin der Umfang ihrer Zilfiumvorkommen bewusst?«

»Nein«, sagte Giddon. »Kurz vor unserer Abreise hat sie mit einer Untersuchung begonnen, aber es blieb nicht viel Zeit.«

Perry bekam große Augen. »Vielleicht sollte ich Ihnen sagen, dass man die Zilfiumvorkommen Monseas in Winterburg für immens hält. Viel größer als jede bekannte Quelle in Torla. Die Königin sitzt auf einem Vermögen, mit dem Torla nicht mithalten kann.«

Bevor Giddon etwas darauf erwidern konnte, klopfte es an der Tür. Nervös rief Perry »Herein«, dann besann er sich und wiederholte die Aufforderung auf Winterburgisch.

Der Mann, der eintrat, hatte blasse Haut und rötliches Haar und war so schlicht gekleidet wie die Menschen auf dem Königskontinent, ohne Schals, ohne leuchtende Farben. Er kam Giddon auch bekannt vor, ihm war so, als hätte der Mann am Vorabend ebenfalls am Diner teilgenommen, wenn auch am anderen Ende des Tisches.

»Ah«, rief Perry und sprang auf. »Kommen Sie herein, Cobal. Sie kennen Giddon vom Festessen, und das ist Hava, die ebenfalls zur Delegation aus Monsea gehört. Hava, das ist Cobal, der Gesandte aus Estill.«

Giddons Verstand schärfte sich und er setzte eine freundliche Miene auf. Cobal, der Gesandte aus Estill, war klein und vergnügt und streckte Hava mit gerötetem Gesicht energisch die Hand entgegen. Mit aufrichtig klingendem Bedauern sprach er ihnen sein Beileid über ihren Verlust aus.

Giddon fiel auf, dass Perry immer noch sehr aufgebracht war.

»Woher in Estill kommen Sie, Cobal?«, fragte er, um den Mann abzulenken.

»Aus den Wäldern im Süden«, antwortete Cobal mit einem kurzen verschwörerischen Grinsen. »Ich weiß, für wen Sie arbeiten, mein Sohn, und was Sie so treiben. Sie müssen sich nicht verstellen.«

Besorgt über diese Offenheit – und verärgert, von einem Mann, der kaum älter zu sein schien als er selbst, »Sohn« genannt zu werden – erhob sich Giddon und beschloss, es sei Zeit, diesen Besuch zu beenden.

»Ich wollte Sie nicht vertreiben«, sagte Cobal. »Eigentlich hatte ich gehofft, Sie könnten Ihrer Gastgeberin ein Geschenk von mir überbringen.«

»Quona Varana?«, fragte Giddon, der immer verwirrter wurde.

»Genau. Quona und ich teilen eine Leidenschaft.« Dann zog er einen langen Stock aus seiner Jacke, an dessen Ende eine Schnur mit einem Pompon baumelte.

»Das scheint ein Katzenspielzeug zu sein.« Giddon begann sich zu fragen, ob der Gesandte aus Estill bei Verstand war.

»Ja.« Cobals Grinsen verwandelte sich in einen entschuldigenden Blick. »Ich würde gern behaupten, mein Motiv sei pure Großzügigkeit, aber um ehrlich zu sein, bin ich heute ohne Passierschein in eine Passage geraten und musste etwas kaufen. Das müssen Sie Quona allerdings nicht sagen.«

Giddon nahm das Spielzeug entgegen und nickte, seine freundliche Maske noch immer auf dem Gesicht. In seinem Innern dagegen versuchte er zu verstehen, wie ein Mann Trauernde am Tag nach ihrem Verlust überfallen konnte, um sie vergnügt damit zu behelligen, ein albernes Katzenspielzeug durch die Stadt zu tragen.

»Und wer wird Monsea nach dieser entsetzlichen Tragödie führen?«, fragte Cobal mit einem interessierten Funkeln in den Augen.

Und jetzt verstand Giddon. Genau wie Hava – aus den Augenwinkeln sah Giddon, wie sie kurz flackerte und sich in die Statue eines wilden Mädchens verwandelte. Cobal stieß einen leisen ängstlichen Laut aus und trat einen Schritt zurück.

Giddon sprach langsam, ohne daran zu denken, Cobals Frage zu beantworten, obwohl er die Antwort kannte. Genau genommen kannte er jede Einzelheit jedes Aspekts dieser Antwort, weil Bitterblue Giddon gebeten hatte, an allen Sitzungen zu diesem Thema teilzunehmen und seine Meinung zu jedem Teil ihres Vorhabens zu äußern, Monsea im Falle ihres Todes in eine Republik zu verwandeln.

»Der Hof von Monsea ist natürlich auf eine solche Situation vorbereitet«, sagte er. »Ich möchte den Bekanntmachungen von dort nicht vorgreifen. In der Zwischenzeit kann ich Sie oder Estill jedoch beruhigen, Monsea steht nicht führungslos da. Die Königin hat sich umfassende Gedanken über ihre Nachfolge gemacht.«

»Oh, das ist gut«, erwiderte Cobal.

»Wir müssen jetzt gehen«, sagte Giddon.

»Vergessen Sie das Spielzeug nicht.«

Das Katzenspielzeug, das Giddon in der Hand hielt, sollte dafür sorgen, dass er sich albern vorkam. Das verstand Giddon jetzt, aber er kam sich nicht albern vor. Er hatte stattdessen das Gefühl, der Gesandte aus Estill habe die Reife eines zwölfjährigen Schuljungen. Während er noch überlegte, wie er reagieren sollte – die Optionen umfassten, das Katzenspielzeug ins Feuer zu werfen, es Cobal in den Hals zu rammen oder es mitzunehmen, weil es schade wäre, ein vollkommen funktionstüchtiges Katzenspielzeug zu verschwenden –, nahm Hava es ihm ab und ließ den Pompon vor Cobals Gesicht baumeln. Sie schwang ihn sanft hin und her, sodass er Cobal auf die Nase traf.

»Bööp«, sagte sie. »Braves Kätzchen.«

Angesichts Cobals entrüsteter Miene trat Giddon, der sich nur mit Mühe das Lachen verkneifen konnte, schnell auf den Flur hinaus, wo seine aufwallende Überdrehtheit sofort drohte, in Schluchzen umzuschlagen. *Ich weine hier jetzt nicht.* Perry wuselte um ihn herum. »Normalerweise ist er ein ziemlich netter Mensch«, sagte er entschuldigend und besorgt. »Ich glaube, manche Leute wissen einfach nicht, wie sie sich angesichts der Trauer anderer Menschen verhalten sollen. Gehen Sie zurück zu Quona, Giddon, und ruhen Sie sich aus. Hier, nehmen Sie das mit.«

Er drückte Giddon einen Brief in die Hand. Als Giddon den Blick senkte, sah er einen versiegelten Umschlag, der in Prinz Skyes Schrift an Bitterblue adressiert war.

Das Essen an diesem Abend verlief ähnlich wie das Frühstück. Die Ratgeber waren traurig und still; Quona war energisch; Hava zog sich in sich zurück; und das Zimmer wimmelte von Katzen. Eine von ihnen legte sich wieder auf Giddons Fuß und schlief dort ein. Er warf einen Blick unter den Tisch. Es war eine kleine blassgraue Tigerkatze, deren Bauch auf einem seiner Stiefel lag und die alle viere von sich gestreckt hatte, sodass sie ein X auf dem Boden bildete. Wer wollte denn so schlafen?

»Kann ich Sie dazu bringen, noch mit in mein behagliches Wohnzimmer im Obergeschoss zu kommen, um von dort aus die Sterne zu betrachten?«, fragte Quona heiter, als sich das Essen dem Ende zuneigte.

»Ich muss Briefe schreiben«, sagte Giddon, der noch keinen Moment für sich allein gehabt hatte, seit sie ins Haus zurückgekehrt waren. Erst hatte Coran darauf bestanden, ihn zu untersuchen. Dann hatte Froggatt ihm eine Stunde lang eine Liste all der Diners und Festivitäten vorgetragen, zu denen sie eingeladen waren und bei denen er, Froggatt, von Giddon erwartete, dass er Havas unberechenbares Verhalten in Schach hielt.

»Dann können Sie sich dort an den Schreibtisch setzen«, sagte Quona.

»Eigentlich wollte ich in meinem Zimmer arbeiten«, entgegnete er. Aber dann sagte Hava derart liebenswürdig: »Ich komme mit, Quona«, dass Giddon zu misstrauisch wurde, um abzulehnen. Wenn

Hava irgendetwas im Schilde führte, war es besser, er wüsste Bescheid.

Die Ratgeber entschuldigten sich mit dem Argument, sie hätten einiges zu organisieren. Das ärgerte Giddon natürlich. Wieso durften die sich zurückziehen? Er sah ihnen mit einem Maß an Gereiztheit nach, das er nur mit Mühe verbergen konnte, und fragte sich dann, ob er scheinheilig war.

*Geh nach oben und sieh dir die Sterne an*, erklärte Bitterblue sanft. *Sag gelegentlich etwas Nettes. Dann kannst du ins Bett gehen.*

Das Wohnzimmer im zweiten Stock hatte Fenster, die aufs Meer hinausgingen. Giddon war schon in diesem Zimmer gewesen, denn als sie aus dem Luftschiff gestiegen waren, waren sie hier durchgekommen. Die Treppe in einer Ecke führte aufs Dach hinauf. Der Teppich war mit gebogenen Formen gemustert, die aussahen wie Tentakel, fiel ihm jetzt auf. Schon wieder die Bürgin.

Über ihnen ertönte das Geräusch huschender Pfoten. »Einige der Katzen sind auf dem Dachboden«, sagte Quona, als sie sah, wie Giddon zur Decke hinaufblickte. Sie zeigte auf eine weitere Treppe zwischen zwei Kaminen, die zu einer geschlossenen Tür führte. Dann geleitete sie ihn zu einem Schreibtisch neben einem der Kamine, brachte Hava zu den Sesseln vorm Fenster, hob eine Katze auf ihren eigenen Schoß und läutete nach Tee. Weitere zwei Katzen schmiegten sich an ihre Füße.

Giddon musste Briefe schreiben, aber erst mal musste er Skyes Brief dechiffrieren. Er hoffte, der Schlüssel war weiterhin »nerviger kleiner Bruder«. Sonst würde ihn dieses Vorhaben überfordern. Er konnte keinen Geheimcode knacken.

Vor dem Fenster hatte Hava das Katzenspielzeug aus der Tasche gezogen und ließ den Pompon vor der Schnauze der Katze auf Quonas Schoß baumeln. Die Katze sah es misstrauisch, beinahe schielend an, reagierte jedoch nicht darauf.

»Wie lustig«, sagte Quona.

»Ich habe es in der Flag-Hill-Passage gekauft«, log Hava. »Quona, wussten Sie, dass mehrere Winterburger Importeure praktisch für umsonst den Gesteinsschutt aus Monseas Silberminen gekauft und damit Königin Bitterblue um einen Teil ihres Zilfiums betrogen haben?«

Giddon beobachtete Quona aus den Augenwinkeln. »Nein, das wusste ich nicht«, antwortete sie gelassen. »Das klingt nach einer hinterhältigen Tat. Ich hoffe, Sie haben dem einen Riegel vorgeschoben.«

»Selbstverständlich«, sagte Hava. »Aber ich wundere mich, dass Sie nichts davon wissen. Dem Gesandten aus Lienid zufolge müsste man schon unter einem Stein leben, um davon nichts mitbekommen zu haben.«

»Hava«, warf Giddon warnend ein, obwohl er es diesmal gar nicht so meinte. Manchmal war es einfach seine Rolle bei ihrer Zusammenarbeit: Hava stellte neugierige Fragen, während Giddon vorgab, der versöhnliche Part zu sein. Auf diese Weise hatten sie schon viele Informationen in Erfahrung gebracht.

»Vielleicht ähnelt das Leben in einem abgeschiedenen Haus dem unter einem Stein«, erklärte Quona.

»Möglicherweise«, entgegnete Hava. »Wussten Sie, dass eine der Importeurinnen Ihre Schwester Minta war?«

»Hava!«, rief Giddon. »Geschwister sind nicht für das Verhalten der jeweils anderen verantwortlich.«

»Oh, schon gut«, sagte Quona. »Das wusste ich nicht und es tut mir leid, das zu hören.«

»Trotzdem entschuldige ich mich für unsere Unhöflichkeit«, erklärte Giddon.

»Trauernde haben eine Sondererlaubnis zu sagen, was sie wollen.« Quona schien nicht beleidigt zu sein, stand aber trotzdem unvermittelt auf, wodurch sie die Katze vom Katzenspielzeug entfernte, und stellte sich vors Fenster. Hinter ihrem Rücken grinste Hava Giddon an. Er behielt seine unbeteiligte Miene bei, falls Quona sein Spiegelbild in der Scheibe sehen konnte.

Kurz darauf begann das Alphabet, das er mithilfe des Schlüssels »nerviger kleiner Bruder« erstellt hatte, Skyes Brief in verständliche Wörter zu verwandeln. Giddon arbeitete stetig, trennte Buchstaben mit Bedeutung von Leerzeichen, baute Sätze und Gedankengänge und kritzelte Notizen auf die Seite.

*Willkommen in Winterburg, liebe Cousine,* stand dort. *Uns geht es hervorragend. Du solltest den Osten Torlas besuchen. Züge sind Furcht einflößend und sensationell. Wir haben allerdings Kamassar und einen Großteil der Küste von Borza bereist, ohne jemanden zu treffen, der etwas von Katu gesehen oder gehört hat, was allen ungewöhnlich vorkam. Er ist sonst kein Reisender, der sich im Hintergrund hält. Vielleicht solltest du dem nachgehen.*

*Bis wir aus Winterburg abgereist sind, bekam Saf von den Silberkühen immer wieder das Bild eines Hauses mit vielen Fenstern auf einer Klippe gezeigt, mit einem Luftschiff darüber und einer Störung im Wasser. Die Silberkühe sind aufgebracht. Ich bezweifle, dass es eine Rolle spielt. Aber Saf hat mich gebeten, dir zu sagen, dass er es für wichtig hält, sich näher damit zu beschäftigen.*

Giddon griff sich an seinem Schreibtisch in die Haare. Er war sich überdeutlich bewusst, in was für einem Zimmer er saß, in einem Haus mit vielen Fenstern auf einer Klippe. Er musterte Quona und fragte sich, wie gut sie den Gesandten aus Estill kannte und ob das eine Rolle spielte.

»Sehen Sie von diesem Haus aus viele Silberkühe?«, fragte er sie.

Sie stand immer noch an der Scheibe und blickte hinaus. »Manchmal«, antwortete sie und drehte sich zu ihm um. Eine Windbö drückte gegen die großen Fenster und rüttelte daran. »Ich unterhalte mich sogar gelegentlich mit ihnen, von einem Balkon auf dem Dach aus. Aber ich sehe nicht mehr so viele wie früher.«

»Wo sind sie denn?«, fragte Giddon.

»Das habe ich sie auch gefragt«, sagte Quona. »Aber ihre Antwort ist verwirrend.« In ihren Augen leuchtete ein seltsames Licht, als wäre ein Teil in ihrem Verstand entzündet und hätte all ihre Aufmerksamkeit. Sie sah Giddon zwar an, aber er hatte den Eindruck, dass sie ihn gar nicht wahrnahm.

Plötzlich trat eine junge Frau ins Zimmer, groß und dunkelhäutig wie Quona, mit kurzen Haaren und einem angespannten, ruhigen Ausdruck im Gesicht. Sie trug Pelz, aber nicht wie die geschmeidigen, anmutigen Pelze, die Arni Devret getragen hatte. Es war ein Mantel aus mehr als einem Tierfell.

Sie stellte sich breitbeinig hin, einen winzigen blauen Fuchswelpen in der Armbeuge. Der Welpe hatte einen Verband im Gesicht. Sein Fell war nicht grau, sondern wirklich blau, von einem kräftigen Mittelblau. »Frau Professor Varana?«, sagte sie. »Sie haben nach mir gefragt?«

Quonas Blick wurde wieder klar. »Nev! Ich möchte dir Giddon und Hava vorstellen, zwei Mitglieder der Delegation aus Monsea. Giddon und Hava, dies ist Nev, eine meiner besten Tiermedizinstudentinnen.«

»Ich freue mich, Sie kennenzulernen«, sagte Nev und betrachtete sie aus ihren dunklen Augen. Ihr Blick war ausdruckslos, verschlossen. *Aber müde*, dachte Giddon. *Argwöhnisch. Warum kommt sie so spät noch her?*

»Komm mit nach oben, Nev«, sagte Quona.

Dann führte Quona, die noch immer die Katze im Arm hielt, Nev die Treppe zum Dachboden hinauf.

# 14

Von einem Geräusch wie ein Windstoß gegen Holz und Glas wachte Bitterblue erneut auf.

Als sie im Mondlicht, das auf ihr Gesicht fiel, die Augen aufschlug, dachte sie einen Moment, sie sei auf dem Schiff. An Deck hatte sie den Mond auf seiner gesamten Umlaufbahn verfolgt, Stück für Stück, zusammen mit Giddon, der sich offenbar in den Nachthimmel über dem Frostigen Meer verliebt hatte. Es gab dort so viele Sterne.

»Ich glaube, ich könnte ihn auch lieben«, hatte Bitterblue gesagt, den Körper an Giddon gepresst, der sie vor dem Wind schützte, »wenn ich nicht jedes Mal beim Hinaufschauen das Gefühl hätte, als drehte sich alles.«

»Hilft es dir, wenn du dir vorstellst, wie dich die Erde unter dir trägt?«

»Aber unter uns ist Wasser. Keine Erde.«

»Aber das Wasser hält uns oben.«

»Nein, es versucht uns zu verschlingen. Und der Himmel versucht uns zu ersticken wie eine Decke, durch die wir keine Luft bekommen.«

»Hm«, sagte Giddon zweifelnd. »Ich verstehe das Problem. Vielleicht solltest du versuchen zu schreien.«

»Was meinst du damit?«, fragte Bitterblue.

»Droh dem Himmel einfach mit der Faust und brüll irgendwas.«

Bitterblue kicherte. »Dann wecke ich doch alle.«

Giddon hatte manchmal ein verschmitztes Grinsen an sich, das ihn aussehen ließ, als wäre er acht. »Du bist die Königin«, sagte er. »Es ist dein Vorrecht, alle zu wecken.«

»Aber das heißt nicht, dass ich es tun sollte!«

»Soll ich mitmachen?« Er hob beide Hände über den Kopf, stieß die Fäuste in die Luft und brüllte: »Du kriegst mich nicht!«

»Giddon!«, rief sie halb lachend. »Jeder, der dich hört, wird denken, du würdest angegriffen.«

»Ich bekomme sehr gut Luft!«, schrie er. »Du kriegst mich nicht klein!«

Bitterblue fügte sich und hob eine Faust. »Ich werde mich nie wieder übergeben!«, schrie sie.

»Kein Übergeben!«, rief Giddon.

»Ich werde nicht ertrinken!«

»Kein Ertrinken!«

»Es ist mir egal, was du tust!«, schrie Bitterblue. »Mir geht es großartig! Ich bin stärker als du!«

»Ihr geht es großartig!«, rief Giddon. »Sie ist stärker als du!«

»Das stimmt natürlich nicht«, sagte sie in normaler Lautstärke.

»Was?«

Bitterblue sah zum Mond auf, der reglos über ihr hing, während sich der Boden unter ihren Füßen bewegte. »Dass ich stärker bin als das Meer.«

»Okay«, sagte er. »Aber du bist stärker, als das Meer dich glauben macht.«

Als sie in ihrem eigenartigen Gefängnis wach lag, das Mondlicht im Gesicht, wusste Bitterblue einen Augenblick nicht, ob das Gespräch mit Giddon eine Erinnerung war oder ein Traum. Wind drückte gegen die Wände und klang wie das Meer. Sie stemmte sich auf den Ellbogen und spürte die Schmerzen in Händen und Füßen, die Trockenheit ihrer Nase, ihres Mundes, ihrer Lippen, den nagenden Hunger, der ihr langsam fürchterliche Angst machte.

Hatten ihre Entführer sie vergessen? Wollten sie sie verhungern lassen?

Auf der anderen Seite des Zimmers bewegte sich ein Schatten und Bitterblue keuchte auf. Dann, als goldene Augen aufblitzten, wurde ihr bewusst, dass es natürlich wieder der Fuchs war; und dann erschrak sie erneut, als weitere Augen neben ihm aufblitzten. Mehrere Füchse? *Ist das auch ein Traum?*

Plötzlich schwärmten die Füchse wellenförmig durch das Zimmer auf sie zu und verschwanden dann unter dem Bett. Bitterblue hörte etwas entfernt Metallisches. Kleine Fuchspfoten auf Metall? Sie verstand nicht, was vor sich ging, aber sie war jetzt wach und wusste, dass sie sich nicht auf dem Schiff befand.

Ein Schlüssel drehte sich im Schloss und die Tür ging auf. Bitterblue war so überrascht, dass sie aufschrie.

Eine Frau trat ein – oder ein Mädchen? Sie wirkte jung, war groß, kurzhaarig, dunkelhäutig und trug ein Tablett. Eine Lampe auf dem Tablett verströmte gelbes Licht, das Bitterblue blendete. Trotzdem erkannte Bitterblue sie. Dies war die junge Frau, die sie aus dem Meer gezogen hatte.

Als die Frau das Tablett auf dem Boden abstellte, roch es nach Eintopf. »Wer bist du?«, fragte Bitterblue, die sich bemühte, sich an ihr Winterburgisch zu erinnern, und sich die tränenden Augen trocknete. »Und was glaubst du damit zu erreichen?«

Die Frau nahm einen kleinen Tiegel vom Tablett, setzte sich ans Fußende des Bettes und tastete unter der Decke nach Bitterblues Füßen. Dann schraubte sie den Tiegel auf und strich eine Salbe auf Bitterblues schmerzende Haut, was so guttat, dass Bitterblue den Instinkt, einen verzückten Schrei auszustoßen, unterdrücken musste.

»Diese großartige Salbe würde ich gerne nach Monsea importieren«, sagte sie, »sobald wir meine Entführung beendet haben. Was hältst du davon?«

Die Frau beachtete sie nicht.

»Wer bist du?«, fragte Bitterblue erneut. »Warum tust du das?«

Die Frau wickelte Bitterblues Verbände ab und strich die Salbe auf die Frostbeulen an ihren Zehen. Der Schmerz ließ augenblicklich nach. Gleichzeitig machte sich Bitterblues Hunger so heftig bemerkbar, dass ihr beinahe übel wurde. Es fiel ihr schwer, sich nicht aus dem Bett zu beugen und die Schüssel mit Eintopf auf dem Tablett neben der Tür anzustarren. Sie hoffte, er enthielte viel Fleisch. Er roch, als würde er viel Fleisch enthalten.

Sie überlegte, wie viel sie sagen sollte. Bitterblue hatte ernste Zweifel, dass diese junge Frau mit der verschlossenen Miene, die ihrem Blick auswich, verantwortlich war. Immer, wenn Bitterblue etwas sagte, wirkte sie unglücklicher. »Ich will wissen, was du mit mir vorhast.«

»Es gibt eine Regel«, sagte die Frau.

Bitterblue war so erschrocken, sie endlich sprechen zu hören, dass es einen Augenblick dauerte, bis sie sicher war, richtig übersetzt zu haben. »Eine Regel?«, wiederholte sie.

»Eine Regel, die Sie befolgen müssen.« Die Frau kniff den Mund so gequält zusammen, dass sie wirklich sehr jung wirkte. *Sie hasst das hier,* dachte Bitterblue. *Kann ich sie zu meiner Verbündeten machen?*

»Was für eine Regel?«, fragte sie.

»Wenn Sie irgendetwas wollen, müssen Sie darum bitten. Diesmal habe ich Ihnen die Salbe gegeben, ohne dass Sie danach gefragt haben, damit Sie wissen, was das ist, aber wenn Sie sie wieder haben wollen, müssen Sie darum bitten. Verstanden?«

»Natürlich«, sagte Bitterblue, die langsam ein leises panisches Summen verspürte. Ihre Entführer würden ihr nicht alles geben, worum sie bat. Diese Regel war ein Trick.

»Gibt es nichts, was Sie wollen?«, fragte die Frau.

Bitterblue wollte so vieles. Sie wollte, dass ihre verzweifelten Freunde erfuhren, dass sie am Leben war. Sie wollte wissen, wer sie hier festhielt und was die Pläne ihrer Entführer waren. Sie wollte wissen, wo Giddon, Hava und ihre Ratgeber jetzt waren und ob sie sich in Sicherheit befanden. Sie wollte Rettung oder Flucht. Sie wollte die Verantwortlichen töten. Die Schmerzen kehrten in ihre Füße zurück, daher wollte sie mehr Salbe, und vor allem wollte sie den Eintopf auf dem Tablett.

»Ich will nichts«, sagte sie.

»Also gut.« Die Frau stand auf und drehte sich um. Bitterblue sah entsetzt zu, wie sie den Tiegel mit Salbe zurück aufs Tablett stellte und es mit einer Hand hochhob. Sie griff nach dem Türknauf.

»Warte«, sagte Bitterblue.

Die Frau drehte sich zu ihr um. »Ich habe noch vergessen zu sagen«, ergänzte sie mit ausdrucksloser Stimme, »dass Sie immer höflich bitten müssen.«

Bitterblue holte tief Luft. »Würden Sie bitte warten?«

Die Frau nickte. »Fahren Sie fort.«

»Könnte ich bitte etwas zu essen haben?«

Die Frau nahm die Schüssel vom Tablett und stellte sie neben ihre Füße auf den Teppich. Dann blieb sie abwartend stehen.

»Danke«, sagte Bitterblue.

»Ich bleibe, bis Sie aufgegessen haben.«

»Würden Sie es mir bitte herbringen? Ich habe große Schmerzen.«

Die Frau ließ ihre Zähne aufblitzen, was weniger ein Lächeln war als ein entnervter Ausdruck. Bitterblue gegenüber? Oder denjenigen gegenüber, die sie diese Rolle spielen ließen?

»Meinen Sie nicht, Sie werden etwas zu gierig?«

Bitterblue hielt ihrem Blick einen Moment stand. Sie wusste, dass diese Frau vermutlich annahm, dass sie nicht laufen konnte, und verstand, dass sie die Schüssel auf den Boden gestellt hatte, damit es aussah, als fütterte sie ein Haustier.

*Erniedrigung ist nichts weiter als ein Gefühl,* sagte sie zu Giddon. *Auch du hast schon Erniedrigung erfahren, genau wie Bo, meine*

*Mutter und alle, die mir je etwas bedeutet haben. Also kann auch ich Erniedrigung erfahren.*

Vorsichtig stieg sie aus dem Bett, gab ihr Bestes, das Gleichgewicht zu halten, und schaffte ein paar kleine Schritte. Dann stürzte sie, versuchte, auf Knien und Ellbogen zu landen, um ihre Hände zu schonen. Ihr Atem wurde zu einem leisen Schrei.

Sie krabbelte zu der Schüssel. Es gab keinen Löffel. Die Schüssel hochzuheben tat weh, aber es gelang ihr und sie trank mühsam zu Füßen der Frau. Der Eintopf war voller Fleisch und Gemüse, er war köstlich. Aber salzig. Als sie fertig war, bückte sich die Frau, nahm ihr die Schüssel ab und ging, wobei sie die Tür hinter sich abschloss.

Bitterblue rollte sich um ihren weiterhin knurrenden Magen zusammen und wünschte sich etwas zu trinken, um ihren wachsenden Durst zu stillen.

Sie blieb eine Weile zusammengerollt an der Tür liegen und ihr fiel etwas ein: das letzte Mal, als Giddon nach Estill gereist war, um Leute durch die Tunnel herauszuschmuggeln. Er war wochenlang weg gewesen und dann nach Hause gekommen, ins Bett gefallen. Sie hatte ihn geweckt, hatte ihm Skyes Brief vorgelesen, war weggegangen, um ihre Geschäftsunterlagen zu überprüfen. Dann zurückgekommen, wütend über ihr verlorenes Zilfium.

Er hatte sie getröstet, hatte ihr geholfen, diese Reise zu planen, hatte seine gesamten Vorhaben für den Rat über den Haufen geworfen, um mit ihr nach Winterburg zu kommen. Und es war eine alberne Erkenntnis, die sie jetzt plötzlich hier in diesem Zimmer hatte, es war lächerlich, dass das jetzt plötzlich eine solche Bedeutung bekam, aber – während Giddon in den Tunneln unterwegs gewesen war, hatte er Geburtstag gehabt. Er hatte im August Geburtstag. Jetzt war Oktober. Bitterblue hatte seinen Geburtstag vollkommen vergessen. Sie hatte ihm noch nicht einmal gratuliert.

*Giddon*, dachte sie. *Ich war so auf mich bezogen. Und das bist du nie. Du bist jetzt irgendwo unglücklich und ich kann dir nicht helfen.*

Sie zwang sich, sich aufzusetzen.

*Ich werde hier rauskommen und dir zum Geburtstag gratulieren.*

Sie mühte sich zurück ins Bett.

Es war eigenartig, dass sie immer wieder einschlief, nicht wahr? Bitterblue begann sich zu fragen, ob sie betäubt worden war.

Jetzt wachte sie wieder auf, hatte Hunger, Durst und einen weiteren seltsamen Gedanken in Zusammenhang mit dem Fuchs: dass sie auf gar keinen Fall, unter keinen Umständen jemandem von all den Füchsen erzählen sollte, die sie vorhin gesehen hatte.

Dieser Gedanke wurde von einem merkwürdigen, verschwommenen, nicht direkt traumartigen Gefühl begleitet. Saf hatte die Gabe, Menschen Träume zu schenken. Die Träume, die er Bitterblue geschenkt hatte, damals, als sie ein Liebespaar gewesen waren, hatten eine Art Rand gehabt, eine Grenze, die sich irgendwie nach *ihm* anfühlte, wie seine sie umfassenden Arme, nicht so sehr wie etwas, das seinem Inneren entsprang. Sie hatte gelernt, den Unterschied zwischen Träumen, die er ihr schenkte, und ihren eigenen Träumen zu erkennen.

Dieser Gedanke über die Füchse fühlte sich an wie ein geschenkter Traum. Er erinnerte Bitterblue auch an den Gedanken, den sie zuvor schon beim Aufwachen gehabt hatte, dass sie niemandem von diesem ersten Fuchs erzählen sollte.

Bitterblue sah sich um und war nicht überrascht, ein einzelnes Paar goldener Augen in der Ecke zu sehen, die sie anfunkelten. Blinzelten, starrten, blinzelten.

*Sprichst du mit mir?*, dachte sie an den Fuchs gerichtet. *Ich dachte, das tut ihr nicht, außer wir wären verbunden. Sind wir verbunden?*

Als der Fuchs keine Anzeichen zeigte, sie gehört oder verstanden zu haben, versuchte sie, dasselbe laut zu sagen, auf Winterburgisch, aber auch darauf erhielt sie keine Antwort.

*Na gut,* dachte Bitterblue. *Wahrscheinlich hörst du mich nicht. Aber ich werde niemandem von dir oder deinen Freunden erzählen. Wenn es ein Loch in der Wand unter dem Bett gibt oder so was, von dem meine Entführer nichts wissen, will ich auch nicht, dass sie es erfahren.*

Und dann wurde sie plötzlich paranoid und fragte sich, ob die ganze Sache ein Test war; wenn ihre Entführer ihr Zimmer mit Füchsen füllten und so taten, als wüssten sie nichts davon, um herauszufinden, ob sie sie verriet. Um herauszufinden, ob sie vertrauenswürdig war. Um sie an dem Tag, an dem sie versuchte, durch ein Loch unter dem Bett aus ihrem Gefängnis zu entkommen, zu erwischen und sie auszulachen, ihr zu sagen, sie hätten die ganze Zeit Bescheid gewusst, und sie mit Wasser- oder Essensentzug zu bestrafen.

*Genau das wollen sie,* wurde ihr plötzlich bewusst, als ihr die Zeichnung, die Regel, die fehlenden Informationen und die Erniedrigung einfielen. *Sie wollen, dass ich Angst habe.*

Als sich die graue Blässe des Morgens rosa färbte, flitzte der Fuchs unters Bett und verschwand.

Nachdenklich wartete Bitterblue ab.

Als das Licht kam, kroch Bitterblue zurück zur Tür und linste durchs Schlüsselloch. Sie sah nichts weiter als noch mehr Licht und kam zu dem Schluss, dass sie in ein Zimmer mit großen Fenstern blickte.

Sie krabbelte erneut zum Bett zurück, aber diesmal untersuchte sie den Bereich darunter. Im Schatten konnte sie nichts erkennen; keine sichtbare Fluchtluke. Sie packte einen der Bettpfosten und versuchte das Bett zu verrücken, aber von den Schmerzen stöhnte sie auf. Dann versuchte sie das Bett mit der Schulter zu bewegen, aber es rührte sich nicht vom Fleck. Sie spürte ihre Schwäche, ihre Erschöpfung.

*Ich werde es tun*, erklärte sie Giddon. Sie wusste, dass er das Bett mit einer Hand hätte verrücken können, weigerte sich aber, sich zu schämen. *Ich tue es, sobald ich in der Lage dazu bin. Meine Hände werden verheilen.*

Als Nächstes stellte sie sich aufs Bett, zwang ihre schmerzenden Füße, ihr Gewicht zu tragen. *Darin bin ich gut*, sagte sie stur, *weil ich klein bin. Das Gewicht auf meinen Füßen ist nicht so groß.* Aber alles, was sie durch das Fenster sehen konnte, waren Himmel und die Spitzen eines Baumes, dessen Blätter sich golden gefärbt hatten. Der Wind war heftig. Manchmal knallte er gegen die Wände.

Das war ihre Bestandsliste: ihr Bett, die Laken, Decken und Kissen, der dunkle, weiche Schlafanzug, den sie trug, die Verbände um ihre Zehen, der Nachttopf, ein Blatt Papier mit einer Zeichnung, ihre Gedanken und ihr eigener Körper.

Ihr Körper schmerzte vor Frostbeulen und Durst. Ihr Körper war auch von Angst ergriffen, aber sie stellte sich ihr entgegen, kämpfte dagegen an, mit tiefen gleichmäßigen Atemzügen und Entschlossenheit. Entgegen aller Vernunft sehnte sie sich mehr denn je nach dem Ring ihrer Mutter, um sich daran festzuhalten, nach etwas Hartem und Wirklichem.

Auch das Gespräch mit Giddon auf dem Schiff, unter dem Mond, war wirklich gewesen. *Ich bin nicht stärker als meine Entführer*, dachte sie und versuchte sich Feuchtigkeit in ihren trockenen Mund zu lecken. Träumte von etwas zu trinken, von Pfefferminz und einer Zahnbürste. *Sie sind stärker als ich. Aber ich bin stärker, als sie mich glauben machen.*

*Also gut*, dachte sie und setzte sich wieder. *Denk nach, Bitterblue.*

# 15

An dem Sonntag, der auf ihr Abenteuer mit dem Wachmann folgte, wusste Lovisa nicht genau, ob sie damit rechnen sollte, dass ihr Vater zu ihrem wöchentlichen gemeinsamen Spaziergang zum Abendessen nach Hause auftauchen würde. Es war ein Brauch, den Lovisa schätzte: eine halbe Stunde mit ihrem netteren Elternteil, in der sie sprachen, worüber sie wollten. Aber wenn ihre Mutter sie für eine dreckige, Wachmänner küssende Schlampe hielt, würde man Lovisa trotzdem zum Abendessen am Sonntag nach Hause einladen?

Dann klopfte es wie immer. Vom Schreibtisch aus, an dem sie umgeben von Papier und Büchern saß, rief Lovisa ihrem Vater zu, er solle hereinkommen, dann wartete sie leicht nervös, als nichts geschah.

»Komm rein!«, wiederholte sie ungeduldig, ging zur Tür und zog sie auf.

Ihr Vater unterhielt sich auf dem Flur mit Mari Devret und befragte ihn zu seinem Studium und seiner Familie. »Willst du zum Essen zu uns kommen?«, hörte sie Benni Mari fragen, dessen Augen bei Lovisas Anblick in einem wortlosen Gruß aufleuchteten. Mari war ein großer Junge mit feinen Gesichtszügen und trug einen schmalen goldenen Schal um den Hals. Gold war schon immer Maris Lieblingsfarbe gewesen; es passte zu seinem warmen braunen Hautton. Lovisa wusste noch, wie er seine Mutter mit vier oder fünf gebeten hatte, ihm eine weiche goldene Mütze zu stricken. Die trug er dann zwei Winter lang täglich.

Lovisa formte hinter dem Rücken ihres Vaters mit den Lippen die Worte *Ja, bitte.*

Mari zwinkerte ihr lächelnd zu. »Tut mir leid. Ich würde gerne, aber ich habe zu viel zu tun.«

»Deine Eltern kommen auch«, sagte Benni.

»Bitte richten Sie auch ihnen aus, dass es mir leidtut.« Als Lovisa die Stirn runzelte, wurde sein Lächeln breiter. »Guck nicht so mürrisch, Lovisa. Heute Abend lernst du die Delegation aus Monsea kennen.«

»Ah, da bist du ja, Lovisa.« Benni drehte sich zu ihr um und beugte sich vor, um ihr einen Kuss auf die Stirn zu drücken. »Wo ist dein Mantel?«

»Kommt die Delegation aus Monsea zum Essen, Papa?«, fragte Lovisa.

»Ja.«

»Mit der Beschenkten?«

»Sie sind alle eingeladen«, sagte Benni. »Wer kommt, können wir nicht beeinflussen. Los, hol dir einen Mantel. Was für ein kluger Junge, dieser Mari«, fügte er gedankenverloren hinzu, als Mari durch den Flur davonging.

Als Lovisa seinen veränderten Tonfall wahrnahm, wurde ihr augenblicklich klar, dass ihr Vater Mari zum Essen eingeladen hatte, weil Lovisa mit einem Wachmann erwischt worden war. Mari Devret – wohlhabend, mit hervorragenden Manieren, aus einer guten Industriellenfamilie – war die Art Mensch, mit dem Benni sie locken wollte.

Der Gedanke, dass ihre Eltern jetzt vielleicht anfangen würden, ihr zu diesem Zweck all ihre Freunde vorzuführen, verursachte ihr furchtbar schlechte Laune.

Sie holte sich einen Mantel. »Ich bin so weit.«

»Es gibt Neuigkeiten, Liebes«, sagte Benni, während sie die Stadt in Richtung Flag Hill durchquerten. »Das solltest du wissen, falls du beim Essen neben einer der Varanas sitzt.«

»Ach ja?«, fragte Lovisa neugierig. »Gesellschaftliche oder politische Neuigkeiten?«

Benni schenkte ihr ein kurzes Lächeln, das sie etwas bemerken ließ, was ihr bisher nicht aufgefallen war – die Erschöpfung in seiner Miene –, und trotzdem war es heute schwierig, mit ihm Schritt zu halten. Als er die erste Stufe einer Treppe betrat, musste sie die Hand ausstrecken, damit er langsamer ging.

»Kriminelle Neuigkeiten«, antwortete er.

»Kriminelle! Was ist denn passiert?«

»Aus einem Tresor bei Minta Varana sind technische Unterlagen verschwunden.«

»Du meinst, sie ist *bestohlen* worden?«

»Vermutlich ja«, sagte Benni. »Jemand hat mehrere chemische Formeln gestohlen, darunter eine für die Reaktion, mit der die Gase, die man für Varan benötigt, aus der Atmosphäre gewonnen werden.«

»Muss ich das verstehen?«, fragte Lovisa trocken.

Benni grinste. »Die Gasmischung, aus der Varan besteht, ist perfekt austariert. Ohne die Formeln, wie man die einzelnen Elemente gewinnt und miteinander kombiniert, können Luftschiffe nicht fliegen und sind sogar gefährlich.«

»Gefährlich, inwiefern?«

»Mit der falschen Mischung? Können sie zum Beispiel in Flammen aufgehen«, sagte Benni. »Die Kamassarianer versuchen schon seit Jahren, die Luftschifftechnologie zu kopieren, und soweit ich weiß, sind dabei eine Reihe tödlicher Brände ausgebrochen. Auch bei den Varanas sind früher einige gefährliche Explosionen vorgekommen, während sie an der Formel gefeilt haben.«

Das kam Lovisa bekannt vor. »Ist nicht eine Professorin am Institut für Chemie vor ein paar Jahren rausgeschmissen worden, weil sie in einem der Labore eine Explosion verursacht hat?«

»Ja, aber das hatte mit Zilfium zu tun.«

»Zilfium kann auch explodieren?«

Benni winkte ab. »Ich weiß nicht, was damals genau passiert ist, nur dass es Zilfium war, kein Varan. Auf jeden Fall haben die Varanas die richtige Gasmischung für Varan gefunden und die genaue Zusammensetzung ist ein großes Geheimnis.«

»Glaubst du, jemand hat die Formeln gestohlen, um sie an Kamassar zu verkaufen?«

»Oder an Borza, an Tevare oder Mantiper«, sagte Benni. »Alle wollen Luftschiffe.«

»Hat der Dieb, der die Formeln gestohlen hat, Mintas Tresor aufgebrochen?«

»Nein. Offenbar wurde er geöffnet.«

»Wirklich? Kommt Minta auch zum Essen?«

»Nein, aber die Premierministerin.«

»Wird diese Beschenkte beschuldigt, die Sachen finden kann?«

»Trina? Es gibt natürlich Gerede«, sagte Benni. »Aber Minta hat genauso viele Wachen wie alle anderen und diese Frau war nie bei ihr zu Hause.«

Lovisa fragte sich, ob Mintas Wachen etwas damit zu tun hatten. Dann fiel ihr der wertvolle Gegenstand ein, den ihr Vater in der Dachkammer versteckt hatte, und fragte sich, ob er seinen Wachen vertraute. Vielleicht war es klug von Benni, besonders vorsichtig zu sein. »Nun denn«, sagte Lovisa, irgendwie aufgeregt von der Nachricht. Sie wünschte, sie könne es Katu erzählen. »Ich werde Sara Varana beim Essen nicht darauf ansprechen. Außer natürlich, falls du das möchtest.«

»Mein Mädchen.« Benni lächelte geistesabwesend. Dann zog er sie kurz an sich und gab ihr mitten auf der Straße einen Kuss auf die weiße Strähne an ihrem Oberkopf.

Am Dach des Hauses der Cavendas sah Lovisa Quona Varanas Luftschiff, das neben dem ihrer Eltern festgemacht war.

Sie holte tief Luft, fest entschlossen, nicht die Geduld zu verlieren. »Quona habt ihr auch eingeladen?«, fragte sie. »Warum?«

»Wir konnten ja schlecht die Delegation aus Monsea ohne ihre Gastgeberin einladen.«

»Wollen wir wetten, wie oft sie Katzen erwähnt?«

Benni schürzte die Lippen. »Ich tippe auf fünf Mal.«

»Dann sage ich sechs Mal.«

»Worum wetten wir?«

»Süßigkeiten«, sagte Lovisa teilnahmslos. »Alles außer Samklavi.«

»Iih. Der Verlierer sollte Samklavi essen müssen.« Benni rümpfte die Nase, gab aber nicht zu erkennen, dass Samklavi kürzlich irgendeine Bedeutung für ihn gehabt hätte. Die Wachen öffneten die Tür und Lovisa betrat ein gut besuchtes, lärmendes Fest. Als sie die Treppe hinaufblickte, sah sie Vikti, Erita und Viri, die hinter dem Geländer kauerten und neugierig herablinsten. Sie entdeckten sie sofort. Viri rief nach ihr, dann musste jemand die drei entdeckt haben, denn ganz plötzlich bekamen sie große Augen und rannten nach oben.

Inzwischen hatte ihr Vater Lovisa allein gelassen, also tat sie, was sie am besten konnte: Sie suchte sich eine dunkle Ecke, machte sich klein und beobachtete.

Beim Essen saß Lovisa fast am Ende der langen Tafel, neben ihrem Vater und Mara Devret, Maris Mutter, glücklicherweise weit weg von ihrer eigenen Mutter. Der Raum erstrahlte im Licht der Silberkuhöllampen. Lovisa fragte sich, wie viel dieses Essen wohl kostete und welcher der Füchse, die durch das Zimmer flitzten, der ihrer Mutter war.

Zu ihrer Freude saßen zwei der Delegierten aus Monsea ihr direkt gegenüber, darunter die Beschenkte, Hava, die, wie sich herausstellte, noch ganz jung war. Lovisa hatte eine großspurige Erwachsene erwartet. Nicht dieses blasse, unscheinbare Mädchen, das beharrlich schwieg.

»Lernst du am Institut für Politik und Regierungsführung eigentlich auch Beschenktisch, Lovisa?«, fragte Mara Devret auf Winterburgisch, ein offenkundiger Versuch, die Gäste aus Monsea freundlich ins Gespräch einzubeziehen.

»Ja, allerdings bin ich, glaube ich, nicht sehr gut darin«, antwortete Lovisa, die hervorragend darin war.

»Ihr Beschenktisch ist bestimmt besser als mein Winterburgisch«, sagte der blasse Mann mit dem dunklen Bart, der Lovisa gegenübersaß, höflich. Er hieß Giddon und gab sich große Mühe, aufmerksam zu sein. Immer wenn er sprach, schien er die winterburgischen Wörter aus einem tiefen dunklen Brunnen zu holen. Lovisa fragte sich, ob er einer der Leute war, die auf der Suche nach der Königin ins Meer gesprungen waren.

»Wir könnten sicher alle ein wenig Übung in Beschenktisch gebrauchen«, sagte Mara und wechselte die Sprache.

Zu Lovisas Überraschung blinzelte Giddon plötzlich, als müsse er sich das Weinen verkneifen. »Sie sind sehr freundlich.«

Dann mischte sich das beschenkte Mädchen ein, mit einem so willkürlich gewählten Thema, dass Lovisa den Eindruck hatte, sie versuche sie von ihrem weinenden Freund abzulenken. »Wir interessieren uns für die Beziehung zwischen Menschen und Silberkühen«, sagte sie, weiterhin auf Beschenktisch. »Brennt in diesen Lampen Silberkuhöl?«

»O ja«, erklärte Benni freundlich. »Wenn man die Art unserer Beziehung zu unseren Silberkühen nicht kennt, mag das eigenartig erscheinen. Wenn ein Winterburger stirbt, gibt es eine Seebestattung, was traditionell als Opfer für die Silberkühe angesehen wird, denn Glasfische fressen menschliche Körper und Silberkühe fressen Glasfische. Wenn eine Silberkuh stirbt, bringt ihre Familie ihren

Leichnam entsprechend als Opfer für die Menschen an Land. Zwar essen Menschen keine Silberkühe und nutzen auch nicht ihr Fell, wir nutzen aber das Öl, weil es das schönste goldene Licht in Torla gibt. Sein Gebrauch ist jedoch streng reguliert und es ist sehr selten. Sehr teuer. Soweit ich weiß, importieren Sie auch winzige Mengen nach Monsea. Wir brennen es heute zu Ihren Ehren ab, um unser Mitgefühl für Ihren Verlust zum Ausdruck zu bringen.«

Lovisa fragte sich, was für ein Gefühl es für die Delegierten aus Monsea war, sich jetzt vorzustellen, wie die Glasfische den Leichnam ihrer Königin fraßen. Ihrer Meinung nach hätte Benni es vermeiden sollen, ihnen dieses Bild in den Kopf zu setzen. »Kennen Sie unsere Märchen?«, fragte sie, um die Gäste weiter abzulenken. »Über die Bürgin – die Heldin, die angeblich im Ozean lebt und den Planeten verteidigt? Diese Geschichten stammen von den Silberkühen. Eigentlich ist die Bürgin deren Heldin.«

»Wurde Winterburg nach der Bürgin benannt?«, fragte Giddon.

»Das bezweifle ich«, sagte Benni.

»Aber natürlich«, mischte sich Quona Varana schnell ein und beugte sich von ihrem etwas entfernt liegenden Platz zu ihnen herüber.

»Bei allem Respekt, Quona«, entgegnete Benni, »aber viele Staaten bezeichnen ihre Festung oder ihr Kastell als Burg.«

»Aber wir haben hier in Winterburg keine Festung«, sagte Quona. »Unsere Burg ist nichts weiter als ein Schloss neben einer Schule. Und unser sorgfältig austariertes Verhältnis zum Meer, den Tieren und unseren natürlichen Ressourcen ist es, was uns vor der Selbstzerstörung bewahrt.«

»Was bist du doch für eine pflichtbewusste Gelehrte.« Benni hatte eine Schärfe in der Stimme, die Lovisa erschreckte. Normalerweise war Benni Gästen gegenüber nicht sarkastisch, selbst wenn deren Kleider deutlich sichtbar von Katzenhaaren übersät waren.

Da sie sich für ihn schämte, mischte sie sich schnell ein und rief

Sara Varana, die in der Nähe saß, zu: »Und, schon alles bereit für die Gala, Premierministerin?«

Sara rief lächelnd zurück: »Nicht im Entferntesten. Aber bald. Die Gala ist ein Fest in der Burg«, fügte sie an Giddon gewandt hinzu. »Damit wird jedes Jahr um diese Zeit der erste Schnee gefeiert. Sie haben doch bestimmt schon Ihre Einladung erhalten?«

»Ja, bestimmt«, antwortete Giddon höflich.

»Wir hoffen, dass Sie kommen können«, sagte Sara, »aber natürlich haben wir auch Verständnis dafür, wenn Ihnen nicht nach Feiern zumute ist. Wenn Sie jedoch kommen möchten, kann ich Ihnen versprechen, dass es ein sehr schönes Fest ist.«

Das Gespräch wurde auf seine übliche banale, langweilige Art fortgesetzt, ohne weitere Angriffe. Lovisa bemerkte, dass keine der Varana-Schwestern wegen des Diebstahls aus Mintas Tresor besonders beunruhigt wirkte. Giddon hatte ein nettes Lächeln, dachte sie, obwohl es in einem traurigen Gesicht saß. Die Beschenkte hielt den Blick gesenkt. Lovisa fragte sich, was ein so junges und unbedeutend wirkendes Mädchen am Hof von Monsea zu suchen hatte. Was war ihre Rolle dort? Sie hatte eine ruhige Art, der Aufmerksamkeit anderer zu entgehen, die Lovisa näher zu fassen versuchte. Es hatte etwas mit ihrem schlichten, unscheinbaren Äußeren zu tun, mit ihrem Schweigen und ihren zurückhaltenden Bewegungen, was Lovisa alles nachvollziehen konnte, aber da war noch etwas anderes. Es war beinahe, als ob … nein, das war unmöglich. Lovisa wandte den Kopf ab, dann sah sie das Mädchen wieder an. Wandte wieder den Kopf ab, diesmal in die andere Richtung, und sah sie wieder an.

Ja. Auf eine Art wurde das Mädchen, immer wenn Lovisa sie nur aus den Augenwinkeln sah, verschwommen und unscharf und verschwand beinahe.

*Der Königskontinent*, dachte Lovisa. *Magie*. Dann starrte sie die Beschenkte direkt an, ohne zu versuchen, taktvoll zu sein. Hava war dünn, mit einem lang gezogenen, schmalen Mund. Ihr Haar war blass und matt. Sie war nicht hübsch. Lovisa wollte ihre Augen sehen, wollte sehen, welche Farben sie hatten, und sie wollte wissen, über welche Gabe sie verfügte.

Sie beugte sich zu Hava hinüber und sagte leise auf Beschenktisch: »Wie machst du das?«

Zu ihrem Entsetzen verwandelte Hava sich flackernd in die steinerne Skulptur eines Mädchens. Kurz darauf sah sie wieder wie ein echtes Mädchen aus. Lovisa schnappte so heftig nach Luft, dass sie husten musste.

Giddon unterbrach sich, sah Hava kurz an und wandte sich dann wieder seinem Gespräch mit der Premierministerin zu. Niemand sonst am Tisch schien es bemerkt zu haben und Lovisa begann bereits daran zu zweifeln, was sie gesehen hatte. Sie hatte das Gefühl, als füllte sich das Innere ihres Kopfes mit kalter Luft.

Dann sah Hava sie direkt an und Lovisa blickte in ein Gesicht mit einem funkelnden kupferfarbenen Auge und einem blutroten.

»Du bist unheimlich«, sagte Lovisa leise immer noch auf Beschenktisch.

»Es ist unhöflich, andere so anzustarren«, entgegnete Hava in perfektem, fast akzentfreiem Winterburgisch.

Lovisa war überrascht, von einer Fremden und einem Gast zurechtgewiesen zu werden. »Und dass du unsere Gedanken kontrollierst, ist nicht unhöflich?«, fragte sie trocken.

»Ich schütze mich nur davor, angestarrt zu werden.«

Lovisa konnte diesen Instinkt verstehen, obwohl sie sich nicht vorstellen konnte, dass jemand wie Hava die Hoffnung haben konnte, nicht angestarrt zu werden. »Wenn ich das könnte, was du kannst, würde ich es andauernd tun. Wie machst du das?«

Hava sah sie wieder mit ihren unterschiedlichen Augen an. »Ich verändere, was die Leute zu sehen glauben.«

»Haben viele Leute diese Gabe?«

»Nein«, sagte Hava knapp.

»Kannst du mir das beibringen?«

»Könnte einer eurer Füchse mir Gedankenlesen beibringen?«

»Ach so, ist das vergleichbar?«

»Ich weiß nicht, wie es ist. Wenn ich es will, passiert es.«

»Natürlich weißt du, wie es ist.«

»Wie es ist, ein schlagendes Herz zu haben?«, entgegnete Hava. »Wie es ist, am Leben zu sein? Vermutlich hast du zu diesen Themen viel zu sagen, nicht wahr?«

Lovisa hatte eine Menge zu diesen Themen zu sagen. Am Leben zu sein war wie ein Spiel, ein Wettrennen. Und sie würde gewinnen. »Was ist deine Aufgabe?«, fragte sie stattdessen.

»Aufgabe?« Hava zog angesichts des winterburgischen Wortes die Nase kraus.

»Was für eine Rolle hast du am Königshof von Monsea?«

»Ach so.« Hava wirkte augenblicklich verwirrt, erschüttert und noch verschwommener am Rand. »Ich …« Flackernd verwandelte sie sich in eine Statue und wieder zurück, während Lovisa ihr fasziniert dabei zusah.

Plötzlich drehte sich Giddon zu ihnen um und unterbrach ihr Gespräch, sagte leise auf Winterburgisch: »Hava steht der Königin auf einer ganzen Reihe von Einsatzgebieten persönlich zur Verfügung«, sagte er höflich, ausdruckslos und fest. »Haben Sie vor, sich später der Politik zu widmen, Lovisa?«

Lovisa fand es interessant, wie anders er jetzt mit ihr sprach. Keine Tränen oder Traurigkeit; er sprach wie ein Politiker mit einer Menge nichtssagender Wörter, um sie davon abzubringen, nachzufragen. *Persönlich zur Verfügung. Ganze Reihe von Einsatzgebieten.* Und dann noch auf Winterburgisch, was er angeblich nicht gut sprach.

Außerdem glaubte sie plötzlich zu verstehen, warum eine Person, die vor aller Augen verschwinden konnte, einer Königin nützlich sein könnte.

»Bist du eine Spionin?«, fragte sie Hava. »Wie ein blauer Fuchs?«

»Ich bin nicht wie ein blauer Fuchs«, entgegnete Hava leicht verächtlich.

Plötzlich entbrannte ein Streit ungefähr in der Mitte des Tisches. »Wir hatten ihn doch schon so weit!«, rief jemand. »Wir haben uns ein Bein ausgerissen, um ihn auf unsere Seite zu ziehen! Wie haben wir ihn wieder verloren?«

»Dev Dimara ist Opportunist, wie alle Gelehrten«, erklärte jemand mit empörter und vertrauter Stimme – Professor Gorga Balava.

»Also, Gorga«, sagte Lovisas Mutter in diesem speziellen Tonfall herablassender Nachsicht, der die Angesprochenen vor Scham im Boden versinken ließ. »Das hier ist ein Festessen.«

»Papa?« Lovisa berührte ihren Vater am Arm und unterbrach sein Gespräch mit Mara. »Worüber streiten die?«

»Ach«, sagte Benni leichthin mit derselben Anspannung im Gesicht wie vorhin, »die Industriellen hatten einen Gelehrten aus dem Parlament, Dev Dimara, überzeugt, die Seiten zu wechseln und für die Freigabe von Zilfium zu stimmen. Es gab eine Menge Versprechen und Gefälligkeiten. Und jetzt hat er es sich wieder anders überlegt. Aber«, fügte er hinzu, »bis Dezember haben wir die nötigen Stimmen zusammen. Keine Sorge, Liebes.« Und Lovisa entspannte sich, denn jetzt verstand sie, warum ihr Vater so müde und gereizt war. Sobald Lovisa etwas verstand, war alles immer weniger belastend.

Hava beugte sich wieder zu ihr rüber. »Wo stehst du in der Zilfiumdebatte?«, fragte sie.

»Nirgends«, sagte Lovisa.

»Hältst du es nicht für wichtig? Wird es nicht Konsequenzen haben?«

Lovisa musste an Katu denken, der die Politik in Ledra verabscheute – der genau wie Lovisa die Eigeninteressen erkannte, die jeden Konflikt befeuerten, und kein Teil davon sein wollte. Sie wünschte, ihr Onkel säße mit am Tisch. Dann könnten sie gemeinsam die Augen verdrehen und sich darüber unterhalten, was an Zilfium wirklich wichtig war, genau wie an Varan. Es war Treibstoff, um von hier *wegzukommen*.

»Natürlich wird es Konsequenzen haben«, sagte Lovisa. »Egal, wie die Abstimmung ausgeht, werden Leute, die bereits reich sind, noch reicher werden.«

»Kein Wunder, dass es dir egal ist«, erwiderte Hava. »Ist nicht deine Mutter Gelehrte und dein Vater Industrieller? Das heißt, du wirst auf jeden Fall reicher werden.«

»Ich bin sicher, dass eine Spionin der Königin auch nicht gerade schlecht gestellt ist«, sagte Lovisa säuerlich, »sogar ohne ihre Königin.«

Plötzlich überkam Trauer Havas Miene. Sie verwandelte sich in eine Statue, aber diesmal blieb sie so. Als jemand in der Nähe das Mädchen wie einen versteinerten Gast am Tisch sitzen sah, schrie er auf. Dann sahen alle am Tisch herüber, riefen, standen auf, schrien, und Lovisa wusste, sie hatte sich danebenbenommen.

Giddon beugte sich augenblicklich über Hava und bildete mit seinem Körper und seinen Armen eine Art Mauer um sie. Er murmelte etwas in Havas Marmorohr; als jemand nach einer Erklärung verlangte, hob er eine Hand und sagte: »Bitte. Wir erklären das später, aber jetzt brauchen wir Raum. Bitte wenden Sie den Blick ab, ich bringe sie in ein anderes Zimmer und jemand wird Ihnen das erklären, aber bitte geben Sie uns Raum. Sie hat ihre Königin verloren«, erklärte er hitzig und stand auf, um eine Barriere zu bilden. »Sie hat ihre Königin verloren. Haben Sie Mitleid.«

Lovisa selbst versuchte angestrengt, die Statuen-Hava nicht anzustarren. Einerseits verspürte sie Übelkeit, andererseits die Faszination von jemandem, der etwas betrachtet, das eigentlich unmöglich ist. Hava war eine schöne Statue, ihr Gesicht in Schmerz erstarrt. Aber Lovisa verstand, dass all die Blicke im Raum die Sache nur verschlimmerten. Daher wickelte sie ihren dunkelrosafarbenen, langen und breiten Schal ab und reichte ihn Giddon, der ihn als Vorhang nutzte, um Hava dahinter zu verbergen. Dann scheuchte Giddon Hava, sie weiterhin mit dem Schal und seinen Armen abschirmend, aus dem Zimmer. Alle standen immer noch herum und riefen. Niemand schien von Giddons Bitte besonders berührt zu sein, obwohl Lovisa die bissige Stimme ihrer Mutter hören konnte, die alle drängte, sich »zu beruhigen«.

Auch Lovisa stand vom Tisch auf und huschte aus dem Zimmer. Sie wollte sich nicht an den Fragen und Erklärungen beteiligen und musste nachdenken. Im Flur sah sie einen Tisch, auf dem Teller mit Gebäck standen. Sie ging hinüber, um etwas für die Jungen zu stibitzen. Aber dann entdeckte sie die Wache am Fuß der Treppe in der Eingangshalle und blieb wie angewurzelt stehen.

Es war die Schwester des Wachmanns, mit dem sie diese Sachen gemacht hatte. Kühl und grimmig starrte die junge Frau Lovisa mit einem Ausdruck an, der die gesamte Verachtung zeigte, die sie zweifellos verspürte. Sie sah genauso aus wie ihr Bruder. Sie war schön, groß, breitschultrig wie Nev – wie alles, was Lovisa nicht war.

Eingeschüchtert drehte Lovisa sich um und huschte in die Bibliothek ihres Vaters.

# 16

Der Fuchs, der an Ferla Cavenda gebunden war, hatte einen äußerst anstrengenden Abend, und dafür waren vier seiner sieben Geschwister verantwortlich. Denn sie kamen uneingeladen zur Feier! Sie zwängten sich durch den Geheimspalt im Fundament des Kellers, von dem er ihnen besser nie erzählt hätte. Während des Diners spürte er ihre Anwesenheit. Eine andere Füchsin, die zu Besuch war und die an einen kleinen Mann namens Gorga Balava gebunden war, spürte sie auch und konnte es kaum glauben.

*Ich kümmere mich darum,* erklärte Ferlas Fuchs Gorgas Füchsin. Dann lief er die Treppe hinunter, um sich seinen Geschwistern entgegenzustellen.

*Was habt ihr hier zu suchen?,* brüllte er sie an, während sie alle durch die Öffnung stolperten und durcheinanderpurzelten. Es waren Schlingel, Krawall, Schalk und Gürkchen. *Ihr setzt die Geheimnisse der Fuchsheit aufs Spiel! Das Haus ist voller Menschen, die glauben, Füchse tun, was man ihnen sagt!*

*Wir tun ja, was man uns sagt!,* erklärten sie. *Unser Mensch hat uns gesagt, wir sollen kommen!*

*Oh,* entgegnete er erschrocken. *Warum denn das?*

*Um bereitzustehen, falls sie uns für irgendetwas brauchen sollte! Sie ist so spaßig! Wir werden uns trennen. Wir werden ausschwärmen. Jeder, der uns sieht, wird uns für dich oder für einen der eingeladenen Füchse halten. Beruhig dich, Ab!*

»Ab« war die Abkürzung für »Abenteuer«, denn auch wenn seine Geschwister nie auf ihn hörten, erkannten sie ihn doch zumindest als den an, der er war. Dass sie seinen selbst gewählten Namen benutzten, beschwichtigte ihn ein wenig – bis sie sich in verschiedene Richtungen zerstreuten.

*Moment!*, rief er. *Lasst alles, wo es ist! Rührt meine Gerätschaften nicht an! Bleibt aus meinen Heizungsschächten weg! Irgendjemand hört oder sieht euch bestimmt und das mit den Heizungsschächten könnte ich niemals erklären! Es ist eine Sache, aus Gehorsam uneingeladen auf einer Feier aufzutauchen, aber etwas ganz anderes, zu enthüllen, dass Füchse nicht immer ehrlich sind! Dass ICH nicht ehrlich bin! Dass ich in meinem eigenen Haus baue und spioniere!*

*Es ist nicht unsere Schuld, dass du es mit deiner Unehrlichkeit so weit getrieben hast, Ab. DU bist derjenige, der die Geheimnisse der Fuchsheit aufs Spiel setzt, weil du deinen Menschen ZU OFT belügst!*

*Ihr stinkt nach Katzen*, sagte er wütend, was eine üble Beleidigung war, aber sie rümpften bloß die Nase.

*Jetzt hör auf, dir Sorgen zu machen! Wir passen schon auf!*

Es genügte, um silbernes Fell zu bekommen. Vor allem, weil Gäste aus Monsea bei diesem Essen waren und der Fuchs bemerkt hatte, dass die Menschen aus Monsea den blauen Füchsen mehr Aufmerksamkeit schenkten als die Winterburger. Dieses Mädchen mit den seltsamen Augen, Hava, starrte ihn dauernd an und versuchte ihn von den anderen zu unterscheiden. Und sie hatte einen starken Verstand. Der Fuchs hatte einmal versucht, ihren Verstand mit dem Gedanken zu beeinflussen, dass es sich nicht lohne, Füchse näher zu beachten, und augenblicklich hatte sie ihn noch genauer beobachtet. Die Menschen aus Monsea schienen es zu bemerken, wenn Füchse versuchten, ihnen Gedanken einzugeben. Normalerweise konnten das alle Füchse bei allen Menschen, was jedoch ein Geheimnis der Fuchsheit bleiben sollte. Wie konnten die Menschen aus Monsea das bemerken? Menschen bemerkten das sonst nie! Der Fuchs beeinflusste Ferlas Gefühle dauernd, indem er ihr die Vorstellung übermittelte, dass er absolut vertrauenswürdig war. Er beeinflusste die

Köchin mit einem Hinweis auf wohltätige Großzügigkeit Füchsen gegenüber, sodass es wahrscheinlicher war, dass sie ihm einen Happen hinwarf, wenn er in die Küche kam. Er bearbeitete auch Bennis Verstand mit Vorstellungen davon, wie großartig Benni wirken würde, wenn er mit einem Fuchs neben sich im Luftschiff fliegen würde, weil Benni derjenige war, der das Luftschiff am häufigsten nutzte. Bisher hatte der Fuchs damit nicht besonders viel Erfolg gehabt, aber manchmal dauerte es einfach eine Weile.

Entscheidend war, dass die Winterburger es nie bemerkten, wenn Füchse ihren Verstand betraten. Aber den Menschen aus Monsea fiel das offenbar auf. Außerdem war ihr Verstand schwieriger zu lesen. *Bei denen aus Monsea müsst ihr ganz besonders vorsichtig sein!*, erklärte der Fuchs seinen vier Geschwistern. *Sie merken es, wenn ihr versucht, ihren Verstand zu betreten!* Als sie seinen Einwand abtaten, elektrisierte ihn das wie ein Blitzschlag. Er schrie: *Ich kann nicht allein die Verantwortung dafür übernehmen, alle Geheimnisse der Fuchsheit zu bewahren!*

*Ausgerechnet du willst uns sagen, wir sollen vorsichtiger sein!*, entgegneten sie. *Tust du überhaupt irgendwann einmal das, was dein Mensch dir befiehlt?*

Sie wussten nicht annähernd, was er alles tat. Der Fuchs dachte, es wäre bestimmt schön, Teil eines Rudels zu sein. Sechs weitere Köpfe in der Nähe zu haben, die Lösungen, Erklärungen, Pläne aushecken konnten. In der Lage zu sein, sich hinter jemand anderem zu verstecken, falls etwas schiefging. An eine Person gebunden zu sein, die ihr Leben dem Wohlergehen der Füchse widmete und der es nichts ausmachen würde, wenn diese in ihren Heizungsschächten rumliefen, statt an Ferla, die ihr Leben nur sich selbst widmete, Augen wie Peitschenenden hatte und jene schädigte, die der Fuchs schützen wollte.

*Und?*, fragte Gorga Balavas Füchsin, als er in den Speisesaal zurückkehrte. *Warum missachten sie auf so unvorsichtige Weise die Befehle ihres Menschen?*

*Sie hat ihnen aufgetragen zu kommen.*

*Oh*, sagte Gorgas Füchsin interessiert. *Sie ist ein ziemlich leichtsinniger Mensch, nicht wahr?*

*Auf jeden Fall stimmt irgendwas nicht mit ihr*, erklärte der Fuchs. Was für ein Mensch band sich heimlich – und unerlaubterweise! – an mehrere Füchse, schuf bei sich zu Hause ein geheimes Fuchsparadies und verbarg das Fell, den Geruch, die Geräusche mit einer Menge *Katzen*? Und gefährdete dann ihr Geheimnis dadurch, dass sie ihnen riskante Abenteuer auftrug! Die Verbindung mit einem Fuchs durfte nie geheim bleiben. Ein Mensch sollte sich nicht an mehr als einen Fuchs binden. Sie könnte furchtbar viele Probleme bekommen, und wofür? Er kam einfach nicht dahinter, obwohl er manchmal versuchte, Quona Varanas Kopf zu betreten. Sie war noch nicht mal politisch. Sie schien es bloß zum Spaß zu tun! Und es stimmte zwar, dass er seinem Menschen vielleicht zu wenig gehorchte, aber manchmal befürchtete er, dass seine Geschwister ihrem zu viel gehorchten. Dass sie Quona zu sehr liebten. Was, wenn sie unvorsichtig wurden, ihr zu sehr vertrauten und zu viel erzählten? Was, wenn sie die Geheimnisse der Fuchsheit verrieten?

Keinen dieser Gedanken führte er Gorgas Füchsin gegenüber jetzt weiter aus. Sie machte nicht den Eindruck, Geschichten über das Eingehen von Risiken besonders gut aufzunehmen. Sie war die Art Füchsin, die so tat, als hätte sie Probleme mit der Regulierung ihrer Körpertemperatur, sodass Gorga sie immer in kleine Pelzstiefelchen und einen Mantel steckte, wenn sie rausging. Ihr selbst gewählter Name lautete Ohrenschützer.

Der Fuchs diskutierte gerade in Benni Cavendas Bibliothek mit seiner Schwester Schlingel, als Giddon und Hava hereingestolpert kamen.

Er schoss unter ein Sofa und kauerte sich dort zusammen, aber es war keine Zeit mehr, um Schlingel zu verstecken. Er hoffte bloß, dass Giddon und Hava nicht sorgfältig gezählt hatten.

Zum Glück waren die Menschen aus Monsea von ihren eigenen Problemen abgelenkt. Außerdem sahen sie albern aus. Giddon hatte Hava in einen von Lovisas Schals gewickelt. Sie waren eindeutig außer sich. Und darüber hinaus waren sie erstaunlich, denn sobald sie das Zimmer betreten hatten, warf Hava den Schal ab und begann herumzuschnüffeln! Sie schaute in die Schubladen der Beistelltischchen. Sie hob den Rand eines der Teppiche an!

Giddon gefiel das gar nicht. »Hava!«, zischte er. »Was machst du da?«

»Ich schaue mich um.«

»Und was glaubst du hier zu finden?«

»Hinweise!«

»Hinweise worauf? Wir haben nichts gegen die Cavendas in der Hand! Wir sollten wieder reingehen und den Gesandten aus Estill belauschen!«

»All diese Familien sind gleichermaßen unaufrichtig«, sagte Hava. »Hast du nicht auch den Eindruck? Und vielleicht gibt es hier irgendwelche Informationen über Katu!«

Giddon raufte sich die Haare. Der Fuchs spürte, wie er sich innerlich ergab. »Also gut.« Er ging zur Tür. »Ich halte Wache.«

Dann drehte sich Hava zu Bennis großem Schreibtisch um und zog die oberen Schubladen auf. »Dieser Schreibtisch hat Geheimschubladen. Siehst du diese Paneele? Ich wette, es gibt irgendwo einen Riegel.«

Der Fuchs war beeindruckt, denn Hava hatte recht. Der Fuchs wusste, wo der geheime Riegel in Bennis Schreibtisch zu finden war, und er wusste, was Benni in den Geheimschubladen aufbewahrte. Wenn Hava diese Dinge fand, würde etwas Großes passieren.

Plötzlich spürte der Fuchs, dass Lovisa jeden Moment das Zimmer betreten würde.

# 17

Erst stieß Lovisa mit Giddon zusammen, der sich auf der Schwelle der Bibliothek ganz breitmachte. »Au!«

Dann, beim Anblick der Beschenkten, die den Schreibtisch ihres Vaters durchwühlte, wurde Lovisa von ihrer eigenen Entrüstung überrumpelt.

»Was machst du denn da?«, brüllte sie Hava geradezu an.

»Ich suche nach einem Taschentuch«, sagte Hava. »Beruhige dich.«

Lovisa versuchte wirklich, sich zu beruhigen. Sie schrie normalerweise nicht gleich; sie war überrascht worden. »*Du* hast Minta Varana diese Formeln gestohlen, stimmts?«, rief sie.

»Wovon redest du da?«, fragte Hava. »Was für Formeln?«

»Denkst du wirklich, ich würde glauben, dass es dort, wo ihr herkommt, für höflich gehalten wird, auf der Suche nach einem Taschentuch einen fremden Schreibtisch zu durchwühlen?«

»Ich bin nicht ich selbst«, sagte Hava. »Wirklich, es tut mir leid.«

Da sah Lovisa, dass Havas Gesicht tränenüberströmt war. Hava tupfte es mit dem Ärmel ab und die Tränen verschwanden. Lovisa wurde leicht schwindelig, verspürte aber keine Reue darüber, Hava zum Weinen gebracht zu haben. Sie hatte das Gefühl, irgendwie ausgetrickst zu werden. »Wart ihr nicht am Abend eurer Ankunft alle bei Minta zum Essen?« Stur konzentrierte sie sich auf den Diebstahl aus Mintas Tresor.

»Hava hat an dem Essen nicht teilgenommen«, erklärte Giddon mit fester Stimme.

»Könnte Hava sich nicht unbemerkt in ein Haus schleichen?«, fragte Lovisa. »Du könntest ganz klar die Diebin sein.«

»Willst du ernsthaft andeuten, dass Hava an dem Abend, als wir alle entsetzt über den Verlust unserer Königin waren, eine deiner Nachbarinnen beraubt hätte?«, sagte Giddon.

»Was soll ich ihr denn überhaupt gestohlen haben?«, fragte Hava. »Was für Formeln?«

»Varan«, erklärte Lovisa wegwerfend. »Das Luftschiffgas. Ich glaube dir nicht, dass du nichts davon weißt.«

»Und deine Empörung über Diebe gefällt mir nicht«, sagte Hava. »Dein eigener Vater ist einer der Diebe, die Königin Bitterblue um einen Teil ihres Zilfiums betrogen haben.«

Lovisa erinnerte sich an diese Angelegenheit. Viele Leute hatten das getan und ihr Vater war kein Dieb. »Es ist nicht seine Schuld, wenn seine Vertragspartner keine Ahnung von ihrem Geschäft haben«, erklärte sie hitzig.

»Anscheinend hat auch dein Vater keine Ahnung von seinem Geschäft«, sagte Hava. »Wir haben gehört, dass er seine Reederei zu schnell vergrößert und sie sogar in den Ruin getrieben hat.«

Das war eine ungeheuerliche Lüge. »Besser, als ein ganzes Land in den Ruin zu treiben«, fuhr Lovisa sie an.

Augenblicklich geschahen drei Dinge gleichzeitig. Erstens stürzte sich Hava wutentbrannt auf Lovisa. Zweitens trat Giddon vor, um Hava aufzuhalten. Und drittens verwandelte sich Hava in dem Moment, als er die Arme um sie schlang, wieder in eine Statue.

Dann wurde sie zu einem riesigen Vogel, dann zu einem Bären und dann wieder zu einer Statue; es war erschreckend, unglaublich, und Lovisa schrie auf und hielt sich den rebellierenden Magen. Aber sie sah trotzdem weiter hin, unfähig den Blick abzuwenden.

»Wir brechen jetzt auf«, sagte Giddon ruhig, als fände die Verwandlung gar nicht statt. »Wärst du bitte so freundlich, deinen Eltern und Quona Varana zu sagen, dass wir gegangen sind?«

»Ja, ist gut.« Lovisa keuchte.

»Noch eine Sache, bevor du gehst«, sagte Giddon. »Ist das ein echter Ort?« Er wies mit dem Kinn auf ein Gemälde an der Wand gegenüber.

Lovisa, die immer noch auf Hava fixiert war, sah gar nicht hin. Sie wusste, dass das Gemälde ein großes Haus auf einer Klippe über dem Meer zeigte. »Ja.«

»Wo ist das?«

»Das ist das Anwesen der Cavendas im Norden. Dort sind meine Mutter und mein Onkel Katu aufgewachsen.«

»Danke«, sagte Giddon. »Haben viele Leute in Winterburg Häuser auf Klippen?«

Was für eine seltsame, dumme Frage. »Ja! Warum wollen Sie das wissen?«

»Einfach so. Ich würde vorschlagen, du machst die Augen zu und verlässt das Zimmer.«

Lovisa schloss versuchsweise die Augen und war augenblicklich viel weniger desorientiert. Sie stolperte und tastete sich zur Tür, dann warf sie den beiden noch einen letzten Blick zu, bevor sie hinausging. Hava veränderte sich nicht mehr. Sie war zu der Statue einer ärgerlichen, zornigen Frau erstarrt, die deutlich älter war als sie selbst, und obwohl sich ihr Mund nicht bewegte, konnte Lovisa hören, wie sie leise wütende und unverständliche Worte an Giddon richtete, der sie weiterhin festhielt.

Lovisa verließ das Zimmer.

Auf dem Flur war keine Wache zu sehen, daher füllte Lovisa Taschen und Hände mit Gebäck. Dann schlich sie die Treppe zu den Kinderzimmern hinauf.

Sie fand die Jungen zusammengedrängt auf Viktis Bett, wo sie miteinander flüsterten. Verängstigt rissen sie die Augen auf, als Lovisa die Tür einen Spaltbreit aufschob. Dann, als sie sie erblickten und noch dazu die Schätze, die sie bei sich hatte, verwandelten sich ihre Gesichter in das pure Glück, das Lovisa immer das Gefühl gab, sie zu verlassen, wenn sie nicht bei ihnen war.

Sie winkten sie herein und machten ihr Platz auf dem Bett. Dann futterten sie eine Weile alle Gebäck, während die Jungen mit vollem Mund aufgeregte Fragen stellten und sich gegenseitig wiederholt zum Schweigen brachten, weil die Kindermädchen nebenan waren und jeder Junge eigentlich in seinem eigenen Bett schlafen sollte. Stimmte es, dass eine Beschenkte beim Abendessen war? Hatte Lovisa neben ihr gesessen? Wie war sie?

Es war eine Frage, auf die es zu viele verwirrende Antworten gab, daher beschränkte Lovisa sich darauf zu erklären, was Hava konnte. Die Jungen erstarrten vor Staunen und Begeisterung bei ihrer Beschreibung, als wären sie selbst kleine Statuen.

»Und wie geht es euch?«, fragte Lovisa sie.

»Mutter und Papa sind wütend aufeinander«, sagte Erita.

»Wirklich? Warum sind sie denn wütend?«

Vikti und Viri zuckten beide mit den Achseln, aber Erita hatte noch mehr zu berichten. »Papa war unbesonnen und impulsiv.«

Lovisa fiel wieder ein, was Hava über Bennis Reederei gesagt hatte. »Das hast du gehört?«

»Ich habe gehört, wie Mutter Papa flüsternd angeschrien hat, er wäre unbesonnen und impulsiv.«

»Was bedeutet *unbesonnen und impulsiv*?«, fragte Viri und zuckte gleich darauf zusammen, als fiele ihm wieder ein, was das letzte Mal passiert war, als er Lovisa nach der Bedeutung eines Wortes gefragt hatte. »Egal«, fügte er schnell hinzu.

Lovisa brauchte einen Moment, um den Kummer runterzuschlucken, der in ihrer Kehle aufstieg. »Ich hoffe, du wirst mich immer fragen, was ein Wort bedeutet, Viri«, sagte sie. »Immer. *Unbesonnen* bedeutet leichtsinnig, unvorsichtig. Zum Beispiel: Es wäre unbesonnen, aus einem hoch gelegenen Fenster zu springen oder sich mit dem Luftschiff zu weit vom Ufer zu entfernen, wo die Winde zu stark werden. *Impulsiv* bedeutet spontan etwas zu tun, ohne genau darüber nachzudenken. Zum Beispiel: Du isst möglicherweise impulsiv zu viel Gebäck, weil es so gut aussieht, und bereust es dann, wenn du dich übergeben musst – nicht, dass ich irgendjemanden kenne, der je so etwas tun würde.«

Das hielten die Jungen für den lustigsten Witz, den sie je gehört hatten.

»Hat Mutter gesagt, warum Papa unbesonnen und impulsiv war?«, fragte Lovisa.

»Nein, aber jetzt sind sie in einer unmöglichen Situation«, sagte Erita. »Und Mutter kann nicht darauf vertrauen, dass Papa es in Ordnung bringt, weil er es vermasseln wird, deshalb wird sie es selbst in Ordnung bringen, was jemand so Wichtiges wie die Präsidentin von Winterburg nicht tun sollte.«

»Wow«, sagte Lovisa. »Du hast wirklich gute Ohren.«

»Erita ist der Beste im Lauschen«, erklärte Viri stolz.

»Ich war auf der Treppe zwischen Mutters Arbeitszimmer und Papas Bibliothek«, sagte Erita mit ernster Bescheidenheit. »Ich konnte gar nicht anders, als es zu hören! Ich glaube, Mutter hatte vergessen, dass sie mich dort eingesperrt hatte.«

»Sie hat dich dort eingesperrt?«, fragte Lovisa verwirrt.

»Die Dachkammer wird renoviert«, entgegnete Erita.

»Ach so, verstehe.« Lovisa versuchte diese Information zu deuten. »Das heißt, sie hat dich stattdessen auf der Treppe eingesperrt, damit du« – sie machte ihre Stimme ganz tief, um so zu klingen wie Ferla – »›gründlich darüber nachdenkst, was du getan hast‹?«

»Genau.« Erita kicherte vergnügt. »Aber es hat mir gar nichts ausgemacht. Ich bin einfach die Treppe hinuntergestiegen und habe mich an die Tür zu Papas Bibliothek gesetzt, wo es warm war und ich Papa arbeiten hören konnte. Aber ich habe so *getan*, als wäre ich aufgebracht, als sie mich schließlich rausgelassen hat, damit sie es wieder tut.«

»Verstehe«, sagte Lovisa. »Auf der Treppe ist es bestimmt nicht sehr angenehm.«

»Es ist staubig. Aber viel interessanter als in der Dachkammer. Bleibst du über Nacht, Lovisa?«

Sie bekam Schuldgefühle. »Nein. Ich muss zurück ins Wohnheim.«

»Warum denn?«

»Ich muss noch Hausaufgaben machen.«

»Kannst du die nicht hier machen?«

»Ich habe sie nicht mitgebracht.«

»Kannst du sie nicht holen?«

»Ich habe keine Zeit«, sagte sie, obwohl sie wusste, dass sie auf die Hausaufgaben verzichten könnte, dass die Hausaufgaben nicht wichtiger sein sollten als ihre Brüder; aber sie wusste auch, dass sie nicht über Nacht in diesem Haus bleiben konnte, wo sie jeden Moment das Gefühl hatte, die Dunkelheit würde sich wie eine kalte, einsame Höhle über ihr schließen. Sie wusste, dass ein Grund dafür, hier wegzumüssen, war, dass sie der Traurigkeit dieser Jungen entkommen wollte. *Egoistischer Feigling.*

Bevor sie ging, gab sie jedem einen Kuss auf die sommersprossige Nase und sagte ihnen, sie sollten aufeinander aufpassen. Das war etwas, das Katu oft zu ihnen sagte, wenn er zu einer seiner Abenteuerreisen aufbrach. »Ihr Kinder passt aufeinander auf, bis ich wiederkomme, okay?« Zum ersten Mal fragte Lovisa sich, ob Katu wegfuhr, weil er sich auf das Ziel seiner Reise freute, oder weil auch er das Gefühl hatte, in der Falle zu sitzen, wenn er blieb.

Sie schloss Viktis Zimmertür und schlich von den Kinderzimmern weg zur Tür am Fuß der Treppe zum Dachboden. Sie war neugierig auf die angeblichen Renovierungsarbeiten ihrer Mutter. Wann genau hatte diese »Renovierung« angefangen? Müsste es nicht Anzeichen für Unordnung geben? Papier auf dem Boden, um die Teppiche vor den Stiefeln der Arbeiter zu schützen, oder so etwas? Lovisa wusste es besser. Warum all diese Geheimnistuerei um das, was auch immer Benni dort in der Dachkammer aufbewahrte?

Vor der Tür zum Dachboden saß Ferlas Fuchs. Lovisa war sicher, dass er es war, obwohl sich alle Füchse ziemlich ähnlich sahen. Aber sie erkannte diesen heimtückischen Blick, und der Fuchs ihrer Mutter hatte eine längliche Schnauze und gespitzte Ohren. Er war außer Atem und bewachte ein Gebäckstück, das zu seinen Füßen auf dem Teppich lag. Es war ein eigenartiges Verhalten, aber das spielte keine Rolle. Was eine Rolle spielte, waren seine funkelnden Augen, die auf Lovisas misstrauischem Gesicht ruhten.

Im Erdgeschoss war das Abendessen beendet, die Gäste bewegten sich mit Teetassen in der Hand durch die Salons. Lovisa beschloss, ihre Eltern und Quona selbst herausfinden zu lassen, dass Giddon und Hava gegangen waren. Sie holte ihren Mantel und schlüpfte hinaus in die Kälte. Sie wollte ums Haus herumgehen und einen Blick zum Fenster der Dachkammer hinaufwerfen – um Ausschau nach einem Licht zu halten? Einem Zeichen? Einem Hinweis? Worauf? Etwas Impulsives, das ihr Vater getan hatte? Etwas, mit dem er seinem eigenen Geschäft schadete?

Aber der Fuchs hatte Lovisa bereits gesehen. Sie wollte nicht riskieren, dass auch die Wachen an der Tür sie noch sahen.

Das Haus leuchtete im Licht des Silberkuhöls, als sie sich in Richtung Campus aufmachte.

Als Lovisa das Wohnheim erreichte, kam gerade ein Junge namens Nori Orfa heraus. Er stammte aus dem Norden wie Nev, hatte aber zwei Namen wie die Cavendas. Sein Nachname gehörte zu einer der angesehensten Teeplantagen in Torla's Neck. Er war einer der vielen Winterburger, die in einem Haus auf einer Klippe über dem Meer lebten. Lovisa konnte Nori Orfa nicht leiden. Sie kannte ein Mädchen, das er mit Lügen verletzt hatte. Und sie war nicht überrascht, ihm bei einem Besuch in ihrem Wohnheim zu begegnen; ihr war aufgefallen, dass Nev und er sich in letzter Zeit öfter draußen unterhielten, mit einem albernen Grinsen im Gesicht, als glaubten sie, ein Geheimnis zu teilen.

Er lächelte Lovisa auf die penetrant draufgängerische Art an, die er immer an sich hatte, und hielt ihr die Tür so auf, dass sie sich dichter an ihm vorbeizwängen musste als eigentlich nötig. Ohne ihn zu beachten, stapfte sie die Treppe hinauf und die Flure entlang. Als sie an Nevs Zimmer vorbeikam, hörte sie ein Rumpeln darin, als verrückte jemand die Möbel. Dann Gejaule und Gelächter.

Sie klopfte an die Tür. Sie konnte nicht anders.

Kurz darauf riss Nev die Tür auf. Als sie Lovisa erblickte, wurde ihre Miene ausdruckslos. »Ja?«

Lovisas Blick huschte automatisch zu Nevs Bett hinüber, auf der Suche nach zerwühlten Decken – nach der Art Unordnung, die bedeuten konnte, dass Nev gerade mit Nori Orfa geschlafen hatte. Sie sah nichts. Die Decken waren ordentlich gefaltet und ein dampfender Becher auf dem Schreibtisch legte nahe, dass Nev gerade Hausaufgaben machte. Ihr Ofen war an und das Fenster stand wie immer voller Pflanzen. Nev gehörte zu den Leuten, die verschiedene Pflanzen voneinander unterscheiden konnten.

»Ich habe Schreie gehört«, sagte Lovisa.

»Wirklich?«

Unter Nevs Bett war eine leichte Bewegung wahrzunehmen. Eine dunkle Schnauze guckte hervor und ein gelbes Auge blickte zu Lovisa hinauf.

»Du hast jetzt einen Fuchswelpen?«, fragte Lovisa.

»Wie du siehst.«

»Seid ihr verbunden?«

»Geht dich das was an?«

»Weißt du, dass es gegen die Regeln verstößt, mit einem ungebundenen Fuchs in einem Studentenwohnheim zu wohnen?«

»Ich habe eine Ausnahmegenehmigung von einer Dozentin«, sagte Nev.

»Du meinst Quona Varana.« Lovisa verstand. »Sie hat dir den Fuchs gegeben, stimmts?«

»Wie du weißt, können Menschen anderen Menschen keine Füchse geben«, entgegnete Nev. »Füchse wählen ihre Gefährten selbst. Die Füchsin musste operiert werden. Das habe ich gemacht. Anschließend hat sie beschlossen, bei mir zu bleiben. Quona fand das angebracht, weil ich Tiermedizin studiere. Jetzt kümmere ich mich um sie.«

»Klar. Das sind Hausaufgaben«, sagte Lovisa, als die junge Füchsin weiter vorrückte. Ihre riesigen Ohren über dem winzigen, verbundenen Gesicht sahen lustig aus. »Wie heißt sie?«

»Ich weiß nicht, wie sie selbst sich nennt. Ich nenne sie Kleiner Fratz.«

»Dämlicher Name. Sie sieht aus wie eine Piratin. Was ist mit ihr passiert?«

»Ich musste ihr einen Aronwurm aus dem Gesicht schneiden. Das ist ein blasser und knolliger, wurmartiger Parasit«, sagte Nev ausdruckslos, als versuchte sie absichtlich eklig zu sein.

»Sie ist süß«, erklärte Lovisa und erschreckte damit sowohl Nev als auch sich selbst. Sie stieß sich vom Türrahmen ab und suchte nach einer Beleidigung. »Das tut Quona und du also zusammen? Parasiten entfernen? Gehst du zu ihr nach Hause und streichelst ihre Katzen? Nimmt sie dich mit, wenn sie mit Silberkühen spricht?«

Etwas in Nevs Blick verschloss sich. Ein Vorhang ging runter, hinter dem Nev etwas verbarg. Das war interessant. »Ich habe in letzter Zeit mehrere verletzte Silberkühe gesehen«, sagte Nev. »Wusstest du das? Manche sind mit Schnitten und Verbrennungen an die Küste gekommen.«

»Und?«

»Und?«, wiederholte Nev derart verächtlich, dass Lovisa einen kleinen Schritt zurücktrat. »Silberkühe sind wichtig. Sie verstehen Dinge über die Welt, die wir nicht verstehen können. Sie retten Menschen vor dem Ertrinken.«

Lovisa hatte einmal im Haus ihrer Mutter in Torla's Neck versucht, mit Silberkühen zu reden, als sie klein war. Es hatte nicht funktioniert. Die lilafarbenen Flecken draußen auf dem Meer hatten sie noch nicht einmal zur Kenntnis genommen. Es hatte ihr das Gefühl gegeben … unzureichend zu sein. Als wäre sie nicht bedeutsam genug. Und sie hatte teilweise den Verdacht, dass jeder, der sagte, er würde mit Silberkühen reden, log.

»In letzter Zeit waren sie mit dem Erretten Ertrinkender ja nicht sonderlich erfolgreich.« Lovisa dachte an die Königin. »Ich glaube, Quona versucht bloß, dich einer Gehirnwäsche zu unterziehen, damit du auf die Parteilinie ihrer Familie einschwenkst und die Gelehrten wählst.«

»Was interessieren mich Parteilinien?«, fragte Nev. »Ich bin nicht politisch, ich bin angehende Tierärztin. Und wenigstens bin ich das. Du bist gar nichts.«

In Lovisas Kehle stiegen Tränen auf. »Gute Nacht«, sagte sie und wandte sich ab, damit Nev ihren Gesichtsausdruck nicht sah.

»Gute Nacht.« Nev klang plötzlich verwirrt, als hätte sie nicht damit gerechnet, Lovisa mit ihren Worten zu vertreiben. Und warum auch? Sie war einfach bloß ehrlich, wie immer.

Auf dem Flur kam eine Gruppe Jungen vorbei, die Lovisa grüßten und dann weitergingen. Der Letzte war Mari Devret, der sich umdrehte, um einen Blick ins Zimmer seiner Exfreundin zu werfen. In einem kurzen Moment schienen seine unglücklichen Augen alles aufzunehmen: Nevs Fuchswelpen, Nevs sorgfältig gemachtes Bett, die unordentlichen Stapel auf Nevs Schreibtisch, die Pflanzen vor Nevs Fenster, Nev selbst. Lovisa sah, wie sein Blick über Nevs Gesicht hinwegstrich, verletzt, vorwurfsvoll.

Seufzend nahm Lovisa ihn am Arm und zog ihn weg.

»Was denn?«, fragte er abwehrend.

»Wann hörst du endlich auf, so jämmerlich zu sein?«

»Wenn du aufhörst, so gemein zu sein.« Er legte den Kopf schräg und sah Lovisa aufmerksamer an. »Ist alles in Ordnung mit dir?«

»Mir gehts gut«, sagte sie. »Halt den Mund.«

»Sehr überzeugend. Wie war das Abendessen?«

»Es gab einen Zwischenfall mit einer Beschenkten.«

»Wirklich? Was für einer Beschenkten?«

»Sie kann verändern, was du zu sehen glaubst, wenn du sie ansiehst. Sie hat sich am Esstisch immer wieder in eine Statue verwandelt.«

Das schien Mari aufzuheitern. »Das ist die beste Geschichte, die ich je gehört habe.«

»Mari?« Lovisa verlangsamte ihre Schritte, ließ die anderen Jungen weitergehen. Pari Parnin, Kep Gravla – Jungen, denen sie nie etwas Wichtiges anvertrauen würde.

»Ja?«, fragte er und blieb neben ihr stehen. Als sie nichts sagte, musterte er erneut mit seinem klaren, einfühlsamen Blick ihr Gesicht. »Was ist los, Lovisa?«

Mari war im Grunde Lovisas ältester Freund, der Freund, der mehr von ihren Kindheitsgeheimnissen kannte als irgendjemand sonst. Es war lange her, dass sie irgendwelche Geheimnisse mit ihm oder sonst jemandem geteilt hatte. Aber jetzt wollte sie ihm von Giddon und Hava erzählen, die herumgeschnüffelt hatten. Warum hatten sie versucht, an den Schreibtisch ihres Vaters zu kommen? Wonach hatten sie dort gesucht? Und dann war da noch das, was sie darüber gesagt hatten, dass Benni seine Reederei in den Ruin getrieben hätte. Das hatte Lovisa so wütend gemacht. Aber konnte etwas Wahres dran sein? Der üble Streit zwischen ihren Eltern, die ihren Groll normalerweise nie gegeneinander richteten. Bennis Bankkiste – und die Renovierungen – in der Dachkammer. Lovisa konnte die Punkte nicht verbinden, aber Mari hatte Fantasie. Vielleicht fiel ihm etwas ein. Außerdem wusste sie, dass er es für sich behalten würde.

Sie stellte fest, dass sie zögerte, ohne genau zu wissen, warum. »Wirst du die Industriellen wählen, wenn du älter bist?«, fragte sie stattdessen.

»Vermutlich.« Er wirkte nicht besonders interessiert. »Du weißt, dass ich eher unpolitisch bin.«

Ja, sie wusste, dass Mari weder Interesse an der politischen Karriere seiner Mutter noch an der Bank seines Vaters hatte. Mari wollte Arzt werden, für Menschen; das hatte er schon immer gewollt, seit sie klein waren. Seine Eltern waren stolz darauf, dass er etwas anderes machen wollte als sie selbst. Er war hier in der Akademie am Institut für Medizin.

»Ich habe daran gedacht, die Fachrichtung zu wechseln«, sagte sie und dachte eigentlich erst, als sie es sagte, daran.

»Wirklich?«, fragte er überrascht. »Und was willst du machen?«

Darauf hatte Lovisa keine Antwort. Sie hatte ihre Fachrichtung bisher nie infrage gestellt und glaubte auch nicht, dass sie sie jetzt ernsthaft infrage stellte. Sie wusste nicht genau, was sie eigentlich infrage stellte. »Das erzähle ich dir ein andermal.«

»Okay, gut. Du bist irgendwie komisch, weißt du das?«

»Ich bin bloß müde. Gute Nacht, Mari.«

»Okay, gute Nacht. Du weißt, wo du mich findest, falls du über diesen großartigen neuen Plan, wie du von deinen beiden Eltern enterbt werden willst, reden möchtest.«

Sie musste unwillkürlich lächeln, dann ließ sie ihn vor seiner Zimmertür zurück. In ihrem Zimmer beleuchtete der Schein der Straßenlaternen eine Eisblume an ihrem Fenster. Ohne hinzusehen, wusste sie, dass ihr Schreibtisch weiterhin mit Arbeit vollgepackt war. Sie wusste, dass sie eine lange Nacht mit der Lektüre langweiliger Papiere vor sich hatte, während derer sie ihren kleinen Ofen entzünden und sich in Felle und Decken wickeln würde, um es etwas wärmer zu haben. Vielleicht auch zu dem Sessel vor dem Feuer im Entree umziehen, wo das Lernen sich weniger einsam, weniger sinnlos anfühlte.

Warum studierte sie so fleißig, wenn ihr das alles so wenig bedeutete? Sie fand es nie schwierig, die Politik zu verfolgen, weil alle Debatten gleich waren. Die Leute wurden von Geld, Macht, Idealismus, Berühmtheit angetrieben. Meistens von Geld. Was war der wahre Grund, weshalb die Gelehrten die Nutzung von Zilfium in Winterburg nicht legalisieren wollten? Im Parlament schrien die Gelehrten die Industriellen an, weil diese sich nicht um die Luft- und Wasserverschmutzung scherten, die die Winterburger Fischerei und Landwirtschaft schädigen würde. Sie schrien etwas über Winterburgs Schönheit. Manchmal schrien sie sogar etwas über Märchen, als ob die wirklich eine Rolle spielten: Den ältesten Geschichten über die Silberkühe zufolge war es das heilige Versprechen der Menschheit, dabei zu helfen, den Planeten zu schützen. Die Bürgin beobachtete sie.

Aber wie konnte Lovisa glauben, dass die Varanas nicht von der Notwendigkeit angetrieben wurden, ihr eigenes Transportmonopol zu schützen? Wenn sie wirklich die Erde schützen wollten, würden sie dann nicht ihre Varanformel anderen Staaten geradezu aufdrängen, damit auch sie umweltfreundliche Transportmöglichkeiten hatten? Und was war mit den Dimaras? Sie waren Gelehrte, Spediteure, die winterburgisches Zilfium nach Mantiper verschifften. Wenn die Zilfiumnutzung in Winterburg legal würde, würden neue Gesetze den Zilfiumexport begrenzen und die Dimaras würden nie etwas finden, hinter dem Mantiper so sehr her wäre. Lovisas eigene Mutter besaß zusammen mit Katu die Mine der Cavendas in Torla's Neck. Die Mine lag ganz am Rand der Halbinsel Winterburg, wo eine schmale Landzunge Winterburg mit Kamassar verband. Dort waren bereits sämtliche Zilfiumvorräte abgebaut worden, aber es gab dort noch Silber. Sollten Zilfiumzüge in Winterburg legal werden, würde die Bahnlinie, die Winterburg mit Kamassar verband, wohl unweigerlich über Ferlas Land führen und deren Möglichkeiten, dort Silber abzubauen, einschränken. Lovisa glaubte nicht eine Millisekunde lang, dass ihrer Mutter die Umweltverschmutzung etwas bedeutete. Sie besaß ein Bergwerk! Bergbau verschmutzte bekanntlich die Umwelt! Was Ferla etwas bedeutete, war die Möglichkeit, ihr Bergwerk weiterbetreiben zu können.

Und natürlich hatten auch die Industriellen eigennützige Gründe; sie waren in dieser Sache nur eine Spur ehrlicher. Eine Spur. Sie argumentierten, dass der Rest Torlas die Technisierung vorantrieb, während Winterburg zurückblieb. Wie sollte Winterburg in zwanzig Jahren da noch mithalten können? Was war mit den armen Winterburger Bauern, die mit Zilfiumpflügen ihre Produktivität erhöhen könnten? Und was mit den armen Winterburger Fischern, die mit zilfiumbetriebenen Booten mehr fischen könnten? Aber in Wahrheit wollten die Industriellen-Familien wie die Balavas oder wie Lovisas eigener Vater die Zilfiumschiffe für sich selbst. Sie waren Spediteure und im Westen gab es einen aufregenden neuen Kontinent voller Menschen, die begierig waren, etwas zu kaufen.

Eigennutz, Eigennutz. Wahrscheinlich gab es deshalb bei ihr zu Hause zwischen ihren Eltern keine politischen Kämpfe: Es gab nicht wirklich politische Differenzen zwischen ihnen, nur abweichende Ansichten darüber, wie man am meisten Geld verdienen konnte. Lovisa verstand die Politik in Ledra vollkommen. Und bald würde sie ihren Abschluss an der Akademie machen und man würde von ihr erwarten, sich für eine Partei und einen Industriezweig zu entscheiden. Wofür sie sich entschied, würde dann für den Rest ihres Lebens zu ihrer Identität werden.

Plötzlich ertrug Lovisa es nicht länger. Kein Wunder, dass Katu immer wieder verschwand! Was, wenn sie auf den Königskontinent reiste, wo die Politik zwar sicherlich nicht weniger korrupt war, aber zumindest einfacher, weil die Gier einer einzelnen Person alles für alle entschied? Und wo sie vor allem niemanden kannte und tun konnte, was sie wollte. Sie könnte wie Katu sein: irgendwo auftauchen, und sobald sie wollte, auch wieder verschwinden.

Und dann kehrten ihre Gedanken zu ihrem Zuhause und zu ihren Brüdern zurück. Sie konnte sie doch nicht zurücklassen. Vor allem mit der Liste kleiner seltsamer Dinge, die in letzter Zeit geschehen waren, von denen vermutlich nichts besonders wichtig war, aber die ihr insgesamt ein mulmiges Gefühl verursachten. Ihr Zuhause hatte einen eigenartigen Beigeschmack.

Bevor Lovisa irgendwo hinginge, würde sie erst einmal herausfinden, was Benni in der Dachkammer aufbewahrte!

# 18

Nachdem Giddon sein morgendliches Tränenritual beendet hatte, zwang er sich zum Aufstehen.

*Cobal*, dachte er, *der Gesandte aus Estill, der sich uns zum Feind gemacht hat.*

*Katu, der verschwunden ist.*

*Eine Störung im Wasser unter einem Haus mit vielen Fenstern auf einer Klippe, von der die Silberkühe berichten.*

*Mikka und Brek, die im Meer ertrunken sind.*

*Das sind die Geheimnisse, die ich für Bitterblue lösen werde.*

Am Morgen nach dem Abendessen bei den Cavendas fand Giddon Quona allein beim Frühstück vor, oder zumindest so allein, wie ein Mensch in einem von Katzen wimmelnden Zimmer nur sein konnte. Auf den ersten Blick zählte Giddon, der niesen musste, als er sich setzte, sieben.

»Was haben Sie und Hava heute vor?«, fragte Quona freundlich.

Giddon und Hava hatten sich für heute noch nichts Spezielles vorgenommen, denn sie waren gestern in lastendem Schweigen nach Hause gegangen. Hava, die wütend auf Giddon war, weil er sie körperlich zurückgehalten hatte, hatte all seine Versuche, mit ihr zu reden, ignoriert. Hava hasste es, überwältigt zu werden, insbesondere von Männern. Das wusste Giddon. Aber sie war kurz davor gewesen, ein junges Mädchen anzugreifen! Und sie hatten eine Aufgabe, einen Plan, und der war geheim. Sie durften nicht so viel Aufmerksamkeit erregen!

»Wir wollten mal zum Hafen gehen und nach unserer Mannschaft sehen.« Giddon improvisierte. Er wollte zwar wirklich zum Hafen, aber um mit der Chartergesellschaft zu sprechen, die Mikka und Brek die *Seashell* überlassen hatte.

»Guter Mann«, sagte Quona. »Ich fahre heute in den Norden. Möglicherweise bin ich über Nacht weg.«

»Ach ja?«, entgegnete Giddon. »Was ist denn im Norden?«

»Dort hat meine Familie ein Anwesen. Ein Haus und einen Hangar. Wir schauen gern gelegentlich danach. Diesmal bin ich dran.«

»Verstehe«, sagte Giddon und fügte dann, als Quona unvermittelt aufstand, hinzu: »Na dann, ich wünsche Ihnen einen schönen Tag.«

»Ich Ihnen auch. Meine Angestellten werden sich um Sie kümmern.« Damit rauschte Quona mit zwei Katzen im Arm aus dem Zimmer.

Als Nächstes kam Froggatt herein und informierte Giddon darüber, dass er, Barra und Coran vorhatten, nach Kamassar zu reisen.

»Das hatte die Königin ursprünglich für uns vorgesehen«, sagte Froggatt. »Also können wir es genauso gut auch in die Tat umsetzen. Sie hatte vor, demnächst einen Gesandten aus Monsea dort einzusetzen.«

»In Ordnung.« Giddon interessierte es nicht, was die Ratgeber taten, war jedoch eigenartig traurig darüber, dass ihre Gruppe sich aufspaltete.

»Ich hoffe, wir erhalten bei unserer Rückkehr keine Nachrichten, dass Sie irgendetwas unternommen haben, was die Königin in Verlegenheit gebracht hätte, Giddon«, sagte Froggatt steif.

Und schon bedauerte Giddon Froggatts Abreise viel weniger. Bitterblues Ratgebern hatte es von Anfang an nicht gefallen, dass Giddon sie auf diese Reise begleitete. Sie hatten noch nie verstanden oder anerkannt, welchen Wert er für sie hatte, genauso wenig wie Bitterblues heikle und mutige Beziehung zum Rat.

»Sie meinen, was *Sie* in Verlegenheit gebracht hätte.« Mit diesen Worten stand Giddon vom Tisch auf, wenn auch nicht ganz so theatralisch, wie er es gerne gehabt hätte, nachdem er zunächst vorsichtig seinen Fuß von der blassgrauen Katze befreien musste, die seinen linken Stiefel offenbar unwiderstehlich fand. »Entschuldigung«, sagte er mit dem Kopf unter dem Tisch, dann erklärte er Froggatt kühl: »Ich habe mich bei der Katze entschuldigt, nicht bei Ihnen.« Dieser ganze Wortwechsel war alles andere als würdevoll.

Nur Sekunden nachdem er in sein Zimmer zurückgekehrt war, klopfte Hava an die Tür.

Giddon war immer noch nervös. »Hallo«, sagte er vorsichtig, als Hava eintrat.

Sie starrte ihn mit ausdrucksloser Miene an, aber er wusste, dass das nicht ihr wahrer Gesichtsausdruck war. Sie veränderte ihr Gesicht. Er beschloss, nicht darauf einzugehen.

»Ich glaube, wir sollten zum Hafen gehen«, sagte sie. »Mal sehen, ob irgendjemand etwas Wichtiges über den Tag, an dem die *Seashell* gesunken ist, weiß.«

»Ja, gute Idee. Tatsächlich habe ich Quona eben gesagt, wir würden heute zum Hafen gehen.«

»Ohne mich zu fragen, ob ich zum Hafen will?«

»Du hast gerade selbst gesagt, dass du das willst.«

Hava schnaubte. »Also dann, worauf wartest du? Gehen wir.«

Als sie den Pfad entlanggingen, der am Bauernhof auf der Klippe vorbeiführte, versuchte Giddon zu entscheiden, was er zu gestern Abend sagen sollte und ob er überhaupt etwas sagen sollte. Als Hava sich auf Lovisa gestürzt hatte, hatte sie nicht nur die Nerven verloren, sondern auch ihr Urteilsvermögen. Das war ungewöhnlich für sie. Erschrocken hatte Giddon getan, was er mit jedem Freund tat, der außer sich geriet und jemanden angriff: Er hatte sie gepackt, sie festgehalten, sie gezwungen, sich zu beruhigen. Und das würde er jederzeit wieder tun.

Aber sie hatte ihn mit Worten attackiert, die ihn verletzt hatten, weil sie teilweise zutrafen. »Wie schön, so groß und breit zu sein«, hatte sie gesagt. »So kriegst du immer deinen Willen, stimmts? Was bist du nur für ein Held, Giddon! Scheinheilig. Selbstgerecht. Arrogant. Lass mich los!«

Sollte er jetzt etwas sagen? Sollte er sich entschuldigen? Sollte *sie* sich entschuldigen? Wo lag die Grenze dazwischen, Hava zu tyrannisieren oder zuzulassen, dass sie ihn emotional tyrannisierte?

*Ich glaube, die Grenze ist fließend,* erklärte Bitterblue ihm im Gehen. *Es ist kompliziert aufgrund eures Alters, eurer unterschiedlichen Positionen und Erfahrungen und der Tatsache, dass du ein Mann bist. Sie hat recht damit, dass deine Größe dir einen unfairen Vorteil verschafft. Das bedeutet aber nicht, dass du sie nie einsetzen solltest.*

*Du fehlst mir,* sagte Giddon mit einem kleinen Lachen, das eigentlich ein Schluchzen war. *Du hast mir immer gesagt, was du denkst, fühlst und brauchst. Das habe ich für selbstverständlich gehalten.*

»Was?«, fragte Hava mit scharfer Stimme.

»Was?«, entgegnete er erschrocken.

»Du hast gelacht.«

»Ach so. Private Gedanken.«

»Lachst du über mich?«

»Natürlich.« Er versuchte es mit Sarkasmus. »Es geht immer nur um dich, Frechdachs.«

Paradoxerweise brachte Hava das zum Lächeln, mit einer Wärme, die Giddon zu verstehen gab, dass ihre emotionale Blockade vorbei war. »Tolle Feier gestern Abend, was?«, sagte sie.

»Oh, großartig. Vor allem, als die Tochter der Gastgeber dich dabei ertappt hat, wie du im Schreibtisch ihres Vaters gewühlt hast, und du sie beinahe angegriffen hättest.«

»Ich wette, sie wird es niemandem sagen. Zilfium oder sonst irgendwas Wichtiges scheint sie nicht weiter zu interessieren, also nimmt sie hoffentlich einfach an, ich wäre übermäßig neugierig und schnell reizbar, und belässt es dabei.«

Sie hatte diesen unbekümmerten Tonfall aufgesetzt, der Giddon immer beeindruckte. Bei seiner Arbeit für den Rat gab er selbst oft vor, ein anderer zu sein, aber er spielte fast immer jemand Liebenswürdigen. Alles andere fiel ihm schwer. Hava dagegen schien kein Problem damit zu haben, eine Rolle zu spielen, die den Leuten einen schlechten Eindruck von ihr vermittelte. Waren es die Schatten seiner Vergangenheit, die ihn davon abhielten? Vor langer Zeit hatte Giddon für König Randa einen Mann gefoltert, um ihm Informationen zu entlocken, hatte ihn gefesselt und geschlagen, und damals hatte er keine Rolle gespielt. Er erinnerte sich noch an jedes Geräusch, das der Mann gemacht hatte. Wahrscheinlich lebte der noch irgendwo und erinnerte sich an diese Erfahrung. Die Leute, die einen schlechten Eindruck von Giddon hatten, hatten ihre Gründe dafür.

*Giddon*, sagte Bitterblue mit der sanften Stimme, die ihm zu verstehen gab, es sei Zeit, mit dem Selbstmitleid aufzuhören.

*Also gut.* Giddon versuchte sich in die Gegenwart zurückzuversetzen. Er atmete tief durch und bemerkte die kleinen eisigen Schneeflocken, die auf sein Gesicht rieselten. Sie näherten sich einem ausgedehnten Stadtstrand, der von den improvisierten Lagern von Reisenden und Händlern übersät war, die ihre Wagen und Pferde vor dem Wind geschützt hatten. Ein riesiges Lagerfeuer loderte zum Himmel auf, und um das Feuer saßen Leute, die sich lachend die Hände wärmten. Jenseits des Strandes sah Giddon den Anfang des lang gestreckten Hafens, die Mastspitzen und farbigen Schiffskörper.

»Ist dir aufgefallen, dass uns ein Fuchs folgt?«, fragte Hava. »Schon wieder?«

Jedes Mal, wenn Giddon einen blauen Fuchs sah, hatte er das Gefühl – wie ein Kribbeln auf der Haut –, dass das Tier ihm folgte, aber er wusste, dass das irrational war. »Bist du sicher? Es gibt so viele.«

»Der hier taucht immer wieder dort auf, wo wir gerade sind«, sagte Hava. »Ich habe ihn auch schon mal auf dem Klippenpfad in der Nähe des Bauernhofs gesehen. Diese Füchse sind mir nicht geheuer, weißt du?«

»Ich stelle fest, dass ich immer meinen Geist vor ihnen verschließe«, sagte er. »So wie wir es zu Hause in der Gegenwart von Gedankenlesern oder dellianischen Monstern machen. Ich weiß, es ist zwecklos, weil sie unsere Gedanken nicht lesen können. Aber vermutlich ist mein Instinkt diesbezüglich einfach zu stark.«

Hava schnaubte. »Ich glaube, ich verschließe meinen Verstand vor allem und jedem, immer. Alte Gewohnheit.«

Sowohl Bitterblue als auch Hava hatten diese Fähigkeit bereits als Kinder entwickelt, um sich vor der Gabe ihres Vaters zu schützen. Als Giddon sich daran erinnerte, wurde seine Stimmung sanfter. »Die Füchse machen mich nervös«, gab er zu.

»Also, wo gehen wir hin?«, fragte Hava. »Wie heißt die Chartergesellschaft, von der die *Seashell* stammte?«

»Ich habe es hier.« Giddon steckte die Hand in die Manteltasche, um ein Stück Papier herauszuholen. Das er auch fand, im Unterschied zu einem anderen Gegenstand, der sich in dieser Tasche befinden sollte – einem kleinen Umschlag, den er immer dort aufbewahrte. Aufgeregt durchsuchte er all seine Taschen. Als Hava nachhakte: »Und? Wie heißt sie?«, beachtete er sie nicht, sondern suchte weiter.

Es war etwas, das er immer bei sich trug, von Tasche zu Tasche räumte, wie einen Talisman, der ihn daran erinnern sollte, warum er tat, was er tat. Der Umschlag enthielt ein paar kleine, verschlüsselte Nachrichten. Es waren die Nachrichten, die Bitterblue ihm schrieb und an den Tagen, an denen ihre Aufgaben sie vom Abendessen fernhielten und Hava und Skye auch irgendwo anders waren, für ihn auf den Esstisch legte. Anstatt ihn zu einem leeren Tisch kommen zu lassen, ließ sie ihm in ihrer Abwesenheit immer das Abendessen servieren und legte ihm eine Nachricht hin, über der er brüten konnte.

Der Schlüssel war jedes Mal etwas auf dem Tisch, normalerweise irgendetwas, das sie verrückt hatte. Eine Gabel, die falsch herum lag, bedeutete, das Schlüsselwort lautete »Gabel«. Eine zu einem Flieger gefaltete Serviette bedeutete, dass das Schlüsselwort wahrscheinlich »Serviette« oder »Flieger« lautete. Die Nachricht enthielt dann etwas so Typisches, dass er laut lachen musste. Sie konnte zum Beispiel lauten: »Apfelkuchen im Bücherregal«, sodass er hinter den Büchern nach seinem Nachtisch suchte. Oder sie lautete: »Welcher Bär ist besonders wertvoll? Antwort ist zwischen Rubinen versteckt«, woraufhin er sich zur Krone aufmachte, die ihren eigenen Tisch in dem Zimmer hatte. Dort fand er dann eine weitere verschlüsselte Nachricht, in der stand: »Der Silbär«.

Er hatte alle Nachrichten, die Bitterblue ihm geschrieben hatte, aufbewahrt und trug seine drei oder vier liebsten immer in dem Umschlag bei sich. Und jetzt war der Umschlag weg. Es hatte keinen Zweck, weiter zu suchen. Seit er das letzte Mal nachgesehen hatte, war Giddon an zu vielen Orten gewesen: auf der Fahrt mit dem Luftschiff durch den Himmel zu den Cavendas, auf dem langen Rückmarsch, auf dem Weg zum Hafen heute Morgen. Der Umschlag könnte sonst wo sein.

»Was ist los?« Hava sah ihm mit wachsender Ungeduld zu.

Das war los: Giddon wurde mit einer Klarheit, die er nie zuvor gehabt hatte, bewusst, dass man solche Nachrichten von einer Freundin nicht grundlos aufbewahrte und mit sich herumtrug, als wären sie ein wertvoller Schatz. Es war nicht normal, nicht üblich, und Giddon hatte nie Bitterblues Vertrauter und Berater bei ihrer Suche nach einem Ehemann sein wollen. Er hatte sie geliebt. Er hatte ihr Ehemann sein wollen. Und er hatte nie ein Wort gesagt, hatte es noch nicht mal versucht. Warum nicht? Weil er ein Feigling war. Und jetzt war Bitterblue tot. Sie war gestorben, ohne zu erfahren, wie sehr er sie mochte. Er hatte alles falsch gemacht und jetzt war sie tot.

Die Benommenheit, zu der dieser Schock führte, half ihm, seine

Miene zu kontrollieren. »Nichts«, sagte er vollkommen ruhig. »Ich habe etwas verloren.«

»Okay«, entgegnete Hava. »Kann ich dir suchen helfen?«

»Ich fürchte, es ist für immer weg«, erklärte Giddon betäubt.

»Giddon, im Ernst.« Hava sah stirnrunzelnd zu ihm auf. »Hat dir jemand ein Beruhigungsmittel verpasst, ohne dass ich es gemerkt habe?« Als er nicht antwortete, ging sie so weit, ihm mit einer Hand vor den Augen herumzuwedeln.

»Ich kann das jetzt nicht«, sagte er.

»*Was* kannst du nicht? Durch den Hafen laufen?«

»Hava, ich kann einfach nicht.«

Hava packte ihn an beiden Armen und bugsierte ihn nicht gerade sanft rückwärts. Als seine Beine gegen die Kante einer Bank stießen, setzte Giddon sich. Hava setzte sich neben ihn und musterte sein Gesicht. »Was ist passiert?«

In der Nähe linste ein blauer Fuchs alles andere als diskret hinter einem Pfahl hervor. Als Giddon Hava ansah, verschwammen ihre Gesichtszüge und er tupfte sich die Augen mit dem Ärmel ab.

»Es tut mir leid«, sagte er. »Ich hatte ein Andenken in der Tasche und habe gerade gemerkt, dass es weg ist. Das hat mich aus dem Konzept gebracht.«

»Natürlich. Du bist ja auch ein sentimentaler Trottel.«

»Oh, vielen Dank.«

»Wahrscheinlich war es ein herzförmiges Medaillon mit einem Bildnis von Bitterblue als Waldnymphe, die nach Farn riecht.«

»Ich weiß noch nicht mal, was eine Waldnymphe sein soll, Frechdachs.«

»Typisch Rüpel, mich zu beschimpfen, wo ich doch so mitfühlend bin.«

Mit jedem Lächeln, das Hava ihm entlockte, funktionierte Giddons Gehirn wieder etwas besser. »Ist der Fuchs hinter dem Pfahl da derselbe wie vorhin?«

»Ja, er hat dieselbe Schnüffelnase.«

»Okay«, sagte Giddon. »Was glaubst du, wer uns beschatten lässt?«

»Ich habe nicht die leiseste Ahnung.« Dann schürzte Hava die Lippen. »Hast du dir alle Katzen von Quona genau angesehen? Können wir sicher sein, dass sie keinen Fuchs hat?«

»Was?«, fragte Giddon. »Wovon redest du da? Natürlich sind das Katzen! Sie sind größer, flauschiger, weniger unheimlich und außerdem sind es *Katzen*!«

»Mensch, Giddon. Du solltest wirklich einem Debattierklub beitreten.«

»Und du solltest besser *keinem* Debattierklub beitreten«, sagte Giddon. »Du kannst nicht einfach eine These aufstellen, ohne Beweise zu haben.«

»Ich habe Beweise.«

»Ich höre.«

Hava verschränkte die Arme. »Ich habe Quona gefragt, wie viele Katzen sie hat. Sie hat gesagt, zwölf.«

»Ja?«

»Als wir neulich abends in ihrem Wohnzimmer waren und Schritte über uns hörten, hat sie gesagt, es wären die Katzen auf dem Dachboden. Aber ich habe gezählt. Es waren zehn Katzen im Zimmer.«

»Na und? Zwei Katzen können eine Menge Lärm veranstalten, Hava. Du solltest mehr Zeit mit Lovejoy verbringen.«

»Es klang nach mehr als zwei Katzen«, sagte Hava stur. »Oder mehr als zwei *Etwas*.«

»Also gut«, entgegnete Giddon. »Das sind aber ziemlich dünne Beweise.«

»Na ja, und dann ist diese Nev mit einem Fuchswelpen aufgetaucht und sie sind beide hoch auf den Dachboden gegangen und haben die Tür hinter sich zugemacht, als wäre es ein großes Geheimnis, und ich weiß nicht, wie du das siehst, sicher gibt es da kulturelle Unterschiede, aber es war schon spät, sie haben eigentlich ein Schülerin-Lehrerin-Verhältnis, und ich fand es seltsam.«

»Ich stimme dir sofort zu, dass Quona seltsam ist«, sagte Giddon. »Aber es klingt, als würdest du jetzt über etwas völlig anderes reden.«

»Ich glaube, ich würde gerne einen Blick auf diesen Dachboden werfen.«

»Okay. Damit bin ich einverstanden.«

»So, reden wir irgendwann auch noch mal mit dieser Chartergesellschaft?«

»Ich habe Quona gesagt, wir wollten zum Hafen, um nach unserer Schiffsbesatzung zu sehen«, sagte Giddon. »Wenn du glaubst, dass wir beobachtet werden, sei es von Quona oder sonst jemandem, sollten wir das vermutlich als Erstes tun.«

Bevor Hava die Maske ihrer Gabe herunterließ, sah Giddon Erschrecken in ihrem Gesicht und dann Sehnsucht. Er glaubte zu verstehen. Hava liebte das Schiff und die Besatzung, aber alle dort waren von demselben Kummer betroffen wie sie.

»Wir sollten wegsegeln und nie wiederkommen«, sagte sie.

*Wohin denn?*, hätte Giddon am liebsten gefragt. Denn egal, wo sie hinreisten, Bitterblue wäre nicht dort.

Die *Monsea* schaukelte sanft, die dicken Taue, mit denen sie am Kai festgemacht war, strafften und lockerten sich dann wieder. Auf den eingeholten Segeln lag Schnee. Linny, ein dellianischer Seemann, und Ozul, eine Winterburgerin, waren mit langen Besen in die Takelage geklettert und schoben den Schnee herunter.

Giddon wurde von der vertrauten Eleganz des Schiffes überwältigt, von seinem blaugrünen Rumpf, der sich leuchtend vor dem grauen Wasser abzeichnete, und den drei schlanken Masten, die sich in den Himmel reckten. Verglichen mit anderen Schiffen im Hafen war es nicht groß, aber anmutig mit dem schnittigen Rumpf in der typischen Form der Schiffe vom Königskontinent. Meistens hatte Giddon die *Monsea* vor allem als schwimmendes Haus gesehen, von dem Bitterblue übel wurde. Jetzt gab ihm ihre Schönheit das Gefühl, sehr weit von zu Hause entfernt zu sein.

Ein Großteil der Besatzung war nirgendwo zu sehen, aber Bitterblues Wachleute Mart und Ranin, die mit den Matrosen auf dem Schiff wohnten, kamen heraus, um ihnen mit beschämtem Blick die Hand zu geben. Diese beiden kräftigen Männer mit den breiten Händen würden sich vermutlich den Rest ihres Lebens lang schämen, dachte Giddon.

Annet, die Kapitänin, war im Ruderhaus, eine Pelzmütze über ihr langes helles Haar gezogen. Als sie die beiden erblickte, wurde ihre Miene ganz sanft. Annet hatte zu denen gehört, die Giddon aus dem Meer gezogen hatten.

»Es ist großartig, Sie zu sehen«, sagte sie und streckte Giddon und dann Hava die Hand hin.

»Ebenfalls.«

»Was kann ich für Sie tun?«

Hava wurde in Annets Gegenwart immer ganz respektvoll und fast schüchtern, eine bemerkenswerte Verwandlung, die Giddon aufgefallen war, die er aber nicht wirklich verstand. Annet war aus Monsea, Mitte dreißig, mit geröteten Wangen, zurückgebundenem Haar und einer Drahtbrille. Als Kapitänin des Schiffs war sie zuverlässig, fähig, gebieterisch, aber das waren viele Menschen in Havas Leben und nur Annet schien diese Wirkung auf sie zu haben.

»Wir hatten gehofft, Sie könnten für unsere Tarnung sorgen, während wir einige Nachforschungen anstellen«, sagte Hava. Und dann erzählte sie Annet in vollkommener Aufrichtigkeit alles, was sie über den Untergang der *Seashell* wussten und vermuteten. Alles! Ohne Giddon auch nur fragend anzusehen. Er vertraute Annet, aber das bedeutete nicht, dass er ihr alles erzählt hätte.

Annet hörte stirnrunzelnd zu. »Sie müssen also diesen Schiffsleuten Fragen stellen, wollen dabei aber nicht gesehen werden?«

»Genau«, sagte Hava.

»Um welche Chartergesellschaft handelt es sich denn?«

»Sie heißt Ledrami.«

»Ah«, sagte Annet. »Die kommen gelegentlich her.«

»Hier auf die *Monsea*?«, fragte Giddon überrascht.

»Unsere Ozul ist mit einigen aus deren Crew befreundet. Bevor sie zum Königskontinent kam, fuhr sie für eine Chartergesellschaft in Ledra zur See. Wir besuchen uns hier im Hafen alle gegenseitig.« Annet lächelte. »Wir spielen ziemlich oft Karten im Salon. Irgendjemand hat immer gerade dienstfrei.« Sie erhob sich von ihrem Stuhl, ging zur Tür des Ruderhauses und rief in den Himmel hinauf: »Ozul!«

Als das Winterburger Mädchen ein paar Minuten später ins Ruderhaus gestapft kam, lächelte sie beim Anblick von Giddon und Hava und ihre Augen füllten sich mit Tränen. Sie war dunkelhäutig und groß, breit, stark, hatte einen roten Schal um den Hals und eine Pelzmütze auf dem Kopf.

»Ozul«, sagte Annet auf Winterburgisch, »kommen einige deiner Freunde von Ledrami heute her?«

»Ich glaube schon.«

»Können Sie in ein paar Stunden wiederkommen?«, fragte Annet Giddon und Hava.

In der Hafenpassage, wo Hava und Giddon die Zeit totschlagen wollten, starrten sie glasige Fischaugen von Tischen her an. Kinder, die auf unebenen Bodenplatten in nach Fischgedärmen stinkenden Gassen saßen, spielten ein Spiel, bei dem sie einen Ball in die Luft warfen und wieder auffingen.

Als ein kleiner Gummiball zur Seite hüpfte, griff Giddon instinktiv danach und ließ ihn in die ausgestreckte Hand eines kleinen Mädchens fallen, das auf ihn zumarschiert kam und ihn anfunkelte, als wäre er ein Dieb. »Königskontinent?«, fragte sie auf Winterburgisch. »Woher kommt ihr?«

»Wir sind aus Monsea«, sagte Giddon höflich.

»Wir haben eine Uhr aus Monsea in unserem Laden.« Das Mädchen zeigte auf ein Geschäft auf der anderen Straßenseite, das unzählige kleine Gegenstände im Schaufenster präsentierte. Sie starrte Giddon mit erwartungsvoller Entrüstung an.

»Wunderbar«, sagte Giddon. »Danke.« Dann ging er zu dem Geschäft hinüber.

»Wenn ich sechs wäre, würdest du dann alles tun, was ich sage?«, fragte Hava, die ihm folgte.

Giddon hatte plötzlich das Bild einer sechsjährigen Hava vor Augen, die mit dem Fuß aufstampfte und ihn herumkommandierte, streng, aber voller aufrichtiger Gefühle. »Wahrscheinlich.«

»Du bist echt ein hoffnungsloser Fall.«

Aber das Geschäft, das zu der Art Läden gehörte, wo man plötzlich Dinge haben wollte, von denen man vorher gar nicht gewusst hatte, dass es sie gab, fesselte Havas Aufmerksamkeit bald genauso stark wie die Giddons. Uhren, Schreibmaschinen, Mikroskope, Kompasse, die alle vom Gebrauch verkratzt, aber auf Hochglanz poliert worden waren, lagen zwischen unbekannten Gegenständen. Giddon entdeckte etwas mit einem Perlmuttgriff und sich drehenden Armen, das aussah wie ein Schneebesen, so hübsch und mit so vielen Erinnerungen aus einem fremden Haushalt aufgeladen, dass er sich kurz fragte, ob er es für irgendetwas gebrauchen konnte. Dann griff er stattdessen nach einer kleinen goldenen Röhre in der Form eines Fernglases, zog sie auf, blickte hindurch und sah nichts als Schwärze.

»Damit kann man Sterne machen«, rief die Ladeninhaberin von der Theke aus. »Geben Sie mal her. Ich zeige es Ihnen.«

An der Theke zeigte ihm die Ladeninhaberin, wie man die Röhre auf eine Lichtquelle richten und sie dann, ein Auge ans Okular gelegt, drehen musste. Winzig kleine Lichtpunkte erschienen und tanzten im Okular.

»Gehen Sie an die Tür und richten es auf ein helles Stück Himmel«, sagte die Frau und kicherte über das überraschte Geräusch, das Giddon machte, als sich helle Sterne in der Röhre bewegten und herumrutschten. »Das ist ein Sternenmacher aus Mantiper. Sie sehen hier den echten Nachthimmel, jeder Stern ist an seinem Platz.«

»Was?«, fragte Giddon ungläubig. »Wie das?«

»Er beinhaltet einen Kompass und ein Nivellier, deshalb weiß es, wohin Sie schauen. Es befindet sich ein Lichtfilter darin, der sich je nach der Richtung, in die Sie schauen, bewegt und Ihnen eine Darstellung der wirklich vorhandenen Sterne um Mitternacht des ersten Tages des mantiperanischen Jahres in der Hauptstadt von Mantiper zeigt. Nicht, dass ich es je mit dem Nachthimmel dort verglichen hätte! Ich habe es einem Kapitän aus Mantiper abgekauft.«

Jemand drängte sich an Giddon vorbei in den Laden.

»Ja, natürlich, kommen Sie doch rein«, sagte die Ladeninhaberin mit ironischer Liebenswürdigkeit, die Giddon bemerkte, aber nicht weiter beachtete. Er war damit beschäftigt, bekannte Sternbilder zu suchen, die das, was die Ladeninhaberin über den Sternenmacher gesagt hatte, bestätigen oder Lügen strafen würde.

Dann spürte er, wie eine sanfte Hand ihn wieder in den Laden zog, und ergab sich ihr, ließ sich von Hava in eine verborgene Ecke des Geschäfts führen. Als er fragend die Augenbrauen hob, wies Hava mit einer Kopfbewegung auf die Kundin, die gerade eingetreten war.

Giddon linste um ein Regal und sah eine blonde Frau in einem hellgelben Mantel, die mit gerecktem Kinn, erhobenen Händen und geschlossenen Augen mitten im Laden stand. Giddon erkannte die Haltung, als tastete sie die Luft mit den Fingern ab. Und natürlich erkannte er auch die Frau.

Galle stieg in ihm auf.

»Wonach suchen Sie denn diesmal, Beschenkte?«, fragte die Ladeninhaberin trocken.

»Nach einer Taschenuhr«, antwortete Trina, ohne ihre Pose zu verändern. Sie war älter geworden. Giddon hatte sie als eine Frau in Erinnerung, die kaum älter gewesen war als er selbst, aber jetzt überzogen Falten ihre blasse Haut und sammelten sich um ihre Augen. Sie sah richtig erschöpft aus, ausgemergelt, wie sie mit erhobenen Händen dastand. Giddon hoffte, dass jeder ihrer Tage eine ermüdende Plackerei war.

»Wessen Taschenuhr?«, fragte die Ladeninhaberin.

»Sie gehört einem Mann namens Stava.«

»Dem Fischhändler aus dem Haus zwei Türen weiter?« Die Ladeninhaberin war gekränkt. »Hat er Sie gezielt hergeschickt?«

»Nein. Ich bin nur sorgfältig.«

»Na gut.« Die Ladeninhaberin war etwas besänftigt. »Ich weiß, Sie müssen auch Ihren Lebensunterhalt verdienen, aber Sie werden hier kein Diebesgut finden. Ich habe jeden einzelnen Gegenstand ehrlich erworben, und das zu einem fairen Preis.«

Trina hörte mit dem Abtasten auf und wandte sich der Ladeninhaberin zu, ein Auge ganz dunkel, fast schwarz, das andere hellgelb wie ihr Mantel. Sie wollte gerade etwas sagen. Aber dann bemerkte sie Giddon, der hoch aufgerichtet dastand. Augenblicklich wurde ihre Miene verschlossen.

»Sie erkennen mich«, sagte Giddon.

»Ja.«

»Sie hätten den Menschen, die Ihnen geholfen haben, und der Königin, die ein Risiko eingegangen ist, um Ihnen Schutz zu bieten, ruhig etwas Loyalität entgegenbringen können«, fuhr er fort.

Ein Flackern erschien in ihren unterschiedlichen Augen. »Sie wären überrascht, wie viele Menschen glauben, ich schuldete ihnen Loyalität«, sagte sie. »Alle glauben, sie hätten mir einen Gefallen getan.«

»Einen Gefallen?«, fragte Giddon. »Ich habe Ihnen also einen Gefallen getan?«

»Sie haben mich von einem Ort, an dem die Leute mich ausnutzen wollten, an einen anderen Ort geschleppt, an dem die Leute mich ausnutzen wollten.«

»Und daraufhin haben Sie beschlossen, selbst andere Leute auszunutzen?«

»Woher sollten Sie auch wissen, wie das ist?«, sagte Trina verächtlich und musterte Giddon von Kopf bis Fuß. »Wann hat es Ihnen in Ihrem Leben schon mal an irgendetwas, das Sie wollten oder brauchten, gemangelt? Wann mussten Sie sich fragen, warum jemand mit Ihnen befreundet sein will? Alle wollen irgendetwas von mir. Alle hofieren mich und machen mir etwas vor, weil sie glauben, ich wäre die Lösung irgendeines Problems in ihrem Leben. Wenn sie aus Estill kommen, glauben sie, ich schulde ihnen etwas, weil ich selbst aus Estill komme. Wenn sie aus Monsea sind, weil ich selbst aus Monsea bin. Wenn sie aus Winterburg sind, weil sie mich einmal für einen Auftrag bezahlt haben und glauben, dass wir jetzt eine Art Übereinkunft haben. Ich schulde Ihnen gar nichts.« Sie endete mit einem winzigen Schluchzen.

Giddon war kurz davor, etwas Scharfes zu erwidern. Da fügte Trina unerwartet hinzu: »Es hat mich sehr betroffen gemacht, was mit Ihrer Königin passiert ist.« Diese Aussage verwirrte ihn, nicht nur das, was Trina sagte, sondern auch, wie sie es sagte, als wäre sie plötzlich ein anderer Mensch, müde, traurig und wirklich betroffen.

»Ich … danke«, sagte er.

»Ich glaube, sie hatte ein hartes Leben. Ich glaube, sie hätte mich verstanden. Es hat mir auch leidgetan, was mit Ihrem Gesandten passiert ist. Mit Mikka, der zusammen mit seinem Freund Brek ertrunken ist. Er war mal bei mir. Er wusste, dass ich diejenige war, die das mit dem Zilfium verraten hatte, aber er hat nicht versucht, mir die Last dessen, was die Leute mit dieser Information gemacht haben, aufzubürden.« Plötzlich wurde ihre Stimme wieder härter, schärfer. Sie hielt inne, schluckte. »Er bat mich um Hilfe. Er war gleichermaßen höflich und großzügig. Wenn ich gekonnt hätte, hätte ich ihm geholfen.«

Neben Giddon trat Hava jetzt einen Schritt vor. Fing Trinas Blick auf und hielt ihm stand, sodass Trina mit ihren unterschiedlichen Augen Havas sehen konnte.

»Darf ich fragen, wobei er Sie um Hilfe gebeten hat?«, sagte Hava.

Trina musterte Havas Gesicht. Sie hob leicht herausfordernd das Gesicht. »Ich habe es nie genau erfahren«, sagte sie. »Er und Brek waren von einer Reise in den Norden zurückgekehrt. Dort gab es etwas, das ich für sie suchen sollte.«

»Etwas, das sie im Norden verloren hatten?«, fragte Hava.

»Nein. Etwas, das sie dort gefunden hatten. Etwas, das sie bestätigt haben wollten. Aber bevor wir uns wiedergesehen haben und er mir die Einzelheiten nennen konnte, sind sie ertrunken.«

»Wo genau im Norden waren sie?«, fragte Hava.

»Ich weiß es nicht.« Trinas Stimme wurde wieder lauter. »Sie stellen eine Menge Fragen. Ich weiß, wer Sie sind, und ich glaube, Sie wissen, wie es ist, ausgenutzt zu werden, aber das bedeutet nicht, dass Sie mich ausnutzen können.«

Trina trat einen Schritt zurück. Sie warf der Ladeninhaberin, die die ganze Unterhaltung schweigend verfolgt hatte, einen kurzen Blick zu. Dann machte sie kehrt und verließ das Geschäft.

# 19

Zwei von Ozuls Bekannten, die für die Chartergesellschaft Ledrami zur See fuhren, kamen am Nachmittag zum Kartenspielen auf die *Monsea*. Bereitwillig setzten sie sich vor der Partie mit Giddon und Hava in den Salon und tranken Tee, während der Raum sanft auf den kleinen Wellen im Hafen von Ledra schaukelte.

Die eine war eine Winterburger Frau namens Sorit. Der andere, ein Mann namens Riz, stammte aus Kamassar. Beide hatten an dem Tag, als die *Seashell* gesunken war, im Hafen gearbeitet. Beide erinnerten sich, dass eine neue, Kamassarianisch sprechende Besatzung aus sechs Seeleuten die *Seashell* gesegelt hatte und sofort, nachdem die beiden Gesandten aus Monsea eingetroffen waren, abgelegt hatte.

»Es ist nicht ungewöhnlich, dass jemand, der ein Schiff chartert, seine eigene Besatzung anheuert«, erklärte Riz. »Aber ich fand es ungewöhnlich, dass jemand eine Besatzung anheuert, von denen keiner die eigene Sprache spricht, das weiß ich noch!«

»Ich glaube, Mikka sprach ein wenig Kamassarianisch«, sagte Hava.

»Das erklärt es vielleicht«, räumte Riz ein.

»Und was wissen Sie über den Unfall?«, fragte Giddon.

Riz und Sorit wechselten einen ausdruckslosen Blick. »Nichts«, sagte Sorit.

»Nichts?«

»Die *Seashell* wurde nie mehr gesehen«, fuhr Sorit fort. »Natürlich haben ein paar Leute sie aufs offene Meer rausfahren sehen.

Aber danach nichts mehr. Der Ozean ist groß. Wir haben am nächsten Tag eine große Suchaktion gestartet und keinerlei Hinweise gefunden, aber zu diesem Zeitpunkt haben wir auch nicht mehr damit gerechnet. Das Meer verschlingt alles.«

»Ist es nicht eigenartig, dass niemand in den Rettungsbooten überlebt hat?«, fragte Giddon.

»Die *Seashell* hatte nur ein Rettungsboot an Bord«, sagte Riz. »Wir wissen nicht, was das Schiff zum Sinken gebracht hat. Wenn es ein Feuer war, könnte das Rettungsboot Schaden genommen haben. Oder es könnte von einer Windbö zum Kentern gebracht worden sein. Das Wetter auf dem Frostigen Meer kann sehr schnell umschlagen.«

»Wie war das Wetter an jenem Tag?«, fragte Giddon.

»Ich weiß nicht genau.« Sorit kniff die Augen zusammen, als versuchte sie sich zu erinnern.

»Weißt du nicht mehr, was Katu Cavenda gesagt hat, als er wieder an Land kam?«, fragte Riz.

»Katu?« Giddon versuchte seine Stimme ruhig zu halten. »Er war an jenem Tag auch draußen? Was hat er denn gesagt?«

»Er war mit seiner kleinen Yacht draußen, diesem schönen schlanken Boot, mit dem er Reisen unternimmt und Rennen fährt«, sagte Riz. »Normalerweise macht er dort alles allein. Sein Können muss man einfach bewundern. Er kam lachend zurück und sagte, es sei so stürmisch, dass er beinahe gekentert wäre.«

»Jetzt, wo du es sagst«, erwiderte Sorit, »war das nicht auch der Tag, an dem einige der Fischerboote ihre Netze verloren haben? Die Wellen haben sie direkt von den Schiffen weggerissen.«

»Ja«, stimmte Riz zu. »Daran erinnere ich mich auch. Deshalb waren wir auch alle leicht besorgt, als die *Seashell* bei Einbruch der Dunkelheit noch nicht zurück war.«

»Hat Katu noch etwas gesagt?«, fragte Giddon. »Die *Seashell* hat er vermutlich nicht erwähnt, oder?«

»Doch, wir haben tatsächlich über die *Seashell* gesprochen«, sagte Riz, »denn Katu fragte, ob ich ein Luftschiff voll mit Kamassarianisch sprechenden Leuten Richtung Norden fliegen gesehen hätte. Hatten wir nicht, aber es war natürlich ein komischer Zufall, also habe ich ihm von der Besatzung der *Seashell* erzählt.«

»Das verstehe ich nicht«, entgegnete Giddon. »Warum hat er Sie danach gefragt? Wäre ein Luftschiff voller Kamassarianer denn etwas Besonderes?«

»Ich weiß es nicht«, antwortete Riz achselzuckend. »Katu hat alle möglichen Freunde. Vielleicht dachte er, er hätte jemanden erkannt.«

»Verstehe«, sagte Giddon. »Sie wissen wahrscheinlich nichts darüber, dass unsere Männer aus Monsea im Norden waren, bevor sie ertrunken sind, oder?«

»Ich kann Ihnen nur sagen, dass sie nicht mit der *Seashell* gefahren sind, falls sie im Norden waren«, erwiderte Riz. »Mehr weiß ich nicht.«

Hava und Giddon gingen weitgehend schweigend zu Quonas Haus zurück.

»Irgendwelche Füchse?«, fragte Giddon schließlich.

»Ich habe gar nicht darauf geachtet«, sagte Hava. »Ich muss immer noch an Mikka und Brek denken.«

»Ich auch«, entgegnete Giddon. *Und an Trina*, fügte er nicht hinzu, weil er noch nicht in der Lage war, die Gründe dafür zu formulieren, warum das Gespräch mit ihr ihn so aufgebracht hatte.

»Diese Trina ist ganz schön empfindlich, was?«, sagte Hava. »›Oh, wie sehr ich leide‹, und so?«

Giddon musste lachen. »Würdest du das so beschreiben?«

»Die Ladeninhaberin hat mir gesagt, dass die Leute in der Hafenpassage sie engagieren, um gestohlene Schätze zu finden. Sie wohnt über einem Köderladen, zwei Blocks von ihrem Geschäft entfernt.«

»Wirklich?«, fragte Giddon, der sich noch gestern etwas Glamouröseres vorgestellt hätte. Jetzt war er bloß verwirrt und durcheinander. Er hatte den Sternenmacher gekauft, weil er nicht anders konnte. Bitterblue hätte ihn geliebt; es war die Art Gegenstand, die sie immer bei sich getragen hätte, als Schatz. Beim Gehen wippte die Röhre in seiner Tasche.

»Hava«, fragte er, »nutze ich dich aus?«

»Oh, *uh*. Das musste ja kommen.«

»Trina hat so was gesagt.«

»Also gut, nutze ich *dich* aus?«, fragte Hava. »Wenn wir auf einem Fest sind und ich dir das Reden überlasse, während ich mich verstecke? Oder dich mit deinen starken Muskeln alles tragen lasse? Oder dich mit deinem einnehmenden und wagemutigen Aussehen alle ablenken lasse?«

»Wie schaffst du es bloß, Komplimente mit einem derart beleidigenden Unterton zu machen?«

»Sie zerfloss vor Selbstmitleid. Nimmst du dir immer alles so zu Herzen?«

»Nicht alles.«

»Du nutzt mich nicht aus«, sagte Hava. »Wenn du es tun würdest, würde ich dich das schon wissen lassen.«

»Das stimmt«, pflichtete Giddon ihr reumütig bei.

Jetzt war es Hava, die lachte. »Giddon, könnten wir bitte über das reden, was wir gerade erfahren haben? Wir wissen, unsere Männer sind in den Norden gereist. Dort haben sie offenbar etwas gefunden, etwas, das Trina für sie bestätigen sollte.«

»Eine Entdeckung, für die sie vermutlich ermordet wurden«, sagte Giddon.

»Richtig. Am Tag, als sie umgebracht wurden, hat jemand eine kamassarianische Besatzung für sie angeheuert. Die Besatzung versenkte das Schiff, dann holte jemand – vermutlich der, der sie angeheuert hatte – die Besatzung mit einem Luftschiff ab und brachte sie in den Norden.«

»Genau. Es gibt noch einige Wissenslücken und wir arbeiten mit diversen unbestätigten Vermutungen, aber so ungefähr könnte es gewesen sein.«

»Also«, sagte Hava. »Wie kriegen wir heraus, was sie im Norden gefunden haben?«

»Wir müssen wissen, wo sie gewesen sind«, antwortete Giddon. »Der Norden von Winterburg ist groß.« Vor ihnen kam der Bauernhof auf der Klippe in Sicht, mit Kühen, die verteilt auf dem Hügel standen. Dahinter glitzerten Quonas Fensterscheiben im Meereslicht.

»Quona ist zufällig heute in den Norden gefahren«, fügte Giddon hinzu. »Hat sie dir das gesagt?«

»Es ist mir gelungen, ihr heute Morgen aus dem Weg zu gehen.«

»Die Varanas haben dort irgendwo ein Anwesen. Sie hat gesagt, sie bleibt vielleicht über Nacht weg.«

»Wirklich.« Hava musterte Quonas hohes Haus aus zusammengekniffenen Augen. Sie schien das Dach zu betrachten. »In diesem Fall scheint heute der ideale Tag zu sein, um Quonas Dachboden zu erkunden.«

Die Tür am Kopf der Treppe in Quonas Wohnzimmer war verschlossen, aber Hava machte mithilfe ihrer Dietriche kurzen Prozess, während Giddon nach Quonas Dienstboten Ausschau hielt.

Hinter der Tür stießen sie auf einen riesigen hohen und hellen Raum mit vielen Fenstern. An der Decke waren frei liegende Balken zu sehen, an einer Wand befanden sich ein großer Kamin und eine einzelne geschlossene Tür.

Hava ging zügig zur Tür hinüber und versuchte sie zu öffnen. Als sie feststellte, dass auch sie abgeschlossen war, kniete sie sich hin, untersuchte das Schlüsselloch und versuchte es wieder mit ihren Dietrichen. »Die hier ist schwieriger«, sagte sie.

Als Giddons Augen sich an die Helligkeit gewöhnt hatten, kam ihm der große Dachboden eigenartiger vor als auf den ersten Blick. »Hava?«, fragte er, während er sich umsah. »Was hältst du von diesem Raum?« Farbenfrohe Malereien bedeckten die Wände. Eigentlich bedeckten die Malereien nicht nur die Wände; sie breiteten sich auch über dem Stuck an den Fenstern und den Dachsparren, sogar über Teilen des Fußbodens und einem Großteil der Decke aus. Es waren Szenen mit blauen Füchsen, die Abenteuer erlebten. Sie sprangen von einem Baum zum anderen, flogen mit so etwas wie selbst gebastelten Flügeln, schliefen auf Bergen von Süßigkeiten, segelten mit Booten und schwebten mit Luftschiffen. Außerdem – obwohl sich in dem Zimmer keinerlei Möbel im eigentlich Sinne des Wortes befanden – gab es schmale erhöhte Plattformen an den Wänden. Wie Regalbretter, aber in ungewöhnlichen Positionen. Gerade Durchgänge, Stufen, Anstiege, Abhänge, die mal quer über eine Wand verliefen und vielleicht einen Weg über und um ein Fenster herum bahnten. Eine Art Klettergerüst? Für unglaublich verwöhnte … *Katzen*? Mochten Katzen Malereien von blauen Füchsen? Und warum waren gerade keine Katzen da? Und warum war der Dachboden verschlossen, wenn sich hier bloß ein Spielzimmer für Katzen befand?

»Vor dem Kamin stehen sieben kleine Betten«, sagte Hava, die sich neben Giddon gestellt hatte.

»Sieben? Nicht zwölf?«

»Entweder die Katzen teilen sich die Betten, oder die sind nicht für die Katzen gedacht.«

»Moment mal«, sagte Giddon. »*Sieben?* Das heißt, wir glauben jetzt, sie hat nicht nur einen heimlichen Fuchs, sondern *sieben*?«

»Wenn sie die Regeln missachtet, indem sie sich heimlich an einen Fuchs bindet, warum sollte sie sie dann nicht auch dahingehend missachten, dass sie sich an mehrere bindet?«

»Aber warum sollte sie das tun?«, fragte Giddon. »Sie würde

damit ja nicht nur Regeln missachten, Hava. Sie würde das Gesetz brechen.«

»Auf einer Skala von nervig zu interessant«, sagte Hava, »rutscht Quona weiter in Richtung interessant.« Dann runzelte sie die Stirn beim Anblick einer etwa hüfthohen Stelle an der Wand, ging hinüber und drückte darauf. Eine kleine Tür, wie eine Katzenklappe mitten in der Wand, schwang auf und zu. Treppen führten darauf zu und die Malerei an der Wand verbarg sie.

»Wer immer diesen Raum nutzt«, fuhr Hava fort, »es sieht so aus, als gäbe es Wege in die Wände hinein.«

Giddon erinnerte sich an all die huschenden Geräusche, die er gehört hatte, und er unterdrückte ein Schaudern. »Kommst du in das verschlossene Zimmer rein?«

»Ich versuche es noch mal.«

»Meine Güte, wie windig!«, sagte Giddon, als eine Bö gegen das Fenster drückte. »Man sollte meinen, dass man in einem Haus auf einer Klippe über dem Meer den Ozean hören müsste.« Dann bemerkte er einen türknaufartigen Griff am Rand eines der hohen Fenster. Er ging hinüber, um ihn sich näher anzusehen. Das Fenster war eigentlich eine Glastür.

Er zog sie auf, trat auf eine kleine flache Plattform hinaus, von wo aus er aufs Meer hinaussehen konnte. Der Wind zerrte an ihm.

»Giddon«, sagte Hava dringlich und erschreckte ihn, weil er sie nicht kommen gehört hatte. Sie zeigte hinaus aufs Meer. Er folgte ihrem Finger mit dem Blick, sah jedoch nichts.

Dann plötzlich entdeckte er die voluminösen, lila-blauen Körper, die über die Meeresoberfläche rasten. »Silberkühe«, rief Giddon, woraufhin die Tiere plötzlich ihre Schnauzen auf das Haus und den Balkon richteten, obwohl sie Giddons Stimme aus dieser Entfernung sicher nicht gehört hatten.

*Sie spüren uns*, dachte er. *Sie sehen uns.* Er nahm plötzlich ihre Neugier wahr, wie ein Flüstern unter seiner Haut. Vorsichtig versuchte er mit ihnen zu sprechen, streckte seine Gedanken über das Wasser aus, ohne zu wissen, wie er sich verständlich machen sollte. *Ein Haus auf den Klippen?*, fragte er. *Ein Luftschiff? Eine Störung im Wasser? Was hat das zu bedeuten?*

Plötzlich, unglaublicherweise, spürte er ihre Stimmen.

*Wer bist du?*, fragten sie ihn. *Woher kennst du unsere Geschichten?* Aber es waren keine Wörter; es waren Bilder und Gefühle, Eindrücke, die Giddon durchströmten wie der Wind, der an seinem Körper rüttelte. Sie zeigten ihm das Haus hoch auf einer Klippe, undeutlich, aber mit Reihen glänzender Fenster. Sie zeigten ihm ein dunkles Oval am Himmel, das die Sonne verdeckte: ein Luftschiff. Dann sah er eine Explosion im Wasser, einen enormen schrecklichen Blitz, der das Meer auslöschte, und er musste sich fest ans Geländer klammern und sich vor Augen halten, dass es nur ein Bild war und nicht echt. Er spürte den Schmerz der Silberkühe. Es raubte ihm den Atem.

*Hilf uns*, sagten sie. *Halt sie auf. Sie sollen aufhören.*

*Aufhören womit?*, fragte Giddon. *Was ist los?*

Sie zeigten ihm ein neues Bild. Ein Schiff mit hellgrauem Rumpf auf dem Meeresgrund. »Seashell« stand auf Winterburgisch darauf. Der Rumpf war geborsten. Die Kabinentür war geschlossen, verriegelt. Im Inneren der Kabine, sichtbar durch ein Bullauge, lagen zwei Leichen.

*Mikka!*, rief Giddon. *Brek!*

*Mikka, Brek?*, fragten die Silberkühe neugierig, aber verständnislos.

*Unsere Freunde! Diese beiden Leichen. Jemand hat sie dort eingesperrt! Sie wurden umgebracht! Das ist der Beweis!*

*Beweis?* Dann zeigten ihm die Silberkühe ein neues Bild: Vor dem Schiff war eine riesige Kreatur mit vielen Beinen und vielen Augen. Eine unfassbare Kreatur wie die Bürgin. Und jetzt war Giddon verwirrt über das, was er sah, denn vielleicht war alles bloß ein Märchen.

*Es ist echt,* erklärten die Silberkühe. *Unsere Freundin bewacht euren Beweis. Aber könnt ihr uns helfen? Werdet ihr sie aufhalten?*

*Ja!,* sagte Giddon. *Wir versuchen es! Aber wir verstehen nicht! Wen sollen wir aufhalten?*

Und dann verblassten die Nachrichten der Silberkühe, weil sie sich plötzlich umdrehten und nach Norden davonschwammen.

*Halt!,* rief Giddon. *Wen sollen wir aufhalten? Und was tun sie?*

»Hast du gehört, was sie gesagt haben?«, fragte Hava atemlos neben ihm.

»Ja. Sie haben uns um Hilfe gebeten.«

»Hast du das Haus, das Luftschiff und die Explosion gesehen? Das Schiff mit den Leichen?«

»Ja. Und auch eine imaginäre Bürgin, was verwirrend war.«

»Wir müssen in das verschlossene Zimmer«, sagte Hava. »Das Haus, das sie uns gezeigt haben, könnte dieses hier sein.«

»Oder sonst irgendein Haus«, entgegnete Giddon. »Die Cavendas haben ein Haus auf einer Klippe im Norden. Viele Leute hier haben Häuser auf Klippen.«

»Schon, aber jetzt stehen wir buchstäblich in einem, Giddon. In einem Haus mit Geheimnissen und einem verschlossenen Zimmer.«

Der Verlust der Silberkühe schmerzte Giddon noch immer. Etwas an ihnen hatte den dringenden Wunsch in ihm geweckt, sie verstehen zu können, aber jetzt waren sie weg. Enttäuscht umklammerte er das Geländer. »Ich denke auch, dass wir in dieses Zimmer müssen, aber es gibt viele Fragen zu beantworten. Und die Antworten werden nicht alle in diesem Zimmer zu finden sein. Mikka und Brek haben im Norden etwas gefunden.« Mikka und Brek. Was für ein Albtraum, in der Kabine eingesperrt zu sein, während das Schiff sinkt. Was für ein entsetzlicher Tod.

»Ich werde sie rächen«, sagte Giddon. »Für Bitterblue.«

»Natürlich wirst du das«, erwiderte Hava. »Ich auch. Aber Achtung, denn das da sieht aus wie Quonas Luftschiff.« Sie zeigte Richtung Norden, wo ein Punkt am Himmel erschienen war.

»Hoffentlich nicht. Sie hat gesagt, sie wäre unter Umständen über Nacht weg. Es ist gerade mal Nachmittag.«

»Ich glaube, wir sollten genauer zuhören, was sie so sagt«, erklärte Hava, »und wie das mit dem zusammenpasst, was sie tut. Und jetzt lass uns reingehen, bevor sie uns entdeckt.«

# 20

Am Abend, an dem die Gala der Premierministerin stattfand, zwei Wochen nach dem Festessen bei Lovisas Eltern, kam Lovisa mit zwei Fragen zur Burg. Erstens, ob ihre Mutter ihren Fuchs zu der Feier mitgebracht oder ihn zu Hause gelassen hatte. Zweitens – falls der Fuchs wirklich bei der Feier war –, wen sie als Vorwand nutzen könnte, um sich nach Hause zu schleichen.

Die Eingangshalle war angefüllt von Lärm und Farben. Die Glaskuppel der Burg über Lovisa verschwand in der Dunkelheit und weckte in ihr den Wunsch nach Ruhe, Einsamkeit und den Sternen.

In einem maßgeschneiderten schwarzen Kleid versteckte sie sich hinter einer Horde Jungen aus der Akademie, die sich offensichtlich selbst urkomisch fanden. Sie griff in ihren Ausschnitt und berührte die Schnur, an der der Schlüssel zur Dachkammer hing, den sie in einer der Passagen hatte nachmachen lassen. Er kratzte auf ihrer Haut, denn die Frau, die ihn gefertigt hatte, hatte aus unerfindlichen Gründen einen unechten roten Edelstein aus billigem Glas oben daran befestigt. »Dadurch wird er zu etwas Besonderem«, hatte sie mit einem schiefzähnigen Lächeln gesagt. Lovisa hatte sich für sie geschämt.

Aus ihrem Versteck heraus sah Lovisa sich um. Ziemlich schnell entdeckte sie ihren Vater auf einer Treppe, wo er wie ein Schauspieler auf der Bühne über der Menge aufragte und sich mit der Präsidentin des Magistrats von Ledra unterhielt. Dann ging Ta Varana vorbei, die in einem dunkelrosa Kleid großartig aussah. Könnte Ta ihr Vorwand werden? Sie hatten sich schon mal geküsst. Das war okay gewesen, außer dass Ta die ganze Zeit geredet und geredet hatte. Allein die Erinnerung daran war ermüdend.

Ein Fuchs huschte an Lovisa vorbei hinauf zur Galerie im ersten Stock, die sich rund um die Eingangshalle zog. Seufzend sah Lovisa sich schon den ganzen Abend über Füchse in Ecken drängen, um dann mühsam herauszufinden, ob sie der waren, nach dem sie suchte. Sie sah, wie ihre Mutter sich zu ihrem Vater stellte und dann mit ihm zu Arni und Mara Devret, Maris Eltern, hinunterstieg. Ferlas Lippen lächelten starr und Lovisa fragte sich, ob sie selbst auch so aussah, wenn sie lächelte. Als würde ihr davon das Gesicht wehtun.

In der Nähe bemerkte sie Mari mit einigen seiner Freunde, darunter auch Ta. Als sie näher ging, war sie überrascht, Nev zwischen ihnen zu entdecken. Ihre Überraschung legte sich, als sie nah genug war, um das Gespräch hören zu können.

»Was willst du, Nev?«, fragte Pari Parnin gerade.

Nev zuckte mit den Achseln. »*Du* hast mich doch angesprochen. Du hast ›Nette Party‹ gesagt, also habe ich ›Ja‹ geantwortet.«

»Stimmt nicht«, sagte Pari.

»Gut. Du hast recht. Ich habe das Wort *Ja* einfach so ohne Grund ausgesprochen.«

»Hast du das früher nicht ziemlich oft geschrien?«, fragte Pari. »Als du noch mit Mari zusammen warst?«

Nev hielt einen Augenblick inne und blickte in Paris grinsendes, selbstzufriedenes Gesicht. »Mari ist ein netter Mensch«, sagte sie ausdruckslos. »Ich glaube nicht, dass er dir oder sonst jemandem irgendetwas darüber erzählt hat, was wir gemacht haben. Oder was er mit irgendjemandem macht.« Sie zuckte erneut mit den Schultern. »Und vielleicht gefällt es ihm nicht, wenn du den Eindruck erweckst, er täte das.«

»Du weißt nicht, wovon du redest.« Pari lächelte gemein.

Nevs Blick ruhte auf Mari, der elend und verlegen mit gerunzelter

Stirn zu Boden sah. Dann schaute sie die anderen in der Gruppe an, die kichernd die Münder verzogen. Nevs kalter, verächtlicher Blick strich auch über Lovisa hinweg, dann drehte sie sich um und ging davon. In einem Arm hielt sie die verletzte Füchsin, so fest, dass sie sich wand. Die sich windende Füchsin war der einzige Hinweis darauf, dass Nev aufgebrachter war, als sie erkennen ließ.

Lovisa hätte Mari gern anklagende Worte entgegengeschleudert, weil er wie ein Feigling einfach dagestanden hatte, während Nev allein mit Pari fertigwerden musste. Aber das musste warten, weil Lovisa inzwischen entschlossener denn je war, den Fuchs ihrer Mutter zu finden und sich dann nach Hause zu schleichen. Sie hatte als Vorwand nach jemandem gesucht, dessen Berührungen und Küsse sie ertragen konnte, aber jetzt war ihr Bedürfnis nach Ertragen verschwunden. Sie würde Pari Parnins aufgeblasene Selbstüberschätzung platzen lassen. Sie würde ihm vormachen, dass sie etwas von ihm wollte, ihn daraufhin auf den Dachboden ihres Hauses in Flag Hill locken und sich ihm dort verweigern. Und wenn er daraufhin Ärger mit ihren Eltern bekommen sollte, weil er versucht hatte, ihre Tochter auf dem Dachboden zu verführen, umso besser.

»Hallo, Pari.« Sie trat näher an ihn heran. »Seit wann bist du denn so witzig?«

»Ich dachte, du würdest es nie bemerken«, antwortete er grinsend. Sie machte sich an die Arbeit, lachte über seine dummen Witze und streichelte ihm über den Arm. Sie machte ihm ein Kompliment wegen seiner gold-grünen Schals und berührte die orangefarbenen Edelsteine, die seine Taschen zierten. Und er reagierte darauf, nicht im Gespräch, sondern mit schweren Händen, wissendem Lächeln und direktem Körperkontakt.

Dann entschuldigte sie sich kurz und versprach, gleich wiederzukommen. War der Fuchs ihrer Mutter hier oder nicht? Sie bewegte sich am Rand der Feier entlang und beobachtete die Füchse, die gelegentlich vorbeihuschten wie ein wirbelndes Blatt im Strom. Solange keiner von ihnen stillhielt, hatte sie nicht viel Hoffnung, eine Schnauze oder ein Ohr zu erkennen.

Lovisa sah Nev allein in einer Ecke stehen. Als sie die Menge absuchte, sah Lovisa noch jemanden, der Nev in ihrer Ecke entdeckt hatte: Nori Orfa, dieser Junge aus dem Norden, der schnell lächelte und gern flirtete, und dem Lovisa nicht traute. Nori ging auf Nev zu.

Teils aus einem eigenen Bedürfnis heraus, teils aus dem unbewussten Impuls heraus, sich Nori in den Weg zu stellen, drängte sich Lovisa zu Nev durch.

»Hallo«, sagte sie, als sie atemlos vor das Mädchen trat, das größer war als sie.

Nev sah wortlos auf Lovisa herab, ihr verächtlicher Blick sprach jedoch Bände. Den Fuchswelpen hatte sie nicht mehr im Arm. Lovisa sah Nevs schwarze, hochgeschlossene Bluse mit langen dünnen Bändern in allen Farben, die um ihren Oberkörper gewickelt und an zufälligen Stellen zusammengeknotet waren. An jedem anderen hätte das ausgesehen wie der gescheiterte Versuch, die aktuelle Mode aus Ledra zu kopieren. An Nev mit ihrem gereckten Kinn, ihren straffen Schultern und dem humorlosen Mund wirkte es genau richtig. Sie sah aus wie eine Königin.

»Kommst du, um auf mir rumzuhacken?«, fragte Nev. »Oder macht ihr das nur, wenn ihr Publikum habt?«

»Hast du etwa all die Male vergessen, die ich auf dir herumgehackt habe, als wir allein waren?«, fragte Lovisa. »Ich bin gekränkt.«

»Haha. Was willst du von mir, Lovisa?«

»Kannst du Füchse auseinanderhalten?«

»Manchmal.«

»Dir ist vermutlich nicht irgendwann mal der meiner Mutter aufgefallen, oder?«

»Nicht direkt«, sagte sie. »Wann auch? Ich werde normalerweise nicht zu dir eingeladen.«

»Oh.« Lovisa war enttäuscht. »Na gut.«

»Außerdem: Warum sollte ich dir einen Gefallen tun?«

Lovisa zögerte nachdenklich. Dann sagte sie: »Aus einem komplizierten Grund, der Rache an Pari Parnin miteinschließt.«

Daraufhin schwieg Nev einen Moment. Dann sagte sie: »Wie alt ist der Fuchs deiner Mutter?«

Lovisa rechnete kurz nach. »Sieben oder acht vielleicht.«

»Dann ist es wahrscheinlich einer von denen, die nicht herumspringen, als hätten sie es darauf abgesehen, über alle Leute zu stolpern. Die Wilden sind in der Regel die Jüngeren.«

»Oh. Ich habe keinen einzigen gesehen, der stillgehalten hätte.«

»Man bemerkt sie nicht so leicht. Sie stehen meistens bei ihrem Menschen oder beobachten die Feier vom Rand der Treppe aus. Entschuldige mich«, sagte Nev und huschte davon. Kurz darauf sah Lovisa sie mit Nori im Schatten eines Durchgangs, wo sie sich angrinsten. Als Nev lächelte, veränderte das ihr Gesicht, ließ sie freudig und verschmitzt erstrahlen. Unwillkürlich fragte Lovisa sich, ob Nev wohl auch Mädchen küsste. Sie fühlte sich außerdem plötzlich schrecklich einsam.

*Was solls.* Lovisa drehte sich um und untersuchte den Rand der nächstgelegenen Treppe. Augenblicklich sah sie, was Nev gemeint hatte, denn die Füchse besetzten die Zwischenräume zwischen den Geländerstreben, genau wie ihre kleinen Brüder zu Hause, wenn Gäste zum Abendessen da waren. Einer sprang plötzlich aus gefährlicher Höhe herunter – einer, den Lovisa erkannte, weil er so klein war und ein verbundenes Gesicht hatte. Das war Nevs Füchsin, Kleiner Fratz. Lovisa sah, wie sie zwischen den Füßen der Leute hindurch auf Nev zuflitzte, und fragte sich, ob sie wohl schon aneinander gebunden waren. *Sag ihr, sie soll sich nicht mit diesem miesen Idioten einlassen!*, rief sie der Füchsin zu, was natürlich zwecklos war.

Dann erregte ein Fuchs, der Lovisa von der Treppe her beobachtete, nachhaltig ihre Aufmerksamkeit. Sie erkannte das langnasige Profil, die kecken Ohren. Einen Augenblick hielt der Fuchs mit seinen funkelnden Augen ihrem Blick stand. Dann erhob er sich und schlich davon, nicht ohne Lovisa bestätigt zu haben, was sie wissen wollte. Der Fuchs ihrer Mutter war hier.

Als der Fuchs, der an Ferla Cavenda gebunden war, sah, wie Lovisa zu ihm auf der Treppe hinaufblickte, verstand er augenblicklich, was sie vorhatte.

Und da nahm das ganze Ausmaß der Katastrophe, die wahrscheinlich eintreten würde, in seinem Verstand Gestalt an. Denn er wusste etwas, das Lovisa nicht wusste: Ferla, die mal wieder unter Kopfschmerzen litt, hatte vor, die Feier früh zu verlassen und nach Hause zu gehen.

Der Fuchs hatte noch nie so viel Angst und Nervosität ausgestanden wie in letzter Zeit. Es war einfach zu viel. Er konnte nicht alle ganz allein beschützen! Und seine Geschwister, die auch hier bei dieser Feier waren, waren so nutzlos wie immer. Sie wollten nichts weiter als *Ärgert euch gegenseitig* spielen, gelegentlich unterbrochen durch eine Partie *Schnapp heruntergefallenes Essen*. Als wären sie Welpen! Sie hatten kein Interesse daran, ihm bei irgendeinem seiner Probleme zu helfen. Wie sollte er Ferlas Pläne durchkreuzen?

Vielleicht konnte er ihr Verlassen der Feier verzögern. Sie von ihren Kopfschmerzen ablenken. Dann könnte er versuchen bereitzustehen, um Lovisa zu helfen.

Der Fuchs machte sich auf die Suche nach Ferla, während er sich eine Lüge darüber ausdachte, dass er ins Innere der Burg vorgedrungen sei und gesehen hatte, wie jemand versuchte, ins Büro der Präsidentin einzubrechen. Das würde sie ablenken, bis ihm die nächste Lüge einfiel.

Es war nicht schwierig, Pari dazu zu bringen, die Party zu verlassen.

»Komm, wir holen meinen Mantel, Pari«, sagte Lovisa.

»Gehst du schon?«, fragte er leicht schmollend.

»Gehen wir nicht beide?«

Draußen schneite es jedoch leicht und er schreckte davor zurück, bis nach Flag Hill zu laufen. »Wir wohnen im selben Wohnheim«, sagte er. »Niemand wird es erfahren.«

Sie antwortete nicht, küsste ihn nur und presste sich an ihn. Dann, als sie eine Stelle erreichten, an der sich der Fußweg teilte, wandte sie sich einer Treppe zu, die vom Wohnheim wegführte.

»Was machst du da?«, fragte er. »Hier gehts lang.«

»Sei still, Pari. Ich habe einen besseren Plan.«

»Das Wohnheim ist gleich da drüben.«

»Wenn du das hier willst«, sagte sie, »musst du mit mir nach Hause kommen.«

»Aber warum? Es ist eiskalt hier draußen!«

Sie nahm seine Hand und schob sie unter ihren Pelzmantel. Dank der Kälte waren ihre Brustwarzen ganz hart. Sie gab ihm eine Minute, um sie zu berühren und ihren Hals zu küssen. Eigentlich war es gar nicht so schlimm. Es erregte sie sogar ein wenig.

»Komm schon«, sagte sie. »Komm einfach mit.«

Mit keuchendem Atem folgte er ihr.

# 21

Pari nach Hause zu führen, war ein wenig so, als versuchte man mit einem sexbesessenen Hund spazieren zu gehen. Sie kamen nur langsam voran, weil Pari Lovisa ständig zum Stehenbleiben drängte, um sie zu befummeln.

»Verraten dich eure Wachen nicht an deine Eltern?«, fragte er während einer dieser Pausen. »Vielleicht sollten wir es lieber gleich hier zwischen den Bäumen machen.«

Es war noch nicht der richtige Zeitpunkt, um Pari beizubringen, dass sie den Wachen aus dem Weg gehen würden, indem sie über eine Mauer kletterten, dann auf einen Baum und ein Spalier, und schließlich durch ein Fenster im zweiten Stock einstiegen.

»Ich weiß, wie ich die Wachen umgehen kann«, sagte sie. »Es gibt da ein Arrangement.«

»Ein Arrangement mit euren Wachen? Was denn für eins?«, wollte er wissen, dann grinste er schlüpfrig. »*So* eins?«

»Sei nicht widerlich. Es ist kein Arrangement *mit* den Wachen.«

»Doch, es ist *so* ein Arrangement. Du hast auch Sex mit allem, was?«

»Was sagt das dann über dich aus, wenn das stimmt?«

»Was auch immer. Warum sollte ich nicht davon profitieren, wenn andere es auch tun?«

Es war leicht, sich dafür zu rechtfertigen, dass sie ihn benutzte, wenn er so redete. Vielleicht sollte sie ab jetzt immer so jemanden wie ihn wählen. Es schneite und die Kälte machte Lovisa nervös. Als er sie packte und gegen eine Steinmauer presste, fing ihr Herz an zu hämmern. Die Mauer, die ihr in den Rücken drückte, war die Mauer zum Anwesen der Devrets, was bedeutete, dass sie fast bei sich zu Hause waren. Und er hatte sie fest gepackt, behandelte sie gröber als bisher. Sie konnte ihn nicht abschütteln. Er tat ihr weh.

»Lass mich los«, sagte sie.

Er presste sie noch fester gegen die Mauer, drückte ihre Schultern herab. »Leg dich hin«, sagte er.

»Nein.« Sie bekam Panik, gab ihrer Stimme jedoch einen angewiderten und mutigen Tonfall. »Glaub bloß nicht, ich würde dich nicht anzeigen, wenn du mich dazu zwingst.«

»Niemand würde dir glauben.«

»Du denkst, meine Eltern glauben mir nicht, wenn ich ihnen die blauen Flecken auf meinem Rücken zeige, die ich mir geholt habe, weil du mich an die Mauer der Devrets gedrückt hast?«

»Keiner weiß, dass ich hier bin. Du kannst nicht beweisen, dass ich es war.«

»Ich habe Mari gesagt, ich würde dich mitnehmen«, log sie. »Du weißt, er würde eher mich verteidigen als dich.«

Pari lachte plötzlich. Dann ließ er sie los. »Na gut«, sagte er. »Hoffen wir mal, dass das ein richtig guter Fick wird.«

Paris Klagen nahmen einen neuen Tonfall an, wütend und gemein, als sie die Mauer der Cavendas erreichten und er begriff, dass Lovisa mit ihm durch ein hoch gelegenes Fenster ins Haus klettern wollte.

*Neue Kriterien*, dachte Lovisa bei sich. *Jemand, der weniger rücksichtslos, unheimlich, jämmerlich und schrecklich ist.* »Jetzt kletter einfach über die Mauer, Pari.« Langsam fragte sie sich, wie sie ihn von sich fernhalten sollte, sobald sie im Haus waren. Und das alles nur, um herauszufinden, was ihr Vater in diesem Zimmer aufbewahrte? Hoffentlich war es das wert. »Dein Fick ist auf der anderen Seite der Mauer.«

Die Knaststeine waren glitschig vom Schnee, vor allem für jemanden, der nicht ans Klettern gewöhnt war, wie Pari. Als er auf der anderen Seite landete, hatte er Matschflecken auf dem Mantel und Kratzer an den Händen. »Wir könnten es einfach hier tun«, sagte er mit einem Unterton in der Stimme, der noch etwas anderes besagte: dass er mit seiner Geduld am Ende war und sie es hier tun *würden*.

Angetrieben von der Entschlossenheit, nicht die Kontrolle über die Situation zu verlieren, ging Lovisa zügig über das Grundstück auf das Haus zu und hoffte, er würde ihr folgen, nur um sich dann, als sie seine Schritte hinter sich hörte, verfolgt zu fühlen. Am Baum, der zu dem Spalier führte, setzte sie einen Fuß auf einen Ast und kletterte so schnell sie konnte los. Sie hatte sich passend dafür angezogen, mit ihrem dunklen Mantel und dem engen Rock, der eigentlich aus zwei Hosenbeinen bestand.

Pari war jetzt auch auf dem Baum und kletterte langsam und fluchend hinter ihr her. Lovisa erreichte das Spalier, während er sich immer noch durch die unteren Äste kämpfte. Als sie daran zum Fenster hochkletterte, kam ihr zum ersten Mal der Gedanke, dass das Spalier Paris Gewicht vielleicht nicht tragen würde. Schließlich war es eigentlich dazu gedacht, Efeu zu halten und keine Menschen, und Pari war deutlich schwerer als sie.

Jetzt hatte Lovisa ein Bild vor Augen: Pari, der mit gebrochenem Genick auf dem Boden lag. Wahrscheinlich hätte er es verdient. Aber falls das geschah, wäre es für ihr weiteres Leben eine Katastrophe.

So schnell sie konnte, kletterte sie zurück auf den Baum und rutschte ein Stück hinunter. »Pari«, wisperte sie. »Vielleicht hält das Spalier dein Gewicht nicht aus. Sei vorsichtig, wenn du dort bist.«

Ganz plötzlich verwandelten sich Paris frustrierte Geräusche wieder in Gelächter. Es klang hysterisch.

»Psst!«, flüsterte Lovisa erschrocken. »Die Wachen!«

»Lovisa, gibs zu: Das ist ein ausgeklügelter Streich, stimmts? Sieh mich an. Ich hocke in einem Baum vor eurem Haus im Schnee, mit der tödlichen Falle eines Spaliers über mir. Ich *will* gar nicht mehr mit dir schlafen.«

»Ich bin beleidigt«, entgegnete Lovisa im selben Tonfall. »Dabei habe ich eine so schöne Nacht für uns geplant.«

»Du bist echt eine Nummer«, sagte er mit einer Zuneigung in der Stimme, die sofort Schuldgefühle in ihr auslöste. *Ich mag ihn immer noch nicht,* erinnerte sie sich. *Und er könnte mir immer noch wehtun.*

»Komm schon. Das wird lustig.« Sie versuchte aufrichtig zu klingen, dann huschte sie wieder zum Spalier hinauf. Das Fenster mit dem kaputten Riegel ging leicht auf. Mit einem kleinen Anflug von Stolz kletterte Lovisa in das dunkle leere Zimmer.

Während Pari sich unter ihr weiterhin von Ast zu Ast kämpfte, ging sie auf Zehenspitzen zum Schreibtisch hinüber. Sie zog die Schublade auf und tastete nach etwas, das sie als Waffe verwenden könnte. Ihre Finger schlossen sich um etwas Langes, Scharfes – einen Brieföffner.

Als sie zum Fenster zurückkehrte, kletterte Pari gerade herein. Fiel eigentlich eher herein. Er landete auf dem Fußboden und drehte sich auf den Rücken. Es war so dunkel, dass Lovisa nicht sicher sein konnte, in welcher Stimmung er war, bis sie ihn kichern hörte.

»Und jetzt?«, fragte er. »Lass mich raten, wir sind in einem abgelegenen Zimmer mit einem großen Bett voller flauschiger Kissen, aber du willst, dass wir es an einem spannenderen Ort tun? Vielleicht auf dem Dachfirst?«

»Wir müssen nur noch ein paar Stufen hinauf«, sagte sie, erleichtert, dass er jetzt weniger aggressiv war.

»Ich höre, wie du lächelst. Diese Stufen werden wahrscheinlich von Bären bewacht.«

»Steh auf und nimm meine Hand.«

Pari stand auf und nahm mehr als ihre Hand. Er küsste sie, drückte sich an sie, immer noch leise lachend. Seine Nase war kalt, aber sein

Mund warm und weich. Um ihn anzustacheln, hielt Lovisa den Brieföffner außerhalb seiner Reichweite und erwiderte seine Küsse. Es fühlte sich gut an, wovon sie sich schlecht fühlte. So etwas würde sie nie wieder tun. Sie war zu sehr zerrissen dazwischen, körperliches Verlangen nach jemand Abscheulichem zu verspüren, jemanden zu manipulieren, dabei aber Schuldgefühle zu haben, und jemanden zu kontrollieren, dabei aber den Eindruck zu haben, die Kontrolle jeden Moment, in dem er das beschloss, verlieren zu können, weil er stärker und labil war.

»Komm«, flüsterte sie. Sich mit der Brieföffnerhand vorantastend, führte sie ihn aus dem Zimmer.

Sie begegneten keinen Wachen und gemessen daran, dass ein Großteil des Weges stockdunkel war, machten sie auch wenig Lärm. Lovisa nahm eine Lampe von einem Tisch und reichte sie Pari. »Die trägst du«, flüsterte sie.

»Du hast vermutlich nicht vor, das blöde Ding auch anzuzünden, oder?«, flüsterte er zurück.

»Gleich.«

Sie erreichten die Tür zur Dachbodentreppe, die beim Öffnen quietschte. Nachdem sie die Treppe hinaufgestiegen und durch die nächste Tür getreten waren, kamen sie auf den riesigen Dachboden voller Dunkelheit und Schatten. Lovisa schloss die Tür hinter sich und fühlte sich plötzlich sicherer, verborgen vor dem Rest des Hauses.

»Wir sind fast da«, sagte sie und zog an der Schnur um ihren Hals, an dem der Schlüssel hing. Pari durchquerte mit ihr den Dachboden, während seine Atmung sich hörbar beschleunigte. Lovisa streckte die Hand aus und tastete nach der Tür zu der kleinen Kammer. Sie fand das Schlüsselloch, während Pari sich an sie presste und seinen Händen freie Bahn ließ. Seine Finger waren überall auf ihrem Körper. Nein, nicht überall, denn den Brieföffner in ihrer Hand hatte er noch nicht entdeckt. *Ein Junge im Dunkeln kümmert sich nicht um meine Hände. Ich kann etwas in meinen Händen verstecken,* dachte sie und speicherte diese Information für später ab, obwohl sie so etwas nie wieder tun würde.

Das Schloss klickte. »Also gut, Pari«, sagte sie, »du wartest kurz hier draußen, während ich das Zimmer vorbereite.«

»Ich bin sicher, es ist bereit.«

»Manchmal übernachten meine Brüder in diesem Zimmer. Sollen die uns so sehen? Ich vergewissere mich nur, dass es leer und alles in Ordnung ist. Los, gib mir die Lampe.«

Er drückte ihr die Lampe in die Hand. »Beeil dich.«

»Wie wärs, wenn du bis hundert zählst? Okay? Denk daran, wie gut es sich anfühlen wird, sobald du bis hundert gezählt hast.« Sie gab ihm einen Kuss, dann fing sie langsam zu zählen an. »Eins, zwei …«

Während er die Zähne zusammenbiss und zählte, löste sie sich von ihm, betrat das Zimmer, schloss schnell die Tür hinter sich, fand das Schlüsselloch und schloss von innen ab.

»He!«, hörte sie ihn brüllen. »Du lässt mich doch gleich rein, oder?«

»Natürlich! Sei still, sonst hören dich die Wachen!«

Dann ertönte eine Stimme im Inneren des Raums, leise und undeutlich, als wäre der Sprecher im Halbschlaf.

»Hallo?«, sagte die Stimme auf Beschenktisch. »Giddon?«

Lovisa erstarrte. Sie hatte das Gefühl, ihr Kopf würde wie ein Ballon anschwellen. »Hallo?«, antwortete sie auf Beschenktisch, ohne genau zu wissen, was sie da sagte.

»Wer ist da?«, fragte die Stimme, kräftiger jetzt, wachsamer, und wechselte ins Winterburgische. »Hallo?«

Die Kammer war so dunkel wie all die Bestrafungen, an die Lovisa sich aus ihrer Kindheit erinnerte, und es roch auch genau so – kalt und durchdringend wie ein Nachttopf. Zitternd bückte sie sich, um die Lampe auf den Boden zu stellen, damit sie sie anzünden konnte.

Ein Funke. Lovisa hob die flackernde, größer werdende Flamme.

Vom Bett aus sah eine junge Frau Lovisa an. Sie war klein wie Lovisa, dunkelhaarig und unscheinbar wie Lovisa, mit großen, argwöhnischen Augen und einem sturen, entschlossenen Zug um den Mund. Ihre Haut war brauner als Havas oder Giddons, aber blasser als Lovisas. Sie sah aus wie … sie sah aus wie der Prinz aus Lienid, der mit dem Beschenkten befreundet gewesen war. Prinz Skye.

»Wer bist du?«, fragte die Frau Lovisa in beinahe akzentfreiem Winterburgisch. Sie funkelte sie an, erwartete eine Antwort. Lovisa erwiderte ihren Blick, atemlos, ungläubig, denn die Person, die hier auf dem Dachboden ihrer Familie eingesperrt war, konnte nur eine sein.

»Bist du gekommen, um mich zu befreien?« Die Frau schlug die Decke zurück, setzte die Füße auf den Boden, stand auf und sah Lovisa direkt an. Sie war genauso groß wie Lovisa und trug einen ihrer Lieblingsschlafanzüge.

Angesichts dieses Bildes verstand Lovisa auf einen Schlag eine Menge Dinge. Warum ihre Mutter an dem Tag, als die Delegation aus Monsea eingetroffen war, früher aus dem Unterricht weggegangen und dann zu spät zu einem wichtigen Diner gekommen war. Warum ihre Eltern sich gestritten hatten, denn natürlich würde Benni so etwas nie unterstützen. Warum es keine Rolle mehr spielte, was ihr Vater in dieser Kammer hatte lagern wollen. Wie ernst die ganze Situation war, denn das hier war ein Kapitalverbrechen. Ein solches Verbrechen konnte einen Krieg auslösen.

Sie verstand außerdem, dass jetzt sie, Lovisa, verantwortlich für die Königin von Monsea war. Und dass sie dieser Königin nicht zur Flucht verhelfen konnte, weil Pari Parnin vor der Tür wartete. Sie konnte dieser Königin nicht zur Flucht verhelfen, denn wohin sollte sie sie bringen? Sie konnte dieser Königin nicht zur Flucht verhelfen, weil das ihre Familie ruinieren würde. Ihre Eltern würden ins Gefängnis geworfen, vielleicht sogar hingerichtet, ihr Vermögen von der Winterburger Regierung beschlagnahmt, und Lovisas Name, der Name ihrer Brüder, würde berüchtigt sein, ein Synonym für Skandal und Schande, nicht nur in Winterburg, sondern in ganz Torla genau wie auf dem Königskontinent.

*Meine Mutter hat unser Leben zerstört,* dachte sie.

»Nun?«, fragte Königin Bitterblue. »Wirst du mich befreien?«

Lovisa brauchte einen Plan. »Ja«, improvisierte sie. »Aber noch nicht sofort.«

»Wann dann?« Die Königin trat einen Schritt vor. »Wo bin ich? Wer bist du?«

Pari Parnin klopfte an die Tür. Seine Stimme war ein Jammern. »Lovisa, lass mich rein.«

»Wer ist das?«, fragte die Königin mit scharfer Stimme.

»Ich sorge dafür, dass er verschwindet.« Lovisa ging auf die Tür zu. »Dann komme ich wieder.«

»Wirklich?« Die Königin folgte ihr. Ihre Stimme klang sicher und beeindruckender als die kleine Person, die damit sprach. »Warum glaube ich dir nicht?«

Voller Verwirrung drehte sich Lovisa zu ihr um. »Bitte«, sagte sie leicht außer sich. »Verraten Sie meiner Mutter nicht, dass ich Sie gesehen habe.«

»Deiner Mutter! Wer ist deine Mutter?«

»Ich komme wieder«, log Lovisa, »aber sagen Sie es niemandem.«

»Ist das hier ein Privathaus?«, fragte die Königin. »Bin ich in Ledra?«

»Ich erkläre Ihnen alles später.«

»Bist du eine Verbündete des Fuchses?«

»Was? Nein! Natürlich nicht! Er ist an meine Mutter gebunden!«

»Aber du bist meine Verbündete?«

»Ja. Ich komme zurück, um Sie zu holen!«

Königin Bitterblue starrte Lovisa durchdringend an, ohne ihr zu glauben. Das wusste Lovisa und schämte sich. »Hier«, sagte sie verzweifelt und drückte der Königin als eine Art Bestechung den Brieföffner in die Hand. Dann ging sie schnell zur Tür, drehte den Schlüssel, zog den Riegel auf. Die Königin folgte ihr dicht auf den Fersen. Von der anderen Seite drückte Pari gegen die Tür.

»Warte!«, rief Lovisa. »Ich komme raus.«

Pari stieß die Tür so fest auf, dass Lovisa stolperte und beinahe die Lampe fallen gelassen hätte. Mit einem ärgerlichen Grunzen stürmte er in die Kammer. Dann starrte er aus weit aufgerissenen Augen die Königin an, die barfuß und im Schlafanzug mit einem Brieföffner in der Hand vor ihm stand.

»Wer sind Sie?«, fragte er verwirrt.

»Niemand«, sagte Lovisa schnell. »Eine Cousine aus dem Norden. Wir haben sie gestört. Komm, wir gehen in mein Zimmer, Pari.«

»Sie sieht gar nicht aus wie eine Nordländerin«, sagte Pari. In diesem Moment erklangen Schritte vor der Tür. Eine junge Frau – die Wache, die Lovisa hasste – kam ins Zimmer gestürmt.

Gefolgt von Ferla.

Lovisas Verstand raste.

»Wer ist diese Frau, Mutter?«, fragte sie so ausdruckslos wie möglich. »Was macht sie hier?«

Ferla starrte bloß Pari an, mit einer Miene, die aufgewühlter, wahnsinniger war, als Lovisa es je bei ihr gesehen hatte; außerdem verzweifelt. Und noch etwas anderes. Ferla sah traurig aus.

»Lovisa, gib mir die Lampe und warte in der Bibliothek deines Vaters«, sagte sie.

»Mutter? Ich bin nur mit Pari Parnin hergekommen, um allein zu sein. Du hast gesagt, ich könnte mit jedem Studenten von der Akademie schlafen, mit dem ich will.«

Ferlas Fuchs flitzte unentwegt durch das Zimmer, als wäre er verrückt geworden. »Gib mir die Lampe und dann geh augenblicklich in die Bibliothek deines Vaters, Lovisa«, befahl Ferla mit einer seltsamen Stimme, die fast ein Schrei war. Lovisa gab ihr die Lampe, dann drehte sie sich zur Tür um, ohne die Emotionen in der Stimme ihrer Mutter zu verstehen. Pari wollte ihr folgen.

»Pari«, sagte Ferla mit derselben Stimme, »du bleibst hier.«

»Mutter?«, fragte Lovisa plötzlich beunruhigt. Dann schob die Wache sie durch die Tür und knallte sie hinter ihr zu. Lovisa stand allein im Dunkeln.

*Denk nach,* sagte sie sich benommen, betäubt, ohne zu verstehen, was los war. Sie trat von der Tür weg in die finsteren Tiefen des Raumes und setzte sich an die gegenüberliegende Wand, wo sie nicht gesehen werden konnte. Dort schlang sie die Arme um ihre angezogenen Knie und versuchte zitternd das alles zu begreifen, aber ihr Verstand hatte sich abgemeldet und all ihre Gedanken in Zement verwandelt.

Plötzlich ging die Tür auf. Die Wache kam herausgestürmt, schloss die Tür hinter sich, ging schnell zur Treppe und dann hinunter in die Dunkelheit.

Kurz darauf schlich Lovisa in einigem Abstand hinter der Wache her. Sie folgte ihr vorsichtig durch den unteren Flur, hielt sich im Schatten, blieb an jeder Ecke stehen, um der Frau Zeit zu geben, Abstand zwischen sie zu bringen. Als die Wache sich einer der Haupttreppen näherte, musste Lovisa stehen bleiben, denn dieser Teil des Hauses war von Lampen beleuchtet und sie wusste, sie würde entdeckt werden; aber bevor sie aufgab, gelang es ihr, ein Gespräch zwischen der Wache und jemand anderem, vermutlich einer anderen Wache, zu belauschen. Die erste Wache befahl der zweiten, schnell zur Burg zu laufen und Benni herzubringen, da Ferla augenblicklich seine Anwesenheit wünschte. »Es ist ein Notfall«, sagte die Wache.

Lovisa drehte sich schnell um und rannte zurück auf den Dachboden. Sie schlich erneut die Treppe hinauf, tastete sich an die gegenüberliegende Wand und drückte sich unter einem der riesigen Dachfenster in die Ecke. Schneeflocken tapsten an die Scheibe.

Die Wache kehrte zurück, mit einer Decke über der Schulter und einem dampfenden Getränk in der Hand. Sie klopfte an die Tür und wurde eingelassen. Lovisa hörte kurz Ferlas raue Stimme und die Königin, die antwortete. Dann sprach Pari mit jammernder, verwirrter Stimme. Anschließend schloss die Wache die Tür.

Lange geschah nichts. Es herrschte Schweigen, nur unterbrochen vom Auftreffen der Schneeflocken auf dem Glas und einem gelegentlichen Windstoß. Kälte drang durch die Fenster. Lovisa war froh über ihren Pelzmantel. Und noch froher, dass ihr Vater kommen würde, denn dann würde doch sicher wieder Vernunft einkehren, oder? Nichts von alldem konnte echt sein, nichts davon konnte so schrecklich sein, sobald Benni eingetroffen war. Pari würde rauskommen. Ihr Vater würde alles erklären und die Erklärung würde Sinn ergeben.

Schließlich harte, schnelle Schritte – und Benni kam die Treppe heraufgerannt. Lovisa hatte ihren Vater noch nie rennen sehen. Er durchquerte den Raum und hämmerte an die Tür. Als sie aufging, hörte Lovisa Paris hohe Stimme. Dann trat Benni ein und die Tür knallte hinter ihm zu. Lovisa hörte seine Stimme, laut und drängend, konnte aber nichts verstehen. Dann hatte sie den Eindruck, ihre Mutter wütend zurückschreien zu hören. Sie hatte den Eindruck, das Wort »Nein!« zu hören.

Lovisas Verstand war immer noch benommen und langsam. Sie konzentrierte sich auf die Geschichte, die sie ihren Eltern erzählen würde: Sie war in Pari Parnin verliebt. Was war falsch daran? Er war reich, stammte aus einer guten Familie aus Ledra. Sie hatte ihn mit hier hochgebracht, weil es der ruhigste Ort war, der ihr eingefallen war. Sie hatte keine Ahnung, wer die Frau in der Kammer war. Eine Besucherin vielleicht? Die möglicherweise hier oben schlief, weil sie krank war? In Quarantäne?

Lovisa raufte sich die Haare, weil sie selbst in ihrem benommenen Zustand wusste, dass ihre Eltern ihr kein Wort dieser Geschichte glauben würden.

Die Tür ging wieder auf. Ferla trat mit ihrem Fuchs heraus, die Lampe in der Hand, gefolgt von Benni und der Wache. Benni und die Wache trugen etwas Langes, Schweres, Durchhängendes, das in eine Decke gewickelt war.

Es war eine Leiche. Natürlich verstand Lovisa, dass es eine Leiche war. Sie verstand sogar aufgrund der Größe und des Umfangs, dass es Paris Leiche war. Sie sah es; es war unverkennbar; und doch war es unmöglich. Ihr Verstand wehrte sich heftig gegen das, was ihre Augen sahen.

Ferla verschloss die Tür, jede ihrer Bewegungen steif, bedächtig, wütend. Die Figuren trugen ihre Last nicht zu der Treppe, die hinunter ins Haus führte, sondern zur Treppe, die hinauf aufs Dach und zum Luftschiff führte. Sie gingen zusammen die Treppe hinauf, eine linkische Parade, während Lovisa sich ungläubig in die Ecke kauerte und zu zittern begann. Der Fuchs bildete das Schlusslicht. Einmal drehte er den Kopf zu Lovisa um und blickte mit funkelnden Augen in die Ecke, wo sie gerade dabei war, den Verstand zu verlieren.

Benni hatte Schwierigkeiten mit dem Halt. Seine Hand rutschte von der Decke ab und ein golden-grüner Schal, den Lovisa wiedererkannte, tauchte darunter auf. Ferla machte ein ungeduldiges Geräusch.

»Willst du ihn vielleicht tragen?«, fuhr Benni sie an.

»Ob ich ihn vielleicht tragen will?«, wiederholte Ferla und ihre Stimme klirrte durch den Raum wie Eiswürfel, die zu Boden fielen. »Ob *ich* ihn vielleicht tragen will? Habe ich etwa *irgendetwas* hiervon gewollt? Das hast *du* getan. *Du* bist es, der uns in diese Lage gebracht und alle Albträume vorher eingebrockt hat, und schuld daran ist nur dein ewiger Ehrgeiz. Oder sollte ich besser von Größenwahn sprechen? Begreifst du nicht, dass du, wenn du sie gerettet hättest wie ein normaler Mensch, jetzt der Held wärst, der den Silberkühen geholfen hätte, die Königin von Monsea zu retten? Anschließend hättest du dir alles erlauben können, ohne dass irgendjemand auch nur mit der Wimper gezuckt hätte! Mein eigener Bruder, Benni. *Mein eigener Bruder!*«

»Aber jetzt haben wir sie!«, sagte Benni. »Das ändert alles, verstehst du das nicht? Wir haben so viele Möglichkeiten! Monsea wird für sie bezahlen. Genau wie Estill!«

»Wir brauchen kein Lösegeld!«, schrie Ferla beinahe. »Wir hätten nie jemandem etwas tun müssen! Wir hatten vor, das alles auf legalem Wege zu erreichen! Ich hätte dir deine Zilfiumstimme gegeben! Du hättest kein einziges Gesetz brechen müssen! *Wir hatten einen Plan!*«

Je höher sie stiegen, desto gedämpfter wurden ihre Stimmen. Dann schloss sich die schwere Falltür auf dem Dach hinter ihnen und Lovisa konnte nichts mehr hören.

Auf dem Dachboden zitternd versuchte Lovisa weiterhin, ihren Verstand zum Begreifen zu drängen, aber es war, als bestünden ihre Gedanken aus Rauch.

Sie hatte nasse Hände und ihr wurde bewusst, dass sie weinte. Dann schluchzte sie, schnappte nach Luft und steckte sich den Pelzärmel in den Mund, um das Geräusch zu ersticken. Sie schluchzte wie Viri, als wäre sie fünf Jahre alt. Als wäre sie zu Benni gerannt und Benni hätte sie niedergeschlagen, ihr die Tür zu seiner Bibliothek ins Gesicht geknallt.

Wie konnte sie ihr Verständnis eines – sie fand die Worte nicht – eines Menschen, dem sie immer vertraut hatte, revidieren. Eines Menschen, den sie liebte.

Nach einer Weile zwang sie sich, mit dem Weinen aufzuhören. Sie glaubte, über sich die wütenden Stimmen ihrer Eltern zu hören, die auf dem Dach immer noch stritten. *Hör zu*, sagte sie sich, aber dann hatte sie Angst davor, was passieren würde, wenn sie noch mehr erfuhr. Sie wollte nichts weiter wissen.

Lovisa hörte die Stimme ihrer Mutter deutlicher, dann das Knarren der Falltür. Sie sprang auf, tastete sich zur Treppe, floh in das Zimmer mit dem kaputten Fensterriegel und kletterte hinaus, ließ sich auf das Spalier und dann den Baum hinab. Ihre Hände waren taub und wund, unbeholfen. Der Schnee war eisig und schneidend geworden, er brannte auf ihren Wangen.

Sie zwang sich, zurück zum Campus zu rennen, trieb ihre Beine trotz Müdigkeit an. In der Nacht der Gala gab es keine feste Zeit, zu der sie zurück sein musste, also brauchte sie auch keine Erlaubnis.

In ihrem Wohnheimzimmer streifte sie sich die Schuhe ab und ging ins Bett. Dann wartete sie darauf, dass der Schlaf alles vertreiben würde.

# TEIL DREI

# DIE BÜRGIN

Die Silberkühe brachten der Kreatur ein Geschenk.

Es war ein Leichnam, den sie ihren Schätzen hinzufügen konnte. Der Junge war in eine Decke gewickelt, aus der sich ein schöner golden-grüner Schal gelöst hatte, der sich jetzt um seinen Kopf bauschte wie die Filamente eines Waldfisches. Er hatte schwere Metallketten um die Knöchel.

*Danke schön*, sagte die Kreatur, erschrocken und gerührt von dem Geschenk, aber auch besorgt, weil die Silberkühe besorgt wirkten. Sie legte den Jungen auf das Deck ihrer Geschichtenwelt und bewunderte ihn. Er hatte eine dunkle graubraune Haut und schwarzes Haar, aber sie wusste, dass sein Schädel bald weiß und wunderbar schaurig aussehen würde.

Dann wartete sie, während sich die Silberkühe ausruhten. Sie waren über eine große Entfernung hergeschwommen und hatten den Jungen auf ihren Schnauzen und Rücken balanciert. Der Junge war wegen des Gewichts der Metallketten um seine Knöchel immer wieder heruntergerutscht. Die Kreatur hatte gesehen, wie die Silberkühe sich abgemüht hatten, wie ihre verletzten Körper ungleichmäßig auf sie zuwippten, und ihr großes, schlagendes Herz war vor Glück angeschwollen. Immer, wenn die Silberkühe lange weg waren, machte sie sich Sorgen, ob es ihnen gut ging.

Die Zeit dehnte sich und sie sprachen immer noch nicht.

*Danke für diesen Schatz*, sagte die Kreatur schließlich.

*Gern geschehen*, erwiderten die Silberkühe. *Wie geht es deinem fehlenden Tentakel?*

*Er tut weniger weh als beim letzten Mal, als wir uns gesehen haben.* Was stimmte, aber er tat immer noch sehr weh.

Die Silberkühe ließen sich weiter in der Nähe treiben und wirkten nachdenklich.

*Wie geht es euren Verletzungen?*, fragte die Kreatur.

Die Silberkühe sagten, dass es ihren Verletzungen an diesem Tag gut gehe.

*Wirklich? Denn ich habe den Eindruck, dass irgendetwas nicht stimmt.*

Sie sagten, es seien nur die üblichen Sorgen, dann zeigten sie mit den Schnauzen auf den neuen Schatz. *Wir konnten ihn nicht retten.*

*Oje! Heißt das, ihr musstet zusehen, wie er starb?*

Sie erklärten ihr, dass er bereits tot gewesen war, als sie ihn gefunden hatten. Ein paar Menschen hatten seine Leiche aus einem Luftschiff fallen lassen.

*Oh! Ich habe damals gesehen, wie sich ein paar Menschen aus einem Luftschiff fallen ließen und diesen anderen Menschen aus dem Meer stahlen.*

Ja. Die Silberkühe sagten, dass sie sich daran erinnerten. Und natürlich taten sie das; in jener Nacht war auch das Massaker an ihren Freunden geschehen. Die Kreatur bedauerte, sie daran erinnert zu haben. *Die Metalleier voller Feuer fallen auch aus Luftschiffen ins Meer*, riefen ihr die Silberkühe ins Gedächtnis, denn das hatten sie ihr bereits erzählt. Menschen warfen die Metalleier aus Luftschiffen ins Meer, es war einen Augenblick still, dann gab es eine Explosion. Wenn die Silberkühe nicht schnell genug flohen, passierten schreckliche Dinge.

Die Kreatur verstummte, denn sie merkte, wie ihr ein großartiger Gedanke kam. Sie blies sich ein wenig auf, streckte ihre Tentakel aus und riss ihre Stielaugen munter auf, denn sie war stolz auf sich.

*Ich habe einen Gedanken*, verkündete sie.

Die Silberkühe wollten ihren Gedanken alle sofort erfahren.

*Luftschiffe sind böse.*

Die Silberkühe waren nicht so erstaunt über ihren Gedanken, wie sie gedacht hatte. Sie wechselten wissende Blicke, dann erklärten sie ihr, dass Luftschiffe manchmal auch gut sein konnten, mit Menschen darin, denen Silberkühe wichtig waren und die ihre Geschichten hören wollten. Manche Menschen in Luftschiffen erzählten ihnen auch Geschichten, Geschichten über Menschen. Manchmal konnten die Silberkühe und die Menschen ihre Geschichten zusammenbringen und so verstehen, was an Land und im Meer geschah. Sie fragten sie: *Erinnerst du dich noch an die Geschichten, die wir dir erzählt haben?*

*Ja. Ihr müsst sie mir nicht noch mal erzählen*, sagte die Kreatur hastig, dann summte sie ein wenig, um die Silberkühe davon abzubringen. Seit dem Tag, als sie ihren Tentakel verloren hatte, hatten ihr die Silberkühe viele der Geschichten erzählt, die hinter ihren Schätzen steckten, und auch Geschichten von anderen Dingen, die in anderen Teilen des Ozeans geschahen, die sie nicht kannte. Einige handelten von Unfällen wie einem Sturm, der ein Schiff auseinanderbrechen ließ. Andere von Menschen, die sich gegenseitig verletzten. Die Kreatur kam sehr schnell an ihre Grenzen.

Die Silberkühe sagten, dass sie sie in Verbindung mit den Geschichten etwas fragen wollten.

*Was denn?*, fragte sie, plötzlich nervös, weil sie sich untereinander auf eine spezielle Art ansahen, mit diesem Glanz, der immer in ihren großen dunklen Augen erschien, sobald sie über die Bürgin sprachen.

*Wir haben einige neue Menschen kennengelernt*, sagten die Silberkühe. *Wir haben etwas über einen deiner Schätze erfahren.*

*Ach ja?* Die Kreatur wusste nicht, worauf das hinauslief, aber es gefiel ihr ganz und gar nicht.

*Erinnerst du dich noch an das Mal, als du eine Heldin warst?*

# 22

In der Nacht, als sie die Königin von Monsea auf dem Dachboden entdeckt hatte, schlief Lovisa kaum.

Bei jeder Bewegung schmerzten ihre Muskeln; ihr Kopf dröhnte. Der Schlüssel, der ihr immer noch an der Schnur um den Hals hing, fühlte sich an, als hinterließe er einen Abdruck auf ihrer Brust.

Bevor das Tageslicht ihr Fenster berührte, rappelte sie sich auf, tastete erst nach ihren Schuhen und ihrem Mantel, dann nach der Tür. Sie trug immer noch ihr Ballkleid. Draußen stieß sie auf Nori Orfa, den Jungen aus dem Norden, der gerade aus Nevs Zimmer kam. Bei Lovisas Anblick verzog er den Mund zu einem Grinsen und sah sie großspurig und fragend an.

»Morgen«, sagte er auf eine Art, die sie erkannte. Er flirtete mit ihr, während er gerade das Zimmer einer anderen verließ.

Aus dem Stand legte sie sich eine Strategie zurecht. »Wenn du Nev betrügst, wirst du es bereuen.«

Er zog amüsiert die Augenbrauen hoch. »Ach ja? Was wirst du denn dann tun?«, fragte er fast ohne nordischen Akzent, sich als Einwohner Ledras ausgebend.

»Zum Beispiel einen Brief an deine Freundin zu Hause schreiben.«

»Ich habe zu Hause keine Freundin.« Er wirkte leicht beunruhigt.

»Ach nein? Sibra Liona ist also nicht deine Freundin?«, fragte Lovisa. Als sich seine Miene verfinsterte, zog sie sich wieder in ihr Zimmer zurück, denn sie hatte für so etwas jetzt gerade nicht die Kraft. Sie wusste nicht, wer Sibra Liona war. Es war einfach bloß ein Name, den sie eine Studentin hatte schluchzen hören, von der Lovisa

wusste, dass sie was mit Nori gehabt hatte. Irgendeine Freundin von zu Hause, über die Nori gelogen hatte. Aber Lovisa würde ihr wirklich schreiben, wenn Nori es darauf anlegte. Und was das für ein Brief werden würde! »Hallo. Ich weiß zwar nicht genau, wer du bist, und du hast noch nie von mir gehört, aber falls du Noris Freundin bist: Wusstest du, dass er dich betrügt und mit allem, was sich bewegt, ins Bett geht? Du kannst auf mein Wort vertrauen, denn ich kenne solche Leute.« *Weil ich genauso bin*, dachte sie bei sich, und mit einer plötzlichen Welle der Scham wurde ihr bewusst, dass das stimmte. *Ich benutze auch Menschen zum Sex. Ich zerstöre Leben.*

Sie stand wartend in der Dunkelheit. Nachdem sie Nori genug Zeit gelassen hatte zu verschwinden, schlich sie nach unten zu Paris Zimmer. Als niemand auf ihr Klopfen reagierte, machte sie die Tür auf und steckte den Kopf ins Zimmer. Natürlich war es leer. Sie hatte gewusst, dass es so sein würde.

Kurz darauf wickelte sie sich enger in ihren Mantel und trat in den kalten Morgen hinaus, wobei sie die Straßenlaternen mied. Sonntags öffneten die Passagen kurz vor Sonnenaufgang, und Lovisa brauchte etwas, bevor alle anderen erwachten.

Etwas später, zurück im Wohnheim, mit ausdrucksloser Miene, die Haare und Kleidung wie immer ordentlich fürs Frühstück zurechtgemacht, ging sie hinunter in den Speisesaal. Dort setzte sie sich zu Mari Devret, der allein an einem kleinen Tisch saß.

Er brütete über einer Tasse Tee. »Hast du dich bei der Gala amüsiert?«, fragte er.

»Ja«, antwortete sie automatisch. »Und du?«

»Es geht so. Ich bin früh gegangen. Mir war langweilig.«

»Du hast gelernt, stimmts?«

Er lächelte über seinem Tee. »Gut möglich.«

»War ja klar.«

»Alle anderen denken, ich hätte mich davongeschlichen, um et-

was Aufregenderes mit beliebteren Leuten zu machen, also sag es nicht weiter.«

»Das würde ich nie tun.«

»Ich habe gesehen, wie du dich weggeschlichen hast«, sagte Mari beiläufig, ohne noch etwas hinzuzufügen. Es war eine indirekte Frage, die er niemals offen stellen würde.

»Pari und ich haben uns dann doch voneinander verabschiedet«, sagte sie, nachdem sie kurz darüber nachgedacht hatte. »Es lief nichts zwischen uns.«

»Ah. Ich muss zugeben, dass ich ein wenig überrascht war. Über dich«, fügte er hinzu, als sie eine Augenbraue hob. »Er ist gar nicht dein Typ.«

»Ach nein? Was ist denn mein Typ?«

»Jemand, der anschließend nicht darüber redet.« Er schenkte sich noch eine Tasse aus der Kanne auf dem Tisch ein. »Möchtest du auch was?«

»Ich habe selbst was bestellt.« Lovisa wusste, dass Mari immer noch das nordische grasige Gebräu trank, das Nevs Lieblingstee war, um sich in seinem Trennungsschmerz zu suhlen. Sie selbst zog die kräftigeren, aromatischeren Tees vor, die in Ledra üblich waren.

Da betrat Nev den Speisesaal, mit der jungen Füchsin, die um ihre Füße herumsprang. Fast unmerklich versteifte sich Mari.

Lovisa beobachtete ihn einen erschöpften Augenblick lang, dann beschloss sie, es wäre besser, wenn er Bescheid wüsste. »Ich habe heute am frühen Morgen einen Jungen aus ihrem Zimmer kommen sehen«, sagte sie. »Es tut mir leid, Mari.«

»Wer war es?«, fragte er mit scharfer Stimme.

»Ich habe ihn nicht erkannt«, log sie.

Er schnaubte, versuchte gleichgültig auszusehen, aber Lovisa sah den Schmerz in seiner Miene. »Danke, dass du es mir gesagt hast.«

»Sie hat dich nie wirklich zu schätzen gewusst«, erklärte Lovisa und meinte es auch so.

Mari schnaubte erneut. »Das stimmt nicht. Aber egal. Wahrscheinlich sollte ich aufhören, Trübsal zu blasen.«

»Und aufhören, diesen widerlichen Kuhfutter-Tee zu trinken. Du bist ein Junge aus Ledra. Benimm dich auch so.«

Sein Lächeln war echt. Er stellte seine Tasse auf den Tisch, dann, kurz darauf, stand er auf und ging, wahrscheinlich, um sich mit weiterem Lernen zu trösten. Mari schrieb immer dann besonders gute Noten, wenn er deprimiert war.

Nev saß am anderen Ende des Saals allein an einem Tisch. Ihre kleine Füchsin lehnte an ihren Fußknöcheln, während sie aß, und starrte Lovisa ziemlich beunruhigend an. So langsam hatte sie genug Fuchs-Aufmerksamkeit für ein ganzes Leben auf sich gezogen.

Was würde Nev tun, wenn sie wüsste, dass die Königin von Monsea auf dem Dachboden der Cavendas eingesperrt war?

Lovisa stellte sich vor, wie Nev Königin Bitterblue in einer dramatischen Rettungsaktion befreite, mit entschlossenem Blick, gestrafften Schultern und einer selbstgerechten Würde, die Lovisa das Gefühl gab, ein Feigling zu sein, weil sie die Königin ihrem Leid überlassen hatte und weggelaufen war.

Wie auch immer. Für Nev war es auch einfacher. Sie hatte nicht Ferla zur Mutter. *Oder*, dachte Lovisa, *Benni zum Vater.*

Genau in diesem Augenblick tauchte Benni in der Tür zum Speisesaal auf. Er stand dort groß und gut aussehend wie immer, elegant in einen dunklen Pelzmantel gehüllt. Ein Vater, auf den man stolz sein konnte, mit einem warmen Ausdruck im Gesicht, während er sich im Saal umsah. Als er Lovisa erblickte, winkte er sie zu sich.

Durchdrungen von Scham über sich selbst, stand Lovisa auf und folgte ihm.

Sie gingen zu ihrem Zimmer hinauf und Lovisa kämpfte gegen eine eigenartige Panik an.

Sobald sie eingetreten waren, sagte er sanft: »Setz dich, Lovisa.«

Er zeigte aufs Bett, aber sie ging zum Schreibtischstuhl. Dessen Härte gab ihr das Gefühl, weniger unbedeutend zu sein. Benni setzte sich ihr gegenüber aufs Bett, das sehr tief war, die Hände auf seine hochragenden Knie gelegt. Er sah in dieser Position richtig albern aus. Es war verwirrend.

»Ich weiß nicht genau, was du gestern gesehen zu haben glaubst, Lovisa«, sagte er. »Aber es ist nichts, weswegen du dir Sorgen machen müsstest, weil sich das Problem erledigt hat.«

»Was soll das heißen, das Problem hatte sich erledigt?«, fragte sie ungläubig.

»Die Person, die du gesehen zu haben glaubst, ist nicht länger in unserer Obhut.«

*Das soll heißen, dass die Königin tot ist,* wurde Lovisa voller Entsetzen bewusst. *Weil ich sie gefunden und sie gesehen habe, haben sie entschieden, sie umzubringen.*

Eine Welle der Trostlosigkeit schlug über ihr zusammen. »Es war nie ein Problem für mich«, sagte sie und hörte ihre eigene ausdruckslose Stimme lügen. »Was auch immer ihr tut, ich bin auf eurer Seite.«

»Das freut mich natürlich zu hören. Deine Mutter und ich lieben dich sehr, Lovisa. Aber dein Verhalten in letzter Zeit hat uns daran zweifeln lassen. Leider ist deine Mutter sehr wütend. Ich fürchte, dass deine Brüder das heute Morgen ausbaden müssen.«

Lovisa kamen die Tränen, weil ihr Vater das so beiläufig sagte. »Aber sie sollten nicht für etwas bestraft werden, das ich getan habe.«

Er zuckte mit den Achseln. »Na ja, du kennst ja deine Mutter. Damit hättest du rechnen können. Was wolltest du gestern Abend in der Dachkammer, Lovisa?«

»Es ist ein abgelegenes Zimmer«, setzte sie an, aber er hob die Hand. Schüttelte den Kopf.

»Ich fürchte, diese Nummer funktioniert bei uns nicht mehr, Lovisa. Nicht nach gestern Abend. Du hast diesen armen Jungen ausgenutzt, nicht wahr?«

»Wo ist er?« Lovisas Stimme brach. »Was habt ihr mit ihm gemacht?«

»Pari Parnin hat es sich in den Kopf gesetzt, die Schule zu verlassen und auf Reisen zu gehen«, sagte Benni.

Lovisa schrie ungläubig auf, aber Bennis Miene war glatt und ruhig, als er fortfuhr. »Wir haben ihn gefragt, wo er hinwill, aber er wollte es nicht sagen. Was für ein impulsiver Junge, nicht wahr? Du wirst schon bald Gerüchte darüber hören. Sicher ist dir klar, wie deine Mutter es finden würde, wenn du diesen Gerüchten in irgendeiner Form widersprechen solltest, Lovisa. Sie ist jetzt schon enttäuscht von deinem Verhalten. Genau wie ich, fürchte ich.«

Lovisa konnte nicht antworten. In ihrem Kopf kreisten neue, verwirrende Gedanken an Katu. *»Mein eigener Bruder!«*, hatte Ferla gestern Nacht gerufen und Benni Dinge vorgeworfen, die Lovisa nicht verstanden hatte. Katu hatte sich angeblich ebenfalls in den Kopf gesetzt, auf Reisen zu gehen, ohne eine Nachricht zu hinterlassen, ohne sich zu verabschieden. Das hatte ihr Vater gesagt. Was, wenn er hinsichtlich Katus genauso gelogen hatte wie jetzt in Sachen Pari? Aber hatte Katu nicht Schecks in Kamassar und Borza eingelöst? Arni Devret, Katus Bankberater, hatte das mal erwähnt. Lovisa war sich beinahe sicher. Also warum hatte Ferla dann geschrien *»Mein eigener Bruder«*?

»Woher hattest du den Schlüssel zur Dachkammer?«, fragte Benni.

»Den habe ich schon seit meiner Kindheit«, flüsterte Lovisa und erfand eine glaubhafte Geschichte. »Ich habe ihn Mutter schon vor Jahren gestohlen und einen Abdruck machen lassen. Ich hatte Angst, sie würde mich irgendwann dort einsperren und vergessen.«

»Das heißt, du hast uns jahrelang belogen«, sagte er. »Und geschnüffelt und gestohlen. Und jetzt müssen wir alle die Konsequenzen tragen. Gib mir den Schlüssel.«

»Ich habe ihn nicht mehr.«

»Deine Mutter hat gesagt, ich soll nicht ohne den Schlüssel nach Hause kommen«, sagte Benni. »Ich vermute, andernfalls werden deine Brüder die Leidtragenden sein. Und ich fürchte, dass sie dann selbst herkommen wird, um danach zu suchen.«

Lovisa wusste, dass ihr das Angst und Scham einjagen und sie zum Nachgeben bewegen sollte. Es stimmte wahrscheinlich auch. Sie griff in ihre Bluse, zog die Schnur über den Kopf und hielt ihm den Schlüssel zur Dachkammer mit seinem funkelnden Glasstein hin. Benni stand auf, nahm ihn ihr ab und sah einen Moment mit ernstem, traurigem Blick auf sie herab.

»Deine Mutter und ich lieben dich, Lovisa«, wiederholte er.

Dann verließ er das Zimmer.

Wieder allein rollte Lovisa sich auf dem Bett zusammen.

Die Königin war tot. Pari war tot. Katu war »auf Reisen« und Lovisa war im Moment unfähig, diesen Gedanken weiterzudenken. Ihr Vater war ein Fremder. Lovisas Verstand war leer, ihr Körper vollkommen frei von Instinkten oder Gefühlen.

Nach einer Weile stand sie auf und zündete den Ofen an. Ein Schlaftee würde ihr beim Einschlafen helfen.

Der Tee nützte nicht viel. Ein paar Stunden lang wechselte Lovisa zwischen Schlaf und Wachen hin und her, aber sie fürchtete, dass ihr übel würde, wenn sie noch mehr davon trank. Es war Sonntag. Das sonntägliche Abendessen zu Hause war unmöglich; sie konnte nicht nach Hause. Sie bezweifelte, dass ihr Vater sie holen kommen würde. Nur für den Fall, dass doch, stand Lovisa auf und klopfte an Maris Tür.

Maris Zimmer war voller Jungen, die auf dem Boden und dem Bett herumlagen und lasen oder schrieben, während sie Kuchen von einer teuren Konditorei aus Flag Hill aßen.

Lovisa brauchte körperliche Betätigung, etwas, das sie müde machen und ablenken würde. »Kommt jemand mit in die Passagen?«, fragte sie. »Mir ist langweilig.«

»Ich komme mit, wenn ich diese Seite zu Ende gelesen habe«, sagte Kep Gravla, vermutlich der Letzte in diesem Raum, den Lovisa gewählt hätte, weil er egozentrisch und unsicher war und ununterbrochen redete. Das Haus seiner Familie lag neben Lovisas in Flag Hill und sie hatte ihre ganze Kindheit über versucht, ihm aus dem Weg zu gehen.

»Mari?«, fragte sie, weil die fürchterlichsten Leute erträglicher waren, wenn Mari dabei war. »Kommst du auch mit?«

»In welche Passage geht ihr denn?«

»Egal. Ich will heißes Salzkaramell. Und vielleicht gibts irgendwo gute Musik«, fügte sie hinzu, weil sie wusste, dass Mari eine Schwäche für diese beiden Dinge hatte.

Er grinste sie an, weil er wusste, was Lovisa von Kep Gravla hielt. »Eine kleine Pause könnte nicht schaden«, sagte er.

»Gut. Noch jemand?«, fragte Lovisa, ohne auf eine Antwort zu warten. »Ich hole meinen Mantel.«

Es war Lovisas zweiter Ausflug in eine Passage heute, unterschied sich aber sehr von ihrem ersten. Sobald Mari eingewilligt hatte mitzukommen, taten es die meisten anderen auch, sodass ein Tumult unausstehlicher Jungen sich über das nächstgelegene Geschäftsviertel ergoss. Die Händler bestimmter Läden – Süßigkeiten, Spiele, Bücher – lebten bei ihrem Anblick auf, während andere Mienen sich verschlossen. Lovisa sah, wie ein Mann, der frische Blumen verkaufte, mit einem finsteren Blick in ihre Richtung einen Strauß Rosen fallen ließ, nachdem eine Frau, die darüber nachgedacht hatte, den Strauß zu kaufen, wegging, vertrieben vom dröhnenden Gelächter der Jungen, die im Laden nebenan heiße Getränke bestellten.

»Woran denkst du, Lovisa?« Mari sah sie über einen dampfenden

Becher Salzkaramell an. »Du stehst da mit verschränkten Armen wie eine wütende Professorin.«

»Weiß Kep, dass er mit seinem ungehobelten Mundwerk sämtliche Kunden des Blumenladens vertrieben hat?«

»Wahrscheinlich«, sagte Mari. »Wahrscheinlich freut er sich sogar darüber.«

»Warum bist du überhaupt mit ihm befreundet, Mari?«

»Du bist auch mit ihm befreundet.«

»Aber du magst ihn wirklich.«

»Lässt es das nicht nachvollziehbarer wirken, dass ich mit ihm befreundet bin?«

»Es lässt mich an deinem Menschengeschmack zweifeln.«

Mari hob schweigend die Augenbrauen und ging dann zu dem Blumenladen hinüber, während er noch an seinem Karamell nippte. Er stand dort eine Weile, in der die Jungen weiter herumschrien und sich gegenseitig schubsten, bis einer von ihnen unweigerlich seinen Karamell über einem anderen verschüttete. Lovisa rieb sich den schmerzenden Kopf. Sie fand das hier furchtbar, wusste jedoch, dass sie nirgendwo etwas Besseres erwartete. Sie fragte sich kurz, was Nev wohl gerade machte. Wahrscheinlich bewahrte sie ein notleidendes Tier vor irgendeinem Schicksal notleidender Tiere und kam sich gut dabei vor.

Als Mari zurückkehrte, hatte er den Arm voller Lilien, Stiefmütterchen und Veilchen. »Er zieht sie in einem gläsernen Gewächshaus, das er selbst auf dem Dach seines Ladens gebaut hat«, sagte er. »Im Winter gießt er Wasser auf heiße Kohlen, um Dampf zu produzieren. Ist das nicht interessant?«

Er reichte Lovisa einen Strauß Blumen. Dann ging er zwischen seinen Freunden herum und gab jedem Jungen ein kleines Bouquet. Natürlich fanden die das zum Totlachen, steckten sie sich in die Knopflöcher und flochten sie sich gegenseitig in die Haare. Einer von ihnen steckte Mari ein Stiefmütterchen hinters Ohr und gab ihm einen Kuss. Einige der Blumen fielen runter, wurden zertrampelt und in den schmutzigen Schnee getreten. Lovisa war klar, dass Mari sie dem Blumenhändler als Wiedergutmachung abgekauft hatte. Sie konnte jedoch das Gesicht des Blumenhändlers sehen, der eine ausdruckslose Miene aufgesetzt hattte. Ob Mari verstand, dass der Händler es vielleicht nicht gerade genoss, einem Trupp reicher Jungen dabei zuzuschauen, wie sie seine Blumen kaputt machten, die er mit großer Sorgfalt in einem selbst gebauten gläsernen Gewächshaus gezogen hatte, indem er den Winter zum Sommer gemacht hatte?

Ohne sich von den Jungen zu verabschieden, huschte Lovisa davon und ging zurück ins Wohnheim. Sie stellte ihren Blumenstrauß in eine Vase, die sie neben einer Zeichnung auf ihrem Schreibtisch platzierte, eine von Viris Darstellungen der Bürgin. In einer Schublade fand sie ein etwas eingestaubtes Stück Samklavi, das ihr jemand vor ein paar Tagen aufgedrängt hatte, schnüffelte vorsichtig daran und versuchte es dann zu essen, weil sie glaubte, es könne sie mit ihrem Onkel verbinden oder sie zumindest durch puren Schock in einen anderen Gemütszustand versetzen. Es war so scheußlich, dass sie es würgend ausspuckte.

Sie versuchte wieder zu schlafen. Es klappte wieder nicht. Jedes Mal, wenn sie die Augen schloss, sah sie ihren Vater und die Wache, die Paris Leiche in einer Decke weggetragen hatten. Sie hörte ihre Mutter sagen: »*Du* bist es, der uns in diese Lage gebracht und alle Albträume vorher eingebrockt hat.« Alle Albträume vorher. Wie viele Albträume gab es denn? »*Wir hatten einen Plan!*«, hatte ihre Mutter gebrüllt.

Was war ihr Plan gewesen?

In dieser Nacht schlich Lovisa in ihrem weichen Schlafanzug und dem pelzbesetzten Morgenmantel den Flur entlang und klopfte an Maris Tür.

Er öffnete sofort mit einem Stift in der Hand, gähnend und verschlafen, aber er war noch wach. »Komm rein«, sagte er und setzte sich wieder an den Schreibtisch. Er wirkte nicht übermäßig überrascht. »Du hast heute irgendwas auf dem Herzen. Raus damit.«

»Du musst mir einen Gefallen tun.«

»Okay, ich höre.«

»Schlaf mit mir«, sagte sie.

Jetzt war er allerdings überrascht und hob die Augenbrauen. »Du meinst, Sex mit dir haben?«

»Ja.«

»Als *Gefallen*?«

»Ich kann nicht schlafen. Ich bin fürchterlich angespannt. Ich kann nicht aufhören zu grübeln …«

»Warum habe ich das Gefühl, dass du andere nicht so verführst?«, sagte Mari empört.

»Ich weiß nicht weiter«, erklärte sie. »Ich brauche Ablenkung. Du musst dir keine Sorgen machen, ich werde das nicht falsch verstehen. Wir tun es, vielleicht gefällt es uns beiden und vielleicht hört mein Verstand dann auf zu kreisen und ich kann anschließend schlafen. Ich meine, ich will dir jetzt nicht unterstellen, dass du das willst. Aber wenn es okay für dich wäre, würdest du dann bitte mit mir schlafen?«

»Lovisa.« Seine Miene war immer noch überrascht. »Das ist keine gute Idee. Wir sind schon ewig befreundet.«

»Na und? Genau deshalb komme ich ja zu dir.«

»Ich möchte auch noch ewig mit dir befreundet bleiben«, sagte er. »Ich will die Dinge nicht verkomplizieren.«

»Es ist nicht kompliziert. Ich weiß, dass du in Nev verliebt bist. Du weißt, dass ich nicht in dich verliebt bin. Was ist daran kompliziert?«

»Aber ich will die Dinge zwischen uns nicht verändern!«

»Wenn ich nicht schlafe, verliere ich den Verstand.«

Mari betrachtete Lovisa einen Augenblick, als versuchte er einen komplizierten Fall zu diagnostizieren. Als sie klein gewesen waren, hatte er immer Doktor gespielt, hatte es geliebt, Bauchschmerzen oder Kopfschmerzen zu behandeln oder ihr feierlich einen Spreißel aus dem Fuß zu entfernen, als wäre es eine gefährliche Operation. Ihr hatte das auch immer gefallen, obwohl sie es nie zugegeben hatte. Mari war sanft, vorsichtig. Es war ein gutes Gefühl, wenn sich jemand auf sie konzentrierte, sich um sie kümmerte.

Dann ging er zu einer Truhe am Fußende seines Bettes und kramte eine Weile darin herum. Seine Hände brachten eine große Holzkiste zum Vorschein. Er setzte sich auf den Teppich und zog mehrere zusammengeklappte Holzbretter aus der Kiste. Wenn man sie aufklappte, konnte man sie zu einem geschnitzten Stadtplan aus Häuserblocks zusammensetzen, von denen einige Schulgebäude enthielten, andere Regierungsgebäude, wieder andere Wohnhäuser, Krankenhäuser, einen Hafen und so weiter.

»Spiel *Stadt* mit mir«, sagte er. »Wenn du anschließend immer noch nicht schlafen kannst, reden wir weiter.«

»Du hast immer noch dein *Stadt*-Brett?«

Sie ließ sich neben ihm auf dem Boden nieder und betastete den Stapel kleiner, bunt gekleideter Figuren, die verschiedene Arten von Leuten darstellten: Ladenbesitzer, Professorinnen, Seeleute, Wachen, Hausangestellte, Wissenschaftler, Festbesucherinnen, Parlamentsabgeordnete und so weiter. Die Körper waren aus Holz im selben braunen Farbton wie Lovisas Hände, die Gesichter sorgfältig geschnitzt mit Haaren aus dunklem Filz. Die Kleidung war aus echtem Stoff. Es gab auch einen Haufen geschnitzter Holzfüchse.

»Das sind dieselben Spielfiguren, mit denen wir als Sechsjährige gespielt haben.« Lovisa berührte den abgetragenen Seidenanzug eines Festbesuchers.

»Ich bin eben sentimental.«

»Ich kann mich gar nicht mehr genau an die Regeln erinnern.«

»Du brauchst eine gerade, ununterbrochene Reihe aus fünf passenden Figuren in der passenden Straße«, sagte er. »Du versuchst, deine Reihen zu bilden und meine zu unterbrechen. Händler, Seeleute, Festbesucherinnen und Studenten können einkaufen. Hausangestellte, Füchse und Parlamentsabgeordnete können überallhin. Professorinnen, Studenten und …«

»Das weiß ich noch«, sagte Lovisa.

»Wenn einer von uns fünf in einer Reihe hat, hat er gewonnen. Aber wenn du sicher bist, dass du verlierst, ist es besser, mich gewinnen zu lassen, denn wenn keiner gewinnt, bedeutet das, dass wir uns nicht gut um die Erde kümmern. Dann taucht die Bürgin auf und vernichtet uns alle.«

»Diesen Teil habe ich nie verstanden«, sagte Lovisa. »Wenn ich verliere, warum solltest du dann nicht vernichtet werden?«

»Ist das euer Familienmotto?«, fragte Mari.

Lovisa gab sich große Mühe, eine amüsierte Miene aufzusetzen. Sie glaubte nicht, dass es ihr gelang, und war sich ziemlich sicher, dass Mari es bemerkte. Aber er sagte nichts, teilte nur die Figuren zwischen ihnen auf. Die Füchse waren schlichte Holztiere ohne Fell oder Kleidung, aber ihre Augen bestanden aus winzigen gelben Edelsteinen. Einer hatte eine gesenkte Schnauze, einen fragenden Blick und war dunkler als die anderen. Der hatte Lovisa in Maris Sammlung immer am besten gefallen. Ganz besonders mochte sie auch einen der Seeleute mit einem pinkfarbenen Hemd und einem roten Schal und eine der wohlhabenden Damen, die einen perfekten winzigen Amethyst um den Hals hängen hatte. Aber sie würde Mari nicht darum bitten. Schließlich war sie keine sechs mehr.

Doch er erinnerte sich daran und gab sie ihr auch so.

»Willst du anfangen?«, fragte er.

»Das ist eine komische Alternative zu Sex.«

»Jetzt lass uns einfach spielen. Und sag mir, warum du so angespannt bist. Liegt es an Pari? Ich habe da so ein Gerücht gehört.«

Lovisa holte tief Luft. »Was denn für ein Gerücht?«

»Dass er zum Königskontinent aufgebrochen ist. Er stand in einigen seiner Fächer auf der Kippe und hat beschlossen, lieber zu gehen, als durchzufallen. Ein spontanes Abenteuer.«

»Ohne sich von jemandem zu verabschieden?«, fragte Lovisa, denn sie hatte den Eindruck, dass sie das sagen würde, wenn diese Information neu für sie wäre.

»Ja. Hat er gestern Abend etwas davon erwähnt?«

Lovisa konzentrierte sich darauf, ihre Figuren auf das Spielbrett zu stellen. »Wir haben nicht viel geredet.«

»Uh«, sagte Mari. »Und noch mal, du willst mich verführen? An deiner Technik musst du aber noch arbeiten.«

»Ich würde nicht versuchen, dich zu verführen, Mari«, entgegnete sie mit scharfer Stimme. »Wenn wir Sex haben, dann nicht, weil ich dich belüge.«

»Verführung muss ja nicht automatisch Lügen bedeuten.«

»Egal. Magst du Pari wirklich?«

»Er hatte es ziemlich schwer, das weißt du. Seine Mutter lebt nicht mehr, sein Vater ist dauernd unterwegs, und wenn er nicht unterwegs ist, ist er nicht gerade nett.«

»Pari ist ein arroganter reicher und verwöhnter Hauptstadtjunge«, sagte Lovisa.

»Ich auch«, entgegnete Mari mit einem kleinen Lächeln.

»Aber er ist gemein.«

»Vielleicht wäre ich auch gemein, wenn ich einen unfreundlichen Vater hätte.«

Plötzlich lief Lovisa eine Träne über die Wange, hervorgerufen durch Erschöpfung, Verwirrung und jetzt auch Groll über die Leichtigkeit, mit der Mari immerzu gut war. Seine Eltern waren gut. Sein Leben hatte es gut mit ihm gemeint. Er sah gut aus, war schlau, groß und beliebt, und alle vertrauten ihm und mochten ihn. Er hatte keinerlei Ehrgeiz, der über das hinausging, was von ihm erwartet wurde, und was von ihm erwartet wurde, war, zu tun, was er wollte. Es kostete ihn nichts, gut von gemeinen Menschen zu denken; er tat es instinktiv. Und seine Güte gab Lovisa das Gefühl, selbst ein Mensch zu sein, der auf der untersten Stufe stand, die Art Mensch, die von Eltern wie ihren abstammte. Und jetzt war sie schuld daran, dass Menschen gestorben waren.

»Lovisa?«, fragte Mari. »Was habe ich denn gesagt?«

»Nichts.«

»Du weinst. Du weinst sonst nie.«

»Ich weine nicht«, log sie. »Ich bin nur müde. Lass mich in Ruhe, Mari.«

»Du hast mir noch gar nicht gesagt, was dich so bedrückt.«

Wie gut würde es sich anfühlen, ihm alles zu erzählen, ihre Probleme zu teilen. Aber das ging nicht. Es gab keine Lösung und schon Andeutungen würden ihn in Gefahr bringen. Pari war tot.

»Sag mir, was los ist«, hakte er nach.

»Sei still, Mari«, fuhr sie ihn an. »Halt dich einfach zurück.« Die Tränen machten sie wütend, aber sie machten sie auch schläfrig. Sie spürte, wie sie zusammensackte.

»Warum legst du dich nicht in mein Bett?«, sagte er. »Versuchst zu schlafen. Und ich werde keinen Sex mit dir haben, wenn du glaubst, ich will darauf hinaus.«

Lovisa war jetzt viel zu müde, um mit jemandem Sex zu haben, vor allem mit jemandem, dem sie wegen seines perfekten Lebens, seines perfekten Benehmens, seines perfekten Herzens grollte. Sie umklammerte ihren Lieblingsfuchs und die Amethystdame mit einer Hand und legte sich in Maris Bett. Mit der anderen Hand tastete sie nach dem neuen Dachbodenschlüssel, den sie früh am Morgen in der nächstgelegenen Passage hatte nachmachen lassen, in der Annahme, dass ihre Eltern ihr den anderen abnehmen würden. Sie hatte beschlossen, ihn immer an einer Schnur unter ihren Kleidern zu tragen, tief zwischen ihren Brüsten hängend, wo sie kontrollieren konnte, wer Zugang dazu hatte. Natürlich war er jetzt ziemlich überflüssig und schwitzig auf ihrer Haut. Er hatte einen purpurfarbenen

Glassstein, der noch spitzer und kratziger war als der am letzten blöden Schlüssel.

Ihr kam ein Gedanke. Wenn die Königin tot war, warum hatte ihr Vater dann so unbedingt den Schlüssel zurückhaben wollen?

»Brauchst du noch was?«, fragte Mari. »Was zu trinken? Hast du genug Decken?«

»Hör auf mich zu verhätscheln!«

Sie hörte ihn schnauben. Dann hörte sie, wie er aufstand und wegging.

»Mari?«, fragte sie ängstlich.

Seine Stimme erklang vom anderen Ende des Zimmers. »Hm?«

»Du gehst doch nicht weg, oder?«

»Ich hole dir nur noch eine Decke.«

Er kam zurück und warf ihr ohne viele Umstände etwas Warmes und Weiches über. »Ich bin hier. Schlaf jetzt.«

# 23

Als Lovisa am nächsten Morgen erwachte, hatte sie das Bedürfnis, einen Beweis für den Tod der Königin zu finden.

Mehr schlecht als recht brachte sie den Unterricht hinter sich, achtete sorgfältig darauf, ihrer Mutter auf den Fluren aus dem Weg zu gehen, und überlegte, was sie tun sollte. Tagsüber konnte sie das Haus nicht durchsuchen, weil man nie wusste, wann ihr Vater zu Hause war. Und eine nächtliche Suche stand wegen des Fuchses ihrer Mutter nicht zur Debatte.

Am Montag, Dienstag und Mittwoch dieser Woche lief sie nach Einbruch der Dunkelheit nach Hause, schlich sich aufs Grundstück und hielt nach Lebenszeichen im Dachfenster Ausschau. Ums Haus herum waren mehr Wachen postiert als üblich. Wenn die Königin tot war, wozu brauchte das Haus dann mehr Wachen? Aber obwohl Lovisa sich hinter einem Baum versteckte, in ihrem Pelzmantel zitterte und den Blick nicht von dem Fenster abwandte, geschah rein gar nichts. Keine Bewegung, kein Licht. Das bewies natürlich nichts. Das Fenster lag zu hoch, um von innen dranzukommen, und die Königin – falls sie denn lebte – hatte sicherlich keine Lampe und keine Kerzen.

Könnte sie selbst zu dem Fenster hochkommen? Theoretisch war es möglich, teilweise an der Außenfassade des Hauses hinaufzuklettern. Mari und sie hatten das als Kinder geplant und die Kante eines Steins ausfindig gemacht, auf dem ein Zeh balancieren konnte, einen Spalt, in dem sich Finger festkrallen konnten. Vorstehende Fenstersimse, sanft abfallende Dachpartien und so weiter. Sie hatten es natürlich nie ausprobiert, genauso wenig wie sie je die Route vom Baum zum Spalier ausprobiert hatten. Die Kletterroute endete ein Stockwerk unterhalb des Fensters, wo die Fassade des Hauses komplett glatt wurde.

Vielleicht gab es die Möglichkeit, teilweise hinaufzuklettern und sich dann irgendwie mit einem Seil zu behelfen?

Jedes Mal, wenn Lovisa feststellte, dass sie in diese Richtung dachte, kletterte sie wieder über die Mauer und ging zurück zum Wohnheim, während sie mit sich selbst kämpfte und manchmal sogar beinahe vor Verzweiflung weinte, weil sie sich wünschte, sich nicht länger mit der Frage zu beschäftigen, ob die Königin am Leben war oder nicht. Was spielte es für eine Rolle? Wenn sie am Leben war, was konnte Lovisa schon tun?

Jede Nacht versuchte sie in ihrem eigenen Zimmer zu schlafen; dann gab sie es auf und klopfte an Maris Tür. Sie spielten *Stadt* oder machten zusammen Hausaufgaben. Dann schlief sie in seinem Bett, einen schönen tiefen Schlaf, dem sich ihr Körper immer nur in diesem Zimmer mit Mari in der Nähe hingab. Von rosa Licht auf ihrem Gesicht wachte sie morgens auf, dann schlug sie die Augen auf und sah Mari auf dem Teppich liegen, in golddurchwirkte Decken gewickelt, das braune Gesicht schlaff und friedlich, sanft schnarchend. Im Morgenlicht waren seine Sommersprossen deutlicher zu erkennen.

»Okay«, sagte sie und stellte die Füße auf den Boden. »Du kannst dein Bett wiederhaben. Bis später.«

Seufzend und knurrend wachte Mari dann auf. »Später, wenn ich dich in *Stadt* schlagen werde?«, sagte er lächelnd mit geschlossenen Augen.

»Mal sehen.« Sie sah in seinem Lächeln den kleinen Jungen mit den großen Augen und dem knochigen Gesicht, den Jungen, der früher wie ein Bruder für sie gewesen war, oder wie ein Bruder sein sollte, wenn Brüder glücklich sein könnten. Manchmal kniete sie sich hin und gab ihm einen Kuss auf die Wange, bevor sie das Zimmer verließ, überrascht von diesem Anflug von Zuneigung, die sich so sehr nach Traurigkeit anfühlte.

Sie konnte in diesem Zimmer schlafen, weil sie bei Mari sicher war. Er würde sich nicht ohne Vorwarnung in einen anderen verwandeln. Manchmal erwachte sie verwirrt von einem verblassenden Albtraum. Der Anblick, wie er von einer einzelnen Lampe angestrahlt am Schreibtisch saß, das Geräusch seines kratzenden Stifts beruhigten ihre Panik. Während sie ihm bei der Arbeit zuhörte, schlief sie wieder ein.

Manchmal sprachen sie über Sex, aber bloß als Idee. Sie beschlossen gemeinsam, dass das nichts war, was sie tun wollten, zumindest nicht, bevor sie noch ausführlicher darüber geredet hätten.

»Erinnerst du dich noch damals bei diesem Fest, als wir noch klein waren?«, fragte er sie einmal grinsend. »Als wir den Frauen zugehört haben?«

Ja, daran erinnerte sie sich. Es war eines der Feste bei den Varanas gewesen, konkret bei Minta Varana, vielleicht zu Tas sechstem oder siebtem Geburtstag. Mari hatte Lovisa gesucht und sie in einer dunklen Bibliothek weit entfernt von den anderen Kindern gefunden, wo sie die Mütter im Nebenzimmer belauschte. Sie unterhielten sich über den Sex mit ihren Ehemännern und -frauen, »und auch *nicht* mit ihren Ehemännern und -frauen«, hatte sie Mari fasziniert zugeflüstert. »Leg dein Ohr an diese Wand.«

»Okay«, hatte Mari mit widerstrebendem Interesse gesagt, wie immer, wenn Lovisa lauschte. Das, was die Frauen beschrieben, klang unglaublich. Es war wirklich unvorstellbar, dass Erwachsene solche Dinge miteinander tun wollten. Die Kinder mussten in ein anderes Zimmer laufen, bevor ihr Gekeuche und Gelächter sie verriet.

Mari fand die Erinnerung daran lustig, weil sich seine Vorstellung von Sex inzwischen verändert hatte. Aber Lovisa war eher vom Betrug und den Lügen fasziniert und davon, wie kindisch sie sich bei dieser Erinnerung fühlte. Sie hatte das ungute Gefühl, dass Maris

Einstellung zu Sex normal war und ihre nicht. Warum fühlte sie sich nicht von ihm angezogen, wie es bei jedem normalen Menschen der Fall gewesen wäre? Sie wollte Sex mit ihm zur Ablenkung, um ihren Körper dazu zu zwingen, etwas anderes zu fühlen als sonst. Aber sie wusste, dass Mari, wenn er darüber sprach, etwas Verführerisches meinte, etwas Köstliches, dem sie seiner Meinung nach widerstehen sollten. Er sprach von Vergnügen. Und alle auf dem Campus redeten darüber, wie attraktiv Mari war, über sein edles Gesicht, seine Größe, seine Popularität.

Aber in Lovisas Körper war im Moment nur Platz für diese Angst, die sie vom innersten Kern bis zur Haut durchdrang und ihr die Gewissheit verlieh, dass etwas Schreckliches geschehen würde. Dass Ferla sie zum Schweigen bringen wollte. Dass Benni noch üblere Dinge getan hatte als die, von denen sie bereits wusste. Dass die Königin von Monsea möglicherweise tot war oder auf dem Dachboden ihre Hilfe brauchte. Vergnügen? Das konnte sie sich nicht vorstellen. Außerdem verdiente sie das nicht, genauso wenig wie den Trost eines warmen Körpers im Bett neben sich, der ihr half einzuschlafen.

Als sie eines Abends spät auf dem Weg zur Toilette war, stieß sie beinahe mit Nev zusammen, die gerade um eine Ecke gebogen kam. Nev trug ihren Mantel; sie war eben erst reingekommen. Die kleine Füchsin hüpfte ihr um die Beine und sie roch nach Schweiß und Kälte.

»Wo gehst du eigentlich immer so spät noch hin?«, fuhr Lovisa sie an.

»Was geht dich das an?«, entgegnete Nev mit vor Erschöpfung heiserer Stimme. Lovisa musterte sie neugierig und fragte sich, ob Nev müde war. Nein. Jetzt sah sie, dass Nev Stroh im Haar hatte und ihr Gesicht von der Art nicht zu verbergender Freude glühte, die Lovisa verstand. Nev verbrachte ihre Abende irgendwo in einem Stall oder einer Hütte, wo sie vorgeblich was mit Tiermedizin machte, in Wirklichkeit aber Sex mit Nori Orfa hatte. Zum Vergnügen, wie ein normaler Mensch. Einen Augenblick brannte Lovisa vor Neid.

Sie rieb sich übers Haar, versuchte ihre intensiven Gefühle wegzurubbeln. »Handel dir bloß keinen Ärger ein, weil du nach der Schließzeit zurückkommst.«

»Und warum nicht?«, fragte Nev hochgradig gereizt.

*Weil ich es nicht ertragen könnte, wenn du von der Schule verwiesen und mich allein lassen würdest,* wollte Lovisa sagen, tat es aber nicht. Wie bei Mari fühlte sie sich bei Nev sicher. Sie verstand es nicht, wusste aber, dass es so war.

Am Freitagabend kletterte Lovisa wie üblich an den Knaststeinen über die Mauer, versteckte sich hinter dem Baum und sah zum Haus hinauf.

Die Sinnlosigkeit dieser zermürbenden täglichen Routine erfüllte sie wie nie zuvor mit Bitterkeit diesem Haus gegenüber. Sie hatte es immer gedankenlos gemocht, war stolz auf seine Vornehmheit gewesen, auf die Luftschiffe auf seinem Dach. Aber es war ein Gefängnis; es war das Gefängnis, in dem ihre kleinen Brüder zu Männern werden würden.

Und dann geschah etwas dort oben beim Dach, das ihr das Gefühl gab, die Lunge versuchte ihr aus dem Körper zu klettern. Ein klapperndes Geräusch, gedämpft, aber wiederholt. Und dann noch mal, und noch mal. Lovisa wartete und lauschte eine ganze Weile, hielt immer, wenn die Wachen vorbeikamen, angestrengt den Atem an. Manchmal war es eher ein Klopfen oder ein Kratzen; dann hörte es sich an wie das glockenähnliche Klingen von Glas; und Lovisa war sich ziemlich sicher, dass das Geräusch vom Dachfenster kam. Was hatte das zu bedeuten?

Halb außer sich machte sie sich daran, die Fassade des Hauses hochzuklettern.

Sie kam nicht weit, nicht mal bis zum ersten Stock, dann kehrten die logischen Gedanken zurück und sie erkannte, dass es zu gefährlich und zu schwierig war. Aber sie kam hoch genug, um das Geräusch deutlicher zu hören und sich bestätigt zu sehen, dass es vom Dachfenster kam. Es klang wie etwas Kleines und Hartes, das immer wieder gegen die Fensterscheibe knallte.

*Der Brieföffner*, dachte Lovisa. *Sie versucht das Fenster mit dem Brieföffner kaputt zu kriegen.* Und: *Oh, ich wünschte, sie würde das lassen, denn sie werden sie hören und dann bringen sie sie um.*

*Sie lebt*, dachte sie, als sie zurück auf den Boden sprang und sich beinahe schluchzend die schmerzenden Finger an ihrem Mantel abwischte. *Sie lebt.*

*Was soll ich nur tun?*

# 24

Bitterblue hielt es kaum noch aus in ihrer Dachkammer.

Es war eine Art Folter, kaum etwas zu tun zu haben, außer zu denken. War es so für die Gefangenen in ihren Gefängnissen? Wenn Bitterblue nach Hause kam, wollte sie mehr über ihre Gefängnisse erfahren.

Die junge Frau – die Wache – kam an den meisten Tagen mit einer Schüssel Suppe oder Eintopf, brachte ihr jedoch nur selten Wasser. Und wenn sie ihr Wasser brachte, füllte sie es in eine flache Schale auf dem Boden neben der Tür, genau wie sie es mit dem Essen machte, nur dass es ein noch deutlicherer Versuch war, Bitterblue zu einem Tier oder einem Fuchs zu degradieren. Als würde Bitterblue es etwas ausmachen, sich so zu verhalten wie ein Fuchs. Von allen Leuten in Winterburg, die Bitterblue seit ihrer Ankunft kennengelernt hatte, war der Fuchs, der sie regelmäßig besuchte, eindeutig der, den sie am liebsten mochte und respektierte. Er leistete ihr Gesellschaft. Und er brachte ihr Sachen. An einem Abend, als sie noch hoffnungsloser war als sonst, hatte er ihr ein Gebäckstück gebracht.

Bitterblue hatte angefangen, diesen Fuchs als *ihren* Fuchs zu betrachten. Es war nicht der einzige Fuchs, der sie besuchte. Manchmal sah sie beim Aufwachen, dass mehrere Füchse sie aus gleichgültigen goldenen Augen anblinzelten. Aber ihr Fuchs war anders als die anderen. Er hatte eine lange Schnauze, besonders lange und spitze Ohren und er fühlte sich anders an. Sie glaubte – sie war sich fast sicher –, dass er manchmal ihre Gedanken berührte. Dieses Mädchen, das hereingeplatzt war – Lovisa –, hatte gesagt, dass der Fuchs an ihre Mutter gebunden war, aber warum fühlte sich der Fuchs dann so an, als versuchte er Bitterblue zu helfen? Widersetzten sich blaue Füchse je ihren Menschen?

Bitterblue hatte die Klappe in der Wand hinter ihrem Bett entdeckt und den Heizungsschacht, der dahinterlag, als sie das Bett mit brennenden Händen von der Wand weggezogen hatte. Aber die Klappe war zu klein, um hindurchkriechen zu können. Sie hatte einen kurzen Moment über diese Entdeckung geweint, denn manchmal gestattete sie sich einen kurzen Tränenausbruch, um etwas ihrer aufgestauten Anspannung loszuwerden. Aber sie weinte nie mehr als ein paar Sekunden, weil sie es sich nicht erlauben konnte, zu viel Flüssigkeit zu verlieren.

Als sie mit schmerzenden Fingern das Gitter untersucht hatte, hatte sie entdeckt, dass es erstaunlicher- und unglaublicherweise an Scharnieren aus weichem, dünnem Garn aufschwang. Wenn Lovisas Mutter wollte, dass der Fuchs dieses Zimmer durch den Heizungsschacht betrat und verließ, hätte sie dann nicht Draht oder echte Scharniere verwendet? Bitterblue hatte sich umgedreht und den Fuchs angestarrt, der sie ruhig aus einer Ecke beobachtet hatte.

Dann hatte sie das Bett mit ihren schmalen, müden Schultern zurück an die Wand geschoben. Sie war unter die Decke gekrochen und hatte sich um ihre schmerzenden Hände zusammengerollt.

Bitterblue war gut im Nachdenken. Sie hatte viel Erfahrung darin, ihre Gedanken wie winzige deutliche Lichtstrahlen in einer beängstigenden Dunkelheit zu fokussieren. Und je mehr sie nachdachte, desto überzeugter wurde sie, dass ihr ein Puzzleteil fehlte.

An dem Tag, als dieses Mädchen, Lovisa, hereingeplatzt war, gefolgt von dem großen Jungen, dann der Wache und anschließend der kleinen hektischen Frau, hatte Bitterblue erfahren, dass sie sich wahrscheinlich auf dem Dachboden eines Privathauses in Ledra befand und dass Lovisas Vater möglicherweise Politiker war, denn die Frau hatte der Wache gesagt, sie solle ihn sofort aus der Burg holen.

Sie hatte außerdem vermutet, obwohl es merkwürdig schien, dass die Frau möglicherweise die aktuelle Präsidentin von Winterburg war. Lovisa und sie sahen Katu Cavenda so unglaublich ähnlich, bis hin zu der weißen Strähne im Haar. Bitterblue wusste, dass Katu eine Nichte und einige Neffen hatte; er hatte von ihnen erzählt, auch wenn sich Bitterblue nicht mehr an ihre Namen erinnern konnte. Und Katus Schwester Ferla war die Präsidentin von Winterburg. Das hieß … die Präsidentin von Winterburg hatte ihr eine Karte von Monsea gegeben, auf der die Flaggen von Winterburg und Estill zu sehen waren. Warum sollten Winterburg und Estill glauben, sie könnten einen Krieg gegen Monsea gewinnen? Warum sollte sich Estill mit Winterburg verbünden? Bitterblue kam immer wieder zu demselben beunruhigenden Schluss: Winterburg musste über irgendeinen militärischen Vorteil verfügen, von dem sie nichts wusste. Irgendetwas übersah sie – etwas Wichtiges.

Bitterblue hatte versucht zu verhindern, dass der Junge an jenem Abend getötet wurde. Sie hatte sich ihm sogar als Besucherin aus Lienid namens Goldie vorgestellt, was der Name ihrer Gefängniswärterin zu Hause war. Lovisas Mutter hatte Bitterblue baff angestarrt, und es war wirklich ein dummer, sinnloser Versuch gewesen, das Leben eines Jungen zu retten, der Lovisas gehetzten Worten zufolge nur dort gewesen war, um Sex mit ihr zu haben.

Dann war die Wache gegangen, zurückgekehrt und hatte ihr ein Getränk gereicht. Ein warmes, köstliches, dampfendes Getränk in einem Becher! Kurz vorm Verdursten hatte Bitterblue einen Schluck getrunken und dann bemerkt, dass es natürlich eine List war. Ihr Verstand wurde benebelt, beschränkt und verwirrt. Das Nächste, woran sie sich erinnerte, war, dass sie bei Tageslicht in einem Zimmer aufgewacht war, in dem sich nichts und niemand mehr befand – außer ihr natürlich und dem Fuchs.

Sie hatte kurz um den Jungen geweint. Sie hatte auch um Katu geweint, weil sie nicht verstand, was es für ihn bedeutete, dass seine Familie in diese Sache verwickelt war. War er auf Reisen, weit weg, unwissend, in Sicherheit? Oder schwebte Katu ebenfalls in Gefahr? Bitterblue stellte fest, dass sie hier in ihrem Gefängnis nicht viel an Katu gedacht hatte. Davon bekam sie irgendwie Schuldgefühle.

An den Tagen, an denen die Wache Wasser brachte, brachte sie kein Essen. An den Tagen, an denen sie Essen brachte, kein Wasser. Bitterblue fing an, mit sich selbst zu scherzen: Zum Glück hatte sie so viele Jahre Erfahrung damit, im Zustand entsetzlicher Sorge trotzdem vernünftig funktionieren zu müssen, sonst wäre sie nie in der Lage gewesen, diese Sache hier auch nur zu durchdenken. Haha. Giddon hätte das witzig gefunden. *Ich bin stärker, als mich das hier glauben macht.*

*Ach, Giddon. Wie ich wünschte, diese Worte in deiner Stimme hören zu können. Meine eigene Stimme ist schon ganz schwach.*

Bitterblue hatte eine tägliche Trainingseinheit entwickelt, um sich sowohl davor zu schützen, den Verstand zu verlieren, als auch davor, zu schwach zu werden. Ihre Finger und Zehen verheilten gut und sie hatte die Verbände abgenommen. Sie machte Dehnübungen, wie Katsa es ihr beigebracht hatte, und rannte auf der Stelle. Sie machte Liegestütze und Sit-ups und versuchte sich nicht daran zu stören, wie schnell sie außer Atem kam und ihr schwindelig wurde. Sie dachte oft an Katsa, denn Katsa, die ihr das Kämpfen beigebracht hatte, wusste, wie man Energie sparte. Katsa war Expertin darin, ihre Schüler anzutreiben, aber nie zu sehr. Und Bitterblue hatte Angst davor, ihr Training zu weit zu treiben, da sie nur so wenig Nahrung und Wasser zu sich nahm.

Eines Abends in der Dunkelheit absolvierte sie einige Paraden und Angriffe mit dem Brieföffner als Schwert. Sie hatte angefangen, darüber nachzudenken, die Wache mit dem Brieföffner zu töten. Nicht weil sie darüber nachdenken wollte, sondern weil sie darüber nachdenken *musste.*

*Giddon?*, dachte sie. *Niemand wird mich retten.*

Sie fing wieder an zu weinen, schmerzliches tränenloses Weinen. Ihr Mangel an Tränen machte ihr Angst und sie weinte stärker, nur um sich zu beweisen, dass sie Tränen hervorbringen konnte. Dann verlor sie plötzlich einen kurzen Moment ihr Urteilsvermögen. Mit der vagen Vorstellung, aus den Laken ein Tau zu knüpfen, um daran aus dem Fenster zu klettern, wie sie es schon einmal mit ihrer Mutter gemacht hatte, um ihrem Vater zu entkommen, fing sie an, den Brieföffner ans Fenster zu werfen.

Ein paar Minuten später kam der Fuchs durch das Gitter gestürmt, rannte hin und her, jaulte, heulte und sprang durchs Zimmer. Als der Brieföffner klappernd neben seiner aufgeregten Gestalt zu Boden fiel, stürzte er sich darauf und schnappte ihn mit den Zähnen. Er stand vor Bitterblue, die Klinge im Mund, die Beine zitternd in den Boden gestemmt, die Ohren aufgestellt, die Augen golden funkelnd, und Bitterblue starrte zurück.

»Ja«, sagte sie, als sie wieder zu sich kam. »Ich verstehe, dass du die Flucht durchs Fenster für keine gute Idee hältst.« Sie berührte sanft ihr Gesicht, berührte ihren Hals, als wollte sie sich ihre eigenen Grenzen bewusst machen. »Und vielleicht liegt das daran, dass du auf der Seite von Lovisas Mutter stehst. Aber vielleicht willst du auch einfach nicht, dass ich mich zu Tode stürze.«

Bitterblue, die Höhenangst hatte, schauderte. »Also gut«, sagte sie. »Ich habe kurz die Kontrolle verloren. Ich verspreche, das wird nicht wieder vorkommen. Von jetzt an tue ich nur noch weise Dinge, zum Beispiel darüber nachdenken, die Wache zu töten.« Dann fing sie an zu lachen. »Oh.« Sie setzte sich auf die Bettkante und rieb sich mit ihren fettigen wunden Fingern die fettigen schmerzenden Zöpfe. »Wie sehne ich mich nach etwas zu trinken, nach Kuchen und Windbeuteln, nach einer Zahnbürste und einem Bad.«

Und sie dachte an Giddon, der mit nacktem Oberkörper und schlammig in seinem Badezimmer verschwunden war und mit Wasser geplanscht hatte, während Lovejoy der Kater auf ihren Schoß geklettert war. Und dann war Giddon rausgekommen und hatte sich zu ihnen in den Sessel gesetzt. Bitterblue hatte sich an ihn gelehnt. Und trotz ihrer Angst vor Skyes ungelesenem Brief in ihrer Hand war sie glücklich gewesen.

Sie fragte sich, was Giddon sagen würde, wenn er jetzt hier wäre. Er würde irgendetwas Einfühlsames sagen, das ihr half, ihre Situation besser zu verstehen. Und er würde witzig sein, sie zum Kichern bringen und dazu, sich selbst nicht so ernst zu nehmen. Giddon hatte eine besondere Gabe für Gespräche, wenn sie sich mutlos fühlte. Eigentlich für alle Gespräche. Manchmal ging sie zu ihm, wenn sie sich furchtbar schlau fühlte, aufgeregt, ihm etwas Neues, Schlaues zu erzählen, das sie sich ausgedacht hatte, um zu sehen, wie sein Gesicht aufleuchtete und sie ihn zum Lachen brachte. Und manchmal sagte er ihr im Gespräch Dinge, die ihr verborgene Seiten von ihm zeigten, und diese Augenblicke waren, als wäre man unerwartet über einen Schatz gestolpert. Sobald dieses Martyrium endete und sie alle wieder zu Hause wären, würde der Rat ihr Giddon nicht sofort wieder wegnehmen, oder? Katsa und Bo, Raffin und Bann würden doch verstehen, dass sie ihn brauchte, nicht wahr?

Bitterblue wusste nicht, warum sie weinte. Aber sie wusste, dass sie damit aufhören musste, weil sie es sich nicht erlauben konnte, Flüssigkeit zu verlieren.

# 25

Ferla Cavenda schmiedete neue Pläne und die waren schrecklich. Immer, wenn der Fuchs in ihren Verstand eintauchte, verwandelten ihre Pläne seinen Körper in eine starre Skulptur der Angst.

Früher hatte Ferla darauf geachtet, keine Menschen zu töten. Sie hatte sich ein perfektes Leben gewünscht, ein Leben, das ihren Vater stolz gemacht hätte: ein perfektes Haus in Ledra, alles Geld der Welt. Eine perfekte Familie – Kinder, die sie erziehen würde, wie sie erzogen worden war, die dann in die Welt hinausgehen und ihren Erfolg der Mutter zuschreiben würden, und einen Mann, den sie liebte, der ihren Ehrgeiz und ihre Intelligenz teilte.

Und dann hatte Benni vor ihren Augen diesen Jungen niedergeschlagen.

Was sollte Ferla tun, wenn Benni dauernd Entscheidungen traf, die ihre Pläne so heftig durchkreuzten, dass keine Möglichkeit bestand, es wieder in Ordnung zu bringen? Wieso erkannte er nicht, dass alles, was sie geplant hatten, jetzt unmöglich geworden war? Und was würde als Nächstes kommen? Sollte Ferla sogar im *Gefängnis* landen? Die Königin von Monsea durfte nicht auf ihrem Dachboden bleiben. Das war ein Hindernis, das beseitigt werden musste.

Und Lovisa? Ihre eigene Tochter! Lovisa wusste zu viel, Lovisa war unberechenbar. Was sollte Ferla bloß tun?

Die Wurzeln dieser Gedanken begriff der Fuchs nicht ganz. Er verstand die Einzelheiten des Chaos, das Benni angerichtet hatte, nicht. Aber er konnte Ferlas Gefühle dazu spüren und verstehen, so deutlich, als wären es seine eigenen, und er hatte ein paar Vorstellungen davon, was Ferla tun könnte.

In jener Nacht, nachdem Benni vom Meer zurückgekehrt war, wo er den Jungen versenkt hatte, hatten sie heftigst gestritten. Ferla war immer sehr launisch, aber auch Benni konnte Furcht einflößend sein, wenn die Umstände übel waren: Er war langsam, methodisch und nicht immer besonders schlau. Bennis Laune hatte sich in letzter Zeit verschlechtert. Seine Reederei verlor Geld und er hatte Angst.

Sie hatten sich gestritten, bis sie ins Bett gegangen waren, wo sie sich mit jener Hingabe einander zuwandten, die den harten, ausgeprägten und unerschöpflichen Ehrgeiz in Ferlas Wesen zumindest kurz verschwinden ließ. Normalerweise schlief Ferla nach dem Sex ein. Diesmal hatte sie gewartet, bis Benni eingeschlafen war, dann war sie aufgestanden und in ihr Arbeitszimmer gegangen.

Sie setzte sich mit kerzengeradem Rücken an ihren Schreibtisch, umhüllt von goldenem Silberkuhlicht, einen eigenartigen, fast triumphierenden Ausdruck im Gesicht. Sie fühlte sich an wie ... zu viele Dinge. Sie fühlte sich an wie das Ende von etwas und der Anfang von etwas Neuem, als würde sich ein Glied von ihrem Körper lösen und an seiner Stelle etwas Neues nachwachsen – eine unförmige Wucherung, die Ferla gestatten würde, Dinge zu tun, an die sie vorher nie gedacht hatte. Unnatürliche, unrechte Dinge.

*Ich würde jetzt schlafen gehen*, sagte der Fuchs zu ihr und bebte angesichts der Erinnerung an jenen Jungen, der mit einem Rinnsal Blut im Gesicht zu Boden gestürzt war, *wenn du mich nicht mehr brauchst.*

*In Ordnung, Fuchs*, sagte Ferla ruhig, während dieses unregelmäßige raue Narbengewebe über ihre frühere Art wuchs.

Die kleine Königin litt sehr. Sie war am Leben und ihre Hände und Füße verheilten. Sie trainierte und versuchte bei Kräften zu bleiben.

Aber sie verbrachte auch viel Zeit auf dem Bett, zu einer Kugel aus Hunger, Schmerz und Angst zusammengerollt.

Oder, dachte der Fuchs, der sanft an ihren Verstand klopfte, vielleicht wäre es zutreffender, von einer Kugel aus Härte zu sprechen. Es war schwierig, ihren Verstand zu betreten. Sie war wie die anderen beiden aus Monsea, Giddon und Hava, die mit seinen Geschwistern bei Quona Varana wohnten: Sie verschloss ihren Verstand oft, errichtete eine Mauer, die er nicht durchdringen konnte.

Zu anderen Gelegenheiten öffnete sie ihren Verstand jedoch und er konnte spüren, was für ein Mensch sie war. Hundert Mal am Tag sagte sie sich: *Ich bin stärker, als sie mich glauben machen.* Dann saß sie da, stur und entschlossen, und versuchte sich einen Fluchtweg aus ihrem Gefängnis auszudenken. Der Fuchs versuchte auch, sich einen Fluchtweg für sie auszudenken, aber es war eine frustrierend erfolglose Übung. Menschen waren nicht so leicht zu manipulieren, wie er als Welpe geglaubt hatte, zumindest nicht solche Menschen wie Ferla oder Benni.

Dafür, dass sie so isoliert war, hatte die Königin schon eine Menge herausgefunden. Sie hatte vermutet, dass Ferla vorsichtig, logisch war, die Art Mensch, die als Ergebnis gründlicher Überlegungen beschließen könnte, sie umzubringen. Aber sie hatte Benni nicht gesehen; sie hatte geschlafen, als er eingetroffen war. Also hatte sie nicht gesehen, wie er Pari niedergeschlagen hatte. Sie konnte nicht wissen, dass noch ein Mann im Spiel war, der sie in einem impulsiven Moment, in dem er beschloss, dies sei der beste nächste Schritt in einem unüberlegten Plan, umbrachte.

Sie hatte außerdem zu viel über den Fuchs erraten. Das lag zum Teil an ihrem scharfen bohrenden Verstand und zum Teil an seiner Unfähigkeit, sie verhungern zu lassen. Der Mangel an Nahrung war erschreckend. Davon fühlte sich auch der Fuchs ganz leer, als bohrte der Hunger dieser kleinen sturen Königin ein Loch in ihn, trotz seines eigenen, gut gefüllten Bauchs. Er konnte ihr keine Schüssel

Wasser besorgen, ohne alles zu verschütten. Aber an dem Abend, als die Gäste aus Monsea zum Essen gekommen waren, hatte er ihr ein Gebäckstück gebracht. Sie hatte einen Großteil davon verschlungen, während er selbst in einer Ecke saß und tat, als ginge ihn das nichts an, und dann eine üble Stunde verbracht, während ihr verwirrter Magen versuchte, das Gebäck wieder loszuwerden. Sie hatte etwas Überraschendes und Schlaues getan: Sie war unters Bett gekrabbelt und hatte den Rest des Gebäckstücks in den Heizungsschacht gelegt, um ihn später aufzuessen. Dann hatte sie »Danke, Fuchs« gesagt und sich wieder in eine Ecke ihres Bettes zurückgezogen, um gründlich nachzudenken.

Sie hatte nicht vermutet, dass die beiden Menschen, an die sie am meisten dachte, Giddon und Hava, unten gewesen waren und gegessen und spioniert hatten. Ohne zu wissen, dass die Königin am Leben war. Wie kurz davor Giddon und Hava gewesen waren, die Ringe der Königin zu finden, die Benni in den Geheimschubladen seines Schreibtischs aufbewahrte. Dann hätten sie es erfahren und irgendetwas wäre geschehen, das dieser Qual ein Ende bereitet hätte.

An dem Abend, als die Königin angefangen hatte, ihren Brieföffner gegen das Fenster zu werfen, einem Freitag, lag der Fuchs im Bett und spürte, was geschah. Es erschreckte ihn zu Tode. Er strengte sich an, die Gedanken aller Anwesenden im Haus zu kontaktieren, um zu spüren, ob irgendjemand etwas gehört hatte. Irgendwann machte sich diese arme, jämmerliche Wache auf den Weg die Treppe zum Dachboden hinauf und der Fuchs ging so weit, einen offenen Befehl in ihrem Verstand zu rufen, damit sie die Treppe wieder hinunterlief. Die Wache hatte keine Ahnung, woher der plötzliche, dringende und panische Instinkt herkam, aber sie rannte die Treppe hinunter und entfernte sich von dem Radau.

Dann ging der Fuchs selbst in die Dachkammer, um die Sache zu beenden. Er sprang auf den Brieföffner und hielt ihn im Maul, bis die Königin wieder zu sich kam. Ihr Verstand war anschließend offener als sonst; offen, schmerzend, unglücklich und verletzlich. Sie dachte an diesen großen, blassen Mann aus Monsea, der Giddon hieß.

*Soll ich?*, dachte der Fuchs. *Soll ich nicht?*

Es war die Frage, die er sich in letzter Zeit immer wieder stellte: Sollte er oder sollte er nicht mit ihr reden? Offen, nicht länger nur im Verborgenen? Nachdem sie bereits so viel vermutete?

Warum wollte er das so unbedingt?

Er beschloss, es nicht zu tun. Er würde stattdessen etwas anderes tun: Ihr den kleinen Umschlag bringen, der Giddon in Bennis Bibliothek aus der Tasche gefallen war.

Der Fuchs brachte der Königin den Umschlag, um sie glücklich zu machen. Um sie zu trösten, während sie an Giddon dachte. Aber sobald sie den Umschlag geöffnet hatte und die Notizen darin anstarrte, überkam sie Entsetzen. Sie fing an zu keuchen, zu schluchzen. Plötzlich verstand der Fuchs und schalt sich für seine Dummheit, dass er das nicht vorhergesehen hatte: dass sie annahm, es bedeutete, Giddon sei tot. Dass ihre Entführer etwas über ihn erfahren, ihn getötet und ihm dann, hier in diesem Haus, die Taschen geleert hatten. Zum ersten Mal erlebte der Fuchs mit, dass die Königin von Verzweiflung überwältigt wurde, und es war unerträglich, es war das Gegenteil des Gefühls, das er ihr hatte vermitteln wollen.

Und so überwältigte er sie mit einem anderen Gefühl, versuchte es so wirken zu lassen, als käme es aus ihr selbst statt von ihm: ein klares, deutliches Gespür dafür, dass Giddon in Sicherheit war. Dass der Umschlag ein Geschenk war, nicht die Nachricht über etwas Schlechtes. Ein Schatz. Mochten Menschen nicht Schätze?

Daraufhin beruhigte sie sich. Sie trocknete sich die Tränen und betrachtete die kleinen Notizen mit anderen Augen, mit neuen Fragen, mit Staunen darüber, dass Giddon sie in einem so kleinen Umschlag aufbewahrt hatte. Sie hob sie an ihr Gesicht, als wären sie kostbar. Sie steckte sie zurück in den Umschlag und schob den in den Heizungsschacht.

Dann starrte sie den Fuchs lange durchdringend an.

Der Fuchs fragte sich – wie in letzter Zeit immer häufiger –, wie es irgendeinem Fuchs, dem die Menschen etwas bedeuteten, gelang, die Geheimnisse der Fuchsheit zu bewahren.

Seine sieben Geschwister hatten kein großes Verständnis für seine Notlage.

Sehr spät in derselben Nacht, in der er der Königin den kleinen Umschlag gebracht hatte, spürte er, wie seine Geschwister das Haus der Cavendas betraten und sich auf den Weg in Bennis Bibliothek machten. Alle sieben: Schlingel, Krawall, Schalk, Glück, Kult (kurz für kultiviert), Gürkchen und Genie.

Mit einem tiefen Seufzer quälte sich der Fuchs wieder aus dem Bett. Als er in die Bibliothek kam, hockten sie alle zusammen auf Bennis Schreibtisch um die kleinen Schubladen herum.

*Was ist denn jetzt schon wieder?*, fragte er müde. *Was macht ihr hier?*

*Wir interessieren uns für diese Geheimschubladen*, sagten sie. *Haben sie einen verborgenen Riegel?*

*Warum müsst ihr wissen, ob es einen verborgenen Riegel gibt? Hat Quona Varana euch zum Klauen hergeschickt?*

*Nein*, erklärten sie hochmütig. *Nur zum Herumschnüffeln.*

Er glaubte ihnen nicht. *Warum?*

*Das hat sie nicht gesagt! Nur zum Spaß!*

*Ihr solltet ihr sagen, dass ihr das nicht macht! Menschen dürfen ihre Füchse nicht dazu auffordern, Grenzen zu übertreten!*

*Du bist echt eine Spaßbremse*, sagten sie. *Du hättest dich auch an Quona binden sollen wie wir. Du könntest es immer noch tun, wenn du deinen Tod vortäuschst. Du weißt doch, dass sie uns in ihrem Luftschiff fahren lässt, oder?*

Das wusste er, obwohl er immer versuchte, es zu verdrängen. *Und?*

*Und deshalb ist unser Leben viel weniger anstrengend als deins! Wir müssen uns nie Sorgen um traurige Menschen auf unserem Dachboden machen, die sterben oder verrückt werden.*

*Wie schön.* Er war sich ziemlich sicher, dass sie seinen sarkastischen Ton nicht bemerkten. *Glückwunsch. Habt ihr Quona von der Königin auf meinem Dachboden erzählt?*

*Nein.*

*Ich bin erleichtert, dass ihr ihr nicht automatisch alles erzählt.*

*Sie hat uns nicht nach der Königin auf deinem Dachboden gefragt.*

*Moment mal. Und wenn, hättet ihr es ihr erzählt?*

*Warum nicht?*

*Na ja, wie würdet ihr ihr erklären, dass ihr davon wisst? Würdet ihr ihr von meinen Heizungsschächten erzählen?*

*Oh, da würde uns schon irgendwas Unverfängliches einfallen,* sagten sie. *Beruhige dich, Ab.*

*Wenn sie fragen würde, würdet ihr ihr dann erzählen, dass ich meinem Menschen gegenüber illoyal bin?*

*Natürlich nicht!*

*HABT IHR QUONA DIE GEHEIMNISSE DER FUCHSHEIT VERRATEN?*

*NATÜRLICH NICHT!*

*Seid ihr sicher, dass sie sie nicht selbst herausgefunden hat?*

*Hör zu,* sagten sie. *Selbst wenn, wären sie bei ihr gut aufgehoben.*

*WAS?!*

*Sie ist ein guter Mensch. Sie ist nicht wie dein Mensch! Sie stellt keine Gefahr für Füchse dar. Du bist derjenige, der vorsichtiger sein sollte!*

*Sie hat euch vollkommen verhext!*, sagte er. *Sie bringt euch dazu, einen Schreibtisch zu durchsuchen, ohne euch den Grund dafür zu nennen! Und wenn sie unsere Geheimnisse kennt, stellt sie sehr wohl eine Gefahr dar! Wisst ihr nicht, was für Dinge Füchse Menschen in der Vergangenheit angetan haben? Menschen, die zu viel wussten?* Er bezog sich auf die Geschichten von Füchsen, die Menschen, die von den Geheimnissen der Fuchsheit erfahren hatten, umgebracht hatten. Alle Füchse kannten diese Geschichten.

*Diese Geschichten sind fragwürdig,* sagten sie. *Wie sollte ein Fuchs einen Menschen töten können? Und überhaupt, was willst du damit sagen? Dass wir den Menschen töten sollen, den wir so sehr lieben? Dass wir fähig sind zu töten? Wofür hältst du uns?*

Er hielt sie für einen Haufen rührseliger Welpen, die wahrscheinlich berauscht waren von zu viel Liebe und Glück und dadurch zu allem fähig. Aber es hatte keinen Zweck, das auszusprechen. Sie würden es nicht verstehen.

Deshalb beschränkte er sich darauf zu sagen: *Selbst wenn Quona mich Tag und Nacht verwöhnen würde, würde ich nicht in ihrem Haus wohnen wollen.*

*Das tun wir ja auch gar nicht alle,* sagten sie.

*Was tut ihr nicht?*

*In ihrem Haus leben. Sie hat noch mehr Füchse als uns sieben.*

*Was?!*

*Sie hat eine Füchsin auf dem Bauernhof auf der Klippe. Einen Fuchs in der Burg. Einen im Luftschiffhangar der Varanas. Eine im Wohnheim.*

*Warum hat sie eine Füchsin im Wohnheim?*

*Weil sie sich Sorgen um einige der Studentinnen macht. Vor allem eine namens Nev. Und um ihre Nichte, Ta Varana. Außerdem um Lovisa Cavenda. Die Füchsin behält sie alle im Auge.*

*Was?!,* sagte der Fuchs. *Quona spioniert insbesondere Lovisa Cavenda hinterher?*

*Ja.*

Das gefiel dem Fuchs nicht, ganz und gar nicht. *Warum?*

*Vielleicht weil Quona die menschliche Natur studiert*, sagten sie leichthin.

*Aber nicht die menschliche Natur allgemein? Sondern insbesondere die Lovisas?*

*Na ja, studierst du nicht auch insbesondere Lovisas Natur?*

*Weil ich versuche, sie am Leben zu erhalten!*, entgegnete er. *Ich habe einen Grund dafür! Würde die Füchsin mit mir reden?*

*Sie ist noch ein Welpe*, sagten seine Geschwister verächtlich.

Der Fuchs wusste nicht, was das bedeuten sollte. Aber er hatte gespürt, wie Lovisa sich in den vergangenen Nächten auf das Grundstück der Cavendas geschlichen hatte. Er wusste von Lovisas Verdacht, dass die Königin am Leben war. Was er nicht wusste, war, ob sie wusste, in welcher Gefahr sie schwebte.

Er sagte seinen Geschwistern, dass die Geheimschubladen in Bennis Schreibtisch nichts weiter enthielten als langweilige Liebesbriefe von Ferla. Das war natürlich gelogen, aber er wollte ihnen nicht verraten, dass sich die Ringe der Königin darin befanden. Dann wartete er, bis sie das Haus verlassen hatten. Anschließend – obwohl es ihm vollkommen gegen den Strich ging, in der Dunkelheit durch eine eisige Stadt zu flitzen – besuchte der Fuchs Quonas junge Füchsin im Wohnheim.

Die Füchsin lebte bei einem Mädchen namens Nev, das Tiermedizin studierte.

Der Fuchs stand draußen auf dem Bürgersteig. *Hast du Lovisa Cavenda heute gesehen?*, fragte er, während der Welpe in Nevs Fenster hockte, dort herumsprang, Dinge umwarf und aufgeregt zu ihm heraussah.

*Ja!*

*Wie geht es ihr?*

*Sie ist besorgt! Deprimiert! Bedrückt! Moment! Da ist ein Käfer!*

Dann musste der Fuchs warten, während die junge Füchsin verschwand und sich vermutlich mit dem Käfer beschäftigte. Er stand zitternd mit müden Pfoten im Schnee. Nur schwach, wenn er seinen Verstand stark anstrengte, spürte er Lovisa in einem anderen Gebäudetrakt. Aber sie schlief. Es war gut, dass sie wenigstens schlafen konnte. Der Fuchs selbst bekam in letzter Zeit nicht viel Schlaf.

*Hier bin ich wieder!*, rief der Welpe.

*Kannst du mir sagen, worüber Lovisa sich Sorgen gemacht hat?*

*Nein, aber kannst du dir vorstellen, dass Nev mit einem Jungen schläft, den ich nicht ausstehen kann? Fast jeden Abend! Auf dem Bauernhof auf der Klippe! Ich verstehe nicht, was sie an ihm findet!*

*Tut mir leid*, sagte der Fuchs. *Menschen können sehr unangenehm sein.*

*Ich wünschte, er würde von einem Eiszapfen durchbohrt!*, erklärte die Füchsin. *Ich wünschte, er würde von einem Pferd totgetrampelt! Ich wünschte, jemand würde ihm im Schlaf den Penis abbeißen!*

*Das ... wirst du doch nicht tun, oder?*, fragte der Fuchs, der kurz vom eigentlichen Zweck seines Besuchs abgelenkt wurde.

*Natürlich nicht. Offiziell weiß ich ja gar nicht, was da passiert. Es wäre Verrat an den Geheimnissen der Fuchsheit.*

*Allerdings, das wäre es.*

*Ich habe versucht, eine Gans vom Bauernhof dazu zu bringen, aber sie war zu blöd.*

Der Fuchs, der mangelndes Interesse daran, einen menschlichen Penis abzubeißen, eigentlich für ein Zeichen von Intelligenz hielt, versuchte, das Gespräch wieder auf das ursprüngliche Thema zu lenken. *Kannst du mir nichts über Lovisa sagen?*

*Eigentlich nicht! Moment! Ich rieche einen Keks!*

*Warte! Warte kurz. Warum will Quona, dass du Lovisa im Auge behältst?*

*Vor allem befragt sie mich über Nev*, sagte die junge Füchsin. *Ich soll ihr wann immer möglich Bericht erstatten und ihr sagen, ob*

*Nev in Sicherheit ist. Aber ich erzähle ihr auch, ob andere in Sicherheit sind, Lovisa eingeschlossen.*

*Warum interessiert es Quona, ob Lovisa in Sicherheit ist?*

*Ich glaube, sie mag Lovisas Eltern nicht. Sie mag viele Eltern der Schüler nicht.*

*Ist Lovisa denn in Sicherheit?*

*Woher soll ich das wissen?*, sagte die Füchsin. *Wenigstens schläft sie nicht mit einem schrecklichen Jungen!*

Das hier war Zeitverschwendung. Auf tauben Pfoten rannte der Fuchs nach Hause. Der Weg war weit und kalt. Er kletterte wieder ins Bett, erleichtert, dass das Haus ruhig dalag, ohne Fuchsbesucher, ohne neue Dramen. Ferla lag in ihre Decken gewickelt, zur Ruhe gebracht von der Wirkung eines Schlaftees, der Besinnungslosigkeit brachte, aber keine echte Erholung. Sobald sie aufwachte, würde sich ihr der Kopf drehen, sie würde versuchen, einen Ausweg aus der Falle zu finden, in der sie saß, und verwirrte Gedanken über ihren Mann und ihre Tochter denken. Ihre Möglichkeiten, das Problem mit der Königin zu lösen, durchspielen.

Der Fuchs schauderte, unfähig zu schlafen. Wie alle anderen wusste er nicht, was er tun sollte. Und er hatte das Gefühl, dass ihm nicht mehr viel Zeit blieb.

# 26

Giddon hätte aus der Haut fahren können.

Jeder Augenblick, in dem er weder mit den Silberkühen sprach noch klare, eindeutige Antworten auf irgendeine seiner Fragen bekam, war eine Qual. Quona war zurückgekehrt, bevor es Hava und ihm gelungen war, in den verschlossenen Raum auf dem Dachboden zu gelangen. Sie mussten wissen, was Mikka und Brek im Norden entdeckt hatten. Aber Quona schien nie das Haus zu verlassen, wenn sie zu Hause waren, und egal zu wie vielen Festen oder Diners sie gingen – egal wie viele Andeutungen sie machten oder wie viele Anstöße sie gaben –, niemand schien irgendetwas Bedeutsames mitzuteilen zu haben.

Am Abend von Sara Varanas Fest in der Burg war es unmöglich, die Eingangshalle zu betreten, ohne direkt zu der Glaskuppel darüber hinaufzuschauen. Unmöglich, sie nicht zu bewundern.

»Glaubst du, wenn alle Lichter gelöscht wären«, sagte Giddon, »könnte man sich auf den Boden legen und die Sterne am Himmel beobachten?«

»Kann sein«, antwortete Hava. »Da ist Arni Devret. Ich versuche mal herauszufinden, was er über den Norden weiß.« Dann marschierte sie davon und Giddon war unerklärlicherweise dankbar für ihre Grobheit, weil es ihn davor bewahrte, zu viel zu fühlen. Seine Frage über die Sterne wäre die Art Frage gewesen, die er Bitterblue gestellt hätte. Er hatte sie gedankenlos ausgesprochen und sich selbst das Herz damit gebrochen.

Von Arni erfuhr Hava, dass über ein Dutzend prominenter Familien aus Ledra Besitztümer im Norden hatten und etwa die Hälfte von ihnen Häuser auf Klippen. Giddon erfuhr von Periwinkle, dass Mikka und Brek zu Fuß in den Norden gereist waren. Es war eine von Mikkas Forschungsexpeditionen gewesen.

»Mikka hat mir vorgeschlagen, sie zu begleiten.« Perry brach erneut in Tränen aus. »Aber ich habe natürlich abgelehnt. Ich war oft genug mit ihnen unterwegs, um zu wissen, wie es ablaufen würde: kein klarer Plan, kein Kümmern um die Existenz – oder das Fehlen – von Gasthäusern, klettern und rutschen und schlittern und eine Menge Unsinn. Oh, wie ich diesen Narr vermisse!«

»Wissen Sie, wo genau die beiden waren?« Giddon reichte ihm taktvoll ein Taschentuch.

»Nein.«

»Wissen Sie, was sie sich angesehen haben?«

»Wahrscheinlich jeden Stein zwischen hier und Kamassar.« Perry putzte sich die Nase.

Giddon unterdrückte einen Seufzer und ging, so schnell es möglich war, ohne unhöflich zu sein, weiter zu Quona. Nicht weil er mit Quona reden wollte, sondern weil Quona sich mit Cobal unterhielt, dem Gesandten aus Estill. Auch mit Cobal wollte er nicht reden, aber er wusste, dass es ihn interessieren sollte, was die beiden miteinander zu besprechen hatten.

»Ein Pudel!«, rief Quona, als er sich zu ihnen gesellte. »Hallo, Giddon! Amüsieren Sie sich?«

»Und wie. Was ist ein Pudel?«, fragte Giddon, der das winterburgische Wort nicht kannte.

»Ein mittelgroßer, gutmütiger, flauschiger Hund«, sagte Quona. »Cobal überlegt gerade, was für einen Winterburger Hund er seinen Kindern nach Hause schicken soll.« Dann ging Quona dazu über, alle Vor- und Nachteile von Pudeln im Vergleich zu anderen Hunderassen aufzuzählen, während Cobal Giddon süffisant angrinste, als genösse er die Ungeduld, die Giddon bestimmt verspürte.

So ein Abend war das. Und er wurde gefolgt von so einer Woche, denn in der Hoffnung, von der richtigen Person den richtigen Hinweis zu erhalten, nahmen sie eine Essenseinladung nach der anderen an. Sie hatten viel Bewegung, während sie in der Dunkelheit durch die Stadt stapften.

Am Freitagabend, nach einem wenig erhellenden Diner im Haus eines Abgeordneten der Gelehrten namens Dev Dimara, gingen Giddon und Hava zusammen nach Hause. Es war spät und kalt. Ihr Weg führte sie durch Flag Hill, wo die Häuser wie kleine Paläste hinter schweren Toren standen. Lampen auf einigen der Dächer warfen ein schwaches Licht auf längliche Ballons.

»Fuchsbericht?«, fragte Giddon.

»Es ist etwas verwirrend«, sagte Hava, »weil ich glaube, dass sich mehrere abwechseln.«

»Wie ein Beschattungsteam aus kleinen flauschigen Spionen?«

»Ganz genau. Erst wurden wir von diesem Kleinen da verfolgt, der sich auffällig hinter Grasbüscheln versteckt, dann hervorspringt und wie verrückt zum nächsten Büschel rennt. Dann habe ich eine Weile lang keinen gesehen, bis wir um die letzte Ecke gebogen sind, und dann habe ich die alte Schnüffelnase entdeckt. Moment«, sagte sie abrupt, ihre Stimme ein kurzes Hauchen, packte Giddon am Arm und zog ihn von der Straße zwischen eine Baumgruppe. Er sah, was sie sah – eine kleine Gestalt, die eine Treppe hinunter auf die Straße vor ihnen schoss –, aber er verstand nicht.

Dann sah sich die Person um. Die Kapuze ihres Mantels rutschte runter und enthüllte Haarsträhnen und einen besorgten Blick in einem dunklen Gesicht. Es war die Tochter der Cavendas, Lovisa, die sie beim Herumschnüffeln in der Bibliothek ihres Vaters ertappt hatte.

Sie rannte davon wie eine Maus.

»Warum verstecken wir uns eigentlich?«, fragte Giddon. »Warst du nicht der Meinung, dass sie harmlos ist?«

»Ich weiß nicht. Es war die Art, wie sie sich bewegt hat. Sie wollte nicht gesehen werden.«

»Irgendeine Idee, wo sie hin ist? Ist das nicht der Weg zu ihrem Haus?«

»Ja. Aber es ist Freitagnacht und sie wohnt im Wohnheim der Akademie, daher weiß ich nicht, warum sie sich im Dunkeln nach Hause schleicht.«

»Vielleicht ist sie die Diebin, die die Varanformeln gestohlen hat«, sagte Giddon.

»Ha«, entgegnete Hava. »Das wäre ihr zuzutrauen.«

Sie gingen weiter. Die Dunkelheit wurde immer undurchdringlicher und der Himmel rückte immer näher. Als Giddon etwas Feuchtes auf dem Gesicht spürte, blickte er zu dem weichen, herabsinkenden Schnee auf und erinnerte sich an einen Abend vor vielleicht fünf Jahren, als er Bitterblue dazu überredet hatte, außerhalb der Befestigung ihres Schlosses Schlitten fahren zu gehen. Wie sehr Bitterblue damals unter all dem Schaden, den ihr Vater angerichtet hatte, gelitten hatte. Und wie Giddons Stimmung sich gebessert hatte, als das Schlittenfahren sie zum Lächeln, sogar zu kreischendem Gelächter gebracht hatte. Giddon hätte sich mehr Fröhlichkeit für Bitterblue vor ihrem Tod gewünscht. Er hätte sich gewünscht, dass sie alt werden und Zeit haben würde, den Albtraum ihrer Kindheit zu verarbeiten, die Zeit, um Monsea dabei zu helfen, auf alle Arten, die sie sich erhoffte, zu heilen. Er hätte ihr aus ganzem Herzen geholfen.

Als sie das letzte Stück des Pfads zu Quonas Haus erreichten, tauchte der Gesandte aus Estill vor ihnen auf, der mit knirschenden Schritten über die dünne Schneedecke ging.

Bei ihrem Anblick strahlte er voller Freude, die nicht ganz zu seinem sarkastischen Tonfall passte. »Gute Nacht wünsche ich, Giddon. Gute Nacht, Hava.«

»Gute Nacht, Cobal«, sagte Giddon. »Hatten Sie einen netten Besuch bei Quona?«

»Immer doch«, entgegnete Cobal und ging weiter an ihnen vorbei in Richtung Bauernhof.

»Warum sind die beiden wohl so eng befreundet?«, fragte Hava leise.

»Wegen der Pudel, wahrscheinlich«, sagte Giddon.

»Was?«

»Das ist ein Hund.«

»Aha.«

Als sie Quonas Eingangshalle betraten, drehte sich Quona, die gerade die Treppe in den ersten Stock hinaufging, um, um sie zu begrüßen.

»Willkommen zu Hause«, sagte sie. »War es ein nettes Fest?«

»Ja, sehr«, sagte Giddon. »Wir haben gerade den Gesandten aus Estill getroffen.«

»Ich hatte ihn zum Essen eingeladen«, erklärte Quona. »Er liebt meine Katzen. Ich möchte alles über Ihr Diner wissen, aber ich bin hundemüde. Wir unterhalten uns beim Frühstück.«

Aber als Quona am nächsten Morgen, einem Samstag, zum Frühstück kam, hatte sie ihre Neugier vergessen, genau wie ihre Manieren. Fast ohne ihre Gäste zur Kenntnis zu nehmen, setzte sie sich und zog eine Katze auf ihren Schoß, was sie beim Essen normalerweise nicht tat. Verschlafen und abwesend fing sie an zu essen.

»Haben Sie gut geschlafen?«, fragte Giddon.

»Nein, leider ziemlich schlecht, fürchte ich«, räumte sie ein. »Ich werde heute wieder in den Norden fahren, also bitte machen Sie es sich bequem. Meine Dienstboten werden sich gut um Sie kümmern.«

Obwohl Hava schwieg, spürte Giddon die Veränderung in ihrer Energie. Heute würden sie in den Raum auf dem Dachboden einbrechen.

Hava hatte die Arbeitszeiten von Quonas Dienstboten auswendig gelernt, trotzdem musste Giddon im Wohnzimmer Wache halten, während sie auf dem Dachboden mit den Dietrichen zu Gange war.

»Wenn irgendjemand vorbeikommt, schaust du vornehm und unschuldig und bekommst dann einen lauten Hustenanfall«, sagte sie.

Die Einzige, die vorbeikam, war die blassgraue Katze, die Giddons Herz anrührte, als sie ihm auf den Schoß sprang und sich auf eine Art an ihn schmiegte, die ihn daran erinnerte, wie er mit Bitterblue und Lovejoy zu Hause in dem großen Sessel gesessen hatte. Sie war weich und warm. »Ich weiß immer noch nicht, wie du heißt«, sagte Giddon.

Über ihm klopfte Hava dreimal auf den Boden – seine Decke –, was das Signal war, dass er hochkommen sollte.

Giddon fand Hava triumphierend in dem kleinen Zimmer stehend.

»Gut gemacht«, sagte er.

Abgesehen von einem großen Schreibtisch und dem dazugehörigen Stuhl war das Zimmer leer, ohne Teppich. Die Wände und der Boden waren aus Holz, gut verarbeitet, aber ohne Verzierungen. Es sah aus wie ein kleines spartanisches Arbeitszimmer. Hava beugte sich über den Schreibtisch, der unter einem einzelnen hoch gelegenen Fenster stand.

»Keine Füchse?«, fragte Giddon. »Oder abgehackte Köpfe oder Säcke voller Geld?«

»Nur ein Schreibtisch mit einer Million Schubladen«, sagte Hava, die an jeder Schublade zog und hineinlinste. »Die Millionen von Dokumenten enthalten.« Als sie auf eine verschlossene Schublade stieß, schürzte sie neugierig die Lippen. »Jetzt wäre es nützlich, Trinas Gabe zu haben«, murmelte sie.

»Nur dass wir nicht wissen, wonach wir suchen«, wandte Giddon ein. »Kannst du sie aufbrechen?«

»Das Schloss ist ziemlich klein. Aber wahrscheinlich muss ich es versuchen.«

Es dauerte lange, viel länger, als Hava für die Tür gebraucht hatte. Während sie vorsichtig mit ihren kleinsten Dietrichen arbeitete, entzündete Giddon die Lampe auf dem Schreibtisch und sah sich die Papiere in den Schubladen genauer an.

»Unterlagen über Luftschiffverkäufe«, berichtete er. »Unterlagen über …« Er hielt inne, dann hob er ein Blatt Papier ans Licht. »Hava, findest du es seltsam, dass Quona Briefe an Leute hat, die nicht sie sind?«

»An wen denn zum Beispiel?«, fragte Hava.

»An Ada Balava, zum Beispiel«, sagte er. »Erinnerst du dich an den Namen? Sie ist eine der Importeure, die Bitterblue um ihr Zilfium betrogen haben. Offenbar«, er überflog die Seite vor sich, »ist das hier sogar ein Brief, in dem es genau darum geht.« Er las auf Winterburgisch laut vor: »›Sie werden feststellen, dass die Königin ihren Gesteinsschutt zu einem vorteilhaften Preis verkauft, um es vorsichtig auszudrücken. Wir nehmen an, dass dieser Preis nur so lange gültig sein wird, wie die Königin nicht Bescheid weiß, also sollten wir jetzt kaufen, solange wir können.‹ Der Brief ist von Ada Balavas Leiter des Auslandsgeschäfts.«

»Wieselkacke«, murmelte Hava. Dann ertönte ein Klicken und sie machte ein zufriedenes Geräusch. Sie zog die Schublade auf und kramte darin herum.

Plötzlich schrie sie auf: »Giddon!«

»Was ist?«

Sie blätterte in einem kleinen Notizbuch. »Sind das nicht die wissenschaftlichen Formeln für Varan?«

»Ich bin kein großer Wissenschaftler.« Giddon sah ihr über die Schulter.

»›Gesetzlich geschütztes Eigentum von Minta Varana‹!«, las Hava laut auf Winterburgisch vor. »›Varan‹! Hier steht es. Oh, ich bin so blöd! Das hätte ich mir denken können. Schau mal, der Umschlag dieses Notizbuchs hat kleine Abdrücke am Rand!«

»Abdrücke?«, fragte Giddon verwirrt.

»Zahnabdrücke!«, sagte Hava. »Quonas geheime Füchse stehlen diese Sachen für sie!«

»Nun, das kommt allerdings unerwartet«, erklärte eine Stimme hinter ihnen. »Nicht wahr, meine Lieblinge?«

Im Türrahmen stand Quona und beobachtete sie mit einem Ausdruck vollkommener Verwunderung.

Sie trug einen langen weißen Pelzmantel, ihr Körper strahlte Kälte aus und überall an ihr hingen blaue Füchse. Einer balancierte auf ihrer Schulter. Zwei lugten neugierig aus ihrer Kapuze. Einer betrachtete Giddon und Hava aus ihrer Tasche und zwei weitere standen auf dem Boden zu ihren Füßen.

»Wo ist der siebte?«, fragte Hava und erwiderte kühl Quonas Blick. Kurz darauf kam der siebte Fuchs hereingetrottet und sah mit strahlenden goldenen Augen zu ihnen auf.

»Was sind Sie schlau, Hava.« Quona klang, als würde sie das ernst meinen.

»Warum sind Sie schon wieder zurück?«, wollte Hava wissen.

»Ich habe meine Pläne geändert«, antwortete Quona einfach.

»Oder Sie haben gelogen«, entgegnete Hava, »damit Sie uns beim Spionieren erwischen.«

»Das wäre natürlich möglich«, sagte Quona mit einem warmen Unterton in der Stimme, der beinahe wie ein Lachen klang. »Ich wäre nie auf die Idee gekommen zu versuchen, Sie beim Spionieren zu erwischen. Sie haben mich vollkommen überrascht. Wie sind Sie darauf gekommen?«

»Dass Sie sieben Füchse haben, die heimlich an Sie gebunden sind? Dass Sie die Formeln gestohlen haben? Wir sind ja nicht blöd«, gab Hava zurück.

Giddon hob die Hand. »Ich schon. Hava hat es herausgefunden.«

»Seit dem ersten Tag lassen Sie uns von Ihren Füchsen verfolgen, nicht wahr?«, sagte Hava. »Wofür sind Sie noch verantwortlich? Was wissen Sie über unsere zwei ertrunkenen Männer?«

Quona betrachtete Hava jetzt mit einem neuen Gesichtsausdruck, ruhig und ernst. »Ich würde mich gern setzen. Wollen Sie mit runterkommen, um darüber zu sprechen?«

»Ich würde lieber in der Nähe dieses Schreibtisches bleiben.« Hava verschränkte die Arme. »Dieser Schreibtisch interessiert mich.«

»Also gut.« Die Erschöpfung in Quonas Gesicht war jetzt deutlich zu erkennen. Dann kletterte einer der Füchse zu ihren Füßen ihren Mantel hinauf bis zu der leeren Tasche. Ein weiterer folgte und huschte zu ihrer freien Schulter hinauf. Als der letzte Fuchs Anstalten machte, ebenfalls hochzuklettern, sagte Quona schleppend: »Das muss genügen, Lieblinge.« Giddon bekam Mitleid mit ihr. Er zog den Schreibtischstuhl hervor und stellte ihn vor sie.

»Danke«, sagte sie und ließ sich geradezu auf den Stuhl plumpsen. Die Füchse auf ihren Schultern fielen beinahe runter, fingen sich jedoch und fanden das Gleichgewicht wieder. Quona atmete ein-, zweimal tief durch und rieb sich die Stirn. Sie sah aus wie ein menschlicher Fuchsständer. »Ich weiß nicht genau, wo ich anfangen soll.«

»Warum fangen Sie nicht damit an, uns zu erzählen, warum Sie Ihrer eigenen Schwester die Formeln gestohlen haben?«, sagte Hava.

»Ja, ist gut. Das ist ziemlich einfach. Es gibt einen Gelehrten im Parlament, der kürzlich beschlossen hat, bei der Zilfium-Abstimmung die Seite zu wechseln und mit den Industriellen für die Legalisierung der Zilfiumnutzung zu stimmen. Ich habe die Varanformel gestohlen, um ihn durch Bestechung davon abzuhalten.«

»Durch Bestechung davon abzuhalten!«, wiederholte Hava ungläubig. »Ist das der Mann, über den einige Leute neulich abends bei den Cavendas gestritten haben?«

»Ich werde Ihnen nicht alles sagen«, erklärte Quona mit einer interessanten müden Entschlossenheit in der Stimme. »Sie haben bereits die Macht, mich zu vernichten, aber ich will, dass diese Abmachung hält. Der betreffende Gelehrte hat einen Freund in Kamassar, der ihm ein Vermögen für die Varanformeln zahlen wird. Dafür wird der Gelehrte seine Stimme zurückziehen, gegen die Legalisierung stimmen und somit dafür sorgen, dass die Nutzung von Zilfium nicht anfängt, Winterburg zu verschmutzen. Gleichzeitig wird Kamassar eine funktionierende Luftschifftechnologie entwickeln und damit seine Abhängigkeit vom Zilfium verringern.«

»Und das ist Ihnen so wichtig?«, fragte Hava. »Sie brechen das Gesetz, bestehlen Ihre eigene Schwester, ruinieren sogar das Transportmonopol Ihrer eigenen Familie, um sicherzustellen, dass Zilfium verboten bleibt und Kamassar Luftschiffe bekommt?«

»Ja«, stieß Quona hervor. »So wichtig ist mir das.«

»Warum?«, fragte Hava.

»Weil es unsere Pflicht ist, die Umwelt zu schützen. Wir sind durch ein Versprechen daran gebunden, die Erde und das Meer zu bewahren. Was passiert, wenn wir das nicht tun? Und die Leute wissen das auch«, fügte sie müde hinzu. »Sie wissen, dass es wichtig ist, aber sie haben andere Prioritäten. Ich rücke ihre Prioritäten zurecht.«

»Indem Sie stehlen«, sagte Hava.

»*Sie* halten sich wohl immer an alle Regeln, was?«, entgegnete Quona scharf.

»Was ist mit all den anderen Sachen?« Hava wirkte beinahe fröhlich angesichts Quonas Feindseligkeit. Sie wies mit einer Kopfbewegung auf die offenen Schubladen des Schreibtischs, auf die Unterlagen, die Giddon durchgegangen war. »Briefe an Ada Balava und wer weiß was sonst noch?«

»Meine Füchse bringen mir viele Dinge«, sagte Quona. »Sie besuchen viele Häuser, durchsuchen viele Schreibtische, Kamine und

Mülltonnen. Ich weiß nie genau, was sie bringen werden, aber ich behalte alles für den Fall, dass es irgendwann einmal nützlich sein könnte. Dieser Brief an Ada Balava zum Beispiel könnte *Ihnen* eines Tages nützlich sein. Wenn Sie beweisen könnten, dass die Importeure, die Ihre Königin um ihr Zilfium betrogen haben, wussten, dass sie sie betrogen, würden Sie einen Prozess vor dem Winterburger Gerichtshof gewinnen.«

»Das heißt, *Sie* wussten von den Importeuren«, sagte Hava.

»Natürlich. Alle Mitglieder der einflussreichen Familien Ledras wussten von den Importeuren. Aber ich weiß noch mehr. Ich habe mehr Augen als sonst jemand und das ist gut, denn es gibt hier nicht viele Leute, denen man trauen könnte, die wichtigen Dinge im Kopf zu behalten.«

Es herrschte ein kurzer Moment des Schweigens. Dies war eine neue unruhige Version von Quona Varana, und Giddon würde später entscheiden, was er davon hielt. Jetzt erst mal waren die Dinge, über die sie sprach, eigentlich nicht die Dinge, die ihm wichtig waren.

»Als Sie sich die Unterlagen angesehen haben, die Ihre Füchse Ihnen gebracht haben«, sagte er, »sind Sie da je über etwas gestolpert, das erklären würde, warum der Gesandte aus Monsea und ein Ratgeber der Königin von Monsea in der Kabine ihres Schiffs eingeschlossen und dann bewusst ertränkt wurden?«

Quona wandte ihm ihre dunklen Augen zu, die plötzlich besorgt und ernst wirkten. »Ich fürchte, das hat mit den Gründen zu tun, weshalb ich heute in den Norden reisen wollte.«

»Nachdem Sie nur etwa fünf Minuten weg waren, können Sie ja nicht besonders weit nach Norden gekommen sein«, entgegnete Hava sarkastisch.

»Das ist richtig. Praktisch unmittelbar nachdem ich aufgebrochen war, sah ich das Luftschiff der Cavendas, das vor mir Richtung Norden fuhr. Wenn Benni Cavenda in den Norden fliegt, ist sein Ziel das Anwesen seiner Frau in Torla's Neck. Dorthin wollte ich auch.

Aber ich kann schließlich schlecht Bennis Haus von meinem Luftschiff aus ausspionieren, während er selbst dort ist, nicht wahr? Also habe ich abgedreht und so getan, als wollte ich woandershin. Sobald er außer Sichtweite war, bin ich nach Hause zurückgekehrt.«

»Das heißt, Sie glauben, Benni Cavendas Haus hat etwas mit unseren beiden ertrunkenen Männern zu tun?«, fragte Giddon.

»Ich weiß es nicht«, erklärte Quona plötzlich frustriert. »Aber ich glaube, Benni selbst könnte etwas mit ihnen zu tun haben, und irgendein Haus irgendwo hat irgendetwas mit irgendetwas zu tun.«

»Wie erhellend«, sagte Hava.

»Die Silberkühe sprechen mit mir.« Quona ging nicht auf Havas Sarkasmus ein. »Sie erzählen mir Geschichten, die einen gewissen Anteil Fantastik enthalten. Aber es gibt immer Teile, die echt wirken. Ich merke zum Beispiel, wenn sie in Sorge sind, und manchmal zeigen sie mir Einzelheiten, die sie wahrscheinlich nicht kennen könnten, wenn das Bild nicht echt wäre. Wenn die Silberkühe mir Dinge zeigen, die ich für echt halte, kann ich mithilfe meiner Füchse weitere Beweise suchen.

In letzter Zeit haben mir die Silberkühe ein Ding gezeigt, das explodiert. Irgendeine Waffe, die jemand testet, oder irgendein schreckliches Spielzeug, irgendeinen *Fehler*, etwas, das in der Nähe eines Hauses auf einer Klippe aus einem Luftschiff geworfen wurde. Silberkühe sind weinend mit Verbrennungen zu mir gekommen und konnten ihre eigenen Verletzungen nicht verstehen. Das scheint Sie nicht zu überraschen oder besonders betroffen zu machen«, sagte sie nach einem Blick in ihre Mienen.

»Die Silberkühe haben uns die Explosionen auch gezeigt«, erklärte Giddon.

»Sie sprechen mit Ihnen?«, fragte Quona leise. »Sie sprechen nämlich nicht mit jedem, müssen Sie wissen. Haben sie Ihnen das gesunkene Schiff gezeigt?«

»Ja«, sagte Giddon. »Mit zwei Menschen, die darin eingesperrt waren. Davon habe ich gesprochen: Das ist die *Seashell*, das Schiff, in dem unsere Freunde Mikka und Brek ertränkt wurden. Deshalb sind wir eigentlich nach Winterburg gekommen. Nicht, weil wir dieses Bild gesehen hatten«, fügte er hinzu, als Quona überrascht schaute. »Sondern weil wir immer mehr Hinweise darauf bekommen hatten, dass das Ertrinken unserer Männer kein Unfall war.«

»Verstehe«, sagte Quona. »Nun, die Silberkühe zeigen mir schon seit einer Weile die Explosionen, aber das Schiff ist ein neues Bild. Ich habe es nicht mit dem Schiff in Verbindung gebracht, das mit Ihrem Gesandten gesunken ist, weil ich den Namen des Schiffs nicht kannte. Ich war stattdessen auf die Explosionen konzentriert und habe versucht, das Haus auf der Klippe zu identifizieren. Deshalb fliege ich immer wieder in den Norden: Ich habe die Küste abgesucht, um zu sehen, ob eins der Häuser dort so aussieht.

Aber als ich das letzte Mal mit den Silberkühen gesprochen habe, hatten sie offenbar plötzlich neue Informationen über das Schiff. Sie kannten die Namen Ihrer Männer Mikka und Brek. Sie schienen auch zu wissen, dass diese Männer ermordet worden waren. Vermutlich hatten sie diese Informationen also von Ihnen?«

»Ja«, sagte Giddon grimmig.

»Nun, letzte Nacht fiel mir plötzlich etwas ein. Ein Brief, den mir meine Füchse vor langer Zeit aus dem Haus der Cavendas hier in Ledra gebracht haben. Das ist der Grund, warum ich nicht schlafen konnte; das ist der Grund, warum ich heute versucht habe, wieder in den Norden zu fahren, zum Anwesen der Cavendas in Torla's Neck.«

»Und?«, fragte Giddon. »Was war es?«

»Vermutlich sollte ich es Ihnen einfach zeigen«, sagte Quona.

Sie stand schnell auf, ohne sich um die Füchse zu kümmern. Giddon hatte den Eindruck, dass die Tiere daran gewöhnt waren, herumzurutschen, das Gleichgewicht auf einem sich bewegenden Planeten zu halten. Am Schreibtisch kramte Quona in einigen Dokumenten und zog schließlich einen zerknitterten Brief hervor, den sie ihnen reichte.

Hava las ihn auf Winterburgisch laut vor.

»›Notiz: Heute, während ich Besuch von Cobal hatte, dem Gesandten aus Estill, wurden wir von einem Besuch des Gesandten aus Monsea, Mikka, aufgeschreckt, der zusammen mit einem Freund auf einer Reise durch den Norden ist. Die Wachen, die wussten, dass ich einen Besucher erwartete, aber nicht wussten, dass er bereits eingetroffen war, verwechselten Mikka mit diesem Besucher und brachten ihn ins Lagerhaus. Sie ließen ihn durch die Hintertür ein. Cobal und ich hörten ihn nicht hereinkommen. Ich glaube, Mikka hat einen Großteil unseres Gesprächs gehört, bevor wir seine Anwesenheit bemerkten. Wenn Sie freundlicherweise in den Norden kommen und uns mit Ihrem Besuch beehren würden, werde ich Sie mit weiteren Einzelheiten versorgen. Hochachtungsvoll, LM.‹«

Giddons Fingernägel bohrten sich in seine Handflächen. »Benni Cavenda hat Mikka und Brek ermorden lassen.«

»Ja«, sagte Hava. »Weil Benni und Cobal etwas planen und Mikka etwas herausgefunden hat. Aber was planen sie?«

»Ich weiß es nicht«, sagte Quona. »Ich war praktisch die ganze Nacht wach und habe auf der Suche nach Hinweisen meine Papiere durchgeblättert. Ich habe auch meine Füchse ausgesandt, aber sie haben nichts gefunden.«

»Die Notiz ist mit ›LM‹ unterschrieben. Wer ist LM?«, fragte Giddon.

»Keine Ahnung.«

»Was hatten Sie heute auf dem Anwesen der Cavendas vor?«

Quona rang die Hände und schaukelte die Füchse herum, deren Augen aufblitzten, während sie sich an ihr festklammerten. »Ihr Haus mit dem vergleichen, das mir die Silberkühe gezeigt haben? Hoffen, eine Verbindung zwischen den Explosionen und diesem Brief zu finden? Einen Hinweis darauf entdecken, was Mikka erfahren hat? Ich weiß es nicht. Ich bin nicht für diese Art Intrigen geschaffen. Mord geht weit über das hinaus, was ich erwartet hatte, als ich beschlossen habe …« Sie hob wieder eine Hand.

»Sich einzumischen?«, bot Hava hilfsbereit an.

»Ich hatte nur vor, mich im Parlament einzumischen«, sagte Quona. »Wegen der Zilfium-Abstimmung im Dezember.«

»Schon gut«, sagte Giddon. »Hava und ich *sind* für diese Art Dinge geschaffen, und wir haben nun zwei Optionen. Entweder wir bleiben hier und versuchen Benni und Cobal Informationen zu entlocken, oder wir reisen in den Norden, spionieren auf dem Anwesen der Cavendas herum und finden heraus, was los ist.«

»Du weißt, dass mir die zweite Möglichkeit besser gefällt«, erklärte Hava. »Dafür ist meine Gabe gut geeignet.«

»Ja«, sagte Giddon. »Und *nachdem* wir eine Vorstellung davon haben, worum es hier geht, wird es auch leichter sein, Benni und Cobal die Informationen zu entlocken, die wir brauchen. Quona, warum in aller Welt sind Sie mit Cobal befreundet?«

»Ich bin nicht mit ihm befreundet.«

»Sie haben ihn gestern Abend zum Essen eingeladen!«

»Um ihn aus seinem Haus zu locken!«, entgegnete Quona. »Und meine Füchse zum Schnüffeln hinzuschicken! Was glauben Sie, warum ich überhaupt irgendjemanden irgendwohin einlade? Leider haben meine Füchse nichts Nützliches gefunden, weder bei ihm noch bei den Cavendas.«

»Wir müssen nach Torla's Neck«, sagte Giddon. »Quona, wer weiß noch, was Sie wissen?«

Ein eigenartiger, schuldbewusster Ausdruck erschien auf Quonas Gesicht. »Ich kann Ihnen bis morgen, Sonntag, ein Luftschiff besorgen. Und es gibt noch jemanden, der weiß, was ich weiß. Es ist jemand, der Ihnen vielleicht einen diskreten Aufenthaltsort im Norden zur Verfügung stellen könnte.«

# 27

Den ganzen Samstag über hatte Lovisa das blecherne Geräusch des Brieföffners, der gegen das Dachfenster knallte, im Kopf. Die Königin von Monsea war am Leben. Was sollte sie tun?

Samstagabend klopfte sie mit einer bestimmten Absicht an Maris Tür. Als er sie sah, grinste er. *»Stadt?«*

»Nein. Ich brauche eine ernsthafte Ablenkung«, sagte sie.

»Okay«, ging er auf sie ein. »Warum?«

»Es ist einfach so.«

»Ach, komm schon, Lovisa! Du hast doch schon seit einer ganzen Weile irgendwas. Wann erzählst du's mir endlich?«

»Ich kann es dir nicht sagen. Bitte frag nicht weiter.«

»Erpresst dich etwa jemand?«, fragte er scherzhaft, als wäre das eine lächerliche Vorstellung.

»Nein.«

»Oder droht, dir Gewalt anzutun?«

»Nein.« Aber Lovisa zögerte.

Als Mari das wahrnahm, empörte er sich. »Wer ist es? Ich werde denen zuerst etwas antun.«

»Genau deshalb würde ich es dir niemals sagen! Du würdest dich in irgendwas Verrücktes verrennen und alles kaputt machen. Gute Nacht. Ich gehe woandershin.«

Sie versuchte die Tür zuzuziehen, aber Mari hielt sie fest. »Versprochen. Ich werde nichts tun, das du nicht willst, wenn du mir bloß sagst, was los ist. Ich schwöre es, Lovisa. Bitte? Du kannst nicht mal schlafen! Ich habe dich noch nie so erlebt!«

Lovisa wischte sich ungebetene, ärgerliche Tränen aus dem Gesicht. Sie wusste, dass Mari seine Versprechen hielt, aber das spielte keine Rolle. »Ich kann nicht. Wenn ich es täte, würde es uns beide in Gefahr bringen. Und ich wünschte, ich könnte es, deshalb quält es mich, wenn du fragst. Also würdest du bitte, bitte aufhören, mich zu bedrängen, und mich einfach gestresst sein lassen und mir dabei helfen, mich abzulenken?«

»Beschützt du mich vor etwas?«, fragte Mari ungläubig.

»Halt den Mund!«

Er zog sie ins Zimmer, schloss die Tür und legte die Arme um sie.

»Was tust du da?«, rief sie erschrocken.

»Ich umarme dich!«, sagte er. »Du machst mir Angst!«

»Verführst du mich? Um Sex zu haben?«

»Oh, bei der Liebe der Bürgin, Lovisa.« Mari brach in Gelächter aus. »Nein, ich umarme dich, um dich zu trösten. So was kannst auch nur du fragen.«

»Warum sollte ich dich nicht direkt danach fragen?«, sagte sie. »Wäre es so schrecklich, wenn alle sagen würden, was sie meinen, wenn sie irgendetwas tun, und was sie wollen und warum? Würde es die Dinge nicht vereinfachen und für weniger Katastrophen sorgen?«

»Lovisa, und was ist jetzt los?«

»Ich hasse alle, die normal sind«, entgegnete sie, gedemütigt von den Tränen, die sein Hemd durchnässten.

Mari wiegte sie in seinen Armen hin und her. Lovisa vergrub ihr Gesicht an seiner Brust, hörte seinen Herzschlag. Wann hatte sie zum letzten Mal jemand umarmt? Wann umarmten sich Leute überhaupt je? Sie streckte die Arme aus, um Mari ebenfalls zu umarmen, und er hielt sie fester.

»Was für ein Glück, dass ich nicht normal bin«, sagte er, wovon sie plötzlich schnaubend lachen musste. Niemand war normaler als

Mari, aber es stimmte, dass sie ihn nicht hasste. Und sie sagte sich, dass dies eine freundliche Umarmung war, voller Zuneigung, nichts Sexuelles. Aber ihr Körper sagte ihr auch noch etwas anderes, wollte sich an ihn drücken, wollte seinen Körper dazu bringen zu reagieren, weil sich das anders anfühlen würde.

»Mari?«, fragte sie.

»Ja?«

Sie wandte ihm ihr Gesicht zu, ihr Mund ganz nah an seinem. »Wollen wir es uns nicht noch mal überlegen?«

Er zögerte, verstand, was sie meinte. Dann küsste er sie, einmal, vorsichtig. Ja, das war besser. Sie erwiderte seinen Kuss.

Er löste sich von ihr. »Warte. Wir haben das doch besprochen. Wir denken nicht nach.«

Aber Lovisa dachte nach. »Ich weiß, dass du nicht in mich verliebt bist«, sagte sie. »Du weißt, dass ich nicht in dich verliebt bin. Wir sind es schon hundert Mal durchgegangen. Es gibt hier keine Missverständnisse. Und ich brauche unbedingt Ablenkung.«

Er stieß einen tiefen Seufzer aus. »Also gut.«

Sie führte ihn zu seinem Bett.

Es war schön. Interessant. Nicht verführerisch, aber es gefiel ihr, Mari nah zu sein, sie vergrub gern ihr Gesicht an seinem Hals, bewegte sich gern mit ihm und konzentrierte sich voll und ganz auf ihn. Sie vertraute ihm. Und er war aufmerksam und geduldig, aber begehrte sie auch. Davon fühlte sie sich … bedeutsam. Es war ein eigenartiges Gefühl.

»Schon gut«, sagte sie, als er sich nach ihrem Befinden erkundigte. »Ich werde nicht kommen. Das ist okay.«

Dann, kurz bevor er kam, fing ihr Körper an, es zu wollen. Mari keuchte vor Lust auf und schlief dann ein, als hätte jemand ein Laken über einen Vogelkäfig geworfen.

»He!« Enttäuscht stieß sie ihn an der Schulter.

»Was denn?« Er schreckte auf und sah sich benommen und verwirrt um.

»Ich war noch nicht so weit.«

»Ich dachte, du würdest nicht kommen.«

»Na ja. Am Anfang war es mir egal. Jetzt will ich aber.«

»Okay«, sagte er. Und zu ihrer großen Überraschung verschwand er unter der Decke, schob ihre Beine auseinander und fing an, sie mit der Zunge zu berühren, so sanft, dass ihr Körper vor Verwunderung summte. Wow. Wann war Mari so gut in diesen Dingen geworden? Wer wusste das schon?

Die Lust schwoll langsam an, überwältigte sie beinahe und zerriss sie dann. Als es vorbei war, fing Lovisa wieder an zu weinen. Sie verbarg ihre Tränen vor Mari, verwirrt, ob sie nun glücklich war oder traurig.

Mari schlief mit dem Gesicht an ihrem Hals ein. Lovisa lag noch eine Weile wach, schniefte leise und dachte nach, befreit vom Griff der Sorge um die Königin, wenn auch nur kurzzeitig. Sie fragte sich, ob sie es morgen wieder tun würden.

Am frühen Morgen wachte sie auf, als Mari glücklich vor sich hin murmelte und ihr sanfte Küsse hinters Ohr drückte. Als sie sich zu ihm umdrehte, sah sie Sternenfunkeln in seinem Blick.

»Moment mal.« Augenblicklich war sie beunruhigt. »Warum hast du es dir anders überlegt?«

»Was?«

»Das mit dem Sex.«

»Vermutlich, weil ich dir vertraue.«

»Aber du bist nicht in mich verliebt?«

»Ich kenne dich schon mein ganzes Leben lang«, sagte er. »Wir sind immer noch Freunde, oder?«

»Ja«, antwortete sie vorsichtig. »Aber vielleicht sollten wir das besser nicht wiederholen.«

»Hat es dir nicht gefallen?«

»Es war sehr, sehr schön«, sagte sie. »Aber jetzt habe ich Angst, dass du dich in mich verlieben könntest.«

»Weil ich dich gerade geküsst habe?«

»Ja.«

»Vielleicht will ich nur noch mal mit dir schlafen.«

»Oh.« Auf diese Idee war Lovisa nicht gekommen. »Okay. Aber hör zu, Mari, versprichst du mir, ehrlich zu mir zu sein, was all deine Gefühle in dieser Sache angeht?«

Er dachte über die Frage nach, mit dieser schläfrigen Morgenbenommenheit, die Lovisa daran erinnerte, dass sie ihn schon mit fünf gekannt hatte. »Wäre das ein einseitiges Versprechen?«, fragte er. »Oder wirst du auch ehrlich zu mir sein?«

»Was meine Gefühle über Sex angeht, ja«, sagte sie. »Aber nicht, was die Sachen angeht, die ich dir nicht erzählen kann.«

»Okay. Versprochen.«

»Versprichst du mir auch, dass du mich nicht versuchst, gesellschaftlich auszugrenzen, sobald wir irgendwann keinen Sex mehr haben?«

Er stützte sich auf seinen Ellbogen und sah sie durchdringend an. »Was ist das denn für eine Frage?«

»So wie du es mit Nev gemacht hast«, sagte sie achselzuckend.

»Das habe ich nicht! So etwas habe ich nie getan!«

»Okay, aber alle anderen haben sie ganz selbstverständlich ausgegrenzt.«

»Aber ich habe ihnen nicht gesagt, dass sie das tun sollen!«

»Du hast ihnen aber auch nicht gesagt, dass sie es *nicht* tun sollen. Du hast dabei zugesehen und hättest es mit einem Wort verhindern können, aber das hast du nicht getan. Versprich mir, dass du mir das nicht antust. Du weißt, dass ich mich dann rächen müsste, stimmts? Ich würde ein riesengroßes Chaos anrichten.«

Mari starrte stur die Laken an und dachte nach. Lovisa wusste, wie schwer er zu beleidigen war, wie gründlich er alles hin und her wendete, manchmal übermäßig, bevor er entschied, was er denken sollte. Im Unterschied zu ihr. Sie schämte sich ein wenig.

»Es tut mir leid«, sagte sie. »Ich habe sie schließlich auch ausgegrenzt.«

Er seufzte, wirkte immer noch verwirrt. »Egal, ob du recht hast, was Nev angeht, dir werde ich das nicht antun. Das würde ich nie machen. Versprochen.«

»Also gut«, entgegnete sie. »Und ich werde mich nicht rächen.«

Mari verdrehte die Augen. »Was für eine wunderbare gemeinsame Zukunft wir uns da ausgemalt haben.«

»Wir haben uns gegenseitig Freundschaft versprochen, nicht wahr?«

»Ja, das haben wir wohl.«

»Warum vertraust du mir überhaupt?«

»Ich vertraue dir nicht in allem«, sagte er mit einem kleinen Lächeln. »Aber in dieser Sache schon.«

Als Lovisa wieder erwachte, schmerzte ihr Bauch vor Leere und Angst.

*Tee*, dachte sie, als ihr der Verhütungstee gegen Schwangerschaft einfiel. Und dann fiel ihr ein, dass sie keinen mehr hatte. Sie versuchte eigentlich immer welchen dazuhaben, man bekam ihn leicht auf der Krankenstation der Akademie, aber jedes Mal, wenn sie in letzter Zeit in der Nähe der Krankenstation gewesen war, hatte es gerade geschneit, war glatt und windig gewesen. Und Lovisa hatte zuletzt schon zu viel Zeit zitternd draußen in der Kälte verbracht.

Sie kannte eine Menge Mädchen, die etwas von dem Tee hätten, aber sie waren Klatschbasen.

Also tastete sie nach ihrem Morgenmantel, verließ Maris Zimmer, schlich durch die Flure und klopfte an Nevs Tür.

Als nichts geschah, klopfte sie wieder und immer wieder. Schließlich ging die Tür einen Spaltbreit auf und Nev sah verärgert und zerknittert heraus. Lovisa fiel ein, dass Sonntagmorgen war.

»Was willst du?«, fragte Nev.

»Verhütungstee«, sagte Lovisa. »Der ist mir ausgegangen. Hast du noch welchen?«

Nev stöhnte, machte die Tür ganz auf, dann ging sie wieder ins Bett. »Am Fenster. Es ist dieser Buschige ganz rechts, der aussieht, als wären die Blätter verwelkt.«

Das Zimmer war dunkel, der rosa Schein des Sonnenaufgangs beleuchtete langsam die Frostblumen auf den Fensterscheiben. Lovisa konnte die Pflanzen nicht auseinanderhalten. »Im Ernst? Du pflanzt ihn auf dem Fensterbrett an?«

»Wie gesagt.«

»Sind die Blätter verwelkt?«

»Nein, er sieht einfach nur so aus.«

»Was muss ich tun?«, fragte Lovisa, ohne sich von der Tür wegzubewegen.

»Was meinst du?«

»Ich habe noch nie Blätter von einer Pflanze gepflückt.«

Nev seufzte tief, rieb sich übers Gesicht und murmelte dann: »Ledraner!« Sie stand wieder auf, diesmal mit einer Decke über den Schultern. »Hier«, sagte sie, zündete sowohl eine Lampe als auch ihren kleinen Herd an, dann tauchte sie einen kleinen zerbeulten Blechtopf in den Wassereimer. »Wir trinken einen zusammen.« Sie ging zum Fensterbrett und pflückte ein paar kleine Blätter von der Pflanze.

»Ist das genug?«, fragte Lovisa. »Für uns beide?«

»Mehr als genug«, sagte Nev. »Die Leute nehmen normalerweise zehn Mal mehr als nötig.«

»Ich befolge die Packungshinweise.«

»Die Hinweise wurden von einem Händler geschrieben, der will, dass du zehn Mal mehr als nötig kaufst.«

»Huh«, sagte Lovisa mit einem Anflug von Anerkennung für den Händler.

Nev legte die Blätter in ein kleines metallenes Teesieb in Form einer Silberkuh, das man in der Mitte aufschrauben konnte.

»Das ist ja hübsch«, sagte Lovisa. »Wo hast du das her?«

»Eine Frau bei uns zu Hause macht die.« Nev hängte das Teesieb in den Topf, dann ging sie wieder ins Bett. Das Zimmer war eiskalt. Lovisa stand unbehaglich herum und zog den Pelzkragen ihres Morgenmantels enger. Aus dem Bett blickten sie goldene Augen an.

»Seid ihr schon verbunden?«, fragte sie.

»Nein«, entgegnete Nev knapp.

*Ich sage immer das Falsche,* dachte Lovisa und ging dann, plötzlich erschöpft, zum Bett, wo sie sich ans Fußende setzte, ohne Nev um Erlaubnis zu fragen. Was Nev wohl denken würde, wenn sie wüsste, dass Mari Devret der Grund war, weshalb Lovisa den Tee brauchte? Oder dass Lovisa mit ihm geschlafen hatte, weil die Königin von Monsea auf dem Dachboden ihrer Eltern eingesperrt war und sie nicht wusste, was sie tun sollte?

Das Wasser begann zu blubbern, ein leises, tröstliches Wispern, das Lovisa den Drang verspüren ließ, sich hinzulegen, sich zusammenzurollen und am Fußende von Nevs Bett einzuschlafen. *In Nevs Zimmer könnte ich auch schlafen,* dachte sie leicht überrascht. *Sogar, wenn sie hier und sauer auf mich ist.*

Nev setzte sich mit geschlossenen Augen im Bett auf und lehnte sich an die Wand. Als die junge Füchsin unter der Decke hervorkroch, näher an Lovisa heranrückte und sich an ihren pelzigen Morgenmantel drückte, erstarrte sie. Es war eigenartig, Körperkontakt mit der Füchsin einer anderen zu haben.

»Würde es dir etwas ausmachen, wenn die Person, mit der ich geschlafen habe, Mari Devret wäre?«, fragte Lovisa, plötzlich so neugierig, dass sie es sich nicht verkneifen konnte.

Nev schlug die Augen auf. »Nein«, sagte sie und weiter nichts, was enttäuschend war. Lovisa wollte es verstehen.

»Liegt das daran, dass Nordländer nie eifersüchtig werden?«

»Nein! Wie kommst du denn darauf?«

Lovisa zuckte die Achseln. »Den meisten Leuten würde es nicht gefallen, wenn ich mit ihrem Ex schlafe. Ich habe mich gefragt, ob die Nordländer sich weniger um diese Dinge scheren.«

Nev sah sie ungläubig an. »Denkst du etwa, wir sind alle gleich?«

»Nein«, protestierte Lovisa.

»Ist deine Mutter nicht selbst aus dem Norden? Wird sie eifersüchtig?«

Lovisa nahm an, dass es kein wütendes, verkorkstes Gefühl gab, dessen Ferla nicht fähig wäre. Aber Ferla war eine andere Art Nordländerin; sie war reich. »Wahrscheinlich schon.«

»Siehst du«, sagte Nev weiterhin mit frostiger Stimme. »Es stimmt, dass die Leute, die ich von zu Hause kenne, in manchen Dingen andere Ansichten haben. Wir würden zum Beispiel nie ein Vermögen für eine Monatspackung Verhütungstee ausgeben. Wir würden nie Schnittblumen kaufen, wenn sie doch neben der Straße wachsen.«

*Sie hält sich für was Besseres*, dachte Lovisa.

»Aber wir haben normale Gefühle. Sogar Eifersucht.«

»Wirst du eifersüchtig?«, fragte Lovisa.

»Manchmal«, sagte Nev und fügte dann fast entrüstet hinzu: »Natürlich!«

Jetzt blubberte der Tee ernsthaft. Mit empörter Miene stand Nev auf, beugte sich über den Topf und rührte um, dann mischte sie einen Löffel einer festen bernsteinfarbenen Paste aus einem Glas in das Gebräu. Sie nahm zwei Tassen aus einem Regal und goss den Tee vorsichtig ein. Dann reichte sie Lovisa eine Tasse.

Lovisa nippte vorsichtig daran, ihr Magen rebellierte immer noch. »Er schmeckt anders, als ich es gewohnt bin«, sagte sie. *Viel weniger scheußlich* sprach sie nicht laut aus.

»Ich habe ein bisschen Honig zum Süßen hinzugefügt und ein wenig Ingwersirup, damit es auf leeren Magen etwas bekömmlicher ist. Die Substanzen, die die Schwangerschaft verhüten, können die Magenschleimhaut angreifen.«

»Oh.« Gleich darauf verfluchte Lovisa sich dafür, interessiert geklungen zu haben. *In deiner Gegenwart fühle ich mich wie ein kleines Kind,* dachte sie, immer noch nervös wegen Nevs Füchsin, die sich schnurrend an ihr Bein drückte.

Die beiden Mädchen tranken ihren Tee, ohne sich anzusehen. Lovisa wusste nicht, warum Nev ihr etwas bedeutete – da Pari tot und ihre Eltern Ungeheuer waren, da die Königin von Monsea auf dem Dachboden gefangen gehalten wurde, da sie nicht wusste, wie sie denken oder was sie tun sollte oder warum sie immer so ein vollkommener Feigling war. Sie wusste auch nicht, warum es sie interessierte, ob Nev das mit Mari etwas ausmachte. *Und warum ich dauernd weinen muss,* dachte sie, während sie wütend die Tränen wegblinzelte.

»Was macht dich eifersüchtig?«, fragte sie.

Nev seufzte. »Ich kann eifersüchtig werden, wenn ich etwas für jemanden empfinde.«

»Das heißt, wenn du mit jemandem schläfst, aber nichts für ihn empfindest, wirst du nicht eifersüchtig?«

»Ich weiß nicht. Ich habe noch nie mit jemandem geschlafen, für den ich nichts empfinde.«

»Empfindest du etwas für Nori Orfa?«, fragte Lovisa plötzlich betroffen.

»Nori *Orfa*«, wiederholte Nev, als hätte sie den Namen nicht verstanden.

»Ich habe Gerüchte gehört.« Lovisa erwähnte nicht, dass sie

selbst Nori aus Nevs Zimmer kommen gesehen hatte. »Dass du was mit ihm hast.«

»Mit Nori *Orfa*«, sagte Nev ausdruckslos.

»Ja.« Lovisa wurde langsam ungeduldig. »So heißt er mit Nachnamen. Der Junge von der Teeplantage aus deiner Provinz da oben im Norden. Ich meine, du trinkst diesen Tee hier doch aus einem bestimmten Grund, oder?«

Nev hob den Kopf und straffte fast unmerklich die Schultern. »Das ist eine neugierige Frage«, sagte sie.

»Stimmt«, entgegnete Lovisa.

»Empfindest du etwas für Mari?«

»Nein.«

»Er ist äußerst anständig«, sagte Nev, »solange es dich nicht stört, dass er den notorischen Drang hat, in allem gut zu sein.«

Lovisa war wütend. Was war schlimm daran, gut in etwas sein zu wollen? Es war unglaublich, wie gut Mari in allem war! Sogar beim Sex! »Warum hast du überhaupt mit ihm Schluss gemacht?«, gab sie zurück.

»Du stellst eine ganze Menge neugieriger Fragen.«

»Du auch!«

Nev trank ein paar Schlucke Tee, dann starrte sie mit undurchdringlicher Miene in ihre Tasse. »Es ist schwer zu erklären«, sagte sie schließlich. »Mari dachte, ich hätte immer in allem recht. Er hätte alles getan, worum ich ihn gebeten hätte.«

»Er hat dich geliebt.« Lovisa fühlte sich unbehaglich und gemein.

»Er hat mich nicht mal richtig wahrgenommen, also nein, nicht wirklich. Und er war so nachgiebig, dass ich immer das Gefühl hatte, ihn zu kontrollieren. Es war unausgewogen. Seine Vergötterung hat mich erstickt.«

»Klingt ja furchtbar«, sagte Lovisa bissig.

»Du musst nicht eifersüchtig sein«, erwiderte Nev. »Jetzt weiß er, dass ich nicht perfekt bin.«

»Ich bin nicht eifersüchtig!«

»Gut«, sagte Nev. »Mit dir ist es wahrscheinlich anders, gesünder. Vielleicht himmelt er dich an, aber er wird nicht vergessen, wer du bist, nicht wahr? Schließlich kennt er dich schon sein ganzes Leben lang.«

»Er himmelt mich nicht an. Wir empfinden nichts füreinander. Ich kann in letzter Zeit nicht gut schlafen und gestern Abend hat er mir beim Einschlafen geholfen.«

»Dann ist ja gut.«

Lovisa sprang vom Bett auf und freute sich, als die Füchsin jaulend davonflog. Sie ging zum Fenster hinüber und blickte finster durch die Scheibe auf die Umrisse von Bäumen und Gebäuden, die von der aufgehenden Sonne rosa und golden gerahmt wurden. Sie konnte nicht glauben, dass sie dieses dämliche Gespräch führten. Wie brachte Nev sie dazu, ihr so persönliche Dinge zu enthüllen?

»Nori hat mir nie gesagt, dass er zwei Namen hat«, sagte Nev.

»Was?« Lovisa drehte sich überrascht um.

Nev starrte in ihre Tasse. Ihre Stimme war unbewegt, aber leise. »Erst recht nicht, dass er Orfa mit Nachnamen heißt«, fuhr sie fort. »Ich kenne zu Hause viele Leute, die für die Orfas arbeiten.«

Augenblicklich verstand Lovisa. Nori Orfa, der wohlhabende Junge von der Teeplantage, hatte als Teil seiner Verführungstaktik vorgegeben, der einfache Nori von zu Hause mit nur einem Namen zu sein, arm wie Nev, bescheiden wie Nev. So hatte er sich bei ihr eingeschmeichelt. Wahrscheinlich hatte er seinen nordischen Akzent verstärkt, um sie rumzukriegen, hatte ihr das Gefühl gegeben, er sei die Art Junge, die sie schon ihr ganzes Leben lang kannte. Wahrscheinlich hatte er über Orte in Torla's Neck gesprochen, die sie beide kannten, während er die Namen seiner speziellen Freunde weggelassen hatte. Das hätte sie auch getan, wenn sie so reich wäre wie Nori und Nev für sich hätte gewinnen wollen. Es gab Wanderkomödianten in Winterburg, vor allem außerhalb von Ledra, Tänzer,

Schauspielerinnen, Zauberer, die auf der Suche nach Publikum von Ort zu Ort zogen. Einige von ihnen waren Imitatoren – sie ahmten die Gouverneurin von Mantiper, die reichste Dame aus Borza oder einen König vom Königskontinent nach.

Nori war auch Schauspieler. Er imitierte einen Menschen, der kein Stück Dreck war.

Sie verstand ihn genau, und sie hätte ihm am liebsten das Gesicht zerkratzt. »Da ist noch etwas.« Lovisa räusperte sich unbehaglich. »Ich glaube, er hat zu Hause eine Freundin.«

Nev hatte sich mit gesenktem Kopf in die Ecke des Bettes zurückgezogen. Sie wirkte so klein wie einer von Lovisas jüngeren Brüdern.

»Es tut mir leid«, sagte Lovisa. »Ich glaube, ich weiß, wie sie heißt. Ich hatte überlegt, ihr einen Brief über ihren Freund zu schreiben. Willst du den Namen wissen?«

»Nein«, flüsterte Nev.

»Okay, ich werde ihr nicht schreiben, wenn du das nicht willst.«

»Das ist mir egal«, sagte Nev. »Aber nenne nicht meinen Namen und beschreib mich auch nicht. Höchstwahrscheinlich ist sie meine Nachbarin und wird mich eines Tages zu sich bestellen, um ihr krankes Pferd zu heilen oder so.«

»Stimmt. Natürlich.« Lovisa wusste nicht, was sie sonst noch sagen sollte. *Es tut mir leid, dass ich dir das nicht früher gesagt habe. Wenn ich erkannt hätte, dass du ein normaler Mensch mit normalen Gefühlen bist, hätte ich es getan. Aber ich dachte immer, du ständest eine Stufe über mir.*

»Was wirst du jetzt tun?«, fragte sie.

»Ich fahre nach Hause«, sagte Nev.

»Was soll das heißen?« Lovisa war plötzlich beunruhigt. »Mitten im Semester? Lass nicht zu, dass er dir dein Studium versaut, Nev!«

»Das wurde gestern entschieden«, erklärte Nev. »Ich nehme mir eine Auszeit. Es gibt ... ich habe ... es ist das Beste, wenn ich eine Weile nach Hause fahre. Ich reise heute ab.«

»Oh. So plötzlich«, sagte Lovisa bedrückt, ohne es zu verstehen. »Aber warum?«

Nev betrachtete einen Moment ihre Hände. Dann hob sie den Kopf und sah Lovisa gleichzeitig unsicher und trotzig an. »Offenbar habe ich einige Dinge herausgefunden. Offensichtlich sind sie gefährlich.«

»Oh!«, sagte Lovisa plötzlich betroffen. »Was denn für Dinge?«

»Na ja, das werde ich dir natürlich nicht sagen, wenn sie gefährlich sind!«, erklärte Nev. »Aber ich spreche manchmal mit den Silberkühen; das mache ich schon immer. Im Norden tun wir das von klein auf. Und sie erzählen mir Dinge. Mir und Quona Varana. Und Quona sagt, dass ich jetzt schweigen und abreisen muss. Ich vertraue Quona gar nicht mal! Aber sie hat mich überredet abzureisen.«

Jetzt schnappte Lovisa nach Luft. Was wussten die Silberkühe wohl, was sagten sie? »Wem außer mir hast du noch davon erzählt?«

»Niemandem. Warum? Was ist los?«

Lovisa war ausgesprochen und zutiefst erleichtert, dass Nev nach Hause fuhr, wenn Nev irgendetwas von den Dingen erfahren hatte, die Lovisa wusste. Vielleicht wäre sie zu Hause in Sicherheit. »Nev, erzähl niemandem sonst davon. Versprichst du mir, es niemandem sonst zu erzählen?«

»Lovisa!« Nev starrte sie beunruhigt an. »Was ist los? Was weißt du?«

Lovisa bemerkte, dass sie ihre Tasse so fest umklammerte, dass sie zitterte. Wie sie aussehen musste! Sie atmete einmal tief durch, dann noch einmal. »Ich kann es dir nicht erklären«, sagte sie. »Ich kann dir auch nicht mehr sagen als du mir. Und es tut mir leid. Aber es ist gefährlich für dich, jetzt darüber zu reden. Quona hat recht, dass sie dich zum Schweigen verdammt und dich wegschickt. Vertraust du mir? Na ja, natürlich vertraust du mir nicht. Das verstehe ich.« Sie zwang sich, einen Schluck aus ihrer Tasse zu trinken. »Aber versprichst du mir, es niemandem zu sagen?«

»Ich weiß nicht. Warum sollte ich das tun?«

»Weil du so am Leben bleibst«, sagte Lovisa.

Plötzlich stand Nev auf, hängte sich die Decke über die Schultern und kam durchs Zimmer zu Lovisa ans Fenster. Auf dem Weg bückte sie sich und hob die Füchsin hoch. Gemeinsam blickten sie wortlos durch die Scheibe. Nev drückte den Fuchswelpen an sich, ihr Deckenumhang streifte Lovisas Schulter. Sie war so groß. Lovisa hätte sich gern an sie gelehnt.

»Ich weiß nicht, was um mich herum vor sich geht«, sagte Nev. »Quona erklärt mir nichts. Du sagst mir nichts. Nori hat mich die ganze Zeit belogen. Die Wahrheit ist, dass ich nach Hause fahren und nie wiederkommen will. Zu Hause ist es ganz anders als in Ledra. Hier hängt alles fest, dreht sich auf der Stelle. Alle sind in irgendeiner Rolle gefangen und nehmen sich nicht die Zeit, darüber nachzudenken, warum sie tun, was sie tun. Warum sie auf die besten Noten, die meisten Freunde oder die meisten Informationen aus sind. Alle lügen und liegen im Wettstreit miteinander. Selbst Straßen können zu Fallen werden, wenn man nicht reich genug ist oder genug Beziehungen hat, um einen beschissenen Passierschein zu besitzen. Hier ist es furchtbar«, sagte Nev mit einer Stimme, die fast nur aus einem verächtlichen Schnauben bestand. »Zu Hause kann man über die Berge hinwegsehen. Man kann messen, wie weit sich der Gletscher jedes Jahr bewegt. Man kann atmen.«

Lovisa war sich nicht sicher, ob sie je an einem Ort gewesen war, wo man atmen konnte. »Und warum bist du dann hier?«, fragte sie, nicht als Provokation, sondern aus Neugier.

»Weil mein Großvater mich dazu erzogen hat, Tierärztin zu werden. Weil ich mich um Tiere kümmern will. Die Akademie kann mir Dinge beibringen, die ich nirgendwo sonst auf der Welt lernen kann.«

Lovisa wusste, dass ihre nächste Frage egoistisch war, aber sie konnte nicht anders. »Das heißt, du kommst wieder? Wenn das alles vorbei ist?«

»Vermutlich«, antwortete Nev. »Wann immer das sein wird.«

»Wirst du noch jemandem sagen, dass du über gefährliches Wissen verfügst?«

Nev schwieg. »Nein«, sagte sie dann. »Ich werde es niemandem sagen, solange ich nicht genauer verstehe, was los ist.«

Lovisas Augen füllten sich mit Tränen. »Danke«, flüsterte sie. »Wann reist du heute ab?«

»Früh.«

Das war gut. Je eher Nev abreiste, desto weniger Sorgen musste Lovisa sich machen. »Danke für den Tee«, sagte sie.

»Danke, dass du mir die Wahrheit über Nori gesagt hast«, sagte Nev.

Das Licht veränderte sich, verschob sich. Lovisa bemerkte eine kaum wahrnehmbare Bewegung auf dem Weg unter Nevs Fenster. Dann plötzlich sah sie ein Paar leuchtender goldener Augen. Dann noch weitere: drei Paar, vier. Als Lovisas Augen sich an das Dämmerlicht gewöhnt hatten, sah sie immer mehr Füchse.

»Wie unheimlich. Warum sind da so viele? Wem gehören die?«

»Ich habe eine Vermutung.« Nev klang entrüstet.

Dann sah Lovisa einen Fuchs, der mitten in der Gruppe saß und zu ihr heraufstarrte. Er hatte ein heimtückisches Funkeln in den Augen, eine vertraute lange Schnauze und spitze Ohren.

»Oh«, sagte sie. *Der Fuchs meiner Mutter.*

»Was ist?«

»Nichts.«

Zunächst traf es Lovisa als Verzweiflung. *Mindestens der da ist meinetwegen hier. Ich bin nie allein, ich werde immer beobachtet. Ich kann ihm nicht entkommen.*

*Ich werde nie frei sein.*

Dann fiel zu ihrer Überraschung ein winziges Samenkorn in ihr herab und nistete sich in ihrem Innern ein. Es war eine Erkenntnis, die zu einer traurigen Gewissheit heranwuchs.

*Wenn ich nicht frei bin, habe ich nichts zu verlieren.*

*Also kann ich ruhig auch drastische Maßnahmen ergreifen.*

# 28

Nachdem der Fuchs, der an Ferla Cavenda gebunden war, am Sonntagmorgen aus Lovisas Wohnheim zurückgekehrt war, saß er in der Ecke der Dachkammer, betrachtete die Königin verstohlen und machte sich Sorgen.

*Soll ich mit ihr reden?*, überlegte er. *Oder soll ich nicht?*

Denn es gab etwas, vor dem der Fuchs langsam Angst bekam, fast so sehr wie davor, dass seine Lieblingsmenschen nicht überlebten. Die Königin hatte schon so viel Verdacht geschöpft, was die Geheimnisse der Fuchsheit anging. Was, wenn sie überlebte und dann irgendjemandem von all den Dingen erzählte, die der Fuchs getan hatte?

Gegen Mittag, als ein schwacher Lichtschein durchs Fenster drang und Schneeflocken sanft herabrieselten, stand er auf. Sie lag auf dem Rücken im Bett, rieb sich den Kopf und rief sich in Erinnerung, dass sie stärker war, als ihre Entführer sie glauben machten.

*Entschuldige bitte*, sagte er.

Sie erstarrte in ihrem Bett. Dann richtete sie sich auf und ließ ihre klaren grauen Augen auf ihm ruhen.

»Hast du mich gerade direkt angesprochen?«, fragte sie. »Absichtlich?«

Der Fuchs sah sie blinzelnd an. *Kann ich dich um einen Gefallen bitten?*, sagte er.

»Heißt das, dass wir verbunden sind? Ich dachte, du wärst an diese wütende Frau gebunden.«

*Das bin ich auch. Aber genau darüber wollte ich mit dir reden.*

»Kennst du meine Freunde?«, fragte sie. »Giddon und Hava? Sind sie in Sicherheit?«

*Ich kenne sie,* sagte er. *Ich glaube, sie sind in Sicherheit. Sie brechen heute in den Norden auf.* Das hatten ihm seine Geschwister an diesem Morgen erzählt.

Sie stieß einen langen langsamen Schluchzer aus. »Was ist da im Norden?«

*Ganz viele Dinge, aber könnten wir später darüber reden?*

»Es geht ihnen gut?«

*Ja.*

»Okay.« Sie riss sich zusammen und richtete ihre Aufmerksamkeit auf ihn. »Du hast gesagt, ich soll dir einen Gefallen tun? Sicher schulde ich dir eine Menge Gefallen. Aber ich dachte, Füchse könnten erst dann mit Menschen sprechen, wenn sie an sie gebunden sind.«

Der Fuchs blinzelte erneut. Dann platzte er damit heraus, denn es ging nicht anders.

*Das sollen die Menschen denken,* sagte er. *Es ist eine der Fehlinformationen, die wir verbreiten, um die Geheimnisse der Fuchsheit zu bewahren. Ich dürfte eigentlich nicht mit dir sprechen.*

Das schien die Königin zu beeindrucken. Ihre Miene war vor Überraschung erstarrt. Dann wischte sie sich über die Augen. »Habe ich den Verstand verloren?«

*Nein. Ich habe deinetwegen eine Menge Regeln verletzt, weil ich nicht wusste, wie ich dir helfen sollte. Und auch, weil ich ehrlich zu dir sein wollte. Unbedingt! Aber deswegen musst du mir diesen Gefallen tun.*

»Was für einen Gefallen?«

*Irgendetwas wird geschehen,* sagte der Fuchs.

»Was denn?«

*Ich weiß es nicht.* Ihm fiel das Gefühl von Lovisa an diesem Morgen wieder ein. *Ich bin nicht sicher. Aber ich glaube, ein Mensch wird versuchen dir zu helfen.*

Ein weiteres Schluchzen entfuhr ihr. Sie gab ihm ein Zeichen fortzufahren. »Bitte, erzähl weiter.«

*Versprichst du, sobald das passiert und für alle Zeiten, niemals einem anderen Menschen oder Fuchs zu sagen, dass ein Fuchs, der nicht an dich gebunden war, mit dir geredet hat? Dass er sich der Person, an die er gebunden war, widersetzt hat? Dass er dir Essen gebracht hat? Dass er sich durch die Wände rein- und rausgeschlichen hat? Dass er in der Lage war, deine Gedanken zu lesen, und versucht hat, deinen Verstand zu manipulieren?*

Die Königin schwieg. Der Fuchs berührte ihr Herz und ihren Verstand. Sie war erstaunt und verarbeitete jedes seiner Worte schnell. Sie war schlau; sie verstand, was er getan hatte und was diese Bitte für Winterburg bedeutete.

Sie hob ihr Kinn. »Es gibt Menschen in meinem Leben, die ich nicht belüge«, sagte sie. »Insbesondere einen Menschen. Ich kann dir nicht versprechen, dass ich ihm gegenüber kein Versprechen brechen würde.«

Das war ein interessantes Dilemma. Der Fuchs dachte darüber nach. *Könntest du es diesem Menschen erzählen und ihn dann dazu bringen, es für sich zu behalten?*

»Ich glaube schon. Aber was, wenn etwas in seinem Gewissen ihn dazu zwingt, es selbst auch irgendwann irgendjemandem zu erzählen?«

Der Fuchs hatte sich nie näher mit Mathematik beschäftigt, aber er verstand die Bedeutung des Begriffs *exponentiell.* Das war das Problem mit Geheimnissen und Lügen, sogar unter vertrauenswürdigen Menschen wie dieser Königin. Und er verlor den Mut, denn er hatte zu viele Regeln verletzt und jetzt würde er niemals in Sicherheit sein. Genauso wenig wie die Fuchsheit. *Ja,* sagte er. *Verstehe.*

»Aber ich erkenne auch deine Lage«, fuhr sie fort. »Und du bist mein Freund. Du hast diese Gefangenschaft für mich erträglich gemacht. Du hast mich sogar beschützt wie bei der Sache mit dem Brieföffner. Du warst ehrbar, hilfsbereit und treu. Ich kann dir versprechen, dass ich es nie ohne Not jemandem erzählen werde, und dass ich alles tun werde, was in meiner Macht steht, um dein Geheimnis zu bewahren. Ich werde mir außerdem Mühe geben, dich erst zu fragen, bevor ich es jemandem weitererzähle. Genügt das?«

Es war eigenartig, wie viel besser es dem Fuchs anschließend ging. Und wie unbedingt er wollte, dass die Königin am Leben blieb. Sie sah wild und großartig aus, wenn sie mit dem Brieföffner parierte wie mit einem Schwert. Sie war ganz anders als alle Menschen, die er kannte; sie war wunderbar. *Sie hat mich ehrbar, hilfsbereit und treu genannt*, dachte er. *Ehrbar, hilfsbereit und treu. Ist es wirklich möglich, dass ich das bin, obwohl ich meinesgleichen verraten habe?*

*Aber was hätte ich denn tun sollen? Sie verhungern lassen? Ich hätte sie nicht verhungern lassen können. Und auch nicht zulassen, dass sie sich einsam und hilflos fühlt. Ich musste die Fuchsheit verraten! Warum gibt es diese Regeln überhaupt?!*

Aber er wusste natürlich, warum. Die Menschen hatten die Macht, alles auf der Welt zu verändern, sogar Gesetze über das Leben der Füchse. Füchse mussten sich selbst schützen. Geheimnisse zu bewahren, zu lügen und die Menschen glauben zu machen, dass nur sie das Sagen hatten, während sie in Wahrheit von Füchsen manipuliert wurden, war nötig, um die Füchse zu schützen.

Aber es war nicht immer sinnvoll. Nicht, wenn manche Menschen es wert waren, vor anderen Menschen beschützt zu werden, und andere Menschen es gar nicht wert waren, überhaupt beschützt zu werden.

*Es kann nicht falsch sein, diese Königin zu beschützen*, dachte er. *Ich spüre die Aufrichtigkeit ihres Herzens. Sie muss überleben. Und ich werde ihr dabei helfen.*

Er wusste nicht genau, wie viel Zeit ihm blieb, bevor Lovisa kam. Daher fing er augenblicklich an, der Königin Dinge zu bringen.

Zunächst ihre goldenen Ringe, weil der Fuchs wusste, dass Menschen solche Dinge wertschätzten. Er kannte den verborgenen Riegel, der die Geheimschubladen in Bennis Schreibtisch öffnete, aber eine davon quietschte entsetzlich, deshalb musste er warten, bis niemand in der Nähe war. Und er konnte höchstens zwei Ringe auf einmal tragen, deshalb musste er ziemlich oft hin- und herrennen.

»Meine Ringe«, sagte die Königin erstaunt, als er zum ersten Mal mit zweien davon im Maul ins Zimmer geplatzt kam.

*Versteck sie im Heizungsschacht. Ich hole noch mehr.*

»Das mache ich, natürlich.« Sie steckte sie sich erst an die Finger und hob sie ins kühle Sternenlicht. Einer hatte einen großen weißen Stein, der auf ihrer blassbraunen Haut funkelte. In den anderen waren zwei Steine eingelassen, ein goldener und ein silberner. »Aber bitte bring dich nicht meiner Ringe wegen in Gefahr.«

*Ich kann dir auch Katu Cavendas Rubinring bringen. Und einige seiner anderen Sachen. Ich weiß, wo sie sind, seine Unterlagen und seine Reisedinge. Allerdings sollte ich wahrscheinlich einige davon auch an ihrem Platz lassen,* sagte er, als er sich plötzlich vorstellte, was Benni denken würde, wenn er seine Geheimschubladen öffnete und feststellte, dass alles weg war. Vielleicht sollte er Katus Sachen alle dalassen. Vielleicht hätte er der Königin ihre Ringe nicht bringen sollen!

Dann bemerkte er, dass die Königin erstarrt war. Sie hatte sich ihm mit weit aufgerissenen, verängstigten Augen zugewandt. »Katu Cavenda?«

*O ja,* sagte der Fuchs. *Das ist Ferlas Bruder. Ferla Cavenda ist die wütende Frau, an die ich gebunden bin.*

Die Königin ließ sich an Ort und Stelle langsam zu Boden sinken und schlang die Arme um sich. »Ich wusste es«, sagte sie. »Sie sehen ihm so ähnlich. Die Gesichter, die weißen Strähnen im Haar. Aber warum sollte seine Schwester ihm seine Sachen wegnehmen?«

*Benni Cavenda hat ihm seine Sachen weggenommen, damit niemand sie findet und erkennt, dass Katu gar nicht auf Reisen ist.*

»O nein«, sagte die Königin. »Oh, armer Katu. Was ist mit ihm passiert? Bitte sag mir, dass er nicht tot ist.«

*Ich weiß nicht, was mit ihm passiert ist.*

*Weißt du etwas über zwei Männer aus Monsea, die ertrunken sind?*, fragte die Königin.

*Ein wenig*, antwortete der Fuchs. *Nicht viel. Ich weiß, dass Ferla wütend deswegen ist. Ich kenne mich besser mit Gefühlen und Absichten aus und mit Dingen, die in der Nähe passieren.*

*Was weißt du?*, fragte die Königin. *Wie viel Zeit haben wir? Ich will alles erfahren, was du mir sagen kannst.*

# 29

An jenem Sonntagnachmittag klopfte niemand an Lovisas Zimmertür.

*Schon komisch, wie es das Ende einer Familientradition bedeuten kann, wenn deine Eltern einen deiner Freunde ermorden,* dachte Lovisa. Dann brach sie in Gelächter aus und rollte sich anschließend mit einem Gefühl der Übelkeit auf ihrem Bett zusammen.

*Vikti, Erita und Viri werden sich fragen, wo ich bleibe.*

Nach einem misslungenen Versuch, sich in den Schlaf zu flüchten, stand Lovisa auf und holte ihren Mantel. Mit einer Vorahnung, die ihre Nerven zum Vibrieren brachte, hatte sie beschlossen, zum sonntäglichen Abendessen nach Hause zu gehen.

Der Weg nach Flag Hill war rutschiger als sonst, die Sonne stand tief und blendete sie. Lovisas Gehirn war nicht mit ihren Füßen verbunden. Am Kopf einer eisigen Treppe verlor sie den Halt und hätte sich möglicherweise den Schädel gespalten, wenn eine vorbeigehende Frau sie nicht am Arm gepackt hätte.

»Danke«, sagte Lovisa atemlos.

»Keine Ursache«, entgegnete die Frau freundlich. Dann blickte sie Lovisa ins Gesicht und ihre Miene verwandelte sich in widerwillige Höflichkeit. Lovisa erkannte sie aus der Wohnheimküche. Es war die junge Dienstbotin, die Lovisa an dem Tag belauscht hatte, als Königin Bitterblue ins Meer gefallen war.

*In ihren Augen bin ich bloß eine verwöhnte, herrische Studentin.* Lovisa war überrascht, wie sehr der Gedanke sie berührte. In letzter

Zeit berührte sie alles. Ihre Haut löste sich auf und enthüllte etwas Weiches, Rätselhaftes und Schwaches.

Als sie nach Hause kam, stand Viri barfuß am Fuß der Treppe in der Eingangshalle. Bei seinem Anblick verspürte sie eine stumme Panik. Was wollte sie hier? Was hatte sie vor? Und wie konnte sie verhindern, dass das, was auch immer sie tat, ihren Brüdern schadete?

»Lovisa!«, rief Viri, der im kalten Luftzug zitterte, als sie eintrat. »Lovisa! Bleibst du über Nacht? Vikti hat ein Teleskop gebaut!«

»Wie aufregend«, sagte sie. »Vielleicht bleibe ich. Ich weiß es noch nicht. Wo sind Mutter und Papa?«

»Mutter ist in ihrem Arbeitszimmer und Papa liegt im Bett.«

»Warum liegt er im Bett?«

»Ich weiß nicht. Er war über Nacht mit dem Luftschiff weg, dann ist er nach Hause gekommen und ins Bett gegangen. Sie reden nicht mehr miteinander und werden wütend, wenn wir Fragen stellen. Bleibst du zum Essen?«

»Ja. Ich mache in Papas Bibliothek noch Hausaufgaben. Dann komme ich spielen.«

»Wann?«

»Bald. Was machst du eigentlich hier? Wartest du auf jemanden?«

»Ich muss an dieser Stelle stehen«, sagte er und zeigte auf die helle Marmorfliese unter seinen nackten Füßen.

»Warum?«

»Weil ich einen Ball gegen die Decke geworfen habe, ohne zu merken, dass darüber Mutters Arbeitszimmer lag.«

»Und deshalb musst du an dieser Stelle stehen?« Das verstand Lovisa nicht.

»Hier ist es kalt«, erklärte Viri. »Die Luft weht die Treppe herunter und unter der Tür hindurch. Immer, wenn jemand reinkommt, ist es eisig.«

Lovisa bemerkte, wie er zitterte und die Schultern bis zu den Ohren hochzog. Als sie die Treppe hinaufblickte, sah sie den Fuchs, dessen Augen zwischen dem Geländer hindurchfunkelten und der Viri bewachte. Wenn sie oder sonst jemand Viri warme Kleider oder Socken bringen würde, erwartete ihn nur eine noch härtere Bestrafung.

Etwas in Lovisa wurde entschlossen und bestimmt. »Ich schaue schon bald nach dir«, sagte sie.

Dann, leicht verängstigt von ihrer eigenen Wut, wandte sie sich der Bibliothek ihres Vaters zu.

Lovisa stand in der Bibliothek und zitterte vor Anspannung und Verwirrung. Sie nahm den Raum um sich herum kaum wahr. Stattdessen sah sie bloß Viri vor sich und die Königin, die in der Dachkammer gefangen saß. Lovisa berührte den Schlüssel, der auf ihrer Brust hing.

Sie verstand, dass sie hier war, um die Königin aus ihrem Gefängnis zu befreien.

Aber wie? Was konnte sie tun? Eine Szene beim Abendessen machen? Das hätte vielleicht beim Essen mit der Delegation aus Monsea funktioniert, aber dafür war es jetzt zu spät.

Was dann? Der Fuchs wusste, dass sie zu Hause war, was bedeutete, dass ihre Eltern es auch wussten und sorgfältig darauf achten würden, sie vom Dachboden fernzuhalten. Sollte sie versuchen, ihre Mutter irgendwie außer Gefecht zu setzen, während ihr Vater im Bett lag, und dann zum Dachboden rennen? Nein. Was sollte sie denn tun, ihre eigene Mutter angreifen?

Lovisa ging zum Schreibtisch ihres Vaters und riss die oberen Schubladen auf, auf der Suche nach einem Hinweis, der irgendeinen Sinn ergab und ihr verraten würde, was sie tun sollte. Wonach hatten Giddon und Hava gesucht? Sie fand Grafitstücke, Stifte, Umschläge, einen Knopf, einen ordentlichen kleinen Stapel unbezahlter Rechnungen. Noch einen ordentlichen Stapel Winterburger Bargeld. Keine Hinweise.

Als Lovisa auf die kleinen Paneele stieß, von denen sie wusste, dass es die Vorderseiten der Geheimschubladen waren, konzentrierte sie sich auf eine Kindheitserinnerung. Sie hatte einmal so getan, als wäre sie in Bennis großem Sessel eingeschlafen, um dann unter halb geschlossenen Wimpern zu beobachten, wie er mit einer Bedächtigkeit in einer der oberen Schubladen herumgetastet hatte, die sie interessant fand. Während sie zugesehen hatte, war eine andere Schublade ohne Griff daneben aufgegangen.

Lovisa holte langsam Luft. Nachdem sie eine Weile vorsichtig im Inneren der oberen Schubladen herumgefummelt hatte, ertönte ein Klicken. Eins der Paneele sprang auf, gerade weit genug, dass sie einen Finger hineinstecken konnte. Ziemlich zufrieden mit sich zog sie die versteckte Schublade auf und zuckte dann erschrocken zusammen, als diese ein fürchterliches Quietschen von sich gab. Sie warf einen schnellen Blick in die Schublade, sah, dass sie einige Dokumente und Schmuck enthielt, holte alles heraus und steckte es in die Tasche. Dann schob sie die laute Schublade wieder zu und lief zum Sessel, auf den sie sich mit hochgezogenen Beinen setzte und versuchte, jung, ruhig und unschuldig zu wirken.

Nachdem eine Minute vergangen war, ohne dass jemand kam, griff Lovisa in ihre Tasche und breitete die Gegenstände aus der Schublade auf ihrem Schoß aus. Ein Ring mit einem großen roten Stein kam ihr bekannt vor und schien dem Stil ihres Vaters zu entsprechen. Der Rest waren Bennis Ausweis und sein Scheckbuch. Sie klappte träge den Ausweis auf und hoffte auf einen Hinweis, was sie tun sollte.

Ihr Blick fiel auf Katu Cavendas Name. Es war nicht Bennis Ausweis; es war Katus.

Alles Gefühl verließ ihren Körper, während Lovisa das Scheckbuch aufklappte und feststellte, dass es ebenfalls Katu gehörte.

Und jetzt fiel ihr natürlich auch wieder ein, warum sie den Ring erkannte. Sie hatte ihren Onkel noch nie ohne ihn gesehen. Und sie befürchtete, dass sie ihren Onkel nie wiedersehen würde.

Lovisas Verstand arbeitete auf Hochtouren. Jetzt wusste sie, was sie tun würde.

Zuerst kümmerte sich Lovisa um ihre Brüder.

Sie rannte zurück in die Eingangshalle, blickte die Treppe hinauf und sah, dass der Fuchs weg war.

»Viri«, sagte sie zu dem kleinen Jungen, dessen sommersprossiges Gesicht bei ihrem Anblick erstrahlte. »Wo sind Erita und Vikti?«

»Im Schulzimmer, glaube ich. Mutter hat sie auch bestraft.«

»Hör zu, ich möchte, dass du etwas Unartiges tust. Ich kann dir allerdings nicht versprechen, dass du keinen Ärger deswegen bekommen wirst. Machst du es trotzdem?«

Viri sah sie mit schräg gelegtem Kopf an wie ein neugieriger Fuchs. »Ist es für dich?« Seine Augen funkelten wie dunkle Sterne.

»Ja.«

»Du siehst irgendwie aufgebracht aus, Lovisa.«

»Ja«, sagte sie energisch. »Ich möchte, dass du deine Strafstelle verlässt und nach oben läufst, um deine Brüder zu holen. Dann möchte ich, dass ihr eure Mäntel anzieht, euch rausschleicht und dort wartet – irgendwo, wo niemand euch bemerkt. Bleibt draußen, in Ordnung? Und bleibt auf jeden Fall draußen. Kommt nicht wieder rein, keiner von euch, mindestens eine Stunde lang. Und zieh dir Schuhe an!«

»Was wird passieren?«, fragte er.

»Das wirst du schon sehen.« Lovisa musste plötzlich an Viris Spiele und Bücher denken, an sein kleines, schlimmes Leben; dann unerklärlicherweise an die Spielfiguren aus Maris *Stadt*-Spiel, die sie am liebsten mochte. »Steckt auf dem Weg nach draußen eure Lieblingssachen ein, ja?«

»Du meinst was zu essen?«

»Nein, eure liebsten Schätze.« Sie schämte sich, als ihre Stimme erstickt klang. »Und eure liebsten Zeichnungen von der Bürgin. Sag Vikti, er soll sein neues Teleskop mitnehmen. Aber beeil dich.«

Viri starrte sie überrascht an. »Laufen wir alle zusammen weg?«

»So was in der Art. Jetzt geh, okay? Und dass euch niemand sieht!«

Viri verließ seine Stelle und flitzte mit einem Ausdruck aufgeregter Entschlossenheit die Treppe hinauf, wobei seine nackten Füße auf den Marmor klatschten.

*Bitte*, dachte Lovisa. *Ich darf das nicht vermasseln.*

Dann kehrte sie in die Bibliothek zurück, klemmte einen Stuhl unter den Türknauf und machte sich an die Arbeit.

Es war eine Bibliothek, was bedeutete, dass sie voller Zunder war. Außerdem war sie über die schmale Treppe hinter dem aufschwingenden Bücherregal mit dem Arbeitszimmer ihrer Mutter verbunden, und Ferlas Arbeitszimmer war voller Silberkuhöl. Wenn Lovisa ein kleines Feuer zur Ablenkung entfachen wollte, war diese Treppe vermutlich genau die richtige Stelle.

Sie lief zum Regal neben der Tür zur Treppe und zog willkürlich Bücher heraus, klappte sie auf, riss Seiten heraus und knüllte sie leise zusammen. Dann trug sie auf Zehenspitzen Dinge die Treppe hinauf und stapelte sie vorsichtig und lautlos vor der Tür ihrer Mutter: das zerknüllte Papier, die Holzscheite und den Zunder, die neben dem Kamin aufgestapelt waren, alle Lampen im Zimmer. Es gab so viele Lampen, dass sie mehrmals laufen musste. Sie verteilte etwas des Lampenöls über dem Berg aus herausgerissenen Buchseiten und Holzscheiten und etwas auf dem Boden. Sie versuchte auch Öl über die Tür ihrer Mutter zu gießen, aber die war schwierig zu treffen. Lovisa zitterte vor Verzweiflung, weil sie nicht wusste, was sie tat. Sie hatte noch nie ein Feuer entfacht, noch nicht mal in einem Kamin. Außerdem konnte sie die gedämpften Stimmen ihrer Eltern hören, die sich in Ferlas Arbeitszimmer stritten.

»Was willst du hier?«, sagte Ferla. »Raus aus meinem Zimmer. Geh wieder ins Bett!«

»Der Gesandte aus Estill kommt heute Abend zum Essen«, entgegnete Benni. »Ich will meine Bankkiste.«

»O nein! Die Bankkiste bleibt schön hier, bis er kommt. Ich traue dir nicht über den Weg. Raus hier. Raus!«

Lovisa hörte eine Tür zuschlagen und flüchtete wieder die Treppe hinunter, besorgt, dass ihr Vater vielleicht gleich in die Bibliothek kommen würde. Diese blöde Bankkiste war einmal das größte Geheimnis ihres Lebens gewesen. Jetzt interessierte es sie nicht, was sich darin befand. In der Bibliothek ging sie zum Kamin, nahm die Ascheschaufel in eine Hand und die Feuerzange in die andere. Sie rührte tief im Feuer und schob leuchtende Glut auf die Schaufel. Dann suchte sie sich das am heftigsten brennende Scheit aus und ergriff es mit der Zange. Es war zu schwer, um es mit einer Hand hochheben zu können. Ungelenk stützte sie es mit derselben Hand, in der sie die Schaufel hielt.

Der Weg die Treppe hinauf mit einem brennenden Holzscheit und einer Schaufel voll Glut war nicht Lovisas bester oder stolzester Moment. Sie konzentrierte sich vollkommen auf das Scheit, das aus der Zange zu rutschen drohte, und vergaß dabei, die Schaufel gerade zu halten. Während sie die Stufen hinaufstieg, rieselte Glut auf die Treppe und landete auf ihren Schuhen und dem Saum ihres Mantels. Lovisa hatte bisher noch nie die Leistung eines Rauchfangs gewürdigt. Schnell war die Treppe so dicht von Rauch erfüllt, dass sie nach Luft schnappte. Als sie oben angekommen war, blieb ihr keine Zeit, sich gründliche Gedanken über die richtige Verteilung zu machen. Sie verstreute die Glut wahllos auf einem Haufen zerknüllten Papiers, legte das Scheit irgendwo auf das Durcheinander, drehte sich um und rannte die Treppe wieder hinunter. Sie hörte ein lautes Zischen hinter sich, als die Flamme mit dem Öl in Berührung kam. Ein Tosen wie von Wind erklang. Dann stürmte Lovisa keuchend mit laufender Nase und tränenden Augen wieder in die Bibliothek. Dort fiel ihr ein, dass sie in einem früheren Leben, vor zehn Minuten, die Idee gehabt hatte, sich Mund und Nase mit einem nassen Tuch zu bedecken, bevor sie das Haus anzündete, was sie dann aber vergessen hatte.

Jetzt war es erledigt. Lovisa schloss das aufschwingende Bücherregal, um den Rauch einzusperren – dann zog sie es wieder einen

Spaltbreit auf, als ihr einfiel, dass Feuer Luft benötigte. Sie versuchte einen Blick auf die Treppe zu werfen, hörte Knacken, Knistern und Rauschen über sich. Sah Licht. Das Feuer schien anzuwachsen. In der Bibliothek, in der es jetzt ohne Lampen, nur im Schein des Kamins, dunkel war, hingen Rauchschwaden. Lovisa lief zur Bibliothekstür und lauschte dort ebenfalls, wartete darauf, etwas aus dem Flur zu hören: Schreie, alarmierte Rufe, irgendein Anzeichen dafür, dass jemand den Brand im ersten Stock des Hauses bemerkt hatte. *Seid draußen*, dachte sie an ihre Brüder gewandt. *Seid draußen.* Dann musste sie an die Wachen denken, die Dienstboten und Zofen sowie das Küchenpersonal. Sie schaltete diesen Teil ihres Gehirns ab. Es gab viele Wege aus dem Haus und Lovisa hatte das Feuer in einem Teil entfacht, in dem niemand eingeschlossen würde. Alle konnten hinausgelangen, außer der Königin. Alle *würden* hinausgelangen und draußen bleiben oder sich beim Arbeitszimmer ihrer Mutter sammeln, um zu versuchen, das Feuer zu löschen. Beide Möglichkeiten würden Lovisa Zeit verschaffen, zur Königin zu gelangen.

Es schien ewig zu dauern. War Ferla gar nicht mehr in ihrem Arbeitszimmer? Müsste dort nicht Rauch unter der Tür hindurchdringen? Lovisa hustete heftig. Mit plötzlichem Weitblick ging sie zum Schreibtisch und steckte sich das Winterburger Bargeld in die Tasche, zusammen mit Katus Papieren und dem Ring.

Dann geschah plötzlich alles auf einmal. Von irgendwo oben ertönte ein Schrei, dann weitere Schreie. Ferlas Stimme, die Rufe der Wachen. Rennende Leute, knallende Türen. Eine Wache im Erdgeschoss fing an zu brüllen.

Und dann ertönte irgendwo über ihr eine Explosion. Es war überwältigend. Das ganze Haus bebte; Putz fiel von der Decke auf Lovisa. Kurz darauf erfüllte ein eigenartiger metallischer Geruch die Luft.

Das verstand Lovisa nicht, aber es spielte keine Rolle. Sie packte die Ascheschaufel und lief zu dem Fenster, das am weitesten von der Front des Hauses entfernt war. Die Schaufel lag fest und schwer in ihrer Hand. Sie hob sie wie einen Knüppel und zerschlug eine Fensterscheibe, ohne sich um die Wachen zu kümmern. Niemand würde dem Klirren von Glas nachgehen, während das Haus explodierte.

Als sie die spitzen Glasscherben aus dem Fenstergitter klaubte, rüttelte jemand – ihr Vater – an der Bibliothekstür und rief ihren Namen. Voller Panik steckte sie ein Bein durchs Gitter, dann das andere, schob sich hindurch, ließ los und sprang zu Boden. Nach dem Feuer war die Kälte überwältigend, die Luft war so klar, dass sie das Gefühl hatte, beinahe darin zu ertrinken. Sie rannte hinten ums Haus herum. Das Haus sah nicht gut aus. Ein Teil der ersten Etage – dort, wo das Arbeitszimmer ihrer Mutter gewesen war – war ein schwarzes, klaffendes Loch. Aber Lovisa konnte jetzt nicht darüber nachdenken; sie rannte weiter. Als sie den Baum auf der anderen Seite des Hauses erreichte, ließ sie die Schaufel fallen. Die Rinde schürfte ihr die Hände auf, aber sie kletterte schnell und entschlossen, wobei sie an Königin Bitterblue dachte und an die Notwendigkeit, an nichts anderes zu denken. Das Spalier war leichter zu erklimmen als der Baum. Das Fenster ging sanft auf. Lovisa ließ sich hindurchfallen.

In der Wärme des Hauses lief sie die Flure entlang und spitzte die Ohren, fragte sich, ob sie sich nur einbildete, dass die Luft hier, so weit vom Brandherd entfernt, nach Rauch roch. Sie hatte schon so viel Rauch eingeatmet, dass sie sich nicht sicher war. In der Ferne hörte sie weitere Schreie. Und noch etwas – etwas, das sie als Wind am Dachvorsprung abgetan hätte, wenn sie nicht den entsetzlichen Verdacht gehabt hätte, dass es das Knistern und Tosen eines brennenden Hauses war.

*Ein kleines Feuer*, dachte sie und weinte beinahe. *Ich wollte doch nur ein kleines Feuer zur Ablenkung!*

Auf dem Weg zur Bodentreppe begegnete sie niemandem. In diesen Teil des Hauses waren keine Wachen geschickt worden, um die Königin zu retten. Wie musste es sein, in dem dunklen, stickigen Zimmer gefangen zu sein, hungrig und schwach, während die

Wände heiß wurden und sich die Luft mit Rauch füllte? Es waren Lovisas Eltern, die einem anderen menschlichen Wesen ein solches Schicksal zugedacht hatten.

Am Kopf der Bodentreppe öffnete Lovisa die Tür und stürmte durch den großen Raum, während sie unter ihrem Hemd nach dem Schlüssel tastete. Mit heftig zitternden Händen schloss sie die Tür zur Dachkammer auf und stürzte hinein, wo sie die Königin entdeckte, die vor ihr stand, als hätte sie sie erwartet. Königin Bitterblue hielt den Brieföffner in einer Hand wie ein Schwert, einen ruhigen, entschlossenen Ausdruck im Gesicht.

»Du«, sagte die Königin auf Winterburgisch. »Ich hatte nicht damit gerechnet, dass du kommst.«

Lovisa versuchte etwas zu antworten, fing aber heftig an zu husten. Sie packte die Königin am Arm und zog sie aus der Kammer und die Treppe hinunter. Im Flur des zweiten Stocks brannte der Rauch Lovisa in der Kehle und das ferne Tosen klang bereits lauter.

»Warst du das?«, fragte Bitterblue.

»Es war nötig«, erklärte Lovisa beinahe schluchzend und zog Bitterblue stolpernd und hastend durch Flure und um Ecken. Beide husteten jetzt. »Sind Sie kräftig genug, um zu klettern?«

»Wenn es nötig ist zu klettern«, sagte die Königin, »kann ich klettern.«

Lovisa zog die Königin in das Zimmer mit dem kaputten Fensterriegel. »Wir müssen Sie aus diesem Fenster rausbringen, ein Spalier hinunter, einen Baum hinunter und dann über eine Mauer.« Sie zog das Fenster auf. »Wahrscheinlich sollte ich als Erste gehen, dann kann ich Wache halten, während Sie hinterherkommen. Okay?«

»Okay.« Die Königin steckte den Brieföffner in eine ihrer Schlafanzugtaschen. Ihre Taschen hingen schwer durch und sie war barfuß. Aber darüber konnte Lovisa sich jetzt keine Gedanken machen. Sie kletterte durchs Fenster, das Spalier und den Baum hinunter und landete auf beiden Beinen sicher auf der Erde, direkt neben der

Ascheschaufel. Sie griff danach und umklammerte sie fest, wovon sie sich plötzlich stark fühlte, verzweifelt und entschlossen. Dann blickte sie hinauf, um zu sehen, wie die Königin vorankam, die langsamer aus dem Fenster kletterte, als je irgendjemand aus einem Fenster geklettert war.

»Schnell!«, rief Lovisa in einer Art geflüstertem Brüllen, dann konzentrierte sie sich auf die Planung des nächsten Schrittes. Wo sollten sie hin? Wem konnte sie trauen? Wer würde ihr überhaupt glauben, dass ihre Eltern Entführer und Mörder waren?

Der Fuchs ihrer Mutter kam ums Haus herum und lief Lovisa vor die Füße.

Von Neuem entsetzt, drehte Lovisa sich um und sah, wie Ferla mit geballten Fäusten und weit aufgerissenen Augen auf sie zugestürmt kam. Irgendwie besaß Lovisa die Geistesgegenwart, nicht nach oben zu sehen und so die Königin zu verraten.

»Lovisa!«, rief ihre Mutter und streckte die Arme nach ihr aus. »Komm da weg!« Ferla versuchte Lovisa mit Händen wie Klauen zu umklammern und Lovisa holte fest mit der Schaufel aus.

Ferla sackte zu Boden. Blut sickerte aus ihrer Schläfe und wirkte im Schein des brennenden Hauses schwarz. Dann plötzlich ließ eine gigantische Explosion über ihnen den Himmel erstrahlen wie die Sonne.

*Das Luftschiff,* dachte Lovisa bleischwer und reckte verstehend den Hals. *Ich habe das Luftschiff zerstört.* Feuer von der Explosion schoss durch den Himmel. Ungläubig hörte Lovisa eine weitere Explosion in der Ferne, sah eine weitere Feuerkugel und verstand, dass sie eben auch das Luftschiff der Gravlas zerstört hatte. Wahrscheinlich hatte sie auch Kep Gravlas Haus angezündet. *Ich habe meine Mutter umgebracht,* dachte sie. *Ich habe alles zerstört. Es sollte doch nur ein kleines Feuer werden!* Dann dämmerte es ihr: *Ich werde den Rest meines Lebens im Gefängnis verbringen.*

Bitterblue stand jetzt neben ihr, sagte etwas Dringliches, hielt

Lovisa fest und stützte sie, als Lovisa strauchelte. Die Königin direkt neben ihr stank fürchterlich. Davon kam Lovisa wieder zu sich.

»Ich habe meine Mutter umgebracht«, sagte sie.

Bitterblue bückte sich und fühlte mit den Fingern Ferlas Puls an ihrem Hals. »Ihr Herz schlägt noch«, sagte sie.

Lovisa wurde von einer entsetzlichen Erleichterung übermannt, gefolgt von einer Gewissheit. »Wenn sie noch am Leben ist, wird sie nach uns suchen.«

»Wo können wir hin?«, fragte Bitterblue. »Wem vertraust du?«

»Ich weiß es nicht!« Kurz tauchte Mari in Lovisas Gedanken auf. Anschließend Nev, aber Nev war bereits abgereist. »Ich vertraue zwei Menschen«, sagte Lovisa. »Den einen will ich nicht in Gefahr bringen. Die andere ist heute in den Norden gefahren.«

»Ich will in den Norden«, sagte die Königin mit fester Stimme.

»In den Norden?«, wiederholte Lovisa benommen. »Nein. Wir müssen Sie an einen sicheren Ort bringen und öffentlich verkünden, dass Sie am Leben sind. Und dann muss ich fliehen.«

»Wenn es deiner Sicherheit dienen würde, wenn wir verkünden, dass ich in Sicherheit bin, dann sollten wir das auf jeden Fall tun«, sagte die Königin. »Aber du hast ziemlich viel Eigentum zerstört und deine Mutter verletzt und ich neige auch nicht dazu, irgendjemandem zu trauen. Ich habe erfahren – von einem Informanten –, dass meine Freunde in den Norden gereist sind. Ich glaube, bevor wir den nächsten Schritt tun, könnten einige strategische Überlegungen an einem abgelegenen Ort nicht schaden. Deshalb bin ich dafür, in den Norden zu reisen.« Die Königin sprach ruhig und klopfte sich auf die Taschen, um zu sehen, ob noch alles da war. »Meinst du, ich sollte deiner Mutter den Mantel und die Schuhe abnehmen?«, fügte sie hinzu. »Sie wird doch nicht erfrieren, oder?«

Tränen liefen Lovisa übers Gesicht. »Ihr Fuchs wird sie bald finden.« Sie bückte sich und machte sich an die unangenehme Aufgabe, Ferlas besinnungslosem Körper, der schwer war und wie tot wirkte, obwohl er es nicht war, Dinge auszuziehen. Als sie zu schluchzen begann, weil das so schrecklich war, übernahm die Königin, zog Ferla Schuhe und Mantel aus und wickelte sich selbst hinein. Sie passten ihr gut.

»Gib mir die«, sagte Bitterblue, denn Lovisa hielt immer noch die Ascheschaufel fest in der Faust wie eine Verlängerung ihres Arms. Es schien ihr unmöglich, sie aus der Hand zu legen. Die Königin entwand sie ihr und untersuchte ihre Kante. Ging zu einem nahe gelegenen Fenster, das von den Flammen hell erleuchtet war, durchschlug damit die Fensterscheibe und warf die Schaufel ins Haus.

»Hast du schon entschieden, was wir jetzt am besten tun?«, fragte sie, als sie zurückkam. »Lovisa Cavenda«, fügte sie sanfter hinzu und nahm das Mädchen am Arm. »So heißt du doch, oder? Du bist Katus Nichte. Wir müssen los.«

Katu. Lovisa konnte den Gedanken an Katu nicht ertragen. »Ich habe eine Freundin im Norden«, sagte sie wie betäubt. »Sie fehlt mir.«

»Dann fahren wir da hin«, erklärte Bitterblue. »Bitte geh voraus.«

Als Lovisa die Königin zu den vorstehenden Steinen hinten auf dem Grundstück führte, konnte sie kaum glauben, dass sie ihre eigene Mutter so da liegen ließ, auf dem Boden zusammengesunken. An der Mauer zeigte sie der Königin, wo sie Hände und Füße hinsetzen musste. Es dauerte ewig, bis die Königin die Mauer hochgeklettert war. Schließlich kletterte Lovisa hinter ihr hoch und erstarrte dann vor Schreck, als die Wache, die Schwester des Jungen, den sie verletzt hatte, um die Hausecke gelaufen kam. Die Wache blieb stehen. Sah Lovisa an, sah die Königin an. Und sah Ferla auf dem Boden liegen.

Dann warf sie einen Blick über die Schulter, drehte sich um und machte eine Handbewegung, die eine klare Botschaft vermittelte. *Los,* sagte sie. *Lauft.*

Mit einem letzten herzzerreißenden Gedanken an ihre Brüder kletterte Lovisa hinter der Königin über die Mauer, sprang hinunter und lief los.

# TEIL VIER

# DIE BÜRGIN

Als die vier Silberkühe der Kreatur erklärten, was sie von ihr wollten, war sie unbeeindruckt.

*Warum sollte ich das tun?*, fragte sie. *Ich würde nur die Aufmerksamkeit aller Meeresbewohner auf mich ziehen, und das jetzt, da mich all die anderen Silberkühe endlich wieder vergessen haben.*

Die Silberkühe sagten ihr, dass keiner der Meeresbewohner sie vergessen habe. Alle Silberkühe redeten andauernd über sie. Der einzige Grund, weshalb die Kreatur sie nicht zu Gesicht bekam, war, dass die Silberkühe wegen ihres Gesangs darauf achteten, nicht in Hörweite zu kommen.

*Gut,* sagte die Kreatur, die diese Nachricht eigentlich schrecklich fand. Sie begann zu singen und legte all ihre Ablehnung in ihren Gesang. Davon fühlte sie sich sehr mutig. Einst, vor langer Zeit, war sie glücklich gewesen. Sie hatte Schätze besessen und niemand hatte sich ihnen genähert. Sie hatte sich versteckt, das Wasser über sich beobachtet und ihre Schätze geliebt. Das war alles gewesen, was sie wollte. Dann hatte sich ihr Leben eines Nachts durch einen fürchterlichen Angriff an der Wasseroberfläche, an dem sie unschuldig war, verändert, und jetzt war sie mit Silberkühen befreundet, die ihr fehlten, wenn sie nicht da waren, ihr Tentakel schmerzte und sie sollte Dinge tun, die sie nicht tun wollte.

Als sie aufgebracht und triumphierend ihr Lied beendet hatte, starrten die Silberkühe sie schweigend an. Wann würden sie endlich begreifen, dass sie sich grundlegend von der Bürgin unterschied und dementsprechend ungeeignet für Heldentaten war?

Aber als die Silberkühe sie weiter anstarrten, bemerkte die Kreatur, wie die Schultern der Silberkühe erschlafften und ihre Barthaare herabhingen.

Sie spürte, wie auch ihr eigener Körper schlaff wurde. *Was ist los?*, fragte sie. *Liegt es an meinem Gesang?*

Die Silberkühe antworteten, dass sie sich eigentlich langsam an ihren Gesang gewöhnt hätten. *Das, was du für uns tun sollst, wird den Menschen helfen*, sagten sie. *Und wir müssen den Menschen helfen, weil die Menschen sich dann vielleicht an die Silberkühe erinnern und sich verpflichtet fühlen, uns zu helfen. Aber du bist die Einzige in diesem Ozean, die groß und stark genug ist, um das Nötige zu tun. Wir wissen nicht weiter, wenn du uns nicht hilfst.*

Die Kreatur beschloss so zu tun, als wären die Silberkühe gar nicht da. Sie wandte ihre Stielaugen ab und hielt bewundernd ihren Ring ins Licht. Dann zog sie den Tentakel mit dem Ring ängstlich zu sich heran und verbarg ihn, weil ihr wieder einfiel, dass die Silberkühe die Person kannten, die den Ring verloren hatte. Sie wollte sie nicht auf dumme Gedanken daran bringen, wie sie »Menschen helfen« konnte, indem sie ihn zurückgab.

Die Kreatur sank herab und warf einen Blick auf ihre Geschichtenwelt, in der die beiden Skelette in ihrer gut erhaltenen Kleidung lagen. *Meine*, dachte sie. *Meine.*

Die Silberkühe betrachteten sie traurig. Das verursachte unglückliche Implosionen im Herzen der Kreatur.

*Ich habe Angst*, platzte sie plötzlich heraus. *Das, worum ihr mich bittet, macht mir Angst.*

Die Silberkühe rührten sich neugierig und interessiert. Sie fragten sie, warum es ihr Angst machte.

*Ich war nie weit weg von zu Hause*, sagte sie. *Ich habe nie etwas Geschehenes ungeschehen gemacht. Ich habe nie etwas für jemand anderen getan. Ich musste noch nie einen Schatz wieder hergeben.*

Die Silberkühe fragten, ob sie irgendetwas tun könnten, damit es ihr leichter fiele, diesen Schatz herzugeben.

Die Kreatur brütete über dieser Frage, legte ihre Tentakel rund um ihren Körper und versenkte den Kopf in die dadurch entstandene Höhle. Sie versuchte sich etwas auszudenken, das sie weniger wie eine Heldin erscheinen ließe.

Dann hob sie wieder den Kopf. *Ihr könntet mitkommen und mich vor den anderen Silberkühen abschirmen, damit sie nicht mit mir reden. Ihr könntet auf dem Weg mit mir singen. Und ihr könntet mir versprechen, dass ich meine Geschichtenwelt zurückbekomme, sobald die Menschen damit fertig sind.*

Die Silberkühe fragten, ob sie sich mit zwei der drei Forderungen zufriedengeben würde.

# 30

Giddon und Hava flogen in einem der Luftschiffe, das die Winterburger Post beförderte, nach Torla's Neck.

*Du würdest das furchtbar finden,* erklärte Giddon Bitterblue, als die Winterburger Landschaft unter ihnen vorbeizog. *Das Gewackel und das Gefühl, jedes Mal, wenn der Wind einen erfasst, vom Himmel gepustet zu werden. Hava findet es natürlich großartig. Je rauer es wird, desto lauter lacht sie. Ich frage mich,* dachte er, als eine weitere Bö ihn befürchten ließ, sich in Wind aufzulösen, *ob es sich so anfühlt, ein Vogel zu sein.*

Quona hatte dieses Verkehrsmittel für sie organisiert. »Es wird weniger Aufmerksamkeit erregen«, hatte sie gesagt. »Niemand wird damit rechnen, dass Sie mit der Winterburger Post reisen.«

Das lag vermutlich daran, dass es so unbequem war, die Gondel kalt und vollgestellt mit Kisten und Säcken, während die Besatzung einen Großteil des Fluges über an der frischen Luft hart arbeitete. Das Postluftschiff war ganz anders als jene, die der Oberschicht von Ledra verkauft wurden und dem Komfort der Passagiere dienen sollten – mit warmen Öfen, Glasfenstern, bequemen Sitzen und Tischen zum Essen und Trinken.

Als sie an jenem Sonntagmorgen im Posthangar eingetroffen waren, waren nur drei Personen dort gewesen und hatten eine Luftschiffgondel mit Säcken beladen. Als Hava einer von ihnen einen Umschlag reichte, hatte die Frau kaum einen Blick darauf geworfen.

»Von Quona Varana?«, hatte sie gefragt.

»Ja.«

»Steigt ein.« Kurz darauf war die von Quona angekündigte Akademiestudentin eingetroffen, Nev, deren Fuchswelpe mit in den Nacken gelegtem Kopf und hervorlugender Nase in einer Tasche schlief, die sie sich vor die Brust geschnallt hatte. Dann hatten die Postboten die Haltetaue losgemacht und das Schiff war in die Luft aufgestiegen.

Die drei Passagiere standen nebeneinander und sahen, wie die Küste Winterburgs vorbeizog.

»Warum genau bist du hier?«, fragte Hava Nev.

Nev zuckte die Achseln, ihr braunes Gesicht ausdruckslos. »Quona sagt, ich wüsste Dinge, die mich in Gefahr bringen. Sie hat es natürlich nicht für nötig gehalten, mir zu sagen, was eigentlich vor sich geht.«

»Das heißt, sie schickt dich nach Torla's Neck ins Exil?«

»Meine Familie lebt dort«, sagte Nev knapp. »Ich fahre nach Hause. Sie können gerne bei uns wohnen.«

»Oh. Das ist sehr freundlich, vielen Dank«, entgegnete Giddon.

»Weißt du über Quonas Füchse Bescheid?«, fragte Hava.

»Hava«, sagte Giddon warnend, denn sie hatten noch nicht besprochen, wie viel sie anderen Leuten gegenüber davon erwähnen wollten.

Es herrschte ein langes Schweigen, während dessen Nev auf die kleine Füchsin hinabsah, die an ihrer Brust schlief. »Ich hatte den Verdacht, dass sie heimlich Füchse haben könnte«, sagte sie dann. »Das Fell an ihren Kleidern stammt nicht ausschließlich von Katzen.«

»Wirklich?«, fragte Hava überrascht. »Das kannst du auseinanderhalten?«

»Sie nimmt mich manchmal auch mit auf ihren Dachboden«, sagte Nev, »wo es einen Balkon gibt, von dem aus man die Silberkühe besuchen kann. Waren Sie schon mal da oben?«

»Ja.«

»Dann brauche ich es nicht weiter zu beschreiben. Manchmal, wenn wir kommen, wackeln die Klappen in der Wand, als wäre gerade jemand dadurch verschwunden.«

»Sie hat sieben heimliche Füchse«, sagte Hava, woraufhin Nevs Augenbrauen bis zu ihrem Haaransatz wanderten und eine Weile dort blieben.

»Und«, flüsterte Giddon Hava zu, als Nev weggegangen war, »wir erzählen ihr also alles?«

»Wir werden ihre Hilfe brauchen, sobald wir in Torla's Neck sind.«

»Wie schwierig kann es schon sein, sich in ein Haus zu schleichen?«

»Hör zu, wer übernimmt den Hauptteil des Schleichens? Du oder ich? Ich will ihre Hilfe.«

Dagegen konnte Giddon nichts einwenden, also betrachtete er stattdessen die Landschaft. Das Luftschiff hielt sich dicht an der Küste, flog über Hügel, auf deren goldenen Abhängen Kühe grasten. Träge zählte er Häuser, Felder und winzige leuchtende Punkte in einem Rankengewirr, die möglicherweise Kürbisse waren. Dann hob er den Blick zur Wolkenbank draußen über dem Meer, die dichter zu werden schien, je weiter das Luftschiff nach Norden flog – unzählige graue Flecken, die sich zu Bergen auftürmten.

Giddon wollte Nev gerade nach den Wolken fragen, als etwas Erstaunliches sichtbar wurde. Er hatte schon von Gletschern gehört, aber noch nie einen gesehen. Der Gletscher, falls es denn einer war, war grau und faltig, aber in seinem Inneren leuchtend weiß und blau wie das empfindliche Innere einer Muschel, dabei massiv, als wäre die Erde ein Tier mit schönen Schuppen direkt unter einer durchsichtigen Membran. Er erstreckte sich zwischen Berggipfeln bis hinunter zum Meer, wo er blaue Eisblöcke ins Wasser fallen ließ.

Auf beiden Seiten des Gletschers erhob sich das Land in dunklen terrassenförmigen Stufen aus dem Meer. Sie waren mit Reihen jetzt abgestorbener Gewächse bepflanzt, von denen Giddon annahm, dass es Tee war. Hinter dem Tee erstreckten sich Tannenwälder und dahinter ragten Berggipfel mit weiteren Gletschern dazwischen in die Höhe.

Er wollte Nev gerade nach den Gletschern fragen, als diese aufs Meer hinauszeigte. Noch bevor er hinsah, wusste Giddon, worauf sie zeigte, weil er sie spürte: Silberkühe, die seinen Verstand mit seifenblasenzarten Strichen berührten.

*Hallo!*, rief Giddon. *Ich höre euch!* Dann sah er sie, wie sie über die Wasseroberfläche dahinrasten und versuchten, mit dem schnell fliegenden Postluftschiff mitzuhalten.

*Du!* Sie sandten ihm das Bild des Hauses, des düsteren Luftschiffs und der schrecklichen, herzzerreißenden Explosion. Dann sandten sie ihm die *Seashell*, die auf dem Grund des Ozeans neben den riesigen Tentakeln der Bürgin ruhte. *Wir werden dir helfen!*

*Mir helfen!*, sagte Giddon überrascht. *Wie werdet ihr mir helfen?*

*Wir bringen dir, was du brauchst!*

*Was ich brauche?*, fragte Giddon und sein Herz war von Bitterblue angefüllt, obwohl er wusste, dass die Silberkühe das nicht meinen konnten.

Als Antwort verwandelte sich ihr Gefühl in eine Art Überraschung und Verwirrung. Vorsichtig begannen sie ihm eine neue Geschichte zu zeigen. Eine Schwimmerin; eine Ertrinkende. Der Eindruck einer kleinen, unterkühlten, wütenden, entschlossenen, ertrinkenden Person durchbohrte Giddon wie ein Pfeil und sein ganzes Wesen schrie vor Schmerz und Qual auf, weil er sie erkannte.

*Wartet!*, rief er, denn die Silberkühe wandten sich ab. Ein Fjord ragte ins Meer hinaus und schnitt ihnen den Weg ab; das Luftschiff flog weiter, aber die Silberkühe mussten außen herum schwimmen. *Wartet!*, schrie er und rannte ans Heck des Luftschiffs, versuchte das Band festzuhalten, das seine Gedanken mit ihren verknüpfte. *Zeigt mir den Rest!* Aber das Band war durchtrennt. Sie waren weg.

Giddon sank auf dem Deck zu Boden, das Gesicht in den Händen vergraben. Als sich Hava kurz darauf neben ihm niederließ, konnte er nicht verhehlen, dass er schluchzte.

Sie schwieg und wartete, bis er das Schlimmste überstanden hatte.

»Haben sie sie dir auch gezeigt?«, fragte er schließlich, als er ruhiger war, benommen.

»Ja.«

»Was hatte das zu bedeuten?«

»Ich weiß es nicht. Es hatte nichts zu bedeuten außer dem, was wir gesehen haben. Wir wissen nicht mal, ob es wahr ist.«

»Aber sie war es. Sie haben sie gesehen! Wir müssen sie finden und noch mal mit ihnen reden. So bald wie möglich.«

»Giddon«, sagte Hava mit leiser schwerer Stimme. »Bitterblue ist ertrunken. Willst du wirklich, dass dir die Silberkühe die Geschichte ihres Ertrinkens zeigen?«

»Ja«, antwortete er, während er unweigerlich wieder in Tränen ausbrach. »Denn dann sind wir dabei, werden Zeugen, und das bedeutet, dass sie weniger allein ist.«

Später, als das Licht sich in Rosa und Gold verwandelte, wurde eine lang gezogene Landenge weit vor ihnen sichtbar. Sie bildete eine Brücke zu ausgedehnten Wäldern, die, wie Giddon in Erinnerung an seine Landkarten bewusst wurde, den Übergang zum Rest des Kontinents Torla darstellen mussten. Er blickte über eine Landenge zum Staat Kamassar hinüber.

»Torla's Neck«, sagte er laut und begriff jetzt die Herkunft des Namens dieser Winterburger Provinz, die den Kopf des Kontinents mit seinem Körper veband.

»Wo liegt das Haus der Cavendas?«, fragte Hava Nev. »Weißt du das?«

Nev blickte Hava plötzlich überrascht an. »Es liegt ganz oben an der Landenge«, sagte sie, »direkt an der Grenze zu Kamassar. Wir sind zu weit weg, um es von hier aus sehen zu können.«

»Warst du schon mal da?«

»Nein, ich habe es nie gesehen, aber Torla's Neck ist nicht groß. Alle wissen, wo die Reichen wohnen. Warum fragen Sie nach dem Haus der Cavendas?«

»Haben die Silberkühe dir das Bild der Explosion gezeigt?«, fragte Hava. »Mit dem Haus?«

Nev schwieg einen kurzen Moment lang und wandte das Gesicht ab, damit Giddon und Hava es nicht sehen konnten. »Ist das Haus im Bild der Silberkühe das Haus der Cavendas?«, fragte sie schließlich.

»Es könnte sein«, sagte Hava.

»Ist es ihr Luftschiff? Ihre Tat?«

»Wir wissen es nicht. Es könnte sein.«

»Mmph«, machte Nev, ein unbestimmtes, aber eindeutig unzufriedenes Geräusch.

»Was ist?«, fragte Hava.

»Möglicherweise habe ich eine Freundin in einer Notlage alleingelassen«, sagte sie.

Die Postbesatzung landete auf einem Luftschifflandeplatz auf einer Klippe über einem Steinstrand, in der Nähe einer Ansammlung von Häusern am Rand eines Kiefernwaldes. Ein Mann kam aus einem der nächstgelegenen Gebäude herbeigelaufen, wartete, bis einer der Luftschiffer einen Anker ins Landenetz geworfen hatte, und machte das Schiff dann fest.

»Hier ist das Postamt«, sagte eine Frau aus der Besatzung, während sie die Leiter runterließ. »Nachdem wir die Post ausgeliefert haben, können wir euch näher an euer Zuhause bringen, falls es dort einen Landeplatz gibt.«

»Hier ist es eigentlich perfekt«, entgegnete Nev. »Ich wohne hier.«

»So ein glücklicher Zufall«, sagte die Frau.

Aber sobald sie ausgestiegen waren, ging Nev auf die Kante der Klippe zu.

»Wo gehst du hin?«, fragte Giddon.

»Nach Hause.«

»Aber die Häuser sind doch da.« Giddon zeigte in die Richtung.

»Ich habe behauptet, hier zu wohnen«, sagte Nev. »Quona Varana muss nicht genau wissen, wo ich wirklich wohne. Kommen Sie, hier gehts lang.« Dann, einen kleinen Rucksack auf dem Rücken und die Füchsin immer noch vor die Brust geschnallt, trat sie direkt über die Kante der Klippe. Es war gleich zu erkennen, dass sich dort, wo sie hingetreten war, eine Steintreppe befand, aber trotzdem rannte Giddon vor Schreck los.

Dann fasste er sich und stieg hinter ihr die Treppe hinab, gefolgt von Hava.

Der Strand unterhalb war schwer zu begehen, voller loser unregelmäßiger Steine. Nev ging darüber, als wäre es ein gerader Weg über eine grasige Lichtung.

Die aufziehenden Wolken am Horizont schienen näher zu kommen und wirkten immer bedrohlicher. »Ist das ein Sturm?«, fragte Giddon.

»Wahrscheinlich«, sagte Nev, ohne hinzusehen. »Die Stürme bauen sich tagelang auf, dann ziehen sie her.«

»Das klingt unheilvoll.«

»Wir sind daran gewöhnt.«

Nach einer Weile versuchte Giddon es erneut. »Versäumst du für diese Reise Unterricht?«

»Ja«, erklärte Nev kurz angebunden, wandte sich vom Strand ab und ging einen Trampelpfad entlang, der einen steilen Abhang mit goldenem Gras hinaufführte.

»Wirst du nach deiner Rückkehr wieder einsteigen können?«, fragte Giddon, der diese Neugier normalerweise Hava überließ, aber heute nicht er selbst war. Seit ihm die Silberkühe Bitterblue gezeigt hatten, war er aus dem Gleichgewicht geraten.

»Ich weiß es nicht.« Dann änderte Nev erneut die Richtung, führte sie über eine Hügelkuppe und auf der anderen Seite wieder hinunter. »Abkürzung«, erklärte sie auf Giddons verwirrtes Geräusch hin.

»Hier würde ich mich nur ungern auf eine mündliche Wegbeschreibung verlassen müssen«, sagte er.

»Einen Fremden würde ich nie hier entlang schicken.«

Auf der anderen Seite des Hügels befand sich eine niedrige Holztür, die so organisch in den Abhang eingepasst war, dass Giddon sie kaum bemerkte. »Was ist das?«, fragte er. »Kommt man da hindurch in den Hügel?«

»Ein Unterstand«, sagte Nev, »falls man in einen Sturm gerät.«

»Aber man muss wissen, wo er ist, damit er einem nützt«, entgegnete Giddon. »Warum ist er vom Pfad abgelegen?«

Nev zögerte und betrachtete dabei ihre Füße, die weiter den Berg hinaufstiegen. Dann sagte sie: »Dieses Land gehört dem Staat. Es ist gegen das Gesetz, darauf oder darin etwas zu bauen. Aber ein Sturm kann schnell aufkommen. Als ich noch klein war, ist einer unserer Nachbarn gestorben. Wir tun, was nötig ist, aber im Verborgenen.«

»Aber würde das Parlament nicht das Bedürfnis nach einer Schutzhütte an einem Ort plötzlich aufziehender Stürme anerkennen?«

»Das Parlament braucht ewig«, sagte Nev. »Und nein. Abgesehen von unseren wenigen eigenen Abgeordneten verstehen die im Parlament in der Regel gar nichts vom Leben im Norden. Sie verstehen eigentlich von gar nichts etwas. Warum zum Beispiel reden sie darüber, die Zilfiumnutzung zu legalisieren, obwohl die Zilfiumvorräte in Torla doch zu Ende gehen? Immer, wenn sie jemand daran erinnert, tun sie so, als würden sie es nicht hören. So sind sie eben. Warum sollten wir die Erlaubnis eines ihrer Ausschüsse brauchen, um etwas zu tun, das der gesunde Menschenverstand nahelegt? Wir kümmern uns lieber um uns selbst, ohne ihre Aufmerksamkeit zu erregen. Wovon ich Ihnen nichts erzählt hätte, wenn ich Sie für gleichgültig halten würde. Aber dafür scheinen Sie sich zu sehr für die neuesten Geschichten der Silberkühe zu interessieren.«

Giddon warf Hava einen Blick zu. Hava sah ihn ausdruckslos an, dann sagte sie: »Wir glauben, dass jemand in Winterburg zwei Diplomaten aus Monsea ertränkt hat, weil sie ein gefährliches Geheimnis in Erfahrung gebracht hatten. Wir wissen nicht, ob das etwas mit der Explosion in den Geschichten der Silberkühe zu tun hat, aber wir wissen, dass es mit dem Haus der Cavendas im Norden in Verbindung steht.«

»Verstehe«, sagte Nev. »Sie sind also in den Norden gekommen, um sich das Haus der Cavendas anzusehen?«

»Ja.«

»Und dann?«

Hava zuckte mit den Schultern. »Das hängt davon ab, was wir finden.«

»Können Silberkühe in Winterburg vor Gericht aussagen?«, fragte Giddon.

»Nein«, sagte Nev. »Ihre Geschichten sind zu chaotisch und vermischt mit Dingen, die sie sich nur ausgedacht haben. Oder zumindest hat das Parlament das so beschlossen.«

»Haben … haben die Silberkühe dir die Geschichte vom Ertrinken unserer Königin gezeigt?« Giddon versuchte vergeblich, beiläufig zu klingen.

»Nein«, sagte Nev. »Tut mir leid.«

»Schon in Ordnung.« Giddon war enttäuscht. Er ließ sich hinter die anderen zurückfallen und stieg die rot-goldenen Berge hinauf – die höher und immer höher wurden, kälter und windiger – und blickte zu einem weiteren faltigen Gletscher vor ihm hinüber und auf den weiß gekrönten Ozean hinaus. Hier war es ganz anders als in Ledra. Der Blick reichte unendlich weit, war großzügig und offen, und der Wind fühlte sich an, als wehte er ungehindert von der anderen Seite der Welt.

*Ich habe das Gefühl, aus einer Falle entkommen zu sein,* erklärte er Bitterblue und wünschte sich von ganzem Herzen, dass sie das hier auch hätte sehen und sich auch so hätte fühlen können.

Ohne Nevs Führung wäre es unmöglich gewesen, ihr Haus zu finden, selbst wenn sie ihnen eine überaus detaillierte Beschreibung gegeben hätte. Sie kletterte schnell und unermüdlich weiter, als trüge sie keinen Rucksack auf dem Rücken. Es wurde langsam dunkel.

In einem Abschnitt des Waldes, in dem es nach Schwefel roch, bahnten sie sich einen Weg zwischen kleinen dampfenden Wasserbecken hindurch.

»Die sind kochend heiß«, erklärte Nev. »Halten Sie Abstand. Hinter unserem Haus gibt es ein Bad, das warm und sicher ist. Wir haben auch einen Stall, den wir als eine Art Gasthof für durchreisende Händler nutzen. Es ist sicher nicht das, was Sie sonst gewohnt sind, aber Sie können gerne dort übernachten. Ich fürchte, unser Haus ist zu klein, um Sie aufzunehmen«, fügte sie hinzu – mit einer Stimme, die nicht im Geringsten entschuldigend klang, sondern eine Spur herausfordernd.

»Ich habe schon in einer Menge Heuschober geschlafen«, sagte Hava.

»An meinem letzten Geburtstag habe ich in einer nassen Felsspalte geschlafen, während mir fauliges Wasser auf den Kopf getropft ist«, sagte Giddon.

»Angeber.« Hava wechselte ins Beschenktische, um ihre Beleidigung loszuwerden.

»Frechdachs.«

»Rüpel.«

Giddon war erleichtert über Havas Grinsen. Hava hatte eine Art, aus zusammengekniffenen Augen berechnend über die Landschaft von Torla's Neck hinwegzublicken, die ihm das Gefühl gab, sie sei auf der Suche nach Fluchtwegen. »Du weißt, dass wir dich für den Einsatz im Haus der Cavendas brauchen, nicht wahr?«

Hava schnaubte. »Giddon, ich *bin* der Einsatz im Haus der Cavendas.«

Ein steinerner Stall mit schindelgedecktem Dach tauchte zwischen den Bäumen auf, mit einem Garten und einem kleinen Steinhaus direkt dahinter, aus dessen Schornstein Rauch aufstieg.

Nev schluchzte auf, dann rannte sie los.

Nevs Vater war der Einzige, der zu Hause war, und er hätte nicht überraschter sein können, Nev zu sehen. Oder glücklicher. Er umarmte sie. Dieser Mann namens Davvi hatte stahlfarbenes Haar, war so groß wie Giddon, und Tränen liefen ihm über sein braunes Gesicht. Nev und Davvi sahen sich sehr ähnlich, groß, mit straffen Schultern. »Und ein Fuchswelpe?«, fragte er staunend.

»Wir sind nicht verbunden«, sagte Nev. »Ich kümmere mich nur um ihn. Papa, das sind zwei Mitglieder der Delegation aus Monsea, Giddon und Hava. Hast du die Nachrichten von den Delegierten aus Monsea gehört?«

»Ja, natürlich. Das mit Ihrer Königin tut mir außerordentlich leid«, sagte Davvi mit unmittelbarem und aufrichtigem Mitgefühl. »Haben Sie etwas gegessen?«, fragte er als Nächstes.

Er scheuchte sie zu einem kleinen Tisch in einer Ecke des winzigen dunklen Raums, ohne zu fragen, warum sie hier waren, und brachte ihnen Schüsseln mit einer Suppe aus Fleisch und Kartoffeln und dicke köstliche Scheiben Butterbrot. Dann betrachtete er glücklich seine Tochter, während sie versuchte, die ungewöhnlichen Umstände ihrer Ankunft zu erklären. Die Geschichten der Silberkühe, Quona Varanas Sorgen um ihre Sicherheit, die Bedürfnisse ihrer Mitreisenden. »Sie müssen hier herumspionieren«, sagte Nev. »Wir müssen ihnen ein Boot organisieren. Es gibt noch mehr zu erzählen, aber damit warte ich, bis Mama und Opa zu Hause sind.«

Davvi wischte das beinahe ungeduldig beiseite, als wären die Bedürfnisse der Gäste aus Monsea nebensächlich. Er war so glücklich. Es erstaunte ihn, dass seine Tochter in einem Luftschiff nach Hause geflogen war. Er schien es der Bedeutung der Gäste aus Monsea zuzuschreiben und war dann besorgt angesichts Nevs Vorschlag, dass Hava und Giddon im Stall schlafen sollten. Er war das genaue Gegenteil von seiner Tochter, seine Gefühle immer offensichtlich, seine Zweifel mit erhobenen Augenbrauen und erschrockenen Rufen zum Ausdruck gebracht.

Als Nev aufstand und anbot, ihnen den Stall zu zeigen, ließ Giddon ihr und Hava den Vortritt.

»Entschuldigen Sie, mein Herr«, sagte er leise zu Davvi.

»Ja?«

Giddon hatte das Gefühl, als hätte er seinen eigenen Körper verlassen und beobachtete einen großen bärtigen Schauspieler dabei, wie er sich mechanisch mit einem freundlichen Mann unterhielt. Er verstand, woher diese Fremdheit rührte. Er hatte eine Frage und hatte Angst vor der Antwort. Es wäre besser, wenn er die Frage nicht stellte.

Es platzte aus ihm heraus.

»Wenn Silberkühe einen Menschen ertrinken sehen«, sagte er. »Lassen sie ihn dann ertrinken?«

Davvis Miene war voller Mitgefühl. »Es ist bekannt, dass Silberkühe versuchen, das Leben Ertrinkender zu retten. Ich glaube nicht, dass sie einfach dabei zusehen würden, wie ein Mensch ertrinkt.«

»Und … wenn sie einen Menschen retten, wo bringen sie ihn dann hin?«

»Wo immer es ihnen möglich ist«, sagte Davvi. »An Land, zu einem Schiff, zu einem Luftschiff. Es gibt viele glückliche Geschichten. Traurige auch, fürchte ich, denn manchmal ist das Wasser zu kalt. Warum fragen Sie?«

»Ich bin bloß neugierig.«

Der Stall war nicht, was Giddon erwartet hatte. Keine Betten aus Stroh, keine eisige Zugluft durch schlecht schließende Fensterläden. Stattdessen betrat er einen lang gezogenen, großzügigen hohen Raum mit einem Geruch und flackernden Laternen, die ihn an die Pferdeställe seiner Kindheit in den Middluns erinnerten. Unter dem gleichgültigen Blick einer der größten Kühe, die Giddon je gesehen hatte, führte Nev ihn in eine Ecke des Stalls, wo vier kleine Kammern eingebaut worden waren, die eindeutig dem Komfort Reisender dienen sollten.

Giddons Zimmer war kaum groß genug für die Möbel darin und dunkel. Er vermutete, dass er kein Fensterglas in Torla's Neck zu sehen bekommen würde, bis er das Haus der Cavendas erreichte. Aber das Zimmer war sauber und warm von der Hitze der Kohlenpfanne, die Nev für ihn entzündete. Das Bett war bequem, die Decken weich.

Als er sich hinlegte, betrachtete Giddon den Schein, den seine Kohlenpfanne an die glatten Balken der Decke warf, und lauschte auf das Rascheln der Hühner, deren Haus sich auf der anderen Seite des Stalls befand. Er hatte das Gefühl, als zerrisse es ihm das Herz.

Was, wenn die Silberkühe ihm die Geschichte von Bitterblues *Rettung* gezeigt hatten?

Aber wie konnte das sein? Sie war nie irgendwo lebendig aufgetaucht?

*Bitterblue?*, fragte er voller Angst vor der Sache, die er sich mehr als alles andere wünschte. *Was soll ich tun? Wie kann ich es herausfinden? Und wie soll ich überleben, wenn es nicht wahr ist?*

# 31

Lovisa erwachte vom Geräusch klatschender Wellen, ihr Körper war kälter, ihre Muskeln verspannter als je zuvor.

Sie setzte sich auf, klopfte sich Sand aus dem Pelz ihres Mantels, dann blickte sie aus zusammengekniffenen Augen in den Schein eines Lagerfeuers, dessen Flammen in den Himmel hinaufloderten. Letzte Nacht waren sie dem Licht dieses Lagerfeuers gefolgt, waren Hügel hinauf- und hinabgestiegen, das Feuer immer im Blick. Als sie schließlich hier angekommen waren, hatten sie den Strand bereits von Schläfern bevölkert vorgefunden, die unter Decken zusammengedrängt lagen. Jenseits des Feuers standen Karren im Sand verteilt, Pferde wieherten leise und Menschen gingen zwischen ihnen umher. Als Lovisa die Strandbewohner entdeckt hatte, hatte sie den Strand nicht betreten wollen.

Aber die Königin von Monsea hatte angenommen, dass ein solcher Stadtstrand nachts von den ärmeren Reisenden des Kontinents und anderen abgerissenen Bürgern bevölkert sein würde und dass zwei verlorene Mädchen unbemerkt und unbehelligt bleiben würden, solange genug der anderen am Strand ebenfalls Frauen wären.

»Morgen schmieden wir einen besseren Plan«, hatte sie gesagt und Lovisa ans Feuer geführt. Nun, jetzt war der Himmel von rosa Streifen durchzogen; es war Morgen. Lovisa hoffte, die Königin würde bald aufwachen und hätte eine genauere Vorstellung von diesem Plan.

Die Königin von Monsea schlief weiter, trotz all des Getöses um sie herum. Da waren Wind und Wasser, protestierende Pferde, das Geschrei erwachender Leute. Schließlich rüttelte Lovisa sie grob an der Schulter.

Die Königin richtete sich schläfrig und unbeholfen auf. Als sie sich umsah, ihr Gesicht dem Licht zugewandt, wurde sich Lovisa eines neuen Problems bewusst. Die hellbraune Haut der Königin und ihre blassgrauen Augen würden Neugier wecken. Niemand würde sie für eine Winterburgerin halten.

»Wo kommt ihr zwei her?«, sagte eine Stimme.

Lovisa setzte eine ausdruckslose Miene auf, als sie sich an die Sprecherin wandte. Es war eine winterburgisch aussehende Frau, die allein auf einem Baumstumpf vor dem Feuer saß. Offensichtlich war sie dafür verantwortlich, denn während sie die Antwort abwartete, hob sie ein Scheit von einem Stapel neben sich, beugte sich vor, und warf es in die Flammen.

Lovisa hatte noch nie mit einer solchen Frau zu tun gehabt, einer Frau, die ungehobelt und direkt war, mit stahlfarbenem Haar, das unter ihrer Mütze hervorsah. Sie trug weder Mantel noch Handschuhe, während sie mit dem groben Holz voller Splitter hantierte. Ihre Finger sahen aus wie harte Stummel.

»Wo kommen Sie denn her?«, fragte Lovisa, überrascht von der Heiserkeit in ihrer Kehle und ihrer abgehackten Stimme.

»Ich habe zuerst gefragt«, entgegnete die Frau mit eisigem Lächeln.

»Und ich muss ein Gefühl dafür bekommen, ob ich Ihnen trauen kann, bevor ich antworte.«

Die Frau legte den Kopf in den Nacken und lachte. »Mutige Worte für jemanden so Kleines. Steckt ihr Mädchen in Schwierigkeiten?«

»Warum fragen Sie?«

Die Frau kicherte erneut. »Weil ich dazu neige, Mädchen in Schwierigkeiten zu helfen. Natürlich kann ich euch nur so weit helfen, wie ihr gewillt seid, mir zu trauen. Das müsst ihr selbst entscheiden.«

Lovisa warf Bitterblue einen Blick zu. Die Königin sah zur Stadt hinauf, die sich über dem Wasser erhob, ihren Hügeln, Türmen und Turmspitzen, die vom Schein der Sonne berührt wurden.

»Wie schön«, sagte Bitterblue. Dann zog sie einen ihrer vielen Goldringe ab – Lovisa konnte sich nicht daran erinnern, diese Ringe schon vorher an ihren Fingern gesehen zu haben, aber sie kannte die Tradition der Lienid – und hielt ihn in der Hand. »Kennen Sie einen Ort, an dem ich ein warmes Bad bekommen könnte?«, fragte sie die Frau.

Das brachte die Frau erneut zum Lachen, dann sah sie die beiden mit einem Ausdruck an, der sich wie echte selbstlose Anteilnahme anfühlte.

»Allerdings«, sagte sie. »Weit weg von den Augen eurer wohlhabenden Verfolger.«

»Haben wir so offensichtlich wohlhabende Verfolger?«, fragte Bitterblue.

»Mit euren ausweichenden Antworten und diesen feinen Mänteln, die ihr tragt? Und diesen dicken Goldringen an deinen Fingern? Außerdem höre ich deinen Akzent, Mädchen. Du solltest diese Ringe ablegen, wenn du nicht möchtest, dass Gerüchte über ein wohlhabendes Mädchen aus Lienid am Händlerstrand die Runde machen.«

Bitterblue verbarg die Hände in ihren Ärmeln. »Gerüchte über mich sind in Ordnung«, sagte sie. »Nur meine Freundin soll nicht auffallen.«

»Interessant«, entgegnete die Frau. »Was braucht ihr noch außer einem Bad?«

»Nichts«, sagte Lovisa, die so viele Dinge brauchte. Sie brauchte Informationen, welche Gerüchte man sich über ein Feuer letzte Nacht in Flag Hill erzählte. Sie brauchte eine Idee, wie sie in den Norden kommen sollten – ohne Luftschiff und ohne erkannt zu werden. Und sie brauchte eine Königin, die besser nicht so viel redete.

»Seid ihr auf der Flucht?«, fragte die Frau.

»Nein«, antwortete Lovisa zu schnell.

»Mm-hm. Die Besitzerin des Badehauses, das ich erwähnt habe, kann Leuten auf der Flucht helfen. Vor allem Leuten, die schnell weit weg wollen. Fragt sie danach, wenn ihr möchtet, und zeigt ihr eure schicken Ringe. Und trödelt nicht, denn es zieht ein Sturm auf.«

Wie verdächtig leicht, wie erstaunlich, dass diese Frau alles, was sie brauchten, beschaffen konnte. »Warum zeigen Sie uns nicht einfach den Weg zu diesem Badehaus«, sagte Lovisa, die nicht wirklich vorhatte, dorthin zu gehen, »und wir brechen auf.«

»Das findet ihr nicht allein. Ich schicke jemanden, der euch hinbringt.«

»Nein«, erwiderte Lovisa. »Wir gehen lieber allein.«

»Aber«, sagte Bitterblue zu Lovisa, »kennst du den Weg zu deiner Freundin?«

Lovisa antwortete auf Beschenktisch, damit die Strandfrau sie nicht verstand. »Das kann ja wohl nicht so schwer sein. Wir folgen einfach der Küste.«

»Kennst du die Gegend?«, fragte Bitterblue ebenfalls auf Beschenktisch. »Weißt du, wie man draußen in der Kälte übernachtet?«

»Wir finden Hotels!«

»Bist du sicher, dass es Hotels gibt? Hotels, in denen du nicht erkannt wirst oder man unsere Identität errät? Werden deine Eltern nicht in den Hotels nachfragen? Wir müssen dich schnell von hier wegbringen, ohne eine Spur zu hinterlassen.«

»›Schnell weit weg‹ bedeutet Luftschiff«, sagte Lovisa. »Luftschiff bedeutet die Varanas. Was, wenn diese Frau versucht, uns den Autoritäten von Ledra auszuliefern?«

»Sieht sie in deinen Augen aus wie jemand, der mit den Autoritäten von Ledra im Bunde steht?«

»Ist das der bessere Plan, den Sie versprochen haben?«, fragte Lovisa aufgebracht. »Jedem zu vertrauen, den wir treffen?«

»Einigen Leuten müssen wir vertrauen! Zumindest gelegentlich!«

»Sie müssen sagen, wer Sie wirklich sind«, erklärte Lovisa. »Keiner wird Ihnen etwas tun, wenn die Leute wissen, dass Sie die ertrunkene Königin sind.«

»Bevor wir das öffentlich machen, müssen wir dich in Sicherheit bringen.«

»Vielleicht solltet ihr nicht davon ausgehen, dass die Leute, die euch begegnen, eure Sprache nicht verstehen«, sagte die Frau in brüchigem, aber verständlichem Beschenktisch.

Lovisa sah sie mit vor Überraschung offen stehendem Mund an. Die Frau musterte Bitterblue mit wachsendem Interesse, aber sie sprach unaufgeregt. »Das hier ist der Händlerstrand«, sagte sie, jetzt wieder auf Winterburgisch. »Hier kommen all die Schiffe aus dem Königskontinent an. Wir verstehen alle ein wenig von allen Sprachen, die hier vorbeikommen. Nur so als Tipp, während ihr die Küste entlangreist.«

»Ah«, sagte Bitterblue. »Danke.«

»Gern geschehen. Was die Frage angeht, wem ihr trauen könnt, ich bin Ona und wohne an diesem Strand. Man kennt mich als die Feuerhüterin. Alle kennen mich; ihr könnt euch nach mir erkundigen, wenn ihr wollt. Ich werde zwei verängstigte Mädchen nicht an die Wölfe verkaufen und ganz bestimmt nicht an die Varanas. Das wird euch jeder bestätigen. Und ich glaube, dass ich letzten Endes«, sagte sie mit einem Blick auf den Ring, den Bitterblue in der Hand hielt, »keinen dieser Ringe annehmen werde, nur um euch dabei zu helfen, ein Badehaus zu finden.«

Lovisa kam es vor, als wäre der Teil von ihr, der immer Dinge entschied, der immer so schlau, so scharfsinnig und aufmerksam war, kaputt. Sie bekam kein Gefühl für diese Frau. Sie wusste nicht, ob es schlau war, ihr zu vertrauen, oder nicht. Aber sie wusste, dass sie etwas unternehmen mussten. Sie funkelte Bitterblue an, die vermutlich aus einer Position der Ungeduld und Verzweiflung schlechte, gefährliche Entscheidungen traf, und spürte, wie ihr Tränen über die Wangen liefen.

Nur dass Bitterblue weder verzweifelt noch ungeduldig wirkte. Sie wirkte zuversichtlich und gelassen, neugierig. Glücklich. Sie erinnerte Lovisa an Mari, wenn er ihr erzählte, was er Neues in einem seiner Medizinseminare gelernt hatte. Und sie erinnerte Lovisa an die selbstsichere Nev, die niemanden brauchte.

Wütend wischte Lovisa sich die Tränen ab. Sie konnte Bitterblue nicht trauen, aber ihr selbst fiel nichts ein. Sie würde dem Teil von Bitterblue trauen, der sie an Mari und Nev erinnerte.

Ein Winterburger Mädchen, das ihnen seinen Namen nicht nannte, führte sie nordwärts über einen Pfad am Meer entlang zum Badehaus. Von dem Pfad aus hatte Lovisa einen freien Blick auf die Wolken, die sich am Horizont zusammenballten.

Links von ihnen fielen Klippen zum Meer ab. Manchmal wurde der Weg zu Holzbrücken, die über tiefe Schluchten führten. Es war offensichtlich, dass die Königin die Brücken nicht mochte; sie flitzte darüber hinweg und quiekte erschrocken auf, wenn sie unter ihren Füßen wackelten oder wippten.

»Sie sind extra so gemacht, dass sie sich im Wind bewegen«, erklärte ihre Führerin, die genauso klein war wie Lovisa und die Königin. Lovisa fragte sich, ob Ona absichtlich dieses Mädchen ausgesucht hatte, damit sie sich sicher fühlten. Damit sie leichter getäuscht werden konnten?

»Wie weit ist es noch zum Badehaus?«, fragte Lovisa.

»Etwa noch eine Stunde«, sagte das Mädchen, »in diesem Tempo.« Sie führte sie weg vom Pfad und dem Wasser, bergauf, in ein Wäldchen. Immer wieder starrte sie Bitterblue aus großen Augen an, was bedeutete, dass der Klatsch bereits begonnen hatte. Bitterblue aß, denn Ona hatte ihnen Brot, Obst und Nüsse mit auf den Weg gegeben. Eigentlich hatte Bitterblue seitdem nicht wieder aufgehört zu essen. Sie kaute langsam, geradezu ehrfürchtig. *Weil meine Eltern sie ausgehungert haben*, dachte Lovisa.

Der Weg wurde steiler. An einer hoch gelegenen Lücke in den Bäumen blieb Lovisa stehen und drehte sich um, versuchte Flag Hill zu finden.

»Was ist?« Bitterblue blieb neben ihr stehen.

Lovisa schüttelte den Kopf, wollte, musste allein sein, während sie versuchte, die Stelle zu entdecken, wo ihr Haus abgebrannt war, genau wie das der Gravlas. Musste mit eigenen Augen sehen, was sie getan hatte. Wünschte, sie könnte ihre Brüder erkennen, was natürlich Unsinn war. Aber alles, was sie sah, waren Andeutungen von spitzen Dächern und weitere Bäume. Sie konnte es nicht finden.

»Ist alles in Ordnung?«, fragte Bitterblue.

»Ja.«

»Wir sind fast am Badehaus«, sagte Bitterblue sanft.

»Bemuttern Sie mich nicht!«, erwiderte Lovisa.

Lovisa war schon in den meisten Teilen Ledras gewesen, normalerweise vom Luftschiff der Cavendas gebracht, das sie genau dort absetzte, wo sie hinwollte. Im Wald, einen einstündigen Fußmarsch nördlich von Ledra, in einem Nadelbaumhain mit einem Boden aus unebenen Steinen, jedoch noch nie. Noch hatte man sie je aufgefordert, auf die höheren Steine zu treten, um keine Fußspuren zu hinterlassen.

Es war leichtsinnig, einer Fremden in einen Wald zu folgen, ohne eine Spur zu hinterlassen. Aber Lovisa hatte von jeglichem gesunden Menschenverstand Abstand genommen. Von der Neugier ebenfalls. Als die Steine zu einem deutlich sichtbaren Pfad festgetrampelten Schnees wurden, der zwischen den Bäumen hindurch zu einem kleinen Steinhaus mit einer ordentlichen Holztür führte, fühlte Lovisa sich bloß ohnmächtig und erschöpft. Wie wenig wusste sie über ihre eigene Heimat.

Als sie das Haus betraten, stießen sie auf eine ältere Winterburger Frau, die, umgeben von Lampen und Kohlenpfannen, die Beine auf einen Schreibtisch gelegt, ein Buch las. Sie sah erst Bitterblue, dann Lovisa aus zusammengekniffenen Augen an, anschließend warf sie ihrer Führerin einen fragenden Blick zu.

»Ona lässt grüßen«, sagte die Führerin.

»Grüß dich, Ona«, entgegnete die Frau.

»Sie sagt, diese beiden möchten ein Bad und dann mit Vera sprechen.«

Die Frau wies mit dem Kinn auf Bitterblue. »Die da sieht aus wie vom Königskontinent.«

»Gerüchte besagen, dass sie die verschollene Königin von Monsea ist«, erklärte ihre Führerin, »was wir allerdings für uns behalten.«

»Du meinst, sie ist eine der Imitatorinnen«, sagte die Frau.

»Nö.« Die Führerin lächelte leicht. »Die Echte.«

Die ältere Frau hob die Augenbrauen und musterte Bitterblue über ihre ausgestreckten Beine hinweg. »Ich dachte, Sie seien ertrunken«, sagte sie beinahe anklagend.

»Bin ich nicht«, entgegnete Bitterblue.

»Na, das ist allerdings interessant. Das Badehaus ist dort. Legt eure schicken Kleider und Schuhe in einen der Schränke und zieht eine Tunika an. Dann folgt ihr dem steinernen Pfad, der an der grünen Tür beginnt.«

Und das war alles. Keine Fragen oder Forderungen, noch nicht mal ausgeprägte Überraschung darüber, dass die ertrunkene Königin von Monsea plötzlich auf der Türschwelle auftauchte. Wer waren diese Leute?

Lovisa und die Königin taten, was man ihnen gesagt hatte, legten in einem seltsamen kahlen Steinzimmer mit Holzschränken an den Wänden ihre Kleider ab und zogen sich braune, formlose Tuniken über, die an Haken hingen. Unter Ferlas Mantel trug die Königin noch immer Lovisas Schlafanzug. Lovisa versuchte ihren blassen, abgemagerten Körper nicht anzustarren, als Bitterblue den Schlafanzug auszog, oder angesichts ihres Gestanks zusammenzuzucken.

*Das haben meine Eltern ihr angetan, fast drei Wochen lang,* dachte sie und versuchte Trauer, Wut oder Scham zu fühlen. Aber sie fühlte nichts weiter als Benommenheit.

»Was ist?«, fragte Bitterblue.

»Nichts«, sagte Lovisa. »Das ist mein Schlafanzug.«

Sie traten durch eine grüne Tür in den erschreckend kalten Morgen hinaus. Ein steinerner Pfad, der kalt unter ihren Füßen war, führte sie vom Badehaus weg. Einer der Füße der Königin blutete. Sie hinterließ rote Flecken auf den Steinen und zuckte beim Gehen zusammen, aber sie hatte eine Birne in der Hand, als wäre es ihr geliebtes Kind, und strahlte vor Glück.

Beim blassblauen und dampfenden Wasserbecken nahm Lovisa die steinerne Treppe und stieg direkt ins Wasser, kauerte sich nieder, damit ihr Körper bis zum Hals untertauchen konnte. Dann schloss sie die Augen, ohne sich darum zu kümmern, was die Königin tat, denn eine perfekte Wärme hüllte sie ein, umfing sie mit einem Trost, den sie nicht verdiente. Sie glitt mit dem Gesicht unter die Wasseroberfläche, damit die Königin ihre plötzlichen unerklärlichen Tränen nicht sah. Aber die Geräusche, die Lovisa machte, das Keuchen, Blubbern, Schluchzen, konnte sie nicht verbergen. Schwach. *Hör auf. Hör auf!*

Leise, mit ärgerlich ausgeprägtem Taktgefühl, ging die Königin zu einem anderen Teil des Beckens, wo sie ihre Birne aß und vorgab, sich nicht um Lovisas Weinanfall zu kümmern. Das abgeknabberte Kerngehäuse legte sie auf dem Beckenrand ab. Sie tauchte mit dem Kopf unter und schien sich mit den Händen grob durch die Haare zu fahren, ihre Zöpfe zu lösen und mit den Fingern die Kopfhaut zu schrubben. Dann bemerkte sie einen der gelben Seifenklumpen am Beckenrand.

»Oh«, sagte sie ehrerbietig und beschäftigte sich einige Zeit mit der Seife, trug sie sorgfältig auf, geradezu staunend, genau so, wie sie aß. »Das ist eins der besten und nötigsten Bäder meines Lebens.«

»Eins davon?«, fragte Lovisa, die sich jetzt wieder etwas gefangen hatte. »Wie oft sind Sie denn schon entführt worden?«

Bitterblue lächelte. »Mein Leben war nicht immer angenehm.«

»Ist das Ihre Vorstellung von einem angenehmen Leben? In einem groben öffentlichen Becken zu baden, in einer kratzigen Tunika, mit den Seifenresten einer anderen?«

Bitterblue lächelte bloß erneut, schloss die Augen und tauchte unter. Lovisa wusste nicht, warum sie immer weiter kleine spitze Steine warf, mit heißen Atemstößen, aber jedes Mal, wenn sie ihr Ziel verfehlten, wollte sie sie nur noch heftiger werfen. Denn das war sie: ein Mädchen, das ihr eigenes Haus niedergebrannt, ihre eigene Mutter angegriffen und ihre kleinen Brüder im Stich gelassen hatte.

Sie stand abrupt auf, stieg aus dem Wasser und ging zurück zum Badehaus. Dort zwang sie sich, draußen in der Kälte zu warten, zitterte, als der Wind das Wasser auf ihrer Haut abkühlte, bis sie es nicht länger aushielt.

*Schwach*, dachte sie verbittert an sich selbst gerichtet. Dann ging sie ins Haus.

Etwas später trafen Lovisa und Bitterblue Vera in einem weiteren steinernen Zimmer, das unter Bäumen am Fuß eines weiteren gewundenen Pfades lag. Lovisa war schon in öffentlichen Badehäusern gewesen. Keins davon war so abgelegen wie dieses hier, so ganz ohne Kunden, übersät von winzigen, verborgenen Räumen ohne Schornstein, oder wurde so geheim gehalten.

Vera war grauhaarig, hart und ausdruckslos, genau wie die Feuerhüterin und die Bademeisterin. »Sind Sie alle Schwestern?«, fragte Lovisa.

Vera ging nicht darauf ein. »Ich habe einige unwahrscheinliche Gerüchte gehört«, sagte sie, während sie Bitterblue durchdringend ansah. »Aber es sind eine Menge dunkelhaariger Mädchen, die aussehen, als kämen sie vom Königskontinent, auf unseren Straßen unterwegs und behaupten, sie seien die verschollene Königin von Monsea.«

»Wirklich?«, fragte Bitterblue ehrlich überrascht. »Warum sollte jemand so etwas tun?«

»Sie meint Imitatorinnen«, erklärte Lovisa.

Bitterblue war erstaunt. »Imitatorinnen von *mir*?«

»Wanderkomödiantinnen.« Lovisa zuckte mit den Schultern. »Sie führen etwas auf. Tanzen, zum Beispiel, oder so.«

»Tanzen!« Die Stimme der Königin wurde bei jedem Wort fröhlicher und ungläubiger. Dann lachte sie wie eine zarte kleine Glocke. »Die Art Tanzen, bei der man seine Kleider anbehält oder sie auszieht?«

»Ihr beide quatscht ganz schön viel Unsinn«, sagte Vera unbeeindruckt. »Wo wollt ihr hin?«

»Das sagen wir Ihnen nicht«, erklärte Lovisa, während die Königin gleichzeig sagte: »In den Norden.«

»Wie weit in den Norden?«, fragte Vera. »Hardippa? Torla's Neck? Kamassar?«

»Hardippa«, antwortete Lovisa, um eine falsche Fährte zu legen, während die Königin gleichzeitig sagte: »Torla's Neck.«

»Vielleicht solltet ihr euch erst mal beraten, bevor ihr Geld für irgendwas ausgebt«, sagte Vera. »Obwohl ich vermute, dass Sie diejenige sind, die bezahlen wird«, fügte sie mit einem Blick auf die Königin hinzu. Bitterblue reichte ihr einen Ring, den Vera ausgiebig betrachtete.

»Ich habe Bargeld«, warf Lovisa ein, die ihre kindische Streitlust sehr wohl hörte, aber nicht verstand. Wen kümmerte es, wo sie hingingen. Wen kümmerte es, wer dafür bezahlte?

»Das sollten wir aufsparen«, sagte Bitterblue leise, »bis wir es wirklich brauchen. Meine Ringe sind ersetzbar.«

Jetzt musterte Vera Bitterblue genauer, mit einem neuen, amüsierten Funkeln in den Augen. »Außerdem denke ich, dass ich gern einen oder zwei Ringe hätte. Ich habe den Eindruck, dass die irgendwann Erinnerungen an eine sehr interessante Geschichte sein werden.«

»Ach ja?«, sagte Bitterblue. »Sie haben also Ihre Meinung darüber, ob ich nur Theater spiele, geändert?«

»Meine Kolleginnen schenken Geschichten schnell Glauben. Ich dagegen glaube an Gold. Und ich erkenne den Unterschied zwischen den Ringen, die das Volk von Lienid trägt, und den Ringen, die es niemals tragen würde. Obwohl Sie natürlich auch eine Diebin sein könnten«, fügte sie hinzu und musterte Bitterblue weiterhin abschätzend. »Aber das wäre dann auch eine interessante Geschichte.«

»Wofür genau bezahlen wir mit diesen Ringen?«, fragte Lovisa. »Wir besteigen kein Luftschiff, das von den Varanas vermietet wurde.«

»Das werdet ihr auch nicht«, sagte Vera. »Wir brechen auf, sobald der Himmel dunkel ist, und dann seid ihr morgen früh in Torla's Neck. Bis zu unserer Abreise dürft ihr gerne die Annehmlichkeiten unserer Bäder oder unseres Badehauses genießen.«

»Die Bäder oder das Badehaus? Es dauert noch Stunden, bis es Nacht wird!«

»Das kann ich nicht ändern«, sagte Vera. »Auch unzählige edle Goldringe können die Erde nicht dazu bringen, sich schneller zu drehen.«

Zurück im Badehaus machte sich die Königin daran, den Mantel auszuziehen.

»Sie baden noch mal?«, fragte Lovisa.

»Mein ganzer Körper tut weh«, sagte Bitterblue. »Im Bad tut er weniger weh.«

»Wo haben Sie Ihre ganzen Ringe her?«, fragte Lovisa, die sie aufblitzen sah, als die Königin sich auszog. »Ich bin sicher, dass Sie die nicht anhatten, als ich Sie das erste Mal gesehen habe.«

»Ich habe sie gefunden.«

»In der Dachkammer?«, fragte Lovisa überrascht.

»Ja.«

»Oh.« Lovisa steckte die Hand in ihre Tasche und berührte Katus Ring.

»Darf ich fragen, ob du irgendetwas über meine Delegation weißt? Hava, Coran, Barra, Froggatt? Giddon?«

»Ich habe gehörte, dass Coran, Barra und Froggatt nach Kamassar gereist sind«, sagte Lovisa. »Giddon und Hava sind in Ledra geblieben. Sie waren einmal bei uns zum Essen und ich habe sie erwischt, wie sie den Schreibtisch meines Vaters durchsucht haben.« Wie sehr sie sich damals darüber geärgert hatte. »Damals wusste ich noch nicht, dass Sie in unserer Dachkammer waren«, fügte sie zu ihrer Verteidigung hinzu, obwohl sie sich nicht sicher war, ob sie es ihnen gesagt hätte, wenn sie es gewusst hätte.

Die Königin nickte nur. »Haben sie etwas gefunden?«

»Nicht dass ich wüsste.«

»Wie viel weißt du über das, was da vor sich geht?«

Lovisas Finger schlossen sich um den Ring ihres Onkels. Es war eine kleine spitze, harte Erinnerung daran, warum sie all das getan hatte, was sie getan hatte. Sie zog ihn hervor und setzte sich neben die Königin.

»Das hätten Hava und Giddon gefunden, wenn sie gewusst hätten, wie man die Geheimschubladen im Schreibtisch meines Vaters öffnet.«

»Katus Ring«, sagte Bitterblue.

Lovisa war erstaunt. »Sie kennen den Ring meines Onkels?«

Bitterblue warf Lovisa einen nachdenklichen Blick zu. »Ich kenne deinen Onkel. Er war vor einiger Zeit an meinem Hof zu Besuch, ziemlich lange sogar. Das erste Mal, als ich dich sah, habe ich übrigens gleich an ihn gedacht, wegen deiner Haare.«

»Ach ja, natürlich.« Lovisa fielen Katus Geschichten über seinen Besuch bei der Königin von Monsea wieder ein. Sie missgönnte ihnen unvernünftigerweise plötzlich ihre gemeinsame Zeit an einem Ort, an dem Lovisa nie gewesen war. »Und sein Ring hat einen solchen Eindruck auf Sie hinterlassen?«

Bitterblue zuckte mit den Schultern. »Ringe sind uns Lienid wichtig. Weißt du, was aus Katu geworden ist? Hast du von ihm gehört, seit er auf Reisen gegangen ist?«

»Er hat nicht geschrieben«, sagte Lovisa, die keine Zweifel mehr hatte, warum nicht. »Und er hat zwar an Orten wie Kamassar und Borza Geld von der Bank abgehoben, aber ich habe auch das hier gefunden.« Sie zog Katus Ausweis und sein Scheckbuch aus ihrer Manteltasche und gab sie der Königin.

Die Königin untersuchte diese neuen Beweise gründlich. »Das sieht nicht gut aus.«

»Er ist bestimmt tot«, erklärte Lovisa mit ausdrucksloser harter Stimme.

»Ich habe noch Hoffnung, solange wir es nicht sicher wissen.«

»Ach ja? Und wie sollen wir das je erfahren? Glauben Sie, sie haben ein Schild über seiner Leiche aufgehängt oder so?«

Bitterblue sah Lovisa mit sanftem Blick an, wovon diese nur noch wütender wurde. »Ich habe vor, jede kleine Einzelheit über das, was hier vor sich geht, herauszufinden«, sagte die Königin. »Ich glaube, dass diese Geschichte mit meinem Königreich zu tun hat, deshalb *muss* ich es wissen.«

»Warum sollte Katus Mord etwas mit Ihrem Königreich zu tun haben?«, fragte Lovisa mit einem plötzlichen heftigen Eifersuchtsanfall. »Er ist schließlich nicht *Ihr* Onkel.«

»Ich glaube, er wurde umgebracht, weil er etwas wusste, das etwas mit meinem Königreich zu tun hat.«

»Was denn?

Die Königin zögerte. »Lovisa, wie viel willst du wissen?«

Lovisas Finger schlossen sich so fest um Katus Ring, dass er in ihre Handfläche schnitt. »Was Sie damit meinen, ist, dass meine Eltern sogar noch Schlimmeres getan haben, als Sie zu entführen und Pari und wahrscheinlich Katu zu ermorden.«

»Ja«, sagte Bitterblue.

Lovisa starrte ihre Hand an. Ihre Fingerknöchel, die heller waren, weil sie Katus Ring so fest umklammerte. Sie hatte sie streiten gehört. Ihre Eltern hatten eine Art Plan gehabt. Ihr Vater hatte etwas Wichtiges in einer Bankkiste versteckt. Der Gesandte aus Estill war darin verwickelt gewesen.

»Ich muss es irgendwann wissen«, entgegnete sie matt. »Ich kann schließlich nicht mein Leben leben, ohne es je zu erfahren.«

»Wie wäre es, wenn ich dir verspreche, dir zu erzählen, was ich weiß«, sagte Bitterblue, »aber nicht jetzt gleich?«

Lovisa musste an die Höhle denken, von der ihre Mutter ihr immer erzählt hatte. Die, in die Katu und sie als Kinder zur Strafe geschickt worden waren. Lovisa stellte sie sich groß und geheim vor, mit glatten, gewölbten Wänden und hohen Decken, weit weg vom Alltagsleben, ein Versteck, und nicht so unheimlich, wenn Katu dabei war. Sie wünschte, sie könnte in dieser Höhle leben, allein, ohne von irgendetwas zu wissen. »Ja«, flüsterte sie.

»Kommst du mit ins Bad?«, fragte die Königin.

»Nein.« Lovisa wollte allein sein.

»In Ordnung.« Bitterblue zog ihre Schuhe aus und betrachtete die aufgeplatzte Blase an ihrer Fußsohle. Warf Lovisa besorgte Blicke zu.

»Ich möchte den Ring meines Onkels seiner Leiche zurückgeben«, sagte Lovisa.

»Das kann ich verstehen«, entgegnete Bitterblue. »Solche Dinge haben eine Bedeutung. Ich hatte einen Ring, der einzigartig und unersetzlich war und wichtiger als alle anderen. Es war einer, den meine Mutter zu meinen Ehren getragen hat.« Sie streckte die Handflächen aus und musterte sie, als suchte sie dort etwas. »Er ist mir vom Finger geglitten, während die Silberkühe mich gerettet haben«, sagte sie. »Er liegt auf dem Grund des Frostigen Meeres.«

Wie schön, eine Mutter zu haben, die man betrauern konnte, statt Eltern, von denen man sich wünschte, sie wären tot.

Lovisa stürmte aus dem Zimmer hinaus in die Kälte.

Lovisa hatte in ihrem Leben schon viel spioniert, an Orten, wo sie nichts zu suchen hatte, herumgeschnüffelt, aber noch nie in einem Wald.

Sie kannte den Pfad vom Badehaus zu Veras Arbeitszimmer, also ging sie diesen Pfad jetzt entlang. Sie bemerkte, dass es nicht der direkteste Weg war; man musste erst ein paar hohe Steine überklettern, dann bog der Pfad zunächst in die falsche Richtung ab. Um einen in die Irre zu führen? Nach den Steinen gingen die Fußspuren und der festgetretene Schnee weiter, aber vom Badehaus aus war das nicht zu erkennen. Als Lovisa sich Veras Arbeitszimmer näherte, tauchten auf dem Pfad wieder hohe Steine auf. Ein Fremder, der zuerst auf das Arbeitszimmer stieß, würde das Badehaus wahrscheinlich nicht finden.

Lovisa betrat Veras Arbeitszimmer nicht. Stattdessen suchte sie die Umgebung nach weiteren Felsgruppen ab, die einen fußspurenfreien Weg darstellen konnten. Sie entdeckte zwei Möglichkeiten: einen einfacheren Pfad mit hohen, flachen Steinen, den anderen mit spitzen, schrägen Steinen, die die Kuppe eines gewundenen Grats säumten.

Da sie keinen Grund sah, das hier schwieriger zu machen als nötig, entschied sie sich für die einfachere Strecke. Etwa drei Minuten lang stieg sie von Steinplatte zu Steinplatte, wobei sie manchmal springen und einmal einen überhängenden Ast zu Hilfe nehmen musste, um sich über eine Lücke zu schwingen. Schließlich endeten die Platten in unberührtem Schnee. Dies war ein Pfad ins Nichts.

Sie kehrte um. Als sie Veras Arbeitszimmer erreichte, stand Vera dort und blickte ihr entgegen.

Lovisa beachtete sie nicht.

»Du bist ziemlich interessant«, sagte Vera.

»Wie kommen wir nach Torla's Neck?«, fragte Lovisa.

»Es gibt Neuigkeiten aus der Stadt«, sagte Vera. »In Flag Hill sind zwei Häuser abgebrannt.«

Lovisa blieb stehen. Sagte nichts, sah Vera nur mit so viel nüchterner Langeweile an, wie sie aufbringen konnte.

»Das Feuer wurde von einem lebensmüden Mädchen namens Lovisa Cavenda entfacht, das in einem der Häuser gewohnt hat«, fuhr Vera fort. »Und griff dann auf das Nachbarhaus über, als ein Luftschiff explodierte. Die Mutter des Mädchens, die zufällig Präsidentin Ferla Cavenda ist, wurde von herabfallenden Holzteilen verletzt. Die Tochter ist vermutlich tot. Traurige Geschichte, nicht wahr?«

Lovisa schluckte. »Wurde außer der Präsidentin und der Tochter noch jemand verletzt?«

»Nein«, sagte Vera.

Lovisas Brüder waren in Sicherheit.

»Aber es wird diskutiert, dass man möglicherweise die Gesetze zum Festmachen von Luftschiffen ändern sollte. Jetzt, da man gesehen hat, was passieren kann, wenn die Anlegestelle Feuer fängt.«

Ihre Mutter war am Leben, ihre Brüder waren in Sicherheit. Und ihre Eltern nutzten den Brand, um Lovisas Ruf zu zerstören und vorzugeben, sie sei tot.

Ihre Brüder würden diese Geschichte wahrscheinlich glauben. Mari wahrscheinlich auch. Lovisas Stimme war heiser. »Wie viel kostet es, eine Signalbotschaft aus Torla's Neck an den Magistrat von Ledra zu senden?«

»Das kommt darauf an«, sagte Vera. »Wenn man ein Verbrechen anzeigt und glaubhafte Beweise für dieses Verbrechen hat, kostet es nichts.«

»Die Königin von Monsea ist ein ziemlich glaubhafter Beweis«, sagte Lovisa.

»Vermutlich hast du recht«, entgegnete Vera mit einem flüchtigen

Lächeln, das eher einer Grimasse ähnelte. Dann fragte sie: »Wie alt bist du?«

»Sechzehn«, sagte Lovisa.

Zum ersten Mal nahm Veras Gesicht einen sanften Ausdruck an. Um zu vermeiden, dass sie anfing, Dinge zu fühlen, drehte Lovisa sich um und betrat den zweiten Steinpfad – den, der uneben und schwierig aussah. Sobald sie oben stand, stellte sie fest, dass er sie getäuscht hatte, denn bei jedem Schritt fand ihr Fuß eine flache Stelle. Der Pfad sollte tückischer aussehen, als er war.

»Kümmer dich nicht um das, was du dort findest, Lovisa Cavenda«, sagte Vera. »Ich weiß nicht, was dich zusammen mit der Königin von Monsea hergeführt hat, aber wir bringen dich heile nach Torla's Neck.«

Was Lovisa fand, war eine Spur aus zertrampeltem Schnee, die zu einer Lichtung führte. Über die Lichtung war ein riesiges weißes Laken zwischen den Bäumen gespannt wie eine hohe Decke. Lovisa verstand, dass es für Luftschiffe, die darüber hinwegflogen, wie ein beschneites Feld wirken sollte.

Unter dem Laken stand etwas, das aussah wie ein Spielzeugluftschiff, das ihre Brüder vielleicht aus dem Abfall, den sie am Müllsammeltag in der Nachbarschaft gefunden hatten, gebaut hätten. Es war winzig. Der nicht überdachte Passagierbereich war kleiner als das kleinste Ruderboot, das Lovisa je gesehen hatte. Der Ballon, der aus Einzelteilen eines unkenntlichen Stoffes bestand, war erbärmlich klein. Das ganze Ding sah aus, als hätte ein echtes Luftschiff ein Baby bekommen, das jetzt schlafend dalag und vom Fliegen träumte. Alles daran – Gondel, Segel, Ballon, Mast, Baum, Taue – war schwarz.

Lovisa kletterte hinein. Sie wollte den Varantank sehen, der den Ballon mit Gas versorgte. Als sie ihn fand, fing sie an zu lachen. Er sah aus wie etwas, das aus billigem Blech bestand und von Pferdehufen verbeult worden war.

Es war eigenartig, wie sie gar keine Angst mehr verspüren konnte. Es war, als hätte ein Ballon aus nichts ihr Inneres ersetzt. Es war ihr egal, ob dieses illegale Pseudo-Luftschiff auf ihrem Weg nach Torla's Neck vom Himmel fiel.

Nein. Das war nicht ganz richtig. Denn ihr Gehirn hatte die Arbeit wieder aufgenommen, als sie gehört hatte, dass ihre Brüder in Sicherheit waren. Wo waren sie? Wer kümmerte sich um sie? Vielleicht würden Viri, Erita und Vikti Lovisa nie verzeihen, was sie getan hatte. Aber sie konnte immer noch eine Nachricht an den Magistrat von Ledra schicken. Mit der Hilfe der Königin konnte sie ihre Eltern ins Gefängnis bringen, oder? Im Gefängnis wären sie weit weg von den Jungen. Das wäre bestimmt besser. Jemand würde sich um sie kümmern, nicht wahr? Jemand Fähiges, der nicht alles kaputt machte so wie sie. Lovisa wünschte sich, dass ihre Brüder ein anderes Leben hätten als sie. Sie wünschte sich mehr für sie: mehr Wahlmöglichkeiten, weniger Strafen, weniger Angst. Lovisa musste nicht in der Lage sein, ihre Gefühle zu spüren, um zu wissen, dass das die Wahrheit war.

# 32

Bitterblue musste dauernd an ihrer Haut riechen.

Ihre Haut roch nach Seife, und Bitterblue war wieder die Königin von Monsea, und Giddon und Hava waren irgendwo da draußen – ging es ihnen gut? Würde sie sie finden können? Ihre Gedanken wirbelten durcheinander und sie musste ununterbrochen essen. Auch ihr Appetit auf anderes war zurückgekehrt.

Sie stellte sich immer wieder Giddon vor, der ihr mit nacktem Oberkörper und schlammverschmierter Brust seine Zimmertür öffnete. Giddons Statur und Größe waren ihr schon immer aufgefallen, sie hatte sich an ihn gelehnt und gespürt, wie fest er mit der Erde verbunden war, aber sie hatte nichts von seinen muskulösen Schultern, seiner Brust, seinen Armen gewusst, davon, wie er halb nackt aussah, und jetzt überlief es sie immer wieder heiß, während sie im Bad saß, Obst aß und sich selbst umarmte, als versuchte sie, ihre eigenen Grenzen wieder aufzurichten. Sie sollte nicht daran denken. Der Fuchs hatte ihr gesagt, dass Benni Cavenda ihre beiden Männer ermordet hatte. Daher sollte sie Pläne schmieden, wie sie Mikka und Brek rächen konnte. Stattdessen kreiste sie wie ein Ball an einer Schnur, während sich die wochenlang aufgestaute Anspannung löste.

*Beruhige dich*, sagte sie sich immer wieder. *Beruhige dich. Du bist jetzt in Sicherheit.*

Als Lovisa ihr sagte, sie würden in einem illegalen, unregistrierten, ungeprüften Luftschiff, das aussah wie etwas, das ihre Brüder basteln würden, nach Torla's Neck fliegen, und dann hinzufügte, dass keiner ihrer Brüder älter als neun war, ging Bitterblue zu Vera und fragte, ob es irgendwo ein dunkles Zimmer gebe, in dem sie sich eine Weile hinlegen könnte. »Ich bin etwas überwältigt«, sagte sie tausend Mal ruhiger, als sie sich fühlte. »Außerdem habe ich Höhenangst und werde leicht seekrank. Ich mache mir Sorgen wegen dieses Fluges.«

»Königin Bitterblue«, sagte Vera. Es war das erste Mal, dass jemand sie so nannte, seit sie von ihrem königlichen Schiff ins Meer gestürzt war, und das half. Davon fühlte sie sich wieder wie ein Mensch in einem Körper und nicht mehr wie eine Kugel unkontrollierter Angst, die sich überall in Veras Arbeitszimmer verteilte. »Es gibt Tees in Winterburg, die dagegen helfen.«

»Wirklich?«

»Insbesondere gibt es einen Tee namens Rauha. Er hilft gegen Reiseübelkeit und versetzt Sie in einen Zustand angstfreien Wohlbefindens.«

»Das klingt wie Zauberei«, sagte Bitterblue misstrauisch. »Die Sache muss doch einen Haken haben.«

Vera nickte. »Natürlich. Man wird dusselig davon. Sie sollten unter dem Einfluss des Tees vielleicht keine wichtigen Entscheidungen treffen. Und er macht süchtig, wenn Sie ihn täglich trinken, also sollten Sie ihn nur gelegentlich anwenden. Sie sind klein«, fuhr sie fort und musterte Bitterblue mit schräg gelegtem Kopf. »Eine niedrige Dosis genügt.«

»Ist das legal?«

»Ja, und reguliert. Deshalb wissen wir auch, welche Dosis Sie brauchen. Möchten Sie vor heute Abend etwas davon probieren, als Experiment?«

Bitterblue hatte manchmal den Eindruck, ihr ganzes Leben sei ein Experiment. Sollte sie dieses Heilmittel ausprobieren, das ihr eine kriminelle Schmugglerin aufdrängte? »Warum nutzen Sie illegale Luftschiffe?«, wollte sie wissen.

Veras Miene war so verschlossen wie immer. »Weil eine einzige mächtige Familie in Ledra nicht das Monopol auf eine Idee haben sollte«, sagte sie. »Insbesondere auf eine Idee, die sie zu teuer verkaufen.«

»Woher haben Sie die Technologie? Bitte sagen Sie mir, dass Sie wirklich bewährte Technologie nutzen.«

»Man braucht nichts weiter als ein Genie mit einer bescheidenen Stellung als Chemikerin in einer Fabrik der Varanas, ein paar Jahre der Beobachtung und des Experimentierens und die Missachtung der Geheimhaltungsvereinbarungen, die sie unterschrieben hat.«

»Verstehe.«

»Eine einzige Familie sollte nicht das Monopol auf eine Idee haben«, wiederholte Vera.

»Ihre Gründe sind also sozialistisch«, sagte Bitterblue trocken. »Und ideologisch.«

Plötzlich erschien ein unerwartetes Lächeln auf Veras braunem Gesicht. »Natürlich. Außerdem zahlen uns Schmuggler aus Kamassar eine Menge Geld dafür.«

»Sie bauen sie für Schmuggler aus Kamassar?«

»Oder sonst jemanden aus Kamassar, der versprechen kann, sie nur bei Nacht zu fliegen«, erklärte Vera. »Gelegentlich verkaufen wir auch eins nach Borza. Nun, wie siehts aus? Wollen Sie unser Rauha probieren? Das wenigstens ist wirklich vollkommen legal.«

Sie sprach mit einer angenehmen Anmut, die Bitterblue plötzlich zum Lachen brachte und dazu führte, dass sie ihr gern wegen des Tees vertrauen wollte. *Was soll ich tun?*, dachte sie. *Giddon?* Und damit war die Antwort offensichtlich, denn wenn es einen Tee gab, der Bitterblue durch einige der natürlichen und unnatürlichen Schrecken ihres Lebens begleiten konnte, würde Giddon natürlich wollen, dass sie ihn ausprobierte.

»Ich trinke den Tee.«

»Gut«, sagte Vera.

Also trieb Bitterblue friedlich durch den Nachthimmel und ließ ein Meer aus Sternen in ihre Augen hinein. Es war Neumond. Sie entdeckte ihn, das Gestirn im Schatten, und wünschte, sie könnte ihn Giddon zeigen. Als ihr die schwindeligen Nächte auf dem Schiff wieder einfielen, während derer sie mit Giddon in den Himmel geblickt hatte, untersuchte sie ihre aktuellen Gefühle. *Ich bin stärker, als irgendetwas mich glauben macht,* erklärte sie Giddon. *Du fehlst mir. Du fehlst mir. Bleib am Leben, damit ich dir sagen kann, wie sehr du mir fehlst.*

Dann zog ein logischer, wichtiger, erschreckender Gedanke ihren Verstand von Giddon ab. *Lovisa.* Sie stand Bitterblue gegenüber am Rand der kleinen Gondel, beugte sich hinaus und blickte hinunter. Bitterblue gefiel die Anspannung in Lovisas Schultern nicht, außerdem lehnte das Mädchen sich viel zu weit hinaus.

Aufzustehen machte ihr zu große Angst, also rutschte Bitterblue über den Boden. »Lovisa?«, sagte sie, als sie buchstäblich zu Lovisas Füßen saß.

»Was?«, fragte diese mit einer Stimme, als hätte Bitterblue sie aus dem Tiefschlaf gerissen.

»Könntest du dich bitte hier zu mir setzen? Ich habe Angst.«

»Ich glaube nicht, dass Sie Angst haben«, sagte Lovisa. »Sie haben Rauha getrunken.«

Bitterblue fragte sich, ob Rauha einem die Angst nahm, weggeweht zu werden oder abzustürzen oder vor sonstigen eingebildeten Schrecken, aber einen weiterhin die echten, wahrhaft Furcht einflößenden Dinge erkennen ließ, die man vor Augen hatte. »Bitte. Ich hatte außerdem gehofft, du würdest mir da noch was erklären, über …« Angestrengt suchte sie nach einem Thema. »Die Geschichte patentierter Technologie in Winterburg.«

Lovisa stieß einen langen ungeduldigen Seufzer aus. Dann ließ sie sich wie eine Stoffpuppe neben Bitterblue fallen, ein Mädchen, vollgestopft mit Enttäuschung. Eine Weile lang sagte sie nichts. Schließlich begann sie mit einem Monolog in überaus gelangweiltem Tonfall über die patentrechtlichen Aspekte hinsichtlich von Luftschiffen und anderen Technologien in Winterburg. Sie hatte viele Meinungen dazu. Ihre hervorstechendste Meinung war, dass alle Politiker in Winterburg und wahrscheinlich auch sonst überall verachtenswerte Betrüger waren, denen es nur ums Geld ging.

Es war faszinierend, jemand so Jungen so kenntnisreich und so zynisch über die politischen Parteien in Winterburg sprechen zu hören. Irgendwann vergaß Bitterblue, dass sie die Frage nur gestellt hatte, um Lovisa davon abzuhalten, aus dem Luftschiff zu springen.

Am frühen Morgen landete das Luftschiff auf einem Feld, das wie ein Stück Nachthimmel aussah, so dicht war es von Lampen übersät. Bitterblue verstand den Landeprozess nicht. Es schien dazuzugehören, dass Leute im Luftschiff kleine Haken in Netze auf dem Boden schossen.

Als es Zeit war auszusteigen, kletterte sie die Leiter hinunter, stolperte in den Schnee und fiel hin.

»Das sind meine Landbeine«, sagte sie, als Lovisa und eine Luftschifferin ihr wieder aufhalfen. »Und mein Rausch.« Dann tauchte unvermittelt ein Mann aus der Dunkelheit auf, wovon sie erschrak.

»Wohin geht es, wo immer wir hinmüssen?«, fragte sie ihn auf Beschenktisch. »Oh, Entschuldigung.« Sie wiederholte die Frage auf Winterburgisch, dann fing sie an zu kichern.

»Tja, nun, wo müssen Sie denn hin?«, fragte der breitschultrige Mann mit tiefer Stimme. Seine Brille funkelte im Licht der Laterne, die er in der Hand hielt. Er schien überrascht, von einer kleinen schwankenden Frau angesprochen zu werden.

»Ich habe keine Ahnung.« Bitterblue klopfte ihm auf die Brust, während sie jede Silbe ganz deutlich aussprach. »Meine Güte, Sie haben aber eine schöne Brust.«

»Danke«, entgegnete er schmunzelnd.

»Äh«, warf Lovisa hastig ein. »Wir suchen nach dem Haus eines

Mädchens namens Nev, die an der Winterburger Akademie Tiermedizin studiert.«

»Und wo wohnt sie?«

»Ich weiß es nicht«, sagte Lovisa, »außer, dass es in Torla's Neck ist. Wir sind überstürzt aufgebrochen.«

»Okay.« Der Mann klang zweifelnd und zeigte dann in absolute Finsternis. »Ich würde euch raten, da entlang zu gehen, bis ihr einen ausgetretenen Pfad auf einer Klippe findet. Dann haltet ihr euch nach Norden – rechts auf dem Pfad –, bis ihr eine kleine Stadt vor ein paar Bäumen findet. Bittet dort jemanden, euch den Weg zum Rathaus zu zeigen. Vielleicht können die euch helfen, eure Freundin zu finden.«

»Sie sind sehr freundlich«, sagte Bitterblue.

»Wartet bis Sonnenaufgang. Jemand, der das getrunken hat, was Sie getrunken haben, sollte nicht versuchen, im Dunkeln einen Pfad auf einer Klippe zu finden.«

»Ich habe Höhenangst, müssen Sie wissen«, erklärte Bitterblue. »Deshalb habe ich etwas Rauha getrunken, das mir in dem illegalen Luftschiff helfen sollte. Ich bin die Königin von Monsea.« Sie nahm seine Hand und schüttelte sie energisch. »Ich freue mich, Sie kennenzulernen.«

»Und ich bin der Lord der Verlorenen Seelen«, sagte er mit gutmütigem Humor, dann zeigte er ihnen ein paar Felsbrocken, auf die sie sich setzen konnten, bis es hell genug wäre, um den Weg zu finden.

Von ihrem steinernen Sitzplatz aus sah Bitterblue interessiert zu, wie die Leute am Boden etwas mit den Luftschiffern tauschten, ihnen kleine Kisten gaben und kleine Kisten von ihnen entgegennahmen. Noch mehr Schmuggel? Dann stieg das Luftschiff wieder auf und angesichts eines rosafarbenen Scheins im Osten fragte Bitterblue sich, wie weit sie wohl kommen würden, bevor das Tageslicht sie zur Landung zwang.

Bevor der Lord der Verlorenen Seelen und seine Gefährten in der Dunkelheit verschwanden, drückte er ihnen noch etwas Brot und Käse in die Hand und reichte Lovisa eine Flasche Wasser. »Ich glaube, deine Freundin kommt langsam wieder runter.« Er zeigte auf Bitterblue, die sich eng in ihren Mantel gewickelt hatte, um sich vor der Kälte zu schützen, die sie jetzt deutlicher bemerkte, und leise weinte. »Sie soll viel trinken.«

»Mir geht es gut, wissen Sie«, sagte Bitterblue. »Ich weine vor Glück und Erleichterung.«

»Sie ist wirklich die Königin von Monsea«, erklärte Lovisa.

»Ja, sicher«, erwiderte der Mann. »Schon die zweite, die mir diesen Monat begegnet. In einer halben Stunde müsste es hell genug sein, um an der Klippe entlangzugehen. Trödelt nicht. Ein Sturm kommt auf und in dieser Gegend gibt es nur wenige Häuser, die außerdem weit auseinanderliegen. Ihr werdet bis zum späten Nachmittag unterwegs sein, bevor ihr die Stadt erreicht. Viel Glück.«

Bitterblue schenkte ihm ein seliges Lächeln. »Viel Glück auch für Sie in Ihrem Verbrecherleben.«

Sein Grinsen leuchtete in der Dunkelheit auf. Er wandte sich zum Gehen, dann drehte er sich noch mal um und rief: »Wenn es stark zu schneien anfängt, sucht den Bereich auf der Landseite des Pfads ab. Dort gibt es versteckte Hütten.«

Dann waren er und seine Gefährten weg.

Als die Sonne aufging, fühlte Bitterblue sich wieder mehr wie sie selbst. Aber sie war auch hundemüde und durstig. Ihr Fuß mit der Blase brannte fürchterlich.

Sie hatte noch nie eine so weitläufige und dramatische Gegend gesehen wie Torla's Neck. Die Klippe links von ihnen fiel steil bis zu einem schwarzen Sandstrand mit brechenden Wellen ab, die mit solcher Gewalt anbrandeten, dass Bitterblue sich manchmal einbildete, das Auftreffen in den Beinen zu spüren. Rechts von ihnen erstreckte sich das Land in Hügeln, die bis zu Tannen hin anstiegen. Hinter den Tannen wechselten sich Berggipfel mit seltsamen, faltigen Gebilden ab, von denen Bitterblue vermutete, dass es Gletscher waren. Sie wollte Giddon fragen, es Giddon sagen. Wenn er wirklich im Norden war, wie der Fuchs gemeint hatte, hatte er dann auch diese Gletscher gesehen? War er irgendwo in diesen Hügeln?

»Großartig«, sagte Bitterblue. »Einfach unglaublich großartig. Werden wir erkennen, wenn wir in der Stadt sind? Oder wird es da praktisch menschenleer sein, so wie hier?«

»Ich weiß es nicht«, antwortete Lovisa.

»Wie war noch mal der Name deiner Freundin?«

»Nev.«

»Kennst du die Namen ihrer Familie?«

»Sie hat keinen Familiennamen. In Winterburg haben arme Leute keinen Familiennamen.«

»Ja, aber kennst du die Namen ihrer anderen Familienmitglieder?«

»Ach so«, sagte Lovisa. »Moment, lassen Sie mich nachdenken. Ein Freund von mir war eine Weile mit ihr zusammen. Opa Saiet«, fuhr sie kurz darauf fort. »Ich musste mir dauernd Maris Geschichten über Nevs blöden Opa Saiet anhören. Und ihr Vater könnte Davvi heißen.«

»Okay, das hilft uns schon mal weiter. Was sind sie von Beruf?«

»Fragen Sie mich jetzt den ganzen Morgen über aus?«

»Ach, Lovisa.« Bitterblue verkniff sich einen Seufzer, weil Lovisa beängstigend nah an der Klippe ging. Und immer wieder lange aufs Meer hinabblickte.

»Erzählst du mir was von deinen Brüdern?«, fragte sie.

»Was wollen Sie denn über sie wissen?«

»Wie viele hast du? Wie heißen sie? Wie alt sind sie? Was mögen sie?«

»Viri ist fünf. Erita ist sieben. Vikti ist neun. Und was sie mögen, spielt wohl kaum noch eine Rolle, weil zweifellos alles, was sie besaßen, in dem Feuer verbrannt ist, das ich gelegt habe.«

»Ich bin sicher, dass sie entkommen sind«, sagte Bitterblue.

»Ich weiß, dass sie entkommen sind«, fuhr Lovisa sie an. »Ich habe sie rausgeschickt, bevor ich das Feuer entfacht habe.«

»Sie werden sich ihr ganzes Leben daran erinnern, dass du sie gewarnt hast«, sagte Bitterblue, die deutliche Erinnerungen an solche Momente aus ihrer eigenen, ansonsten verworrenen Kindheit hatte, Erinnerungen an ihre Mutter, an Dienstboten, sogar an die Ratgeber ihres Vaters, die Dinge taten und Dinge sagten, um sie vor ihrem Vater zu schützen. »Sie werden dir ewig dankbar sein.«

»Sie wissen wohl alles über meine Familie«, entgegnete Lovisa heftig.

Bitterblue verkniff sich eine scharfe Antwort. »Ich weiß, dass es deine Brüder verletzen wird, wenn sie dich nie wiedersehen und nie eine Erklärung aus deinem Mund hören sollten.« Und dann tat sie etwas Beängstigendes. Sie überließ Lovisa ihren Gedanken und Entscheidungen, ließ sie allein an der Klippe zurück und stieg in die Hügel hinauf. Denn es hatte angefangen zu schneien und die Wolken über dem Meer beunruhigten Bitterblue. Sie waren groß und dunkel und schienen sich zusammenzuballen. Vermutlich konnte es nicht schaden, dem Rat des Lords der Verlorenen Seelen zu folgen; außerdem wollte sie, dass Lovisa eine Aufgabe hatte.

»Wo wollen Sie hin?«, rief Lovisa ihr nach.

»Siehst du diese Wolken?«, fragte sie. »Ich suche nach einer dieser Hütten, von denen der Mann gesprochen hat. Mein Fuß bringt mich um. Kennst du dich mit Füßen aus? Du musst dir mal meinen Fuß ansehen.«

Murrend folgte Lovisa ihr.

Sie mussten ziemlich oft vom Pfad weg und wieder zurück klettern, um einen Unterstand zu finden. Als es endlich so weit war, schneite es stark, spitze Flocken stachen sie in die Wangen und Bitterblue bekam wirklich Angst.

Sie hätten die Hütte vielleicht früher gefunden, wenn es wirklich eine Hütte gewesen wäre und nicht bloß eine Holztür in einem Hügel. Außerdem klemmte die Tür; die beiden Frauen mussten sie gemeinsam aufdrücken.

Die Wände im Inneren waren aus Erde, verstärkt mit dicht nebeneinanderstehenden Holzstreben. Auch die Decke und der Boden waren aus sorgfältig gearbeitetem, glattem Holz. Überall im Raum standen aufrechte Pfosten und stützten vermutlich die Decke, die das Gewicht des Hügels darüber trug. Ein Stapel Feuerholz lag neben einem Herd mit Schornstein, was Bitterblue derart überraschte, dass sie nach draußen lief, um das abgedeckte Metallrohr zu finden, das aus dem Hügel ragte, perfekt zu sehen, sobald man wusste, dass es da war, aber ansonsten zwischen Felsen verborgen.

Darüber hinaus gab es in der Hütte zwei Matratzen mit Kissen und Decken, einen niedrigen Tisch, eine mit Öl gefüllte Lampe, eine kleine Ansammlung von Büchern, Tellern, Besteck und Lebensmitteln. »Schiffsnahrung«, sagte Bitterblue erfreut, während sie die Behälter mit Trockenfleisch und -früchten, Nüssen und steinharten Keksen durchsuchte. »Kekse, die man in den Tee tunken kann«, sagte sie, als in den nächsten Dosen scharf riechende, getrocknete Blätter zum Vorschein kamen.

»Ohne Wasser ist das nutzlos«, erklärte Lovisa.

»Vielleicht gehen sie davon aus, dass man, wenn man während eines Sturms hier sitzt, Schnee schmelzen kann, um Wasser zu gewinnen«, sagte Bitterblue.

»Sie können tun, was Sie wollen«, erwiderte Lovisa. »Ich trinke keinen Schneewassertee in Erdhöhlen.«

Bitterblue verlor kurz die Fassung. Sie nahm einen Topf, stapfte aus der Hütte und knallte ihn auf den Boden. Mit quälender Ungeduld sah sie zu, während so gut wie nichts des schnell fallenden

Schnees im Topf landete. Wofür hielt Lovisa sich eigentlich, dass sie sich blasierter gab als eine Königin? Glaubte sie vielleicht, Bitterblue *wollte* den Tag in einer engen Hütte in einem Hügel verbringen, anstatt nach ihren Freunden zu suchen, die sie für tot hielten? Ihre eigene Schwester! Und Giddon, Giddon!

»Dieses Mädchen geht mir wirklich auf den Sack«, rief sie auf Beschenktisch.

Dann zuckte sie zusammen, als Lovisas neugierige Stimme hinter ihr erklang. »Was bedeutet *Sack*?«

»Sack«, wiederholte Bitterblue ungeduldig, als wäre das eine Erklärung. Dann sagte sie das Wort auf Winterburgisch, aber Lovisa war offensichtlich nicht aufgeklärt.

»Wie ein Sack, in dem man Getreide aufbewahrt?«, fragte Lovisa. »Ist das ein Schimpfwort auf Beschenktisch?«

»Nein!«, sagte Bitterblue. »Wie die Hoden eines Mannes!«

»Oh! Die nennt man Sack?«

»Ja!«

»Wir nennen sie Kätzchen«, sagte Lovisa. »Weil sie so empfindlich sind.«

Das war zu viel für Bitterblue. Sie musste dermaßen lachen, dass sie sich keuchend mit der Hand auf Lovisas Schulter abstützen musste. »Das ist mit Abstand das bisher Beste hier in Winterburg«, sagte sie schließlich.

»Glaube ich dir«, erklärte Lovisa, »wo du fast die ganze Zeit über auf einem Dachboden gefangen warst.« Dann lächelte sie – ein Lächeln, das sie plötzlich so jung wirken ließ und so traurig, dass Bitterblue nichts weiter denken konnte, als dass sie diesem Mädchen helfen würde, so oder so.

»Was meinst du?«, fragte sie, obwohl sie sich bereits entschieden hatte. »Ich möchte dringend weiter. Aber es schneit stark und ich bin ziemlich sicher, dass mein Fuß schon wieder blutet.«

»Es gibt Schauergeschichten über Leute, die in Torla's Neck in einen Sturm geraten sind«, sagte Lovisa. »Wenn du willst, dass wir in diesem Loch bleiben, bis es aufhört, ist mir das egal. Wir haben letzte Nacht ja auch nicht viel geschlafen.«

»Das stimmt«, sagte Bitterblue erleichtert.

Drinnen setzte sich Lovisa auf eine der Matratzen, den Rücken an die Wand gelehnt, und sah zu, wie Bitterblue Feuer machte. Dann zog Lovisa Schuhe und Strümpfe aus.

»Die riechen nicht gut«, sagte sie, als sie der Königin die Socken reichte, »aber du solltest sie anziehen. Sonst bekommst du ganz wunde Füße in den Schuhen.«

»Wenn ich deine Socken nehme, geht es deinen Füßen genauso.«

»Mir macht es nichts aus, wenn es wehtut«, sagte Lovisa schlicht. Dann legte sie sich hin.

Sie schliefen beide lange. Viel mehr gab es nicht zu tun.

Mitten in der Nacht wachte Bitterblue dann von einem heulenden Wind auf.

*Was, wenn Schnee den Schornstein verstopft?*, dachte sie bei sich. *Und der Rauch nicht abziehen kann? Und wir nicht entkommen können, weil Schnee die Tür versperrt?* Sie spürte das Gewicht des Hügels über sich, stellte sich vor, dass er einbrach und Erde ihr in Nase und Mund drang. Sie stellte sich vor, hier zu sterben, unter der Erde begraben. Ihre Freunde würden sie nie finden. Sie würden es nie erfahren.

Bitterblue schlug die Decke zur Seite, ging zur Tür hinüber und zog. Die Tür ging krachend auf und kalte Luft strömte herein. Als Bitterblue hinaus- und hinuntertrat, verstand sie plötzlich, dass die Tür sich an der steilsten Stelle des Hügels und auf halber Höhe befand und es unwahrscheinlich war, dass sich dort Schnee ansammelte. Und dann fiel ihr der lange Schornstein wieder ein, der durch die Schornsteinabdeckung vor Schnee geschützt war.

*Ich sollte auf die Einheimischen vertrauen*, dachte sie, ging zitternd wieder rein und kletterte zurück ins Bett. *Giddon? Ich habe Angst davor, dass ich sterbe oder du stirbst oder Hava stirbt, jetzt, da ich dir so nah bin.*

*Ich weiß*, sagte er. *Aber das wird nicht passieren.*

*Versprichst du mir das?*

*Ja, das verspreche ich dir.*

*Aber das kann niemand versprechen*, rief sie beinahe triumphierend, als hätte sie ihn bei einer Lüge ertappt.

*Ich weiß. Aber ich verspreche es dir trotzdem, und du solltest mir glauben. Wer ist vertrauenswürdiger, ich oder deine Angst?*

Davon musste Bitterblue leise lachen. Und dann fing ihr Verstand wieder an, mit Vorstellungen von Giddon zu spielen. Wie sie an ihn gelehnt in seinem Sessel saß. Seine Brust berührte. Seinen kratzigen Bart berührte. Ihn auf den Mund küsste. Zurückgeküsst wurde.

Während sie Giddon küsste, schlief Bitterblue ein.

Der Sturm dauerte den ganzen nächsten Tag und die ganze Nacht.

»Das einzig Gute daran ist, dass mein Fuß heilt«, sagte Bitterblue mürrisch. Die Hütte fühlte sich langsam schon wieder genau so an wie ihr Gefängnis auf dem Dachboden. Nur ihre Angst davor, Lovisas Hoffnungslosigkeit noch zu verstärken, hielt sie davon ab, in dauernde Klagen zu verfallen. Das und die Bücher, die amüsante Heldengeschichten über die Bürgin erzählten und Bilder von ihr in vielen Arten und Formen zeigten, manchmal mit unzähligen Augen und Armen, manchmal eher als unförmiger Klecks.

Lovisa interessierte sich nicht für die Bücher, runzelte sogar mit der Stirn, als Bitterblue ihr eins der Bilder zeigte, und sprach kaum. Sie aß, trank die winzigen Tassen Tee, die Bitterblue aus geschmolzenem Schnee kochte, schlief und starrte an die Decke. »Wenn wir in der Stadt sind«, sagte sie, »werde ich eine Signalbotschaft an den Magistrat von Ledra schicken. Weißt du, was das bedeutet?«

»Nur so ungefähr.«

»Es bedeutet, dass bald ganz Winterburg weiß, was meine Eltern getan haben.«

»*Ganz* Winterburg?«

»Signalbotschaften werden von Station zu Station übertragen. Die Botschaft wird mit Lichtzeichen gegeben und erreicht alle Stationen innerhalb der Reichweite. Dann schicken diese Stationen es weiter an die Stationen innerhalb deren Reichweite und so weiter. Die Nachricht breitet sich aus wie ein Netz. Und es sind nicht nur die Stationen. Jeder innerhalb der Reichweite, der die Spiegel sieht und die Signalsprache beherrscht, wird es auch wissen. Es gibt eine Menge Amateure, die Signalstationen betreiben und sich so Botschaften übermitteln.«

»Verstehe«, sagte Bitterblue. »Das klingt kompliziert.«

»Manchmal werden Botschaften auch verdreht. Daher schicken wir sie immer zweimal.«

»Was wirst du sagen?«

»Erst mal das, was wir sicher wissen. Dass meine Eltern dich entführt haben. Dass sie Pari Parnin getötet haben. Dass mein Onkel vermisst wird. Und ich werde *nicht* erwähnen, wo wir sind«, erklärte Lovisa kurz angebunden und sagte dann den Rest des Abends nichts weiter. Lovisa konnte stundenlang an die Decke starren, während ihr Gesicht verschiedene harte Ausdrücke annahm. Es war offensichtlich, dass sie versuchte, irgendeinen Knoten in ihrem Inneren zu lösen. Bitterblue wünschte ihr Glück dabei, sagte aber nichts, denn sie hatte ihren eigenen Knoten. Der Knoten hatte Giddons Form.

Und es war eigentlich kein Knoten. Es war eine komplette ordentliche Spule, wie die Taue, die die Seeleute zu Schleifen banden und auf der *Monsea* an Haken hängten. Es waren die Sterne, die sich wie Seile um die Erde wanden; oder so wirkte es zumindest, denn eigentlich war es die Erde, die sich drehte, im Griff der Sterne kreiste.

Bitterblue war zu sehr mit anderen Dingen beschäftigt gewesen, um sich etwas anzusehen, daher hatte sie es ignoriert. Während sie es ignoriert hatte, hatte es sich fröhlich ganz allein weiterentwickelt. Jetzt achtete sie darauf. Bitterblue konnte den Unterschied zwischen ihrem Körper und ihrem Herzen gut erkennen. Eins gab sie hin, das andere nicht. Damit hatte Pella recht gehabt. Aber diese Gefühle, die sie Giddon gegenüber empfand, die sie mit Hitze erfüllten, aber auch trösteten, kamen nicht nur aus ihrem Körper. Sie waren auch nicht neu oder besonders überraschend. Es war ihr fast peinlich, dass sie sie nicht eher bemerkt hatte.

Irgendwie hatte Bitterblue den Augenblick verpasst, in dem sie hätte anfangen müssen, sich dagegen zu wehren, sich in Giddon zu verlieben. Jetzt konnte sie nicht zurück. Sie liebte ihn bereits. Es war zu spät.

Aber was bedeutete das? Was würde geschehen? Nichts? Alles?

Was, wenn er sie nicht liebte? Was würde sie dann tun, wenn sie mit diesem Gefühl ganz allein wäre?

Schlimmer noch – was, wenn er sie sehr wohl liebte, aber sie wie immer zurückscheute? *Ich will ihn nicht verletzen,* dachte sie. *Schließlich ist er mein bester Freund. Diesmal muss ich es anders machen, sonst verliere ich ihn ganz.*

Als sie morgens aufwachten, war es still. Kein Wind, kein herabfallendes Eis.

»Also gut«, sagte Bitterblue und richtete sich fast schon energisch auf. »Lass uns auf die Suche nach jemandem gehen, der weiß, wo Nev wohnt.« Jetzt, da sie die Wahrheit erkannt hatte, war sie bereit. Bitterblue hatte reichlich Erfahrung damit, sich zu zwingen, Beängstigendes anzugehen.

# 33

Sollte er noch eine einzige Schneeflocke sehen, würde Giddon den Verstand verlieren.

Der Schneesturm umtoste Nevs Zuhause zwei ganze Tage lang. Zwei Tage, in denen sie gestrandet waren, dem Haus der Cavendas keinen Schritt näher kamen, keine Fortschritte dabei machten herauszufinden, was Mikka herausgefunden hatte; zwei Tage, in denen ihn nichts von seinen einfältigen Hoffnungen, dass die Silberkühe Bitterblue gerettet hatten, abbrachte.

Hava hatte ihn deswegen gescholten, und zwar nicht gerade sanft. Im kalten Stall, durch dessen Fenster Schnee stob, mit Hühnergegacker im Hintergrund, hatte sie ihm die Worte entgegengeschleudert: »Und wo haben die Silberkühe sie dann hingebracht? Warum haben wir nichts von ihr gehört?«

»Ich weiß es nicht«, sagte er.

»Warum nimmst du an, dass sie uns etwas gezeigt haben, das sie gesehen haben? Vielleicht war es eine Geschichte, die ihnen irgendein Mensch erzählt hat, oder etwas, das sie sich ausgedacht haben. Vielleicht haben sie dir ins Herz geblickt und haben die Geschichte von dir! Hast du schon mal daran gedacht? Warum machst du es nur noch schlimmer, Giddon?«

»Ich ...« Ihm brach die Stimme. »Ich weiß es nicht.«

»Na, dann hör auf damit!«, brüllte sie, stürmte in das blendende Weiß hinaus und ließ ihn allein im Stall zurück.

Giddon hatte diese Hoffnung, die offensichtlich fast ohne Nährboden leben und sogar gedeihen konnte. Er fragte sich, ob er sie schon immer gehabt hatte. Vermutlich war das der Grund dafür gewesen, dass er jahrelang an Bitterblues Hof geblieben war, zwar in Estill gearbeitet, sich aber immer wieder in ihr Schloss zurückgezogen hatte, während sie dauernd ankam und ihm von ihren Gefühlen jedem Mann gegenüber, der gerade ihr Bett teilte, erzählte. Warum hatte er sich dem ausgesetzt? Seiner naiven, idiotischen Hoffnung wegen.

Nev hatte einen Großvater namens Saiet. Er war ein großer schmaler Mann mit leuchtenden Augen in einem braunen faltigen Gesicht. Er bereitete immer Tee für Giddon und Hava, dann ging er hinaus in den Sturm und kehrte stundenlang nicht zurück. Nev begleitete ihn manchmal, manchmal ging sie auf eigene Faust raus, denn sie waren Tierärzte, die die kranken Tiere ihrer Nachbarn besuchten. Giddon, der bereits den kurzen Weg vom Stall zum Haus grauenvoll fand und sich jedes Mal am Seil entlanghangelte, das zwischen den Gebäuden gespannt war, war beeindruckt von ihrer Sturmfestigkeit.

Nevs Mutter Nola, Saiets Tochter, wirkte bodenständig mit ihrer nüchternen Miene und den kurzen dunklen Haaren wie Nevs. Sie ging auch häufig raus, weil sie mit ihren Händen durch Massage heilen konnte und Patienten hatte, die sie brauchten. Davvi blieb zu Hause, denn Davvi war Handwerker und einen Handwerker brauchte man im Sturm nicht. Manchmal saß er im kalten offenen Bereich des Stalls, wo er Bretter abschliff und zu einem Gebilde zusammenhämmerte, das einer Kommode zu ähneln begann. Davvi hatte das Haus gebaut, die Gästezimmer im Stall, alle Möbel. Sein handwerkliches Können war ordentlich, elegant, sogar schön, als Giddon es bei Tageslicht betrachten konnte. Er hatte ein kaputtes Knie, nachdem er vor langer Zeit einmal von einer Leiter gefallen war, aber das schien ihn nicht zu verlangsamen. Die Mitglieder dieser Familie waren eindeutig alle gut mit den Händen.

Giddons Hände dagegen waren nutzlos. Während des Sturms gab es nichts für ihn zu tun, abgesehen davon, Feuerholz vom Stall ins Haus zu tragen, wofür er ganze sieben Minuten brauchte.

»Wir haben da ein paar Ideen, wie man das Haus der Cavendas ausspionieren könnte«, sagte Saiet beim Abendessen, aber alle Ideen beruhten darauf, Rat von Freunden und Nachbarn einzuholen, die sicher nicht vor dem Abflauen des Sturms vorbeikommen würden.

Und der Sturm nahm kein Ende.

Als Giddon am Donnerstagmorgen erwachte, erblickte er einen strahlend blauen Himmel, einen strahlend weißen Planeten und Davvis strahlendes Gesicht, während er einen Pfad zwischen dem Haus und dem Stall freischaufelte. Giddon schloss sich ihm an und schaufelte stundenlang, zügig und gleichmäßig, so froh, nicht mehr untätig herumsitzen zu müssen, dass er keine Pause machte.

»Giddon«, sagte Davvi, der im Schaufeln innehielt, um Giddon dabei zuzusehen, wie er eine eisige Schneewand abtrug, »wirst du gar nicht müde?«

»Ich bin müde«, antwortete Giddon, ohne langsamer zu werden.

»Du bist stark wie ein Ochse.« Davvi lachte. »Pass auf dich auf.«

Giddon versuchte, seine Hoffnung zu zerstören, aber es hatte keinen Zweck, Davvi das zu erklären. Als das Haus und der Stall freigeschaufelt waren, machte sich Giddon an den Pfad in den Wald, aber Davvi bat ihn, stattdessen einen Pfad zu einer der heißen Quellen freizuschaufeln.

»Und dann badest du«, sagte Davvi. »Bitte, Giddon, bevor du dir einen Muskel zerrst. Irgendetwas treibt dich zu sehr an.«

Davvi hatte natürlich recht. Und die heiße Quelle, angenehm duftend und unglaublich warm, umarmte Giddon mit einer Zärtlichkeit, von der ihm nicht klar gewesen war, dass er sie nötig hatte. Vielleicht war dieses Wasser, das seine Haut wärmte und seine Muskeln entspannte, die Antwort, nach der er suchte. Vielleicht konnte die Hoffnung aus seinem Körper fließen und von dieser Quelle hinweggeschwemmt werden.

Er badete lange, atmete, versuchte nicht zu denken. Irgendwann durchstreifte ein blauer Fuchs die Bäume in der Nähe. Seine Pfoten sanken nur leicht in den Schnee ein und er blinzelte Giddon aus neugierigen goldenen Augen an. Offensichtlich lebten sie in den Wäldern hier in der Gegend. Das hatte zumindest Saiet gesagt. Sie hielten sich gerne in der Nähe menschlicher Behausungen auf, weil die Menschen sie gernhatten, sie fütterten, sie einließen, sie manchmal schamlos verwöhnten, und manchmal band sich einer an einen.

Giddon hörte ein Rascheln hinter sich, viel zu schwer für einen Fuchs. Als er sich umdrehte, sah er Saiet über den Pfad kommen.

»Das ging aber schnell«, sagte Giddon, denn Saiet war aufgebrochen, um nach einer trächtigen Sau zu sehen, und Giddon hatte zu verstehen geglaubt, dass der Weg dorthin ziemlich weit war.

»Ich bin unterwegs einigen Freunden begegnet. Ich glaube, du solltest dich anziehen, mein Junge, und reinkommen.«

Endlich jemand, der ihnen bei ihrem Plan helfen konnte. »Ich komme.« Giddon stemmte sich hoch, trocknete sich ab und zog sich schnell an, denn die kalte Luft war nach dem Segen der heißen Quellen eine besondere Qual. Er schlüpfte in seine Stiefel und stapfte den Pfad entlang, ohne sich die Mühe zu machen, sie zu schließen, während er mit dem Handtuch Wasser aus Haaren und Bart rubbelte. Er erreichte das Haus und öffnete die Tür.

Und da war sie. Seine Bitterblue, seine Königin. Stand direkt vor ihm und sah ihn an. Giddons Blick verschwamm. Er fiel auf die Knie und fing an zu weinen. Bitterblue legte die Arme um seine Schultern. Er hielt sie fest, schluchzte in ihren Bauch, liebte die Silberkühe, liebte ihre Geschichten. Sie war echt. Sie war aus Fleisch und Blut. Sie roch nach Seife, sie strich ihm übers Haar und ihre Stimme sprach leise tröstliche Worte. Vor seinen Augen tanzten Sterne. Er bekam keine Luft. Er hörte sie kichern und spürte, wie er fiel. Dann wurde ihm schwarz vor Augen.

Als er wieder zu sich kam, lag er auf dem Boden, den Kopf in Bitterblues Schoß.

»Ich hoffe, du weißt, dass du dir das bis an dein Lebensende wirst anhören müssen«, sagte Bitterblue.

»Ja, bitte«, entgegnete Giddon, der an jedem einzelnen Tag seines restlichen Lebens damit aufgezogen werden wollte. Sie strich ihm immer noch übers Haar.

Nevs Familie wuselte um sie herum und bereitete eine Mahlzeit zu. Hava, deren blasses Gesicht strahlte und tränenüberströmt war, half ihnen dabei. Saiet machte sich erneut auf den Weg zu der trächtigen Sau. Giddon war sich bewusst, dass das Zimmer klein war und er als großer breiter Mann viel Platz auf dem Boden einnahm, aber er wollte seine Stellung nicht aufgeben. Er hatte Angst, alles könnte sich als Traum entpuppen, sobald er aufstand und Bitterblue aufhörte, ihn zu berühren.

»Was ist passiert?«, fragte er schwach.

»Silberkühe haben mich gerettet. Und ich fürchte, dass mich dann die Cavendas aus dem Wasser gefischt haben.«

»Was?«, rief Giddon und drehte sich zu ihr um.

»Sie haben mich auf ihrem Dachboden eingesperrt.«

Giddon hatte sich aufgerichtet, kniete vor ihr und fasste sie an den Schultern. Er konnte nicht fassen, was er hörte. »Haben sie dir was getan? Geht es dir gut?«

Bitterblue legte eine Hand auf seine. »Sie haben mir nichts getan, abgesehen davon, dass sie versucht haben, mir Angst einzujagen und mich zu demütigen, und mir nicht viel zu essen gegeben haben. Ich habe sie kaum zu Gesicht bekommen. Giddon«, sagte sie mit dieser festen klaren Stimme, der es immer gelang, das Chaos in seinem Kopf zu durchdringen. »Sieh mich an. Es geht mir gut.«

Giddon sah sie an. Ihre Augen waren klar und grau, ihre Haare zerstrubbelt, aber vertraut, entzückend. Sie war viel zu dünn. Sie trug einen dreckigen Schlafanzug. Ihr Gesicht, das sie ihm zugewandt hatte, war erschöpft und überglücklich. Er konnte sehen, dass es ihr gut ging, aber auch, dass sie gelitten hatte.

»Wir waren im Haus der Cavendas«, sagte er voller Verwunderung. »Und du warst da?«

»Ja. Es ist jetzt weg. Lovisa hat es niedergebrannt und mich gerettet.«

»Lovisa Cavenda?«

»Sie schläft.« Bitterblue zeigte auf eins der kleinen Schlafzimmer der Familie. »Auf unserem Weg hierher hat sie eine Signalbotschaft an den Magistrat von Ledra geschickt, in der sie ihre Eltern beschuldigt, mich entführt und einen ihrer Freunde ermordet zu haben. Ich glaube, das ist ihr unglaublich schwergefallen.«

»Lovisa Cavenda hat ihr Haus niedergebrannt und dich gerettet?«, wiederholte Giddon benommen.

»Ja. Sie hat sogar zwei Luftschiffe zerstört.«

»Wann denn?«

»Am Sonntag.«

»Am Sonntag!«, rief Giddon. »Da sind wir abgereist.«

»Ich weiß«, sagte Bitterblue. »Ich bin so schnell hergekommen, wie ich konnte, aber der Sturm hat uns aufgehalten.«

»Woher wusstest du, wo du uns findest?«

Sie streckte erneut die Hand aus und berührte kurz seine Wange. »Ich habe dir viel zu erzählen, Giddon.«

Während des Abendessens berichtete Bitterblue leise alles, was ihr passiert war.

Es war schmerzlich, sie von ihren Qualen erzählen zu hören und sie nicht halten, sie nicht trösten zu können. Giddon wusste nicht, ob sie dasselbe fühlte oder einfach nur seine Gefühle spürte, aber sie griff nach seiner Hand unter dem Tisch und drückte sie fest, während sie sprach. Er bemerkte, dass sie dasselbe bei Hava auf der anderen Seite tat.

»Also gut«, sagte er schließlich und ließ ihre Hand los, nicht weil er das wollte, sondern weil sie mit zwei Händen in den ihren nicht essen konnte. »Jetzt iss was, Bitterblue.«

Und das tat sie, sie aß einen Haufen Essen mit leisen, ehrfürchtigen Seufzern, von denen ihm das Herz vor Glück schmerzte. Dann nahm sie wieder seine Hand.

Noch lange nach dem Essen redeten und planten Bitterblue, Hava, Giddon und Nevs Familie mit leisen Stimmen, weil Lovisa noch nicht wieder aus dem Schlafzimmer aufgetaucht war.

»Weiß Lovisa, was im Haus ihrer Familie hier im Norden vor sich geht?«, fragte Giddon. »Sollen wir sie fragen, was Mikka gehört haben könnte?«

»Ich glaube nicht, dass sie es weiß«, sagte Bitterblue, »aber wir sollten sie nachher fragen, wenn es ihr besser geht. Lovisa ist überwältigt. Und dabei habe ich ihr noch gar nicht erzählt, dass ihr Vater unsere Männer ertränkt hat. Und ich fürchte, sie hat Katus Ring und Ausweis im Schreibtisch ihres Vaters gefunden. Sie glaubt, dass er tot ist.«

Als Bitterblue an ihren eigenen Fingerringen drehte, betrachtete Giddon ihr bewegtes Gesicht und vermutete, wie es ihr damit gehen musste. »Bestimmt nicht«, sagte er leise.

Sie hob den Blick und sah ihn ernst an. »Wir müssen es herausfinden.«

»Das werden wir.«

»Wie schnell können wir zu diesem Haus gelangen?«

»Es ist ein paar Stunden übers Meer von hier entfernt«, sagte Saiet. »Wir können euch ein Boot besorgen und wir sollten darüber reden, wie wir diejenigen unter euch, die nicht über eine gewisse Magie verfügen, auf das Gelände bekommen«, sagte er mit einem respektvollen Blick zu Hava.

»Ich könnte als Wandertierärztin getarnt am Tor erscheinen«, sagte Nev.

»Hier im Norden gibt es von allem eine Wanderversion«, erklärte Davvi. »Ich könnte ein Wanderhandwerker sein.«

Bitterblue rieb sich die Zöpfe wie immer, wenn ihre Erschöpfung so groß wurde, dass ihr alles wehtat.

»Das entscheiden wir morgen«, sagte Saiet, der es bemerkt hatte. »Heute sollten wir alle früh zu Bett gehen.«

Nachdem Davvi schon Skrupel gehabt hatte, die Delegierten aus Monsea im Stall schlafen zu lassen, waren seine Vorbehalte, dass auch die Königin von Monsea dort schlief, umso größer. Als Bitterblue behauptete, dass sie schon in Heuhaufen geschlafen hatten, fingen Giddon und Hava an zu lachen.

»Was denn?«, sagte Bitterblue. »Das stimmt! Ihr könnt euch nicht vorstellen, an was für Orten ich mit Katsa geschlafen habe, als wir auf der Flucht vor meinem Vater waren. Katsa kann auf einer Pflugschar balancierend liegen und trotzdem gut schlafen.«

»Du hast ein Bett im Stall«, erklärte Giddon. »Ein sehr bequemes.«

»Aber es ist einer Königin vielleicht wirklich nicht würdig«, sagte Nola leise.

»Für mich ist es würdig«, entgegnete Bitterblue. »Und in der Nähe meiner Freunde fühle ich mich am sichersten.«

Giddon lag in seinem kleinen warmen Zimmer im Bett, schloss die Augen und lauschte dem Wind, der um den Stall toste. Der Wind dämpfte alle anderen Geräusche und gab ihm das Gefühl, allein mit seinen Gedanken sein zu können. Natürlich begann er zu weinen.

*So bin ich jetzt offenbar*, dachte er an Bitterblue gerichtet, die im Zimmer nebenan lag. Er würde sich nie wieder in Gedanken mit ihr unterhalten müssen, wenn er nicht wollte. Und er wollte nicht. Sollte er mit ihr reden? Wie konnte er das, da Katus Schicksal ungewiss war? Er musste ihr Zeit lassen, sich zu erholen, und er musste sich selbst Zeit lassen, mit seiner Überwältigung zurechtzukommen.

Giddon ließ die Tränen fließen. Er wurde von so viel ungläubigem Glück durchströmt, dass er noch lange wach liegen würde.

Klickend ging seine Tür auf und wieder zu. Leichte Schritte durchquerten das Zimmer. Erschrocken stützte Giddon sich auf einen Ellbogen und sah Bitterblue näher kommen. Das Gesicht, das ihm entgegensah, golden im Schein der Kohlenpfanne, war angefüllt von so vielen verschiedenen Gefühlen. Angst. Unsicherheit. Entschlossenheit. »Giddon?«, flüsterte sie.

Sie klang so verängstigt, als sie seinen Namen aussprach, dass er verwirrt die Hand ausstreckte. »Ja?«

Sie legte ihre Hand in seine. Sie war klein und kalt.

»Bitterblue?«

»Ich war begriffsstutzig«, sagte sie.

»Begriffsstutzig?«

»Ja. Eine lange Zeit über.«

Giddon verstand, was da geschah. Er verstand es unweigerlich. Aber das bedeutete nicht, dass er es glauben konnte. »Ich war ein Feigling«, sagte er.

»Giddon, du bist nie feige. Ich bin der Feigling!«

»Ich war sehr lange ein Feigling.« Er ließ alle Abwehr fallen und zog sie näher an sich. Zeigte ihr seine Tränen und hob ihre Hand an seine Lippen.

Sie stieß einen leisen Seufzer aus. Dann kniete sie sich neben sein Bett, hob die Hand an sein Gesicht und wandte ihr Gesicht seinem zu. Er konnte nicht glauben, dass ihre Lippen sich berührten, dass er wirklich Bitterblues perfekte weiche Lippen küsste. »Möglicherweise falle ich gleich wieder in Ohnmacht«, sagte er.

»Tja, dein kratziger Bart in meinem Gesicht gefällt mir.« Damit stieg Bitterblue zu ihm ins Bett und kuschelte sich an seinen Hals. Das Blut wich eindeutig aus Giddons Kopf. Als er ihr das sagte, fragte sie: »Und was glaubst du, wo es stattdessen hinwill?«, wovon er prustend loslachte.

»Psst!«, sagte sie kichernd. »Wir müssen leise sein! Ich will nicht, dass Hava uns morgen hasst.«

»Nein, das will ich auch nicht.« Er lachte immer noch und küsste sie. »Ich kann leise sein. Aber, Bitterblue, mach langsam, nur ein wenig. Wir haben alle Zeit der Welt.« Und er war wirklich eindeutig benommen und völlig überwältigt. Ein Wunder trug sich zu und er hatte den Eindruck, es zu verpassen.

Wie aus dem Nichts brach Bitterblue in Tränen aus. Ihre Tränen wurden zu Schluchzern und sie klammerte sich keuchend an ihn. Augenblicklich kam er zu sich, hielt sie fest, tröstete sie, geradezu erleichtert, weil er eine Aufgabe hatte.

»Ich liebe dich«, sagte sie. »Ich habe Angst, dich zu verlieren.«

»Ich weiß. Aber das wirst du nicht.«

»Du weißt nicht, was passieren wird! Du weißt nicht, was ich tun werde!«

»Doch, das weiß ich. Du wirst mir die Freundin sein, die du mir immer warst, und ich werde dir zeigen, dass du jetzt in Sicherheit bist. Wir werden nicht zulassen, dass wir uns verlieren. Du bist nicht allein mit deinen Ängsten, Bitterblue. Wir gehören jetzt zusammen, weißt du?«

»Halt mich ganz fest«, sagte sie, »ja?«

Das war leicht. Er schlang fest die Arme um sie. Als ihre Tränen versiegten, küsste er sie aufs Haar und dachte über einiges nach.

»Ich glaube, ich scheue ein bisschen davor zurück, dich zu berühren«, erklärte er schließlich. »Also, auf sexuelle Art, weißt du? Du bist der Mensch, den ich auf der ganzen Welt am liebsten habe, Bitterblue, und wir sind schon seit Jahren befreundet. Das alles ist ein bisschen viel auf einmal. Bis vor ein paar Stunden habe ich dich noch für tot gehalten.«

»Das verstehe ich.« Sie schniefte immer noch ein wenig, aber ruhiger jetzt. »Für mich ist es anders, weil ich schon seit Tagen von dir geträumt habe.«

»Wirklich?« Das fand Giddon höchst interessant.

»Wirklich.« Ihre Mundwinkel zogen sich nach oben. »Ich habe eine Menge Fragen. An deinen Körper, meine ich.«

»Wirklich? Ich habe Antworten.«

Bitterblue lachte, dann umarmte sie ihn auf vertraute Art. Sie lächelte an seinem Hals. »Weißt du, was Kätzchen sind?«

Sie hatte das Wort auf Winterburgisch gesagt. »Kätzchen? Du meinst, junge Katzen?«

»In gewisser Weise. Nein, eigentlich nicht. Gar nicht.« Sie fuhr mit der Hand seinen Hals entlang und über seine Schulter, seinen Arm hinab, seine Hüfte, was ihm wohlige Schauer über die ganze Seite jagte. Dann tat sie es erneut, als würde sie ihn streicheln.

»Wenn du das machst«, sagte Giddon, »werde ich schon weniger scheu.«

Sie tat es erneut. »Ja?«

»Hat das was mit Kätzchen zu tun?«

»Das kommt darauf an.« Während sie ihn streichelte, fügte sie kleine Küsse hinzu, auf sein Ohr, seinen Hals, die Innenseite seines Ellbogens. Die Innenseite seines Oberschenkels.

»Worauf kommt es an?«, fragte er.

»Darauf, wo ich dich berühren soll.«

Beim nächsten kleinen Kuss streckte Giddon die Hand nach ihr aus. Zog sanft an ihrem Schlafanzugoberteil, das ihr immer wieder von der Schulter rutschte, um eine weiche Stelle an der Innenseite ihres Arms zu enthüllen, die er küssen wollte.

»Erzähl mir von den Kätzchen«, sagte er mit rauer Stimme.

»Mach ich.«

»Und sag mir, was du willst.«

»Mach ich.« Sie lächelte. »Immer noch scheu?«

»Ich habe mich erholt«, sagte er, was beinahe stimmte. »Und glaub bloß nicht, ich hätte nicht gemerkt, dass du dafür verantwortlich bist.«

»Ich glaube, was du vorhin gesagt hast.«

Giddon konnte sich an nichts mehr erinnern, was er vorhin gesagt hatte. »Was habe ich denn gesagt?«

Sie berührte sein Gesicht. Wandte ihm ihre Augen zu, die ebenfalls eine gewisse Scheu zeigten. Er küsste sie auf den Nasenflügel, auf die Stelle unter dem Ohr. Er wollte ihren Nacken küssen, der unter ihren Haaren verborgen war. Er strich die Haare zur Seite und berührte mit den Lippen ihre Haut. Die leisen Laute, die sie daraufhin von sich gab, vertrieben den letzten Rest seiner Scheu.

»Wir gehören zusammen, Giddon«, flüsterte sie. »Du und ich.«

# 34

Der Fuchs, der an Ferla Cavenda gebunden war, gab vor, tot zu sein.

Die Cavendas lebten jetzt bei den Devrets in den Gästezimmern am Kopf einer steilen Treppe und der Fuchs ebenfalls. Er versteckte sich unter Betten und in Wänden. Er sammelte Werkzeug, um Gitter zu verändern, und lagerte es in den Heizungsschächten. *Du könntest dich auch an Quona binden*, hatten seine Geschwister neulich zu ihm gesagt, *wenn du deinen Tod vortäuschst*, und dann war das Haus in Flammen aufgegangen. Er hatte seine Gelegenheit erkannt. Allerdings nicht, um sich an Quona Varana zu binden, sondern um sich zu verstecken.

Er hatte seinen »Tod« auch ziemlich dramatisch gestaltet, hatte sich zwischen den Bäumen verborgen und Ferla die Qualen seines Todeskampfes übermittelt. Er hatte so getan, als wäre er in der Küche gefangen, wo das Feuer auf so viel Öl getroffen war und die Flammen so heftig loderten, dass er dachte, es würde für eine tragische und überzeugende Todesszene genügen.

Was er sich niemals vorgestellt hätte, war, dass Ferla versuchen würde, ihn zu retten – und unglücklicherweise war sie genau in die Richtung gelaufen, die sich mit der Fluchtroute Lovisas und der Königin kreuzte. Also war der Fuchs über Lovisas Füße gerannt, um sie zu warnen, und hatte zur Königin hinaufgebellt, sie solle stillhalten, dann hatte er sich wieder versteckt und gewartet. Er war nicht mehr dazu gekommen, Ferla seinen letzten Atemzug zu übermitteln, weil Lovisa ihr eine Schaufel über den Kopf gezogen und sie bewusstlos geschlagen hatte.

Aber es hatte ausgereicht. Als Ferla am nächsten Morgen mit Kopfschmerzen und Übelkeit erwachte, ging sie davon aus, dass ihr Fuchs weg war. Und das ärgerte sie. Sie glaubte, damit ein Werkzeug verloren zu haben, das ihr hätte helfen können, die harten Zeiten zu überstehen, die jetzt vermutlich bevorstanden.

Denn Lovisa war am Leben und versteckte sich irgendwo und das wusste Ferla. Benni ebenfalls. Benni, der das brennende Haus nach Lovisa abgesucht hatte, hatte jetzt eine Rauchvergiftung; und obwohl er vor Erleichterung weinte, als Ferla ihm sagte, Lovisa habe überlebt, missfiel ihm der Gedanke, nicht zu wissen, wo sie war. Sie musste zurückkommen. Vor allem, da keine menschlichen Überreste in der Asche gefunden worden waren. Die Feuerwehrleute hatten die Vermutung geäußert, dass die Explosion des Luftschiffs – ganz zu schweigen von der anderen Explosion, von der Benni und Ferla sich hüteten, sie ihnen gegenüber zu erwähnen – so heftig gewesen war, dass Lovisas Leichnam völlig zerfetzt worden war. Aber die Feuerwehr wusste nichts von der Königin. Was, wenn die Königin ebenfalls entkommen war?

Am späten Montagabend, einen Tag nach dem Brand, schlich Ferla die Treppe von den Gästezimmern hinunter, durch das übrige Haus nach draußen und gab den Wachen der Devrets an der Tür etwas Geld.

»Ich will mir nur ein wenig die Beine vertreten«, sagte sie. »Das braucht niemand zu erfahren.«

Dann ging sie mit Kopfschmerzen und sich krank fühlend die Straße entlang, die Pelzstola, die Mara Devret ihr geliehen hatte, eng um die schmalen Schultern gezogen, mit Maras Schuhen an den Füßen. Mara war eine große Frau, daher war die Stola viel zu groß und die Schuhe schon fast komisch. Ferla sah aus wie eine winzige wankende Clownin.

Der Fuchs kannte einen Weg aus dem Haus hinaus durch einen Spalt zwischen verwitterten Steinen im Keller. Überaus neugierig schlich er hinter Ferla her. Er konnte sich vorstellen, was sie vorhatte, aber aufgrund ihrer Kopfverletzung waren ihre Gedanken etwas durcheinander und schwerer zu lesen.

Erst ging sie zu einer abgelegenen Passage in der Nähe des Hafens, von der der Fuchs noch nie gehört hatte und wo er noch nie gewesen war. Dort roch es wundervoll nach Fisch aller Art, paniert, gebraten, gegrillt, geschmort, roh, faulig. Es war paradiesisch! In einer schmalen stinkenden Gasse klopfte Ferla an eine Tür, bis diese von einer blassen Frau geöffnet wurde. Ferla sprach dringlich mit der Frau. Diese, die einen verschlossenen Verstand ohne Risse hatte wie eine schwere Stahlkugel – genau wie bei den Leuten aus Monsea –, schien beleidigt, entrüstet. Ferla gab ihr Geld. Die Frau zögerte. Dann ging sie rein und kam mit ihrem Mantel, der die Farbe des Mondes hatte und um ihre Schultern schwang wie ein Umhang, wieder heraus.

Ferla führte sie den ganzen Weg zurück nach Flag Hill und bis zu dem Tor, das vor ihrem abgebrannten und zerstörten Haus stand. Sie brachte die Frau direkt bis an den Rand der steinernen Fundamente des Hauses, dann zeigte sie auf den Haufen verkohlten Schutts.

»Vorsichtig«, sagte Ferla. »Da sind Scherben, Nägel, wer weiß was sonst noch.«

»Näher komme ich nicht ran«, erklärte die Frau. »Sie hätten eine Lampe mitbringen können.«

»Die Straßenlaternen werden alles deutlich erfassen«, entgegnete Ferla ungeduldig. »So, suchen Sie jetzt?«

»Ich brauche genauere Einzelheiten über das, was Sie zu finden hoffen.«

»Menschliche Überreste«, sagte Ferla. »Egal, wie klein.«

»Wessen Überreste?«, fragte die Frau. »Jemand aus Winterburg? Oder mit einer anderen Nationalität? Männlich? Weiblich? Jung? Alt? Wo im Haus müssten sie wahrscheinlich sein?«

»Können Sie nicht überall suchen?«

»Natürlich, für mehr Geld.«

»Sie sind ein Geier«, sagte Ferla mit scharfer Stimme voller Abscheu. »Sie wissen ganz genau, dass meine eigene Tochter mutmaßlich bei diesem Brand ums Leben gekommen ist.«

»Das heißt, ich suche nach den Überresten Ihrer Tochter? Das zu wissen, hilft mir bei meiner Arbeit.«

»Was spielt es für eine Rolle?«, fragte Ferla. »Warum zwingen Sie mich, darüber zu reden? Müssen Sie wirklich so herzlos sein?«

»Angesichts Ihres Widerwillens, meine einfachen Fragen zu beantworten, glaube ich langsam, Sie wollen, dass ich nach den Überresten von jemand anderem als Ihrer Tochter suche.«

Es war interessant, Ferla dabei zu beobachten, wie sie etwas verpatzte. Sie hatte starke Kopfschmerzen, die ihr Übelkeit verursachten, wodurch ihr Urteilsvermögen beeinträchtigt war, genau wie ihre Fähigkeit, so zu tun, als hätte ihr der Tod ihrer Tochter das Herz gebrochen, obwohl sie wusste, dass diese noch am Leben war. Außerdem war sie daran gewöhnt, dass die Leute taten, was sie von ihnen verlangte. Diese Frau in dem hellgelben Mantel war anders. Sie hatte keine Angst vor Ferla.

Die Frau durchbrach Ferlas kaltes Schweigen. »Und? Suche ich nach den Überresten von jemand anderem?«

»Wessen Überreste glauben Sie denn hier zu finden?« Ferlas Stimme schwoll vor Wut an.

»Ich würde es eindeutig bevorzugen, gar keine zu finden«, erwiderte die Frau voller Abscheu.

»Hören Sie«, sagte Ferla. »Ich will nur sichergehen, dass niemandem etwas passiert ist. Was, wenn eins meiner Kinder oder ein Dienstbote Besuch hatte, von dem ich nichts wusste? Meine Tochter ist dauernd mit irgendwelchen Liebhabern durchs Haus geschlichen. Ich habe vor, Sie für Ihre Zeit großzügig zu entlohnen.« Dann stand sie leicht schwankend, die Handfläche an ihren dröhnenden Kopf gelegt, voller Übelkeit da, während die Frau mit zusammengepressten Lippen die Augen schloss und die Hände hob. Sie sah aus, als versuchte sie, Teile der Luft zu erspüren. Eigentlich sah sie ziemlich albern aus und Ferla verlor, lange bevor sie fertig war, bereits die Geduld mit ihr. Ferla verlor auch ihr Abendessen, stolperte zur Seite und übergab sich an einem Baumstamm. Dann machte sie einen großen Bogen um ihr Erbrochenes und setzte sich zaghaft auf den Boden. Sie barg den Kopf in den Händen, weil er wehtat und weil sie den Anblick des verwüsteten Hauses nicht ertrug. Das war auch eine vollkommen veränderte Ferla, emotional, unwohl.

Die Frau ließ die Hände sinken und drehte sich um. »Ich habe keine Überreste gefunden«, sagte sie.

Im Inneren ihres Herzens verfluchte Ferla diese Nachricht. »Sind Sie sicher?«

Die Frau stieß einen kurzen Seufzer aus. »Warum sagen Sie mir nicht, wessen Leiche ich suche, Präsidentin Cavenda? Dann könnte ich Ihnen wirklich helfen.«

Ferla hob das Kinn und sah der Frau ins Gesicht. »Sagen Sie, stimmt es eigentlich, was man sich erzählt, dass Sie der entflohene Besitz der Regierung von Estill sind?«

Die Frau legte den Kopf schief und musterte Ferla. Ihre Miene war erschöpft, ihre Schultern schlaff, aber ihre Stimme klang hart. »Warum haben Sie mich mitten in der Nacht hergebracht, um nach einer Leiche zu suchen«, fragte sie, »und warum sind Sie enttäuscht, dass ich keine finde?«

Ferla griff in die Tasche, holte etwas Geld heraus und warf es zwischen ihnen auf den Boden. »Ich gehe davon aus, dass das genügt«, sagte sie mit ihrer eisigsten Stimme. Der Fuchs, der diese Stimme erkannte, schauderte.

Die Frau tat etwas Erstaunliches. Sie bahnte sich vorsichtig einen Weg vom Haus weg, ging auf Ferla zu und blieb vor ihr stehen. Einen Moment lang waren ihre Gefühle deutlich spürbar: Wut. Mutlosigkeit. Scham.

Dann, ohne das Geld anzurühren, drehte sie sich um und ging zum Tor hinaus.

Der Fuchs wünschte von ganzem Herzen, sie hätte es nicht getan. Denn jetzt fürchtete er um ihr Leben.

Ferla und Benni machten sich ununterbrochen Sorgen, aber beide in ihrer jeweils eigenen Welt. Jeder von ihnen versuchte einen Ausweg aus der Katastrophe zu finden, die unweigerlich eintreten würde, sollten Lovisa oder die Königin irgendwo auftauchen und Anschuldigungen erheben. Benni versuchte einen Ausweg für die ganze Familie zu finden, was, wie die meisten seiner Pläne, unrealistisch war. Benni war ein Romantiker. Er malte sich Erfolg und Ehre für den Namen der Cavendas aus. Der Fuchs berührte manchmal seinen Verstand, erstaunt, dass jemand mit so großem Ehrgeiz so unreif sein konnte.

Benni suchte so unauffällig wie möglich nach Lovisa, aber ohne Luftschiff war das schwierig. Seinen Freunden gegenüber, die Luftschiffe besaßen, gab er vor, sich an die Hoffnung zu klammern, dass es Lovisa vielleicht gelungen war, dem Feuer zu entkommen, nachdem man ihre Leiche nicht gefunden hatte. Vielleicht war sie irgendwo da draußen in der Welt, verletzt, verwirrt, durcheinander. Wäre irgendjemand bereit, Benni ein Luftschiff zu leihen, damit er sich nach seinem Kind umsehen konnte?

An den meisten Tagen flog Benni in einem geliehenen Luftschiff herum, traurig und ängstlich, besorgt, dann kam er mit leeren Händen zurück und ging langsam die Treppe hinunter. Wenn er losflog, nahm er diese Wache mit, die junge Frau mit den ausdruckslosen Augen. Der Fuchs vermutete, falls die Wache Lovisa oder die Königin aus dem Luftschiff entdecken sollte, würde sie das womöglich für sich behalten. Der Fuchs vermutete, dass Bennis Erfolgsaussichten ziemlich gering waren. Trotzdem machte er sich Sorgen und wartete ängstlich ab.

Ferla dagegen versuchte einen Ausweg für *sich* zu finden. Es gefiel ihr nicht, dass das notwendigerweise bedeutete, alles Benni in die Schuhe schieben zu müssen, aber sie hatte kaum eine andere Wahl. Und sie hatte keine Ahnung, was sie tun sollte, wenn Lovisa lebend wiederauftauchte. Ferla hatte versucht, das Mädchen von dem brennenden Haus wegzuziehen, und Lovisa – ihre eigene Tochter – hatte sie mit einer Schaufel angegriffen. Ferla fragte sich, was ihr Vater getan hätte, ein Gedankengang, der den Fuchs nicht unbedingt tröstete, denn Ferlas Vater war im Grunde ein Sadist gewesen.

Und Katu? Sobald es um Katu ging, ihren kleinen Bruder, kam Ferla an die Grenzen ihrer Vernunft. Sie beschloss, sich der Wahrheit über Katu zu verschließen, weil es zu viel war. In ihrer Kindheit war Katu oft ihr Schützling gewesen und stets ihr Verbündeter. Bis Katu alt und verständig genug gewesen war, hatte ihr Vater Ferla zur Strafe immer allein in die Höhle geschickt, dann hatte er sie gemeinsam hingeschickt. Und Ferlas Angst war verschwunden. Sie hatte in der Höhle etwas zu tun gehabt, hatte jemanden gehabt, den sie trösten konnte.

In ihrem Zustand des Sich-Verschließens sprach Ferla sich selbst von jeglicher Schuld an Katus Schicksal frei. Sie unterhielt sich mit ihrem toten Vater darüber. *Du verstehst das doch, Vater, nicht wahr?*, sagte sie. *Benni hat mich geschaffen. Und du verstehst doch, dass Menschen manchmal bestraft werden müssen, nicht wahr? Du hast Katu häufig bestraft. Weißt du noch?* Es war interessant, wie Menschen sich ganz bewusst der Wahrheit verschließen konnten, wenn sie ihnen unangenehm war.

Manchmal steigerte Ferla sich in Wutanfälle hinein und zertrümmerte Sachen. Im Gästezimmer im Obergeschoss nahm sie Keramikstatuen, gläserne Kerzenständer oder Vasen voll mit Blumen und Wasser vom Tisch und knallte sie gegen die Steine am Kamin. Benni stand da, während sie schrie, und wirkte wachsam und in Gedanken weit weg. Wenn jemand der Devrets kam, um sich nach der Ursache des Lärms zu erkundigen, raffte er sich auf und sagte, es tue ihm furchtbar leid, es habe ein Missgeschick gegeben.

»Wir haben es fallen lassen«, sagte Benni dann oder: »Es ist uns aus der Hand gerutscht« oder »hingefallen«. Bei einer dieser Gelegenheiten durchquerte Mara mit größten Befürchtungen das Zimmer, nahm das Porträt ihres Sohnes Mari von der Wand und trug es davon.

Die Devrets glaubten natürlich, dass die Cavendas den Tod ihrer Tochter betrauerten. Der Fuchs beobachtete Mara und Arni Devret gern durch das Gitter in ihrem Schlafzimmer, wo sie sich oft miteinander unterhielten. Mara strickte in einem Sessel, etwas Helles, Weiches, Blaues, das jeden Tag in ihrem Schoß größer wurde, und er stibitzte gerne lose Fäden der Wolle. Die Devrets strahlten eine Wärme und Zuneigung zueinander aus, selbst inmitten anstrengender Hausgäste, die der Fuchs noch nie zuvor erlebt hatte. Sie sprachen oft über die kleinen Jungen, die in ihrer Trauer gefangen waren. In der Tat war der Schmerz der Jungen um ihre Schwester so überbordend, ihre Verwirrung so erstickend, dass der Fuchs dazu übergegangen war, sie zu meiden. Ihr Leid ließ ihm sämtliche Haare zu Berge stehen und gab ihm das Gefühl, entsetzlich hilflos zu sein. Die Devrets versuchten die Jungen zu trösten, aber die Devrets wussten nicht, wie ihr Leben gewesen war. Und außerdem, welchen Trost konnte es angesichts des Verlusts einer Schwester schon geben?

Manchmal beobachtete der Fuchs Mara auch in ihrem Stricksessel, wenn sie allein war, und spürte ihren Gefühlen, ihren Gedanken nach. Sie weinte um ihren Sohn Mari, der um Lovisa trauerte. Mara war traurig, weil Mari traurig war, und überlegte, was sie tun konnte, damit es ihm besser ging. Kam dann zu dem Schluss, dass sie nichts tun konnte, damit es ihm besser ging, woraufhin sie auch darüber weinte. Dann stieß sie einen Seufzer aus und konzentrierte sich wieder auf die Arbeit. Mara war Politikerin und ihr Mann Bankdirektor. Sie war schlau und zynisch und manchmal hart. Aber sie verfügte auch über Liebenswürdigkeit in ihren Gedanken und gegenüber den Menschen um sie herum. Immer wenn der Fuchs auf ihre Liebenswürdigkeit traf, stieß er sie an und schnüffelte fast gierig daran.

Manchmal fragte er sich, ob er jetzt, da er sich von Ferla Cavenda befreit hatte, so allein sein musste. Was, wenn die Nachricht eintraf, dass Lovisa und die Königin an einen sicheren Ort entkommen waren? Was, wenn Benni und Ferla ins Gefängnis gesteckt würden und er keine Strippen mehr ziehen, Pläne schmieden oder sich Sorgen machen musste? Wenn er wüsste, dass Lovisa seinen Schutz nicht länger nötig hatte … bedeutete das, dass er weit weg konnte, irgendwohin, wo niemand wusste oder sich darum scherte, was ein blauer Fuchs tat? Konnte er womöglich bis nach Monsea fahren und bei jemandem leben, den er nicht belügen musste? Konnte ein blauer Fuchs frei sein?

Und dann kam der Tag, als der Magistratsleiter von Ledra an der Tür der Devrets erschien. Er hatte Neuigkeiten: Eine Person, die behauptete, Lovisa Cavenda zu sein, hatte eine Signalbotschaft geschickt, in der sie Ferla und Benni Cavenda beschuldigte, die Königin von Monsea entführt und einen Akademiestudenten ermordet zu haben. Die Königin von Monsea konnte das der Botschaft zufolge bestätigen. Die Königin war am Leben.

Lovisa war in Sicherheit. Die Königin war in Sicherheit. Sie waren in Sicherheit! Der Fuchs hatte das Gefühl, als bestünde sein Blut aus Licht. Freude rauschte ihm in den Ohren. Sie waren in Sicherheit und bald hätte das alles ein Ende. Ferla käme ins Gefängnis, wo sie niemandem mehr etwas zuleide tun könnte. Er würde die beiden finden. Er würde mit der Königin weggehen. Alles würde sich verändern!

Aber dann passierte etwas Furchtbares: Nichts. Es passierte nichts. Der Magistratsleiter verhaftete weder Ferla noch Benni. Er nahm sie noch nicht mal mit auf die Wache, um sie zu befragen. Er sagte ihnen, es handle sich um einen Höflichkeitsbesuch, um sie über die Situation zu informieren, aber dass der Magistrat natürlich erst mal bestätigen müsse, dass die Botschaft wirklich von Lovisa kam, dass Lovisa bei klarem Verstand sei, und vor allem, dass die Königin von Monsea wirklich am Leben sei, und falls ja, was sie dazu zu sagen habe.

»Wo sind sie?«, wollte Ferla wissen.

»Das wissen wir noch nicht«, sagte der Magistratsleiter. »Die Botschaft enthielt nicht das übliche Standortsignal.«

»Das erhöht nicht gerade ihre Glaubwürdigkeit«, erklärte Benni.

»Nichts erhöht ihre Glaubwürdigkeit!«, sagte Ferla. »Irgendjemand versucht dir ein entsetzliches Verbrechen anzuhängen, Benni!«

*»Mir?«*, fragte Benni.

»Ihnen beiden«, berichtigte der Magistratsleiter sie steif.

»Das ist absurd«, sagte Ferla. »Und unfassbar grausam, wo wir doch hier den Tod unserer Tochter betrauern.«

»Allerdings«, erwiderte der Magistratsleiter. »Die ganze Sache ist unfassbar. Ich bin sicher, Sie erwidern unsere Höflichkeit, indem Sie selbst so höflich sind, im Haus der Devrets zu bleiben, bis wir über weitere Informationen verfügen.«

Ferla legte all ihre heftige Wut in ihre Antwort: »Wollen Sie damit etwa sagen, dass wir unter Hausarrest stehen? Die Präsidentin von Winterburg und ein Parlamentsabgeordneter?«

»Natürlich nicht.« Der Magistratsleiter bekam vor Schreck große Augen. »Wir wollen nur sichergehen, dass wir Sie finden können, sollten weitere Informationen auftauchen.«

»Ich werde hier sein, in einem meiner Büros oder auf unserem Grundstück, wo ich unseren abgebrannten Besitz durchkämme«, sagte Ferla. »Mein Mann wird hier sein, in seinem Büro, auf unserem Grundstück oder in einem Luftschiff, um nach unserer vermissten Tochter zu suchen. Wenn Sie die Person gefunden haben, die für diese verbrecherischen Anschuldigungen verantwortlich ist, nehmen wir Ihre Informationen gerne jederzeit überall entgegen, damit wir dann rechtliche Schritte einleiten können. Haben wir uns verstanden?«

Der Magistratsleiter zögerte und schluckte. Das Parlament konnte ihn genauso schnell seiner Funktion entheben, wie es ihn eingesetzt hatte. Der Fuchs spürte, wie er darüber nachdachte. »Ja, natürlich«, sagte er. »Danke, auf jeden Fall.«

Dann eilte er davon und ließ die Cavendas und die Devrets zusammen in der Eingangshalle zurück. Mara und Arni standen still und reglos da. Sie sahen sich nicht an und ihre Mienen waren bewusst ausdruckslos, aber der Fuchs konnte spüren, wie sie beide zu verstehen begannen.

»Nun«, sagte Mara und gab sich große Mühe, sich zu mäßigen. »Das ist ja entsetzlich. Es tut mir furchtbar leid, Ferla und Benni. Bitte sagt uns Bescheid, wenn wir euch helfen können.« Dann ging sie mit einem kurzen Blick zu ihrem Mann davon.

Arni grunzte irgendetwas Zustimmendes und folgte ihr. Er versuchte nicht ganz so angestrengt sich zu verstellen, obwohl der Fuchs spürte, dass dafür nur seine Ablenkung verantwortlich war. Arni wurde plötzlich von der Sorge um und die Verwirrung über die drei kleinen Jungen heimgesucht, die unter seinem Dach lebten. Er suchte sie in den Gästezimmern auf und lud sie in seine Bibliothek ein. Dort saß er eine Weile bei ihnen und las ihnen Geschichten vor, während er anhand irgendwelcher Anzeichen in ihren Gesichtern abzuschätzen versuchte, wie viel sie wussten, wie viel der Anschuldigungen des Magistratsleiters zutraf. Er blickte in ihre Augen, versuchte zu sehen, wie ihr Leben gewesen war. Er sandte auch eine Nachricht an die Akademie und bat seinen Sohn, nach Hause zu kommen, weil er wissen wollte, was sein Sohn über Lovisas Leben wusste.

Aber vorher, in der Eingangshalle, sah Benni seine Frau mit fragenden Augen an. »Jemand versucht *mir* etwas anzuhängen?«, wiederholte er sanft.

Ferla erwiderte wortlos seinen Blick. Der Fuchs konnte die Mauer spüren, die sie errichtet hatte; Ferla stand in einer anderen Welt. Sie hatte Benni zwar das Gesicht zugewandt, konnte ihn von ihrer Position aus aber gar nicht sehen.

»Nach zwanzig Jahren Ehe willst du es so beenden?«, fragte Benni.

Ferla wandte sich ab und stieg die schmale Treppe zu den Gästezimmern hinauf, fast ohne ihn zu hören. Sie plante bereits ihre Flucht.

In dieser Nacht schmiedeten Benni und Ferla ihre jeweils eigenen Pläne.

In gewisser Weise. Benni fühlte sich angesichts seiner neuen Erkenntnisse über Ferla zu verwirrt und verlassen, um groß zu planen. Abgesehen davon war es noch nie seine Stärke gewesen, sich einen Weg durch Chaos zu bahnen. Soweit der Fuchs wusste, hatte Ferla jedes Mal recht gehabt, wenn sie ihre Zwangslagen auf Bennis Entscheidungen schob.

Also erging sich Benni unter dem Vorwand, Pläne zu schmieden, in Selbstmitleid. Er sehnte sich nach seinem Luftschiff. Wenn er es bloß hätte, könnte er in den Norden fliegen, um sicherzugehen, dass sich im Haus kein belastendes Beweismaterial befand.

Er stieg die Treppe zu den Gästezimmern hinauf und hielt sich am Geländer fest, ohne zu merken, dass es sich langsam löste. Er ging in sein Zimmer, stand benommen am Fenster und blickte auf das dunkle baumbestandene Grundstück der Devrets hinunter. Er versuchte sich zu erinnern, ob dieses Fenster auf die Ruinen seines eigenen Zuhauses rausging, wusste es aber nicht mehr, wovon er sich dumm und ohnmächtig vorkam. Normalerweise war Benni gut in Dingen wie Richtungen.

Dann kam Ferla ins Zimmer gestürmt. Er drehte sich zu ihr um und sah sie an. Sie erwiderte seinen Blick, aufgebracht wegen irgendetwas, das Benni nicht entschlüsseln konnte. Dann ging sie zu ihm und fing an, ihn grob zu befingern, ihn zu küssen. Ihre Berührungen durchbrachen seinen Trauernebel und er packte sie, hielt sie fest, weinte an ihrer Schulter, führte sie zum Bett und schenkte ihr die Lust, nach der sie verlangte und die sie nur noch härter und kälter machte. Dann schlief Benni ein. Ferla stand auf und zog sich an, während der Fuchs sie von seinem Platz hinter dem Gitter aus zitternd beobachtete und sich wünschte, er hätte sich niemals an einen so manipulativen und verwirrenden Menschen gebunden.

*Wenn das alles hier vorbei ist,* dachte er, *will ich ein völlig anderes Leben führen.* Und er dachte an Lovisa, die sich irgendwo versteckt hatte und mutige Nachrichten schickte; und an die Königin, das einzige Wesen auf der Welt, dem er je die Wahrheit gesagt hatte.

*Wenn das alles hier vorbei ist,* dachte er erneut, hielt dann aber inne, denn es war noch nicht vorbei. Und wenn es Ferla irgendwie gelang, Benni alles, was geschehen war, anzuhängen, wäre Lovisa niemals in Sicherheit.

Sollte er? Sollte er nicht?

Aber *was* sollte er oder sollte er nicht?

Was konnte ein Fuchs schon tun?

Ferla war die ganze Nacht wach. Der Fuchs ergründete ihren suchenden Verstand, lauschte ihren Plänen, versuchte einzuschätzen, wie realistisch sie waren.

Ferla würde behaupten, dass Benni die Königin eigenmächtig entführt und Pari Parnin ermordet hatte. Dass Ferla gegen beide Verbrechen protestiert, ihn angefleht und angebettelt hatte, Benni sie jedoch unter Druck gesetzt hatte. Dass er sie und die Kinder bedroht hatte, sollte sie ihn je verraten. Ferla war klein. Benni war groß. Sie würde sagen, dass ihre Beziehung schon immer so gewesen sei; sie hatte Angst vor ihm.

Dasselbe würde sie behaupten, wenn irgendeines ihrer anderen Verbrechen ans Licht käme. Sie würde sagen, dass Benni das alles ohne ihr Wissen getan habe. Die Angelegenheit im Haus in Torla's Neck, das Sinken der *Seashell*, Katu. Insbesondere Katu. Es würde ja wohl niemand glauben, dass Ferla ihrem eigenen Bruder etwas antun könnte.

Das Erschreckende an diesen Behauptungen war, dass sie zum größten Teil zutrafen. Benni hatte all diese Dinge – jedes einzelne – ohne ihre Zustimmung getan und in den meisten Fällen auch ohne ihr Wissen. Er hatte ihre sorgfältigen Pläne skrupellos umgesetzt, hatte zu früh damit angefangen und gefährliche Entscheidungen getroffen. Er hatte die beiden Gesandten aus Monsea getötet, ohne es mit ihr abzusprechen. Er hatte Pari auf den Kopf geschlagen, während sie noch versucht hatte, ihn aufzuhalten. Katu. Katu! Ferla hatte nichts davon gewusst – absolut nichts! –, bis Benni die Königin aus dem Meer gefischt und ihr anschließend alles erzählt hatte, ganz ohne Reue! Als wäre er stolz darauf! Als erwartete er, sie würde seine Initiative bewundern!

Und Ferla hatte sehr wohl mit Benni diskutiert, hatte ihn gescholten, ihn angefleht, nicht immer noch neue Probleme zu schaffen. Hatte er sie unter Druck gesetzt oder eingeschüchtert? Nein, niemals. Sie war diejenige, die andere einschüchterte. Hatte sie je gezögert, ihm dabei zu helfen, seine Verbrechen zu vertuschen? Kein einziges Mal, noch nicht mal in Bezug auf Katu. Sie war die Intelligentere. Hätte sie gerne von den Verbrechen profitiert, wenn sie damit durchgekommen wären? Natürlich. Das alles konnte Benni jedoch nicht beweisen.

Aber was würde der Magistrat am ehesten glauben? Ferla hatte ein Problem: Sie strahlte Macht und Stärke aus. Das wussten alle, die mit ihr zusammenarbeiteten. Benni war der Sympathische. Ferla war diejenige, vor der die Leute Angst hatten. Konnte Ferla den Magistrat davon überzeugen, dass sie die Marionette eines anderen gewesen war?

Im Salon, der zu den Gästezimmern der Devrets gehörte, beobachtete der Fuchs Ferla, die sich hinsetzte, aufstand, umherging, mit sich selbst sprach und übte, glaubhaft eingeschüchtert und verängstigt zu schauen. Es war faszinierend, denn erst gelang es ihr überhaupt nicht. Sie konnte nur die Augen weit aufreißen und die Hände ringen; sie war nicht in der Lage, zu weinen oder irgendwelche unterschwelligen Anzeichen für Angst zu zeigen. Aber sie schien über genügend Selbsterkenntnis zu verfügen, um zu merken, dass es ihr misslang, und probierte es immer weiter.

Sie probierte es zwei Stunden lang. Dann fielen ihr ihre Kinder ein. Daraufhin lehnte sie sich zurück und dachte nach. Anschließend stand sie auf und nahm den großen Spiegel von der Wand.

Von da an wurde es unheimlich, denn Ferla verbrachte eine weitere Stunde damit, die Gesichtsausdrücke ihrer eigenen eingeschüchterten und verängstigten Kinder im Spiegel einzustudieren. Und natürlich ähnelte sie ihnen; insbesondere hatte sie die Gesichtszüge ihrer Tochter. Manchmal erschien eine bestimmte Mischung aus Wut, Hass, Angst und erschöpfter Resignation in Lovisas Miene. Es war ein komplexer und glaubhafter Ausdruck, und Ferla erinnerte sich daran. Natürlich tat sie das; denn sie war die Ursache dafür. Das war eins der Probleme daran, die Mutter eines solchen Mädchens zu sein.

Ferla suchte ihr eigenes Gesicht im Spiegel, bis sie es gefunden hatte.

Ganz früh am Morgen flitzte der Fuchs durch die Heizungsschächte hinauf zu dem Gitter auf dem Dachboden der Devrets, das er verändert hatte. Er hatte in diesem Haus noch nicht viel Zeit gehabt, Gitter zu verändern. Dies war sein einziges aufklappbares Gitter und sein einziger Zugang zu den Wegen im Inneren der Wände.

Der Fuchs trat hinaus auf den Dachboden und versuchte herauszufinden, was es bedeutete, ehrbar, hilfsbereit und treu zu sein.

Bestimmt nicht das, was er jetzt vorhatte, oder?

Er trippelte vom Dachboden hinunter, vorbei an dem Zimmer, in dem Ferla neben Benni schlief, und weiter zur Treppe zu den Gästezimmern. Auf einem Tisch am Kopf der Treppe stand eine nicht angezündete Lampe, die die Cavendas nachts benutzen konnten. Der

Fuchs, der über hervorragende Nachtsicht verfügte, sprang leichtfüßig auf den Tisch und untersuchte die Lampe. Wie erhofft verfügte sie über einen Docht, einen Glaszylinder und vor allem einen tiefen offenen Öltank.

Bevor er es sich anders überlegen konnte – denn eigentlich war das ein furchtbar unausgegorener, hoffnungsloser Plan –, stieß der Fuchs die Lampe vom Tisch auf die Treppe. Sie flog durch die Luft und landete mit einem Knall etwa auf der zweitobersten Stufe, dann polterte sie mit klirrendem Glas und mehreren kleineren Knalls weiter die Treppe hinunter. Er sah das glitschige, glänzende Öl, von dem jetzt ein Großteil der oberen Treppenhälfte schimmerte.

Schnell berührte der Fuchs die Gedanken aller Anwesenden in dem schlafenden Haus. Niemand war von dem Lärm aufgewacht, aber einer der Wachmänner, die vor der Haustür standen, hatte den Eindruck, möglicherweise etwas gehört zu haben. Er überlegte, ob er reingehen und nachsehen sollte. Der Fuchs wusste, dass ihm nicht viel Zeit blieb.

Schnell sprang er unter den Tisch und presste sich an die Wand. *Ferla Cavenda!*, rief er in ihren schlafenden Verstand. *Ferla Cavenda! Wach auf! Ich bin's! WACH AUF!*

Ferla schreckte in ihrem Bett hoch, verblüfft in ihrer verschlafenen Verwirrung. *Fuchs?*, fragte sie. *Fuchs?*

*Ich bin's!*, rief der Fuchs. *Wach auf!*

*Ich bin wach! Was ist los?*

*Ich bin am Leben!*

Ihr Verstand kreiste bereits um den Gedanken, was sie erreichen konnte, wenn sie ihren Fuchs zur Hand hatte. *Das ist ja großartig! Das ist wunderbar! Ich habe versucht, dich zu retten, Fuchs!*

*Ich weiß*, sagte er. *Ich bin verletzt. Ich liege im Sterben! Ich habe wichtige Informationen über Lovisa und die Königin! Ich weiß, wo sie sind und was sie vorhaben!*

Ferla war elektrisiert vor Aufregung und Schreck. *Wo bist du?*

*Ich bin vor der Haustür! Aber es ist kalt, Ferla! Ich sterbe!*

Ferla stürmte aus ihrem Zimmer und ging auf die Treppe zu. Sie hatte sich noch immer nicht vollständig von ihrer Kopfverletzung erholt. Der Fuchs konnte ihren Schwindel spüren. *Schnell!*, rief er. *Mir bleibt nicht mehr viel Zeit!*

Ferla wankte durch die Dunkelheit. Der Fuchs wartete voller Panik, rief sich selbst eindringlich zu, nicht zu früh hervorzuspringen, um nicht alles kaputt zu machen. Dann, als sie sich der obersten Stufe näherte, sprang er ihr in den Weg. Ferlas spitzer Fuß traf ihn in die Seite und er jaulte auf, klammerte sich fest, schubste sie und versuchte sie aus dem Gleichgewicht zu bringen. Ferla stolperte und stürzte. Sie landete auf dem Öl und rutschte aus. Sie versuchte sich am Geländer festzuhalten, aber es wackelte und glitt ihr aus den Händen.

Sie fiel die Treppe hinunter und landete zusammengesackt unten auf dem Boden.

Der Fuchs stieg hinter Ferla hinab, wobei er angesichts der Schmerzen in seiner Seite aufkeuchte. Ihm wurde klar, dass sie jetzt wusste, was er getan hatte. Wenn Ferla diesen Sturz überlebte, würde er vor ihr kriechen müssen, sich Ausreden ausdenken, vorgeben, dass sein Verstand bei dem Brand Schaden genommen hatte, alle möglichen Verrenkungen unternehmen, damit sie ihn nicht für untreu hielt. Denn sonst würde sie vermuten, dass Füchse logen. Und möglicherweise gab es einige Menschen, die die Geheimnisse der Fuchsheit kennen konnten, ohne dass es gefährlich wurde, aber zu denen gehörte Ferla nicht. Er würde sie nicht verlassen können. Er würde bleiben müssen, reumütig und unterwürfig, bis er sicher sein konnte, dass sie ihm wieder vertraute. Er würde ihr gehören.

Ferla lag wimmernd am Fuß der Treppe. Im Dämmerlicht des Treppenabsatzes konnte der Fuchs sehen, dass sie eigenartig verrenkt war, eins ihrer Beine war falsch angewinkelt und einer ihrer Arme unter ihrem Körper eingeklemmt. Es war besser gelaufen, als er zu hoffen gewagt hatte. *Wie könnte ein Fuchs je einen Menschen töten?*, hatten seine Geschwister gefragt.

Ferlas Kopf war nach hinten gebogen, ihr Morgenmantel oben offen, sodass ihre Kehle frei lag. *Fuchs*, schrie sie bösartig, wütend, verängstigt. *Fuchs. Ich bringe dich um.*

Schnell überprüfte der Fuchs erneut, ob irgendwo im Haus Menschen aufwachten. Er fand keine. Dann, als bewegte er sich durch einen Traum, hob er seine Vorderpfoten an die empfindliche Stelle an Ferlas Hals. So fest er konnte, stemmte er seine Hinterbeine in den Boden und drückte zu. *Was habe ich bloß getan?*, sagte er dabei. *Ich dachte, ich wäre draußen in der Kälte. Es tut mir so leid! Habe ich dir wehgetan?*

*Irgendwas fühlt sich komisch an*, sagte Ferla. *Ich bekomme keine Luft! Fuchs! Drückst du mir die Luft ab?*

*Ich weiß nicht, was ich tue.* Der Fuchs drückte fester zu. *Ich glaube, mein Verstand hat bei dem Brand Schaden genommen. Wo bin ich? Wer bist du?*

Ferla versuchte, um sich zu schlagen, aber sie konnte ihre Gliedmaßen nicht bewegen. Irgendetwas in ihrem Körper war bei dem Sturz zerbrochen. *Fuchs! Hör auf!*

*Ich bin dein Fuchs*, sagte der Fuchs. *Du kannst mir vertrauen.*

Dann schwand ihr Entsetzen. Alles an Ferlas Gefühlen schwand. Der Fuchs wartete noch einen Augenblick und drückte weiter zu.

Als er sicher war, dass sie nicht mehr atmete, stieg er von ihrem Hals. Dann zog er sich langsam zurück und drückte sich an die Wand. Er fror, fühlte sich alt und steif. Und Lovisa mochte jetzt zwar vor ihrer Mutter geschützt sein, aber der Fuchs war sich ziemlich sicher, dass er mindestens eine gebrochene Rippe hatte. Er hatte das Gefühl, eine gebrochene Seele zu haben.

Schließlich hatte der Wachmann doch beschlossen, hereinzukommen. Er kam auf die Quelle des Lärms zu.

Seinen Schmerz überwindend rannte der Fuchs davon.

# 35

Lovisa ging alles viel zu schnell.

Alle anderen beklagten sich dauernd darüber, dass es zu langsam ging. Als der Magistrat von Ledra ihre Eltern nicht sofort verhaftete, konnten die Delegierten aus Monsea es kaum glauben. Als der örtliche Magistrat keinerlei Interesse an ihren Beweisen zeigte, weil sie teilweise aus Geschichten der Silberkühe stammten, wurde die Königin wütend.

»Warum können Silberkühe keine Beweise liefern?«, fragte sie. »Warum sollte ihr Wissen keine Rolle spielen? Es sind Menschen ermordet worden!«

»Sie denken sich Dinge aus, Königin«, sagte der Vertreter des Magistrats immer wieder.

»Aber was ist mit den Dingen, die sie sich *nicht* ausdenken?«

»Und woher wissen wir, welche das sind?«

»Indem man dem nachgeht!«, brüllte die Königin beinahe. »Auch Menschen denken sich Dinge aus, wissen Sie! Oder glauben Sie etwa alles, was menschliche Zeugen Ihnen erzählen, nur, weil es Menschen sind?«

»Sie sind nicht von hier, Königin«, sagte der Magistratsvertreter immer wieder geringschätzig.

Aber Nev und Nevs Familie waren von hier und Lovisa konnte die Entschlossenheit sehen, die sich während dieser Gespräche in ihren Mienen verfestigte. Alle um Lovisa herum, egal ob aus Winterburg oder Monsea, waren gewillt, diese Sache zu Ende zu bringen, unabhängig von Regeln und Gesetzen. Es hätte sogar beinahe ermutigend sein können – abgesehen davon, dass das, worauf sie es abgesehen hatten, die Zerstörung von Lovisas Familie war. Genau wie die Zerstörung ihres eigenen Lebens.

Lovisa verbrachte viel Zeit vor dem Kamin, wo sie – umgeben vom nordischen Akzent von Nevs Familie – Leute kommen und gehen sah und daran denken musste, wie sie immer stundenlang vor dem Kamin im Entree des Wohnheims gesessen und alle Leute beobachtet hatte. Es kam ihr vor, als wäre das ein ganzes Leben her. Dabei war es gerade mal letzte Woche gewesen. Und sie fand keinen Zugang zu diesen Leuten; Lovisa war die schlaue Person abhandengekommen, die sie früher gewesen war. Jetzt war sie hohl und vertrocknet wie eine pulvrige Hülle. Wenn irgendjemand sie berührte, würde sie zu Staub zerfallen.

Am Morgen nach ihrer Ankunft saß sie am Kamin und betrachtete Nev, die sich mit ihrem Großvater unterhielt. Vor allen Leuten führten sie ein äußerst ungewöhnliches Gespräch, denn Nev hatte ihrem Großvater von Nori Orfa erzählt und ihn dann gefragt, ob er je sexuelle Eifersucht verspürt hatte. Ihren Großvater! Hatte sie so was gefragt! Bei dieser Frage hatte Lovisa ruckartig den Kopf gehoben, unfähig so zu tun, als wäre sie nicht schockiert.

»Natürlich«, sagte er.

»Ja?«, fragte Nev. »Warum?«

»Deine Großmutter hatte vor mir viele Liebhaber«, erklärte Saiet, woraufhin Lovisa aufgestanden und in ihr Zimmer im Stall gegangen war, weil sie kein Wort mehr hören wollte. Der Stall war ein riesiger leerer Raum, kalt, voller unheimlicher Schatten und Geräusche bei Nacht, wie der Dachboden zu Hause. Als sie eintrat, blickte die Kuh in ihrem Pferch kauend auf und starrte Lovisa aus großen braunen Augen an. Die kehligen Geräusche der Hühner hinter der Kuh waren eigentlich beinahe tröstlich.

*So weit ist es also schon gekommen*, dachte Lovisa, während sie auf einen Heuhaufen in der Nähe der Tiere zuging. *Ich verkehre mit Kühen und Hühnern.* Ein Lichtstrahl erhaschte durch die Luft schwebende Staubkörner. Lovisa setzte sich und schlang zitternd die Arme um sich. Nevs Leben war beschränkt. Nicht wahr? Es bestand aus Tieren und dunklen kleinen Häusern; es bestand daraus, dass niemand je ihren Namen kennen würde. Warum also gab der Ausdruck in Nevs Gesicht, während sie sich mit ihrem Großvater unterhielt, Lovisa dann das Gefühl, Nevs Leben enthalte alles, einfach alles?

Später, zurück im Haus, sah Lovisa Giddon und Bitterblue dabei zu, wie sie am Tisch an ihrem Plan arbeiteten. Alle waren besessen von dem Plan.

Plötzlich nahm Giddon Bitterblues Hand und musterte ihre Ringe. »Bitterblue«, sagte er mit bestürzter Stimme, »wo ist der Ring deiner Mutter?«

Die Königin erzählte Giddon, wie der Ring ins Meer gefallen war. Aber erst ließ sie ihn mit seinen großen, sanften weißen Händen ihre Hände berühren und hatte dabei einen Ausdruck im Gesicht, der Lovisa augenblicklich klarmachte, dass Giddon und die Königin miteinander schliefen.

Zwei normale Menschen, die aus normalen Gründen Sex hatten. Lovisa hasste sie.

»Lovisa?«, sagte Bitterblue da. »Hilfst du uns?«

»Wobei denn?«, fuhr sie sie an.

»Na ja, bei unserem Plan. Kennst du den Plan?«

Ja, Lovisa wusste, dass alle vorhatten, in das Haus, *ihr* Haus, einzudringen, um die Antwort darauf zu finden, warum ihre Eltern den Gesandten von Monsea und einen königlichen Ratgeber ertränkt hatten. Denn ja, abgesehen von allem anderen, was ihre Eltern – ihr Vater – getan hatten, hatten sie auch das getan.

*Deshalb bin ich so benommen und benebelt,* dachte Lovisa, die plötzlich von einem schmerzenden Strahl der Klarheit erfasst wurde.

*Weil der einzige Weg zu einem vernünftigen Ort durch das Land führt, in dem ich solche Dinge von meinem Vater glauben muss.*

*Wann werde ich das glauben? Wie soll ich das glauben? Bin ich ein Feigling, der sich der offensichtlichen Wahrheit verschließt? Habe ich nicht einiges davon mit eigenen Augen gesehen?*

Lovisa setzte sich zu Bitterblue und Giddon an den Tisch und antwortete hölzern auf deren Fragen. Ja, sie konnte einen Grundriss des Hauses im Norden zeichnen und einen Plan des Grundstücks. Ja, es würde Dienstboten im Haus geben und wahrscheinlich auch Wachen, die Lovisa möglicherweise erkennen konnten. Ja, wahrscheinlich hatten sie von ihren Entführungsvorwürfen gehört, weil Signalnachrichten immer Gerüchte hervorriefen. Ja, sie wusste, dass jemand mit den Initialen LM einen Brief an ihren Vater geschrieben hatte, in dem es darum ging, dass der Gesandte aus Monsea im Lagerhaus etwas mitgehört hatte, aber sie wusste nicht, wer LM war.

Die ganze Zeit hatte sie ein Bild im Kopf. Immer und immer wieder zwang sie sich, sich anzusehen, wie ihr Vater Paris Leiche über den Dachboden aufs Dach trug.

Am nächsten Tag, Samstag, traf der Magistratsleiter aus Ledra beim Magistrat in Torla's Neck ein. Königin Bitterblue ging zu ihm und präsentierte ihre Beweise. Hava und Giddon begleiteten sie, denn sie waren bekannte Gesandte aus Monsea, die bestätigen konnten, dass die Königin die war, für die sie sich ausgab.

Lovisa blieb zu Hause. »Ich will nicht, dass du in die Nähe des Magistrats von Ledra kommst«, sagte Bitterblue, »bis ich ihnen klargemacht habe, dass du alles, was du getan hast, nur getan hast, um mir das Leben zu retten.«

Aus Lovisas Sicht fühlte es sich an wie der Anfang vom Ende. Sie hatte zwei Häuser niedergebrannt. Sie hatte ihre Mutter angegriffen. Diese Anschuldigungen würde der Magistrat von Ledra nicht einfach fallen lassen.

Sie saß wieder auf dem Heuhaufen und betrachtete den Mond, der über den Himmel zog, als die drei zurückkehrten. Lovisa hörte ihre Stimmen, das fröhliche Hin und Her dreier Menschen, die immer noch staunten, dass sie sich wiedergefunden hatten. Wie satt Lovisa ihr Happy End hatte!

Kurz darauf kam Bitterblue persönlich in den Stall und stellte sich vor sie, die Hände über dem Griff einer Lampe verschränkt. Es war seltsam, denn obwohl Bitterblue immer noch Ferlas Mantel trug, gehörte der elegante Pelz in Lovisas Augen jetzt der Königin.

»Wie war es?«, fragte sie, ohne sich für die Antwort zu interessieren.

»Du wirst nicht angeklagt«, sagte Bitterblue.

Lovisa war sprachlos. »Bist du sicher?«

»Der Magistrat versteht jetzt, was deine Eltern mir angetan haben, Lovisa, und warum du handeln musstest.«

»Danke«, sagte Lovisa mit schwacher Stimme, überrascht, wie viel leichter sie sich plötzlich fühlte.

»Keine Ursache. Mein Hof steht für immer in deiner Schuld.« Dann schwieg die Königin länger als normal. Mit ernstem Blick stand sie da.

»Was ist?« Lovisa verstand plötzlich, dass es noch mehr zu berichten gab und dass es nichts Gutes war. »Werden meine Eltern nicht angeklagt?«

»Wenn der Magistratsleiter morgen nach Ledra zurückkehrt, wird er Anklage gegen deinen Vater erheben.«

»Meinen Vater«, wiederholte Lovisa verwundert. »Ist meine Mutter denn nicht wenigstens mitschuldig an seinen Verbrechen?«

Die Königin atmete kurz ein. »Deine Mutter hatte Donnerstagnacht einen Unfall, Lovisa. Sie ist eine Treppe hinuntergestürzt. Man geht davon aus, dass ihr eine Lampe runtergefallen und sie auf dem Öl ausgerutscht ist, sich den Hals gebrochen hat und erstickt ist.«

Lovisa konnte es nicht glauben. »Heißt das, meine Mutter ist *tot*?«

»Ja.«

»Und sie ist bei einem *Unfall* ums Leben gekommen?«

»Ja.«

»Das glaube ich nicht«, sagte Lovisa. »Das glaube ich nicht. Wie ist sie erstickt?«

»Wenn man sich eine bestimmte Stelle am Hals bricht, bekommt man keine Luft mehr. Der Magistrat glaubt, dass es so gewesen ist.«

»Das kann nicht sein.«

»Offenkundig ist es aber wahr. Es tut mir sehr leid, Lovisa.«

Lovisa tastete mit den Händen umher, fand aber nichts, was sie umklammern konnte, außer ein paar Strohhalmen. »Red keinen Unsinn. Es muss dir nicht leidtun. Sie hat mich nicht geliebt.«

Die Königin sagte: »Lovisa ...«

»Sag mir bloß nicht, dass sie das getan hat.« Lovisa hob die Stimme. »Das war keine Liebe.«

»Das würde ich dir niemals sagen«, erklärte die Königin. »Ich glaube dir. Aber du bist der Liebe würdig.«

»Was hat das denn damit zu tun?«, rief Lovisa, dann stand sie auf und stolperte in ihr Zimmer. Ihre Mutter hatte versucht, sie von dem brennenden Haus wegzuziehen. Lovisa hatte sie so fest sie konnte mit einer Schaufel geschlagen. Das war die letzte Begegnung, die Lovisa je mit ihrer Mutter gehabt hatte.

Sie kroch unter die Decke und hörte auf zu denken.

Wegen des Besuchs der Königin beim Magistrat gab es erst spät Abendessen. Lovisa aß in einem Sessel neben dem Feuer, weil es am Tisch nicht genug Platz für alle gab und weil ihr die vorsichtigen, mitfühlenden Blicke nicht gefielen, die ihr die Leute dauernd zuwarfen, als wäre ihr etwas Schreckliches zugestoßen und als gäbe es etwas, worüber sie todtraurig sein musste.

Plötzlich liefen ihr zu ihrer Beschämung Tränen übers Gesicht.

Dann schluchzte sie, schnappte nach Luft. Sie verschüttete heißen Tee auf ihrem Schoß und schrie auf, als er ihre Haut verbrühte.

Die Menschen im Raum bewegten sich ruhig und schnell, als wäre Lovisas Ausbruch das allernormalste Verhalten. Jemand – Nev – brachte sie in Nevs winziges Zimmer, untersuchte ihr Bein, um sicherzugehen, dass sie sich nicht ernsthaft verbrannt hatte, und trug eine Salbe auf. Jemand anderes – Nevs Großvater Saiet – steckte sie ins Bett und deckte sie bis unters Kinn mit einer weichen, nach Nev riechenden Decke zu. Jemand anderes – wieder Nev – brachte ihr angefangenes Abendessen und ein Getränk und stellte beides auf den Nachttisch, falls sie etwas davon wollte.

»Kann meine Mutter später zu dir kommen, Lovisa?«, fragte Nev. »Sie ist Heilerin, weißt du noch?«

»Ich bin nicht krank«, sagte Lovisa.

»Kann sie kommen?«, fragte Nev fest, wie immer, aber auch sanft. Besorgt.

*Ach, wen kümmerts?*, dachte Lovisa. *Noch mehr nutzlose Mütter.* »Na gut.«

Etwas später kam Nola mit einer Kerze in der Hand ins Zimmer. Draußen heulte stetig der Wind, was Lovisa das Gefühl gab, als wäre Torla's Neck das Ende der Welt.

»Lovisa?«

Lovisa grunzte und stellte sich schläfriger, als sie war.

»Wie geht es dir?«, fragte Nola. »Sind irgendwelche deiner Muskeln verspannt?«

Die Frage war zum Totlachen. Lovisa konnte keinen Muskel in ihrem Körper finden, der nicht verspannt war. Die Muskeln an ihren Schultern, ihrem Nacken und Kopf versuchten ihren Schädel vom Körper zu sprengen. »Ein wenig.«

Eine Hand berührte sie an der Schulter. »Darf ich?«

»Mir egal«, sagte Lovisa. »Machen Sie, was Sie wollen.«

»Ich brauche ein Ja oder Nein, Lovisa.«

»Na gut. Ja.«

Also massierte Nevs Mutter ihr mit gekonnten Handbewegungen Rücken, Schultern und Nacken, fand die verspannten Stränge und löste sie. Wie unerwartet, von einer Fremden getröstet zu werden. Lovisa fing an zu weinen, weil es sich so gut anfühlte. Als Nola eine Kordel an Lovisas Hals fand, arbeitete sie vorsichtig darum herum, weil Lovisa sie nicht ablegen wollte. Es war die Schnur mit dem Schlüssel zur Dachkammer. Die Dachkammer gab es nicht mehr, aber Lovisa konnte sich nicht von dem Schlüssel trennen. Es war von allem, was ihr noch geblieben war, das Einzige, das sie verstand.

Die Kerze knisterte. Windstöße zerrten an den Wänden. Lovisa stellte sich vor, das hier wäre ihr Zuhause, ihr Leben. *Aber das ist ja mein Leben*, stellte sie fest; dann, bevor sie dieser Gedanke allzu sehr verwirren konnte, schlief sie ein.

Mitten in der Nacht weckte Bitterblue sie mit einem leisen »Lovisa?«.

»Hm?« Lovisa erwachte mit dröhnenden Kopfschmerzen. Sie lag immer noch in Nevs Bett. Die Königin stand neben ihr, trug Ferlas Pelz und hielt eine brennende Lampe in der Hand. »Was denn?«

»Wir machen uns auf den Weg zu eurem Haus.«

»Jetzt? Wie spät ist es denn?«

»Ungefähr vier«, sagte Bitterblue. »Du musst nicht mitkommen, aber wir wollten nicht los, ohne dir die Wahl zu lassen.«

»Könnt ihr den Plan auch ohne mich umsetzen?«

»Das kriegen wir schon hin«, sagte Bitterblue diplomatisch.

In der finsteren Verständnislosigkeit ihres halbwachen Zustands standen Lovisa ihre größten Wahrheiten überdeutlich vor Augen. Ihre Mutter war tot. Ihr Vater war wahrscheinlich schon im Gefängnis. Ihre Brüder. Wer kümmerte sich um ihre Brüder?

»Bitterblue?«, fragte sie mit brechender Stimme. »Glaubst du, es gibt Hoffnung, dass meine Brüder ein besseres Leben haben werden?«

»Aber natürlich«, sagte die Königin. »Davon bin ich überzeugt, Lovisa.«

Die Gewissheit der Königin ärgerte Lovisa und machte sie wach.

»Auch für dich gibt es Hoffnung«, fügte die Königin hinzu. »Lovisa …«

»Ach, hör auf. Ich brauche nicht noch weitere inspirierende Sprüche.« Die Königin sah überall nur Blumen und Sonnenschein, weil sie verliebt war.

»In Ordnung«, sagte Bitterblue leise. »Ich muss jetzt gehen, weil die anderen warten. Nola und Saiet bleiben hier, falls du heute irgendetwas brauchst.«

Wie würden ihre Brüder je verstehen können, was gerade mit ihrem Leben geschah? Wer außer ihr konnte ihnen das wirklich erklären? Wer außer ihr konnte je verstehen, was sie durchmachten? Und wie konnte sie selbst es verstehen, wenn sie sich davor fürchtete, der Wahrheit ins Gesicht zu blicken?

»Warte«, sagte sie. »Es ist mein Haus. Ich komme mit.«

# 36

Aufteilen und Ablenken. Das war der Plan: So viele von ihnen wie möglich auf das Anwesen der Cavendas bekommen und dann für Ablenkung sorgen. Das Lagerhaus finden. Herausbekommen, wie viele Leute auf dem Grundstück waren, wie viele davon bewaffnet, und wo sie sich befanden. Diese Informationen, vermutlich über Hava, denen zukommen lassen, dic noch draußen warteten – Lovisa, Giddon und die Königin von Monsea, die nicht unbedingt am Tor auftauchen und sich für jemand anderen ausgeben konnten. Dann entscheiden, was als Nächstes zu tun war.

Es war ein flexibler Plan, anpassungsfähig. Giddon stürzte sich schon sein ganzes Leben lang in ungefähre, offene Pläne und konkretisierte dann während der Durchführung die Einzelheiten. Das würde diesmal nicht anders sein.

Der Fußmarsch zum Wasser um vier Uhr morgens führte an einem Gletscher vorbei, aber Giddon sah nichts weiter als einen Streifen Dunkelheit, der die Sterne verdeckte.

Der direkteste und unauffälligste Weg zum Haus der Cavendas war der per Schiff. Eine Freundin von Nevs Familie, Saba, besaß ein Schiff mit schwarzen Segeln und wusste, wie man im Dunkeln die Route an der Küste entlangsegelte. Giddon, der sich erinnerte, dass diese Route weiter nach Kamassar führte, war so taktvoll, keine Fragen über Saba zu stellen, die vermutlich Schmugglerin war. »Sie können auf ihre Diskretion vertrauen«, sagte Saiet und Giddon glaubte ihm.

Saba würde sie zu einer Bucht mit einer ihr bekannten Höhle segeln. Von der Höhle aus konnten sie in einen Wald klettern, zu einer Straße gehen und sich nach Norden wenden. Sobald links eine Steinmauer erschien, war das das Zeichen, dass sie das Anwesen der Cavendas erreicht hatten.

Hava würde über diese Mauer klettern, denn Hava hatte die Gabe, sich vor jedem auf der anderen Seite zu verstecken. Dann, etwas später, würde Nev am Tor auftauchen und ihre Dienste als Wandertierärztin anbieten.

»Ich könnte die Tiere vergiften«, hatte Hava angeboten, »damit es wahrscheinlicher ist, dass sie dich reinbitten.«

»Nein«, hatte Nev mit fester Stimme entgegnet.

»Na gut, dann mache ich aber wenigstens ein paar der Möbelstücke kaputt«, hatte Hava gesagt, denn der nächste Teil des Plans bestand darin, dass Davvi am Tor erschien, um seine Dienste als Wanderhandwerker anzubieten. Davvi hatte über Havas Witz gelacht. Aber Giddon war sich ziemlich sicher gewesen, dass sie keine Witze machte.

Als sie sich dem Wasser näherten, drehte Bitterblue sich um und berührte mit der Hand Giddons Brust. Sie tastete sich in der Dunkelheit bis hinauf zu seinem Gesicht und berührte sanft seinen Bart, wovon er von Hitze, Glück und einer weitreichenden Ungläubigkeit, dass das hier wirklich geschah, erfüllt wurde.

»Hast du die Flasche?«, fragte sie. »Ich glaube, es ist so weit.«

»Ja.« Leise rief er der Gruppe zu, dass sie warten sollten. »Bitterblue trinkt ihren Tee.« Denn Bitterblue würde etwas Rauha trinken, den Saiet sorgfältig aufgebrüht und abgefüllt hatte, in Vorbereitung auf eine Schiffsreise Richtung Norden, die sie sonst seekrank gemacht hätte. Die richtige Menge, hatte Saiet gesagt, die jemandem ihrer Größe gerade genug half, aber deren Wirkung dann rechtzeitig wieder nachließ, falls Bitterblue eine Rolle bei der Spionagemission spielen musste. Für die Rückfahrt hatte Saiet auch noch genug vorgesehen.

Die Gruppe wartete in der Dunkelheit, während Bitterblue trank. In der Nähe durchbrach ein lautes Krachen, gefolgt von einem Poltern, die Stille: der Gletscher, der einen Eisberg ins Meer kalbte.

»Hast du das gehört?«, flüsterte Giddon, der nicht wollte, dass Bitterblue etwas Schönes verpasste.

Ihre Hand griff nach seiner. »Ja.« Dann drehte sie ihn um, tastete nach dem Rucksack, den er auf dem Rücken trug, und steckte die Flasche wieder hinein.

»Da kommt Saba«, rief Nev leise. »Sind alle so weit?«

Es war eine eisige Fahrt nordwärts durch einen gnadenlosen Wind, der sich etwas wärmer anfühlte, weil Giddon Bitterblue in den Armen halten musste, um sie davon abzuhalten, aufzustehen und Ankündigungen zu machen. Es waren unvorhersehbare Ankündigungen. In einer ging es darum, dass sie ihr Bildungsministerium aufteilen wollte, in eine Hälfte für Kinder und eine andere für Erwachsene. Eine weitere war eine an alle gerichtete Frage, ob irgendjemand Kuchen mitgebracht hatte. Einmal stand sie einfach bloß auf und rief: »Kätzchen!«

Nicht die Ankündigungen mussten aufhören, sondern das Aufstehen, weil die sehr reale Gefahr bestand, dass sie in ihrem vom Rauha hervorgerufenen Zustand der Benommenheit über Bord gehen konnte. Es war eigentlich ausgesprochen tröstlich, mit ihr auf einem Schiff zu sein und sie fest zu umarmen, damit sie nicht über Bord ging. Es fühlte sich an wie eine Korrektur des letzten Mals. Und ihr schien es auch zu gefallen, so wie sie sich an ihn kuschelte, sicher die wärmste Person auf dem Schiff. Um die Ankündigungen war es allerdings schade.

»Kann ich deine Nase essen?«, fragte Bitterblue ihn, was ihr Geheimnis sicher verraten hätte, wenn sie nicht bereits Hava, Lovisa und Davvi gefragt hätte, ob sie ihre Nase essen könne.

»Was stimmt denn nicht mit *meiner* Nase?«, fragte Nev – und dieser Witz löste bei Bitterblue einen Kicheranfall aus, der immer wieder abflaute und dann erneut aufbrandete.

Etwas später erreichten sie Land.

»Glaubst du, du kannst laufen?«, fragte Giddon Bitterblue, während er und Hava ihr auf einen Kiesstrand halfen. Die Sterne waren hier so dicht und niedrig, dass er den Arm ausstrecken, mit den Fingern darüberstreichen und dann mit seiner sternigen Hand Bitterblues Gesicht berühren wollte.

»Sie ist hingefallen, als wir mit dem Luftschiff gelandet sind«, erklärte Lovisa mit ihrer ausdruckslosen, abwesenden Stimme, die Giddon daran zweifeln ließ, ob es klug gewesen war, das Mädchen mit auf diese Mission zu nehmen.

»Das sind meine Landbeine«, sagte Bitterblue, dann klammerte sie sich an Hava. »Du erinnerst mich an Katsa.«

»Das ist ein tolles Kompliment«, entgegnete Hava. »Ich habe sie«, fügte sie leise an Giddon gewandt hinzu, der sich entfernte und Hava Bitterblue den Pfad zu den Bäumen hinaufhelfen ließ. Er war sich bewusst, dass er Bitterblue seit dem Wunder ihres Wiederauftauchens stark für sich beansprucht hatte. Vielleicht brauchte auch Hava eine Korrektur.

Die Gruppe saß in Sabas Höhle, umgeben von Steinwänden, die bis zum Himmel hinaufreichten, und zitterte in wohltuendem Schweigen, bis die Sonne aufging. Sie aßen Brot, Trockenfrüchte und Käse.

»Was, wenn mein Hintern von der Höhle dreckig wird?«, fragte Bitterblue. »Und ich mich schließlich dem Tor nähern und verkünden muss, ich sei die Königin von Monsea? Wäre es glaubhaft, dass eine Königin einen dreckigen Hintern hat?«

»Sicher, dass sie die richtige Menge Rauha getrunken hat?«, fragte Lovisa, die sich dauernd die Schläfen rieb. »Sollte die Wirkung nicht langsam nachlassen?«

»Saiet hat es für mich eingepackt«, sagte Bitterblue. »Ich vertraue Saiet.« Dann legte sie sich auf den Rücken und sagte mehrmals »Saiet« Richtung Decke, um zu sehen, ob es ein Echo gab.

»Sie wirkt wirklich ziemlich weggetreten«, erklärte Nev. »Hat sie mehr als die Hälfte getrunken?«

Giddon kramte in seinem Rucksack nach der Flasche. In dem Moment, als er sie berührte, sagte er: »Oh-oh.«

»Was denn?«, sagte Nev.

»Bitterblue«, fragte Giddon. »Hast du die ganze Flasche ausgetrunken?«

»Natürlich. Warum?«

»Du solltest nur die Hälfte trinken.«

»Was!«

»Und die andere Hälfte für die Rückfahrt aufbewahren.«

»Ich dachte, er hätte dir zwei Flaschen gegeben!« Dann setzte Bitterblue sich auf, schlug die Hände vor den Mund und fing an zu kichern.

»Oje«, sagte Nev.

Jetzt lachte auch Hava, schnaubend und gackernd, was nicht gerade hilfreich war.

»Hat sie eine gefährliche Menge getrunken?«, fragte Giddon besorgt.

»Nicht gefährlich für sie«, antwortete Nev. »Aber gefährlich für unseren Plan, falls wir sie brauchen.«

»Keine Sorge.« Bitterblue holte mit der Hand aus und schlug Giddon auf die Brust. »Ich kann mich vollkommen normal verhalten!«

»Ich bezweifle, dass die Wirkung bald nachlässt«, sagte Nev. »Und selbst, wenn sie sich normal verhalten könnte, wird sie kaum ihre tellergroßen Pupillen verbergen können.«

»Okay«, erklärte Giddon mutlos. »Ich fürchte, jeglicher Teil des Plans, der Bitterblue einschloss, hat sich erledigt.«

»Außer …«, sagte Hava.

Der raffinierte Ausdruck in Havas Blick ließ Giddon Hoffnung schöpfen, aber auch wachsam werden. »Ja?«

»Könnte sie sich nicht für jemand anderen ausgeben?«, fragte Hava. »Für eine Reisende, die medizinische Hilfe braucht? Ich meine, in ihrem aktuellen Zustand«, sie zeigte auf Bitterblue, die sich wieder hinlegte und ziemlich armselige Vogelstimmen nachahmte, »würde sowieso keiner glauben, dass sie die Königin von Monsea ist.«

»Wer denn dann?«, fragte Giddon.

»Sie ist eindeutig aus Lienid«, sagte Lovisa.

»Die Leute in Torla's Neck werden ja keine Reisende aus Lienid erwarten, oder?«, fragte Hava.

»Aber wenn sie die Signalnachrichten gesehen haben, könnten sie nach genau dieser Reisenden aus Lienid Ausschau halten«, entgegnete Lovisa schnaubend.

Bitterblue hob beide Beine an und schwang sich damit wieder in den Sitz hoch. »Leute, ich weiß, wie wir Giddon und mich ins Haus bekommen, und ich glaube, ich könnte für sehr viel Ablenkung sorgen.«

Kurz darauf marschierten Bitterblue und Giddon zum Tor der Cavendas.

Bisher war alles nach Plan verlaufen. Hava war als Erste losgegangen, dann, etwas später, Nev. Davvi war Nev gefolgt. Anschließend waren Bitterblue, Giddon und Lovisa unter einem blassrosa Himmel aus ihrer Höhle geklettert, hatten den Wald betreten, waren zwischen Bäumen hindurchgegangen und auf die Straße gestoßen. Die Straße hatte sie zu der hohen Steinmauer geführt.

»Hier ist es«, hatte Lovisa gesagt. »Ich bleibe hier und verstecke mich hinter den Bäumen.«

»Alles klar.« Giddon wusste immer noch nicht, was er von Lovisas unklarer Rolle halten sollte. Sie hatten die Hoffnung, sie irgendwie heimlich auf das Anwesen zu schleusen, damit sie den anderen mit ihrer Ortskenntnis helfen konnte, aber sie wirkte so unfreundlich und abwesend, dass Giddon ihr nicht völlig vertraute. Sollten sie wirklich die Tochter des Hauses zur Stürmung des Hauses mitnehmen? Verfolgte sie nicht vielleicht ihre eigenen Pläne? »Wir sind in der Nähe«, fügte er hinzu.

Als Bitterblue und Giddon das Tor erreichten, war dort nur ein Wachmann. Außerdem stand das Tor, das er bewachte, offen, was die Sache viel, viel einfacher machen würde. Der Wachmann war groß, aber schlank. Giddon war größer.

»Hallo!«, rief Bitterblue auf Beschenktisch und beschloss ihre Begrüßung mit einer seltsamen Verbeugung, bei der sie ausgiebig mit den Armen ruderte. Der Wachmann, der sie mit einem verwirrten und überraschten Gesichtsausdruck musterte, antwortete nicht. Giddon nahm an, er war die zufälligen Besucher, die heute Morgen am Tor erschienen, langsam ziemlich leid.

»Ich bin die Königin von Monsea!«, schrie Bitterblue beinahe.

Das Gesicht des Wachmanns hellte sich auf. »Noch eine?«, sagte er auf Winterburgisch. »Ich habe erst letzten Monat eine getroffen.«

»Die anderen sind Hochstaplerinnen«, rief Bitterblue und verbeugte sich erneut. Sie wies mit der Hand auf Giddon. »Das ist mein königlicher Gefolgsmann!«

»Und was führen Sie auf?«, fragte der Wachmann.

»Tanzen tue ich nicht!«, verkündete Bitterblue. »Unanständiges Tanzen auch nicht!« Davon erschrak Giddon kurz. Bitterblue streckte dem Wachmann ihre geschlossene Hand hin. »Und jetzt«, sagte sie, »bereit für ein wenig Zauberei?«

Der Wachmann streckte ihr grinsend seine offene Handfläche entgegen. Bitterblue öffnete mit großer Geste die Hand, aber die war leer. Sie schüttelte die Hand und funkelte sie an, bedachte sie mit ärgerlichen Geräuschen, als funktionierte sie nicht richtig.

»Meine Zauberei klemmt gerade«, sagte sie. »Tut mir leid.«

»Ich bin sicher, dass Sie sehr gut sind«, entgegnete der Wachmann freundlich. Er antwortete auf ihr Beschenktisch weiterhin auf Winterburgisch, wovon Giddon etwas schwindelig wurde. Hinter sich hörte Giddon eine winzige Bewegung und nahm an, das sei Lovisa, die von Baum zu Baum glitt, daher straffte er die Schultern und versuchte dem Wachmann den Blick zu verstellen.

»Was ist los mit ihr?«, fragte der Wachmann jetzt, denn Bitterblue stützte beide Hände an die Mauer und legte ihr Gesicht seitlich sanft an den Stein. Sie hatte klugerweise die Wand hinter dem Tor gewählt, wodurch der Wachmann Lovisa den Rücken zudrehte. Ihr Gesichtsausdruck war Giddon vertraut, denn sie versuchte ganz offensichtlich angestrengt, sich nicht zu übergeben, und als sie den Wachmann anblinzelte, waren ihre Pupillen groß wie Untertassen.

»Oh«, sagte der Wachmann. »Sie sollten vorsichtig sein mit unseren Tees. Manche können ziemlich abhängig machen.«

»Kann ich mich auf Ihrem Gelände ausruhen?«, fragte Bitterblue. »Bis es mir besser geht?«

»Ich fürchte, diese Möglichkeit besteht nicht«, sagte der Wachmann.

»Noch nicht mal für die Königin von Monsea?«

»Ich bin sicher, das kommt jemandem Ihrer Bedeutung grausam vor.« Er grinste mitfühlend.

»Schon gut.« Bitterblue drückte sich von der Mauer ab. »Hochachtungsvoll, Königin Glitterboo«, fügte sie mit belegter Stimme hinzu, als würde sie einen Brief unterschreiben, dann versuchte sie davonzurauschen, stolperte und stürzte zu Boden.

Im folgenden Tumult wusste Giddon nicht genau, ob ihr Zusammenbruch echt war oder nicht, wodurch seine Darstellung eines besorgten königlichen Gefolgsmannes noch überzeugender wurde. Er schob den Wachmann beiseite und bestand darauf, Bitterblue selbst hochzuheben – erleichtert, dass das, was er tun wollte, dasselbe war, was jemand in seiner Position glaubhaft tun wollen würde.

»Sie können uns nicht hier draußen stehen lassen«, sagte Giddon auf Winterburgisch.

»Es tut mir leid …«, hob der Wachmann an.

»Ich bringe sie rein.« Giddon setzte ganz bewusst seine Größe, seine Breite, die kombinierten Ausmaße von ihm und Bitterblue ein, als er den Wachmann direkt anrempelte und ihn durchs Tor schob. »Holen Sie Wasser!«, übertönte er die Proteste des Wachmanns. »Und einen Arzt! Sie hat ein schwaches Herz!«

»Ein schwaches Herz?«, rief der Wachmann erneut erschrocken, als Giddon ihn einen Pfad entlangdrängte, der sich zwischen kahlen Bäumen hindurchwand. »Was für ein schwaches Herz? Reicht ein Tierarzt?«

»Sieht sie etwa aus wie ein Pudel?«, entgegnete Giddon und war kurz stolz auf sein Winterburgisch. Er sah das graue verwitterte Holz des Hauses durch die Bäume vor sich und dann die Stelle, an der die Bäume aufhörten und nichts als Luft und Licht dahinter folgte. Ein Rauschen, das er fälschlicherweise für Wind gehalten hatte, entpuppte sich als das Klatschen und Donnern von Wasser gegen Fels, wovon ihm wieder einfiel, dass das Haus auf einer Klippe stand. Hinter sich hörte Giddon nichts, aber er wusste, dass Lovisa jede Gelegenheit gehabt hatte, das Anwesen zu betreten und sich einen Weg zwischen den Bäumen hindurch zu bahnen.

»Es wird eine Weile dauern, bis ich einen Arzt gerufen habe.« Der Wachmann versuchte jetzt nicht mehr ernsthaft, Giddon aufzuhalten. Seine Miene wirkte eher bedrückt und Giddon fragte sich, ob seine Unfähigkeit, ihnen den Eintritt zu verwehren, ihn in Schwierigkeiten bringen würde. »Aber es befindet sich gerade ein Tierarzt auf dem Anwesen. Deshalb hatte ich es vorgeschlagen.«

»Ich bin sicher, er ist mit Ihren Tieren beschäftigt«, sagte Giddon.

»Es ist eine Frau.«

»Und wenn es die Premierministerin wäre! Wir brauchen einen Arzt.« Dann, als der Wachmann vorausging und sie über eine Treppe zu einem Eingang, der von spät blühenden Blumen eingefasst war, führte, drückte Giddon Bitterblue fester. »Hey«, flüsterte er. »Geht's dir gut?«

Sie schlug die Augen auf und warf ihm einen verschmitzten schwarzäugigen Blick zu. Dann schloss sie die Augen wieder und ließ den Mund leicht offen stehen.

Giddon entspannte sich.

Im Inneren des Hauses gingen Zimmer rechts und links ab und vor ihnen erstreckte sich ein lichtdurchfluteter Korridor. Eine Frau kam durch diesen Korridor auf sie zu. Ihre Stiefelabsätze klapperten wie Pferdehufe auf Stein und sie hatte einen verärgerten Ausdruck in ihrem braunen Gesicht. Ihr weißes Haar, weich wie eine Wolke, war zu einem Knoten im Nacken geschlungen.

»Was ist denn jetzt schon wieder?«, fuhr sie den Wachmann mit tiefer, wütender Stimme an.

»Wanderkomödianten.« Obwohl er größer war, wirkte der Wachmann von der Frau eingeschüchtert. »Ein schwaches Herz.«

»Ich bin die Königin von Monsea«, jammerte Bitterblue, die noch immer in Giddons Armen lag.

»Natürlich«, sagte die Frau mit einem Blick auf Bitterblues verdreckten Pelz und die schlichte überlange Tunika und Hose darunter, die sie von Nola geliehen hatte. Auf ihre ungekämmten Haare und ihre riesigen schwarzen Augen. »Und wer sind Sie dann, bitte schön?«, bellte die Frau Giddon an.

»Ich bin Giddon.«

»Ja, ich habe schon von Ihnen gehört«, sagte sie säuerlich. »Sehr gut. Groß und treu wirkend. Jetzt brauchen Sie nur noch die Beschenkte und ein paar blasse Männer, dann ist Ihre Nummer komplett. Möchten Sie Ihre Majestät vielleicht auf ein Sofa legen?« Sie wies mit dem Arm durch eine offene Tür. »Wir können Ihnen schnell etwas zu trinken holen, aber ich fürchte, dann müssen Sie sich wieder auf den Weg machen.«

»Wir brauchen einen Arzt«, erklärte Giddon mit fester Stimme.

»Wir können Ihnen den Weg zum nächsten Arzt zeigen.«

»Wie Sie sehen, kann meine Gefährtin nicht laufen.«

»Dann leihen wir Ihnen ein Pferd«, sagte die Frau bestimmt, drehte sich um und rauschte davon. »Keine weiteren Gäste!«, rief sie dem Wachmann zu, der immer noch mit hängenden Schultern und angespannter Miene dastand.

»Ich hoffe, wir haben Sie nicht in Schwierigkeiten gebracht«, sagte Giddon. »Sie scheint ziemlich aufgebracht wegen irgendetwas zu sein.«

Der Wachmann schien unentschlossen, was er darauf erwidern sollte. »Ich bitte jemanden, Ihnen Wasser zu bringen«, sagte er dann und wandte sich ab.

»Später zaubere ich noch für Sie, als Dankeschön«, warf Bitterblue stöhnend ein, wovon er sich schwach lächelnd noch mal zu ihr umdrehte. Dann verließ er das Zimmer, während Giddon Bitterblue auf ein Sofa mit dunklen flauschigen Polstern und Kissen legte, in das ihr Körper einsank, als wäre es ein Bad.

Augenblicklich schlug Bitterblue die Augen auf. »Dieses Sofa verschlingt mich.« Im Versuch, sich aufzurichten, kämpfte sie gegen die Polsterung an, dann streckte sie Giddon ihre geschlossene Hand entgegen. »Und jetzt – bereit für ein wenig Zauberei?«

»Jederzeit.« Giddon öffnete die Hand unter ihrer. Er wusste, was passieren würde. Sie ließ sein eigenes Taschenmesser in seine Handfläche fallen. Das erklärte, warum sie vor ein paar Minuten, während er sie getragen hatte, sehr auffällig ihre Hand in seine Tasche gesteckt und darin herumgekramt hatte.

»Beeindruckende Fingerfertigkeit«, sagte er ernst.

Ihr Gekicher setzte wieder ein und wurde gleich darauf zu Stöhnen. Als Giddon erschrocken nach ihr griff, berührte sie sein Gesicht und tätschelte ihm die Wange. »Schon gut. Mich überkommen Wellen, in denen ich glücklich bin wie ein Stück Kuchen, und dann Wellen, in denen ich mich fühle, als hätte ich zu viel Kuchen gegessen. Zu viel vergifteten Kuchen«, fügte sie elend hinzu. Dann sah sie an sich herab und anschließend veränderte sich ihr Gesichtsausdruck, als sie zur Tür schaute.

Giddon wandte sich um und sah Lovisa, die sie schweigend anstarrte. Er klappte den Mund auf, um etwas Belehrendes oder Tadelndes zu sagen, aber Bitterblue zog ihn am Arm, um ihn davon abzuhalten.

Dann huschte Lovisa davon.

# 37

Lovisa freute sich ja so für die Königin von Monsea und ihren riesigen Freund. Wie schön, dass sie den Überfall auf ihr Haus derart genossen! Was für ein urkomischer Auftritt, diese Nummer *Bereit für ein wenig Zauberei* der Königin. Vor allem, während Hava irgendwo herumschnüffelte, spionierte, sich in Dinge einmischte, die nicht ihr gehörten, und das alles mit *echter* Zauberei. Lovisa hatte sich früher immer ausgemalt, wie der Königskontinent und seine Magie wohl wären, aber jetzt konnte sie sehen, dass diese Magie auch nur eine andere Form der Lüge war. Das alles war für sie ein Spiel. Hinweise finden und das Rätsel lösen, während Lovisas Leben aus den Fugen geriet.

Die weißhaarige Frau, die Bitterblue und Giddon in Empfang genommen hatte, war eine in Ungnade gefallene Professorin der Akademie namens Linta Massera. LM. Lovisa hatte sie sofort erkannt. Und ein Puzzleteil war mit einem Übelkeit erregenden Klicken eingerastet, denn Linta Massera war die Chemieprofessorin, die man vor ein paar Jahren aus der Akademie ausgeschlossen hatte, weil etwas in ihrem Labor explodiert war. Das hatte Lovisa während des Gesprächs mit ihrem Vater über die explosiven Eigenschaften Varans erwähnt. Benni hatte geantwortet, dass *diese* konkrete Explosion etwas mit Zilfium zu tun gehabt hatte.

»Zilfium kann auch explodieren?«, hatte Lovisa gefragt und Benni hatte abgewunken. »Ich weiß nichts darüber.« Aber er musste etwas über Linta und ihre Arbeit wissen, wenn sie hier im Haus lebte und den Wachen der Cavendas Befehle erteilte, als wäre sie die Königin.

Nach der Schande, die Akademie verlassen zu müssen, war Linta aus der Gesellschaft von Ledra verschwunden. Niemand sprach mehr von ihr. Aber sie musste die LM sein, die Benni einen warnenden Brief geschrieben hatte.

Lovisa musste ins Lagerhaus gelangen.

Sie hörte ein Geräusch in einem nahe gelegenen Zimmer. Bevor irgendjemand über sie stolperte, huschte sie durch eine schmale Tür, die aussah wie ein Schrank, in Wirklichkeit aber eine Hintertreppe war, die zur Küche hinunterführte.

Von ihrer Position hinter der Küchentür am Fuß der Treppe aus konnte Lovisa hören, wie jemand etwas mit Keramik- und Glasscherben tat. Sie vermutlich über den Schieferboden kehrte. Jemand anderes hämmerte und eine Frau, die klang wie die Köchin Liv, schrie, dass es schön wäre, mal wieder mit anderen Leuten reden zu können.

Davvis Stimme antwortete Liv. Dann sagte eine weitere liebliche Frauenstimme: »Das Wasser kocht jetzt fast.«

Nevs Stimme antwortete: »Ich danke Ihnen.«

»Ist es eine schlimme Verstopfung?«, fragte die liebliche Stimme.

»Das weiß ich noch nicht«, sagte Nev, »aber diese Dinge können dann ziemlich schnell losgehen, sobald man die Hand an der richtigen Stelle hat.«

»Das arme Ding hat seit Tagen nichts gefressen.«

Liv sagte: »Hier, Ella, bring du dieses Wasser nach oben ins Wohnzimmer und ich bringe Linta Massera ihren Tee.«

»Jawohl«, erwiderte die liebliche Stimme. Schritte schlurften davon; Türen öffneten und schlossen sich.

»Was hast du rausgefunden, Nev?«, fragte Davvi mit leiser, drängender Stimme.

»Die weißhaarige Frau arbeitet im Lagerhaus«, sagte Nev. »Ich behandle eine Kuh mit Verstopfung und kann sehen, wie die Frau immer wieder dort hineingeht und herauskommt. Ich bin sicher, dass

Hava irgendwo ist, aber ich habe sie nicht entdeckt. Wie viele Leute hast du gesehen?«

»Die weißhaarige Frau«, sagte Davvi, »Liv, Ella und einen Mann, der der Hausmeister zu sein scheint. Als ich heute Morgen ankam, standen zwei Wachen am Tor.«

»Ja, bei mir auch«, entgegnete Nev. »Einer von denen beobachtet mich jetzt im Stall und mindestens vier weitere sind vor den Stallfenstern vorbeigelaufen. Offenbar patrouillieren sie regelmäßig.«

Lovisa stieß die Tür auf. Davvi und Nev erschraken beide und der kochend heiße Kessel, den Nev in beiden Händen hielt, wackelte.

»Also mindestens sechs Wachen insgesamt«, sagte Lovisa. »Das sind ganz schön viele für ein praktisch leeres Haus. Viel Spaß dabei, dem Pferd den Arm in den Hintern zu stecken«, fügte sie an Nev gewandt hinzu, die ihren Kessel auf die Küchentür zu trug.

»Es ist eine Kuh«, entgegnete Nev. »Hast du nicht zugehört?« Dann marschierte sie mit einem halben Grinsen hinaus.

Lovisa sah sich in der Küche um. Die lange Reihe Schränke, die sich entlang der oberen Wandhälfte erstreckte, hing irgendwie schief und die Holzleiste am unteren Rand schien sich gelöst zu haben. Ein Eimer in einer Ecke war voll mit Scherben von Tellern, Schüsseln und Gläsern.

»Das war Hava?«, fragte sie beeindruckt.

»Ich habe keine Ahnung, wie sie das hinbekommen hat«, sagte Davi, »falls sie nicht eine Brechstange unter ihren Kleidern versteckt hat.«

Lovisa ließ den Blick durch die Küche schweifen und sah zwei oder drei Geräte, die einer einfallsreichen Frau mit einer Persönlichkeitsstörung als improvisierte Brechstange dienen konnten. »Ich sehe mich mal im Lagerhaus um.«

Lovisa hatte keine Erfahrung darin, sich bei Tageslicht über Höfe zu schleichen, und sie verfügte nicht über Havas Vorteile. Aber sie lernte schnell. Auf dem Weg zum Stall glitt Lovisa von Baum zu Baum und ließ sich einmal hinter einen umgekippten Stamm fallen, als ein Wachmann vorbeikam.

Kurz darauf, von einer Ecke des Stalls aus, beobachtete sie das Lagerhaus. Im Unterschied zum Haus, das direkt an der Klippe stand und dessen eine Seite fast zur Gänze aus Glas bestand, lagen das Lagerhaus und der Stall von der Klippe zurückgesetzt und hatten nur wenige Fenster.

Im Inneren ähnelte das Lagerhaus einem Stall mit offenen Bereichen, die von niedrigen Wänden in Verschläge unterteilt waren, in denen Vorräte gelagert wurden. In Torla's Neck musste man für die Beschaffung von Vorräten weit reisen und viel auf einmal einkaufen; oder man bevorratete sich einmal im Jahr bei den Händlern auf Durchreise. Das Lagerhaus war voller Dinge: Gewürze, Käse, Mehlsäcke, die alles in der Umgebung mit einer weißen Staubschicht überzogen; als Kind hatte Lovisa immer gespielt, es sei der Frachtraum eines Schiffes – ein Ort, an dem sie nie gewesen war. Manchmal lief sie heimlich zum Lagerhaus, hockte sich zwischen die Vorräte, suchte sich einen Imbiss zum Trost und tat dann so, als wäre sie irgendwo anders, möglichst weit weg.

Das Lagerhaus hatte einen breiten Eingang mit großen Scheunentoren. Lovisa schlich zwischen den Bäumen hindurch zur Rückseite und betrat das Gebäude durch die kleine Hintertür, die direkt in einen der Verschläge führte. Sie wusste, dass es dort hinten, entfernt von der hellen Vorderseite des Gebäudes, dunkel sein würde.

Wie erwartet betrat sie einen unbeleuchteten Verschlag. Es roch schwach nach Feuerholz. Schnell schloss sie die Tür, dankbar für das ferne Rauschen des Ozeans, das das Geräusch übertönte.

Aus dem vorderen Teil des Lagerhauses schien Licht herüber und sie konnte dort einen Schatten sehen, der sich bewegte. Langsam und geduckt schlich Lovisa von Verschlag zu Verschlag voran.

Als sie nah genug an den vorderen Teil des Lagerhauses herangekommen war, presste sie sich an eine Wand und linste hervor. Im schmalen offenen Bereich vor den großen Türen saß Linta Massera mit dem Gesicht zu Lovisa an einem Tisch und schrieb etwas in ein kleines Notizbuch. Der Tisch war mit Gegenständen und Gerätschaften vollgestellt, von denen einige – wie ein Brenner, seltsam geformte Glaskolben, ein Mikroskop – Lovisa an die Laboratorien in der Akademie erinnerten. Andere wirkten eher wie die Abfälle des Lebens. Eine Tasse Tee, ein Tablett mit leerem Geschirr und Besteck, Papier und Stifte, ein kleiner Stapel Notizbücher wie das, in dem Linta schrieb. An der Wand hinter ihr hingen Seile. Im Boden neben dem Tisch befand sich eine kleine, quadratische Falltür. Lovisa hatte sie schon früher bemerkt, aber nie ausprobiert, denn sie war immer abgeschlossen gewesen. Jetzt machte die Tür sie neugierig, denn Lovisa konnte den Schlüssel im Schloss sehen, der wie ein kleiner Nagel aus dem Boden ragte.

Ein Topf auf dem Brenner neben Lintas linkem Ellbogen blubberte sanft. Linta drehte sich zu ihm um, um danach zu sehen, und in diesem Moment bewegte sich etwas an der Wand zu ihrer Rechten. Als sie sich wieder ihrem Notizbuch zuwandte, hörte die Bewegung auf. Kurz darauf griff sie wieder nach dem Topf und es geschah dasselbe. Lovisa beobachtete fasziniert, wie ein Sack mit irgendwelchen Lebensmitteln, der zwischen anderen Säcken mit Lebensmitteln stand, näher an den Tisch heranrückte. Eine Welle der Übelkeit schlug über ihr zusammen und verstärkte sich noch, als sie sich dazu zwang, den Sack genau anzusehen, und in seinen Falten und Knicken ganz schwach die Umrisse eines Mädchens in der Hocke wahrnahm. Der Sack war Hava. Und Hava versuchte näher an Lintas Tisch heranzukommen.

Was sollte sie tun? Wie konnte sie helfen? Auf der Suche nach einer Antwort durchsuchte Lovisa ihren Verschlag. Und sie fand sie: einen Sack mit etwas Getrocknetem – Bohnen – mit einem kleinen Loch in der Seite. Auf dem Boden neben dem Loch lag eine Bohne.

Lovisa steckte den Finger in das Loch, um es zu vergrößern. Sie fing den Bohnenstrom auf, der sich daraus ergoss. Dann, als Linta sich das nächste Mal auf ihr Notizbuch konzentrierte, schleuderte sie die Bohnen auf die Seite des Raumes, die der Stelle, wo Hava hockte, gegenüberlag.

Die Bohnen machten größeren Lärm, als Lovisa beabsichtigt hatte, knallten gegen die Wand, landeten auf Fässern und hüpften über den Boden. Linta sprang auf, sah sich um, dann verließ sie den Tisch und ging leise vor sich hin murmelnd in die betreffende Ecke. Augenblicklich setzte Hava sich in Bewegung, streckte sich zu einem deutlich mädchenförmigen Sack, der zum Tisch hinüberschlich, sich Lintas Notizbücher griff und dann die schmale Gasse zwischen den Verschlägen entlanghuschte. Sie sprang in Lovisas Verschlag. Dann verwandelte sie sich in ein Mädchen zurück und packte Lovisa am Arm.

»Geh runter. Ich kann dich verbergen«, flüsterte sie.

Lovisa dachte wirklich, sie müsse sich gleich übergeben. Die schnellen Verwandlungen waren überwältigend. »Woher wusstest du, dass ich hier bin?«

»Ich habe gesehen, wo das herkam, was du da geworfen hast. Psst!«

Gemeinsam linsten sie hervor. Linta hatte auf dem Boden ein paar Bohnen entdeckt. Sie stand da, die Bohnen in der Hand, und starrte die Wände und die Decke an, dann ging sie, immer noch vor sich hin murmelnd, zum Tisch zurück.

Augenblicklich bemerkte sie, dass ihre Notizbücher fehlten. Sie erstarrte, griff nach einem Messer, das auf dem Tisch lag, und ließ den Blick über die Verschläge schweifen. Als Hava Lovisa zu Boden drückte, näherten sich Lintas Schritte. Hava beugte sich über sie und verdeckte sie mit ihrem Körper.

Lovisa schloss die Augen, denn sie durfte Havas Verwandlung nicht sehen, durfte sich nicht bewegen, nicht atmen. Lintas Schritte kamen näher, tappten auf ihren Verschlag zu. Gingen daran vorbei und kamen zurück, führten wieder weg und näherten sich erneut. Die Schritte kehrten zum Tisch zurück, wo man Linta leise fluchen hören konnte. Dann schlugen die großen Türen zu und Lintas Stimme schwoll an, als sie im Hof etwas von gestohlenen Notizbüchern rief.

Hava setzte sich in Bewegung und packte Lovisa am Arm. »Wir müssen ein besseres Versteck finden, schnell«, flüsterte sie.

»Hier kann man sich nirgends verstecken. Sie werden alles auseinandernehmen«, sagte Lovisa.

»Was ist mit der Falltür dort?«

»Ich weiß nicht, wo sie hinführt.«

»Komm, wir probieren es aus.« Hava zog Lovisa aus ihrem Verschlag – und stieß sie dann, als die großen Türen wieder aufschwangen, in einen anderen. Dieser war fast leer, nicht mit Vorräten vollgestellt wie die übrigen. Hier konnte man sich schlecht verstecken, es gab nur drei Holzkisten, die hintereinanderstanden. Die Kisten waren mit Schlössern verriegelt.

Im vorderen Teil des Lagerhauses erklärte Linta jemandem laut, was geschehen war.

»Wir müssen hier weg!«, flüsterte Lovisa.

»Jetzt sitzen wir erst mal hier in diesem Verschlag fest«, murmelte Hava, die in ihre Tasche griff und einige lange Metallstäbchen an einem Ring herausholte. Staunend sah Lovisa ihr zu, wie sie sich daranmachte, verschiedene Stäbchen in eins der Schlösser zu stecken und sie darin hin und her zu bewegen. Ein Dietrich? Ausgerechnet jetzt?

Ein Klicken ertönte. Das Schloss ging auf. Lintas Stimme wurde lauter, schwere Schritte gingen umher, eine Männerstimme fragte etwas, ein anderer Mann antwortete. Zwei Wachen? Das Gesicht in Vorahnung von Quietschen und Knarren verziehend, öffnete Hava vorsichtig die Kiste. Aber der Deckel machte kein Geräusch. Mit einem an Lovisa gerichteten Grinsen – dieses Mädchen war wahnsinnig, worüber freute sie sich so? – griff Hava hinein und zog etwas heraus, das Lovisa noch nie gesehen hatte: ein eiförmiges Ding aus Metall, ungefähr so groß wie eine große Kartoffel, mit einem Ring und einem Stift an einer Seite. Hava untersuchte es genau, hielt es ins schwache Licht und dann dicht an ihr blasses Gesicht. Sie drehte es in alle Richtungen. Die ganze Zeit über starrte Lovisa das Ding mit wachsender Sorge an, die sie nicht ausdrücken konnte. Sie wollte, dass Hava das Ding weglegte, es wieder in der Kiste verschloss. Sie dachte: *Was auch immer Linta Massera hier macht, es kann nichts Gutes sein.* Sie dachte: *So etwas würde in eine Bankkiste passen.* Sie dachte: *Als das Haus gebrannt hat, ist im Arbeitszimmer meiner Mutter etwas explodiert.*

»Leg es zurück«, sagte Lovisa mit scharfer Stimme, ohne sich darum zu kümmern, ob Linta sie hören konnte. »Leg es zurück.«

Hava, die neugierig die Stirn gerunzelt hatte, griff nach dem Ring an der Seite des Eis. Und Lovisa verstand; ganz plötzlich wusste sie, was passieren würde. Als Hava den Stift aus dem Ei zog, schrie Lovisa. Sie nahm Hava das Ei ab und warf es, so fest sie konnte, dann packte sie Hava und drückte sie zu Boden. Sie bedeckte Havas Ohren mit den Händen.

Die Welt wurde zu Lärm und Licht.

# 38

Vom Dröhnen der Explosion sprang Giddon auf. Er spürte, wie das Zimmer bebte, und dachte einen Augenblick, er verlöre den Verstand.

»Was war das?«, fragte Bitterblue, der ihre Übelkeit deutlich anzusehen war, mit belegter Stimme. Giddon half ihr auf und sie rannten zur Wohnzimmertür. Im Korridor, wo sie einem Wachmann begegneten, der auch nach draußen rannte, traf Giddon eine spontane Entscheidung.

»Entschuldigung«, sagte er und knallte dem erstaunten Mann die Faust ins Gesicht. Als der Mann schwankend versuchte, sein Gleichgewicht wiederzufinden, griff Giddon nach dem Schwert an seinem Gürtel und schlug ihm mit dem Heft gegen die Schläfe. Der Mann sackte zu Boden, wo er schwach atmend liegen blieb.

Giddon drehte sich zu Bitterblue um und rechnete mit einer entsetzten Miene. Aber sie stand bereits selbst mit einem Messer in jeder Hand an der Tür. »Da kommt noch einer.« Sie trat hinaus und ging wankend auf einen Wachmann zu, der vom Tor herbeigerannt kam.

Was hatte sie vor, wollte sie ihn erstechen? Es war der nette Wachmann, der freundlich auf Bitterblues Zauberei eingegangen war. Mit zusammengebissenen Zähnen stürmte Giddon hinter Bitterblue her und rannte auf ihn zu. Der erschrockene Wachmann zog augenblicklich selbst sein Schwert, aber da hatte Giddon ihn schon erreicht, streckte ihn nieder, boxte ihn und schlug ihm gegen die Schläfe.

»Ich wusste gar nicht, dass du so tüchtig bist«, sagte Bitterblue.

»Das nimmst du.« Giddon reichte ihr das Schwert des Wachmanns.

»Sollen wir diese Männer am Leben lassen?«

»Das ist ein Risiko, das ich gerne eingehe.«

»Also gut. Ich bin nicht in der Verfassung, wichtige Entscheidungen zu treffen. Gehen wir«, sagte sie und ging zwischen den Bäumen hindurch auf das Geräusch ferner Stimmen zu.

Ihr Weg führte sie weg von der Klippe auf einen Stall zu. Als sie ihn umrundeten, stießen sie auf das, was bis vor Kurzem das Lagerhaus gewesen sein musste. Am hinteren Ende erhoben sich eingestürzte Mauern aus Schutt und Staub, der wie Nebelschwaden aufstieg. Das vordere Ende war verschwunden, in Berge von Trümmern verwandelt, die ein riesiges Loch in der Erde umgaben. Es roch eigenartig, metallisch.

Giddon erblickte einen Wachmann neben dem Loch, der Bruchstücke der Mauern und des Dachs umdrehte. Als er Nev neben den eingestürzten Mauern entdeckte, rief Giddon: »Nev! Wie viele Wachen gibt es?«

»Mindestens sechs«, rief Nev zurück.

»Zwei sind tot«, ertönte eine schwache, verängstigte Stimme von irgendwo aus dem Inneren.

»Lovisa?«, fragte Nev, die sich bei dem Klang abrupt umdrehte. »Lovisa? Wo bist du?«

»Ich falle gleich runter«, sagte die Stimme, »also hört mir gut zu. Wenn irgendjemand ein eiförmiges Metallding sieht, rührt es bloß nicht an.«

»Lovisa!« Nev versuchte sich einen Weg über die eingestürzten Mauern zu bahnen.

»Nev, nicht!«, sagte Lovisa. »Bleib stehen! Der Boden gibt nach!«

»Nev, schau nach, ob es einen Hintereingang gibt!«, rief Bitterblue, und in diesem Moment schrie der Wachmann, der in den Trümmern grub, auf. Sein Graben hatte die Leiche einer der toten

Wachen zum Vorschein gebracht. Als er sich entgeistert umsah, entdeckte er Giddon, der mit einem Schwert auf ihn zukam. Sein eigenes Schwert ziehend rannte der Wachmann los und griff an. Giddon hatte das Schwert in der rechten Hand gehalten, etwas, das er sich angewöhnt hatte, um den geheimen Vorteil seiner Linkshändigkeit zu verbergen. Er wartete, bis der Wachmann herangekommen war. In dem Moment wechselte er die Seite und überraschte den Mann mit einem linkshändigen Ausweichmanöver, das ihm freie Bahn für einen Schlag gab.

Dann stand Davvi neben Giddon und half ihm, den Wachmann zu Boden zu ringen.

»Wir brauchen etwas, um sie zu fesseln«, sagte Giddon, der es langsam leid war, Gehirnerschütterungen zu verteilen. »Und es gibt noch mindestens eine Wache.«

Davvi grunzte abgelenkt. Er starrte über das Loch im Boden hinweg und versuchte zu erkennen, was am anderen Ende des Lochs passierte, wo die eingestürzten Mauern des Lagerhauses anfingen.

»Nev!«, rief er, dann sprang er auf und rannte erst um das Loch herum und anschließend um das Lagerhaus, hinter dem er verschwand. Giddon kniff die Augen zusammen und versuchte zu sehen, was Davvi gesehen hatte. Nev kniete auf dem kaputten Boden des Lagerhauses und kroch auf den Rand des Lochs zu. Dann entdeckte Giddon Lovisa, die sich am Rand des Kraters festklammerte.

»Bitterblue!«, rief Giddon, denn die Königin war auch dort, beugte sich auf ihr Schwert gestützt über Nev und versuchte in das Loch zu blicken. »Geh von der Kante weg!« Er schlug den armen Wachmann auf den Kopf. Dann rannte er so schnell er konnte Davvi hinterher.

Als er das Lagerhaus durch den Hintereingang betrat, versperrten ihm Schuttberge den Weg. Giddon kämpfte sich hindurch, trat in zerbrochene Fässer und kratzte sich an Nägeln. Als er das Geschehen am Rand des Lochs erreicht hatte, kniete Davvi auf dem Boden und hielt Nevs Beine fest.

»Bitterblue!« Giddon packte sie und zog sie von dem Krater weg. »Du bist nicht fit genug für eine Rettungsaktion!«

»Du hast recht«, sagte sie tränenüberströmt. »Aber was ist mit …«

»Du bleibst hier!« Er ließ sich neben Davvi auf einem Haufen zersplitterten Holzes nieder und nahm eins von Nevs Beinen. Nev hatte Lovisas Arm gepackt, aber Lovisa umklammerte mit beiden Händen eine Art kaputten Pfosten, eine Säule, die vorher Teil des Lagerhausbodens gewesen war. Sie wollte nicht loslassen.

»Lass los«, sagte Nev. »Lovisa. Du musst loslassen, sonst können wir dich nicht hochziehen.«

»Ich werde runterfallen!«

»Das werde ich nicht zulassen«, erklärte Nev energisch.

Plötzlich begann der Rand des Kraters zu bröckeln. Lovisa schrie auf und ließ den Pfosten los. Einen entsetzlichen Augenblick lang baumelte sie an nur einem Arm über dem Abgrund und Nev rutschte hinterher. Giddon und Davvi zogen so fest sie konnten an Nevs Beinen, fester, zurück, weg vom Rand, über einen Boden, der sie aufhielt und schnitt. Giddon bekam Nevs Schulter zu fassen, zerrte daran. Seine Hände schlossen sich um Lovisas Arm. Er zog. Sie fielen alle übereinander und krabbelten rückwärts, während der Krater immer größer wurde. Jemand anderes hatte Lovisa. Giddon packte Bitterblue, die immer noch zu nah am Rand stand und versuchte, in das Loch zu blicken. Er hob sie hoch und kletterte über den Schutt zur Hintertür, stürzte mit Bitterblue in den Armen zur Tür hinaus, entfernte sich rennend mit ihr vom Lagerhaus.

Im Hof stürzte Lovisa keuchend und weinend zu Boden. Nev ließ sich neben sie fallen und nahm das kleinere Mädchen in den Arm.

»Aber was ist mit Hava?«, fragte Bitterblue. »Weiß irgendjemand, wo sie ist?«

»Sie ist reingefallen«, sagte Lovisa. »Sie ist reingefallen.«

Auf ihre Rufe kam keine Antwort.

»Hava!«, wiederholten sie. »Hava!« Bitterblues Rufe waren die herzzerreißendsten von allen. Immer wieder kehrte sie an das Loch zurück, rief »Hava«, während ihr Tränen über die Wangen liefen, bis zu dem Punkt, dass es unabdingbar wurde, über ihre Sicherheit zu wachen. Einer aus der Gruppe war ständig der berauschten Königin zugeteilt.

Es war unmöglich, sich dem Krater zu nähern, unmöglich, eine gute Sicht hinein zu bekommen oder auch nur zu erwägen, hinunterzuklettern. An den Rändern gab noch immer der Boden nach. Selbst Giddon, der von der Kraft her in der Lage gewesen wäre, sich in das Loch hinabzulassen, um Hava zu finden, *sie zu finden!*, musste sich aufs Rufen beschränken.

Er suchte im Stall nach einem Seil, fand jedoch stattdessen den sechsten Wachmann, der versuchte, sich auf einem Pferd aus dem Staub zu machen. Giddon, der erschöpft und besorgt war und außerdem Staub hustete, zerrte den Mann aus dem Sattel und tat sein Bestes, um ihn bewusstlos zu schlagen, ohne ihn zu töten. Es handelte sich dabei schließlich nicht direkt um Wissenschaft, und es war schwerer, aufzupassen, jetzt, da Hava irgendwo unter der Erde hockte und nicht auf ihre Rufe reagierte.

Ohne Seil kehrte er zu den anderen zurück. Bitterblue lag flach auf der Erde, zu nah am Schutt, das Ohr in den Staub gelegt. Erst erschrak er bei dem Anblick – es sah aus, als wäre sie dort zusammengebrochen –, aber dann drehte sie den Kopf und presste das andere Ohr flach auf den Boden.

Sie hob eine Hand. »Ruhe, alle miteinander!«

Alle verstummten, standen still da und starrten die ausgestreckte Königin an.

»Ich kann sie hören«, sagte Bitterblue. »Sie ruft meinen Namen.«

Havas Knöchel war unter einer Leiter eingeklemmt. Er war, wie sie vermutete, verstaucht oder Schlimmeres, und ihr Kopf tat weh, aber sie bestand darauf, dass es ihr abgesehen davon gut ging. Sie war bewusstlos geworden. Je mehr sie wieder zu sich kam, desto kräftiger wurde ihre Stimme. Die Gruppe, die sich so nah am Krater versammelt hatte, wie es sicher erschien, konnte sie hören und rief Fragen hinunter.

»Es ist eine Höhle«, erklärte Hava. »Mit hohen, gewölbten Wänden. Es gibt sogar Stalaktiten und Stalagmiten« – sie nannte die Wörter auf Beschenktisch –, »allerdings kann ich mir nie merken, was was ist. Ich kann die Leiter nicht bewegen. Sie ist an beiden Seiten eingeklemmt.«

»Siehst du einen Weg nach unten, der sicher wirkt?«, rief Giddon.

»Nein. Und es fallen immer weiter Sachen rein und neben mir liegen explodierende Eier. Bitte werft nicht noch mehr Schutt hier runter, sonst gehen sie hoch.«

»Meine Mutter hat mir von einer Höhle erzählt«, sagte Lovisa, die etwas weiter weg saß als die anderen, den Rücken zitternd an einen Baum gelehnt, benommen.

Giddon drehte sich zu ihr um. »Was hat sie darüber gesagt?«

»Ihr Vater hat sie zur Strafe dort eingesperrt«, erklärte Lovisa.

»Havas Höhle klingt nicht wie eine zugängliche Höhle«, sagte Giddon.

»Ich habe eine Falltür auf dem Boden des Lagerhauses gesehen«, sagte Lovisa. »Mit einem Schlüssel im Schloss.«

»Nun denn«, Giddon wurde immer ungeduldiger, »wenn das der Zugang war, ist er jetzt weg.«

»Sie hat immer davon erzählt, dass sie von der Höhle aus den Sonnenuntergang sehen konnte. Und dass sie Besuch von Vögeln hatte.« Lovisa sprach ausdruckslos wie ein Automat, als hätte sie eine mechanische Ankündigung über die Höhle zu machen und müsste sie von vorne bis hinten aufsagen, ohne innezuhalten. Währenddessen steckte Hava fest. Giddon hätte am liebsten jeden, der nicht half, geschüttelt.

»Das bedeutet, dass es noch einen Zugang geben muss«, sagte Bitterblue, die noch immer mit dem Ohr auf dem Boden lag.

»Was?«

Bitterblue setzte sich auf. Sie wandte Giddon ihre großen grauen, unglücklichen Augen zu. Dann zeigte sie über den Hof, an die Stelle, wo die Bäume den Weg für den Himmel frei machten.

»Dieses Anwesen liegt auf einer Klippe, Giddon. Wenn Ferla von ihrer Höhle aus die untergehende Sonne sehen konnte, heißt das, dass es in der Felswand eine Öffnung zur Höhle geben muss.«

Havas gedämpfte Stimme bestätigte diese Theorie.

»Ja«, rief sie. »Jetzt, wo ich darauf achte, sehe ich geradeaus vor mir Tageslicht. Es scheint klein und weit weg zu sein.«

»Das Lagerhaus liegt ein ganzes Stück von der Klippe entfernt«, sagte Giddon grimmig.

»Wir brauchen ein Seil«, erklärte Bitterblue.

»Im Stall habe ich keins gefunden.«

»Die Seile wurden im Lagerhaus aufbewahrt«, sagte Lovisa mit derselben ausdruckslosen Stimme. »Wir haben es zur Explosion gebracht.«

Und so sammelten sie alle Laken im Haus ein. Die Hausangestellten – eine Köchin, ein Dienstmädchen und ein Hausmeister, die angesichts der Situation alle derart vom Donner gerührt waren, dass Giddon dazu neigte, an ihre Unschuld zu glauben – halfen ihnen und führten sie zu einer weiteren Wäschekammer, von der selbst Lovisa nichts gewusst hatte. Die Angestellten bekamen große Augen, wenn sie zu Lovisa hinübersahen, die weiterhin an ihren Baum gelehnt dasaß, schmutzig, verschrammt, zerrissen und weinend. Eine von ihnen brachte ihr eine Tasse Tee. Lovisa hielt sie in den Händen, ohne etwas wahrzunehmen.

Während die anderen Laken zusammenbanden, rieb sich Giddon den Dreck aus den Augen und streckte probeweise die Arme aus. Wie alle aus der Gruppe hustete er immer noch von dem Staub, der seine Augen, Nase, Zunge und Kehle verklebte. Seine Hände waren steif und schmerzten vom Niederstrecken der Wachen. Aber er verstand, dass derjenige, der über die Kante stieg, um einen Weg zu Hava zu finden, die Felswand hinunterklettern, sie von dieser Leiter befreien und sie dann vermutlich tragen musste. Das bedeutete, er war es, der gehen musste.

Die anderen – Davvi, Nev, Lovisa, die Köchin, das Dienstmädchen und der Hausmeister – würden sich hintereinander oben auf der Klippe aufstellen und das andere Ende des Lakentaus festhalten. Sie hatten sich auf ein System aus Rufen und Ziehen am Tau geeinigt, um sich zu verständigen, obwohl Giddon nicht genau wusste, wie jemand in der Lage sein sollte, über dem Rauschen des Wassers irgendetwas zu hören, oder wie er an einem Lakentau ziehen sollte, während er sich an eine Felswand klammerte.

Bitterblue durfte bei gar nichts helfen. Sie war immer noch zu berauscht. Man erlaubte ihr auch nicht, allein neben dem Loch zu bleiben, wo sie sich – und Hava – trösten konnte, indem sie mit Hava sprach. Sie saß in der Nähe der Tauaktion an einem Baum, rieb sich mit zitternden Händen die Zöpfe und tat so, als ginge es ihr gut.

Ein Lakentau fest um Taille und Schritt gebunden, ging Giddon zu ihr.

»Bitterblue«, sagte er, während er vor ihr kniete und ihr in die großen ängstlichen Augen blickte. »Ich gehe nur einmal kurz da runter. Ich finde und befreie Hava. Dann kommen wir beide wieder hoch. In ein paar Minuten ist alles vorbei. Okay?«

»Okay«, flüsterte sie.

»Das Tau hält. Wir haben jeden Knoten mehrmals überprüft und ich suche mir zum Klettern eine Strecke, an der ich den Zug darauf gering halten kann. Verstehst du das?«

»Nein, aber es tröstet mich, dass du es tust. Könntest du mir eine Rechenaufgabe stellen?«

Wenn sie nicht so schlecht ausgesehen hätte, hätte er gelächelt. »Berechne das Quadrat von ganzen Zahlen«, sagte er. »Wenn ich zurück bin, sagst du mir, wie weit du gekommen bist. Okay?«

»Versprichst du mir, dass du zurückkommst?«

»Ich verspreche es.«

»Okay.«

Er küsste sie auf die Stirn. Dann ging er wieder zu den anderen, näherte sich dem Rand der Klippe, ging auf die Knie und blickte hinüber. Der Ozean war sehr, sehr weit unten. Das Wasser peitschte gegen den Fels. Giddon konnte keine Höhlenöffnung sehen.

Er sah sich noch mal zu den Tauhaltern um, schwang sich über den Rand und machte sich daran, hinabzuklettern.

Die Felswand war glitschig. Es gab zahlreiche Spalten und wulstige Stellen, aber seine kalten Finger konnten sich an dem glatten Stein nicht halten. Einmal rutschte er ab und sein ganzes Gewicht zog an dem Lakengurt, doch die Gruppe oben hielt ihn. Unter ihm befand sich ein winziger Felsvorsprung.

*Ich klettere runter bis zu dem Vorsprung*, sagte er sich. *Bis zu dem Vorsprung schaffe ich es.*

Nachdem er noch ein paar Minuten lang seine Finger in Spalten gezwängt hatte, erreichte er ihn, seine Füße berührten den Stein. Es war nicht wirklich ein Vorsprung, sehr schmal, und er führte seitlich um eine nach außen gewölbte Biegung in der Felswand, um die Giddon nicht herumsehen konnte. Aber das Sims trug sein Gewicht, während Giddon durchatmete, sich neu konzentrierte und versuchte seine Umgebung zu erkunden. Er entdeckte keinen Eingang zu einer Höhle.

Giddon atmete ein weiteres Mal durch, ruhiger jetzt, unterdrückte sein Zittern und sah genauer hin. Er erblickte einen Vogel und dann noch einen, die vom Meer her kamen und geradewegs auf den Teil der Felswand zuschossen, den er nicht sehen konnte, in einer Geschwindigkeit, die entweder selbstmörderisch war oder darauf hinwies, dass es dort keine Wand gab, die sie aufhielt.

Er verstand. Das war die Öffnung, auf der anderen Seite der Biegung. Er bewegte sich langsam seitlich auf dem Vorsprung entlang und versuchte nicht darüber nachzudenken, dass das Tau ihn wie ein Pendel hin- und herschwingen lassen würde, wenn er noch mal ausrutschte. Die Strecke fing an zu stinken und wurde schleimig von Vogelkot und dann von Blut, das ihm offenbar aus einer Hand sickerte. Der Vorsprung wurde noch schmaler und Giddon konnte immer noch keine Höhlenöffnung sehen.

Plötzlich schossen Vögel aus dem Fels direkt neben ihm und segelten übers Meer hinaus. Er verlor fast den Halt, so sehr erschrak er, aber er nahm all seinen Mut zusammen und rückte weiter seitwärts vor. Jetzt musste er ganz in der Nähe sein. Er streckte sich, griff, zwängte seine blutigen Finger in Spalten. Ja! Jetzt konnte er es sehen, eine kleine dunkle Öffnung in der Klippe! Kurz davor hörte der Vorsprung auf. Ein paar entsetzliche Schritte lang musste er mit den Zehen auf jeder Ausbuchtung balancieren, die er finden konnte, und sich anstrengen, nicht abzurutschen.

Schließlich erreichten seine Stiefel mit größter Mühe die Sicherheit der Öffnung, wo er stehen konnte.

Da packte ihn eine Hand am Knöchel.

# 39

Giddon wäre abgestürzt, wäre nicht der massive Fels gewesen, auf dem er stand.

Auf jeden Fall schrie er. Die anderen oben hörten den Schrei. Da sie ihn natürlich missverstanden, begannen sie zu ziehen, sodass Giddon kurz zwischen dem Seil und dem eisernen Griff um seinen Knöchel gestreckt wurde. Aber dann kam er wieder zu Atem und rief ihnen zu, sie sollten aufhören. »Mir gehts gut«, rief er. »Mir gehts gut. Lasst das Seil etwas lockerer und bewegt euch nach rechts.

Hava?«, sagte er dann zu der Hand an seinem Knöchel, obwohl er wusste, dass es eigentlich nicht Hava sein konnte, die weit hinten in der Höhle unter einer Leiter feststeckte. Giddon hatte eine verrückte, ungläubige Idee, wer das sein musste. Als das Lakentau sich lockerte, ging er in die Hocke.

Eine weitere Hand kam aus der Öffnung und umklammerte sein Handgelenk. Giddon sah eine gekrümmte Gestalt, die vor Staub und Dreck ganz grau war, einen zottigen dunklen Bart. »Sie sind jetzt in Sicherheit«, sagte er auf Winterburgisch, während er den Mann, der mit wahnsinnigen Augen in einem ausgemergelten Gesicht aus dem Loch blickte, genauer betrachtete. Er sah aus und roch wie der am stärksten missbrauchte und vernachlässigte Mensch, den Giddon je gesehen hatte, und Giddon wurde bewusst, dass er sich geirrt hatte. Diesen Mann hatte er noch nie zuvor gesehen.

»Giddon? Bist du das?«

Giddon musterte verblüfft das Gesicht des Mannes. Es konnte nicht sein; er war zu klein, zu alt. Aber dann blitzte etwas in diesen

Augen auf, Belustigung, falls das überhaupt möglich war, und verwandelte das Gesicht in eins, das Giddon kannte. Tränen schnürten ihm die Kehle zu. Er würde Benni Cavenda umbringen.

»Katu!«

»Halluziniere ich?«, fragte Katu Cavenda und löste eine seiner Hände. Seine Finger gaben Giddons Schulter einen vorsichtigen Stups, als rechnete er mit einem Geist. *Er* sah aus wie ein Geist.

»Ich bin echt«, sagte Giddon. »Jetzt binden wir dich an dieses Seil und bringen dich hier raus.«

»Was ist los?«, fragte Katu. »Was machst du hier?« Seine Stimme wurde zu einem Schrei. »Es gab eine Explosion! Die Decke ist eingebrochen! Ich habe Stimmen gehört!«

»Das wissen wir«, sagte Giddon. »Es geht allen gut. Wir können später darüber reden, sobald wir dich hier rausgebracht haben.« Dann kroch er neben Katu in die Höhlenöffnung, fing an, sich aus dem Lakentau zu wickeln, und Katu geriet in Panik.

»Was tust du da?«, rief er und stieß Giddons Hände weg von dem Gurt.

»Ich binde dich an dieses Seil, damit meine Freunde dich hochziehen können«, erklärte Giddon.

»Aber du kannst nicht hierbleiben!«

»Nachdem du in Sicherheit bist, lassen sie das Seil wieder für mich runter.«

»Du musst mitkommen! Ich lasse dich nicht hier!«

»Katu.« Giddon packte den Mann an der Schulter. »Zusammen wären wir zu schwer. Meine Freunde werden mich nicht hier unten lassen! Eine von ihnen ist deine Nichte, wusstest du das? Deine Nichte ist am anderen Ende dieses Taus.«

»Meine Nichte?«, fragte Katu vollkommen ungläubig. »Lovisa?« Dann ließ er die Schultern hängen und begann zu schluchzen.

»Komm, wir binden dich fest.« Giddon wandte sich wieder dem Gurt zu. »Lass uns keine Zeit verlieren.«

Aber Katu war völlig außer sich. Er lehnte sich an Giddon, bebte und weinte. Also legte Giddon die Arme um seinen stinkenden Gefährten und wartete, bis dieser so weit war.

Katu hatte nicht die Kraft, bei seinem eigenen Aufstieg mitzuhelfen. Giddon stellte sich vor, dass er umkippen und aus dem Gurt gleiten konnte, und verknotete daher das Lakentau dreifach um Katus Taille und Schritt und führte es sogar einmal über Katus Schulter. Er versuchte sich keine Sorgen darüber zu machen, was mit Laken geschah, die mit dem vollen Gewicht eines Menschen an einem Ende über Fels gezerrt wurden.

Als Nächstes zupfte Giddon mit dem Signal für »Zieht!« am Seil. Dann legte er sich seitlich in die Höhlenöffnung, die Beine festgeklemmt, die Arme und den Oberkörper über der Kante, damit er Katu packen konnte, falls dieser abstürzen sollte. Es war ihm klar, dass das wahrscheinlich nicht funktionieren würde. Wahrscheinlicher war es, dass Katu Giddon mitreißen würde. *Ich riskiere mein Leben, um das Leben des ehemaligen Geliebten meiner zukünftigen Frau zu retten,* dachte er seufzend.

Langsam, aber stetig stieg Katu auf; er versuchte sogar geistesgegenwärtig mit den Händen Halt am Fels zu finden, um sich nicht zu drehen. Als Katu oben ankam, griffen Davvis Arme nach ihm. Dann, mit einem Rudern von Armen und Beinen, landete Katu auf festem Boden. Giddon nahm an, dass da oben alle ziemlich überrascht sein würden, Katu Cavenda statt Hava vor sich zu sehen. Und dann verscheuchte er den Gedanken, denn er musste Hava hier rausholen.

Vorsichtig tastete er sich tiefer in die Höhle vor. »Hava?«, rief er und seine Stimme hallte von den Wänden wider.

»Hier«, hallte ihm ihre Stimme aus einiger Entfernung entgegen. »Schrei nicht lauter als unbedingt nötig«, fügte sie ruhig hinzu. »Davon bröckelt die Decke. Geh langsam und pass auf die Metalleier auf.«

Die Höhle war riesig, gebogen und seltsam, als wäre man im Inneren eines riesigen Weichtiers. Weiter vorne war ein Loch in der Decke, durch das an der Stelle, wo früher das Lagerhaus gestanden hatte, Licht hereindrang und Streifen aus herumschwebendem Staub beleuchtete. Darunter lagen Haufen aus Schutt, zerbrochene Kisten und Fässer, Glasgefäße und Säcke. Dann ein Stück einer Metallleiter. Havas Leiter. Giddon bewegte sich so schnell er konnte mit leichtem Schritt vorwärts.

Als er einen Haufen Trümmer umrundete und Hava entdeckte, zogen Tränen Pfade durch den Schmutz in seinem Gesicht, weil sie so ungerührt wirkte. Sie hatte sich gegen ein kaputtes Fass gelehnt, ein Bein angezogen, das andere ausgestreckt, der Knöchel war unter der Leiter eingeklemmt, wie sie gesagt hatte. Blut rann ihr aus einem Schnitt auf der Stirn und sie sah blinzelnd zu ihm auf, aus dem roten und dem kupferfarbenen Auge in ihrem staubbedeckten Gesicht. Sie hatte gelesen. In aller Seelenruhe, inmitten dieser gefährlichen Metallkugeln um sie herum, unter der herabbröckelnden Decke. Ohne zu wissen, ob sie gerettet werden würde, mit dieser schweren Metallleiter, die so fest auf ihr Bein drückte, dass Giddon, der es sich näher ansah, Angst bekam, sie könne einen Fuß verlieren, hatte Hava ein Notizbuch offen vor sich liegen.

Aber er konnte hören, wie schnell ihre Atmung ging. Sie hatte Schmerzen und sie hatte Angst.

»Und, steht was Interessantes drin?«, fragte Giddon leise, während er die Leiter links und rechts von ihrem Fuß packte und anzuheben versuchte. Nichts rührte sich. Es war die längste Leiter, die er je gesehen hatte – wahrscheinlich der Zugang zur Höhle vom Lagerhaus aus –, und sie war an beiden Enden unter Schutt begraben. Sie war außerdem rutschig vom Staub.

»Du Weichei«, entgegnete sie, als sie sah, wie ihm die Tränen übers Gesicht liefen. »War das Katu Cavenda, den du da gerettet hast?«

»Ja.«

»Und dabei dachte ich, ich wäre allein.«

»Er war ziemlich weggetreten.« Giddon zog seinen Mantel aus, dann kam er zu dem Schluss, dass der zu dick für seine Zwecke war, und zog sich das Hemd über den Kopf.

»Ich hatte eigentlich auf Rettung gehofft, nicht auf einen Striptease«, sagte Hava, die ihm dabei zusah, wie er seine blutigen Hände mit den Hemdsärmeln umwickelte und diese dann als Behelfshandschuhe benutzte, um die Leiter zu fassen. Giddon versuchte sie erneut anzuheben, seine Arm- und Schultermuskeln spannten sich an. Die Handschuhe halfen. Aber es rührte sich immer noch nichts.

»Wenn meine Entschlüsselungsfähigkeiten mich nicht täuschen«, sagte Hava beiläufig, »werden die explosiven Eier unter anderem aus Zilfium und einem Nebenprodukt der Silberraffination hergestellt.«

»Faszinierend«, entgegnete Giddon. In den Trümmern in der Nähe gab es nichts, das stark genug gewesen wäre, um es als Hebel zur Befreiung ihres Beins zu benutzen. Es gab keine Möglichkeit, eine Kuhle darunter zu graben, weil Havas Bein auf Stein lag. Er untersuchte die Schuttberge an beiden Enden der Leiter und entschied sich dann für den Berg, der weniger riesig war.

»Es ist in der Tat faszinierend«, sagte Hava, »wenn man berücksichtigt, dass das größte bekannte Zilfiumvorkommen Bitterblue gehört. Verstehst du, worauf sie da sitzt, Giddon? Welchen Wert ihre Berge ökonomisch und politisch – militärisch – haben, wenn sie damit *so etwas* machen kann?«

Der Schutt an diesem Ende schien vor allem aus Steinen und Holz zu bestehen. Keine Metalleier. Giddon zog seine behelfsmäßigen Handschuhe zurecht, ging in die Knie und packte die Leiter. Als er versuchte sie anzuheben, bewegte sie sich ein winziges Stückchen.

»Giddon«, sagte Hava. »Wenn du mich hier nicht rausbekommst, versprich mir, dass du diese Notizbücher mitnimmst. Ich glaube, sie beinhalten die Pläne, nach denen die Eier gefertigt sind.«

»Hava, Liebes«, erwiderte er. »Mach dich bereit, deinen Fuß zu bewegen. Es wird wehtun und ich kann das Ding möglicherweise nicht ganz anheben.«

Hava sah eine Weile zu ihm herüber. Als ihr eine Träne über die Wange rann, ließ sie sie ihn sehen. »Okay«, sagte sie. »Ich bin bereit.«

Mit aller Kraft in seinem Körper – mit schmerzenden Beinen, Rücken und Schultern, mit zerrenden Händen und einem Brüllen, das aus seiner Kehle drang – hob Giddon das Ende der Leiter an.

Vor Schmerz schreiend zog Hava ihren Fuß durch die winzige Öffnung, die er geschaffen hatte.

Als er sah, dass sie sich befreit hatte, ließ Giddon die Leiter los und beugte sich dann hustend vor. Steine und Erde fielen von oben herab und prasselten auf den Boden wie ein Hagelschauer.

»Alles in Ordnung?«, brachte er mühsam hervor.

»Ja. Und du?« Havas Stimme klang rau.

»Ja.«

»Lass uns von hier verschwinden.«

»Ja.«

»Giddon?«, sagte sie, als er zu ihr zurückging.

»Ja?«

Sie weinte, weinte richtig, was Hava fast nie tat. Aber der Blick, den sie ihm zuwandte, leuchtete mit einer Freude, die irgendwie unpassend wirkte. »Gut gemacht«, sagte sie und Giddon wurde klar, dass sie nicht damit gerechnet hatte, das hier zu überleben.

Steif und unter Schmerzen zog er sein Hemd und seinen Mantel wieder an, dann ging er neben ihr auf ein Knie. »Hast du gedacht, ich würde dich hier unten lassen, Frechdachs?«, fragte er und nahm sie auf den Arm.

Es war schwieriger, Hava mit dem Lakentau nach oben zu schicken als Katu, weil sie solche Schmerzen hatte. Giddon band sie in den

Gurt, dann klemmte er sich in die Öffnung, wie er es bei Katu getan hatte. Jedes Mal, wenn ihr verletzter Knöchel gegen die Felsen schlug, spürte er es in seinem eigenen Körper. Giddon spürte alles in seinem eigenen Körper. Er konnte sich nicht erinnern, jemals so erschöpft, so wund, verletzt und ausgekühlt gewesen zu sein.

Dann war Hava sicher auf festem Boden angekommen und plötzlich fing Giddons Herz an zu klopfen. Jetzt war es Zeit für seinen eigenen Aufstieg die Felswand hinauf. Was, wenn er jetzt, nach allem, was er getan hatte, einen Fehler machte? Was, wenn die Arme der anderen jetzt so ausgelaugt waren, das Lakentau ausgefranst und gedehnt, seine Finger blutend und steif vor Kälte, dass er ausrutschte und abstürzte? Giddon wollte nicht sterben. Er hatte Dinge zu erledigen. Er hatte Glück zu erleben. Er war ein Baby; sein Leben hatte erst vor ein paar Tagen neu begonnen.

Giddon drehte sich um und richtete sich auf, ging zurück in die Höhle, um sich von diesen Gedanken abzulenken. Es gab keine Möglichkeit, auf festen Boden zurückzukommen, ohne diese Angst zu durchleben. Er würde an die anderen denken, die ihn für stark genug hielten, wieder hochzuklettern. Ganz besonders an eine, die ihn unbedingt zurückhaben wollte. Was für ein Geschenk, dass sie ihn so unbedingt zurückhaben wollte.

Giddon betrachtete ein letztes Mal die Höhle. Ein Stalaktit neben ihm erstreckte sich von oben hin zu einem Stalagmiten. Beide trafen sich beinahe in der Mitte und bildeten eine Säule. Es war kalt in dieser Höhle, karg und eigenartig. Was hatte Lovisa gesagt? Dass Ferlas Vater Ferla immer zur Strafe hergeschickt hatte? Wie lange hatte Katu hier dahinvegetiert? Es schien unmöglich, dass es einen solchen Ort überhaupt gab oder dass irgendjemand ihn entdeckte. Unmenschlich, dass jemand ihn nutzte, um Kinder zu disziplinieren. Von seiner Position aus konnte Giddon die kaputten Fässer, Behälter und Kisten sehen, die noch vor ein paar Stunden im Lagerhaus verstaut gewesen sein mussten. Wie seltsam, das Ergebnis einer Explosion von unten zu sehen. »Wow«, sagte er. Das Wort hallte leise und dumpf zu ihm zurück.

Und dann sah er einige dieser Metalleier, die neben den herabgestürzten Vorräten verstreut lagen. Er betrachtete sie; er prägte sich sie und den Schaden, den sie angerichtet hatten, ein. Er wusste, dass er etwas Schreckliches vor Augen hatte. Und auch, wenn er Hava vorhin nicht geantwortet hatte, verstand er, was es bedeutete. Die explodierenden Eier waren eine Erfindung, die, einmal erfunden, nicht wieder ent-erfunden werden konnte. Sie wurden aus einem Treibstoff gefertigt, den es in Bitterblues Bergen gab. Hava besaß die Pläne, um sie zu fertigen. Und Bitterblue war eine Königin, die ein Königreich zu verteidigen hatte, umringt von kriegerischen Staaten wie Estill. Was würde mit der Welt geschehen, sobald alle erfuhren, was Benni Cavenda aus Zilfium gemacht hatte?

Jetzt wusste Giddon, dass er oben auf die Klippe zurückkehren würde, denn er würde nicht zulassen, dass Bitterblue die Antwort auf diese Frage allein finden musste.

Der Anstieg war anstrengend. Giddons Finger waren gefühllose Stummel, seine Arme schwer wie Eisenhämmer und genauso nützlich zum Klettern. Er liebte das Lakentau. Es war der weltbeste Freund der Menschheit. Er wollte es mit nach Hause nehmen – so zerfetzt und dreckig es war – und es in einer Truhe am Fuß seines Bettes aufbewahren. War das seltsam?

Arme streckten sich ihm aus dem Nichts entgegen und zogen ihn über die Kante. Er hörte Jubel. Er hörte sich selbst keuchen. Jemand band ihn los und jemand anders wickelte ihm ein Tuch um eine seiner blutigen Hände. Er lag oberhalb der Klippe auf dem Bauch und umarmte den Boden.

Dann blickte er auf und sah Bitterblue, die immer noch an ihren Baum gelehnt saß und ihn aus riesigen Augen ansah.

Giddon rappelte sich auf und ging zu ihr.

# 40

Als Nev und Davvi diesen zotteligen grauen Mann über die Kante auf den Boden neben ihr zogen, erkannte Lovisa ihn nicht. Er war eine verschrumpelte, entsetzlich stinkende Ratte und sie wich zurück, bis er zu ihr aufblickte. Als er sie sah, lächelte er.

»Katu«, rief sie.

»Lovisa«, sagte er und sein Lächeln wurde selig.

Lovisa ließ das Tau los, zog ihren Mantel aus und gab ihn ihm. Als er verwirrt wirkte, wie man mit einem Mantel umging, half sie ihm, schob seine Hände in die Ärmel und zog ihn über seine Schultern. Dann umarmte sie ihn weinend, unfähig zu verbergen, wie sehr sein ausgemergelter Zustand sie aufbrachte. Sie konnte die weiße Strähne in seinem Haar nicht entdecken, was, wie sie dann bemerkte, daran lag, dass es so verdreckt war.

»Was haben sie mit dir gemacht?«, rief sie.

»Nun, meine Liebe«, sagte er leichthin und legte ihr eine vorsichtige Hand auf die Schulter, als hielte er sich fest. »Ich wurde beim Tauchen angegriffen. Als ich wieder aufwachte, war ich hier.«

»Beim Tauchen! Das heißt, du wurdest unter Wasser angegriffen?«

»Ja. Ich bin nach der *Seashell* getaucht. Kennst du die *Seashell*?«

»Ja, aber woher wusstest du davon?«

»An dem Tag, als die *Seashell* verschwand, habe ich durch ein Fernrohr etwas Eigenartiges auf dem Meer beobachtet. Ein Luftschiff, das Leute aus einem Rettungsboot aufnahm.«

»Ist das so eigenartig?«, fragte Lovisa. »Es klingt nach einer Rettung.«

»Die Person, die das Rettungsboot als letzte verließ, zerschlug den Boden mit einer Axt«, sagte Katu.

»Oh.« Lovisa verlor den Mut.

»Dann flog das Luftschiff in meiner Nähe vorbei. Ich hörte Gesprächsfetzen auf Kamassarianisch und dachte: *Das ist ein kamassarianisches Rätsel.* Sie sahen mich. Ich versuchte mein Schiff beizudrehen, sodass sie den Namen nicht lesen und herausfinden konnten, wer ich war. Aber dann drehte sich der Ballon im Licht. Ich erkannte ihn.«

»Es war mein Luftschiff«, sagte Lovisa.

»Na ja, das deiner Eltern«, entgegnete Katu mit einem leichten Lächeln. »Ich habe ganz bestimmt nicht gedacht: *Lovisa heckt da irgendwas aus.*«

»Mein Vater.«

»Oder deine Mutter«, sagte er grimmig.

»Deine eigene Schwester?«

»Es war vermutlich meine Schwester, die mich für Monate allein im Gefängnis unserer Kindheit eingesperrt hat. In letzter Zeit haben sie mir mehr zu essen gegeben und meine Lieblingsbonbons.«

»Deine Lieblingsbonbons!«

»Samklavi«, sagte er.

»Samklavi!« Lovisa hörte, wie sie stupide alles wiederholte, aber sie konnte nicht anders. Vor ein paar Wochen hatte sie gesehen, wie ihre wütende Mutter ihrem Vater eine Tüte Samklavi gegeben hatte. »Ich glaube, meine Mutter hat dir das Samklavi über meinen Vater geschickt!«

»Tja.« Katu stieß ein schnaubendes Geräusch aus. »Trotz dieser großzügigen Geste kann ich nicht gerade behaupten, dass ich von den Banden geschwisterlicher Treue gerührt bin.«

»Meine Mutter ist tot«, sagte Lovisa.

Katu verstummte, alles Licht schwand aus seinem Blick. Er senkte das Kinn auf die Brust, steckte die Hände in die Taschen von Lovisas

Mantel. Dann zog er zu seiner eigenen offenkundigen Überraschung seinen Rubinring hervor. »Was um alles in der Welt?«, rief er.

Plötzlich rief Nev nach Lovisa, um Hava hochzuziehen. »Ich bin gleich wieder da, Katu«, sagte sie. Aber sobald Hava wieder auf festem Boden war, musste sie bei Giddon helfen. Als Lovisa schließlich zu Katu zurückkehrte, hatte er sich zu einer zitternden Kugel zusammengerollt. Sie berührte ihn an der Schulter, aber er zuckte zurück.

»Schnell«, rief sie erschrocken über die Veränderung. »Er ist krank!«

Davvi, Liv die Köchin und Ella das Dienstmädchen kamen herbeigerannt. Davvi nahm Katu wie ein Kind auf den Arm und trug ihn aufs Haus zu. Hinter ihnen stützten Nev und Roni der Hausmeister Hava zwischen sich und gingen in dieselbe Richtung. Giddon und die Königin folgten ihnen, also trottete auch Lovisa verfroren hinterher. Liv und Ella waren ganz außer sich über Katu. Sie äußerten immer wieder ihre Verwunderung – unfähig zu glauben, was mit ihm geschehen war. Als ein Wachmann aus dem Stall gestolpert kam, eindeutig benommen und mit einer Gehirnerschütterung, wandte sich Liv ihm zu, brüllte ihn kreischend an und beschuldigte ihn, Bescheid gewusst und ein Verbrechen an der Familie der Cavendas verübt zu haben. Tränen flogen ihr geradezu aus dem Gesicht. Lovisa betrachtete sie mit einer gewissen Faszination und fragte sich, was wohl passieren würde, wenn sie selbst auch anfinge zu schreien und zu weinen und überall Tränen über diese ganze Schandtat zu verteilen. Würde sie sich davon anders fühlen? Mehr Gewissheit darüber erlangen, was die Wahrheit war?

Sie hatte ein Ei geworfen und Linta Massera sowie zwei Wachen getötet. Das war die Wahrheit. Sie wollte nicht darüber nachdenken.

Giddon ging in den Stall, kam mit Zaumzeug wieder und begann die Wachen, deren Körper in unterschiedlichen Bewusstseinsverfassungen auf dem Grundstück und im Haus verteilt zu sein schienen, an Händen und Füßen zu fesseln. Alle anderen versammelten sich im Wohnzimmer, wo Nev Anweisungen erteilte, wie Katu und Hava gepflegt werden sollten. Nev wusste als Tierärztin wahrscheinlich, was sie tat. Vielleicht war ein Mensch auch nichts anderes als ein aufrechtes, kleinnasiges, haarloses Miniaturpferd?

Lovisa nahm wahr, wie ihr diese Gedanken kamen, und versuchte sich zu konzentrieren. Ihr Körper tat so weh. Die Explosion hatte sie davongeschleudert, dann hatte sich der Krater aufgetan und sie hatte gemerkt, wie sie weggerutscht war, hatte sich an dem Pfosten festgehalten und ewig daran geklammert, während sie die ganze Zeit damit gerechnet hatte, dass er abbrechen, in das Loch stürzen und sie mit sich reißen würde. Alle Muskeln in ihren Armen und Händen schmerzten, ihr gesamter Körper fühlte sich an wie ein einziger Bluterguss und ihre Ohren dröhnten. In ihrem Mund schmeckte sie Blut.

Katu lag auf einem Sofa neben dem großen Wohnzimmerfenster, zitternd, aber bei Bewusstsein. Also stellte Lovisa sich neben ihn und hielt seine Hand. Er hatte seinen Ring wieder angesteckt. An seinem dünnen Daumen rutschte er hin und her. Lovisa versuchte sich vorzustellen, einem ihrer Brüder Nahrung vorzuenthalten. Es gelang ihr nicht. Es war unvorstellbar.

Hava auf einem Sofa in der Nähe schien guter Dinge zu sein. Wahrscheinlich, weil Nev ihr gesagt hatte, dass sie ihren Fuß nicht verlieren würde. »Dein Knöchel ist gebrochen«, sagte Nev, »und vermutlich auch eine deiner Rippen«, und Hava lachte, ein seltsames Lachen, das sich zu einem hohen Schmerzenslaut entwickelte, aber trotzdem ein Lachen war.

Leicht keuchend erzählte Hava, wie Lovisa das explosive Ei geworfen hatte. »Du hast mir das Leben gerettet, Lovisa«, sagte sie ausdruckslos, und dann sahen alle Lovisa an, der diese Aufmerksamkeit gar nicht behagte.

»Ich habe Linta Massera und zwei Wachen getötet.«

»Ich bin diejenige, die den Stift gezogen hat«, sagte Hava. »Ich hätte beinahe *dich* getötet.« Dann beschrieb sie weiter, wie Giddon die Leiter von ihrem Fuß gehoben hatte. »Ich war kurz verwirrt, als er anfing, sich auszuziehen.«

»Für mich hat er sich nicht ausgezogen«, murmelte Katu und klang beleidigt. Das Kichern der Königin ertönte glockenhell, dann trennte sich Bitterblue kurz von Hava und kam zu Katu herüber. Sie beugte sich vor und gab ihm einen Kuss auf die Stirn.

»Willkommen zurück, Katu«, sagte sie leise.

»Ich war nie glücklicher, dich zu sehen.« Katu schenkte Bitterblue eins seiner wärmsten Lächeln, wovon Lovisa das Herz wehtat. Dabei sah Katu aus wie er selbst und Trauer wegen allem, was ihm passiert war, durchströmte sie.

Bitterblue kehrte zu Hava zurück.

»Die Königin sieht dünn aus«, sagte Katu. »War sie krank?«

»Das ist eine lange Geschichte«, antwortete Lovisa.

»Geht es ihr gut?«

»Jetzt im Moment ist sie berauscht von Rauha, aber ja, es geht ihr gut. Großartig sogar«, sagte Lovisa mit diesem vertrauten Anflug von Groll. »Sie ist in Giddon verliebt. Die beiden sind abscheulich zusammen.«

Katu schloss die Augen. Er schien zu schrumpfen, wurde abwesend und zurückhaltend. Jedes Mal, wenn er sich so verschloss, ließ er sie allein mit diesen Fremden, die immer wieder in schnelles Beschenktisch verfielen, wenn sie sich miteinander unterhielten, und Lovisas müden Verstand damit strapazierten.

»Als ich in meinem Dachkammergefängnis saß«, sagte Bitterblue, »verstand ich nicht, warum sich Estill mit Winterburg in einem Krieg gegen Monsea verbünden sollte und warum Estill glaubte, sie könnten gewinnen. Jetzt wissen wir, warum. Benni Cavenda wollte ihnen diese Waffe verkaufen.«

»Weißt du noch, dass Mikka dir ursprünglich etwas über Zilfium erzählen wollte?«, sagte Hava.

Als sie antwortete, war Bitterblues Stimme entsetzlich traurig. »Er wollte mir von dieser Zilfiumwaffe erzählen. Er wollte mich davor warnen, wie sich die Welt verändert hatte.«

»Lovisa«, ertönte Katus Stimme erneut. »Was meint die Königin mit ihrem ›Dachkammergefängnis‹?«

Lovisa ertrug die Last nicht, Katu das alles zu erklären. Er war ihr Onkel. Er war derjenige, der ihr eigentlich die Welt erklären sollte. Er sollte sagen: »Von nun an werde ich mich um dich und deine Brüder kümmern. Es ist alles vorbei, Lovisa. Du bist in Sicherheit.«

»Kann ich dir das später erklären, Katu, bitte?«

»Lovisa? Alles in Ordnung? Du bist ganz verschrammt. Was ist denn mit *dir* passiert?«

Durchs Fenster erblickte Lovisa einen Punkt am Himmel, der sich gleichmäßig zwischen den Bäumen bewegte. Er nahm Gestalt an – oben ein Ballon, Segel in der Mitte, darunter eine Gondel. Es war ein Luftschiff, das aus dem Süden kam. Es verlor an Höhe, so als käme es auf das Haus der Cavendas zu.

Lovisa ließ Katus Hand los und trat näher an die Scheibe. Sie kannte alle Luftschiffe der wichtigen Familien aus Ledra. Das hier war dunkelblau, mit goldenen Sternen bedeckt – das Luftschiff der Timas. Die Timas waren Industrielle, Freunde ihres Vaters.

Von Havas Sofa aus fragte Nev: »Lovisa? Was ist los?«

Lovisa verließ das Zimmer und ging die Treppe hinauf zum Dach.

Auf dem Dach toste der Wind und blies sie zur Seite.

Das Luftschiff schwebte über dem Haus, wurde hin- und hergeweht und hatte Schwierigkeiten anzulegen, weil niemand da war, der ihm eine Leine zugeworfen hätte. Lovisa wusste, sie hätte helfen können, aber das tat sie nicht. Es gab zwei Insassen. Mit zusammengekniffenen Augen blickte sie ins Licht, ohne jemanden erkennen zu können, aber es überraschte sie nicht, dass die Person, die die heruntergelassene Leiter hinabstieg, sich als ihr Vater entpuppte.

Eigentlich sollte er im Gefängnis sitzen, aber natürlich verlief nichts so, wie es sollte. Lovisa verdrängte ihre unzufriedenen Gedanken und wurde sich bewusst, dass der Besuch des Magistratsleiters bei Bitterblue erst gestern gewesen war. Benni hatte Ledra vermutlich in einem geliehenen Luftschiff verlassen, noch bevor der Leiter überhaupt zurückgekehrt war.

Als Benni Lovisa entdeckte, verlangsamte er seine Schritte. Sie bemerkte die Überraschung in seiner Miene und außerdem eine Art Erleichterung. Dann setzte er eine sorgfältig ausgewählte Maske auf, eine, die sie erkannte. Es war sein Enttäuschter-Vater-Gesicht.

»Mein Schatz! Ich kann dir gar nicht sagen, wie froh ich bin, dich zu sehen. Aber was ist denn passiert? Du siehst ja furchtbar aus!«

»Komm nicht näher!«, sagte Lovisa.

»Schätzchen!« Ihr Vater ging weiter auf sie zu. »Was willst du denn damit sagen? Freust du dich nicht, mich zu sehen?«

»Wir haben die Eier gefunden!«

Er lachte. »Eier, Schatz?«

»Wir haben Katu gefunden!«

»Ah.« Er hielt kurz inne, ein unsicherer Ausdruck blitzte in seinem Gesicht auf. Dann ging er weiter, sodass Lovisa zurückzuweichen begann.

»Deine Mutter ist tot, Lovisa«, sagte er. »Ihre Tyrannei ist vorbei. Endlich kann ich anfangen, es wiedergutzumachen.«

»Wiedergutmachen!«, rief Lovisa und ihr Schreck verwandelte sich in Verwirrung. »Was denn wiedergutmachen?«

»Es tut mir so leid. Ich war nie mit alldem einverstanden. Du verstehst doch, wie es ist, unter dem Einfluss deiner Mutter zu stehen, oder? Ich bin hergekommen, um Katu zu befreien, jetzt, da deine Mutter tot ist. Sie kann uns nichts mehr anhaben.«

Lovisa wollte seinen Worten Glauben schenken. Aber sie hatte ihre Eltern streiten hören. Sie hatte gehört, wie ihre Mutter ihrem Vater vorgeworfen hatte, Katu etwas anzutun. Sie hatte gesehen, wie er Paris Leiche getragen hatte.

Sie stieß mit dem Rücken an das Geländer, das rund um das Dach verlief. »Du versuchst mich reinzulegen«, sagte sie.

»Ich kann nicht glauben, dass du deinem Vater so etwas zutrauen würdest.« Er trat vor und griff nach ihrem Arm.

Hinter ihm ertönte eine scharfe Stimme. »Lovisa!«

Benni fuhr herum.

»Lovisa?«, sagte die Königin von Monsea, die durch die Falltür geklettert kam und in Ferlas Mantel auf sie zuging. Klein, schwankend, im Wind erschauernd. »Was machst du hier oben? Wer ist das?«

»Das ist mein Vater«, antwortete Lovisa vollkommen verwirrt. »Erkennst du ihn nicht?«

»Wir hatten nie das Vergnügen, zumindest nicht, während ich bei Bewusstsein war. Warum sind Sie nicht im Gefängnis?«, fragte Bitterblue, während sie ohne Angst in ihren großen berauschten Augen direkt auf Benni zuhielt.

»Bitterblue«, rief Lovisa. »Du darfst ihm nicht trauen.«

»Natürlich traue ich ihm nicht. Sie sind auf der Flucht, nicht wahr, Benni Cavenda? Sie sind hergekommen, um Katu töten zu lassen und Ihre Waffen zu holen.«

»Königin Bitterblue!«, sagte Benni. »Endlich lernen wir uns kennen!«

»Machen Sie Witze?«, entgegnete Bitterblue.

»Ich bin hier, um die Fehler meiner Frau wiedergutzumachen!«

»Also, bitte.« Bitterblue verdrehte die Augen. »Wissen Sie was? Mir reichts für heute. Lovisa, geh runter. Ich kümmere mich um diesen Kindskopf.«

»Lovisa?«, sagte Benni. »Ist das wirklich die Königin von Monsea? Sie wirkt etwas fassungslos.«

»Ich *bin* fassungslos!«, erklärte Bitterblue. »Sie haben mir die Fassung geraubt!«

Dann packte Benni Bitterblue und alles geschah gleichzeitig. Wie aus dem Nichts hatte die Königin ein Messer in der Hand und stach

Benni direkt in die Hand, mit der er sie gepackt hielt. Benni heulte auf und die Königin stieß ihm einmal, zweimal das Knie zwischen die Beine. Als Benni zusammensackte, tauchte Giddon hinter ihnen aus der Falltür auf, gefolgt von Davvi. »Bitterblue?« Giddon blickte sich blinzelnd um. »Wo bist du?«

Benni rappelte sich auf und rief dem Führer des Luftschiffs einen unverständlichen Befehl über das Dach hinweg zu. Plötzlich erkannte Lovisa die Gestalt – es war die Wache, die Frau, die Lovisa das Zeichen gegeben hatte, aus dem Haus zu fliehen, die Schwester des Wachmanns, den Lovisa verführt hatte. Die Wache rannte zwischen Ruder und Leinen hin und her und machte das Luftschiff zum Abflug bereit.

Benni stolperte auf das Luftschiff zu, aber Giddon und Davvi traten vor und stellten sich ihm einfach in den Weg. Lovisa hörte ein schreckliches Krachen und wusste, es war eine Faust im Gesicht ihres Vaters. Benni ging zu Boden.

»Ihr brutalen Schläger!« Lovisa stürmte auf sie zu. »Schläger! Alle auf einen!« Mit einem heftigen Stoß schubste sie Giddon von ihrem Vater weg. Sie ließ sich neben Benni auf die Knie fallen und barg sein blutendes Gesicht in den Händen. »Papa«, rief sie. »Es tut mir leid. Papa, es tut mir leid.«

Er sprach aus seinem verletzten Mund. Er weinte und die Tränen zogen schiefe Spuren auf seinem blutigen Gesicht. »Meine Tochter«, sagte er. »Mir tut es auch leid.«

Sogar das war gelogen; Lovisa war klar, dass das gelogen war. Wie konnte er Leute umbringen und dann sagen, es tue ihm leid? Sie wollte seine Lügen nicht. Sie wollte Vergebung für ihre Verbrechen.

Durch das Geräusch ihres Schluchzens hinweg hörte Lovisa das charakteristische Zischen eines Varantanks. Als sie zum Luftschiff hinaufblickte, sah sie, wie die Wache auf Benni hinabstarrte, der zusammengesunken am Boden lag. Die Wache warf Lovisa einen Blick zu. Dann zückte sie ein Messer und durchtrennte das Halteseil.

Mit einem Schwung des Mastbaums fing die Wache den Wind ein und flog nach Norden Richtung Kamassar.

Der Weg zurück zu Nevs Haus war schrecklich.

Benni hörte nicht auf zu reden und seine Worte waren immer an sie gerichtet. Lovisa, die erschöpft, todtraurig und einsam war, führte in ihrem Inneren einen Kampf – einen Kampf, um den Bezug zur Realität nicht zu verlieren.

»Ich wollte das alles nicht.«

»Deine Mutter hat damit gedroht, dir und deinen Brüdern etwas anzutun, wenn ich ihr nicht gehorchen würde.«

»Jetzt können wir zusammen leben. Die Gerichte werden das verstehen. Wir haben viel verloren, aber wir werden genug für uns fünf haben.«

Die Königin, die in Lovisas Nähe blieb, sagte ihr, sie könnten ihn knebeln, wenn ihr das half, aber Lovisa konnte nicht den Befehl geben, ihren eigenen Vater zu knebeln, vor allem nicht, da sein Mund verletzt war und blutete.

Schließlich schrie sie ihn an: »Warum musst du das alles für mich noch schlimmer machen? Ist es nicht schon schlimm genug?«

Ihre Reaktion ließ ihn munter werden und seine Stimme wurde ganz eifrig. »Aber Lovisa! Ich versuche es besser zu machen! Erkennst du das nicht? Wir können jetzt frei von alldem sein!«

»Ich habe dich gehört«, sagte Lovisa. »Ich habe deine Gespräche mit Mutter gehört. Ich weiß, dass du derjenige bist, der die Königin entführt hat. Ich weiß, dass du Pari umgebracht hast, nicht Mutter. Ich weiß, dass sie das alles nicht wollte. Ich weiß, dass du die Männer auf der *Seashell* ertränkt hast! Ich weiß, dass du Katu in dieser Höhle eingesperrt hast, mit dieser schrecklichen Wissenschaftlerin, die über ihm Explosionswaffen gebaut hat!«

Daraufhin saß Benni eine Weile in beleidigtem Schweigen da. Der Abend wurde dunkler und kälter, je länger sie segelten; Lovisa war dankbar, dass sie sein Gesicht nicht sehen konnte. Aber er konnte so viel in seine Stimme legen. Diese Fähigkeit hatte er schon immer gehabt. Sie hielt ihn für einen hervorragenden Schauspieler.

»Das tut wirklich weh«, sagte er schließlich. »Du kannst dir nicht vorstellen, wie weh es tut, diese Worte von dir zu hören, Lovisa. Ich bin dein Vater. Hast du alles vergessen, was ich für dich getan habe?«

Sie hörte leise schneidende Stimmen, die Benni sagten, er solle den Mund halten, und hatte Angst, dass jemand ihn noch mal schlagen würde. Schließlich lehnte Lovisa sich verzweifelt an die Königin. Sie ließ zu, dass Bitterblue ihre kurzen starken Arme um ihren zitternden Körper legte. Sie ließ zu, dass Bitterblue ihr den Rücken streichelte, während sie weinte.

»Man wird mich für das Haus der Gravlas verantwortlich machen, weißt du«, sagte Benni mit einer neuen Stimme. Einer vorwurfsvollen Stimme wegen einer ungezogenen Tochter. »Und für ihr Luftschiff, das noch teurer ist. Wahrscheinlich auch für das Luftschiff der Timas.«

»Komm, wir knebeln ihn, Lovisa«, bat Bitterblue direkt an ihrem Ohr. »Lass nicht zu, dass er dir das antut. Er bedrängt dich!«

»Ich kann nicht«, wisperte Lovisa und weinte stärker.

»Die Unterstellung, dass irgendjemand diese Männer in der *Seashell* ertränkt hat, ist absurd«, fügte Benni in einem Tonfall hinzu, der sowohl Vorwurf als auch eine Art väterlichen Tadel für eine Tochter, die sich albern benahm, enthielt. »Es gibt nichts, das das nahelegen würde. Nicht den Hauch eines Beweises.«

»Ich erzähle dir alles über den Königskontinent«, flüsterte Bitterblue Lovisa ins Ohr. »Mehr, als du je wissen wolltest. Ich erzähle dir von allen Beschenkten, die ich je getroffen habe. Okay?«

»Okay«, sagte Lovisa.

»Du bist der Liebe würdig, Lovisa«, erklärte die Königin, deren Stimme nah genug war, um Bennis Stimme, die er wieder erhoben hatte, zu übertönen. »Du bist stärker, als er dich glauben macht.«

»Bin ich nicht.«

»Natürlich. Begreifst du nicht, dass Hava jetzt tot wäre, wenn du nicht so schnell reagiert hättest? Dass wir ohne deine Kenntnisse der Höhle weder Katu noch Hava hätten retten können? Erinnerst du dich nicht, dass du mir das Leben gerettet hast?«

Vom Geräusch des Geplauders der Königin schlief Lovisa schließlich ein.

Als das Schiff anlegte, wachte sie vom Gefühl auf, getragen zu werden. Sie schrie auf, musste wissen, wo ihr Vater war.

»Unser Magistratsvertreter hat ihn in Gewahrsam genommen«, sagte eine barsche Stimme. Lovisa konnte die Stimme durch ihren Körper hallen spüren. Sie stammte von Davvi, der sie an die Brust gedrückt trug wie ein Kind. »Er ist jetzt unterwegs zum Magistrat von Ledra.«

Lovisa dachte an ihren Vater, der ihr entrissen worden war, durch den Himmel gezerrt, den ganzen Weg bis nach Ledra. Sie dachte an ihre Mutter, die tot war. Katu war im Haus zurückgeblieben, zusammen mit den Hausangestellten, die ihn pflegen und die Wachen gefesselt lassen würden, bis der Magistrat sie holen kommen konnte. »Wo sind meine Brüder?«, fragte sie. »Wer kümmert sich um meine Brüder?«

»Wir finden es für dich heraus, Lovisa«, sagte Davvi. »Versprochen. Jetzt kannst du erst mal schlafen. Wir helfen dir morgen dabei, alles Weitere herauszufinden.«

Sie glaubte ihm. Bedeutete das, dass sie aufgegeben hatte, wenn sie ihm vertraute? War es ungefährlich?

In den starken Armen von Nevs Vater, der sie zum Haus trug, gab Lovisa sich dem Schlaf hin.

# 41

Am frühen Morgen erwachte Lovisa in Nevs Bett.

Jetzt war alles erledigt. Das Geheimnis der Bankkiste gelüftet. Katu gefunden. Die Verbrecher gefasst. Die Besucher aus Monsea konnten nach Hause fahren; es war vorbei.

Aber für Lovisa würde es nie ein Ende geben.

Vorsichtig hob sie die Hand, betastete ihr Gesicht, ihr Haar, ihren Hals. Sie hatte einen schmalen Verband an der Stirn und eine aufgeplatzte Lippe. Alles tat ihr weh.

Bei jeder Bewegung schmerzte ihr ganzer Körper, aber es gelang ihr aufzustehen.

Als sie den winzigen Hauptraum des Hauses betrat, war bereits deutlich etwas Neues zu spüren: Abreise. Giddon und Hava saßen am Tisch, schoben sich Eintopf in den Mund und unterhielten sich mit Saiet. Hava sah nicht so aus, als sollte sie schon auf sein. Lila Blutergüsse umgaben ihr kupferfarbenes Auge und hoben sich auf ihrer blassen Haut überdeutlich ab. Außerdem hatte sie einen Kopfverband, einen Gips an Unterschenkel und Fuß, und sie stöhnte bei jeder Bewegung auf. Aber sie wirkte fröhlich.

»Wir kehren bald nach Ledra zurück«, sagte Giddon gerade zu Saiet. »Dort warten alle auf Bitterblue.«

Saiet, der Lovisa bemerkte, streckte ihr die Hand zur Begrüßung entgegen. »Lovisa.« Sie wappnete sich für die Fragen, die jetzt sicher kommen würden. *Was ist mit dir? Wann reist du ab? Was wirst du jetzt mit den Trümmern deines Lebens anfangen?*

»Wo sind meine Brüder?«, fragte sie.

»Unser Magistratsvertreter hat eine Nachricht an den Magistrat von Torla's Neck geschickt, um für dich danach zu fragen«, antwortete Saiet. »Ich denke, wir können heute im Laufe des Tages mit einer Antwort rechnen.«

»Oh.«

»Lovisa«, sagte Saiet sanft, während er ihre Miene musterte. »Kann ich dir etwas zu essen anbieten?«

Lovisa glaubte nicht, dass ihr Magen irgendein Nahrungsmittel annehmen würde. Dann eilte Davvi aus dem anderen Schlafzimmer herüber, Bitterblue kam von draußen herein und der Raum war viel zu voll von Leuten mit Fragen im Blick.

»Gibt es einen Ort, wo ich mich hinsetzen und allein sein kann?«

»Ja, natürlich«, sagte Saiet. »Ich muss einen Besuch bei einigen Kühen im Norden machen. Willst du mitkommen? Ich setze dich an einem netten ruhigen Plätzchen mit schöner Aussicht ab. Und auf dem Rückweg sammle ich dich wieder ein.«

Also machte sich Lovisa mit Saiet auf den Weg. Sie fragte sich, was aus ihrem Leben geworden war, dass sie jetzt unterwegs war, um sich irgendwo hinzusetzen und ins Nichts zu starren, während ihr Begleiter, ein alter knarzender Mann, aus dem sie nicht schlau wurde, Kühe besuchen ging.

Sie hatte Angst, er würde ihr unterwegs Fragen stellen. Oder über irgendwas Albernes reden, woran sie nicht denken wollte, wie Eifersucht oder die vielen Liebhaber seiner Frau. Oder Nev. Lovisa könnte es nicht ertragen, wenn Saiet anfangen würde, über Nev zu sprechen, die ein Leben führte, das Lovisa niemals haben konnte.

Aber er ging schweigend neben ihr her und zeigte ihr dann eine Erhebung mit einem Felsen, der wie eine Bank geformt war. Ohne dass man Lovisa vom Pfad aus sehen konnte, konnte sie von hier aus über sanfte Hügel hinweg zu den Falten eines Gletschers hinüberblicken, der von einigen Anhöhen eingerahmt wurde. Ganz weit entfernt, so weit, dass es schon Kamassar sein konnte, sah sie Berge mit weißen Gipfeln. Es war eiskalt auf der Bank. Sie zog ihren Pelzmantel enger um den Hals.

»So«, sagte Saiet. »Ich bleibe nicht lange weg, aber falls dir zu kalt wird, weißt du dann, wie du nach Hause kommst?«

»Ich warte auf Sie«, sagte Lovisa. Sie sah seiner großen schmalen Gestalt nach, die sich einen Weg zum Pfad zurück bahnte. Dann blickte sie über die Hügel zu dem Gletscher und den Bergen hinüber. Nev hatte mal gesagt, dass in Ledra alles festsaß und auf der Stelle kreiste. Dass sie nur im Norden frei durchatmen konnte.

Lovisa stand auf und ging zu einem Platz, von dem aus sie das Meer sehen konnte. *Wo gehöre ich hin?*, fragte sie den Ozean. *Was soll ich jetzt tun? An die Schule zurückkehren? Wie soll ich das machen?* Sie wartete auf Antworten, aber die blieben aus.

Eine Bewegung draußen auf dem Meer erregte ihre Aufmerksamkeit. Obwohl sie sehr weit weg waren, erkannte Lovisa die runden und geschmeidigen lilafarbenen Umrisse der Silberkühe. Mit einem kleinen unglücklichen Ruck fiel ihr ein Teil der Geschichte ein, den sie verdrängt hatte. Ihre Eltern hatten auch Silberkühe verletzt, nicht wahr? Nev hatte von verletzten Silberkühen gesprochen, die mit Schnittwunden und Verbrennungen ans Ufer gekommen waren.

Lovisa betrachtete die Silberkühe, die sich in der Sonne drehten. Es war ihr bisher nie gelungen, mit Silberkühen zu sprechen, und sie wusste, dass sie zu weit weg war. Aber sie erhob trotzdem die Stimme, weil es Teil ihres Bekenntnisses war. *Es tut mir leid*, rief sie ihnen zu. *Es tut mir leid.*

Später am Tag fand Nev Lovisa zusammengerollt in Nevs Bett liegen.

»Lovisa?«, fragte sie sanft.

»Ja?«, entgegnete Lovisa, ohne sich zu rühren.

»Deinen Brüdern geht es gut. Sie sind bei den Devrets. Die Devrets möchten ihnen ein Zuhause bieten und sich um sie kümmern. Sie sogar adoptieren, falls es nötig ist.«

*Dann können sie wie Mari aufwachsen,* dachte Lovisa sofort und fühlte sich unerwartet einsam.

»Lovisa?«, fragte Nev. »Alles in Ordnung?«

Lovisa spürte, wie ihre Brüder sich von ihr wegstreckten, hin zu einem Ort, an den sie ihnen nicht folgen konnte. »Mir geht es gut«, sagte sie. Sie war die Schwester, die das Haus ihrer Brüder niedergebrannt und sie verlassen hatte. Sie hatte ihre Familie zerstört. Ihre Brüder brauchten sie nicht und würden sie wahrscheinlich auch nicht wollen.

Nola kam in das kleine volle Zimmer geeilt. »Lovisa? Endlich habe ich etwas Zeit. Wie geht es deinen Muskeln?«

Lovisa hatte keine Massage von Nola verdient. Sie fing wieder an zu weinen, Tränen liefen ihr lautlos über die Wangen.

»Ich möchte dir helfen«, sagte Nola.

»Ihr bemitleidet mich bloß.« Lovisa versuchte hart und herzlos zu klingen, aber sie wusste, dass sie nur bemitleidenswert klang.

»*Bemitleiden* ist sicher nicht das richtige Wort.« Nola setzte sich zu Lovisa ans Bett, scheuchte Nev fort und ertastete dann die schmerzende Stelle am Übergang von Lovisas Schultern zu ihrem Nacken. »Du hast nicht gerade die Art Geisteshaltung, die zu Mitleid einlädt.«

*Weil ich so hart bin wie meine Mutter,* dachte Lovisa. »Alle reisen ab«, sagte sie.

»Ja, alle reisen ab.« Nola sprach mit milder bedächtiger Stimme im Rhythmus ihrer Bewegungen, die tief reichten, bis zu den Stellen, an denen Lovisas schmerzende Muskeln mit den Knochen verbunden waren. War Nev auch mit dieser Wohltat aufgewachsen? Von einer Mutter berührt, geheilt zu werden? »Nicht sofort«, sagte Nola. »Aber offenbar haben alle einen Ort, wo sie hinwollen. Du kannst so lange hier bleiben, wie du möchtest, Lovisa«, fügte sie hinzu, »wenn du noch nicht bereit dazu bist.«

Lovisa schluckte. »Reist Nev auch ab?«

»Ja. Nev muss zurück zur Schule.«

Diese Worte machten Lovisa traurig. Die Schule war früher immer ihr Königreich gewesen, der Sessel im Entree des Wohnheims ihr Thron. Nev und Mari waren ihre Nachbarn. Sie waren ihre Freunde, oder? Konnte Lovisa Freunde haben?

»Was ist dein Studienfach, Lovisa?«, fragte Nola.

»Politik und Regierungsführung.«

»Was du damit erreichen könntest, nach allem, was du weißt und erlebt hast.«

»Niemand kann irgendetwas mit Politik und Regierungsführung erreichen«, sagte Lovisa verächtlich. »Es gibt bloß zwei zerstrittene Seiten, die genau gleich sind und vorgeben, für vernünftige Ziele und Ideale zu kämpfen. Dabei geht es eigentlich immer nur ums Geld.«

»Hm«, sagte Nola. »Stell dir mal vor, es käme jemand, der intelligent, leidenschaftlich und erfahren ist. Tiefe Einblicke in die Funktionsweise unserer Regierung hat und weiß, wie diese das Land beeinflusst. Jemand, der wirklich über vernünftige Ziele und Ideale verfügt.«

Lovisa wusste nicht, wovon Nola da sprach, und fand es sinnlos, sich das vorzustellen. Niemand würde sich je so sehr anstrengen wollen, um sich einer solchen Macht entgegenzustellen.

»Jemand, der gut darin wäre, alte Machtstrukturen abzubauen«, fuhr Nola fort. »Was so jemand wohl erreichen könnte?«

Am nächsten Tag begleitete Lovisa erneut Saiet, der einen Besuch bei einem anderen Bauernhof machte.

»Hast du schon mal eine Sau gesehen, Lovisa?«, fragte er.

»Was glauben Sie denn?«, gab Lovisa gereizt zurück. »Wann hätte ich denn wohl Gelegenheit gehabt, eine Sau zu sehen?«

»Eben. Das könnte heute deine Gelegenheit sein.«

»Was meinen Sie damit? Soll ich mitkommen?«

»Nicht, wenn du Angst vor Säuen hast.«

»Also, bitte! Warum sollte irgendjemand Angst vor Säuen haben?«

»Du kommst also mit?«

»Das habe ich nicht gesagt!«

»Ich fordere dich heraus«, sagte Saiet. »Ich fordere dich heraus, dir diese Sau ansehen zu kommen.«

»Wie alt sind Sie, neun?«

»Neun ist ziemlich reif«, sagte er, »für eine Sau.«

»Ach, Kätzchen!« Lovisa borgte sich den neuen Lieblingsfluch der Königin. Dann, unfähig es zu unterdrücken, lachte sie, ein kurzes, verzweifeltes Schnauben. »Was hat die Sau denn für ein Problem?«

Das Problem der Sau war ein endloser Strom aus Ferkeln, die aus ihr herausploppten.

»Das ist das Widerlichste, was ich je gesehen habe«, sagte Lovisa, während sie Saiet dabei zusah, wie er die Schnauzen und Nasen der kleinen Ferkel von blutigen Fruchtblasenresten reinigte, sie mit Tüchern abrieb und die Nabelschnüre durchtrennte. Sie konnte nicht glauben, dass sie sich das hier ansah, und sie konnte nicht aufhören zu reden. Wie konnte er diese Dinger bloß anfassen? »Sie sehen aus wie Nacktschnecken. Sie sehen aus wie rosa Kackhaufen!«

»Hast du etwa noch nie ein Ferkel gesehen?«, fragte die Bäuerin, den schweren Stiefel auf einen Eimer gestellt und an einem Strohhalm kauend. »Diese Städter!«

»Hier, halt das warm.« Saiet hielt Lovisa ein klitzekleines Ferkel hin. Als sie zurückwich, guckte er richtig böse und ernst. »Halt es warm!«

»Ist ja gut«, sagte sie. »Ist ja gut!«

Sie nahm das winzige Ding in die Hände, plötzlich voller Angst, sie könne ihm wehtun, es fallen lassen, es zu fest drücken. Das Ferkel war in ein weiches Tuch gehüllt. Es war nicht sehr warm, also drückte sie es an die Brust und versuchte es in den Armen zu bergen. Die Augen und die Schnauze des Ferkels waren winzige Falten und die Miniaturnase war das Witzigste, Seltsamste, was Lovisa je gesehen hatte.

»Warum mögen Leute Babys?«, fragte sie.

Niemand antwortete ihr, denn Saiet und die Bäuerin waren mit den anderen Ferkeln beschäftigt, von denen es unglaublich viele gab. Sie ploppten einfach immer weiter heraus. Wie konnte ein Schwein nur dermaßen trächtig sein? Was, wenn ausgerechnet dieses Ferkel dasjenige war, das nicht überlebte? Was würde das dann über sie aussagen? Lovisa fand eine Bank in der Nähe und schlug ihren Mantel auf, damit das Ferkel sich an ihren warmen Körper schmiegen konnte. Sie stellte sich vor, dass sie einen Schild um dieses Ferkel errichtete. Einen Schild aus ihren Armen und ihrem eisernen Willen.

»Alles gut«, flüsterte sie ihm ganz leise zu, damit niemand es hören konnte. »Hier sind wir, Ferkel, du und ich. Okay? Du musst überleben. Okay? Überleb. Du bist würdig.«

Als Lovisa am Nachmittag Nevs Haus mit einem Ferkel im Arm betrat, wehrte sie die neugierigen und insbesondere die amüsierten Blicke mit eisigem Hochmut ab.

»Das ist der Kümmerer«, sagte sie. »Die Bäuerin wollte ihn nicht haben.«

»Verstehe«, erklärte Giddon unbeeindruckt, denn zufällig funkelte sie gerade ihn an, als sie ihre Ankündigung machte. Er saß mit Nev und der Königin am Tisch. Wo sie vermutlich ihre Abreise planten.

»Er ist süß«, sagte Nev.

Lovisa sah den Fuchswelpen an, den Nev in einem Arm hielt, und sagte bissig: »Ja. Ich finde es gut, dass er nicht meine Gedanken lesen kann.«

»Hast du ihm schon einen Namen gegeben?«, fragte Bitterblue.

Lovisa hatte ihm einen Namen gegeben. Sie hatte ihn sogar nach der Königin benannt. »Er heißt Würdig«, sagte sie und ging dann, bevor sie wieder anfing zu weinen, in den Stall.

Später kam Nev ohne ihre Füchsin nach ihr sehen.

»Lovisa?« Sie stieß im Halbdunkel auf Lovisa, die wieder neben der Kuh auf dem Heuballen saß. Dort brachte sie Würdig bei, an einem milchgetränkten Lappen zu nuckeln, den Saiet ihr gegeben und den sie wie eine Zitze zusammengedreht hatte.

*Ich kann nicht glauben, dass das hier mein Leben ist,* dachte Lovisa, als Nev sich ihr näherte. »Was ist?«

»Morgen kommt ein Luftschiff aus Ledra. Übermorgen reisen wir ab.«

Lovisa grunzte. Es war zu früh. Zu früh.

»Wirst du mitkommen?«, fragte Nev.

Wie verwirrend es war, Nev das fragen zu hören. »Ich … ich glaube, ich kann nirgendwohin«, sagte sie.

»Die Devrets wollen dich aufnehmen, wenn du magst«, fuhr Nev fort. »Du könntest bei deinen Brüdern leben. Die Akademie möchte auch, dass du zurückkommst.«

Daraufhin schnaubte Lovisa. »Wer sagt das?«

»Alle Nachrichten, die über die Signalstationen reinkommen.«

»Die Leute an der Akademie wollen mich nur anstarren und über mich tratschen«, sagte Lovisa. »Ich kann nicht nach Ledra. Du weißt doch, wie es da ist.«

»Ja«, räumte Nev ein. »Das stimmt.«

»Ich kann einfach nicht. Alle werden wissen, wer ich bin. Sie werden wissen, was ich getan habe und was meine Eltern getan haben.«

Nev schien einen Moment darüber nachzudenken. Sie streichelte den Hals der Kuh und die Kuh nahm einen glückseligen Ausdruck an. Lovisa beobachtete sie heimlich. Sie hatte sich schon gefragt, wie man diese Kuh auf ungefährliche Art berühren könnte.

»Ich weiß, ich kann mir nicht vorstellen, wie das für dich ist, Lovisa«, sagte Nev schließlich. »Du musstest schwierigere Entscheidungen treffen, als ich sie je getroffen habe, schwierigere Entscheidungen als die meisten Leute. Aber glaub nicht, dass du allein bist.« Sie hielt inne. »Wahrscheinlich hältst du mich nicht unbedingt für eine Freundin.«

»Sei nicht albern«, entgegnete Lovisa, während Tränen in ihr aufstiegen.

»Wenn du zur Schule zurückkommst, wirst du nicht allein sein.« Nev hielt erneut inne. »Okay? Denk einfach darüber nach.«

Damit ging sie zurück zum Haus. Dann, während Lovisa darüber nachdachte, kam Nev wieder herüber und steckte den Kopf in den Stall.

»Lovisa? Dein Onkel ist da.«

Als Lovisa mit Würdig auf dem Arm das Haus betrat, saß Katu in einem Sessel am Feuer. Er war sauber, hatte frisch geschnittene Haare, aber er war so klein, so dünn.

Sein Blick fiel auf das Ferkel und er fing an zu lachen, kam zu Lovisa herüber und nahm sie in den Arm. Sie hatten sich früher nie groß umarmt, aber etwas hatte sich verändert. Mit ihrem freien Arm drückte Lovisa Katu fest an sich.

»Du siehst besser aus«, sagte er.

»Du auch.«

»Mir gehts gut. Es wird eine Weile dauern. Ich bin froh, dass ich kräftige Freunde habe.« Er schenkte Giddon ein reuiges Lächeln, das auch Bitterblue einschloss, die auf einem Stuhl neben Giddon saß. Es war ein eigenartiges Lächeln, irgendwie steif, woraufhin Lovisa Katu aufmerksam musterte.

»Katu hat Neuigkeiten, Lovisa«, sagte Giddon.

Katu lächelte Giddon erneut steif von der Seite an. »Ja. Die Wachen sind geflohen.«

»Die Wachen?«, fragte Lovisa verblüfft. »Aus dem Haus?«

»Ja. Wir hatten sie in einem Schlafzimmer im ersten Stock eingesperrt, aber es war zu viel für die Hausangestellten, sie die ganze Zeit zu bewachen, verstehst du? Sie mussten sich ja auch um mich kümmern, alles aufräumen und so. Anscheinend konnte sich einer von seinen Fesseln befreien und hat dann auch die anderen losgebunden.

Auf dem Weg nach draußen haben sie das Mädchen Ella verletzt. Sie in eine Glastür geschubst. Sie wird wieder, aber sie ist grün und blau.«

»Oh.« Lovisa waren die geflüchteten Wachen eigentlich egal. »Oh, na ja.«

»Sie hätten als Zeugen dienen können«, erklärte Katu. »Aber wahrscheinlich sind sie inzwischen längst über alle Berge.«

»Oh, na ja«, wiederholte Lovisa. Es würde eine Menge Zeugen geben. Die Königin selbst war eine Zeugin.

»Bevor die Wachen fliehen konnten«, sagte Katu, »hat einer von ihnen dem örtlichen Magistratsvertreter etwas darüber erzählt, dass Linta Massera direkt vor der Explosion gerufen habe, ihre Notizbücher seien verschwunden. Wenn irgendjemand von euch etwas darüber weiß, macht euch darauf gefasst, dass der Magistrat wahrscheinlich danach fragen wird.«

Giddon räusperte sich. »Registriert. Und das Aufräumen?«

»Ja. Wir sammeln die Sprengkörper ein«, sagte Katu. »Ganz, ganz vorsichtig.«

»Wer macht das?«, fragte Giddon. »Die Höhle war doch voll davon!«

»Der Magistrat hat Kletterer. Und echte Seile.« Katu lächelte Giddon erneut an.

»Schick.« Giddon grinste zurück.

»Aber was machen sie dann damit?«, fragte Lovisa.

»Erst mal verstauen sie sie in einer verschlossenen Kiste«, erklärte Katu, »und bewahren sie als Beweismittel auf.«

»Gegen meinen Vater?«

»Oder deine Mutter«, sagte Katu.

»Aber ist es nicht gefährlich, sie zu behalten?«, fragte Lovisa. »Könnten sie sie nicht irgendwo zur Explosion bringen, damit sie nicht länger eine Bedrohung darstellen?«

»Wo denn?«, fragte Nev.

»Ich weiß nicht«, sagte Lovisa. »Unter der Erde? Unter Wasser?«

»Was?« Nev funkelte sie an. »Verstehst du nicht, wie viele Silberkühe bereits verletzt worden sind? Leute haben diese Eier ins Wasser geworfen, um zu testen, wie sie explodieren! Und darüber hinaus haben sie Silberkühe getötet, um Zeugen zu beseitigen!«

»Natürlich meine ich nicht in der Nähe von Silberkühen! Irgendwo im Wasser, wo es nichts gibt!«

»Und wo bitte sollte das sein?«, rief Nev immer noch empört. »Welcher Teil des Ökosystems des Meeres ist denn entbehrlich?«

»Na ja, ich weiß nicht!« Lovisa trat ein paar Schritte zurück und wandte sich ab. »Ich weiß nichts über den Ozean.« Jetzt war Nev wütend auf sie und das konnte sie nicht ertragen.

»Lovisa«, sagte Nev leise, »tut mir leid. Ich habe dich missverstanden. Natürlich hast du es gut gemeint.«

Aber Lovisa wollte Nevs Entschuldigungen nicht. Sie fand einen harten Stuhl in einer dunklen Zimmerecke und setzte sich darauf, beugte sich über Würdig und tat so, als müsste sie sich um ihn kümmern.

»Katu«, sagte Bitterblue. »Was wirst du jetzt tun?«

Katus Hals war noch steifer, wenn er mit Bitterblue sprach, als wenn er mit Giddon redete, falls das überhaupt möglich war. »Meine Ärztin hat gesagt, ich soll mich absurd lange ausruhen. Sie sagt, ich hätte eine extreme Tortur erlitten. Aber eigentlich geht es mir gut. Ich muss nur essen und ein paar Muskeln aufbauen.«

»Es tut mir leid, dass dir das zugestoßen ist, weil du versucht hast herauszufinden, was mit meinen Männern passiert ist«, sagte Bitterblue.

»Es tut mir leid, was mit deinen Männern passiert ist«, entgegnete Katu, der Bitterblue endlich direkt ansah, mit einem unglücklichen Gesichtsausdruck, der das Geheimnis von Katus seltsamer Steifheit lüftete. Jetzt verstand Lovisa, warum Bitterblue Katus Ring auf den ersten Blick erkannt hatte. Und warum Katu am Tag seiner Rettung so besorgt um die Königin gewesen war.

Lovisa suchte in ihrem Inneren nach ihrem Ärger über Bitterblue und Katu, darüber, dass alle Liebespaare waren. Darüber, dass jemand ihren Onkel zurückwies. Sie fand nichts. Es war ihr egal. Menschen waren dumm. Schweine waren unendlich viel würdiger.

Dann stand Katu auf.

»Bleibst du in Torla's Neck?«, rief Lovisa mit brüchiger Stimme aus ihrer Ecke. »Oder kehrst du nach Ledra zurück? Oder gehst du wieder auf Reisen?«

Er wandte ihr seine leuchtenden Augen zu, reckte die Arme über den Kopf wie ein Mann, der einen harten Arbeitstag hinter sich hatte, müde war und vor dem nächsten Abenteuer ausschlafen musste. Er trug seinen Ring, der an seinem Daumen herumrutschte wie ein Armband an einem ganz schmalen Handgelenk. »Ich bin sicher, dass ich bald nach Ledra zurückkehren werde«, sagte er lächelnd. »Wirst du nicht dort sein?«

»Ich … mal sehen.«

Dann standen alle auf, gingen aufeinander zu, die anderen verabschiedeten sich von Katu.

Als Nev aufstand, kam sie zu Lovisa. »Dein Onkel hofft, dich bald in Ledra zu sehen.« Mit ruhigen Augen blickte sie auf Lovisa hinab.

»Es tut mir leid, dass ich diese dämliche Sache über die Silberkühe gesagt habe«, sagte Lovisa.

»Schon gut. Mir tut es leid, dass ich dich angefahren habe.«

»Ich weiß nichts über den Ozean. Also, wirklich nicht. Ich habe nie darüber nachgedacht.«

»Müssten die Gelehrten über solche Dinge nicht Bescheid wissen?«, fragte Nev. »Sollte sich nicht deren gesamte Partei darum drehen, die Umwelt vor Zilfiummotoren, der Zilfiumschlacke und allem, was Silberkühe verletzen kann, zu schützen?«

Lovisa war sich nicht ganz sicher, was genau Zilfiumschlacke war.

Müsste sie das nicht wissen, da doch ihre Familie ein Bergwerk besaß? »Es geht bestimmt nur ums Geld«, sagte sie.

»Doch sicher nicht allen, oder?«, fragte Nev. »Ist es wirklich so hoffnungslos?«

»Ja. Deshalb will ich auch nicht in die Politik.«

»Aber sollten wir nicht wollen, dass Leute, denen etwas anderes wichtig ist als Geld, in die Politik gehen?«

»Und dort was tun?«

»Ihr Gewicht einsetzen!«, sagte Nev. »Sich anderen Leuten in den Weg stellen!«

»Ich bin … sehr klein«, entgegnete Lovisa.

Nev lächelte über ihren Scherz, langsam und lieblich. Lovisa merkte, dass sie Würdig fester an sich drückte und ihr von diesem Lächeln ganz warm wurde. Sie fragte sich, wie lange sie sich schon durch eine Welt bewegt hatte, von der sie gar nichts wusste. Ihr ganzes Leben lang? Gab es eine Möglichkeit, mehr zu lernen, als ihr beigebracht worden war?

»Du solltest auf die Schule zurückkehren«, sagte Nev.

»Ich denke darüber nach«, erwiderte Lovisa.

Lovisa dachte darüber nach. Sie dachte ständig darüber nach, aber es gelang ihr nicht, sich vorzustellen, was es bedeuten würde. Nev konnte Lovisa nicht vor dem Albtraum beschützen, den sie durchlaufen würde, sobald sie Ledra betrat.

Am nächsten Tag ging sie zu dem Hügel mit dem Felsen, den Saiet ihr gezeigt hatte. Wie üblich hatte sie Würdig dabei, außerdem einen Lappen und eine Flasche Milch. Das Ferkel schien nie aufzuhören zu trinken. Lovisa wurde langsam richtig gut darin, seinen kleinen Hintern in Windeln zu wickeln, denn was oben reinging, kam irgendwann unten wieder raus. *Wer bin ich?*, fragte sie sich jedes Mal, wenn sie ihm die Windeln wechselte. *Was würden die Mädchen aus dem Wohnheim hiervon halten? Würden sie glau-*

*ben, ich hätte mich in eine Exzentrikerin wie Quona Varana verwandelt?*

Als sie aufstand und zu der Stelle ging, von der aus sie das Meer sehen konnte, und ihr bewusst wurde, dass sie darauf wartete und hoffte, dass Silberkühe auftauchten, fragte sie sich auch, was ihre Schulfreunde *davon* halten würden.

Das Problem, dachte sie, als sie dort stand, war, dass sie nicht bereit war zurückzukehren, aber es schmerzte entsetzlich, zurückgelassen zu werden. Und so groß ihre Angst auch war, dass ihre Brüder sie nicht wollten, sie wollte sie; sie wollte sie halten, sie in den Arm nehmen. Ihnen sagen, dass es ihr leidtat.

Es war ein Problem, für das es keine Lösung gab. Welchen Weg sie auch wählte, er würde schwerer werden, als sie es ihrem Eindruck nach ertragen könnte.

In der Ferne erblickte sie ein Luftschiff, das entlang der Küste nach Norden kroch. Das war es dann also.

Dann sah sie, nicht weit hinter dem ersten, ein weiteres Luftschiff. Sie murmelte Würdig Fragen zu. »Wofür ist denn das zweite, Ferkelchen? Sind wir zu viele für ein Luftschiff? Nein«, entschied sie, als sie nachgezählt hatte. »Wir passen alle in eins, selbst wenn ich mitfahre.« Sie erkannte keins der Luftschiffe.

Wie seltsam es war, Neugier in sich kribbeln zu spüren. Wie lange war es her, dass Lovisa wegen irgendetwas neugierig gewesen war? Und wie seltsam, dass ihre Neugier ihren Wunsch, unsichtbar und allein zu bleiben, überstrahlte.

Sie ging zurück zu Nevs Haus. Es war ein längerer Weg auf diesem Pfad durch den Wald, der noch vor ein paar Tagen wie zufällig gewirkt hatte, gar nicht als Pfad zu erkennen gewesen war. Als sie sich dem Haus näherte, erklang eine deutliche Stimme vor ihr. Sie klang fröhlich, höflich und irgendwie ausgesprochen vertraut. Wenn es nicht unmöglich wäre, hätte Lovisa geglaubt, diese Stimme zu kennen.

Ungläubig rannte sie los, hielt Würdig an sich gedrückt und versuchte ihn nicht zu schütteln, dann blieb sie beim Anblick einer Person mit einem goldenen Schal wie angewurzelt stehen. Mari, der sich auf dem Hof mit Großvater Saiet unterhielt. Er war groß und massiv, hatte leuchtende Augen, und er war wirklich da. Als er Lovisa erblickte, breitete er die Arme aus und schrie vor Freude auf. Neben ihm standen seine Eltern. Und plötzlich tauchten hinter ihm ihre Brüder auf. Vikti, Erita, Viri – am Leben, gesund, lachend. Sie riefen ihren Namen, rannten auf sie zu, umschwärmten sie mit ihren spitzen kleinen Knien und Ellbogen, ihren zappelnden glücklichen Körpern. Sie hielt sie im Arm.

Jetzt hatte sie alles. Es war egal, ob sie blieb oder ging, es war egal, wo sie war oder was sie tat.

Und ihre Brüder schienen nicht böse auf sie zu sein. Sie warfen ihr nichts vor. Das war doch bestimmt ein Trick. »Lovisa!«, sagte Erita. »Ist das etwa ein *Schwein*?«

»Es ist ein Schwein!«, rief Viri entzückt. »Und es trägt eine *Windel*! Arni! Mara! Mari! Schaut mal! Schwein! Windel!«

Lovisa stand zitternd und verwirrt auf, als Mari und seine Eltern zu ihnen kamen. Sie wusste nicht, wie sie Mari nach allem wieder begegnen sollte. Als sie schüchtern zu ihm aufsah, nahm er sie in den Arm. »Zerquetsch mein Schwein nicht«, sagte sie, wovon er lachen musste.

»Hier sind meine Eltern«, sagte er.

Lovisa kannte Mari schon ihr ganzes Leben lang, aber nicht so. Nicht in einem Wald, mit einem Schwein, nachdem sie halb Flag Hill niedergebrannt und ein explosives Ei geworfen hatte und ihr Vater ein Mörder war.

»Lovisa Cavenda«, sagte Mara formell, aber freundlich. Lovisa hatte sich neben Mara Devret schon immer wie eine Maus oder ein Pilz oder zumindest ein Kleinkind gefühlt.

»Wir hoffen alle, dass du mit uns zurückkommst«, fuhr sie fort. »Willst du uns nicht sagen, dass du das tun wirst?«

*Ich weiß es nicht,* wollte Lovisa erwidern. *Ich kann mich noch nicht entscheiden. Ich habe Angst.*

Dann schob sich eine kleine klebrige Hand in ihre und Lovisa hatte die Antwort gefunden.

# TEIL FÜNF

# DIE BÜRGIN

Ein Schiff über den Meeresboden zu zerren war alles andere als leicht, vor allem, da die Kreatur jetzt anstelle eines ihrer Tentakel nur noch einen schmerzenden Stummel hatte.

Die Silberkühe wunderten sich, dass der fehlende Tentakel so viel ausmachte, obwohl die Kreatur doch noch so viele andere hatte.

*Nur zwölf,* sagte sie. Dachten die Silberkühe etwa, alles sei einfach, nur weil man groß war?

Die Silberkühe fragten sie, ob sie, da es so schwer war, nicht Energie sparen könnte, wenn sie nicht so laut singen würde. Aber das war natürlich ein alberner Vorschlag. Nichts von alldem wäre möglich, wenn sie nicht aus ganzem Herzen grölen würde, während sie sich über den Meeresboden schleppte. Das Grölen schützte sie vor ihrer eigenen Traurigkeit, was im Übrigen auch das Thema ihres Liedes war. Sie war traurig, weil sie ihre Geschichtenwelt verlor, genau wie sie ihren Tentakel verloren hatte, und sie sorgte sich um die Skelette der beiden Menschen, als sie weiterzog. Die Silberkühe hatten ihr erzählt, wie es für diese beiden Menschen gewesen sein musste festzustellen, dass sie eingesperrt waren, während andere Menschen ein Loch in den Boden ihres Schiffes hackten und sie dann verließen. Jetzt wollte die Kreatur nicht, dass sie herumgeschleudert wurden. Der Gedanke daran, dass sie noch mehr leiden mussten, als sie bisher schon gelitten hatten, war ihr unerträglich. Das war die Hauptsache, über die sie die ganze Zeit sang.

Die Menschen konnten jetzt, da sie tot waren, nicht mehr leiden, hatten die Silberkühe ihr erklärt. Aber das war natürlich kein Trost. Bestimmt hatten sie nicht sterben wollen!

Die Silberkühe erzählten ihr, dass ein Mensch oder eine Silberkuh in einer brutalen Welt manchmal keine Wahl hatte.

*Ich weiß!*, sagte sie. *Deshalb singe ich ja!*

*Und deshalb braucht der Ozean auch Heldinnen wie die Bürgin*, entgegneten die Silberkühe bedeutungsvoll.

Wenn die Silberkühe anfingen, über die Bürgin zu sprechen, konnte die Kreatur sehr ungeduldig werden. Die Bürgin mit ihren hypnotischen Liedern und ihren Zeichnungen, die die Feinde verjagte, war albern. Und was war mit dem Teil, in dem die Bürgin sich erhob und die Silberkühe und Menschen vernichtete, wenn sie nicht taten, was sie wollte? *Es klingt, als wäre die Bürgin ganz schön brutal*, sagte sie. *Ich glaube, wenn ihr ihr je wirklich begegnet, solltet ihr mir Bescheid geben. Denn ich bin groß und könnte sie davon abhalten, euch zu drangsalieren.*

Die Silberkühe behielten ihre Gedanken darüber für sich. Wie gewünscht sangen sie mit, so gut sie konnten – die Lieder der Kreatur waren unberechenbar, daher war es manchmal schwierig, die nächste Zeile vorherzusehen –, und scheuchten sanft alle Silberkühe weg, die sich neugierig näherten. *Heute nicht*, erklärten sie den Besucherinnen. *Ein andermal. Wir sagen euch dann Bescheid.* Es war interessant, wie viele Silberkühe sich zu nähern versuchten, denn der Gesang heute war besonders mächtig und schrecklich in seiner Traurigkeit. Aber vielleicht gewöhnte sich der Ozean langsam an ihren Gesang. Vielleicht fühlten sich manche sogar von seiner Traurigkeit angezogen, weil sie ihre eigene berührte.

# 42

Nach Ledra zurückgekehrt, quartierten Bitterblue und ihre Delegation sich in einem Hotel ein.

Das war unüblich für ausländische Würdenträger zu Besuch in Winterburg, aber Bitterblue hatte einige Mitglieder der einflussreichen Familien von Ledra verklagt, weil sie sie bei ihren Geschäften dreist belogen hatten, was die Angelegenheit delikat machte. Sie behauptete, die Beweise seien ihr »anonym zugesandt worden«. Nachdem alle wussten, dass ihre Anschuldigungen zutreffend waren, neigte niemand dazu, sich einzumischen.

Bitterblues Ratgeber, die kürzlich nach Ledra zurückgekehrt waren, und ihre Wachen, die das Schiff verlassen hatten, um bei ihr zu sein, spazierten wie in einem glücklichen Traum durch das Hotel. Ihre Ratgeber suchten immer wieder Bitterblues Nähe und wussten dann nicht, was sie sagen sollten. Also lud Bitterblue sie ein, ein Stück Kuchen mit ihr zu essen, weil sie wusste, dass sie einfach bloß eine Weile neben ihr sitzen und sie ansehen mussten, damit sie wirklich glauben konnten, dass sie da war. Und sie selbst musste Kuchen haben, also profitierte sie auch davon.

Ihre Ratgeber begleiteten Bitterblue auch zu Diners bei den einflussreichen Familien von Ledra, die sich gegenseitig damit auszustechen versuchten, wie lange sie an ihrem Tisch blieb und wie sehr ihr das Essen geschmeckt hatte. Oder zumindest war das der Eindruck, den Bitterblue bekam. Sie war überrascht, wie sehr die gewählten Führer dieser Republik sie zumindest oberflächlich an die Adligen erinnerten, mit denen sie es zu Hause zu tun hatte.

Die Delegation hatte das gesamte Hotel angemietet. Das führte zu leeren stillen Fluren und leicht verwirrten Hotelangestellten, aber Bitterblue brauchte den geistigen Freiraum, den es ihr bot. Allerdings bedeutete es auch, dass es, als ein kleines Feuer in dem abgelegenen Salon ausbrach, den Hava für sich nutzte, eine Weile dauerte, bis jemand auf ihre Rufe reagierte.

Als Bitterblue ins Zimmer gestürmt kam, mit Giddon und mehreren Angestellten im Schlepptau, stand Hava mit einer Krücke balancierend da und versuchte den brennenden Teppich mit einem Kissen auszuschlagen.

»Hava!«, rief Bitterblue. »Komm da weg!«

»Die Notizbücher!« Hava wehrte sich gegen Bitterblues Versuch, sie wegzuziehen. »Linta Masseras Notizbücher! Sie brennen!«

»Was? Alle?«

»Ich habe gestern ein paar Seiten rausgerissen«, sagte Hava und fing heftig an zu husten. »Der Rest ist weg.«

Als der Magistrat von Ledra ein paar Tage später morgens kam, um zu fragen, ob die Besucher aus Monsea etwas über den Verbleib von Lintas fehlenden Notizbüchern wüssten, reichte Hava ihnen folglich einen Eimer mit verbrannten und durchnässten Fetzen und dazu zwei perfekt erhaltene Seiten. Die beiden Seiten entpuppten sich als eine Anleitung, wie man ein chemisches Bad anrührte, in das man ein Ei tauchen konnte, um es aufzulösen und so unschädlich zu machen. Bitterblue mied sorgfältig Giddons Blick. Die ganze Sache erschien plötzlich viel zu opportun.

»Es tut mir so leid«, sagte Hava immer wieder zu den Magistratsbeamten, und gab sich mithilfe ihrer Gabe einen nervösen und liebenswerten Ausdruck.

»Schon gut, wirklich. Es lässt sich nicht ändern«, entgegneten die Magistratsbeamten immer wieder, ohne zu bemerken, dass ihr Desinteresse daran, sie kritischer zu befragen, an Havas Gabe lag, mit der sie ihre Aufmerksamkeit von sich ablenken konnte.

Die Magistratsbeamten blieben zum Mittagessen. Als sie gingen, stand auch Hava auf und ging klappernd mit kleinen Keuchern an ihren Krücken aus dem Speisesaal und den Flur entlang. Sie sollte nicht so viel an Krücken gehen. Es belastete ihre gebrochene Rippe. Aber es war unmöglich, Hava zum Stillsitzen zu zwingen, unmöglich, ihr einen fremden Willen aufzuzwingen, also verkniff Bitterblue sich die Worte, die sie sagen wollte.

»Hast du eine Ahnung, was Hava im Schilde führt?«, fragte sie Giddon leise.

»Ich hoffe, wir finden es bald heraus«, antwortete er, während er mit der Konzentration und der Präzision eines Künstlers Butter und Honig auf eine Scheibe Brot strich. So tat Giddon die Dinge, wenn er über etwas anderes nachdachte. Das tat er auch mit seinen Berührungen, wenn sie zusammen waren, rieb unbewusst, aber vorsichtig, Bitterblues Schultern oder ihren Nacken, fand ihre verspannten, schmerzenden Stellen, während sie sich unterhielten oder Pläne schmiedeten. Das gehörte auf jeden Fall zu den zehn Eigenschaften an ihm, die sie am liebsten hatte.

Ein paar Minuten später hörten sie, wie sich Havas Krücken wieder näherten. Sie betrat den Speisesaal und ließ sich mit einem leisen Schmerzenslaut auf ihren Stuhl sinken. Griff unter ihr Hemd und zog einen dicken Stapel Papier heraus, den sie der Königin reichte.

Wortlos blätterte Bitterblue in den Seiten. Sie waren in Havas Handschrift verfasst, bestanden aus Diagrammen und Symbolen, die Bitterblue nicht verstand, unterbrochen von Passagen auf Winterburgisch.

»Ich habe sie ganz genau abgeschrieben«, erklärte Hava. »Jede Zeichnung, jede Seite.«

Bitterblue räusperte sich. »Und dann«, sagte sie, »hast du das Hotel in Brand gesteckt?«

»Ach was! Nur den Teppich.«

»Du hast einen gebrochenen Knöchel und eine gebrochene Rippe.

Du bist in diesem Zimmer geblieben, hast Rauch eingeatmet, riskiert hinzufallen …«

»Ich wusste, dass du rechtzeitig kommen würdest.«

»Hava! Du hättest uns vorher Bescheid sagen können.«

»Ich sage es euch jetzt.« Damit stemmte Hava sich wieder hoch und verließ das Zimmer.

Bitterblue seufzte, dann sammelte sie die Seiten ein und rollte sie zusammen. Sie wollte sie nicht in der Hand haben. Sie fühlten sich an wie eine Bedrohung, die vor ihrer Nase explodieren konnte. Aber sie gehörten jetzt ihr und sie würde sie bewachen müssen und entscheiden, was sie damit tun sollte.

»Werde ich je aufhören, mir Sorgen um sie zu machen?« Sie wünschte, sie hätte daran gedacht, Hava nicht nur zu kritisieren, sondern ihr auch zu danken.

»Unwahrscheinlich.« Giddon leckte sich Butter vom Daumen.

»Ich halte auch Dinge vor ihr geheim«, sagte Bitterblue. »Dinge, die sie wahrscheinlich wissen sollte.« Zum Beispiel hatte sie Hava noch nicht erzählt, dass blaue Füchse die Gedanken aller Menschen lesen konnten und sich den Menschen, an die sie gebunden waren, widersetzten. Sie hatte es Giddon erzählt, fürchtete aber, dass es ihr Versprechen dem Fuchs gegenüber brechen würde, wenn sie es auch Hava erzählte. Außerdem wusste Hava nichts von Giddon, weil ihre Beziehung noch so neu und Bitterblue auf neuartige Weise so lieb war. Sie hatte noch keinen Panzer, um sich vor Havas Sarkasmus zu schützen.

»Du sagst es ihr, wenn es so weit ist«, sagte Giddon sanft.

»Ja«, entgegnete Bitterblue. »Apropos«, fügte sie hinzu und ihre Miene nahm einen reuevollen Ausdruck an. Sie wollte den nächsten Punkt auf ihrem heutigen Plan nicht angehen. »Gehen wir mit Froggatt sprechen?«

Sie fanden Froggatt im Gewächshaus auf dem Hoteldach, wo er eine hochgewachsene schlanke rosa Lilie betrachtete.

»Möchten Sie mit uns Tee trinken und Kuchen essen, Froggatt? Hier zwischen den Blumen?«, fragte Bitterblue – ein Vorschlag, der ihn offenbar unwahrscheinlich glücklich machte.

Sie setzten sich an einen kleinen Gartentisch. »Wir werden Ihnen jetzt etwas sagen, das Sie niemandem weitersagen dürfen, Froggatt«, erklärte Bitterblue. »Noch nicht einmal anderen Mitgliedern meines Stabs.«

Froggatt schwoll die Brust. »Jawohl, Königin?«

»Giddon und ich werden heiraten.«

Jetzt wurde Froggatt rot. »Aber Königin!«

»Ich möchte kein Wort darüber hören, dass er ein enterbter Exlord aus den Middluns ist«, sagte Bitterblue.

»Meine Sorge, Königin, ist weniger, dass er ein enterbter Exlord aus den Middluns ist, sondern eher, dass der *Grund* dafür, dass er ein enterbter Exlord aus den Middluns ist, darin besteht, dass er dauernd durch die sieben Königreiche …«

»Sieben Staaten«, korrigierte Bitterblue ihn.

»Sieben *Staaten*, die genau deshalb nicht mehr die sieben Königreiche sind, weil Ihr geplanter zukünftiger Ehemann ein Abtrünniger ist, der zusammen mit seinen abtrünnigen Freunden Monarchen gefangen nimmt und absetzt! *Und Sie sind eine Königin!*«

»Ja«, sagte Bitterblue. »Wir stimmen Ihnen zu, dass das seltsam ist. Aber jede Beziehung hat ihre Herausforderungen zu meistern, Froggatt. So wird es sein. Ich habe Sie hier als unseren Verbündeten von Beginn an ausgewählt, weil irgendjemand im Umkreis einer Königin ihre Heiratsabsichten kennen sollte und weil wir Unterstützung brauchen werden, sobald wir diese Nachricht öffentlich machen. War es ein Fehler, Ihnen zu vertrauen?«

Was immer Froggatt als Nächstes hatte sagen wollen, er schluckte es hinunter. »Natürlich nicht, Königin.«

»Sie verstehen, dass Sie nicht die Erlaubnis haben zu versuchen, mich – oder Giddon – davon abzubringen?«

»Ich verstehe, dass Sie sich entschieden haben, Königin.«

»Gut.«

»Und ich hoffe, dass Sie beide sehr glücklich werden«, fügte er verspätet hinzu, vielleicht nachdem er das Zucken von Giddons Mund auf der anderen Seite des Tisches bemerkt hatte.

»Danke«, entgegnete Giddon ernst.

»Königin«, sagte Froggatt plötzlich besorgt, »geht es Ihnen wirklich gut? Ihre Ratgeber merken es, wenn Sie geweint haben.«

Bitterblue hatte sich in letzter Zeit wirklich oft von Tränen hinreißen lassen. »Ich erhole mich von einer Tortur, Froggatt«, antwortete sie und erinnerte sich an das Wort, das Katus Ärztin benutzt hatte. »Die letzten paar Wochen haben mich an viele vergangene Dinge erinnert. Traurige Dinge. Verstehen Sie?«

»Ja, natürlich verstehe ich das, Königin«, sagte Froggatt, der schon am Hof ihres Vaters gearbeitet hatte, bevor er in ihre Dienste getreten war.

»Es ist produktives Weinen«, erklärte sie. »Ich mache Fortschritte. Obwohl mir, wenn ich ehrlich bin, der Kopf und der Nacken davon wehtun.«

»Hast du schon mal daran gedacht, Dehnübungen zu machen, bevor du weinst?«, fragte Giddon.

Froggatt sah Giddon mit entrüsteter Miene an.

»Es ist auch gut, erst ein wenig zum Aufwärmen zu weinen, bevor man dann richtig loslegt«, fuhr Giddon fort, wovon Bitterblue kichern musste. Schließlich stand sie auf, nahm seine Hand und verkündete, sie hätte noch zu tun, weil sie (was sie nicht sagte) mit ihm ins Bett gehen wollte.

Froggatt betrachtete sie zusammen, einen Ausdruck gekränkter Verwirrung im Gesicht.

Das nächste Problem überraschte Bitterblue. Sie war *nicht* überrascht davon, dass bei ihren Treffen mit den einflussreichen Familien

Ledras mehr als ein Industrieller beiläufig Bennis aufrichtigen Charakter erwähnte und sogar zum Ausdruck brachte, es sei schwer zu glauben, er könne eine illegale Waffe bauen, seinen eigenen Schwager einsperren, einen Jungen töten oder eine Königin entführen.

»Und doch hat er es getan«, antwortete Bitterblue dann ruhig.

Aber sie war überrascht, als eine Person sagte: »Haben Sie ihn denn je gesehen, Königin? Den Teilen seiner Verteidigung zufolge, die ich gehört habe, haben Sie ihn nie selbst gesehen.«

»Natürlich habe ich ihn gesehen. Erst kürzlich habe ich gesehen, wie er in Torla's Neck Beweise vernichten wollte«, entgegnete Bitterblue.

Aber später am Abend, als sie in ihrem Schlafzimmer auf Giddon wartete, überlegte Bitterblue, dass sie eigentlich *nicht* gesehen hatte, wie Benni irgendwelche Beweise vernichtete. Sie hatte auf ihn eingestochen, bevor er Gelegenheit dazu gehabt hatte. Und auch während ihrer Entführung hatte sie ihn nicht gesehen. Sie war bewusstlos gewesen, als sein Luftschiff sie aus dem Meer gefischt hatte. Sie war bewusstlos von einem Getränk mit Betäubungsmittel gewesen – das Ferlas Wache ihr gegeben hatte –, als er diesen armen Jungen ermordet hatte. Der Fuchs hatte ihr gesagt, Benni sei schuldig, und sie glaubte dem Fuchs. Aber die Verstrickung des Fuchses war ein Geheimnis, das aufrechtzuerhalten sie geschworen hatte. Sie hatte fest vor, ihr Versprechen, die Geheimnisse der Fuchsheit zu bewahren, zu halten.

Wenn man sie vor Gericht aufforderte, gegen Benni auszusagen, gab es im Grunde abgesehen von Schlussfolgerungen nicht viel, das sie ehrlicherweise berichten konnte. Und wenn Benni beschloss zu behaupten, dass Ferla ihn gezwungen oder seine Kinder bedroht hatte, würden ihre Schlussfolgerungen dem nicht widersprechen.

Die Wachen aus Torla's Neck, die als Zeugen gegen Benni hätten dienen können, waren geflohen. Die junge Frau, die Bitterblue auf dem Dachboden das Essen gebracht hatte, war mit dem Luftschiff der Timas nach Kamassar entkommen. Linta Massera war tot. Die Kamassarianer, die die *Seashell* versenkt hatten, waren weg, und außerdem gab es keine Beweise dafür, dass das Sinken der *Seashell* etwas anderes als ein Unfall gewesen war. Der Magistrat betrachtete es nicht als Straftat.

Selbst Katu schien zufrieden damit, Ferla für seine Entführerin zu halten. Er wusste aus Erfahrung, dass Ferla unbarmherzig sein konnte, während Benni ein netter Kerl war. Und die Wachen der Devrets hatten berichtet, dass Ferla, nicht Benni, eines Nachts ausgegangen war und sie bestochen hatte, damit sie schwiegen. Eine Beschenkte namens Trina mit der Gabe, Dinge zu finden, hatte sich gemeldet und behauptet, dass Ferla versucht hatte, sie dafür zu gewinnen, menschliche Überreste im Schutt des abgebrannten Hauses der Cavendas zu finden.

Bitterblue blickte durch den Sternenmacher in das Feuer in ihrem Kamin, als Giddon hereingeschlichen kam.

»Hallo«, sagt er und schloss die Tür mit einem leisen Klicken.

»Hallo«, erwiderte sie düster und schwenkte den Sternenmacher auf die Lampe in seinen Händen. Bitterblue liebte den Sternenmacher. Damit hatte ein Teil ihres Verstands etwas Nettes zu tun, während ein anderer Teil versuchte, Probleme zu lösen.

Giddon stellte die Lampe ab und kroch unter die Decke. »Was ist los?« Er zog Bitterblue an sich und hielt sie auf diese Art, von der sie sich immer geschätzt fühlte, genau wie sie sich geschätzt fühlte, wenn sie sein Geschenk, den Sternenmacher, benutzte.

»Ich will nicht, dass Lovisa vor Gericht gegen ihren eigenen Vater aussagen muss«, sagte sie. »Ich will nicht, dass ihr diese ganze Last auferlegt wird. Aber sie ist die einzige glaubwürdige Zeugin, obwohl wir alle wissen, dass Benni schuldig ist. Ich weiß Dinge, die mir der Fuchs erzählt hat, von denen es mich umbringt, sie nicht weitersagen zu können.«

Giddon atmete eine Weile gleichmäßg in ihr Haar und dachte darüber nach. »Überlegst du, den Fuchs bloßzustellen?«

»Nein! Natürlich nicht. Das kann ich nicht machen.«

»Überlegst du … irgendwas anderes?«

Jetzt schwieg Bitterblue einen Moment. »Wenn ich behaupten würde, irgendetwas gehört oder gesehen zu haben, während ich in der Dachkammer war, würde das wahrscheinlich niemand anzweifeln.«

Giddons Stimme klang unglücklich. »Das glaube ich auch nicht.«

Bitterblue schämte sich irgendwie wegen ihrer nächsten Frage. »Giddon? Wie schrecklich wäre es, seine Macht als Königin zu nutzen, um Beweise für ein ausländisches Gericht zu erfinden? Beweise, die alle glauben würden?«

»Beweise für ein Verbrechen, auf das die Todesstrafe steht?«

»Ja. Um einem sechzehnjährigen Mädchen zu ersparen, gegen ihren eigenen Vater aussagen zu müssen?«

Giddon rutschte tiefer, strich ihr die Haarsträhnen aus der Stirn und betrachtete ihre Miene. Sie wusste, dass er ihr das nicht ausreden würde.

»Vielleicht unterscheidet sich meine Methode, um zu entscheiden, ob etwas schrecklich ist, von der anderer Leute«, sagte er. »Aber für mich gilt die Regel: Wenn *du* etwas tust, kann es nicht schrecklich sein.«

»Giddon«, entgegnete sie beinahe ängstlich. »Das ist eine gefährliche Einstellung, wenn ich Königin bin. Ich muss mich darauf verlassen können, dass du es mir sagst, wenn du glaubst, ich würde etwas Falsches tun.«

»Das werde ich immer. Versprochen. Wir gehören zusammen, Bitterblue. Aber du triffst hier keine leichtsinnige, unüberlegte Entscheidung und ich kann erkennen, wovor du Lovisa zu bewahren versuchst.«

Es herrschte erneut Schweigen.

»Warum sprichst du nicht mit ihr darüber?«, fragte er.

Sie legte das Gesicht auf seine Brust. »Ja, ist gut. Vielleicht mache ich das.« Sein Herz klopfte an ihrem Ohr. »Dein Herz schlägt schnell.«

»Warum wohl?«, sagte er neckend, woraufhin sie ihr Gesicht an seins legte, seine Lippen zwischen die ihren nahm. Manchmal machte es ihr Angst, wie leicht er ihren müden schmerzenden Körper wieder glücklich machen konnte. Sie hatte beschlossen, nicht dauernd zu befürchten, dass sie ihn verlieren könne. Bitterblue würde lernen, ihm ins Gesicht zu blicken und dort nicht nur die zerbrechlichen Knochen unter seiner Haut zu sehen, sondern *ihn*, Giddon, ihren Ehemann, ihre Stütze.

»Giddon?«, fragte sie und löste sich von ihm. »Es liegen einige wirklich schwierige Entscheidungen vor mir, im Zusammenhang mit meinen Zilfiumvorräten und dieser neuen Waffe.«

»Ja.« Er küsste sie und ließ seine Hand unter ihr Schlafanzugoberteil gleiten.

»Ich glaube nicht, dass es leicht sein wird, mit mir verheiratet zu sein. Weißt du, wie sehr ich mich auf dich stützen werde?«

»Ich bin groß und stark«, sagte er. »Erinnerst du dich?«

Bitterblue hatte nicht das Gefühl, dass er sich bewusst war, wie ernst ihr dieses Anliegen war. Sie setzte sich leicht verärgert auf. »Im Ernst, Giddon. Es gibt so viel, worüber wir uns Sorgen machen müssen. Was, wenn unsere Kinder furchtbar werden? Sie werden eines Tages Monsea regieren, weißt du, was bedeutet, dass sie verantwortungsbewusst und intelligent sein müssen. Liebenswürdig, und doch mit starker Persönlichkeit. Unermüdlich. Weise. Was, wenn sie das *nicht* sind?

Giddon?« Neue emotionale Wellen huschten über seine Miene. Hoffnung, Staunen. Freude. Ihr wurde bewusst, dass es das erste Mal war, dass einer von ihnen das Thema Kinder aufgebracht hatte. »Giddon? Du siehst aus, als hättest du einen Schlaganfall.«

»Unsere Kinder werden perfekt sein.« Eine Träne lief ihm über die Wange. »Ich werde ihnen Gutenachtgeschichten vorlesen.«

»Giddon«, sagte sie spitz. »Wir werden unsere Kinder lieben, egal, wie sie sind. Sie werden sein, wer immer sie sind. Aber es nützt niemandem, auch unseren Kindern nicht, wenn wir uns vor der Realität verschließen. Die Welt verändert sich. Es gibt eine Menge Dinge, über die man nachdenken muss!«

»Natürlich.«

*»Bist du sicher, dass du dazu bereit bist?«*

»Bitterblue.« Giddon nahm ihr Kinn in die Hand. Sah ihr in die Augen. »Ich wünsche mir nichts sehnlicher, als dein Partner zu sein, während du die Königin von Monsea bist. Alle erwarten, dass du sie unterstützt. Nun, ich möchte dich unterstützen.«

Tränen liefen Bitterblue übers Gesicht.

»Mit all unseren fürchterlichen Kindern, die um uns herumwuseln«, fügte er hinzu.

Jetzt lachte Bitterblue laut auf.

»Wie viele sollen wir denn kriegen?«, fuhr er hoffnungsvoll fort.

»Wie wärs, wenn wir eins nach dem anderen angehen?«

»Wahrscheinlich sollten wir uns einen Hund anschaffen«, sagte er.

»Noch was?«, fragte Bitterblue. »Einen Bären? Einen Otter?«

»Ich mache eine Liste.«

»Weißt du, dass du viel zu viel anhast?«

»Wirklich?«

»Soll ich dir helfen?«

»Bitte.«

Bitterblue liebte den Augenblick, wenn Giddons Hemd von seinen Schultern, seiner Brust, seinem Oberkörper glitt. Sie liebte es, ihm die Hose über die Hüften zu ziehen.

»Oh. Aber Moment«, sagte sie und setzte sich wieder auf.

»Ja?«, fragte Giddon mit unendlicher Geduld.

»Ich werde auch deine Partnerin sein, weißt du.«

»Akzeptiert.«

»Sag mir, wobei du gerade emotionale Unterstützung brauchst.«

»Gerade geht es mir gut, Liebling.«

»Bitte. Ich versuche hier etwas Symbolisches deutlich zu machen, Giddon.«

Sie liebte die Schüchternheit, die in Giddons Miene kroch, während er über ihre Frage nachdachte. »Okay«, sagte er. »Könnte ich ein paar Extrapunkte kriegen? Weil ich deinen ehemaligen Geliebten gerettet habe?«

Bitterblue umarmte ihn ganz fest. »Aber natürlich kriegst du die. Extrapunkte und eine Belohnung.«

»Eine Belohnung?«, fragte er grinsend.

»Bist du bereit für deine Belohnung?«

»Schon seit einer halben Stunde«, sagte er. »Aber du redest ja dauernd.«

»Strafpunkte für Respektlosigkeit«, erklärte Bitterblue streng, dann versank sie in glücklichem Schweigen unter seinem Mund, seinem Gewicht. Ihre Sorgen fielen von ihr ab.

# 43

Am nächsten Tag besuchte Bitterblue Quona Varana.

Obwohl Giddon und Hava sie vorgewarnt hatten, fand Bitterblue Quonas Katzen trotzdem beunruhigend. Ungefähr acht oder neun tapsten neben ihnen her, als sie Quona die Treppe hinauf ins Wohnzimmer folgte, flitzten voraus, sausten zurück und verwandelten die Treppe so in einen Hindernisparcours.

Quona bot Bitterblue einen Platz in einem Sessel vor dem riesigen Fenster mit Meerblick an. Es war wunderbar, vor allem als ein Mann Schokoladenkuchen brachte.

»Ich bin Ihnen zu Dank verpflichtet«, sagte Bitterblue mit einem Teller auf dem Schoß. »Für die Briefe, die die Schuld einiger der Zilfiumimporteure beweisen. Es tut mir leid, dass meine Freunde in Ihren verschlossenen Raum eingebrochen sind.«

»Es war eigentlich nur natürlich angesichts der Umstände«, sagte Quona auf barsche, nüchterne Art. »Mir tut es leid, dass ich sie unterschätzt habe.«

»Ja, nun. Ich weiß, dass Sie heimlich an sieben Füchse gebunden sind«, sagte Bitterblue, »aber ich habe nicht vor, es irgendjemandem zu sagen. Genauso wenig wie meine Freunde.«

»Im Austausch wofür, Königin?«, fragte Quona mit einem Lächeln, das grimmig und entschlossen, aber nicht unfreundlich war. Bitterblue konnte sich vorstellen, wie diese Frau die Abstimmung über das Zilfium mit Erpressung und Bestechung beeinflusste. Sie aß ihren Kuchen, als wäre es ein Feind, den sie besiegen musste.

»Information«, sagte Bitterblue. »Bildung. Wissen.«

Quona nickte. »Wissen ist Macht. Zilfium ist ebenfalls Macht. Wenn die Gerüchte über Ihre Zilfiumvorräte zutreffen, Königin, werden Sie in der Position sein, wichtige Entscheidungen zu treffen, die Konsequenzen für die ganze Welt haben.«

Bitterblue musterte Quona einen Moment und aß ein paar Bissen des cremigen, vorzüglichen Kuchens.

»Um ehrlich zu sein, vertraue ich Ihnen nicht vollständig«, räumte Bitterblue ein. »Aber ich würde gerne einen Briefwechsel mit Ihnen beginnen, sobald ich weg bin. Wie Sie sagen, verfüge ich über Zilfium, und ich glaube, dass Sie eine Menge darüber wissen, was es bedeutet, über Zilfium zu verfügen. Ich brauche Hilfe dabei, nicht nur die politischen Auswirkungen zu verstehen, sondern auch die auf die Umwelt. Ich brauche Empfehlungen für Wissenschaftler und Ingenieurinnen. Menschen, die mir dabei helfen, einen ungefährlichen Weg zu finden, falls es den gibt.«

»Ich würde auch gerne einen Briefwechsel mit Ihnen führen, Königin«, sagte Quona ausdruckslos. »Ihre künftigen Entscheidungen drohen, einen enormen Einfluss auf die Dinge zu haben, die ich am meisten schätze.«

»Ihre Methoden gefallen mir nicht«, sagte Bitterblue. »Aber eigentlich glaube ich, dass wir auf derselben Seite stehen. Warum sollte ich Bodenschätze gewinnen, wenn ich dadurch die Erde vergifte?«

Jetzt war Quona diejenige, die Bitterblue mit geschürzten Lippen musterte. »In Winterburg gibt es Geschichten, die von den Silberkühen stammen. Über ein gigantisches Seeungeheuer namens die Bürgin, das den Planeten für uns beschützt. Es sind lustige, unheimliche Geschichten.«

»Ich habe davon gehört«, sagte Bitterblue. »Und ich habe mich gefragt, ob irgendjemand sie für wahr hält.«

»Ich glaube nicht, dass es wirklich eine Figur in einer Geschichte gibt, die sich um uns kümmern wird«, erklärte Quona mit unvermittelter echter Verachtung. »Aber ich glaube, wir sollten versuchen, uns umeinander zu kümmern und füreinander zu bürgen. Wenn Sie das, was Sie sagen, ernst meinen, Königin, glauben Sie das offensichtlich auch. Ich würde mich freuen, wenn ein solcher Mensch über die größten Zilfiumvorräte der Welt wacht. Und ich bin bereit, ehrlich zu Ihnen zu sein.«

»Danke«, sagte Bitterblue. »Das wäre eine große Hilfe.«

Als sie dasaßen und aufs Meer hinausblickten, suchte Bitterblue nach einem Aufblitzen von lila Flecken an der Oberfläche und erinnerte sich an ihre Zeit in diesem Wasser beinahe so, als wäre es ein Traum gewesen. Eine neue Katze, eine kleine graue, die leicht seitwärts ging, betrat den Raum und lehnte sich an ihren Fuß. Giddon hatte ihr von der kleinen grauen Katze erzählt, die Füße liebte. Bitterblue beugte sich runter, um sie zu streicheln und ihr dadurch zu danken, dass sie Giddon getröstet hatte.

Plötzlich fiel ihr etwas ein. »Sagen Sie, wissen Sie, was aus dem Fuchs geworden ist, der an Ferla Cavenda gebunden war?«

»Ferla zufolge ist er im Feuer umgekommen«, sagte Quona.

Bitterblue unterdrückte das Entsetzen, das sie verspürte, denn auf gar keinen Fall durfte sie verzweifelt darüber wirken, dass Ferlas Fuchs tot war. Aber das war sie.

Bevor sie es nicht länger verbergen konnte, also kurz darauf, verabschiedete sie sich.

Draußen schneite es, ein sanfter, aber stetiger Fall großer dicker Flocken. Bitterblue hatte das Gefühl, dass es schon seit Monaten schneite; es kam ihr unmöglich vor, dass erst Oktober war. *Armer Fuchs*, dachte sie. *Es ist kaum vorstellbar, dass wir uns nur ein paar Wochen kannten.*

Sie befahl ihren Wachen Ranin und Wart, ihr ein wenig Raum zu lassen, in liebenswürdigem Ton. Auch sie brauchten ihre Freundlichkeit.

Dann spazierte Bitterblue auf dem Pfad über dem Meer entlang.

Als sie an dem Bauernhof auf der Klippe vorbeikam, der zur Akademie gehörte, überlegte sie, ob sie bereits existierende Institutionen und Industrieanlagen in Monsea in Schulen verwandeln konnte.

Es gab so viel, worüber sie nachdenken musste.

Bitterblue stürmte schnell über die hölzernen Brücken, die hier und da vor ihr auftauchten, dann ging sie außen um Flag Hill herum, weil sie nicht auch nur in die Nähe der Überreste ihres Gefängnisses kommen wollte. Sie nahm die Strecke über den Strand, wo Lovisa und sie übernachtet hatten, und durch den Hafen. Nachdem sie Treppen hinaufgestiegen und durch enge Gassen gegangen war, kam sie schließlich an eine Weggabelung, an der sie nicht mehr wusste, in welche Richtung sie musste. Die Leute auf dieser Straße starrten sie an. Sie war klein, konnte sich gut unter einer Kapuze verstecken und sie hatte diesen Gang allein antreten wollen, oder zumindest so allein, wie man sie je ließ. Bitterblue wollte sich selbst beweisen, dass sie keine Angst vor Ledra hatte oder Angst, allein zu sein. Aber es war wahrscheinlich zu viel verlangt zu erwarten, dass die Bewohner Ledras nicht errieten, wer sie war, vor allem mit zwei großen blassen Ausländern im Schlepptau.

*Entschuldigung,* sagte eine leise Stimme.

Bitterblue fuhr zusammen.

*Kleine Königin?,* sagte die Stimme.

Bitterblue drehte sich erstaunt im Kreis und versuchte ihn zu entdecken, denn sie kannte diese Stimme. *Fuchs?,* fragte sie. *Fuchs!* Dann sah sie seine Schnauze hinter einem schmalen Baumstamm neben einem Gebäude hervorlugen. *Fuchs!*

*Ja,* sagte er. *Ich grüße dich. Du solltest normal weitergehen und nicht länger mit offenem Mund dastehen. Die Leute sehen dich.*

*Ach ja.* Bitterblue nahm ihren Weg wieder auf und versuchte den Eindruck zu erwecken, sie wisse, wo sie hinginge. Von Glück und Erleichterung angetrieben. *Aber ich bin verwirrt. Man hat mir gesagt, du seist tot!*

*Ich habe meinen Tod vorgetäuscht.*

*Oh!* Sie verstand. *Wie klug von dir! Weißt du zufällig, welche Straße ich nehmen muss? Ich will zu einem Hotel namens …* Sie wusste nicht mehr, wie das Hotel hieß. *Wo ist bloß mein Gehirn?*

*Ich weiß nicht, wo das Hotel Wo ist bloß mein Gehirn liegt, aber die Straße links führt zu einer Passage.*

*Nein, mein, oh … egal,* sagte Bitterblue. *Was ist eine Passage?*

*Ein Geschäftsviertel zum Einkaufen.*

*Ach ja? Einkaufen klingt nett. Ich gehe nie einkaufen.*

*Für Menschen ist es nicht nett. Da muss man was erwerben.*

*Was soll das heißen? Ich brauche nichts.*

*Wenn man eine Passage betritt, kommt man erst wieder raus, wenn man etwas gekauft hat.*

Das klang eigenartig in Bitterblues Ohren. *Ich glaube, ich habe eine Münze dabei.* Sie rümpfte die Nase. *Brauchst du irgendwas?*

Sie fragte, weil es in diesem Moment eine praktische Frage war, aber auch, weil der Fuchs verändert wirkte. Eigenartig gedämpft. Sein Tonfall klang zaghaft, beinahe deprimiert, und sie versuchte herauszufinden, was los war. Sie fragte sich, wo er jetzt lebte. Auf der Straße?

*Ich hätte ein bisschen Hunger,* sagte er.

*Also gut.* Bitterblue stellte fest, dass sie selbst einen Bärenhunger verspürte, der sie so plötzlich und heftig überkam, wie es typisch für eine Person war, die in letzter Zeit zu wenig zu essen bekommen hatte. Sie wandte sich nach links. *Ist alles in Ordnung?*

*Natürlich.*

*Oh, gut. Kennst du Quona Varana?*

*Ja.*

*Weißt du von ihren sieben Füchsen?*

Der Fuchs antwortete nicht gleich, huschte nur voraus und versuchte sich hinter Wegweisern und unter Tresen zu verstecken. Aber er sandte ihr eine Art erschöpftes Unwohlsein.

*Was ist los?*, fragte sie.

*Das sind meine Geschwister*, sagte er. *Schlingel, Krawall, Schalk, Gürkchen, Glück, Genie und Kult. Kult ist die Abkürzung für Kultiviert.*

*Oh! Deine Geschwister! Was für ein Zufall. Das ist doch … nett, oder?*

*Sie hat noch mehr als sieben geheime Füchse*, platzte der Fuchs heraus.

*Wirklich? Wie viele denn?*

*Ich weiß es gar nicht genau.* Der Fuchs heulte beinahe. *Sie hält sie überall! In der Akademie, in der Burg, auf dem Bauernhof, in den Luftschiffhangars der Varanas. Und sie sind alle so gehorsam!*

*Meine Güte*, sagte Bitterblue. *Sie hat mehr Macht, als mir bewusst war. Na ja. Ist es denn so schlimm, dass ihre Füchse so gehorsam sind?*

*Vielleicht ist es nicht schlimm, wenn dein Mensch kein Monster ist*, antwortete der Fuchs düster. *Aber das ist ein Luxus, den ich nie hatte.*

*Ich vermute, dass Quona den Füchsen gegenüber deutlich mitfühlender ist als Ferla Cavenda*, sagte Bitterblue freundlich. *Und bei ihr ist es bestimmt auch lustiger. Du, mein Fuchs, musstest ein Held sein. Das ist viel schwerer.*

Es herrschte langes Schweigen, während dessen Bitterblue sich auf der Straße umsah, die von Läden, Verkäufern und kleinen lärmenden Kindern wimmelte. Eigentlich stank es hier ziemlich. Fischig.

*Fuchs?* Plötzlich fiel ihr etwas ein. *Wenn deine Geschwister Namen haben, heißt das, dass du dann auch einen Namen hast?*

*Ja*, sagte er.

*Wie lautet er? Darf ich dich damit ansprechen?*

Es herrschte noch längeres Schweigen. *Ich heiße Abenteuerfuchs*, sagte der Fuchs dann. *Abgekürzt Abenteuer. Meine Geschwister nennen mich Ab.*

*Das ist ein großartiger Name*, entgegnete Bitterblue. *Danke.*

Darauf folgte das längste Schweigen von allen. Dann sprach der Fuchs mit kaum hörbarer Stimme. *Ich habe es nicht verdient, mit meinem Namen angesprochen zu werden. Ich bin kein Held.*

*Was? Warum denn nicht?*

*Weil ich etwas Furchtbares getan habe.*

Sie hatte also recht gehabt.

*Es war zweifellos furchtbar*, sagte er. *Du wirst nie wieder gut von mir denken.*

Ganz plötzlich, augenblicklich glaubte Bitterblue zu wissen, was jetzt folgen würde. Sie hatte sich darüber schon Gedanken gemacht. Es war, als hätte eine winzige Lichtpfote ihren Verstand mit Neugier und Zweifel berührt. Jetzt brachte sie sorgfältig ihre Gedanken und Reaktionen unter Kontrolle, damit der Fuchs sie nicht erspüren konnte. *Warum erzählst du mir nicht, was es ist, und lässt mich das selbst entscheiden?*

Der Fuchs war stehen geblieben. Er kauerte unter einer kurzen Treppe, die zu einer Ladentür führte, und presste sich zitternd an die hölzerne Verkleidung des Ladens. Nur mit Mühe widerstand Bitterblue dem Drang, in die Hocke zu gehen, ihn da rauszuziehen, sich auf die Stufen zu setzen, ihn auf den Schoß zu nehmen und wie eine Katze zu streicheln. Dieser Fuchs hatte sie getröstet, als sie verzweifelt gewesen war. Er hatte seinen eigenen Schutz aufs Spiel gesetzt, um sie zu schützen.

Stattdessen stieg Bitterblue die Treppe zu dem Laden hinauf, weil das in den Augen der Passanten normal wirken würde. Sie warf Mart und Ranin einen Blick zu, mit dem sie ihnen zu verstehen gab, ihr nicht zu folgen. Dann trat sie ein und gab vor, sich äußerst interessiert über Reihen um Reihen der Waren zu beugen, die sich als Gebäckstücke entpuppten.

*Sprich weiter*, drängte sie den Fuchs.

Seine Stimme wurde noch leiser. *Ich habe in gewisser Weise mehr oder weniger Ferla Cavenda getötet. Eher mehr als weniger. Ich habe sie zum Stolpern gebracht. Dann habe ich sie erstickt. Sie wollte dir und möglicherweise auch Lovisa etwas tun.*

Nun. Das war es also. Und es war schlimmer zu hören, als Bitterblue erwartet hatte, weil es nicht leicht war, sich vorzustellen, wie der Fuchs jemanden zum Stolpern gebracht und erstickt hatte. Es war gewalttätig. Schockierend.

Aber wie sehr unterschied sich das eigentlich davon, jemanden vor einem Gerichtshof zu verklagen, wenn das Ergebnis dasselbe war? Und was hätte sie getan, wenn sie eine Füchsin wäre?

Oh, es war alles ein solches Schlamassel, was die Leute sich gegenseitig antaten und was man für Entscheidungen treffen musste.

*Warum hast du beschlossen, es mir zu erzählen?*, fragte Bitterblue.

*Weil du mich für ehrbar, hilfsbereit und treu hältst*, sagte der Fuchs mit weinerlicher Stimme. *Ich möchte, dass du mich als den siehst, der ich wirklich bin, selbst wenn es der schrecklichste Fuchs in ganz Winterburg ist.*

Offenbar hatte das Haus der Cavendas in allen dieselbe Krankheit hervorgebracht. *Abenteuer*, erwiderte Bitterblue. *Du bist nicht schrecklich.*

*Wie kannst du das sagen?*

*Weil ich weiß, dass es stimmt.*

*Woher willst du das wissen?*

Sie hatte noch nicht die richtigen Worte dafür. Dieser Fuchs war in einer verzweifelten Zeit ihr Freund gewesen. Er hatte seine eigenen Regeln gebrochen, weil sie ihm wichtig war.

Bitterblue stellte fest, dass sie, ohne es wirklich zu sehen, ein Gebäckstück anstarrte, das demjenigen sehr ähnelte, das der Fuchs ihr mal auf den Dachboden gebracht hatte. Zum Erstaunen der Ladeninhaberin, die die Königin von Monsea dabei beobachtet hatte, wie sie unbestimmt durch ihren Laden gestolpert war, versuchte sie zwei davon zu kaufen, bemerkte dann, dass die Münze in ihrer Tasche nicht ausreichte, versuchte eins zurückzulegen, woraufhin die Ladeninhaberin ihr beide aufdrängte und darauf bestand, dass die Königin alles in ihrem Laden, was sie wollte, umsonst haben könnte. Bitterblue versprach ihr mit beschämter Miene, dass sie ihre Wache zum Bezahlen hereinschicken würde, und wandte sich dann zum Gehen.

»Warten Sie! Ihr Kaufbeleg, Königin!«, rief die Frau und reichte ihr dann ein Stück Papier, von dem Bitterblue sicher war, dass sie es nicht verdient hatte.

*Kätzchen!*, sagte Bitterblue energisch zum Fuchs, als sie den Laden verließ. *Die reichste Frau der Welt sollte ihr Gebäck nicht umsonst bekommen.* Sie marschierte zu Ranin hinüber und bat ihn, sich darum zu kümmern. Dann schob sie heimlich eins der Gebäckstücke in die Kapuze ihres Pelzmantels, biss ein großes Stück von dem anderen ab und sagte zum Fuchs: *Gibt es hier irgendwo eine dunkle Ecke, wo du in meine Kapuze klettern könntest, um etwas Süßes zu fressen?*

Die Stimme des Fuchses klang verwirrt und ungläubig. *Du willst, dass ich in deine Kapuze steige und etwas Süßes fresse?*

*Willst du nichts Süßes in meiner Kapuze?*, fragte sie. Dann fiel ihr ein, dass dieser Mantel früher Ferla gehört hatte. Der Fuchs hatte schon oft in dieser Kapuze gesessen. *Oje, ich habe ganz vergessen, dass ich Ferlas Mantel trage. Es tut mir so leid. Natürlich willst du dann nicht ...*

*Ich will in deine Kapuze*, sagte er.

*Oh. Gut. Hier, ich setze mich auf diesen Stein unter den herabhängenden Ästen dieses Baumes und tue so, als würde ich meinen Schuh binden. Kannst du so reinklettern?*

Kurz darauf saß der Fuchs in Bitterblues Kapuze.

*Schmeckts?*, fragte Bitterblue.

*Ich ... ich habe Angst, es zu fressen.*

*Warum?*

*Ich weiß nicht, was es zu bedeuten hat.*

*Das Gebäckstück?*

*Was das alles zu bedeuten hat,* sagte der Fuchs. *Du hältst mich wirklich nicht für schrecklich?*

*Ich denke, dass du etwas Schreckliches getan hast, weil du nicht anders konntest. Ich denke nicht, dass du schrecklich bist. Das ist nicht dasselbe.*

*Nicht?*

*Diese Angelegenheiten sind moralisch uneindeutig.* Bitterblue seufzte. *Ich habe auch schreckliche Dinge getan. Ich glaube, das müssen wir noch ausführlicher diskutieren. Ich würde auch gerne Giddon dazubitten.*

*Ich erinnere mich an Giddon,* sagte der Fuchs. *Er ist der große Mann, der Hava in einen Schal gewickelt hat.*

*Zweifellos.* Bitterblue kannte diese Geschichte noch nicht, aber fand, es klang verrückt genug, um wahr zu sein. *Er weiß von dir.*

*Ich habe dir seine Notizen gegeben,* sagte der Fuchs.

*Ja. Er hat sich sehr gefreut, sie wiederzubekommen. Diese Notizen haben mir geholfen. Sie haben mir geholfen, mir über etwas Wichtiges klar zu werden. Oh!,* rief Bitterblue, als ihr noch etwas einfiel. *Ich habe Giddon immer noch nicht zum Geburtstag gratuliert!*

*Hat Giddon heute Geburtstag?*

*Er hatte im August Geburtstag.*

*Du bist ziemlich spät dran,* sagte der Fuchs offenherzig.

*Ja.*

*Ich habe darüber nachgedacht, wie es wäre, an jemanden gebunden zu sein, den ich nicht belogen habe.*

Bitterblue hatte sich schon gefragt, ob dieses Thema irgendwann aufkommen würde. *Abenteuer,* sagte sie. *Ich bin nicht sicher, ob du verstehst, was eine Königin ist, oder wie kompliziert es für eine wäre, einen Fuchs mit telepathischen Fähigkeiten zu haben.*

*Kompliziert klingt interessant.*

*Ich könnte keinem der Menschen gegenüber, denen ich vertraue, lügen, was dich betrifft. Ich fürchte, das würde weit über Giddon hinausgehen.*

*Darüber habe ich auch nachgedacht,* sagte der Fuchs. *Du lebst in Monsea. Dort gibt es keine anderen blauen Füchse. Was, wenn ich eine brandneue Kultur der Fuchsheit mit brandneuen Regeln begründen würde? Mit weniger Lügen!*

*Ich gebe zu, das klingt wirklich interessant.* Das meinte Bitterblue ernst. So etwas wäre gleichzeitig kompliziert und interessant.

*Gibt es Luftschiffe in Monsea?*, fragte der Fuchs steif.

*Nein.*

*Die solltet ihr wirklich einführen.*

*Abenteuer,* sagte Bitterblue. *Konzentrier dich. Ich glaube, dir ist nicht klar, wie viele grundlegende Regeln wir aufstellen müssten. Zum Beispiel, dass du niemals die Gedanken der Menschen lesen dürftest.*

*Was?*, fragte der Fuchs. *Nie?*

*Vielleicht wenn es um einen Feind geht. Ich weiß nicht. Das müssten wir besprechen.*

*Ich weiß gar nicht, wie ich die Gedanken der Leute* nicht *lesen soll,* sagte der Fuchs, *wenn sie ihren Verstand immer so weit geöffnet haben.*

*Tja, dann musst du das üben,* entgegnete Bitterblue streng, müde und hoffnungsvoll. *Hier auf der Straße gibt es drei Dutzend Leute, die mich alle anstarren. Kannst du versuchen, keinen ihrer Gedanken zu lesen?*

Als Bitterblue schließlich das Hotel erreichte, schlossen die Hotelwachen gerade die Türen hinter einer blassen blonden Frau in einem gelben Mantel.

»O hallo«, sagte Bitterblue, die diese Frau noch nie gesehen hatte.

Sie war so überrascht, jemanden von zu Hause zu treffen, dass sie fast vergaß, Beschenktisch zu sprechen.

Bei Bitterblues Anblick zuckte die Frau zusammen. Sie warf ihr aus einem schwarzen und einem gelben Auge einen kurzen fragenden Blick zu. »Hallo, Königin«, erwiderte sie, dann eilte sie die Straße entlang.

Hinter der Tür stand Giddon, der mit nachdenklichem und leicht missmutigem Blick ins Nichts starrte. Da sonst niemand in der Lobby war und Ranin und Mart sie noch nicht eingeholt hatten, hatte Bitterblue das Vergnügen, ihn einen Moment zu bewundern und dann zu ihm hinüberzugehen und ihm einen Kuss zu geben.

»Ich muss dir was sagen.«

*Herzlichen Glückwunsch zum Geburtstag?*, schlug der Fuchs vor, der immer noch in ihrer Kapuze saß.

*Sei still!*, sagte Bitterblue. *Und kein Gedankenlesen!*

*Das tue ich gar nicht!*, rief er empört. *Aber du solltest ihn nach dieser Frau fragen! Die kenne ich!*

»Und ich dir.« Giddons missmutige Gesichtszüge glätteten sich, als er Bitterblues Kuss erwiderte. »Hast du die Frau gesehen, die gerade gegangen ist?«

»Habe ich.«

»Das ist Trina.«

»Die Beschenkte, die dich verraten hat?«, fragte Bitterblue überrascht.

»Und dich«, erinnerte er sie.

»Was wollte sie?«

»Ob du es glaubst oder nicht«, sagte Giddon, »sie behauptet wissen zu wollen, was nötig wäre, um sich dem Rat anzuschließen.«

»Oh.« Bitterblue verstand. »Traust du ihr?«

»Das ist immer die Frage, nicht wahr?«

»In diesem Sinne möchte ich dir, bevor du noch mehr sagst, jemanden vorstellen«, sagte Bitterblue.

»Okay. Moment mal, was?«, fragte er plötzlich, griff nach ihrem Mantel und seine Stimme veränderte sich. »Bitterblue? Hast du einen Fuchs in deiner Kapuze?«

»Ja.«

»Oje«, entgegnete er in einem Tonfall, als wüsste er, was jetzt kommen würde.

»Ja«, sagte sie. »Bist du bereit für die nächste bedeutende Entscheidung?«

# 44

Lovisa sah sich einer schrecklichen Entscheidung gegenüber.

Wo war ihr Vater jetzt? Litt er in einer Gefängniszelle – ohne die Möglichkeit, sich abzulenken, ohne etwas zu lesen? *Gut,* sagte sie sich immer wieder. *Da gehört er auch hin.* Und ihr Verstand wusste, dass das wahr war, aber ihr Herz war bei ihm in der Zelle und fragte sich, ob er fror. Ob sein Gesicht verheilt war, ob sein Mund beim Essen schmerzte. Ob er Angst hatte.

Und dann sprang ihr Herz krank und verwirrt zu dieser Schiffsfahrt, als er gelogen und Ausreden erfunden hatte, die irgendwann zu Drohungen wurden.

Wenn sie gegen ihn aussagte, unterschrieb sie wahrscheinlich sein Todesurteil. *Was er verdient hätte,* sagte sie sich immer wieder, aber so weit konnte ihr Herz nicht gehen.

Wenn sie sich entschied, nicht gegen ihn auszusagen, käme er möglicherweise wirklich damit durch. Vielleicht müsste er einige Zeit im Gefängnis verbringen wegen kleinerer Vergehen, als Helfershelfer bei den Verbrechen einer anderen. Vielleicht würde er einen Teil seines Vermögens verlieren. Aber dann wäre er ein freier Mann. Wäre der Vater ihrer Brüder. Würde sie aufziehen. Wäre *ihr* Vater. Wäre Teil der Gesellschaft von Ledra. Würde wahrscheinlich erneut politisch oder geschäftlich Karriere machen.

Also dann? Sollte sie aussagen?

Wenn sie das tat, wäre es, als stünden sie wieder zusammen auf dem Dach des Hauses im Norden und Lovisa würde ihn, ihren eigenen Vater, hinunterstoßen.

Als ein Akademiebote Lovisa auf dem Campus abfing und ihr eine versiegelte Nachricht überreichte, die sich als Einladung zum Mittagessen am Samstag bei der Königin von Monsea entpuppte, war Lovisa nur halb überrascht.

Schließlich war Lovisa jetzt berühmt. Alle wollten mit ihr zu Mittag essen. Fremde, Bekannte, Freunde der Familie, Anwälte – insbesondere Anwälte. So viele Leute versuchten sich gerade in Lovisas Leben zu drängen, um ihr bei ihrer Familiensituation zu »helfen«, dass es schwierig war, ihre Hausaufgaben zu machen, über den Campus in den Unterricht zu gehen, die Stadt zu durchqueren. Die Leute schienen sie augenblicklich zu erkennen. Die weiße Strähne in ihrem Haar, die sie als Ferlas Tochter auswies, machte sie zu einem Leuchtfeuer für Opportunisten. Einige ihrer Freunde – Nev, Mari, ein paar aus Maris Clique und sogar ein paar Lehrer wie Gorga Balava – waren dazu übergegangen, ihr Begleitschutz anzubieten, wohin sie auch ging. Lovisa hatte das Gefühl, dass einige von ihnen ihr das anboten, weil sie gerne in Verbindung mit einer bekannten Berühmtheit standen. Aber manchen – Nev, Mari, Gorga – schien wirklich an ihrem Wohlergehen gelegen zu sein.

Was Lovisa an der Einladung überraschte, als sie beim Hotel der Königin eintraf und in den Speisesaal geführt wurde, war, dass die Königin allein im Raum war.

Sobald Lovisa platziert worden war, stand Bitterblue sogar auf, zog die Tür zu und setzte sich ihr schräg gegenüber an den Tisch, an dem bequem zwanzig Personen Platz gehabt hätten.

Lovisa war es leid, dass man so viel Aufhebens um sie machte. Außerdem hatte sie eine Menge Hausaufgaben zu erledigen. »Bitterblue?«, fragte sie. »Was soll das?«

»Nimm dir was von der Ente, die ist köstlich«, sagte die Königin, deren Teller bereits voll beladen war. »Es gab Suppe, aber ich habe ihnen gesagt, sie sollen sie später noch mal bringen. Mein Hunger ist zu groß, um meinen Magen bloß mit Wasser zu füllen.«

»Meine Eltern haben dich hungern lassen.« Ein Anfall von Scham überkam Lovisa.

»Ich hätte dich nicht daran erinnern sollen«, entgegnete die Königin sanfter. »Es tut mir leid. *Du* hast mich nicht hungern lassen, Lovisa.«

»Es spielt keine Rolle. Warum treffen wir uns heimlich?«

»Ich will gleich zum Punkt kommen«, sagte die Königin. »Ich habe überlegt, ob es dir helfen würde, wenn ich vorgäbe, dass *ich* diejenige war, die mitgehört hat, wie deine Mutter deinen Vater angebrüllt hat. Dass ich bei Bewusstsein war, als dein Vater Pari Parnin niedergeschlagen hat, während deine Mutter versuchte, ihn davon abzuhalten. Dass ich, nicht du, gesehen habe, wie er Pari zum Luftschiff getragen hat.«

Die Königin sprach weiter, aber Lovisa hörte sie kaum, weil sie in eine angenehme Art Schockstarre verfallen war.

»Warum?«, hörte sie sich sagen. »Warum? Bitterblue? Warum solltest du das tun?«

Zum ersten Mal während des Gesprächs wirkte die Königin unsicher.

*Nein*, dachte Lovisa bei sich, während sie Bitterblues ruhiges, gefasstes Gesicht und ihr gerecktes Kinn betrachtete. Die von unvergossenen Tränen glänzenden Augen, mit denen sie Lovisa ansah. *Sie ist nicht unsicher.*

*Sie nimmt mich wahr*, dachte Lovisa und erlebte eine neue Überraschung. *Sie versteht mich.*

»Es kostet mich nichts«, sagte die Königin leise.

»Das kann ich nicht recht glauben. Mein Vater wird dir widersprechen, dich der Lüge bezichtigen. Und du wirst wissen, dass er recht hat.«

»Es wird mich deutlich weniger kosten, als es dich kosten wird auszusagen, Lovisa. Und dir helfen zu können, wird meine Revanche sein.«

Lovisa streckte ihre Gabel zur Servierplatte aus und nahm sich etwas Ente. Schnitt ein Stück ab, schob es auf dem Teller herum. Sie hatte keinen Hunger, aber sie musste etwas zu tun haben, während sie versuchte, die Überraschung zu verarbeiten, dass diese Frau sich um sie und ihre Situation kümmerte.

»Lovisa«, fügte die Königin hinzu. »Hast du deine Eltern je Andeutungen über das Versenken der *Seashell* machen hören?«

»Nein, nicht direkt.«

»Es gefällt mir nicht, dass der Prozess diese Lücke offenlässt«, sagte die Königin. »Meine Männer wurden ermordet. Und Katus Verdacht und seine Entführung würden ohne das auch keinen Sinn ergeben. Na ja. Hast du irgendwas deiner Beweise bereits dem Magistrat mitgeteilt?«

»Nein.« Lovisa dachte an die Worte, die ihre Mutter Benni zugebrüllt hatte. »Wir hätten nie jemandem etwas tun müssen! Wir hatten vor, das alles auf legalem Wege zu erreichen! Du hättest kein einziges Gesetz brechen müssen!« Lovisa hatte Mari alles erzählt. Sie hatte es Nev erzählt. Sie hatte es mit ihrem Ferkel Würdig geteilt, während sie es in einer ruhigen Ecke im Haus der Devrets an sich gedrückt hatte. Dort lebte Würdig zurzeit, erfreute Lovisas Brüder und erarbeitete sich offensichtlich einen Ruf als Genie. »Wir haben ihn in den Heizungsschächten gefunden«, hatte Arni ihr bei ihrem letzten Besuch ernst erzählt. »Wo er im Inneren der Wände von Raum zu Raum gewandert ist. Keine Ahnung, wie er da hineingelangt ist. Er schien selbst verwirrt darüber zu sein.«

Aber dem Magistrat hatte sie es nicht erzählt. Lovisas Beweise lebten in ihr, wanderten zwischen ihrem Kopf, ihrem Herzen und ihrem Bauch hin und her und versuchten zu entscheiden, wo sie hingehörten.

Vielleicht könnten sie bleiben, wo sie waren?

»Ich würde gerne darüber nachdenken«, sagte Lovisa der Königin. »Kann ich ein paar Tage darüber nachdenken?«

»Natürlich. So lange wie nötig.«

»Ich ... ich muss noch Hausaufgaben machen«, fuhr Lovisa fort. »Dürfte ich ...«

Sie wusste, dass sie unhöflich war. Eine Königin hatte sie zum Essen eingeladen. Aber jetzt im Moment musste Lovisa fliehen. Und sie hatte das Gefühl, dass Bitterblue wollen würde, dass sie floh, wenn es das war, was sie nötig hatte.

»Machs gut«, sagte Bitterblue.

Draußen führten Lovisas Beine sie zum Haus der Devrets. Sie wollte ihre Brüder besuchen.

Sie sah sie jetzt häufig, brachte an manchen Abenden ihre Hausaufgaben mit und übernachtete an den Wochenenden dort. Sie und die Jungen hatten ihre eigenen Zimmer in dem Teil des Hauses, wo auch die Familie wohnte. Lovisa drängte sich mit ihnen auf einem ihrer Betten und dann unterhielten sie sich, lachten und knabberten alle etwas, aber trotzdem konnte sie ein Gefühl der Gefahr nicht abschütteln. Und dann fiel ihr wieder ein, dass niemand von ihnen bestraft werden würde, wenn man sie zusammen entdeckte. Freude war nicht länger etwas, das sie sich erschleichen mussten.

Heute wünschte sie, sie könne mit den älteren Versionen von Viri, Erita und Vikti sprechen, wie sie in fünf, zehn oder zwanzig Jahren sein würden. Was würde sie weniger schmerzen? Ihre Aussage oder die der Königin?

Die Frage war unmöglich zu beantworten. Sie waren nicht alt genug. Sie waren fünf, sieben und neun.

Beim Gehen stellte Lovisa fest, dass ihre eigene Frage sich verändert hatte. Früher hatte sie gelautet: Sollte sie aussagen oder nicht? Jetzt lautete sie: Wer sollte aussagen, Lovisa oder die Königin?

Das war eine entscheidende Veränderung.

Heute fand Lovisa die Jungen bei den Devrets auf dem Boden der Bibliothek zusammengedrängt, wo sie mit jemand Vertrautem *Stadt* spielten.

»Katu«, sagte Lovisa, der es beim Anblick ihres Onkels immer ganz warm vor Erleichterung und Freude wurde. Aus seiner Position in der Bauchlage lächelte Katu sie an.

»Lovisa!«, riefen die Jungen. »Spiel mit uns!«

»Hier ist ja kaum noch Platz!«, erwiderte sie lachend.

»Ich entführe euch eure Schwester kurz.« Katu rappelte sich knackend und stöhnend auf. »Hört euch das an. Man könnte meinen, ich wäre sechzig.«

»Je länger du dich erholst, desto jünger wirst du«, scherzte Lovisa und hoffte, dass sie recht hatte. Katu wirkte wirklich älter und sah älter aus, und das tat ihr im Herzen weh.

Er führte sie auf den Flur hinaus und dann um eine Ecke zu einem kleinen Salon in der Nähe der Dienstbotentreppe. Das war Lovisas und Katus inoffizieller Treffpunkt im Haus der Devrets, ein Platz weit weg von allen anderen, wo sie zusammensitzen und sich auf den neuesten Stand bringen konnten. Die Devrets hatten das bemerkt und seitdem brannte hier immer, wenn Katu zu Besuch war, ein Feuer im Kamin.

»Erita hat mir etwas erzählt, das mit einem unserer ungelösten Rätsel zu tun hat«, sagte Katu.

»O nein«, entgegnete Lovisa bestürzt, während sie sich einen Sessel näher an den Kamin zog. »Etwas, das er gehört hat?« Immer mal wieder erinnerte Erita sich an Gespräche zwischen Benni und Ferla, die er mitangehört hatte. Das führte dazu, dass Lovisa sich fragte, was noch in den Jungen verborgen lag, das sie ihr noch nicht erzählten – entweder absichtlich oder weil sie es vergessen hatten.

»Ja«, sagte Katu grimmig. »Offenbar hat er gehört, wie Ferla Benni angebrüllt hat, weil er mit seinen Experimenten angefangen hat, ohne die Zilfiumabstimmung abzuwarten.«

»Mit seinen Experimenten … mit der Explosionswaffe?«

»Das nehme ich an.«

»Er sollte also die Zilfiumabstimmung abwarten, bevor er anfing, die Waffen herzustellen. Aber das hat er nicht. Und das … aha.« Lovisa verstand. »Das erklärt ein Detail, das ich vorher nicht begriffen hatte. Nämlich warum meine Mutter überhaupt gedacht hat, sie könnten je eine Zilfiumwaffe entwickeln, ohne irgendwelche Gesetze zu brechen. Aber sie glaubte, dass sie das tun könnten, sobald die Verwendung von Zilfium in Winterburg legalisiert worden wäre. Und sie hatte vor, ihre Stimme dafür einzusetzen«, sagte Lovisa, als ihr ein weiteres Detail einfiel, das sie vergessen hatte. »Ich habe gehört, wie sie zu meinem Vater gesagt hat: ›Ich hätte dir deine Zilfiumstimme gegeben.‹ Ferla hatte vor, sich mit ihrer entscheidenden Stimme gegen ihre eigene Partei zu stellen, um den Industriellen dabei zu helfen, Zilfium zu legalisieren.«

»Ja.«

»Versteht Erita das?«

»Ich glaube nicht. Aber es ist schwer zu sagen.«

Erita war derjenige der Jungen, der offenbar am besten mit allem, was geschah, zurechtkam. Jedes Mal, wenn er eine Erinnerung erwähnte, die das Interesse seiner Schwester oder seines Onkels fand, war er ganz stolz darüber, helfen zu können. Es schien ihn nicht zu beunruhigen, was irgendeine seiner Erinnerungen zu bedeuten hatte.

Dagegen schien Vikti, der Älteste, bei Eritas Ankündigungen immer zusammenzuzucken. Er war ganz still. Zu still, mit einem verschlossenen Blick, von dem sich Lovisa die Kehle zuschnürte. Sie wünschte, sie könnte hinter seine Augen blicken, herausfinden, was er brauchte.

Viri, der Jüngste, stellte ständig Fragen. Einzelheiten, die er erklärt haben wollte – aus der Nacht des Brandes, der Nacht, in der sie die Königin auf dem Dachboden entdeckt hatte, oder den Tagen, die sie im Norden verbracht hatte, bevor sie zu ihr gekommen waren. Lovisa stiegen immer wieder Tränen in die Augen, wenn Viri zu dem Schluss kam, dass sie eine Heldin gewesen war. Das war sie nicht. Sie hatte ihn im Stich gelassen. Er fragte immer wieder: »Gehst du wieder weg, Lovisa?« Und dann hob Vikti den Blick und musterte aufmerksam ihr Gesicht, wenn sie antwortete.

»Ich kann dir nicht versprechen, dass ich nie irgendwo anders hingehe«, sagte sie dann, denn sie wollte ihn nicht belügen. »In unserem langen Leben werden wir alle an alle möglichen Orte reisen. Aber ich werde nie wieder einfach so verschwinden und ich werde immer irgendwo sein, wo du mich finden kannst, in Ordnung? Das verspreche ich dir.«

Jetzt sah Katu sie vor dem Feuer an.

»Sosehr ich gerne genauer wissen würde, was meine Eltern getan haben«, sagte Lovisa, »so sehr hoffe ich doch Erita zuliebe, dass er nicht noch viel mehr Geheimnisse hat, die er mit uns teilen könnte.«

Katu schwieg eine Weile und starrte ruhig ins Feuer. »Ich glaube nicht, dass ich sagen könnte, ich hätte meine Schwester je verstanden. Aber ich habe ihre Jugend miterlebt und gesehen, was mein Vater ihr angetan hat. Ich könnte dir vielleicht dabei helfen zu verstehen, woher einige ihrer falschen Vorstellungen kamen, Lovisa.«

Lovisa dachte darüber nach. Sie kannte bereits viele dieser Geschichten. »Nein, danke.«

»Bist du sicher?«

»Wenn ich eines Tages Kinder habe«, sagte Lovisa, »erwarte ich nicht, dass sie das, was ich ihnen antue, meinen Eltern vorwerfen. Sie sollen es mir vorwerfen.«

Katu musterte sie; ein Lächeln umspielte seine Lippen. »Du bist ein gutes Mädchen, Lovisa«, sagte er. »Hast du mal darüber nachgedacht, Richterin zu werden?«

Lovisa schnaubte. »Das Parlament ernennt die Richter. Hast du bemerkt, was für Leute ins Parlament gewählt werden?«

»Werde Richterin«, sagte Katu, »dann wirf das Parlament ins Gefängnis.«

Mit einem erneuten Schnauben stand Lovisa auf. »Gehen wir *Stadt* spielen?«

»Unter uns gesagt«, antwortete Katu, »haben wir wohl keine andere Wahl.«

Die Jungen konnten Katu nicht dazu überreden, zum Abendessen zu bleiben, weil Katu ein Rendezvous hatte.

»Ein Rendezvous!«, quiekte Viri. »Mit wem hast du denn ein Rendezvous, Katu?«

»Mit einer wunderbaren Frau, die zufällig eine meiner Ärztinnen ist.«

»Kannst du sie nicht zu deinem Rendezvous herbringen?«, fragte Viri – ein Vorschlag, von dem Lovisa einen Hustenanfall bekam, als sie sich vorstellte, wie Katu versuchte, bei einem Abendessen im Haus der Devrets in der Gesellschaft von drei dauernd störenden kleinen Jungen jemanden zu verführen.

Also ging Katu, aber Lovisa blieb. In Gesellschaft von Maris Eltern beim Abendessen war sie befangen. Sie hatte etwas gegen ihre Blicke und ihre Fragen. Aber dann stellte sie immer fest, dass sie selbst sie neugierig beäugte und versuchte, ihre Gespräche mitzuhören, weil die beiden die Anwesenheit des anderen wirklich zu genießen schienen. Und es störte sie nie, wenn das Gespräch der Jungen dabei immer lauter wurde.

Mara, die Parlamentsabgeordnete der Industriellen war, verkündete an diesem Abend, dass man die Abstimmung über die Zilfiumnutzung, die eigentlich für Dezember angesetzt gewesen war, auf den Spätfrühling verschoben hatte.

»Was?«, fragte Lovisa. »Warum?«

»Jetzt, da man eine militärische Nutzung des Zilfiums gefunden hat, brauchen wir alle mehr Zeit, um uns zu informieren und zu debattieren«, erklärte Mara. »Es ist eine Sache, Winterburg für Züge und schnellere Schiffe zu öffnen. Explosionswaffen sind dagegen eine völlig andere Angelegenheit.«

»Aber sollen die Waffen nicht zerstört werden?«, fragte Lovisa, die die Gerüchte gehört hatte. »Sind die Pläne nicht bei einem Feuer im Hotel der Königin verbrannt?«

»Trotzdem – was einmal erfunden wurde, kann auch ein zweites Mal erfunden werden«, sagte Mara.

»Na ja, dann«, entgegnete Lovisa, »ist es nicht gefährlich, eine Waffe in Winterburg zu verbieten, wenn die anderen Staaten in Torla sehr wahrscheinlich selbst diese Waffe entwickeln werden? Und außerdem, sollte nicht Königin Bitterblue an diesen Gesprächen teilnehmen, da sie doch über so viel Zilfium verfügt?«

Mara betrachtete sie anerkennend. »Hast du dich eigentlich schon für eine Partei entschieden, Lovisa?«

Angesichts dieser unangenehmen Frage stieg die altvertraute Ungeduld in Lovisa auf. »Läuft diese Entscheidung nicht generell darauf hinaus, dass man die Seite wählt, die die eigenen Interessen vertritt?«

Mara hob die Augenbrauen. »Zu welchem Preis?«, fragte sie. »Wenn es Krieg in Torla gäbe, würde Arnis Bank sich besser entwickeln, als wir es uns in unseren kühnsten Träumen vorstellen könnten. Krieg ist teuer. Staaten und Menschen verschulden sich stark. Schulden führen zu Krediten und Kredite machen die Banken reich. Verstehst du, Lovisa? Dennoch, wenn der Tag kommt, an dem du mich in der Abstimmung über eine Maßnahme, die Krieg bedeutet, mit Ja stimmen siehst, hoffe ich, dass du mich zum Arzt bringst, um mein Gehirn untersuchen zu lassen.«

Sie wandte sich an ihren Mann, nahm seine Hand. »Versprich mir, dass du mich dann absetzen lässt.«

»Versprochen.« Dann beugte er sich vor und küsste sie vor aller Augen auf den Mund.

Als das Abendessen zu Ende ging, kam der Sohn des Hauses zu Besuch.

»Ah«, sagte Mari, als er groß und fröhlich den Speisesaal betrat und sich bückte, um zunächst seinem Vater und dann seiner Mutter einen Kuss auf die Wange zu geben. »Ich habe mich schon gefragt, ob du hier bist, Lovisa, weil du nicht beim Essen im Wohnheim warst.«

»Du hast mich gefunden«, sagte Lovisa.

Nach dem Essen wartete sie, bis die Jungen Mari in irgendein langwieriges und kompliziertes Kartenspiel verwickelt hatten, und huschte dann allein hinaus.

Sie musste nachdenken, für sich. Und in Maris Gegenwart war sie immer noch befangen. Bei ihm zu Hause zu sein war eine Art, in seiner Nähe zu sein, ohne wirklich herausfinden zu müssen, wie sie mit ihm zusammen sein wollte. Lovisa hatte das Gefühl, dass Mari etwas wollte, was sie im Moment nicht wollte. Irgendwann bald würde es wahrscheinlich zu einem Gespräch kommen. Jetzt war ihr allerdings eher nach Abwarten zumute. Sie war vorsichtig.

So oder so brauchte Lovisa etwas frische Luft und die Sterne über sich; sie brauchte einen langen Spaziergang, um einige ihrer kreisenden Gedanken über das Angebot der Königin zu beruhigen. *Ich könnte das besser entscheiden, wenn ich auf einer Klippe über dem Meer stehen würde,* dachte sie und schnaubte dann über sich selbst, weil es Nev sicher gefallen würde, dass sie diesen Gedanken gehabt hatte.

Als sie sich dem Wohnheim auf dem Campus näherte, erblickte sie Nori Orfa auf dem Pfad vor sich. Er unterhielt sich mit einem Mädchen, in dem Lovisa die Schwester eines von Maris Freunden erkannte.

»Ach, hallo, Nori«, sagte sie leichthin, als sie ihn erreicht hatte. »Ich schreibe einen Brief an deine Freundin zu Hause. Soll ich ihr irgendwas ausrichten?«

Der giftige Blick, der sich in Noris Miene schlich, war ausgesprochen befriedigend, weil er so hässlich war. Er ließ das Mädchen neben ihm zögern und dann einen kleinen Schritt zurücktreten.

Im Wohnheim stand Nevs Zimmertür offen. Lovisa überlegte, einfach weiterzugehen, aber das war irgendwie unmöglich. Etwas zog sie auf Nevs Schwelle, ein gewisses Verständnis, dass es ihr, selbst wenn sie nicht explizit mit Nev über das geheime Angebot der Königin sprechen durfte, helfen könnte, mit Nev über etwas anderes – irgendetwas – zu reden. Nev hatte diesen Effekt.

Nev goss gerade die Pflanzen auf ihrem Fensterbrett aus einer Blechgießkanne mit einer langen eleganten Tülle. Als sie Lovisa erblickte, schenkte sie ihr ein winziges Lächeln. »Wie geht es dir?«

»Gut. Und dir?«

»Ganz okay.«

Nev litt dieser Tage unter leichtem Liebeskummer. Nicht wegen Nori; sie schien gut ohne Nori zurechtzukommen. Aber wegen ihrer Füchsin, Kleiner Fratz. Die Füchsin hatte offenbar beschlossen, sich nicht an Nev binden zu wollen, und lebte nicht mehr bei ihr. Es hatte etwas mit Quona Varana zu tun, obwohl Lovisa die Einzelheiten nicht kannte. Sie wusste nur, dass weder Mensch noch Fuchs Nevs Herz derart brechen sollte.

Lovisa hatte Nev angeboten, Würdig mit ihr zu teilen. Lachend hatte Nev ihr erklärt, sie solle Würdig für sich behalten. »Mach dir meinetwegen keine Sorgen. Ich bin in meinem Leben von Tieren umgeben. Behalt du das eine, das dir gehört. Du brauchst es.«

Es war diese Art Beschützerinstinkt, die Lovisa überraschend wärmte und sie dann plötzlich an ihren Vater denken ließ. Benni war auch ihr Beschützer gewesen, als sie noch kleiner war. Aber Nevs Beschützerinstinkt, der auf viele verschiedene Weisen zum Vorschein kam, war anders. Wenn Leute sich Lovisa auf dem Campus zu nähern versuchten, konnten Nevs Schultern ganz breit und prahlerisch werden, ihre Miene sehr abweisend. Das führte dazu, dass irgendetwas Angespanntes in Lovisas Innerem, eine Art Schuld-

oder Pflichtgefühl, sich löste, so wie es sich bei ihrem Vater nie gelöst hatte. Lovisa hatte die Ursache des Unterschieds noch nicht raus. Es war eins der Dinge, über die sie in letzter Zeit dauernd nachdachte.

»Du siehst müde aus«, sagte Nev jetzt.

»Die Leute fragen mich dauernd nach meiner Partei.« Lovisa verdrehte die Augen.

»Musst du denn eine Partei haben? Könntest du nicht einfach Ansichten haben?«

»Das ist eine nette Idee«, sagte Lovisa, »aber wer würde mich dann wählen?«

»Kandidierst du denn für irgendwas?«, fragte Nev mit schiefem Grinsen.

»Auf keinen Fall.«

»Willst du reinkommen? Oder in der Tür stehen bleiben?«

Manchmal war Lovisa unsicher, ob Nev mit ihr flirtete. Wollte sie, dass Nev mit ihr flirtete? Und dann machte sie sich Sorgen, dass sie um Nev herumscharwenzeln würde wie Mari; und Mari war ihr ältester Freund und Nev war Maris Ex; gab es also irgendjemanden, bei dem diese Unsicherheit für Lovisa noch komplizierter hätte sein können?

Und dann grinste Nev sie verschmitzt an und bat sie herein, und Lovisa machte sich keine Gedanken mehr wegen Mari. Dann wurde sie wieder unsicher und besorgt, dann fiel ihr ein, wer sie war. Sie war Lovisa Cavenda. Lovisa Cavenda war jemand, der Nev eines Tages einfach danach fragen würde, direkt und unverblümt. Und dann würde sie mit Nevs Antwort klarkommen, egal, wie sie ausfiel. Sie hatte das Gefühl, dass das für Nev auch galt.

Lovisa trat ein, setzte sich auf die zerknitterten Decken auf Nevs Bett und tastete nach Kleiner Fratz herum, bevor ihr einfiel, dass Kleiner Fratz weg war. Nev lehnte sich bequem mit verschränkten Armen an ihr Fenster.

»Wen würdest *du* denn wählen?«, fragte Lovisa.

»Jemanden, der den Silberkühen eine Stimme gibt«, sagte Nev, ohne zu zögern.

»Wirklich?«

»Wirklich. Ich halte es für Hohn, dass die Silberkühe keine politische Vertretung haben. Und jemanden, der meine Familie beschützen und unsere Bedürfnisse im Norden verstehen würde. Jemanden, dem das Land wichtig ist.«

»Das klingt in der Theorie eher nach einer Gelehrten«, sagte Lovisa, »wenn auch nicht unbedingt in der Praxis.«

»Vielleicht solltest du eher entscheiden, was auf der Welt du ändern möchtest«, entgegnete Nev, »anstatt, welcher Partei du beitreten sollst.«

»Ich glaube, du bist da zu idealistisch.«

»Wenn du jetzt zu schwärmen anfängst, das läge nur daran, dass ich aus dem Norden komme und mit Gletschern rede, mache ich dir keinen Tee«, sagte Nev.

Jetzt grinste Lovisa. »Was denn für Tee?«

»Was willst du denn für einen?«

»Einen, der mir dabei hilft, eine wichtige Entscheidung zu treffen.«

»Hm«, sagte Nev. »Wie wärs, wenn ich dir irgendwas Harmloses mache, das dich dabei nicht behindert?«

»Das klingt gut.«

Nev stellte ihren kleinen Topf auf den Herd und setzte sich dann im Schneidersitz neben Lovisa, während sie darauf wartete, dass das Wasser kochte.

»Was versuchst du denn zu entscheiden?«, fragte sie.

Lovisa überlegte einen Moment lang, wie sie das ausdrücken konnte, ohne das Angebot der Königin preiszugeben. »Ich habe über meinen Vater nachgedacht. Darüber, wie er mich beschützt hat.«

»Wie hat er dich denn beschützt?«

Lovisa zuckte mit den Schultern. »Meine Mutter hatte immer

diese Wutanfälle. Dann rannte ich zu meinem Vater, klopfte an die Tür zu seiner Bibliothek. Er setzte mich in seinen Lieblingssessel, umsorgte mich. Bestellte mir Tee oder irgendwas Leckeres zu essen. Wenn meine Mutter nach mir schauen kam, hielt er sie an der Tür auf und sagte ihr, er kümmere sich darum. Es war nett. Es ist einer der Gründe, warum ich immer das Gefühl hatte, ich hätte mich nicht genug um meine kleinen Brüder gekümmert. Ich habe meine Mutter nie von ihnen abgehalten.«

Nev richtete sich auf, einen harten Ausdruck im Gesicht. Lovisa zuckte zusammen, überzeugt, dass Nev wütend auf sie war, weil sie ihre Brüder nicht besser beschützt hatte.

»Lovisa«, sagte Nev. »Ist dir klar, dass es nie deine Aufgabe war, deine Mutter davon abzuhalten, deinen Brüdern etwas zu tun? Das war die Aufgabe deines *Vaters*.«

Das kam Lovisa falsch vor, weil sie groß war. Ihre Brüder waren klein. Die Großen beschützten die Kleinen.

»Es war auch meine Aufgabe.«

»Obwohl dein Vater da war?«, fragte Nev. »So groß wie er war, als der Mann, der er war? Ich habe ihn gesehen, Lovisa. Und er überließ es dir, deine Brüder zu verteidigen?«

»So einfach ist es nicht«, sagte Lovisa. »Meine Mutter war seine Frau. Er war ihr gegenüber verpflichtet.«

»Nachdem du diese Zeit in der Bibliothek deines Vaters verbracht hast. Als du klein warst. Was ist dann passiert?«

»Was meinst du?«

»Na ja? Hat deine Mutter dir verziehen?«

»Nein«, sagte Lovisa. »Natürlich nicht. Wir kamen zum Abendessen raus. Sie wartete, bis man mir das Essen serviert hatte. Dann, bevor ich es essen konnte, führte sie mich vom Tisch weg nach oben in die Dachkammer, wo sie uns immer zur Strafe einsperrte.«

»Und dein Vater saß mit am Tisch?«, fragte Nev. »Und sah dir bloß nach?«

»Ja.« Lovisa erschrak bei der Frage. »Ich hatte ja nicht ihn verärgert. Sondern meine Mutter, verstehst du?«

Angesichts des plötzlich auftauchenden sanften Kummers in Nevs Miene verstummte Lovisa nachdenklich. Dann wurde sie allmählich unwahrscheinlich traurig.

»Oh«, sagte sie. »Ach so.«

# 45

Lovisa saß auf einer Bank, die Nev ihr gezeigt hatte, nachdem sich Lovisa darüber beklagt hatte, dass es in Ledra keinen Platz zum Nachdenken gebe. Die Bank war beim Bauernhof auf der Klippe mit Blick über das Meer.

»Da sitze ich manchmal und halte Ausschau nach Silberkühen«, hatte Nev gesagt.

Also saß jetzt auch Lovisa dort und roch gelegentlich einen Hauch Dung, der sie an Nevs Heimat im Norden erinnerte. Das Licht wurde schwächer, Sterne begannen den rosa Himmel zu übersäen. Früher hatte Lovisa immer im Entree des Wohnheims gesessen und Leute beobachtet, Informationen aufgesaugt, um später darüber nachzudenken, sie in das Puzzle darüber einzubauen, wer was tat und warum. Das machte sie immer noch. Aber jetzt saß sie auch hier und sah über das Meer und in den Himmel hinaus. Wie das Wohnheim-Entree war diese Klippe eine Stelle am Rand von etwas.

Lovisa war am Montag nach dem Unterricht zu ihrem Professor Gorga Balava gegangen und hatte ihn um eine Erklärung zur Umweltverschmutzung durch Zilfium gebeten.

»Du hast doch bestimmt die Studien gelesen, Lovisa«, hatte er gesagt und sie aus zusammengekniffenen Augen verwirrt angesehen. Die alberne Füchsin auf seinem Arm trug einen Hut mit einem Pompon und zwei Löchern für die Ohren, der mit einem Band unter ihrem Kinn zusammengebunden war. »Du solltest mit einer Wissenschaftlerin sprechen oder mit einem von den Gelehrten.«

Sie war gerade deshalb zu Gorga gegangen, weil er Abgeordneter der Industriellen war und kein Gelehrter. »Sie sollen mir nicht erklären, was Umweltverschmutzung ist«, sagte sie verächtlich. »Sie sollen mir erklären, warum sie Ihnen egal ist.«

»Sie ist mir nicht egal.«

»Aber auch nicht wichtig genug, um etwas dagegen zu unternehmen?«

»Was sollte ich denn tun, Lovisa? Die Industrie Winterburgs hinter die Fortschritte der restlichen Welt zurückfallen lassen? Damit niemand mehr Handel mit uns treibt, niemand Studenten an unsere Schulen schickt oder nach unserer Meinung und unseren Ideen fragt, wenn wichtige Entscheidungen anstehen?«

»Sie könnten darauf beharren, dass andere Treibstoffe neben Zilfium erforscht werden«, sagte Lovisa. »Sie könnten versuchen, den Rest der Welt dazu zu bringen, sich auch mit dem Problem zu befassen. Sie könnten das Monopol der Varanas auf Varanproduktion durchbrechen. Sie könnten jemand anderen als Ihre Freunde aus Ledra, die nur ihre eigenen Interessen verfolgen, nach Ideen fragen. Sie könnten versuchen, Menschen zu inspirieren!«

Gorgas Augen hatten zu leuchten begonnen, während er ihre wachsende Aufregung betrachtete. »Das ist der Auftakt einer hervorragenden Liste, Lovisa«, hatte er gesagt. »Was hältst du von einer unabhängigen Studie im nächsten Semester, in der du dich ausführlicher mit diesen Fragen beschäftigst?«

Auf ihrer Bank auf der Klippe versuchte Lovisa eine Entscheidung hinsichtlich des Angebots der Königin zu treffen, als etwas Außergewöhnliches geschah.

Um sie herum begann etwas zu vibrieren, ganz leise erst, dann immer stärker in ihr Bewusstsein vordringend. Es war das Gefühl, dass irgendetwas unmöglicherweise aus dem Meer aufstieg. Und es war dunkel auf dem Wasser, das Tageslicht ließ schnell nach. Aber Lovisa sah es.

Was war es, das sie sah? Wenn sie sich später zurückerinnerte, war Lovisa nie sicher, wie die ehrliche Antwort auf diese Frage lautete. Sie sah einen Berg, eine schwarze Silhouette, die sich aus dem Ozean erhob. Der Berg hatte lange, sich windende, schlenkernde Beine. Und er machte ein fürchterliches, beinahe unerträgliches Geräusch, vielleicht nicht von der Art, die Lovisas Ohren hören konnten – es war schwer zu sagen, welcher ihrer Körperteile es hörte –, aber von der Art, die jede Zelle mit dem Bedürfnis anfüllte, dass dieser schreckliche laute Druck aufhören musste.

Eins der langen Beine des Berges hielt etwas. Einen Gegenstand mit harten Kanten. Langsam hob das Bein den Gegenstand in die Höhe, wobei Wasser von seiner Oberfläche strömte. Dann legte es den Gegenstand sanft am Strand links von Lovisas Klippe, näher bei der Stadt, ab.

Der Berg zog sich zurück. Allmählich glücklicherweise auch das Geräusch.

Lovisa war neben ihrer Bank aufgestanden. »Icositetrapus cyclops!«, rief sie laut. »Icositetrapus cyclops! Was? Was?« Sie drehte sich im Kreis und suchte jemanden, mit dem sie reden konnte. Jemanden, zu dem sie sagen konnte: »Hast du das gesehen?«, und den sie fragen konnte: »Was war das denn?«

Aber sie war allein.

Lovisa setzte sich, stand wieder auf, setzte sich wieder. Sie konnte es nicht begreifen. Geschweige denn glauben, abgesehen davon, dass am Rand des Wassers auf dem Sand links von ihr eine lange ovale Form, die vorher definitiv noch nicht da gewesen war, an Land gespült worden war wie ein gestrandetes Schiff.

Je genauer Lovisa hinsah, desto überzeugter wurde sie, dass es sich wirklich um ein gestrandetes Schiff handelte.

Sie bekam Angst, den Verstand zu verlieren. Als kurz darauf unaufgefordert Stimmen und Bilder in ihrem Kopf auftauchten, wurde die Angst zur Gewissheit.

Dann sah sie die kleinen glatten Gestalten draußen auf dem Meer, die herumschwammen und im Sonnenuntergang im Wasser spielten. Silberkühe? Waren die das? Hatten sie sie bemerkt? Konnten sie möglicherweise …

Ja. Lovisa spürte sie, wie eine sanfte Berührung, die über ihr Herz strich. Sie riefen sie, wollten reden. Mit ihr!

*Wir haben dich gehört,* sagten sie. *Im Norden. Wir haben dich sagen hören, dass es dir leidtut.*

Es waren keine Wörter; es waren Bilder, Vorstellungen. Gefühle. Lovisa war atemlos, benommen, aber sie glaubte zu verstehen.

*Es ist nicht deine Schuld,* sagten sie.

*Was?,* fragte Lovisa, unsicher, wie sie mit ihnen reden sollte, unsicher, was sie sagen sollte. *Was ist gerade passiert?*

*Die Kreatur, die du gerade gesehen hast, das war nicht die Bürgin. Nicht direkt. Die Bürgin ist eine Geschichte. Das war unsere große starke Freundin. Sie ist echt.*

Wie sprach man mit Silberkühen? Lovisa versuchte es erneut. *Das verstehe ich nicht.*

*Das Schiff dort am Strand ist die* Seashell, erklärten die Silberkühe. *Mit zwei Leichen darin eingesperrt. Mikka und Brek.*

Lovisa fand sich in einem neuen Schockzustand wieder. *Was?,* rief sie. *Ihr habt uns die* Seashell *gebracht? Wie habt ihr das gemacht? Warum solltet ihr das tun?*

*Das ist der Beweis, den ihr braucht,* erklärten die Silberkühe. *Da ist ein Schloss an der Tür.*

*Der Beweis?*

*Der Beweis, dass sie ermordet wurden. Unsere Freundin ist groß. Sie ist groß genug, um Schiffe zu bewegen. Wir wollen euch Menschen helfen, damit ihr uns helft. Wir wissen, ihr braucht echte Sachen für eure Gerichtshöfe.*

*Das wisst ihr?,* fragte Lovisa. *Woher wisst ihr das?*

*Warum sollten wir das nicht wissen? Wir reden mit Menschen.*

*Wir sind Teil eurer Welt. Manche Menschen sind unsere Freunde. Kennst du die kleine Menschenfrau, die den Ring verloren hat?*

*Die Königin?*, fragte Lovisa ungläubig.

*Kannst du zum Wasser runterkommen?*

Lovisa ging Richtung Norden bis zu einer Stelle, an der Stufen in der Klippe zu einem kleinen Strand hinabführten. Es war nicht der Strand, an dem das Schiff lag. Sie wollte nicht in die Nähe dieses Strandes gehen, weil dort unten jetzt Menschenstimmen ertönten, erstaunte Rufe, Schreie. »Habt ihr das gesehen? Habt ihr es gehört?« Sie wollte nicht Teil der Spekulationen, Teil des Erstaunens sein. Des Entsetzens, wenn die Leichen darin entdeckt wurden. Lovisa wollte nicht noch mehr Leichen sehen.

Als sie ans Wasser runterkam, warteten die Silberkühe auf sie, trieben etwas entfernt vom Ufer im Meer. Lovisa wusste nicht, wie sie sich ihnen nähern sollte. Sie hatte kein Boot. Als eine von ihnen nah an den Strand heranschwamm – so nah, dass Lovisa sich Sorgen um ihre Sicherheit machte –, marschierte sie direkt ins Wasser.

Es war eiskalt. Entsetzt watete sie bis zu den Oberschenkeln hinein, vermutete, dass sie ihre Schuhe, ihre Hose, ihren Mantel ruinierte, und dachte natürlich auch daran, dass sie nicht wusste, wo das Geld herkommen sollte, um neue Sachen zu kaufen. Von den Devrets wahrscheinlich, was nicht in Ordnung war. Aber jetzt im Moment war das unwichtig. Sie hatte ein Seeungeheuer gesehen – die Silberkühe hatten gesagt, es sei nicht die Bürgin, aber wenn sie ihren Brüdern diese Geschichte erzählte, würden sie es für die Bürgin halten, *alle* würden es für die Bürgin halten –, das die *Seashell* aus dem Meer gehoben hatte. Es war etwas, das die Bürgin tun würde. Wen kümmerten ihre Kleider? Der Ozean hatte ein Geheimnis mit ihr geteilt. Ein Ungeheuer hatte den Arm ausgestreckt und ein Wunder geliefert. Diese Welt wollte immer noch größer werden, als Lovisa ihr erlaubte. Warum sperrte sie sich immer wieder in kleinen Dingen ein?

Lovisa war einer Silberkuh noch nie so nahe gekommen. Körperlich war sie nicht viel mehr als ein dunkler Umriss, der vor ihr aus dem Wasser aufstieg, aber in ihren Gefühlen und Gedanken war es viel mehr. Als sie mit ihr sprach, hatte Lovisa ehrlich gesagt das Gefühl, als versuchte ihr Gehirn ihr aus dem Schädel zu springen. Es war kein wirklich angenehmes Gefühl. Ihr Körper wurde von einer Traurigkeit überflutet, die, wie sie verstand, die Traurigkeit der Silberkuh war. Sie fing an zu weinen beim Gedanken daran, dass ihre Eltern etwas getan hatten, was dieses Wesen verletzt hatte. *Es tut mir leid,* hob sie erneut an. *Es tut mir leid.*

*Es war nicht deine Schuld,* sagte die Silberkuh.

Vielleicht stimmte das. Aber Lovisa begann zu verstehen, dass es ihr Vermächtnis war. *Ich werde es wiedergutmachen,* erklärte sie, ohne zu wissen, was das bedeutete, aber in diesem Moment überzeugt, dass es die Wahrheit war. *Ich werde euch beschützen.*

*Ich glaube dir, dass du es versuchen wirst,* sagte die Silberkuh. *Ich kann das Feuer in deinem Herzen spüren.*

Da sah Lovisa, dass die Silberkuh einen kleinen harten Ring im Maul trug. Sie verstand, dass sie ihn entgegennehmen sollte, und streckte die Hand aus.

Die Silberkuh ließ den Ring in ihre Handfläche fallen. Er war kalt, nass und klein. Lovisa verstand, dass sie jetzt die Aufgabe hatte, ihn der Königin zurückzugeben.

Dann verstand sie noch etwas anderes. Eine Art skeptische Entschuldigung der Silberkuh im Namen ihrer Freundin, des Ungeheuers, das sehr unglücklich war. Unglücklich wegen des Schiffs? Wegen der ertrunkenen Menschen? Diesen Teil verstand Lovisa nicht genau, aber sie verstand, dass die Silberkuh wissen wollte, ob sie irgendwelchen … es war schwer zu glauben, aber die Silberkuh fragte, ob Lovisa irgendwelchen glitzernden Tand hätte. Irgendetwas Glänzendes, Menschliches, das ihr nicht wichtig war. Und wenn man es als Ring tragen konnte, umso besser.

*Für das Ungeheuer?*, fragte Lovisa vollkommen verwirrt.

*Ja.*

*Das Ungeheuer will glitzernden Tand?*

*Es würde unsere Freundin sehr glücklich machen.*

In ihrem Zustand der geistigen Verwirrung ging Lovisa gedanklich ihren Körper durch, denn wenn das Ungeheuer glitzernden Tand wollte, sollte das Ungeheuer glitzernden Tand bekommen. Sie hatte etwas zu essen und einen von Würdigs Milchlappen in den Taschen, die jetzt ganz durchweicht waren, aber keinen Tand, und sie trug keinen Schmuck. Dann fiel ihr etwas ein. Sie griff vorne in ihren Mantel und zog die Schnur mit dem Schlüssel zur Dachkammer über den Kopf. Sie hielt ihn hoch und betrachtete ihn. Der dunkelrote Stein funkelte im Dämmerlicht und das Metall des Schlüssels glänzte silbern.

Sie spürte eine Art erleichterten Seufzer von der Silberkuh und überlegte, dass oben an dem Schlüssel ein Stahlring befestigt war. Wenn man wirklich wollte, konnte man ihn als Ring tragen.

*Oder als Halskette*, sagte die Silberkuh, *um eins ihrer Stielaugen.*

Unsicher, aber entschlossen streckte Lovisa der Silberkuh den Schlüssel hin, die ihn sanft in ihr Maul nahm. Lovisa spürte ein Dankeschön, dann wandte sich die Silberkuh ab und schwamm davon. Es war so schnell gegangen, das Weggeben dieses Schlüssels. Lovisa suchte nach einem Anzeichen der Silberkuh, die durch das Wasser zog, aber sie war weg.

*Werdet ihr wiederkommen, um mit mir zu reden?*, rief sie verzweifelt.

*Ja, Lovisa Cavenda*, sagte die Silberkuh mit verhallender Stimme. *Du wirst unsere Freundin sein.*

Tropfnass ging Lovisa zurück zur Stadt und stampfte mit den Füßen auf, um sie zu wärmen. Der Saum ihres Mantels bildete eine Art gefrorenen Schild um ihre Beine.

Als sie das hohe, hell erleuchtete Hotel erreichte, in dem die

Königin wohnte, stand sie einen Moment davor und beobachtete, wie Schneeflocken auf die Glasscheiben fielen und dann wie Regen hinabrannen.

Es hatte so lange gedauert, sich von diesem Schlüssel zu trennen, dem Schlüssel zu ihrem Käfig. Aber den Käfig gab es nicht mehr, weil sie ihn eigenmächtig zerstört hatte. Indem sie Bitterblue befreit hatte, hatte sie auch sich selbst befreit. Was wäre passiert, wenn sie es nicht getan hätte?

Jetzt war der Schlüssel weitergewandert, auf den Grund des Meeres, wo er hingehörte. Es war der Schatz einer anderen. Im Austausch hatte sie die *Seashell* erhalten, das fehlende Glied in der Kette der Verbrechen ihrer Eltern, das der Magistrat benötigte. Diese beiden Morde würden den Anklagepunkten gegen ihren Vater noch hinzugefügt werden.

Und da war noch mehr. Lovisa hatte heute etwas gesehen. Sie hatte eine Geschichte zu erzählen. Vielleicht sogar eine inspirierende Geschichte. »Die Bürgin ist ein Märchen«, könnte sie sagen, »aber was ich gesehen habe, war echt. Seid ihr wirklich sicher, dass die Silberkühe Dinge erfinden?«

Was, wenn ihre Geschichte Leute dazu bringen konnte, neue Stimmen und neue Ideen hören zu wollen? Was, wenn Lovisa möglicherweise mit Nev darin übereinstimmte, dass Silberkühe eine Stimme im Parlament haben sollten? Was, wenn sie ein politisches Experiment daraus machte, herauszufinden, welche Worte, welche Art, ihre Geschichte zu erzählen, andere Leute dazu bringen würde, ebenfalls so zu denken? Sie war sechzehn. Das war noch jung, nicht wahr? Sie hatte bereits viel Zeit verschwendet. Was, wenn sie jetzt damit anfing? Wer könnte ihr helfen? Gorga? Mara? Nev? Wie lange würde es dauern, alles zu lernen, was sie wissen musste?

Während sie zu den Fenstern der ausländischen Königin hinaufblickte, fing Lovisa an zu verstehen, wie sehr sie sich nach einer größeren Welt sehnte als die, die ihr als Kind versprochen worden war.

Es gab Ungeheuer im Meer, die verlorene Gegenstände zurückgaben, Silberkühe, mit denen sie sprechen konnte, und ein Schwein, das durch die Heizungsschächte der Devrets spazierte. Es gab Schmuggler, die zweifelhafte Ingenieursleistungen im Norden zustande brachten, Gletscher, die Eisberge ins Meer kalbten, und Probleme hier im Parlament, über die Menschen diskutierten, als wären sie ihnen wichtig. Manchen von ihnen waren sie wirklich wichtig.

Und Lovisa dachte jetzt nicht darüber nach, was es für ihre Brüder bedeuten würde, wenn sie gegen ihren Vater aussagte oder nicht, sondern darüber, was es für *sie* bedeuten würde. Was bedeutete irgendetwas von dem für *sie*? Was hatte ihr Vater *ihr* angetan? Ihr Vater hatte sie belogen, geschauspielert. Er hatte so getan, als wäre er ihr Verbündeter gegen ihre Mutter, und sie dann wiederholt verraten. Er hatte einen Jungen getötet, den sie mit nach Hause gebracht hatte. Er hatte sie gezwungen, verzweifelte und zerstörerische Dinge zu tun – ein Haus in Brand zu setzen, ein explosives Ei zu werfen –, um andere zu retten. Und jetzt hatte er sie auch noch in die Lage gebracht, entscheiden zu müssen, ob sie die Wahrheit über ihn sagen und dann für immer mit den Konsequenzen weiterleben sollte.

*Ich denke, du glaubst, mich zu lieben, Papa,* dachte sie, *auf deine Art. Aber ich bin würdig, ich verdiene mehr.*

Sie betrat den Lichtschein im Hoteleingang. Die Wachen, die sie erkannten, warfen einen skeptischen Blick auf die durchweichte untere Hälfte ihres Mantels, dann ließen sie sie ein.

Lovisa fand die Königin und Giddon in einer Bibliothek im oberen Stockwerk, wo sie nebeneinander auf einem Sofa saßen und Kuchen aßen, in dem unerklärlicherweise brennende Kerzen steckten.

»Lovisa«, sagte Bitterblue mit froher Stimme und klopfte auf den freien Platz neben sich. »Wir feiern Giddons Geburtstag. Iss etwas Kuchen.« Ihre Augen waren groß und vertrauensvoll. Bitterblues Augen hatten Lovisa in letzter Zeit immer ängstlich gemustert, als wäre Lovisa kurz davor, irgendetwas Verzweifeltes zu tun. Lovisa hatte gewusst, was Bitterblue dann gedacht hatte. Sie hatte verstanden, warum die Königin ihr Fragen stellte, um sie abzulenken, oder ihr Aufgaben auftrug, um sie vom Rand einer Klippe abzuhalten. Lovisa war ihr dankbar, denn die Königin hatte recht gehabt.

Jetzt spürte Lovisa, dass sie auf festem Boden stand. Die Königin hatte angeboten, ihre Last zu schultern, aber Lovisa wollte selbst starke Schultern, um tragen zu können, was immer ihr aufgeladen wurde.

Sie zeigte auf den Zustand ihres Mantels. »Ich bin klatschnass«, sagte sie, »deshalb setze ich mich besser nicht.«

Giddon stand unvermittelt auf und verließ den Raum. »Warst du im Meer?«, fragte die Königin.

»So was in der Art.«

Giddon kam mit einem Handtuch zurück. »Oh.« Lovisa war gerührt von seiner Aufmerksamkeit. »Vielen Dank.«

Sie nahm sich Zeit, ihren Mantel und ihre Beine abzutrocknen. Dann sagte sie: »Ich habe über dein Angebot nachgedacht.«

»Ja?«, fragte Bitterblue.

»Ich bin dir dankbar. Dafür und für alles.« Sie holte vorsichtig Luft. »Aber ich habe beschlossen, dass es meine Wahrheit ist. Ich werde sie selbst aussprechen.«

Die Augen der Königin strahlten. »Du weißt, dass du es dir jederzeit anders überlegen kannst, nicht wahr?«

»Ja, ich weiß«, sagte Lovisa, die es sich nicht anders überlegen würde.

Die Königin nickte. »Ich bin stolz auf dich.«

»Und jetzt«, Lovisa steckte die Hand in die Tasche, umschloss mit den Fingern den kleinen kalten Ring und hielt sie der Königin hin. »Bereit für ein wenig Zauberei?«

# PERSONENVERZEICHNIS

## AUS WINTERBURG

***Abenteuerfuchs (Abenteuer, Ab):*** Blauer Fuchs, der an Ferla Cavenda gebunden ist.

***Ada Balava:*** Importeurin von Zilfium aus Monsea.

***Arni Devret:*** Vater von Mari Devret. Bankier.

***Benni Cavenda:*** Vater von Lovisa Cavenda. Eigentümer einer Reederei, Importeur von Zilfium aus Monsea und Parlamentsabgeordneter der Industriellen.

***Die Bürgin:*** Eine mythische Unterwasserkreatur aus den Märchen der Silberkühe. Als Bürgin für den Planeten mahnt sie Silberkühe und Menschen, ihr zu helfen, Erde und Meer zu schützen.

***Davvi:*** Vater von Nev. Handwerker.

***Dev Dimara:*** Zilfiumspediteur und Parlamentsabgeordneter der Gelehrten.

***Ella:*** Dienstmädchen auf dem Anwesen der Cavendas in Torla's Neck.

***Erita Cavenda:*** Bruder von Lovisa Cavenda, sieben Jahre alt. Aufmerksam.

***Ferla Cavenda:*** Mutter von Lovisa Cavenda. Besitzt zusammen mit ihrem Bruder Katu eine Silbermine. Gelehrte und Präsidentin von Winterburg.

***Gorga Balava:*** Professor am Institut für Politik und Regierungsführung an der Akademie von Winterburg und Parlamentsabgeordneter der Industriellen.

***Katu Cavenda:*** Bruder von Ferla Cavenda, mit der zusammen er eine Silbermine besitzt. Onkel von Lovisa Cavenda. Reisender und Abenteurer.

***Kep Gravla:*** Student an der Akademie von Winterburg und Kindheitsnachbar von Lovisa Cavenda und Mari Devret.

***Kleiner Fratz:*** Junge blaue Füchsin, die bei Nev im Wohnheim der Akademie von Winterburg lebt.

***Liv:*** Köchin auf dem Anwesen der Cavendas in Torla's Neck.

***Lovisa Cavenda:*** Studentin am Institut für Politik und Regierungsführung an der Akademie von Winterburg. Tochter von Ferla und Benni Cavenda. Schwester von Viri, Erita und Vikti Cavenda. Nichte von Katu Cavenda.

***Mara Devret:*** Mutter von Mari Devret. Parlamentsabgeordnete der Industriellen.

***Mari Devret:*** Student der Medizin an der Akademie von Winterburg. Sohn von Mara und Arni Devret. Ältester Freund von Lovisa Cavenda.

***Mirni Tima:*** Importeur von Zilfium aus Monsea.

***Minta Varana:*** Luftschiffingenieurin und Importeurin von Zilfium aus Monsea. Schwester von Quona und Sara Varana. Steht politisch den Gelehrten nahe.

***Nev:*** Stipendiatin an der Akademie von Winterburg. Studentin der Tiermedizin aus Torla's Neck. Tochter von Davvi und Nola und Enkelin von Saiet.

***Nola:*** Mutter von Nev. Massageheilerin.

***Nori Orfa:*** Student der Tiermedizin an der Akademie von Winterburg, aus Torla's Neck.

***Ohrenschützer:*** Blaue Füchsin, die an Gorga Balava gebunden ist.

***Ona:*** Feuerhüterin am Händlerstrand.

***Pari Parnin:*** Student an der Akademie von Winterburg.

***Quona Varana:*** Tierärztin und Umweltschützerin. Professorin für Tiermedizin an der Akademie von Winterburg. Schwester von Minta und Sara Varana. Steht politisch den Gelehrten nahe.

***Saiet:*** Großvater von Nev. Tierarzt.

***Sara Varana:*** Gelehrte und Premierministerin von Winterburg. Schwester von Minta und Quona Varana.

*Ta Varana:* Studentin an der Akademie von Winterburg. Tochter von Minta Varana.

*Vera:* Inhaberin eines Badehauses nördlich von Ledra. Luftschiffschmugglerin.

*Vikti Cavenda:* Bruder von Lovisa Cavenda, neun Jahre alt. Ruhig.

*Viri Cavenda:* Bruder von Lovisa Cavenda, fünf Jahre alt. Neugierig.

*Würdig:* Ein Schwein.

## VOM KÖNIGSKONTINENT

*Ashen:* Mutter von Bitterblue und ehemalige Königin von Monsea. Aus Lienid. Verstorben.

*Barra:* Ratgeber von Königin Bitterblue.

*Bitterblue:* Königin von Monsea.

*Brek:* Ehemaliger Ratgeber von Bitterblue. Zusammen mit Mikka in Winterburg ertrunken.

*Cobal:* Gesandter aus Estill in Winterburg.

*Coran:* Ratgeber und Arzt von Königin Bitterblue.

*Froggatt:* Königin Bitterblues oberster Ratgeber.

*Giddon:* Einer der Anführer des Rats. Ein enteigneter Lord aus den Middluns und Freund von Königin Bitterblue.

*Hava:* Beschenkte mit der Gabe zu verändern, was die Leute sehen, wenn sie sie anblicken. Spionin für Königin Bitterblue und insgeheim Bitterblues Halbschwester.

*Helda:* Königin Bitterblues Haushälterin und oberste Spionin.

*Joff:* Lord aus dem Süden Estills.

*Katsa:* Begründerin des Rats. Beschenkte mit der Gabe des Überlebens. Aus den Middluns. Freundin und Mentorin von Königin Bitterblue.

*Leck:* Vater von Königin Bitterblue und ehemaliger König von Monsea. Beschenkter mit der Gabe, Lügen zu verbreiten, die die Leute glauben. Psychopath. Verstorben.

***Lovejoy:*** Ein Kater.

***Mikka:*** Ehemaliger Gesandter aus Monsea in Winterburg. Zusammen mit Brek in Winterburg ertrunken.

***Pella:*** Lord aus der Mitte Monseas, der eine Affäre mit Königin Bitterblue hatte.

***Periwinkle (Perry):*** Gesandter aus Lienid in Winterburg.

***Skye:*** Prinz aus Lienid, sechster Sohn von König Ror und Königin Zinnober von Lienid. Cousin von Königin Bitterblue.

***Trina:*** Beschenkte mit der Gabe, Dinge zu finden. Ursprünglich aus Estill stammend und mit Giddons Hilfe nach Monsea geflohen.

# DANKSAGUNG


Danke, Kathy Dawson, für deine leidenschaftliche Beratung und dein Verständnis.

Danke, Faye Bender, für deine großartige Hilfe und Unterstützung.

Danke, Jen Loja und Lauri Hornik, dass ihr mich unter eure Fittiche nehmt.

Danke, Catherine Cashore, Dorothy Cashore, Laura Chandra, Hannah Gómez, Margo Rabb, Alix Reid und Marie Rutkoski, für euer Feedback zu ersten Entwürfen, die mich zu dem Buch hinführten, das ich zu schreiben versuchte. Danke, Regina Castillo, für deine Lektoratszauberei.

Danke, Theresa Evangelista, Kuri Huang, Jessica Jenkins, Jennifer Kelly, Dana Li und Ian Schoenherr, dass ihr so etwas Wunderschönes gestaltet habt.

Danke, Elyse Marshall, Emily Romero, Felicia Frazier, Debra Polansky und dem ganzen Team bei Penguin Young Readers Group, für alles, was jede von euch so geschickt und unermüdlich tut, um mich und mein Buch mit seinen Leser*innen in Kontakt zu bringen.

Danke, Judy Blundell, Laura Chandra, Eve Goldfarb, Deb Heiligman, Marthe Jocelyn, Barb Kerley, Kevin Lin, Betsy Partridge, Margo Rabb, Marie Rutkoski, Natalie Standiford, Rebecca Stead und Tui Sutherland, für unzählige Gespräche, die mich geerdet haben und mir halfen, die Knoten zu entwirren.

Danke, Kevin Lin, für alles und jedes.

# DIE SIEBEN KÖNIGREICHE

**1: DIE BESCHENKTE**
ISBN 978-3-551-58465-6

**2: DIE FLAMMENDE**
ISBN 978-3-551-58466-3

**KATSA**, die beschenkte Kämpferin; **FIRE**, die Rothaarige mit unwiderstehlicher Schönheit; **BITTERBLUE**, die junge Königin – drei starke Frauen kämpfen in der Welt der sieben Königreiche für Wahrheit, Gerechtigkeit und die Liebe.

**3: DIE KÖNIGLICHE**
ISBN 978-3-551-58467-0

**4: DIE WAHRHAFTIGE**
ISBN 978-3-551-58460-1

**WWW.CARLSEN.DE**

CARLSEN

Kristin Cashore bei CARLSEN:
Die Beschenkte
Die Flammende
Die Königliche
Die Wahrhaftige


Originalverlag: Dial Books, an imprint of Penguin Random House LLC, 2021
Originaltitel: *Winterkeep*
Umschlaggestaltung und -typografie: Kerstin Schürmann, formlabor
Umschlagillustrationen: shutterstock © olgers/color symphony/Laura_Worthington/teez/Artur Balytskyi/tassel 78/Vector Pot
Landkarte © 2021 Ian Schoenherr
Aus dem Englischen von Katharina Diestelmeier
Lektorat: Birte Spreng, Lektoratsbüro Herz und Zeile
Herstellung: Gunta Lauck
Satz: Dörlemann Satz, Lemförde
Herstellung: Gunta Lauck
ISBN: 978-3-551-58460-1

FSC www.fsc.org MIX Papier aus verantwortungsvollen Quellen FSC® C083411